In der Reihe Goldmann-Taschenbücher
sind außerdem von C. C. Andrews™ erschienen:

DAS ERBE VON FOXWORTH HALL:
Gärten der Nacht. Roman (9163)
Blumen der Nacht. Roman (6617)
Dornen des Glücks. Roman (6619)
Wie Blüten im Wind. Roman (6618)
Schatten der Vergangenheit. Roman (8841)

DIE CASTEEL-SAGA:
Dunkle Wasser. Roman (8655)
Schwarzer Engel. Roman (8964)
Gebrochene Schwingen. Roman (9301)
Nacht über Eden. Roman (9833)
Dunkle Umarmung. Roman (9882)

DIE CUTLER-SAGA:
Zerbrechliche Träume. Roman (42045)
Geheimnis im Morgengrauen. Roman (41222)
Kind der Dämmerung. Roman (41304)
Stimmen aus dem Dunkel. Roman (41305)

DIE LANDRY-SAGA:
Ruby. Roman (42533)
Dunkle Verheißung. Roman (43202)

und:
Das Netz im Dunkel. Roman (6764)

V.C. Andrews

DUNKLE WASSER

Roman

Aus dem Amerikanischen
von Angela Meermann

GOLDMANN VERLAG

Titel der Originalausgabe: Heaven
Originalverlag: Pocket Books, New York

Deutsche Erstveröffentlichung

Der Goldmann Verlag
ist ein Unternehmen der Verlagsgruppe Bertelsmann

© 1985 by Vanda Productions, Ltd.
© der deutschsprachigen Ausgabe 1986
by Wilhelm Goldmann Verlag, München
Umschlaggestaltung: Design Team München
Umschlagfoto: Hubertus Mall, Stuttgart
Satz: IBV Satz- und Datentechnik GmbH, Berlin
Druck: Elsnerdruck, Berlin
Verlagsnummer: 8655
SN/Herstellung: Sebastian Strohmaier/sc
Made in Germany
ISBN 3-442-08655-8

15 17 19 20 18 16 14

Für Brad, Glen und Suzanne
und
für all jene, die Hunger, Not
und Entbehrung erlitten haben und
es schafften zu überleben.

Immer wenn der Sommerwind weht, dann stelle ich mir vor, wie er sanft über die Wiesenblumen streift und im Wald die Blätter rauschen läßt. Ich sehe die Vögel hoch oben am Himmel fliegen und die Flußfische springen. Und ich erinnere mich an die Wintertage: Wie die kahlen Bäume ächzten, wenn der Wind sie so gewaltsam rüttelte, daß die Äste an die ärmliche Holzhütte, die sich schutzsuchend an einen Hang klammerte, schlugen und peitschten. Die Bewohner von West-Virginia nennen die Berge, zu denen der Hang gehört, »the Willies« – die finsteren Berge.

Der Wind toste nicht nur, er heulte und wimmerte, so daß jeder, der in den finsteren Bergen lebte, ängstlich durch die kleinen schmutzigen Fenster spähte. Das Leben dort oben konnte einen das Fürchten lehren, besonders dann, wenn die Wölfe mit dem Wind um die Wette heulten, Wildkatzen fauchten und andere wilde Tiere durch den Wald streunten. Oft geschah es, daß Haustiere verschwanden, und ungefähr alle zehn Jahre kam ein Kind abhanden, ein Dreikäsehoch verirrte sich und fand nie wieder nach Hause.

Besonders deutlich erinnere ich mich an eine kalte Nacht im Februar, in der ich erfuhr, wer ich eigentlich war. Es war am Vorabend meines zehnten Geburtstages. Ich lag auf dem Boden in der Nähe des Ofens, eingehüllt in meine Schlafdecke, während die Wölfe draußen den Mond anwinselten. Unglücklicherweise hatte ich einen sehr leichten Schlaf und schreckte bei dem kleinsten Geräusch hoch. Man konnte in unserer abgelegenen Hütte jeden Laut überdeutlich hören. Großmutter und Großvater schnarchten. Vater torkelte betrunken herein, stieß gegen die Möbel, bis er krachend auf das Messingbett fiel, daß die Federn quietschten. Mutter erwachte und geriet sofort in Wut; mit hoher, schriller Stimme zankte sie ihn aus, weil er wieder seine Zeit in »Shirley's Place« verbracht hatte. Damals wußte ich noch nicht, was an »Shirley's Place« so anrüchig sein sollte und warum es immer Streit gab, wenn Vater dort gewesen war.

Die Holzdielen unseres Fußbodens hatten fingerbreite Zwischenräume und waren schief zusammengezimmert, so daß nicht nur die kalte Luft hindurchpfiff, sondern auch die Schlafgeräusche der Schweine, Hunde, Katzen und anderer Tiere, die unter den Dielen Unterschlupf gefunden hatten, deutlich vernehmbar waren.

Plötzlich drang ein fremdes Geräusch aus der Dunkelheit zu mir. Was bewegte sich im schummrigen Licht der Ofenglut? Ich kniff die Augen zusammen und erkannte Großmutter, die, auf Zehenspitzen und gebeugt, über den rauhen Bretterboden schlich. Mit ihren grauen, wallenden Haaren glich sie einer Hexe. Sie wollte bestimmt nicht zum Plumpsklo – Großmutter war die einzige von uns, die den Nachttopf benutzen durfte. Wir anderen mußten zum 200 Meter entfernten Plumpsklo wandern. Großmutter war Mitte Fünfzig. Chronische Arthritis sowie andere Leiden machten Großmutter das Leben schwer. Sie hatte kaum noch einen Zahn im Mund und sah doppelt so alt aus, wie sie eigentlich war. Leute, die sich daran noch erinnern konnten, hatten mir erzählt, daß Annie Brandywine Casteel einst das schönste Mädchen der Berge gewesen war.

»Komm mit, Mädchen«, krächzte Großmutter heiser und legte ihre knöcherne Hand auf meine Schulter, »'s wird endlich Zeit, daß du aufhörst, nachts zu weinen. Vielleicht tust du's nicht mehr, wenn du die Wahrheit erfährst. Also beeil dich! Bevor dein Vater aufwacht, machen wir beide uns auf den Weg, und wenn wir zurückkehren, hast du was, an das du dich halten kannst, wenn er dich böse ansieht und dir mit'n Fäusten droht.«

Sie seufzte leise.

»Willst du damit sagen, Großmutter, daß wir hinausgehen sollen? Es ist schrecklich kalt draußen«, warnte ich sie, während ich mich erhob und in Toms viel zu große Schuhe schlüpfte. »Du hast doch wohl nicht vor, weit wegzugehen, oder?«

»Gewiß«, flüsterte Großmutter, »'s gehört sich einfach nicht, wie Luke seine Erstgeborene anbrüllt. Und es tut mir noch mehr weh – das Blut stockt mir schier in den Adern –, wie du gleich zurückschnappst, auch wenn's gar nicht so schlimm gewesen ist und er sich bald wieder beruhigt hatte. Mädchen, Mädchen, was gibst du immer so freche Antworten?«

»Das weißt du doch, Großmutter«, wisperte ich. »Vater haßt mich, und ich weiß nicht, weshalb. Warum haßt er mich denn so?«

Es schien gerade so viel Mondlicht durch das Fenster, daß ich ihr liebes, altes Gesicht sehen konnte.

»Ja, ja, 's wird Zeit, daß du's erfährst«, brabbelte sie vor sich hin, warf mir einen schwarzen, selbstgestrickten Schal über und hüllte ihre schmalen, hängenden Schultern in einen ähnlich düsteren Umhang. Sie führte mich an der Hand zur Tür hin und öffnete sie. Sogleich blies ein scharfer Wind herein. In ihrem Bett hinter dem zerschlissenen blaßroten Vorhang brummten Mutter und Vater leise im Halbschlaf. Großmutter schloß die Tür schnell wieder. »Du und ich haben 'ne wichtige Reise vor uns, dorthin, wo unsere Vorfahren unter der Erde liegen. Hab's dir schon die ganzen Jahre über zeigen wollen. Und nun gibt's keinen Aufschub mehr. Die Zeit verrinnt, jawohl. Und eines Tages ist es zu spät.«

Also schritten meine Großmutter und ich in dieser kalten und verschneiten Nacht zum dunklen Kiefernwald. Eisschollen trieben den Fluß hinunter, und das Heulen der Wölfe erscholl nun aus nächster Nähe. »Jawohl, Annie Brandywine Casteel kann sehr wohl 'n Geheimnis hüten«, sprach Großmutter wie zu sich selbst. »Die meisten Leute können's gar nicht, verstehst du. Sind nun mal nicht alle Menschen so auf die Welt gekommen wie ich... hörst du mir überhaupt zu, Mädchen?«

»Bleibt mir ja nichts anderes übrig, Großmutter. Du brüllst mir ja direkt ins Ohr.«

Sie hielt mich an der Hand und führte mich immer weiter weg von zu Hause. Es war Irrsinn, jetzt hier draußen zu sein. Warum wollte sie mir ausgerechnet in einer frostigen Winternacht ihr wohlgehütetes Geheimnis preisgeben? Warum gerade mir? Aber ich hatte sie so lieb, daß ich sie den holprigen Pfad hinunterbegleitete. Es schien mir, als gingen wir viele Meilen durch die kalte und finstere Nacht, während die alte Mondkugel auf uns herabschien und so aussah, als stecke sie voller böser Absichten.

Großmutters großartige Überraschung war nichts weiter als ein öder, unheimlicher Friedhof im fahlen Licht des Wintermondes. Bevor sie zu reden anfing, frischte der Wind auf; ihre dünnen Haare flatterten wild und vermengten sich mit meinen. »Was ich dir nun erzähle, ist das einzige, was ich für dich hab', Kind. Es ist das einzig Wertvolle, das ich dir geben kann.«

»Hättest du's mir nicht auch zu Hause erzählen können?«

»Niemals«, erwiderte sie trotzig. Großmutter konnte manchmal, wenn sie sich etwas vorgenommen hatte, so standfest wie ein alter Baum mit unendlich vielen Wurzeln sein. »Dort hörst du mir überhaupt nicht zu, wenn ich dir was erzähle. Aber hier vergißt du's dein Lebtag nicht mehr.«

Sie hielt inne, und ihr Blick heftete sich auf ein schmales, kleines Grab. Sie hob ihren Arm und zeigte mit ihrem knorrigen Finger auf den Grabstein aus Granit. Ich starrte darauf und versuchte die Inschrift zu entziffern. Wie seltsam, daß mich meine Großmutter mitten in der Nacht hierher brachte, an einen Ort, wo die Seelen der Toten ihr Unwesen trieben, vielleicht in den Körper eines Lebenden fahren wollten.

»Solltest deinem Vater verzeihen, daß er so ist, wie er nun mal ist«, fing Großmutter an und schmiegte sich enger an mich, um sich zu wärmen. »Er ist nun mal so, er kann nicht anders; so wie die Sonne nicht anders kann als aufgehen und untergehen.«

Oh, Großmutter hatte leicht reden. Alte Leute erinnerten sich eben nicht mehr daran, was es hieß, jung zu sein und Angst zu haben.

»Laß uns nach Hause gehen«, sagte ich schlotternd und wollte sie mit mir fortziehen. »Ich hab' so viele Geschichten darüber gelesen, was bei Vollmond um Mitternacht auf Friedhöfen geschieht.«

»Ich hab' doch mehr Grips, als vor toten, stummen Dingen, die nicht reden und sich nicht bewegen können, mit den Zähnen zu klappern.«

Sie schloß ihre Arme fester um mich und zwang mich, auf das schmale, eingesunkene Grab zu sehen. »Sei still und hör gut zu, bis ich fertig erzählt hab'. Ich will dir was sagen, was dir helfen wird. Dein Vater hat 'n ganz bestimmten Grund, warum er so gemein ist zu dir, wenn er dich sieht. Er haßt dich ja in Wirklichkeit gar nicht. Hab's mir ganz genau durch den Kopf gehen lassen; wenn mein Luke dich anguckt, sieht er ja gar nicht dich, er sieht jemand anderen... Glaub's Kind, er hat 'n gutes Herz. Ist in Wirklichkeit 'n guter Mann, das kann man sagen. Hat seine erste Frau so geliebt, er wär' fast draufgegangen, als sie starb. Ist ihr in Atlanta begegnet. Er siebzehn, sie vierzehn Jahre und drei Tage alt. Hat sie mir später erzählt.« Großmutters dünne Stimme wurde eine Oktave tiefer. »Schön wie 'n Engel war sie, und – meine Güte –, wie hat sie deinen

Vater geliebt. Jawohl, einen Narren hatte sie an ihm gefressen und ist gleich von zu Hause abgehauen. Von Boston immer in Richtung Texas gelaufen, jawohl. Mit ihrem feinen Köfferchen, voller Kleider und Sachen wie Spiegel, Armreifen und Ohrringe. Sie kam, um hier zu leben, aber es war nicht richtig, 'nen Mann zu heiraten, der gar nicht ihresgleichen war. Nur weil sie ihn liebte!«

»Großmutter, ich wußte nicht, daß Vater schon einmal eine Frau hatte. Ich dachte, Mutter wäre seine erste und einzige Frau.«

»Du sollst still sein, hab' ich gesagt. Laß mich das schön der Reihe nach auf meine Art erzählen... Sie kam aus 'ner reichen Familie in Boston, um mit Luke, Toby und mir zu leben. Zuerst hab' ich sie nicht leiden können. Wußte gleich, die hält nicht durch, gleich von Anfang an. Zu fein und zu gut für unsereinen, die Berge und die viele Mühsal! Dachte, wir hätten 'n Badezimmer oder so was. War ganz durcheinander, wie sie sah, daß sie raus mußte aufs Plumpsklo und auf'm Brett mit zwei Löchern sitzen. Da hat doch Luke ihr tatsächlich ein schönes, kleines Klo gebaut. Hat's sogar weiß angemalt, und sie hat so 'n hübsches Papier auf 'ne Rolle gewickelt, das hat sie. Und gefragt hat sie mich, ob ich ihr rosa Papier aus'm Warenhaus benützen will. Ihr *Badezimmer* hat sie's genannt. Und umarmt und geküßt hat sie den Luke, daß er ihr's gebaut hat.«

»War Vater nicht so bös' mit ihr wie mit Mutter?«

»Mund halten, Mädchen, bringst mich ja ganz draus! Als sie zu uns kam, hat sie mein Herz erobert und vielleicht auch das von Toby. Ganz arg bemüht hat sie sich, alles fein und gut zu machen. Gekocht hat sie. Hat versucht, unsere Hütte ein bißchen hübsch zu machen. Und Toby und ich, wir haben ihnen unser Bett überlassen, daß sie ihre Babys auf anständige Art machen konnten und nicht auf'm Boden. Sie wollte unbedingt auf'm Boden schlafen, unbedingt wollte sie's, aber wir haben's nicht zugelassen. Alle Casteels sind im Bett gemacht worden, hoffe ich jedenfalls. Und eines Tages lacht und hüpft sie vor lauter Freude, weil sie ein Kind kriegt. Ein Baby von meinem Luke. Und sie tat mir leid, so schrecklich leid. Wir zwei Alten hatten gehofft, ganz fest gehofft, daß sie wieder nach Hause zu ihren Leuten zurückgeht. Aber die Berge haben sie geholt, wie sie's immer tun mit den Zarten, Schwachen. Aber glücklich hat sie ihn gemacht, als sie noch lebte. So glücklich ist er nie wieder gewesen.« Großmutter hielt inne.

»Wie ist sie denn gestorben, Großmutter? Ist das ihr Grab?«

Bevor die alte Frau eine Antwort gab, seufzte sie tief. »Gerade achtzehn war dein Vater, als sie starb, und sie war erst vierzehn, als er sie mit der kalten Erde bedecken und weggehen und sie allein lassen mußte. Und er wußte, wie sie die kalten Nächte haßte, ohne ihn. Kind, er hat die ganze Nacht auf ihrem Grab gelegen, um sie warm zu halten. Und es war Februar! Das war meine Geschichte vom Engel, der in die Berge gekommen ist, um deinen Vater zu lieben und ihn glücklich zu machen, so glücklich wie er's nie wieder war und wohl auch nie wieder sein wird, so wie die Dinge stehen.«

»Großmutter, mußtest du mich hierher bringen, um mir das alles zu erzählen! Das hättest du mir doch auch zu Hause erzählen können. Auch wenn es eine traurige und schöne Geschichte ist – trotzdem, Vater ist so ekelhaft. Sie hat wohl das beste von ihm mit ins Grab genommen, und das schlechte hat sie uns zurückgelassen. Warum hat sie ihm nicht beigebracht, auch andere Menschen liebzuhaben? Großmutter, ich wünschte mir, sie wäre nie zu uns gekommen! Niemals! Dann würde Vater Mutter liebhaben, und mich, nicht nur sie!«

»Wie?« rief Großmutter erstaunt. »Was denn, Mädchen? Hast du's noch nicht erraten? Das Mädchen, das dein Vater Engel genannt hat, war deine Mutter! Sie hat dich auf die Welt gebracht, und als du da warst, konnt' sie kaum mehr sprechen. Und sie hat dir den Namen Heaven Leigh gegeben, jawohl. Mußt zugeben, daß du mächtig stolz sein kannst auf deinen Namen, von dem man sagt, daß er haargenau zu dir paßt.«

Ich achtete nicht mehr auf den Wind. Ich kümmerte mich nicht mehr darum, daß mir meine Haare ins Gesicht flatterten.

Der Mond tauchte hinter einer dunklen Wolke hervor, und ein Lichtstrahl fiel kurz auf den in Stein gehauenen Namen:

ENGEL
Innigst geliebte Frau von Thomas Luke Casteel

Beim Anblick des Grabes überkam mich ein eigenartiges Schaudern. »Wo hat Vater denn Sarah gefunden? Und so schnell?«

Großmutter redete jetzt immer hastiger, als hätte sie schon lange auf diese Gelegenheit gewartet. »Dein Vater brauchte 'ne Frau, um die leere Stelle neben seinem Bett zu füllen. Er haßte die einsamen Nächte, und Männer haben nun mal ein starkes Verlangen, ein körperliches Verlangen, aber das verstehst du erst, wenn du älter bist. Er wollt 'ne Frau, die ihm das gab, was ihm sein Engel gegeben hatte. Sarah hat sich bemüht, muß man ihr lassen. Sie ist dir 'ne gute Mutter gewesen, hat dich wie ihr eigenes behandelt. Hat dich großgezogen, dich geliebt. Sarah hat Luke ihren Körper mit Freuden geschenkt, aber sie hat nun mal nicht die Seele von Angel. Jetzt verzehrt er sich nach dem Mädchen, das 'n guten Menschen aus ihm gemacht hätte. Er war in jener Zeit ein guter Mann, Heaven, – auch wenn du's nicht glauben magst. Denk nur mal, als deine Mutter, der gute Engel, noch lebte, ist er tagein, tagaus jeden Morgen mit seiner Klapperkiste zur Arbeit nach Winnerrow gefahren. Hat alles über Tischlerei, Häuserbauen und so gelernt. Ist jeden Tag von der Arbeit nach Hause gekommen, steckte voller Ideen, wie er uns ein Haus im Tal bauen würde und dort das Land bestellen, Rinder, Schweine und Pferde züchten – ein richtiger Tiernarr, dein Vater. Wie du!«

Ich war in einer seltsamen Gemütsverfassung, als Großmutter mich zurück in die Hütte brachte und zwischen altem Gerümpel und vielen Kartons, in denen wir unsere erbärmlichen Kleidungsstücke aufbewahrten, etwas hervorzerrte, das in eine alte Bettdecke eingehüllt war. Sie wickelte es aus, und ein eleganter Koffer, den wir Bergler uns nie hätten leisten können, kam zum Vorschein. »Deiner«, flüsterte sie, um die anderen nicht aufzuwecken. »Gehörte deiner Mutter. Hab' ihr versprochen, ihn dir zur rechten Zeit zu geben. Heut nacht ist wohl die rechte Zeit. Schau dir's an, Mädchen. Schau rein, was für 'ne Mutter du hattest.«

Als könnte man eine tote Mutter in einen teuren Luxuskoffer stopfen!

Doch als ich ihn aufmachte, blieb mir die Luft weg.

Vor mir, im trüben Licht des Ofens, lagen die schönsten Kleider, die ich jemals gesehen hatte. Zartes, Spitzenbesetztes, wovon ich nicht mal zu träumen gewagt hätte. Und am Boden des Koffers fand ich etwas Langes, in viel Seidenpapier eingewickelt. Ich merkte es Großmutter an, daß sie aufgeregt war und mich beobachtete, als warte sie gespannt auf meine Reaktion.

Im schwachen Schein der glimmenden Holzscheite blickte ich

entgeistert auf eine Puppe. Eine Puppe? Das war das letzte, was ich erwartet hatte. Ich starrte die Puppe mit ihren aschblonden Haaren, die zu einer aufwendigen Frisur hochgesteckt waren, unentwegt an. Sie trug einen Brautschleier, der von einem juwelenbesetzten Häubchen festgehalten wurde. Ihr Gesicht war außergewöhnlich hübsch, mit wunderschön geschwungenen Lippen. Ihr langes Kleid war aus weißer Spitze, bestickt mit winzigen Perlen und glitzernden Steinen. Eine Puppenbraut – mit Schleier und allem. Sogar ihre weißen Schuhe waren aus Spitze und Satin, und als ich einen verstohlenen Blick unter ihren Rock warf, sah ich, daß ihre glänzenden Strümpfe von einem kleinen Strumpfbandgürtel festgehalten wurden.

»Das ist sie. Deine Mutter, Leigh, die Luke Angel nannte«, flüsterte Großmutter. »So sah deine Mutter aus, als sie deinen Vater heiratete und hierher zu uns kam. Das letzte, was sie sagte, bevor sie starb, ›Gib meinem kleinen Mädchen, was ich mitgebracht habe…‹, das hab' ich nun getan.«

Ja, das hatte sie getan – und dadurch mein Leben von Grund auf verändert.

1. KAPITEL

DAMALS

Wenn es wahr ist, daß Jesus vor fast zweitausend Jahren für uns am Kreuz gestorben ist, um uns vor allem Bösen zu bewahren, dann galt dies nicht für unsere Gegend, ausgenommen sonntags zwischen zehn Uhr früh und zehn Uhr abends. Zumindest meiner Meinung nach.

Aber wer gab schon etwas auf meine Meinung? Ich dachte daran, wie Vater – zwei Monate nach dem Tod meiner Mutter im Kindbett – Sarah zur Frau genommen hatte und sie ihm den Sohn gebar, den er sich so sehnlich gewünscht hatte, seit ich auf die Welt gekommen war und dem kurzen Leben meiner Mutter ein jähes Ende bereitet hatte.

Damals war ich noch zu jung, um mich an die Geburt dieses ersten Sohnes zu erinnern, der auf den Namen Thomas Luke Casteel jun. getauft wurde. Später erzählte man mir, daß wir zusammen in der gleichen Wiege gelegen, darin wie Zwillinge geschaukelt, gestillt und in die Arme genommen – jedoch nicht gleichermaßen geliebt worden waren. Letzteres mußte mir allerdings niemand erst erzählen.

Ich liebte Tom mit den feuerroten Haaren und den leuchtend grünen Augen, die er von Sarah geerbt hatte. Nichts an ihm erinnerte an Vater. Er wurde allerdings später ebenso groß wie er.

Nachdem mir Großmutter am Tage vor meinem zehnten Geburtstag von meiner richtigen Mutter erzählt hatte, faßte ich den Entschluß, meinem Bruder Tom niemals den Glauben zu nehmen, daß ich, Heaven Leigh Casteel, seine leibliche Schwester sei. Ich wollte die besondere Beziehung zwischen uns, die uns fast zu einer Person verschmelzen ließ, unter allen Umständen bewahren. Seine Gedanken waren beinahe immer die gleichen wie meine, wohl deshalb, weil wir in der gleichen Wiege gelegen hatten. Sehr bald nach seiner Geburt begann unser stilles Einverständnis. Das machte uns außergewöhnlich. Es war uns wichtig, außergewöhnlich zu sein, denn wir befürchteten, daß wir es eigentlich überhaupt nicht waren.

Barfüßig war Sarah über einsachtzig groß. Eine wahre Amazone und die passende Gefährtin für einen Mann, der so groß und stark war wie mein Vater. Sarah war nie krank. Wie Großmutter (die Tom gelegentlich scherzhaft »Mutter der Weisheit« nannte) erzählte, waren Sarahs Brüste nach Toms Geburt so voll und üppig geworden, daß sie mit kaum vierzehn Jahren bereits wie ein Matrone wirkte.

»Und«, fuhr Großmutter fort, »als Sarah niedergekommen war und alles hinter sich hatte, ist sie gleich wieder aufgestanden und hat weitergearbeitet, gerade so, als hätte sie nicht soeben die qualvollsten Schmerzen erlebt, die wir Frauen nun mal klaglos ertragen müssen. Mein Gott, Sarah brachte es doch glatt fertig, zu kochen und dabei einem Neugeborenen das Trinken beizubringen.« Jawohl, dachte ich mir, es ist bestimmt hauptsächlich Sarahs unverwüstliche Gesundheit, die Vater an ihr so anziehend findet. Sonst sagte ihm Sarahs Typ wohl nicht besonders zu, aber man konnte bei ihr davon ausgehen, daß sie nicht im Kindbett sterben und ihn in tiefer, dumpfer Verzweiflung zurücklassen würde.

Ein Jahr nach Tom kam Fanny mit ihren pechschwarzen Haaren und ihren dunkelblauen Augen, die noch vor ihrem ersten Geburtstag fast ganz schwarz wurden. Unsere Fanny war ein richtiges Indianermädchen – braun wie eine Haselnuß – und nur selten mit irgend etwas zufrieden.

Vier Jahre nach Fanny kam Keith, der nach Sarahs frühverstorbenem Vater benannt wurde. Keith hatte bestimmt das hübscheste Haar: ein helles Kastanienbraun. Und man mußte ihn einfach sofort liebhaben – besonders da er ein sehr stiller Junge war, der kaum jemandem Sorgen machte, der niemals jammerte, weinte oder ständig etwas forderte, wie Fanny es die ganze Zeit über tat. Keiths blaue Augen wurden schließlich topasfarben, seine Haut machte dem weißlichen Pfirsichteint Konkurrenz, von dem die Leute behaupteten, daß ich ihn hätte. Allerdings kann ich das nicht so genau sagen, da ich nur selten in unseren trüben Spiegel blickte, der zudem mehrere Sprünge hatte.

Keith entwickelte sich zu einem besonders braven Jungen, der sich an schönen Dingen erfreuen konnte. Als ein Jahr später ein neues Baby auf die Welt kam, saß er oft stundenlang neben dem zarten kleinen Mädchen, das von Anfang an kränkelte. Schön wie ein Puppe war unsere kleine Schwester. Sarah hatte mir erlaubt, daß ich ihr einen Namen geben durfte. Ich nannte sie Jane, da ich zu der Zeit eine Jane auf der Titelseite einer Zeitschrift gesehen hatte, die mir unglaublich schön vorgekommen war.

Jane hatte weiche, rotblonde Locken, große, blaugrüne Augen mit langen, dunklen Wimpern, die oft hilflos zuckten, wenn sie bedrückt in ihrer Wiege lag und Keith anguckte. Keith schaukelte manchmal die Wiege und brachte sie zum Lächeln. Ihr Lächeln war so entwaffnend; es war, als breche die Sonne hinter Regenwolken hervor.

Nachdem Jane geboren war, bestimmte sie unser Leben. Es war uns immer wieder eine willkommene Aufgabe, ein Lächeln auf ihr engelhaftes Gesicht zu zaubern. Es machte mir ein ganz besonderes Vergnügen, sie vom Weinen über ihre rätselhaften Schmerzen abzuhalten und sie zum Lachen zu bringen. Aber Fanny legte es darauf an, mir dieses – wie fast jedes andere – Vergnügen zu verderben.

»Gib sie her«, quäkte sie, rannte über den Hof direkt auf mich zu und trat mir mit ihren langen dünnen Beinen gegen das Schienbein. Dann brachte sie sich schnell in Sicherheit und schrie mir aus sicherer Entfernung zu: »Sie ist unsere Jane! Nicht Toms! *Unsere!* Alles hier gehört *uns*, nicht dir allein, Heaven Leigh Casteel!«

Von da an hieß Jane »Unsere-Jane«. Sie wurde so lange bei diesem Namen gerufen, bis schließlich alle vergessen hatten, daß unser Jüngstes und Liebstes früher nur einen Namen besessen hatte.

Und dann war da noch Vater.

Manchmal gab es Zeiten, da mir nichts lieber auf der Welt gewesen wäre, als meinen einsamen Vater zu lieben, der oft dumpf und vom Leben enttäuscht auf einem Stuhl hockte und Löcher in die Luft starrte. Seine Haare waren ebenholzfarben – das Erbe eines indianischen Vorfahren, der einst ein weißes Mädchen geraubt und es zu seiner Frau gemacht hatte. Seine Augen waren ebenso schwarz wie sein Haar, und seine Haut war im Sommer wie im Winter von einer tiefen Bronzefarbe. Seine glattrasierten Wangen bekamen keine dunklen Schatten, wie das bei schwarzhaarigen Männern oft der Fall ist. Er hatte schöne breite Schultern. Man konnte ihn manchmal im Hof beobachten, wie er Holz hackte, und während er die Axt schwang, das komplizierte Muskelspiel seiner starken Brust und seiner Arme sehen; Sarah, die gerade über einen Waschtrog gebeugt stand, richtete sich einmal auf und sah ihn mit so großer Liebe und so großem Verlangen an, daß es mir fast das Herz zerriß bei dem Gedanken, wie gleichgültig es ihm war, ob sie ihn liebte und bewunderte oder sich jedesmal die Augen ausweinte, wenn er erst frühmorgens nach Hause kam.

Seine düsteren, melancholischen Stimmungen brachten mich manchmal fast dazu, meine gemeinen Gedanken gegen ihn zu vergessen. In dem Frühling, als ich dreizehn Jahre alt war und schon über meine wirkliche Mutter Bescheid wußte, beobachtete ich ihn, wie er zusammengekauert im Sessel saß und in die Luft starrte, als träumte er von etwas; ich stand abseits und sehnte mich danach, die Arme nach ihm auszustrecken und seine Wangen zu berühren – ich hatte noch niemals sein Gesicht angefaßt. Was würde er tun, wenn ich es wagte? Würde er mir ins Gesicht schlagen? Mit Sicherheit würde er brüllen und schreien. Trotzdem hatte ich das große Bedürfnis, ihn zu lieben und von ihm geliebt zu werden, und die ganze Zeit über brannte das quälende Verlangen in mir, meine Liebe und Zuneigung für ihn wie ein Feuer entzünden zu dürfen.

Wenn er mich wenigstens angesehen oder etwas gesagt hätte, um mir zu zeigen, daß er mich ein klein wenig mochte.

Aber er schaute mich nicht einmal an. Er sprach kein Wort mit mir. Ich war Luft für ihn.

Aber wenn Fanny die wackligen Stufen unserer Veranda hochstürmte und sich auf seinen Schoß setzte und dabei lauthals verkündete, wie sehr sie sich darüber freue, daß er wieder da sei, dann küßte er sie. Es gab mir einen Stich, zu sehen, wie er sie in die Arme nahm und über ihre langen, glänzend-schwarzen Haare strich. »Wie geht's, Fanny, mein Mädchen?«

»Hast mir gefehlt, Vater! Mag nicht, wenn du weg bist. Ist nicht schön ohne dich! Bitte, Vater, bleib diesmal!«

»Liebes«, murmelte er, »schön, daß einen jemand vermißt – vielleicht geh' ich nur darum immer wieder fort!«

Es tat weh, zu sehen, wie Vater Fannys Haare streichelte und mich überhaupt nicht beachtete – mehr noch als seine Ohrfeigen und bösen Worte, die ich bekam, wenn ich ihn hin und wieder zwang, mich zu bemerken. Ich lenkte seine Aufmerksamkeit absichtlich auf mich; mit einem riesigen Wäschekorb, in den ich gerade die Wäsche von der Wäscheleine zusammengefaltet hineingelegt hatte, stolzierte ich an ihm vorbei. Fanny grinste mich frech an. Vater würdigte mich keines Blicks und ließ sich nicht anmerken, daß er wußte, wie schwer ich schuftete – obwohl es um seine Mundwinkel zuckte. Wortlos schritt ich an ihm vorbei, als ob ich ihn zuletzt vor zwei Minuten gesehen hätte und er nicht zwei Wochen fortgewesen wäre. Es wurmte mich, daß er mich überging – obgleich ich ihn auch nicht beachtete.

Fanny rührte keine Arbeit an – die erledigten Sarah und ich. Großmutter erzählte Geschichten, und Großvater schnitzte. Vater kam und ging, ganz wie es ihm beliebte; er verkaufte Schnaps für Schwarzbrenner und manchmal brannte er seinen eigenen, was ihm, laut Sarah, das meiste Geld einbrachte. Dabei ängstigte sie sich halb zu Tode, daß man ihn dabei erwischen könnte und er im Gefängnis landen würde – die professionellen Brenner hatten nun einmal kein Verständnis für die zusätzliche Konkurrenz. Er blieb oft ein, zwei Wochen lang verschwunden. Wenn er fort war, ließ Sarah ihre Haare fettig werden und kochte lieblos und schlecht. Kaum aber trat Vater flüchtig lächelnd durch die Tür und warf ihr nur ein paar achtlose Worte hin, so kam Leben in sie; sofort wusch sie sich und zog sich ihre besten Sachen an – sie hatte die Auswahl zwischen drei nicht allzugut erhaltenen Kleidern. Ihr sehnlichster Wunsch, wenn Vater nach Hause kam, war, sich schminken und ein grünes, zu ihren Augen passendes Kleid tragen zu können. Es war leicht zu sehen, daß Sarah all ihre Träume auf den Tag gerichtet hatte, an dem sie sich das leisten konnte, und Vater sie dann endlich so lieben würde wie die arme Tote, die meine Mutter gewesen war.

Unsere Hütte stand hoch oben in den Bergen und war aus uraltem Holz gebaut. Entweder drang Kälte oder Hitze durch die zahlreichen Astlöcher. Die Hütte war niemals mit Farbe in Berührung gekommen und würde es wahrscheinlich auch nie. Sie hatte ein Blechdach, das schon lange vor meiner Geburt verrostet gewesen war. Wie abertausend Tränen war das Wasser über das helle Holz gelaufen und hatte es dunkel gefärbt. Wir sammelten das Wasser in Regenfässern, um es zum Baden und einmal in der Woche zum Haarewaschen zu gebrauchen, wozu wir es dann auf dem alten, gußeisernen Ofen mit dem Spitznamen »Old Smokey« erhitzten. Old Smokey qualmte und spie so viel beißenden Rauch, daß wir ständig husteten und tränende Augen hatten, wenn wir uns drinnen aufhielten und Tür und Fenster geschlossen waren.

Die Hütte bestand aus zwei Räumen, die durch einen zerschlissenen, ehemals roten Vorhang voneinander getrennt waren, der somit eine Art Tür zum »Schlafzimmer« bildete. Unser Ofen diente nicht allein dazu, die Hütte warm zu halten, sondern auch zum Kochen, Backen und – wie gesagt – zum Erhitzen des Badewassers. Einmal in der Woche, vor dem Gottesdienst, wurde gebadet und Haare gewaschen.

Neben Old Smokey stand ein alter Küchenschrank, der Dosen für Mehl, Zucker, Kaffee und Tee enthielt. Allerdings konnten wir uns überhaupt keinen Zucker, Kaffee oder Tee leisten, doch verbrauchten wir Unmengen von Schweinespeck, um Griebenschmalz zu machen, das wir mit unserem Brot aßen. Hatten wir großes Glück, dann fanden wir reichlich Honig und wilde Beeren im Wald. Und in besonders gesegneten Zeiten besaßen wir eine Kuh, die uns Milch gab, und es waren eigentlich immer Hühner und Gänse vorhanden, die uns mit Eiern und am Sonntag mit Fleisch versorgten. Die Schweine liefen frei herum, drängten sich nachts unter unserem Haus eng aneinander und hielten uns mit ihren Alpträumen wach. Vaters Jagdhunde hatten die Hütte zu ihrem Revier erkoren, aber wie alle Bergbewohner wußten wir, wie wichtig Hunde nun mal waren, wenn es um einen beständigen Nachschub von Fleisch und Geflügel ging.

Was wir als unser Schlafzimmer bezeichneten, bestand aus einem großen Messingbett mit einer durchgelegenen, schmuddeligen Matratze. Wenn sich darauf etwas abspielte, quietschten und krachten die Federn. Jedes Geräusch hörte man peinlich laut und nahe; der Vorhang trug wenig dazu bei, irgendeinen Laut zu dämpfen.

In der Stadt und in der Schule verhöhnte man uns als Gesindel und Lumpenpack, »Hillbillies« war noch die freundlichste Bezeichnung. Unter allen Bewohnern der Berghütten gab es keine einzige Familie, die so verachtet wurde wie unsere: die Casteels – der Abschaum der Gesellschaft. Wir waren schließlich auch eine Familie, von deren Söhnen fünf wegen kleinerer und größerer Straftaten im Gefängnis gesessen hatten. Kein Wunder, daß Großmutter nachts weinte und all ihre Erwartungen auf Luke Casteel setzte, in der

Hoffnung, daß er eines schönen Tages der Welt beweisen würde, daß die Casteels nicht zum allerärgsten Lumpenpack gehörten.

Also, ich habe gehört – obwohl ich es kaum glauben kann –, daß es tatsächlich Kinder gibt, die die Schule hassen. Tom und ich hingegen konnten es kaum erwarten, bis es endlich wieder Montag war und wir unserer beengten Hütte mit ihren zwei übelriechenden, engen Räumen und dem stinkenden Abort im Hof entkommen konnten.

Unsere Schule war ein rotes Ziegelgebäude und stand im Herzen von Winnerrow, dem nächstgelegenen Dorf in einem Tal in den »Willies«. Täglich liefen wir die etwa zwanzig Kilometer zur Schule, so als wäre das gar keine Entfernung. Tom ging dann immer an meiner Seite, und Fanny zuckelte hinterher. Sie war bildhübsch und wütend auf die ganze Welt, weil ihre Familie so »stinkarm« war, wie sie es sehr treffend sagte.

»Warum wohnen wir in keinem dieser hübsch bemalten Häuser, wie es die Leute in Winnerrow tun, wo sie auch richtige Badezimmer haben?« quengelte Fanny, die immer jammerte und sich über Dinge beklagte, die wir übrigen akzeptierten, um nicht ganz zu verzweifeln. »Könnt ihr euch das vorstellen? Mit 'nem Badezimmer drinnen. Hab' sogar gehört, daß einige Häuser zwei oder gar drei haben – jedes mit fließendem Wasser, heiß und kalt, könnt ihr euch das vorstellen?«

Selten war ich einer Meinung mit Fanny, aber darin waren wir uns einig, daß es das Paradies auf Erden sein müßte, in einem geweißelten Haus mit vier oder fünf Zimmern mit Zentralheizung zu leben und nur an einem Hahn drehen zu müssen, um fließend heißes und kaltes Wasser zu bekommen – und über ein Wasserklosett verfügen zu können.

Wenn ich nur an die Zentralheizung dachte, an die Ausgußbecken und das Wasserklosett, bemerkte ich erst, wie arm wir waren. Doch wollte ich nicht daran denken und ebensowenig in Selbstmitleid darüber verfallen, daß mir die ganze Sorge für Keith und Unsere-Jane aufgebürdet worden war.

Als ich nämlich alt genug war und Großmutter schon zu gebrechlich, um mitzuhelfen – Fanny weigerte sich nämlich rundweg, irgend etwas zu tun, auch als sie schon drei, vier und fünf Jahre alt war –, brachte mir Sarah bei, wie man Babys wickelt, füttert und sie in einer kleinen Metallwanne badet. Sarah zeigte mir tausend Dinge. Mit acht Jahren konnte ich Brot backen, Schmalz in der Pfanne erhitzen und Mehl mit Wasser verrühren, bevor ich es mit dem heißen Fett vermischte. Sie lehrte mich Fenster putzen, Boden schrubben und wie man die schmutzige Wäsche auf dem Waschbrett sauber bekam. Auch Tom brachte sie bei, mir zu helfen, so gut es ging, auch wenn die anderen Jungen ihn als »Waschlappen« verspotteten, weil er »Frauenarbeit« tat. Er hätte sich gewiß mehr dagegen aufgelehnt, wenn er mich nicht so geliebt hätte.

Wenn Vater die Nacht zu Hause verbrachte, war Sarah bei ihrer Arbeit munter wie ein Zeisig, sie summte vor sich hin und warf ihm verstohlene Blicke zu, als wäre er ein Verehrer und nicht ihr Ehemann. Der Handel mit dem illegalen Schnaps hatte ihn vollkommen ausgelaugt. Jederzeit konnte irgendwo auf dem einsamen Highway ein Steuerbeamter auf Luke Casteel lauern, um ihn zu seinen Brüdern ins Gefängnis zu werfen.

Ich war wieder mal draußen im Hof beim Wäschewaschen, während Fanny seilhüpfte und Vater Tom den Ball zuwarf, damit er ihn mit dem Schläger – Toms einziges Spielzeug und das Erbe aus Vaters Kindheit – zurückschlagen konnte.

Keith und Unsere-Jane hingen an meinem Rocksaum und wollten mir helfen, die Wäsche aufzuhängen – aber beide reichten nicht bis zur Wäscheleine.

»Fanny, warum hilfst du Heavenly nicht?« fragte Tom ärgerlich und warf mir dabei einen besorgten Blick zu.

»Will nicht!« war Fannys Antwort.

»Vater, warum sagst du Fanny nicht, sie soll Heavenly helfen?«

Vater warf den Ball so fest, daß er Tom beinahe getroffen hätte. Dabei holte Tom mit dem Schläger weit aus, verlor das Gleichgewicht und fiel zu Boden. »Kümmer dich nicht um Weiberarbeit«, sagte Vater und lachte barsch. Er ging auf die Hütte zu, gerade rechtzeitig, denn Sarah rief, daß das Essen fertig sei: »Essen kommen!«

Schmerzgeplagt erhob Großmutter sich von ihrem Schaukelstuhl, und auch Großvater kämpfte sich von seinem hoch. »Alt zu werden ist schlimmer, als ich dachte«, stöhnte Großmutter, als sie endlich aufrecht stand. Sie wollte noch rechtzeitig, bevor alles aufgegessen war, an den Tisch kommen. Unsere-Jane stürzte auf sie zu, um sich von Großmutter an der Hand führen zu lassen. Das war so ziemlich das einzige, was Großmutter noch tun konnte. Sie stöhnte wieder. »Sterben ist wohl doch nicht so schlimm.«

»Aufhören!« fuhr Vater sie an. »Ich komm' nach Hause, um mir's gutgehen zu lassen und nicht um ein Gejammer über Krankheit und Tod zu hören.« Nur wenige Minuten waren vergangen – Großmutter und Großvater hatten es sich gerade in ihren Stühlen bequem gemacht –, als Vater schon Sarahs stundenlang vorbereitete Mahlzeit verschlungen hatte, in den Hof eilte, auf den kleinen Lieferwagen sprang und sich auf und davon machte, Gott weiß wohin.

Leise weinend stand Sarah an der Tür. Sie trug ein »neues« Kleid, daß sie aufgetrennt und anders zusammengenäht hatte, mit neuen Taschen und Ärmeln, aus Stoffresten zurechtgestückelt. Ihr frischgewaschenes Haar schimmerte im Mondschein in einem warmen roten Glanz und duftete nach dem letzten Fliederwasser, das sie besaß. Es war alles umsonst gewesen, denn die Mädchen in »Shirley's Place« hatten echtes französisches Parfüm, richtiges Make-up und nicht nur Puder, wie Sarah ihn auf ihre glänzende Nase getupft hatte. Ich war fest entschlossen, weder eine zweite Sarah noch eine zweite Angel aus Atlanta zu werden. Ich nicht. Niemals.

2. KAPITEL

SCHULZEIT UND KIRCHGANG

Es schien eine Ewigkeit zu dauern, bis Unsere-Jane groß genug war und mit uns nach Winnerrow in die erste Klasse gehen konnte. Aber in diesem Herbst war sie endlich sechs Jahre alt geworden, und nun sollte sie uns begleiten, auch wenn Tom und ich sie jeden Tag dorthin schleppen mußten. Und so war es auch, im wahrsten Sinne des Wortes: Wir schleiften sie hinter uns her, hielten ihre kleine Hand fest umklammert, damit sie uns ja nicht entkam und in die Hütte zurückrannte. Und wenn ich sie etwas zu schnell hinter mir herzog, ließ sie ihre Füße auf dem Boden schleifen, um sich dagegen zu wehren.

Unsere-Jane war ein liebes und herzensgutes Kind, aber sie konnte einem mit ihrem ständigen Wimmern und dem dauernden

Erbrechen, das einen ekligen, säuerlichen Geruch verbreitete, schon auf die Nerven gehen. Ich wollte sie gerade ausschimpfen, weil wir ihretwegen schon wieder zu spät kommen und alle in der Schule wegen unserer Unpünktlichkeit lachen würden. Unsere-Jane lächelte, streckte ihre schwachen Ärmchen nach mir aus, und meine Worte erstarben mir auf den Lippen. Ich hob sie hoch und bedeckte ihr hübsches Gesicht mit Küssen: »Geht's besser, Unsere-Jane?«

»Ja«, piepste sie, »aber ich geh' nicht gerne. Tut meinen Füßen weh.«

»Gib sie mir«, sagte Tom und nahm sie mir ab.

Tom trug sie in den Armen und sah auf ihr kleines, hübsches Gesicht hinab, das sie vorsichtshalber schon verzogen hatte, um sofort loszuheulen, falls er sie wieder auf den Boden stellen sollte. »Du bist 'ne kleine Puppe«, sagte Tom zu ihr und wandte sich dann mir zu. »Weißt du, Heavenly, auch wenn Vater das Geld nicht hat, euch 'ne Puppe zu Weihnachten oder zum Geburtstag zu kaufen, dann habt ihr ja was Besseres an Unserer-Jane.«

Ich hätte ihm widersprechen können. Puppen konnte man weglegen und vergessen. Aber niemand konnte Unsere-Jane vergessen, und Unsere-Jane setzte alles daran, daß man sie nicht vergaß.

Keith und Unsere-Jane bildeten ein inniges Paar, so als verbände auch sie eine besondere Seelenverwandtschaft. Stark und robust lief Keith neben Tom her und blickte voll bewundernder Liebe auf seine kleine Schwester. Ebenso eilte er immer nach Hause, um sie zu begrüßen, und sie lächelte dankbar unter Tränen, wenn er alle ihre Wünsche erfüllt hatte. Und immer wollte sie das, was Keith gerade hatte. Keith, gutmütig wie er war, gab all ihren Wünschen nach, ohne sich jemals zu beklagen, auch wenn Unsere-Jane so viel forderte, daß sogar Tom manchmal protestierte.

»Bist 'n Trottel, Tom, und du auch Keith«, bemerkte Fanny. »Ich wär' ja blöd, wenn ich 'n Mädchen tragen würde, das genausogut wie ich gehen kann.«

Unsere-Jane fing zu jammern an. »Fanny mag mich nicht… Fanny mag mich nicht…« Sie hätte wohl den ganzen Schulweg so weiter gemacht, wenn Fanny nicht widerstrebend Unsere-Jane aus Toms Armen in die ihren genommen hätte. »Ist ja schon in Ordnung. Aber warum kannst du nicht gehen lernen, Unsere-Jane, warum denn nicht?«

»Will nicht gehen«, sagte Unsere-Jane und schlang ihre Arme fest um Fannys Hals und küßte sie.

»Siehste«, sagte Fanny stolz, »mich hat sie am liebsten... nicht dich, Heaven, oder dich, Tom... mich hat sie am liebsten, nicht wahr, Unsere-Jane?«

Verwirrt blickte Unsere-Jane zu Keith, zu mir und zu Tom und fing an zu schreien: »Laß mich runter! Laß mich runter!«

Fanny ließ Unsere-Jane in eine Pfütze fallen. Sie schrie, und Tom rannte hinter Fanny her, um ihr eine gehörige Tracht Prügel zu verpassen. Ich versuchte, Unsere-Jane zu beruhigen, und trocknete sie mit einem Lappen ab, den ich statt eines Taschentuches bei mir trug. Keith brach in Tränen aus. »Wein nicht, Keith. Sie hat sich nicht weh getan. Nicht wahr, Kleines? Siehst du, jetzt bist du wieder trocken, und Fanny wird sich entschuldigen. Aber du solltest wirklich mal probieren, selber zu gehen. Tut deinen Beinen gut. Nimm Keiths Hand, und dann werden wir singen.«

Das waren Zauberworte. So wenig Unsere-Jane gehen mochte, so gern sang sie. Ebenso wie wir alle eigentlich. Sie, Keith und ich schmetterten ein Lied nach dem anderen, bis wir Tom eingeholt hatten, der bis zum Schulhof hinter Fanny hergejagt war. Sechs Jungen hatten eine Mauer gebildet, hinter der Fanny sich versteckte – und Tom konnte gegen die viel älteren und größeren Jungen nicht ankommen. Fanny lachte, und es tat ihr kein bißchen leid, daß sie Unsere-Jane in die Pfütze hatte fallen lassen, so daß sie ihr bestes Schulkleid beschmutzt hatte, das nun feucht an ihren dünnen Beinen klebte.

Während Keith geduldig wartete, versuchte ich Unsere-Jane im Aufenthaltsraum erneut abzutrocknen. Dann begleitete ich Keith in sein Klassenzimmer, trennte ihn von Unsere-Jane und brachte sie in die erste Klasse. Sie saß in der Schulbank mit fünf anderen Mädchen ihres Alters. Sie war allerding die Kleinste. Es war traurig, festzustellen, daß die anderen Mädchen viel hübschere Kleider trugen, aber keine hatte so schönes Haar oder ein so süßes Lächeln. »Bis später, Kleines«, rief ich ihr zu. Sie blickte mir mit großen traurigen Augen nach.

Tom wartete auf mich vor Miß Deales Klassenzimmer. Zusammen gingen wir hinein. Alle Schüler wandten sich nach uns um und starrten auf unsere Kleider und unsere Füße. Ob wir nun sauber waren oder nicht, immer kicherten sie. Tag für Tag mußten wir dieselben Kleider tragen, und Tag für Tag wurden wir voller Verachtung angestarrt. Das kränkte uns zwar, aber wir beide versuchten es zu ignorieren, während wir uns in die hinterste Bank setzten.

Vor unserer Klasse saß die wunderbarste Frau der Welt – ich hoffte und betete, daß ich auch einmal so schön und gut wie sie werden würde. Im Gegensatz zu allen Schülern, die sich nach uns umdrehten, um uns zu verspotten, hob Marianne Deale den Kopf, um uns freundlich zu begrüßen. Ihr Lächeln hätte auch nicht gütiger sein können, wenn wir in den besten Kleidern gekommen wären. Sie wußte, daß wir den weitesten Schulweg hatten und daß Tom und ich die Verantwortung trugen, Keith und Unsere-Jane in die Schule zu bringen. Sie verwandelte unsere Schulzeit in ein echtes Abenteuer auf der Suche nach Wissen, mit dem wir schließlich die Berge und unsere ärmliche Hütte verlassen könnten, um eine größere und reichere Welt zu betreten.

Tom und ich sahen uns an, hingerissen davon, daß wir unserer strahlenden Lehrerin gegenübersaßen, die uns schon ein wenig von jener neuen Welt gezeigt hatte, als sie uns für das Lesen begeisterte. Ich saß in der Nähe des Fensters, denn wenn Tom hinaussah, fühlte er immer den Drang, die Schule zu schwänzen, obwohl er unbedingt die High School beenden und ein Stipendium bekommen wollte, um aufs College zu gehen. Würde es uns nämlich gelingen, das College mit guten Noten abzuschließen, dann hätten wir es wohl geschafft. Wir hatten schon alles geplant. Ich setzte mich und seufzte erleichtert. Jeder Tag, an dem es uns gelang, die Schule zu besuchen, war eine gewonnene Schlacht, die uns näher an unser Ziel brachte. Mein Ziel war es, Lehrerin zu werden, genauso wie Miß Deale.

Mein Idol hatte Haare, die die gleiche Farbe hatten wie das rotblonde Haar Unserer-Jane. Miß Deale hatte hellblaue Augen und war schlank und gut gebaut. Sie stammte aus Baltimore und sprach anders als wir alle. Für mich war sie wirklich und wahrhaftig vollkommen.

Allein ihr Anblick und ihre Anwesenheit gaben Tom und mir die Gewißheit, daß die Zukunft uns noch etwas Besonderes bringen würde. Sie achtete ihre Schüler, sogar uns in unseren schäbigen Kleidern, aber in punkto Ordnung, Sauberkeit und Höflichkeit ließ sie nichts durchgehen.

Als erstes mußten wir unsere Hausaufgaben abgeben. Da es sich unsere Eltern nicht leisten konnten, uns eigene Schulbücher zu kaufen, mußten wir unsere Hausaufgaben in der Schule machen. Manchmal wurde es aber einfach zu viel, besonders wenn die Tage schon kürzer wurden und die Dunkelheit hereinbrach, bevor wir zu Hause ankamen.

Ich schrieb eifrig von der Tafel ab, als Miß Deale hinter meinem Pult stehenblieb und mir zuflüsterte: »Heaven, bleib bitte mit Tom nach dem Unterricht hier. Ich möchte etwas mit euch beiden besprechen.«

»Haben wir etwas falsch gemacht?« fragte ich besorgt.

»Nein, natürlich nicht. Du stellst immer die gleiche Frage, Heaven. Wenn ich euch manchmal zu mir bitte, heißt das nicht immer, daß ich euch rügen will.«

Miß Deale schien nur dann von uns enttäuscht zu sein, wenn wir zurückhaltend und einsilbig auf ihre Fragen nach unserem Zuhause antworteten. Wir wollten Mutter und Vater nicht bloßstellen, und Miß Deale sollte nicht erfahren, wie ärmlich wir wohnten und wie kärglich unsere Mahlzeiten im Vergleich zu dem Essen waren, von dem uns die Stadtkinder erzählten.

Die Mittagszeit in der Schule war die schlimmste. Die Hälfte der Kinder aus dem Tal brachten braune Papiertüten mit ihrem Mittagessen mit, die andere Hälfte aß in der Cafeteria. Nur wir aus den Bergen brachten nichts mit, nicht einmal genug Kleingeld für einen Hot dog oder eine Cola. Wir aus den Bergen aßen bei Tagesanbruch ein Frühstück und eine zweite Mahlzeit vor dem Schlafengehen. Aber wir aßen niemals zu Mittag.

»Was will sie?« fragte mich Tom kurz angebunden während der Mittagspause, bevor er zum Ballspielen und ich zum Seilhüpfen ging.

»Weiß nicht.«

Miß Deale war dabei, Schulaufgaben durchzusehen, als Tom und ich nach der letzten Schulstunde blieben, voller Besorgnis um Keith und Unsere-Jane, die ohne uns völlig hilflos sein würden, wenn sie aus ihren Klassenzimmern kamen.

Plötzlich blickte Miß Deale auf. »Oh, entschuldige, Heaven! Stehst du schon lange hier?«

»Nur ein paar Minuten«, log ich. »Tom ist schnell Unsere-Jane und Keith holen gegangen. Sie bekommen sonst Angst, wenn keiner von uns beiden sie abholt, um sie nach Hause zu bringen.«

»Was ist mit Fanny? Tut sie nichts?«

»Nun«, begann ich zögernd, um Fanny zu schützen, weil sie meine Schwester war, »manchmal wird Fanny abgelenkt und dann vergißt sie ihre Pflicht.«

Miß Deale lächelte. »Ich weiß, daß ihr einen langen Heimweg vor euch habt, ich werde deshalb nicht auf Tom warten. Ich habe mit den Mitgliedern der Schulkommission über euch beide gesprochen, in der Hoffnung, daß ich sie davon überzeugen könnte, euch Bücher für zu Hause mitzugeben. Aber sie bleiben hartnäckig, weil sie glauben, wenn sie euch Privilegien einräumen, dann müssen sie auch allen anderen Kindern kostenlos Schulbücher geben. Darum werde ich euch meine Bücher leihen.«

Ich starrte sie entgeistert an. »Aber werden Sie die Bücher nicht brauchen?«

»Nein. Ich kann andere verwenden. Ab heute könnt ihr die Bücher benutzen, und bitte nehmt euch so viele Bücher aus der Bibliothek, wie ihr in einer Woche lesen könnt. Natürlich müßt ihr auf die Bücher achten, sie sauber halten und termingerecht zurückbringen.«

Ich war so entzückt, daß ich am liebsten laut aufgeschrien hätte. »Alle Bücher, die wir in einer Woche lesen können? Miß Deale, wir sind gar nicht stark genug, um so viele zu tragen!«

Sie lachte, und seltsamerweise traten ihr Tränen in die Augen. »Ich hätte mir denken können, daß du etwas Ähnliches sagen würdest.« Sie strahlte, als Tom mit Unserer-Jane, die ziemlich erschöpft aussah, im Arm und Keith an der Hand hereintrat. »Tom, ich glaube, du hast deine Arme schon so voll, daß du keine Bücher mehr nach Hause tragen kannst.«

Er sah sie verdutzt an. »Wollen Sie damit sagen, daß wir Bücher nach Hause mitnehmen dürfen? Ohne zu bezahlen?«

»Ganz recht, Tom. Und nehmt auch einige für Unsere-Jane, Keith und Fanny mit.«

»Fanny liest keine«, sagte Tom und seine Augen strahlten, »aber Heaven und ich werden sie ganz bestimmt lesen.«

An diesem Tag gingen wir mit fünf Büchern zum Lesen und vier zum Lernen nach Hause. Keith half uns, indem er zwei Bücher schleppte, damit Tom und ich Unsere-Jane tragen konnten, sobald sie müde wurde. Ich erschrak jedesmal, wenn sie nach ein paar Schritten bergauf schon ganz weiß wurde.

Fanny lief hinter uns her, von ihren Verehrern umschwärmt wie eine Blume von Bienen. Keith bummelte hinter Fanny und ihren Freunden her. Er wollte nicht mit uns gehen, aber aus einem anderen Grund als Fanny. Keith liebte die Natur, die Geräusche und Gerüche der Erde, des Windes, des Waldes und vor allem die Tiere. Ich blickte über die Schulter zurück, um zu sehen, wo er blieb, und entdeckte ihn, wie er ganz versunken eine Baumrinde betrachtete. Er hörte nicht einmal, daß ich seinen Namen rief. »Keith, beeil dich!«

Dann rannte er ein kurzes Stück vor, hielt wieder inne, hob einen toten Vogel auf und untersuchte ihn mit vorsichtigen Händen und aufmerksamen Augen. Wenn wir ihn nicht immer wieder daran erinnerten, wo er sich befand, dann blieb er oft weit hinter uns zurück und fand nicht mehr nach Hause. Es war wirklich eigenartig, wie zerstreut Keith war, der nie wußte, wo er gerade war, sondern nur darüber Bescheid wußte, wo etwas wuchs, brütete oder aufzuspüren war.

»Was ist eigentlich schwerer, Tom, die Bücher oder Unsere-Jane?« fragte ich, während ich sechs Bücher schleppte.

»Die Bücher«, antwortete er prompt und setzte unsere kränkelnde Schwester auf den Boden, so daß ich ihm die Bücher geben und Unsere-Jane tragen konnte.

»Was sollen wir bloß tun, Mutter?« fragte Tom, als wir unsere Hütte erreicht hatten, die wieder voller Rauch war, so daß es uns sofort die Tränen in die Augen trieb. »Unsere-Jane wird so furchtbar müde, aber sie muß trotzdem in die Schule.«

Sarah sah tief in die müden Augen von Unsere-Jane, berührte ihr blasses Gesicht, hob ihr Jüngstes sanft hoch, trug es zum großen Bett und legte es hinein. »Sie braucht einen Arzt, aber wir können uns keinen leisten. Deshalb werd' ich oft so verdammt wütend über euren Vater. Er hat genug Geld fürs Saufen und für die Weiber, aber keins für einen Arzt, um sein eigen Fleisch und Blut zu kurieren.«

Sie klang sehr bitter.

An dem Tag, als Miß Deale uns erlaubt hatte, die Bücher mit nach Hause zu nehmen, schenkte sie uns eine ganze Welt.

Sie erschloß uns unerhörte Schätze, als sie uns ihre Lieblingsbücher in die Hände gab. Es waren Klassiker wie *Alice im Wunderland*, *Alice hinter den Spiegeln*, *Moby Dick*, *Die Geschichte zweier Städte* und drei Romane von Jane Austen – und sie waren alle für mich. In den folgenden Tagen wählte Tom seine Bücher aus, es waren typische Jungenbücher, die Hardy-Serie, sieben Bände davon. Ich dachte schon, er würde sich nur Unterhaltungsliteratur aussuchen, aber als er auch einen dicken Shakespeare-Band nahm, leuchteten Miß Deales blaue Augen auf.

Wir lasen Bücher von Victor Hugo, Alexandre Dumas und waren begeistert von den Abenteuern – auch wenn sie schrecklich aufregend waren. Wir lasen Klassiker, und wir lasen Schund; wir lasen alles, um der erbärmlichen Berghütte zu entkommen. Wenn wir ins Kino hätten gehen können oder einen Fernsehapparat oder andere Unterhaltung gehabt hätten, dann wären wir vielleicht weniger begeistert von den Büchern gewesen. Und vielleicht hatte es Miß Deale recht klug angestellt, daß sie nur uns erlaubte, die wertvollen Bücher mit nach Hause zu nehmen – weil die anderen Schüler nicht so gut darauf aufpassen könnten, wie sie uns sagte.

Es stimmte jedenfalls. Wir lasen die Bücher nur, nachdem wir uns die Hände gewaschen hatten.

Ich hatte schon den Verdacht, daß Miß Deale unseren Vater recht gut leiden konnte. Sie hätte wirklich mehr Geschmack haben sollen. Nachdem was Großmutter erzählte, hatte ihm sein »Engel« korrekt zu sprechen beigebracht, und sein gutes Aussehen und sein natürlicher Charme gefielen mancher vornehmen Dame – wenn er sich einmal dazu herabließ, charmant zu sein.

Vater ging jeden Sonntag mit uns zur Kirche und saß neben Sarah, umringt von seiner großen Familie. Miß Deale saß klein, zierlich und sehr aufrecht auf der gegenüberliegenden Seite und starrte Vater an. Ich konnte ja verstehen, daß sie sein gutes Aussehen bewunderte, aber sie hätte seine mangelhafte Bildung nicht vergessen sollen. Nachdem, was Großmutter mir erzählt hatte, war Vater schon in der fünften Klasse von der Schule abgegangen.

Die Sonntage folgten sehr schnell aufeinander, besonders wenn man nicht die passende Kleidung besaß. Ich hoffte jedesmal, daß ich ein neues hübsches Kleid bekäme, bevor der nächste Sonntag kam; aber es war überhaupt sehr schwierig, zu neuen Kleidern zu kommen, da Sarah immer so viel zu tun hatte. Also standen wir wieder einmal in der letzten Bankreihe in unseren Fetzen, die andere Leute als Lumpen weggeworfen hätten. Wir sangen gemeinsam mit den besten und reichsten Familien in Winnerrow und den anderen Hillbillies, die nicht besser oder schlechter gekleidet waren als wir.

An jenem Sonntag nach dem Gottesdienst war ich gerade dabei, Unsere-Jane zu säubern, während sie draußen vor dem Drugstore, ein Eis leckte, nicht weit von Vaters Lieferwagen. Miß Deale hatte uns fünf Casteel-Kindern Eis spendiert. Sie stand etwa fünf Meter von Vater und Mutter entfernt, die sich gerade wegen irgend etwas stritten, und es war durchaus möglich, daß Vater Sarah jeden Augenblick schlagen oder Sarah ihm eine Ohrfeige geben würde. Miß Deale starrte sie an. Ich mußte nervös schlucken und wünschte, daß Miß Deale weitergehen oder wenigstens woanders hinschauen würde, aber sie blieb wie angewurzelt stehen und lauschte.

Ich fragte mich, was sie in diesem Augenblick wohl dachte, aber ich habe es nie erfahren.

Keine Woche verging, in der sie Vater nicht einen Brief über Tom und mich zukommen ließ. Er war selten zu Hause; und wenn er auch dagewesen wäre, er hätte ihre kleine, saubere Handschrift gar nicht lesen können; und wenn er es gekonnt hätte, so hätte er ihr trotzdem niemals geantwortet. Erst letzte Woche hatte sie ihm geschrieben:

Sehr geehrter Mr. Casteel,
sicherlich sind Sie sehr stolz darauf, daß Tom und Heaven zu meinen besten Schülern gehören. Ich würde gerne zu einem geeigneten Zeitpunkt mit Ihnen zusammenkommen, um die Möglichkeit eines Stipendiums für Ihre beiden Kinder zu besprechen.
Hochachtungsvoll
Marianne Deale

Gleich am nächsten Tag erkundigte sich Miß Deale bei mir: »Heaven, hast du ihm den Brief nicht gegeben? Er wird doch bestimmt nicht so unhöflich sein und meinen Brief nicht beantworten. Du liebst ihn sicher sehr.«

»Und wie ich das tue«, gab ich zynisch zur Antwort.

Miß Deale bekam schmale Augen und starrte mich mit einem seltsamen Ausdruck an. »Ich bin entsetzt, richtig entsetzt! Liebst du deinen Vater etwa nicht, Heaven?«

»Aber natürlich liebe ich ihn, Miß Deale, wirklich. Besonders wenn er ›Shirley's Place‹ besucht.«

»Heaven! Du solltest so etwas nicht sagen. Was weißt du schon über ein solches Haus?« Sie hielt inne und sah verlegen drein. Sie senkte die Augen, bevor sie mich fragte: »Geht dein Vater wirklich dorthin?«

»Bei jeder Gelegenheit, die sich ihm bietet – sagt Mutter jedenfalls.«

Am nächsten Sonntag sah Miß Deale nicht mehr voller Bewunderung in Richtung Vater; im Gegenteil, sie würdigte ihn keines Blikkes.

Auch wenn Vater bei Miß Deale in Ungnade gefallen war, so wartete sie immer noch im Laden auf uns fünf Kinder, während Vater und Mutter sich mit ihren Freunden aus den Bergen unterhielten. Unsere-Jane rannte mit offenen Armen auf unsere Lehrerin zu und schmiegte sich an Miß Deales blauen Rock. »Hier bin ich!« rief sie begeistert. »Kriege ich wieder ein Eis?«

»Das tut man nicht, Unsere-Jane«, ermahnte ich sie sofort.

»Du solltest abwarten, bis Miß Deale dir ein Eis anbietet.«

Unsere-Jane schmollte und Fanny auch. Beide hingen sie mit großen, treuen Hundeaugen an unserer Lehrerin.

»Macht doch nichts, Heaven«, sagte Miß Deale lächelnd.

»Warum, glaubst du wohl, komme ich hierher? Ich mag selber gerne Eis, und es gefällt mir überhaupt nicht, wenn ich es allein essen muß. Also kommt her und sagt mir, welches Eis ihr diese Woche haben wollt.«

Es war leicht zu erkennen, daß Miß Deale Mitleid mit uns hatte und uns wenigstens am Sonntag etwas gönnen wollte. Im Grunde genommen war es nicht richtig, weder für sie noch für uns. Uns fehlte ja so verdammt vieles, aber es war wichtig, daß wir unseren Stolz bewahrten. Doch unser Stolz wurde jedesmal besiegt, wenn es darum ging, zwischen Erdbeer-, Schokoladen- und Vanilleeis zu wählen. Nicht auszudenken, wie lange unsere Wahl gedauert hätte, wenn es noch mehr Sorten gegeben hätte.

Tom entschied sich für Vanilleeis, und ich wählte ein Schokoladeneis, aber Fanny wollte Erdbeer-, Schokoladen- und Vanilleeis zugleich, und Keith wollte dasselbe wie Unsere-Jane, und Unsere-

Jane konnte sich nicht entscheiden. Sie sah den Mann hinter der Theke an, schaute verträumt auf die riesigen Bonbon-Gläser, beobachtete ein Mädchen und einen Jungen, die gerade Eissoda verspeisten – und zögerte wieder.

Fanny öffnete gerade den Mund, um mit allen ihren Wünschen herauszuplatzen. Schnell griff ich ein. »Miß Deale, geben Sie Unserer-Jane ihr Vanilleeis, mit dem sie sich sowieso bekleckern wird. Das ist mehr als genug. Wir haben alles, was wir brauchen, zu Hause.«

Fanny stand hinter Miß Deales Rücken und schnitt fürchterliche Grimassen. Sie quengelte so lange, bis Tom seine Hand auf ihren Mund preßte und sie zum Schweigen brachte.

»Vielleicht geht ihr eines Tages alle mit mir zum Mittagessen«, sagte Miß Deale beiläufig nach einer kleinen Pause. Wir hatten gerade Unserer-Jane und Keith zugesehen, wie begeistert sie an ihrem Eis schleckten. Es war wirklich rührend. Kein Wunder, daß sie die Sonntage so liebten; am Sonntag erhielten sie den einzigen Festschmaus, den sie je in ihrem Leben kennengelernt hatten.

Kaum waren wir mit dem Eis fertig, erschienen Mutter und Vater in der Tür des Drugstores. »Kommt«, rief Vater, »wir fahren nach Hause – oder wollt ihr laufen?«

Jetzt erst entdeckte er Miß Deale, die gerade für Unsere-Jane und Fanny die Bonbons bezahlte, die sie sich Stück für Stück ausgesucht hatten. Er ging mit großen Schritten auf uns zu. Er trug einen cremefarbenen Anzug, den meine Mutter ihm auf ihrer zweiwöchigen Hochzeitsreise in Atlanta gekauft hatte – wie Großmutter erzählt hatte. Wenn ich ihn nicht gekannt hätte, wäre mir Vater in seinem Anzug wie ein Gentleman vorgekommen.

»Sie sind sicher die Lehrerin, von der meine Kinder die ganze Zeit so viel erzählen«, sagte er und streckte ihr die Hand entgegen. Sie wich zurück, ihre Bewunderung für ihn schien erloschen, seitdem ich ihr erzählt hatte, daß er »Shirley's Place« besuchte.

»Ihre älteste Tochter und Ihr ältester Sohn sind meine begabtesten Schüler«, sagte sie kühl, »was Sie mittlerweile bestimmt wissen, denn ich habe Ihnen schon oft über Ihre Kinder geschrieben.« Sie erwähnte weder Fanny noch Keith, noch Unsere-Jane, die nicht in ihrer Klasse waren. »Ich hoffe, Sie sind stolz auf Heaven und Tom.«

Überrascht sah Vater kurz zu Tom und mir. Miß Deale hatte ihm zwei Jahre lang geschrieben, wie intelligent sie uns fand. Die Schule in Winnerrow war so begeistert über Miß Deales Engagement für die unterprivilegierten Kinder aus den Bergen (die man oft für geistig behindert hielt), daß man ihr die Erlaubnis gegeben hatte, unsere Klasse von Jahr zu Jahr weiterzuführen.

»Das sind ja erfreuliche Nachrichten, die man an einem so schönen Sonntag zu hören bekommt«, sagte Vater und versuchte, ihr in die Augen zu blicken. Aber sie weigerte sich, seinen Blick zu erwidern, so als könne sie ihre Augen nicht mehr von ihm abwenden, wenn sie ihn einmal angeschaut hätte. »Ich wollte auch immer schon eine bessere Ausbildung, aber ich hatte nie die Gelegenheit dazu«, erklärte ihr mein Vater.

»Vater«, unterbrach ich ihn mit scharfer Stimme, »wir haben uns entschlossen, nach Hause zu laufen. Mutter und du, ihr könnt schon vorfahren.«

»Will nicht gehen, will fahren«, heulte Unsere-Jane auf.

Sarah stand mit mißtrauisch zusammengekniffenen Augen neben der Tür des Drugstores. Vater machte eine leichte Verbeugung vor Miß Deale. »Es war mir ein Vergnügen, Sie kennenzulernen, Miß Deale.« Er neigte sich herunter, nahm Unsere-Jane in einen Arm, hob Keith mit dem anderen hoch und schritt hinaus. Er hatte auf alle Leute im Drugstore wie der kultivierteste, charmanteste Casteel der Welt gewirkt. Die Münder standen offen, als wäre gerade ein Wunder geschehen.

Obwohl ich, um Miß Deale zu warnen, alles über Vater erzählt hatte, leuchtete so etwas wie Bewunderung in ihren himmelblauen, naiven Augen.

Es war ein besonders schöner Tag, die Vögel flogen hoch am Himmel, und die Herbstblätter segelten sanft zu Boden. Mir ging es ebenso wie Keith, der ganz von der Schönheit der Natur gefangengenommen wurde. Ich hörte daher nur halb, was Tom gerade zu mir gesagt hatte, bis ich die vor Überraschung geweiteten Augen Fannys sah. »Nein! Stimmt nicht! Der gutaussehende Junge hat nicht Heaven angeschaut! Mich hat er angeschaut!«

»Welcher Junge denn?«

»Der Sohn des neuen Apothekers, der den Drugstore übernommen hat«, erklärte Tom. »Hast du nicht den Namen Stonewall auf dem neuen Schild im Laden bemerkt? Meine Güte, der war ja schon in der Kirche total hingerissen von dir, Heaven, das muß man wirklich sagen.«

»Lügner!« kreischte Fanny. »Kein Mensch starrt Heaven an, wenn ich in der Nähe bin!«

Tom und ich ignorierten die zeternde Fanny. »Hab' gehört, er soll morgen in die Schule kommen«, fuhr Tom fort. »Komisches Gefühl, wie der dich so angestarrt hat«, fügte er leicht verlegen hinzu. »Ist mir schon mulmig vor dem Tag, an dem du heiratest und wir nicht mehr so zusammen sind.«

»Wir werden immer zusammenbleiben«, warf ich hastig ein. »Kein Junge wird mich davon überzeugen, daß ich ihn dringender nötig habe als eine Ausbildung.«

3. KAPITEL

LOGAN STONEWALL

Kaum hatten Tom, Fanny, Unsere-Jane, Keith und ich am Montagmorgen den Schulhof betreten, als Tom mir den neuen Jungen zeigte, der mich am Sonntag in der Kirche dauernd angestarrt hatte. Dieser neue Junge, der besser gekleidet war als die Jungen aus dem Tal, fiel aus dem Rahmen. Er stand im Gegenlicht der Morgensonne, die eine Art feurigen Glorienschein um seine dunklen Haare bildete, so daß ich sein Gesicht, das im Schatten lag, nicht richtig erkennen konnte. Aber so, wie er dastand, nicht so vornübergebeugt wie manche Burschen aus den Bergen, die sich wegen ihrer Größe genierten, wußte ich sofort, daß ich ihn mochte. Natürlich war es dumm von mir, einen mir vollkommen Fremden zu mögen, nur weil er Sicherheit ausstrahlte, die nichts mit Arroganz zu tun hatte, sondern Stärke und Selbstbewußtsein verriet. Ich sah zu Tom hinüber, und mir wurde klar, warum ich diesen Jungen, den ich noch nie in meinem Leben gesehen hatte, sofort mochte. Logan und Tom hatten die gleiche natürliche Anmut und Ungezwungenheit, die daher rührte, daß beide wußten, wer und was sie waren. Wieder betrachtete ich Tom. Wie konnte er nur als ein Casteel so stolz neben mir hergehen?

Ich hatte den sehnlichen Wunsch, auch über eine sichere Haltung und über die Fähigkeit, mit mir selbst zufrieden zu sein, zu verfügen, was wahrscheinlich möglich gewesen wäre, wenn mich Vater geliebt hätte – so wie er Tom liebte.

»Schon wieder starrt er dich an«, flüsterte mir Tom zu und versetzte mir einen Rippenstoß, worauf Fanny sofort mit ihrer lauten Stimme zu plärren anfing. »Er starrt nicht auf Heaven! Er starrt nur mich an!«

Fanny hatte mich wieder einmal in Verlegenheit gebracht. Selbst wenn der neue Junge etwas gehört hatte, so zeigte er es nicht. Mit seiner gebügelten grauen Flanellhose, seiner grünen Strickjacke, die er über einem weißen Hemd mit einer grün-grau gestreiften Krawatte trug, fiel er auf wie ein Weihnachtsbaum. Er hatte richtige Sonntagsschuhe aus Leder an, die auf Hochglanz poliert waren. Die Jungen aus dem Tal trugen alle Jeans, Pullover und Turnschuhe. Noch nie war jemand in solchen Kleidern, wie Logan Stonewall sie trug, in die Schule gekommen.

Hatte er gemerkt, wie wir ihn anstarrten? Es muß wohl so gewesen sein, denn auf einmal kam er zu meinem großen Schrecken auf uns zu. Was sollte ich jemandem, der so vornehm aussah, nur sagen? Ich wäre am liebsten im Boden versunken. Jeder Schritt, den er näher kam, versetzte mich in Panik. Ich wollte mit Keith und Unserer-Jane davonlaufen, bevor er mein schäbiges, verwaschenes Kleid, bei dem zudem noch der halbe Saum herunterhing, entdeckt hatte, und meine ausgetretenen Schuhe, aber Unsere-Jane wehrte sich dagegen.

»Mir ist schlecht«, jammerte sie. »Will nach Hause, Hevlee.«

»Du kannst nicht immer nach Hause gehen«, flüsterte ich ihr zu. »Du schaffst sonst die erste Klasse nicht, wenn du immer krank bist. Vielleicht kann ich dir und Keith ein Sandwich zu Mittag besorgen – und auch etwas Milch.«

»Thunfisch«, jubelte Keith, und bei dem Gedanken an ein halbes Thunfischbrot ließ Unsere-Jane meine Hand los und ging langsam trippelnd ins Klassenzimmer, wo alle anderen Erstkläßler bereits herumtobten und lachten.

Ich eilte meinen beiden Schützlingen nach, allerdings nur so schnell, daß mich Logan Stonewall vor dem Klassenzimmer der Kleinen eingeholt hatte. Ich drehte mich um und sah, wie er gerade Tom begrüßte. Logan sah so aus wie irgend jemand aus den Büchern und Zeitschriften, die ich gelesen hatte. Er wirkte, als ob er aus einer guten Familie käme, die ihm etwas auf den Weg gegeben hatte, was wir aus den Bergen niemals besitzen würden – nämlich Stil. Er hatte eine schmale, gerade Nase, seine Unterlippe war voller und geschwungener als seine Oberlippe. Sogar aus einiger Entfernung spürte ich das warme Lächeln in seinen blauen Augen. Sein Kinn war ziemlich eckig und stark ausgeprägt, und als er mich anlächelte, wurde ein Grübchen in seiner linken Wange sichtbar. Sein selbstsicheres Auftreten machte mich verlegen, ich fürchtete, daß ich irgend etwas Verkehrtes sagen oder tun könnte. Er würde sich dann bestimmt Fanny zuwenden. Es war vollkommen gleichgültig, wenn Fanny *etwas* falsch machte, die Jungen flogen stets auf sie.

»Hallo, Fremder«, zwitscherte Fanny. Sie kam tänzelnd auf ihn zu und lächelte ihn an. Fanny hatte sich noch nie darum gekümmert, Unsere-Jane und Keith zu ihren jeweiligen Klassenräumen zu begleiten. »Bist der bestaussehende Junge, der mir je begegnet ist.«

»Fanny, meine Schwester«, stellte Tom sie vor.

»Hallo, Fanny…« Logan streifte sie nur kurz mit den Augen. Er wartete darauf, mir vorgestellt zu werden.

»Und das ist meine Schwester Heaven Leigh.« Es lag viel Stolz in Toms Stimme, als hätte er mein häßliches, verwaschenes Kleid nicht bemerkt und nicht daran gedacht, daß ich Grund hatte, mich meiner Schuhe zu schämen. »Das kleine Mädchen dort, das gerade aus der ersten Klasse herausguckt, ist meine jüngste Schwester – wir nennen sie Unsere-Jane. Der Junge mit den kastanienbraunen Haaren, der zu uns herübergrinst, ist mein Bruder Keith. Geh in dein Klassenzimmer, Keith; du auch, Unsere-Jane.«

Wie konnte sich Tom so natürlich neben einem gutangezogenen Stadtjungen geben? Ich war ganz außer mir vor Aufregung, als seine saphirblauen Augen mich auf eine Art und Weise ansahen, wie ich noch nie angesehen worden war.

»Was für ein hübscher Name«, sagte Logan. Unsere Augen trafen sich. »Der Name paßt sehr gut zu dir. Ich habe noch nie so ›himmlisch‹ blaue Augen gesehen.«

»Und ich hab' schwarze Augen«, quakte Fanny und verstellte mir den Weg. »Jeder kann so blaue Augen haben wie Heaven. Deine blauen Augen gefallen mir viel besser.«

»›Kornblumenblau‹, sagt Miß Deale zu Heavenlys Augenfarbe«, erklärte Tom weiterhin mit unverhohlenem Stolz. »Im Umkreis von zehn Meilen gibt's kein Mädchen, das diese blauen Augen hat.«

»Das glaube ich...« murmelte Logan Stonewall geistesabwesend und starrte mich immer noch an.

Ich war damals erst dreizehn; er kann nicht älter als fünfzehn, höchstens sechzehn gewesen sein. Wir konnten unsere Blicke nicht voneinander lösen, und es war, als ertöne ein Gong, dessen Widerhall durch unser ganzes Leben klingen würde.

Es war aber nur die Schulglocke, die geläutet hatte.

Die drängelnden Schüler eilten in ihre Klassenzimmer, bevor die Lehrer auftauchten, und das ersparte es mir, etwas zu sagen. Tom saß schon in der Schulbank und lachte über das ganze Gesicht. »Heavenly, so was hab' ich noch nie gesehen, so wie du in allen Schattierungen rot geworden bist. Logan ist doch nur 'n ganz normaler Junge. Er ist vielleicht besser angezogen und sieht besser aus, aber er ist trotzdem nur 'n ganz normaler Junge.«

Ihm ging es also nicht so wie mir; aber er kniff die Augen zusammen und sah mich auf eine eigenartige Weise an. Dann wandte er sich mit gesenktem Kopf von mir ab, und auch ich blickte zu Boden.

Miß Deale betrat das Klassenzimmer, und bevor ich mir noch überlegt hatte, was ich Logan sagen konnte, war es Mittagszeit. Ich mußte nun wohl mein Versprechen, Sandwich und Milch zu besorgen, einhalten und saß noch an meinem Pult, als alle anderen schon zum Mittagessen hinausgegangen waren. »Heaven, willst du mir etwas sagen?« fragte Miß Deale.

Ich wollte sie um ein Sandwich für Keith und Unsere-Jane bitten, aber ich brachte es nicht fertig. Ich stand auf, lächelte verlegen und eilte hinaus, meine Augen krampfhaft auf den Korridorboden geheftet, während ich betete, daß ich eine Münze dort finden würde – und in dem Augenblick tauchten Logans graue Schuhe auf. »Ich dachte, daß du mit Tom herauskommen würdest.« Er sah ernst aus, auch wenn seine Augen dabei lächelten. »Willst du mit mir Mittagessen gehen?«

»Ich esse nie zu Mittag.«

Meine Antwort verwunderte ihn. »Jeder Mensch ißt zu Mittag. Also, komm mit, es gibt Hamburgers, Shakes und Pommes frites.«

Sollte das heißen, daß er mein Mittagessen auch bezahlen wollte? Mein Stolz war verletzt. »In der Mittagspause muß ich auf Unsere-Jane und auf Keith aufpassen...«

»Na gut, dann sind sie mit eingeladen«, sagte er beiläufig, »und ich lade wohl auch besser gleich Tom und Fanny ein, falls du gerade an sie denkst.«

»Wir können unser eigenes Mittagessen bezahlen.«

Eine Sekunde lang wußte er nicht recht, was er dazu sagen sollte. Er warf mir einen kurzen Blick zu und zuckte mit den Schultern. »Bitte, wenn du es so haben willst.«

Mein Gott – ich wollte es nicht so haben! Aber mein Stolz war größer.

Er ging neben mir zu den unteren Klassen. Gewiß würde er seine Einladung nun bereuen, dachte ich mir. Unsere-Jane und Keith standen wartend vor ihren Klassenzimmern, beide sahen verschreckt und ängstlich aus. Unsere-Jane warf sich mir schluchzend in die Arme. »Können wir jetzt was essen, Hev-lee? Mein Bauch tut weh.«

Zugleich plapperte Keith von einem Thunfischbrot, das ich ihm versprochen hätte. »Hat Miß Deale uns zwei geschickt?« fragte er, und sein kleines Gesicht strahlte erwartungsvoll. »Ist heut Montag? Hat sie uns Milch mitgebracht?«

Ich versuchte Logan anzulächeln, der das Ganze beobachtete und Unsere-Jane und Keith nachdenklich ansah. Schließlich wandte er sich lächelnd zu mir. »Wenn du lieber ein Thunfischbrot magst, dann müssen wir uns beeilen, vielleicht hat die Cafeteria noch welche.«

Jetzt konnte ich nichts mehr dagegen unternehmen, da Unsere-Jane und Keith wie Füchse, die die Spur einer Henne gewittert haben, zur Cafeteria eilten. »Heaven«, sagte Logan ernst, »ich habe noch nie einem Mädchen erlaubt, ihr Mittagessen zu bezahlen, wenn ich sie eingeladen habe. Bitte, sei mein Gast.«

Kaum hatten wir die Cafeteria betreten, hörte ich schon das Geflüster und Gewisper – was wollte Logan von der schäbigen Casteel? Tom saß schon da, als habe Logan ihn eingeladen, und ich fühlte mich gleich besser. Ich brachte ein Lächeln zustande und half Unserer-Jane, sich an den langen Tisch zu setzen. Keith drängte sich ganz eng an sie und blickte schüchtern um sich. »Wollen alle immer noch ein Thunfischbrot und ein Glas Milch?« fragte Logan und bat Tom, ihm zu helfen, das Essen an den Tisch zu bringen. Unsere-Jane und Keith blieben bei ihrer Wahl, und ich stimmte zu, einen

Hamburger und eine Cola zu probieren. Während Tom und Logan weg waren, schaute ich mich nach Fanny um. Sie war nicht in der Cafeteria. Das machte mir Sorgen. Fanny hatte ihre eigenen Methoden, zu einem Mittagessen zu kommen.

Um uns herum flüsterten alle gehässig, es schien ihnen gleichgültig zu sein, ob ich es hörte oder nicht. »Was will er denn von *der*? Sie ist doch bloß ein Hillbilly. Seine Familie scheint wohlhabend zu sein.«

Logan Stonewall zog viele Blicke auf sich, als er und Tom glücklich lächelnd mit Thunfischbroten, Hamburgers, Pommes frites, Shakes und Milch zurückkamen. Unsere-Jane und Keith waren von so viel Speisen geradezu überwältigt. Sie wollten meine Cola, meinen Hamburger und die Pommes frites probieren, schließlich blieb mir nur die Milch, und Unsere-Jane trank die Cola, indem sie ihre Augen vor lauter Wonne fest geschlossen hielt. »Ich hole dir noch eine«, bot ihr Logan an, aber ich ließ es nicht zu. Er hatte schon mehr als genug für uns getan.

Ich erfuhr, daß er fünfzehn Jahre alt war. Er freute sich zu hören, wie alt ich war. Er wollte sogar meinen Geburtstag wissen, als würde das irgend etwas bedeuten, aber ihm schien es wichtig zu sein; seine Mutter glaubte nämlich an Astrologie. Er erzählte mir, wie er es angestellt hatte, die Erlaubnis zu bekommen, im Aufgabenzimmer zu arbeiten, wo ich immer meine Hausaufgaben machte. Ich bemühte mich, die Aufgaben in der Schule zu machen, damit ich keine Schulbücher, sondern Romane mit nach Hause nehmen konnte.

Zum erstenmal in meinem Leben hatte ich einen Freund, der nicht davon ausging, daß ich leicht zu haben sei, nur weil ich aus den Bergen war. Logan rümpfte weder über meine Kleidung noch über meine Herkunft die Nase. Trotzdem hatte Logan vom ersten Tag an Feinde, einfach weil er anders war. Seine selbstsichere Haltung irritierte alle, seine Familie war zu reich, sein Vater zu gebildet und seine Mutter zu hochmütig. Die anderen Jungen nahmen daher an, daß er ein Feigling sei. Schon an jenem ersten Tag sagte ihm Tom, daß er sich eines Tages in den Augen der anderen bewähren müßte. Die Jungens spielten ihre dummen, wenn auch nicht ganz harmlosen Streiche mit ihm. Sie taten Reißnägel in seine Turnschuhe; sie banden seine Schuhe zusammen, damit er nach der Turnstunde zu spät in den nächsten Unterricht kam; sie träufelten Klebstoff in seine Schuhe und rannten davon, wenn er wütend wurde und drohte, die Schuldigen zu verprügeln.

Nach zwei Wochen wurde Logan zwei Klassen höher als ich und Tom versetzt. Zu der Zeit trug auch er schon Jeans und karierte Hemden, allerdings waren es teure Jeans und Hemden. Trotz seiner angepaßten Kleidung fiel er immer noch auf. Er blieb höflich und zuvorkommend, während die anderen laut und grob waren. Er weigerte sich, sich so zu benehmen wie die anderen Burschen und ihre schmutzige Sprache zu sprechen.

Am Freitag ging ich zum großen Erstaunen Toms nicht in das Aufgabenzimmer. Während wir in der strahlenden Septembersonne nach Hause schlenderten, hörte er nicht auf, mich nach dem Grund zu fragen. Es war ziemlich heiß, und Tom sprang mit seiner ganzen Kleidung in den Fluß, nachdem er sich zuvor die Turnschuhe ausgezogen hatte. Ich ließ mich am Ufer auf das Gras niederplumpsen. Unsere-Jane kuschelte sich an meine Seite, Keith beobachtete ein Eichhörnchen, das ganz oben auf einem Ast saß. Gedankenverloren sagte ich zu Tom, der im Wasser planschte: »Ich wünschte mir, daß ich aschblondes Haar hätte«, doch biß ich mir gleich auf die Zunge, als ich sah, wie Tom mich daraufhin ansah. Er schüttelte den Kopf wie ein Hund, daß das Wasser nur so spritzte. Glücklicherweise war Fanny weit hinter uns zurückgeblieben. Wir konnten von fern ihr Trällern und Kichern über die Hügel und durch den Wald hören.

»Heavenly, weißt du es also doch?« fragte mich Tom stockend.

»Was soll ich wissen?«

»Warum willst du aschblondes Haar haben, wenn es deine Haare doch auch tun?«

»Ach, nur so ein verrückter Gedanke von mir.«

»Moment mal, Heavenly. Wenn wir beide Freunde bleiben wollen, mehr noch als Bruder und Schwester, dann mußt du offen und ehrlich sein. Weißt du's, oder weißt du's nicht, wer aschblonde Haare hatte?«

»Weißt *du* es?«

»Natürlich.« Er stieg aus dem Wasser, und wir gingen zusammen in Richtung Hütte. »Hab's immer schon gewußt«, sagte er sanft, »vom ersten Schultag an. Die Jungen im Aufenthaltsraum haben mir von Vaters erster Frau aus Boston mit ihren langen aschblonden

Haaren erzählt. Und wie alle gleich wußten, daß sie in den Bergen nicht überleben wird. Hab' immer gehofft, daß du's nicht erfährst, weil du mich dann nicht mehr so toll finden würdest. Ich hab' nämlich kein Blut aus Boston in mir, keine reichen, kultivierten, vornehmen Ahnen – so wie du. Hab' hundertprozentige dumpfe Hillbilly-Gene, egal was du und Miß Deale von mir denken.«

Es tat mir weh, ihn so sprechen zu hören. »Hör auf, so zu reden, Thomas Luke Casteel! Erinnere dich, was Miß Deale neulich zu diesem Thema gesagt hat. Die intelligentesten Eltern können ein schwachsinniges Kind auf die Welt bringen – und schwachsinnige Eltern können ein Genie als Kind haben. Hat sie nicht auch gesagt, daß die Natur selbst für einen gerechten Ausgleich sorgt? Erinnere dich doch daran, was sie darüber gesagt hat, daß nichts in der Natur voraussagbar ist. Der einzige Grund, weshalb du nicht so viele Einser bekommst wie ich, ist, daß du zu oft die Schule schwänzt! Du mußt weiter an Miß Deales Ausspruch glauben, daß wir alle einmalige Geschöpfe sind, zu einem bestimmten Zweck geboren, den nur wir selbst erfüllen können. Denk daran, Thomas Luke.«

»Und denk du auch daran«, sagte er rauh und sah mich streng an, »und hör auf in der Nacht zu weinen, weil du anders sein willst. Gefällst mir so, wie du bist.« Seine grünen Augen glänzten sanft im Schatten des Kiefernwaldes. »Du bist meine schöne, dunkelhaarige Schwester, die mir zehnmal wichtiger ist als meine richtige Schwester Fanny, die sich keinen Deut um andere kümmert. Sie liebt mich nicht wie du, und ich kann sie nicht so lieben wie dich, Heavenly. Du und ich, wir gehören zusammen. Du weißt schon, wie sie's in den Büchern schreiben; durch dick und dünn, durch Sturm und Wind – und durch die dunkle Nacht.«

»Das sagt man doch von der Post, du Dummer«, erklärte ich ihm lachend. Tränen standen mir in den Augen, ich nahm seine Hand und drückte sie. »Laß uns einen Eid schwören, daß wir niemals auseinandergehen werden, so wahr uns Gott helfe.«

Er nahm mich zart in seine Arme, als wäre ich aus zerbrechlichem Glas. »Du wirst eines Tages heiraten, du behauptest zwar immer das Gegenteil, aber Logan Stonewell macht schon Stielaugen nach dir«, sagte er mit belegter Stimme.

»Wie kann er mich lieben, wenn er mich nicht einmal kennt!«

Er schmiegte seinen Kopf an mein Haar. »Er braucht dich nur anzusehen – dein Gesicht, deine Haare –, das genügt. Alles, was du bist, steht dir ins Gesicht geschrieben und leuchtet aus deinen Augen.«

Ich löste mich aus seiner Umarmung und wischte mir die Tränen weg. »Merkwürdig, Vater sieht nie, was du siehst!«

»Warum läßt du es zu, daß er dich so verletzt?«

»Ach, Tom…!« schluchzte ich und fiel ihm in die Arme. »Wie soll ich jemals meiner sicher sein, wenn mein eigener Vater mich nicht ansehen kann? Er muß etwas Böses in mir sehen, daß er meinen Anblick so verabscheut.«

Er streichelte mir über die Haare und über den Rücken, und die Tränen standen ihm in den Augen, als wäre mein Schmerz auch seiner. »Eines Tages wird Vater entdecken, daß er dich gar nicht haßt. Ich bin sicher, daß dieser Tag bald kommen wird.«

Ich riß mich los.

»Nein, diesen Tag wird es nie geben! Das weißt du genausogut wie ich. Vater meint, daß ich seinen Engel getötet habe, als ich auf die Welt gekommen bin. Das wird er mir nicht in tausend Jahren verzeihen! Und wenn du meine Meinung hören willst, ich glaube, daß Mutter verdammtes Glück gehabt hat, ihm zu entkommen! Früher oder später wäre er genauso gemein zu ihr gewesen, wie er jetzt zu Sarah ist!«

Wir waren beide erschüttert von diesen offenen Worten. Er zog mich wieder an sich und lächelte zaghaft, aber er sah traurig dabei aus. »Vater liebt Mutter nicht. Er ist unglücklich mit ihr. Alle sagen, er hat deine Mutter geliebt. Er hat meine bloß geheiratet, weil sie schwanger war und er einmal in seinem Leben das Richtige tun wollte.«

»Aber nur, weil ihn Großmutter dazu gezwungen hat«, sagte ich bitter.

»Niemand kann Vater zu etwas zwingen, wenn er es nicht tun will, vergiß das nicht!«

»Vergess' ich schon nicht«, sagte ich und dachte daran, wie Vater sich immer weigerte, mich anzusehen.

Wieder war es Montag, und wir saßen alle in der Schule. Miß Deale versuchte uns nahezubringen, daß das Lesen von Shakespeares Dramen und Sonetten ein Vergnügen sei; ich konnte es aber nicht erwarten, ins Aufgabenzimmer zu kommen.

»Heaven, hörst du zu oder träumst du?« fragte mich Miß Deale, und ihre wasserblauen Augen waren auf mich gerichtet.

»Ich höre zu!«

»Und welches Gedicht habe ich gerade besprochen?«

Ich konnte mich um nichts in der Welt auch nur an ein einziges Wort, das Miß Deale in der letzten halben Stunde gesagt hatte, erinnern. Das war sonst nicht meine Art; ich hätte wirklich aufhören sollen, dauernd an diesen Logan zu denken. Wenn er im Aufgabenzimmer immer an meiner rechten Seite saß, überkamen mich jedesmal, wenn sich unsere Augen trafen, die eigenartigsten Gefühle. Ich mußte mich zusammenreißen, um nicht in seine Richtung zu schauen, denn jedesmal, wenn ich es tat, starrte er mich gerade an.

Logan lächelte, bevor er mir zuflüsterte: »Wer war so genial gewesen und hat dir den Namen Heaven gegeben? Ich habe noch nie jemanden mit diesem Namen kennengelernt.«

Ich mußte zweimal schlucken, bevor ich ihm antworten konnte. »Die erste Frau meines Vaters gab mir den Namen gleich nach meiner Geburt, und ich heiße auch noch Leigh, weil das ihr Vorname war. Großmutter hat mir erzählt, daß sie mir einen erhebenden Namen geben wollte, und Heaven ist so ziemlich der erhebendste, den es gibt.«

»Es ist der schönste Name, den ich je gehört habe. Wo ist deine Mutter jetzt?«

»Sie liegt auf dem Friedhof begraben«, sagte ich unverblümt und vergaß, charmant und kokett zu sein, etwas was Fanny niemals passiert wäre. »Sie ist gleich nach meiner Geburt gestorben. Und mein Vater kann mir nicht verzeihen, daß ich ihr das Leben genommen habe.«

»Absolute Ruhe, bitte!« schrie Mr. Prakins. »Der nächste, der spricht, muß fünfzehn Stunden nachsitzen.«

Logans Augen sahen mich voller Mitgefühl an. Kaum hatte Mr. Prakins das Zimmer verlassen, flüsterte Logan mir wieder etwas zu: »Es tut mir leid, daß es passiert ist, aber du hast es nicht richtig erzählt. Deine Mutter liegt nicht tot auf dem Friedhof – sie ist in das große Jenseits gegangen, an einen besseren Ort, sie ist im Himmel.«

»Sollte es einen Himmel oder eine Hölle geben, ich glaube, beides ist hier unten auf unserer Erde anzutreffen.«

»Wie alt bist du eigentlich, hundertzwanzig?«

»Du weißt doch, daß ich dreizehn Jahre alt bin!« fuhr ich ihn wütend an. »Aber heute komme ich mir wie zweihundertfünfzig vor.«

»Warum?«

»Weil es besser ist, als dreizehn Jahre alt zu sein, deshalb!«

Logan räusperte sich, warf einen verstohlenen Blick nach Mr. Prakins, der uns durch die Glaswand im Auge behielt, und riskierte es dann, mir noch etwas zuzuflüstern: »Dürfte ich dich heute nach Hause begleiten? Ich habe noch nie mit jemandem geredet, der schon zweihundertfünfzig Jahre alt ist. Du machst mich neugierig. Ich würde allzu gerne hören, was du zu erzählen hast.«

Ich nickte nur. Mir war etwas übel, und zugleich fühlte ich mich ausgelassen. Ich hatte mich selber in diese Situation gebracht, in der ich ihn mit meinen langweiligen Antworten enttäuschen konnte. Was wußte ich denn schon von Alter, Weisheit und sonstigen Dingen?

Jedenfalls erschien er am Ende des Schulhofes, wo alle Jungens herumstanden, die mit den Mädchen aus den Bergen nach Hause gingen. Fanny stand auch schon da.

Sie wirbelte herum, dabei fielen ihr die Haare ins Gesicht, worauf sie sie mit einer weiteren Bewegung im Kreis um ihren Kopf fliegen ließ. Als sie Logan erblickte, setzte sie ihr breitestes Lächeln auf, in dem Glauben, daß er mit ihr gehen wolle. Etwas weiter entfernt von Fanny standen Tom und Keith. Tom schien überrascht zu sein, daß Logan unseren Heimweg einschlug. Dieser bestand nur aus einem Trampelpfad, der sich durch das Gehölz im Wald schlängelte und schließlich zu unserer Hütte führte, die hoch in den Bergen lag. Kaum hatte Fanny Logan und mich erblickt, da stieß sie einen lauten Jauchzer aus, daß ich am liebsten vor Verlegenheit tot umgefallen wäre.

»Heaven, was machst du mit dem neuen Jungen? Du magst doch keine Jungens? Hast es mir doch schon tausendmal gesagt, willst doch eine alte, vertrocknete Lehrerin werden!«

Ich versuchte, Fanny zu überhören, obwohl ich puterrot wurde. War das schwesterliche Solidarität? Aber ich hätte es besser wissen müssen und kein Taktgefühl von ihr erwarten dürfen. Ich verzog mein Gesicht zu einem Lächeln. Es war ratsam, wenn möglich Fanny überhaupt keine Beachtung zu schenken.

Logan und Tom sahen Fanny mißbilligend an.

»Bitte Fanny, laß das«, bat ich sie peinlich berührt. »Lauf schon mal nach Hause und fang ausnahmsweise mit dem Wäschewaschen an.«

»Hab's nicht nötig, nur mit einem Bruder nach Haus zu gehen«, bemerkte Fanny gehässig. Dann setzte sie wieder ihr strahlendstes Lächeln auf. »Jungens mögen Heaven nicht, die wollen nur mich. Du wirst mich auch mögen. Magst du meine Hand halten?«

Logan sah mich und Tom kurz an. Dann sprach er voller Ernst zu Fanny: »Danke, im Augenblick möchte ich Heaven nach Hause begleiten und hören, was sie mir alles zu erzählen hat.«

»Solltest mich mal singen hören!«

»Ein andermal vielleicht.«

»Unsere-Jane kann singen«, bemerkte Keith leise.

»Und wie!« rief Tom aus, während er Fanny am Arm packte und sie mit sich zog. »Komm, Keith, Unsere-Jane wartet schon zu Hause auf dich.« Das genügte, und Keith lief schon hinter Tom her, denn Unsere-Jane hatte heute wegen Fieber und Bauchweh wieder einmal die Schule versäumt.

Fanny riß sich von Tom los und kam schreiend und fluchend zurückgelaufen. Schließlich streckte sie die Zunge heraus. »Du bist selbstsüchtig, Heaven Leigh Casteel! Gemein, dürr und häßlich! Ich hass' deine Haare! Ich hass' deinen blöden Namen! Ich hass' alles an dir! Jawohl! Wart nur, bis ich Vater alles erzähl'! 's wird Vater nicht gefallen, daß du Almosen von fremden Jungs aus der Stadt annimmst – seine Hamburger frißt und Unserer-Jane und Keith das Betteln beibringst!«

Mein Gott, Fanny war in ihrer übelsten Laune, neidisch, boshaft und imstande, ihre Drohung wahr zu machen. Und Vater würde mich dafür bestrafen!

»Fanny«, schrie Tom und holte sie zurück. »Du kannst meine neuen Wasserfarben bekommen, wenn du den Mund hältst, daß Logan uns alle zum Mittagessen eingeladen hat.«

Sofort lächelte Fanny wieder. »Na gut! Ich will auch das Malheft haben, das dir Miß Deale geschenkt hat. Warum gibt sie mir nie was?«

»Weißt du's nicht?« spottete Tom und gab ihr, was sie verlangte. Es tat mir weh, denn ich wußte, wie sehr er sich die Wasserfarben und das Malheft gewünscht hatte. Er hatte noch nie neue Wasserfarben oder ein Malbuch über Robin Hood besessen. Robin Hood war in diesem Jahr sein Lieblingsheld. »Wenn du dich mal nicht so aufführst in der Garderobe, vielleicht ist Miß Deale dann großzügiger zu dir.«

Ich wäre beinahe wieder vor Verlegenheit umgesunken!

Weinend warf sich Fanny auf den Waldboden, der sich immer steiler zwischen den hohen Bäumen, die fast den Himmel berührten, hochwand. Sie trommelte mit ihren kleinen, harten Fäusten auf den Grasboden, schrie plötzlich auf, weil sie sich an einem versteckten Stein verletzt hatte und ihre Hand nun blutete. Sie setzte sich auf, saugte an der Wunde und sah Tom mit großen, bettelnden Augen an.

»Bitte, bitte, erzähl's nicht Vater!«

Tom versprach es.

Ich ebenfalls. Aber ich genierte mich immer noch und vermied es, in Logans weit aufgerissene Augen zu sehen, die alles in sich aufsaugten, als hätten sie noch nie eine so dumme und wilde Szene erlebt. Ich wich seinen Augen so lange aus, bis ich merkte, daß er mich verständnisvoll anlächelte. »Du hast wirklich eine Familie, bei der man vor der Zeit *innerlich* stark altern kann, aber äußerlich siehst du jünger als der Frühling aus.«

»Hast die Worte ja aus einem Lied gestohlen!« schrie Fanny. »Man soll einem Mädchen nicht den Hof machen mit Worten aus 'nem Lied!«

»Halt jetzt endlich den Mund!« befahl Tom. Er packte sie am Arm und rannte mit ihr los, so daß Fanny mitlaufen mußte, andernfalls hätte sie sich den Arm ausgerenkt. Endlich hatte ich Gelegenheit, mit Logan allein zu sein.

Keith bildete das Schlußlicht unserer kleinen Karawane; er war stehengeblieben und starrte wie gebannt nach einer Drossel. Wahrscheinlich würde er sich die nächsten zehn Minuten nicht vom Fleck rühren, es sei denn, der Vogel flog davon.

»Deine Schwester ist wirklich eine Nummer«, bemerkte Logan schließlich, als wir uns so gut wie allein auf dem Waldpfad befanden. Keith war weit hinter uns geblieben und war ganz still. Ich hing meinen eigenen Gedanken nach. Für die Jungen aus dem Tal, die ein sexuelles Abenteuer suchten, waren die Mädchen aus den Bergen eine leichte Beute. Hier oben in den Bergen regten sich die sexuellen Gefühle viel eher als unten im Tal, und Fanny, so jung sie war, war von dieser Atmosphäre angesteckt worden. Vielleicht lag es daran, daß wir beständig Zeugen waren, wie auf dem Hof und in unseren Ein- bis Zweizimmer-Hütten kopuliert wurde. Die Leute von den Bergen mußte man nicht erst aufklären; sie lernten alles über Sex, sobald sie zwischen Mann und Frau unterscheiden konnten.

Logan räusperte sich, um mich daran zu erinnern, daß er auch noch da war. »Ich bin bereit, deinen Weisheiten zu lauschen, die du dir in langen Jahren erworben hast. An sich würde ich mir gern Notizen machen, aber es fällt mir etwas schwer, beim Gehen zu schreiben. Aber das nächste Mal bringe ich ein Tonbandgerät mit.«

»Du lachst mich ja aus«, rief ich empört, bevor ich begann mich zu rechtfertigen. »Wir leben mit unseren Großeltern. Großvater spricht nur dann, wenn es unbedingt notwendig ist, und er empfindet es fast nie als notwendig. Meine Großmutter brabbelt die ganze Zeit vor sich hin, wie furchtbar die Zeiten jetzt sind, und wie schön sie früher waren. Meine Stiefmutter schimpft und tobt, weil sie mehr Arbeit am Hals hat, als sie bewältigen kann. Manchmal, wenn ich nach Hause in unsere Hütte komme, dann glaube ich, zweihundertfünfzig oder tausend Jahre alt zu sein – nur ohne die Weisheit, die man nach einem so langen Leben erworben hat.«

»He«, sagte er lächelnd, »das gefällt mir. Ich verstehe dich. Ich bin ein Einzelkind, und ich bin mit Onkeln, Tanten und Großeltern aufgewachsen, ich kann es dir also nachempfinden. Aber du bist mir doch über, weil du noch zwei Brüder und zwei Schwestern hast.«

»Ist es ein Vorteil oder ein Nachteil, wenn man jemandem über ist?«

»Das kommt darauf an. Aus meiner Sicht, Heaven Leigh, ist es ein Vorteil, eine große Familie zu haben, denn dann ist man nie einsam. Ich bin oft allein, und ich wünschte mir, daß ich viele Brüder und Schwestern hätte. Ich finde Tom großartig, er ist lustig und ein anständiger Kerl; und Keith und Unsere-Jane sind so nette Kinder.«

»Und was hältst du von Fanny?«

Er wurde rot und sah betreten aus, bevor er langsam und vorsichtig etwas sagte. »Ich glaube, daß sie einmal eine exotische Schönheit wird.«

»Ist das alles?« Bestimmt wußte er darüber Bescheid, was Fanny mit den Jungen in der Garderobe trieb.

»Nein, das ist noch nicht alles. Ich denke gerade daran, daß von all den Mädchen, die ich kenne und noch kennenlernen werde, Heaven Leigh die einzige ist, die das Zeug dazu hat, die Schönste von allen zu werden. Ich meine, daß diese Heaven besonders aufrichtig und ehrlich ist... Wenn du also nichts dagegen hast, was ich hoffe, dann möchte ich dich gerne jeden Tag nach Hause begleiten.«

Ich war rundherum glücklich! Völlig ausgelassen lief ich ihm lachend davon und rief: »Bis morgen, Logan. Und danke, daß du mich nach Hause begleitet hast.«

»Aber wir sind ja noch gar nicht da«, rief er mir nach, von meiner plötzlichen Flucht ganz verdutzt.

Ich konnte ihm unmöglich zeigen, wo und wie wir hausten. Sicherlich würde er mich nie wieder sehen wollen, wenn er gesehen hätte, wie wir lebten. »Ein andermal lade ich dich nach Hause ein«, rief ich ihm zu. Ich stand am Rande einer Lichtung, auf die einige Sonnenflecken fielen. Er stand am anderen Ende der kleinen Brücke, die über einen Bach führte. Hinter ihm wuchs das gelbe wilde Gras, und die Sonne hatte sich in seinen Haaren und seinen Augen verfangen. Und wenn ich tausend Jahre alt werde, ich werde es nie vergessen, wie er lächelte und mir zuwinkte. »Okay. Heaven Leigh Casteel ist vom heutigen Tag an mein.«

Ich sang auf dem ganzen Nachhauseweg, glücklich wie nie zuvor. Ich hatte meinen Vorsatz, mich niemals vor meinem dreißigsten Lebensjahr zu verlieben, vollkommen vergessen.

»Siehst ja ganz glücklich aus«, bemerkte Sarah mit einem Seufzer, als sie kurz vom Waschbrett hochblickte. »War es ein guter Tag?«

»Ja, Mutter, ein sehr guter.«

Fanny steckte ihren Kopf aus der Tür. »Mutter, Heaven hat sich einen Jungen aus dem Tal unter den Nagel gerissen... Weißt ja, zu welcher Sorte die gehören.«

Sarah seufzte erneut. »Heaven, du hast ihn doch nicht rangelassen... oder?«

»Mutter«, empörte ich mich. »Du weißt doch, daß ich das nie tun würde!«

»Tut sie doch!« schrie Fanny aus der Tür. »Sie benimmt sich ganz schamlos mit den Jungs in der Garderobe, wirklich schamlos!«

»Na warte, du gemeine Lügnerin!« Ich stürzte auf sie zu, aber Tom schubste sie aus der Tür hinaus in den Hof, wo sie hinfiel und sofort zu heulen anfing. »Mutter, Heavenly treibt sich nicht herum.

Fanny selbst ist das schamloseste Mädchen in der ganzen Schule, und das will was heißen.«

»Ja, ja«, murmelte Sarah und reichte mir die Wäsche, »das will wirklich was heißen. Weiß schon, welche es am schlimmsten treibt, braucht's mir nicht zu erzählen. Ist meine Indianer-Fanny, das Teufelsmädel mit ihrer Wildheit und den koketten Augen, die sie früher oder später in die gleiche Misere stürzen werden, in der ich gelandet bin. Heaven, bleib bei deinem Vorsatz und sag immer nein! – Zieh jetzt das Kleid aus und fang mit der Wäsche an. Fühl' mich in letzter Zeit nicht so gut. Versteh' gar nicht, warum ich jetzt dauernd so müde bin.«

»Solltest vielleicht zum Doktor gehen, Mutter.«

»Mach' ich, wenn man es umsonst kann.«

Ich erledigte die Wäsche und hängte sie mit Toms Hilfe auf die Wäscheleine. Als wir damit fertig waren, sah es aus wie ein paar Meter Lumpen. »Magst du Logan Stonewall?« fragte mich Tom.

»Ja, glaub' schon...« sagte ich und wurde dabei rot.

Tom sah bedrückt aus, gerade so, als könnte Logan eine Mauer zwischen uns aufrichten. Aber nichts und niemand auf der Welt wäre dazu imstande gewesen.

»Aber, Tom, vielleicht schenkt dir Miß Deale neue Wasserfarben...«

»Ist egal. Werd' sowieso kein Maler. Werd' bestimmt nichts besonderes, wenn du nicht da bist und mir Selbstvertrauen gibst.«

»Wir werden immer zusammenbleiben, Tom. Wir haben es uns doch geschworen, zusammen durch dick und dünn zu gehen.«

Später am Abend schimpfte ich Fanny für ihr Benehmen aus und warnte sie vor den möglichen Folgen. Sie brauchte mir nichts vorzumachen; bei einer der seltenen Gelegenheiten, in der wir wie Schwestern, die einander brauchten, gewesen waren, hatte sie mir gestanden, wie sehr sie die Schule haßte, die ihr nur die Zeit stahl. Schon sehr früh – mit kaum zwölf Jahren – interessierte sie sich für ältere Jungen, die sie wohl ignoriert hätten, wenn sie nicht so hinter ihnen her gewesen wäre. Sie genoß es, wenn die Jungens sie auszogen, mit der Hand in Fannys Unterhose faßten, sie liebkosten und sie dabei aufregende und lustvolle Gefühle empfand. Es beunruhigte mich, als sie mir das erzählte, aber es machte mir noch sehr viel mehr Sorgen, als ich Zeugin wurde, wie sie sich in der Garderobe benahm.

»Werd's nicht mehr tun, bestimmt, ich lass' sie nicht mehr«, versprach Fanny, die schläfrig und daher bereit war, auf jede Forderung einzugehen und sogar meinem Befehl zu gehorchen, endgültig mit den Jungens aufzuhören.

Gleich am nächsten Tag, trotz ihres Versprechens, war sie wieder dabei, gerade als ich sie von ihrer Klasse abholen wollte. Ich zwängte mich in die Garderobe und riß Fanny von einem pickelgesichtigen Jungen aus dem Tal weg.

»Deine Schwester ist nicht so verdammt hochnäsig und etepetete wie du«, zischte mich der Junge an.

Dabei kicherte Fanny die ganze Zeit.

»Laß mich in Ruh«, schrie Fanny, während ich sie wegschleppte. »Vater behandelt dich wie Luft, deshalb hast du keine Ahnung, wie gut es ist, mit Jungs und Männern zusammen zu sein. Wenn du mich weiter so gängelst, ich soll nicht dies, ich soll nicht das, dann lass' ich sie *alles* machen – und es ist mir scheißegal, wenn du's Vater erzählst. Er liebt mich, und dich haßt er nur!«

Das saß. Wäre Fanny nicht auf mich zugerannt gekommen und hätte sie nicht ihre zarten Arme um meinen Hals geschlungen und mich dabei weinend um Verzeihung gebeten, so hätte ich dieser boshaften, gefühllosen Schwester wohl endgültig meinen Rücken gekehrt. »Tut mir leid, Heaven, ehrlich. Mag dich, ehrlich, mag dich wirklich. Ich mag's aber nun mal auch, wie sie's tun. Ist doch normal, Heaven, oder?«

»Deine Schwester wird 'ne Hure«, bemerkte Sarah später mit tonloser Stimme, in der keine Hoffnung mehr lag, während sie unsere Schlafdecken für den Boden aus den Kisten hervorholte. »Da kann man wohl nichts machen. Paß lieber auf dich selber auf, Heaven.«

4. KAPITEL

SARAH

Weihnachten kam und ging ohne richtige Geschenke, die daraus einen besonderen Festtag gemacht hätten. Wir bekamen lediglich kleine Notwendigkeiten wie Zahnbürsten und Seife. Hätte mir Logan nicht das Armband mit dem kleinen Saphir geschenkt, wäre mir dieses Weihnachtsfest nicht in Erinnerung geblieben. Ich hatte jedoch nichts für ihn außer einer selbstgestrickten Mütze.

»Es ist eine phantastische Mütze«, sagte er und zog sie sich über den Kopf. »Ich habe mir schon immer eine knallrote, handgestrickte Mütze gewünscht. Vielen Dank, Heaven Leigh. Es wäre toll, wenn du mir zu meinem Geburtstag im März noch einen roten Schal stricken könntest.«

Ich war erstaunt, daß er die Mütze wirklich trug. Sie war viel zu groß, und er schien es überhaupt nicht zu bemerken, daß ich einige Maschen fallen gelassen hatte und daß die Wolle schon abgegriffen und nicht mehr ganz sauber war. Kaum war Weihnachten vorbei, fing ich mit dem Schal an, der zum Valentinstag fertig wurde. »Im März ist es schon zu spät für einen Schal«, sagte ich lächelnd, als er ihn sich um den Hals wand – und er trug immer noch jeden Tag die rote Mütze.

Ende Februar wurde ich vierzehn Jahre alt. Ich bekam wieder ein Geschenk von Logan, ein wunderschönes weißes Pulloverset, das Fannys dunkle Augen neidisch funkeln ließ. Am Tag nach meinem Geburtstag traf mich Logan nach der Schule am Ende des Bergpfades; von da an begleitete er mich jeden Tag bis zu der Waldlichtung vor der Hütte. Keith und Unsere-Jane faßten Zuneigung und Vertrauen zu ihm, während Fanny ihn die ganze Zeit mit ihren Reizen zu verlocken suchte, aber Logan schenkte ihr weiterhin keine Beachtung. Es war wunderbar, mit vierzehn Jahren verliebt zu sein, es machte mich so glücklich, daß ich am liebsten zugleich gelacht und geweint hätte.

Jetzt, da die Luft voller Liebe war, gingen die herrlichen Frühlingstage viel zu schnell vorüber. Ich wollte viel Zeit für die Liebe haben, aber Großmutter und Sarah nahmen mir unerbittlich die Zeit weg. Es mußte nicht nur gepflanzt werden, sondern auch andere Arbeiten warteten auf mich, die zu meinen Pflichten und nicht zu Fannys gehörten. Aber ohne unseren großen Gemüsegarten hinter der Hütte hätten wir uns nicht ausreichend ernähren können. Wir hatten Kohl, Kartoffeln, Gurken, Karotten, Wirsing im Herbst, Rüben und das beste von allem: Tomaten.

Sonntags freute ich mich darauf, Logan in der Kirche zu sehen. Wenn wir zusammen in der Kirche waren und er mir gegenüber in der Bank saß, so daß sich unsere Augen trafen und er mir viele stumme Botschaften sandte, dann vergaß ich einfach die verzweifelte Not, in der wir lebten. Logan schenkte uns mancherlei aus der Apotheke seines Vaters; es waren Kleinigkeiten, für ihn nichts besonderes, die uns aber entzückten, wie zum Beispiel eine Flasche Shampoo, Parfüm in der Sprühdose, Rasierer und Rasierklingen für Tom, dem auf seiner Oberlippe schon mehr als nur ein rotbrauner Flaum wuchs.

Wir hatten an einem Sonntagnachmittag ausgemacht, gemeinsam fischen zu gehen, obwohl Logan seinen Eltern nicht verraten hatte, wer seine Freunde waren. Ich hatte es schon an ihren versteinerten Gesichtern gemerkt, wenn wir uns gelegentlich auf den Straßen von Winnerrow trafen, daß sie es nicht gern sahen, wenn ich, oder sonst jemand aus der Casteel-Familie, etwas mit ihrem Sohn zu tun hatte. Ihre Einstellung schien Logan aber viel weniger auszumachen als mir. Ich wollte, daß sie mich mochten, und Logan wollte mich ihnen auch vorstellen, aber irgendwie gelang es ihnen immer wieder, dem aus dem Weg zu gehen.

Ich bürstete mir gerade die Haare und dachte dabei an Logans Eltern, während Fanny draußen im Hof Snapper, Vaters Lieblingshund, quälte. Sarah setzte sich schwerfällig neben mich und strich sich lange Strähnen ihres roten Haares aus dem Gesicht. »Bin so müd'. Die ganze Zeit schon so verdammt müd'«, sagte sie schließlich seufzend. »Und nie ist dein Vater zu Haus. Und wenn, dann sieht er gar nicht, in welchen Umständen ich bin.«

Ihre Worte durchfuhren mich wie ein Blitz. Was hatte Vater nicht bemerkt? Schnell wandte ich mich um und starrte sie an. Dabei wurde mir klar, daß auch ich sie nur selten wirklich betrachtete, sonst hätte ich es schon längst herausgefunden, daß sie schwanger war... schon wieder.

»Mutter!« rief ich. »Hast du's Vater nicht erzählt?«

»Wenn er mich mal richtig anschauen würd', hätt' er's ja wohl schon längst bemerkt, oder?« Helle Tränen des Selbstmitleids bildeten sich in ihren Augen. »Ein weiteres Maul zu stopfen ist ja wohl das letzte, was wir brauchen. Wird aber nu' noch eins kommen, im Herbst.«

»Welcher Monat, welcher Tag?« rief ich, verzweifelt bei dem Gedanken an ein neues Baby, um das man sich wieder sorgen mußte, ausgerechnet jetzt, wo Unsere-Jane endlich zur Schule ging und nicht mehr ganz so viel Mühe kostete wie früher. Bei Gott, es war wirklich sehr aufreibend gewesen, zumal zwischen ihr und Keith nur ein Jahr Unterschied war.

»Hab' die Tage nicht gezählt für'n Doktor. Geh' auch zu keinem«, flüsterte Sarah heiser, als hätte das kommende Kind ihrer Stimme schon alle Kraft genommen.

»Mutter, du mußt es mir sagen, wann es kommt, damit ich hier bin, wenn du mich brauchst.«

»Hoffentlich hat's schwarzes Haar«, murmelte sie geistesabwesend. »Ein dunkeläugiger Junge, wie ihn sich dein Vater wünscht –, ein Junge, der ihm ähnlich sieht. O Gott, bitte erhör mich diesmal und schenk Luke und mir 'nen Sohn, der sein Ebenbild ist. Dann kann er mich lieben, so wie er sie geliebt hat.«

Ihre Worte taten mir weh. Was hatte es für einen Sinn, wenn ein Mann so lange trauert – falls er wirklich trauerte –, und wann hatte er das Baby gemacht? Meistens wußte ich, was sie trieben; es war aber schon eine Ewigkeit her, daß die Federn in dem verräterischen Rhythmus gequietscht hatten.

Auf dem Weg zum See, wo wir mit Logan zum Fischen verabredet waren, erzählte ich niedergeschlagen Tom die Nachricht.

Kaum hatten wir Logan getroffen, da tauchte plötzlich Fanny zwischen den Bäumen auf. Sie schmiß sich an Logan, als wäre sie ein sechsjähriges Kind und kein zwölfjähriges Mädchen, das sich außerdem schon sehr schnell zu entwickeln begann. Logan mußte sie in die Arme nehmen, um nicht nach hinten zu kippen.

»Du siehst ja von Tag zu Tag besser aus«, flötete Fanny und versuchte, ihm dabei einen Kuß zu geben, aber Logan stellte sie wieder auf den Boden und schob sie beiseite. Dann kam er auf mich zu. Aber Fanny war an diesem Tag einfach überall; ihre laute Stimme ertönte aus allen Winkeln, sie verscheuchte die Fische und lenkte beständig die Aufmerksamkeit auf sich. Sie verdarb uns den ganzen Sonntagnachmittag, der uns sonst viel Spaß gemacht hätte, bis sie endlich, als es dämmerte, verschwand – keiner wußte wohin –, und Logan, Tom und mich mit drei winzigen Fischen zurückließ, bei denen es sich nicht lohnte, sie mit nach Hause zu nehmen. Logan warf sie wieder zurück ins Wasser, und wir sahen ihnen nach, wie sie davonschwammen.

»Bis nachher«, rief Tom, und schon eilte er davon und ließ mich mit Logan allein zurück.

»Was ist denn los?« fragte Logan, während ich unverwandt die untergehende Sonne anstarrte, die sich im Wasser in vielfältigen Rosa-Tönen widerspiegelte. Bald, dachte ich, würde sich alles dunkelrot verfärben, so rot wie das Blut, das Sarah bei der Geburt ihres neuen Babys verlieren würde. Die Erinnerung an vergangene Geburten gingen mir durch den Kopf. »Heaven, du hörst mir ja gar nicht zu.«

Ich wußte nicht recht, ob ich ihm etwas so Persönliches erzählen sollte, aber schließlich sprudelte es wie von selbst aus mir heraus. Ich konnte keine Geheimnisse vor ihm haben. »Ich habe Angst, Logan, nicht nur um Sarah und ihr Kind, sondern um uns alle. Wenn ich manchmal sehe, wie verzweifelt Sarah ist, dann weiß ich nicht, wie lange sie dieses Leben noch aushalten kann. Wenn sie geht – sie spricht immer davon, daß sie Vater verlassen will –, dann läßt sie mir das Baby zurück, um das ich mich dann kümmern muß. Großmutter kann nicht viel mehr tun als stricken und häkeln oder Decken zusammennähen.«

»Und dabei hast du schon so genug zu tun, ich verstehe, Heaven. Aber Heaven, du weißt doch, daß alles gut ausgeht. Hast du nicht heute die Predigt von Reverend Wise gehört, in der er gesagt hat, daß wir alle unser Kreuz tragen müssen. Und hat er nicht auch gesagt, daß uns der liebe Gott niemals eines auflädt, das zu schwer für uns ist?«

Ja, das hatte er gesagt, aber im Augenblick trug Sarah ein Kreuz, das eine Tonne wog, und ich konnte ihr kaum einen Vorwurf machen, wenn sie sich beklagte.

Langsam schlenderten wir zur Hütte und wollten uns nur ungern voneinander verabschieden. »Du wirst mich ja doch nie einladen... oder?« fragte Logan steif.

»Das nächste Mal... vielleicht.«

Er blieb stehen. »Ich möchte dich einmal mit nach Hause nehmen, Heaven. Ich habe es meinen Eltern schon erzählt, was für ein wunderbares und hübsches Mädchen du bist, aber sie müssen dich erst sehen, um mir zu glauben.«

Ich trat zurück, bedrückt über sein und mein Los. Warum ließ er sich nicht von der Armut und der Schande der Casteels abschrecken? In diesem Augenblick trat er plötzlich nah an mich heran, packte mich und gab mir einen flüchtigen Kuß auf den Mund. Die Berührung seiner Lippen und sein ungewohntes Aussehen im Dämmerlicht verwirrten mich. »Gute Nacht... und mach dir keine Sorgen, ich bin da, wenn du mich brauchst.« Mit diesen Worten rannte er den Pfad hinunter nach Winnerrow, zu den sauberen, hübschen Häusern. In einer dieser Straßen würde er die Treppen in die Wohnung über der Stonewall-Apotheke hinaufsteigen. Dort waren die Zimmer wohl hell und freundlich, es gab fließend Wasser und Toiletten mit Wasserspülung, wahrscheinlich zwei davon, und er würde mit seinen Eltern heute abend fernsehen. Ich starrte auf die Stelle, wo er gerade gestanden hatte und überlegte, wie es wohl wäre, wenn man in sauberen Zimmern mit einem Farbfernseher wohnte. Eines wußte ich sicher: Es war tausendmal besser als bei uns.

Wäre ich nicht in verliebte Gedanken wegen Logans Kuß versunken gewesen, dann wäre ich nicht so ahnungslos in die Hütte eingetreten und hätte mich über den Lärm um mich herum nicht gewundert.

Vater war daheim.

Er ging im kleinen Vorzimmer auf und ab und durchbohrte Sarah mit seinen Blicken. »Warum bist du schon wieder schwanger?« brüllte er und klatschte mit der geballten Faust gegen seine Handfläche; er drehte sich ruckartig um, boxte gegen die Wand, daß einige Tassen auf dem Regal zu Boden fielen und zerbrachen. Wir besaßen gerade genügend Tassen für uns alle und hatten keine einzige zu viel.

Vater war furchtbar in seinem Zorn – es war unheimlich, wie er mit seiner Kraft, die viel zu heftig für den kleinen Raum war, um sich hieb. »Ich arbeite Tag und Nacht, um dich und die Kinder über Wasser zu halten...« tobte er.

»Und du warst also nicht daran beteiligt, was?« kreischte Sarah.

Das Band, das ihre langen roten Haare gewöhnlich zusammenhielt, hatte sich gelöst.

»Ich hab' dir doch diese Pillen gegeben!« schrie er. »Ich hab' gutes Geld dafür bezahlt und gehofft, daß du genügend Grips hast, die Anleitung zu lesen!«

»Ich hab' sie genommen! Hab' ich dir das nicht gesagt? Hab' sie alle genommen und hab' gewartet, daß du kommst, aber du bist nicht gekommen – und dann waren sie schon alle.«

»Willst du damit sagen, daß du alle auf einen Sitz geschluckt hast?«

Sie sprang auf, öffnete den Mund wie zum Reden, ließ sich aber statt dessen wieder auf den Stuhl – einen der sechs harten, unbequemen Stühle – zurückfallen. »Hab's immer vergessen... dauernd vergess' ich's, da hab' ich sie alle auf einmal geschluckt, um's nicht zu vergessen!«

»Mein Gott«, stöhnte Vater. Wütend und empört funkelte er sie mit seinen schwarzen Augen an. »Dumm! Und ich hab' dir noch die Anleitung vorgelesen!« Damit schlug er die Tür hinter sich zu, während ich neben Tom, der Keith und Unsere-Jane auf dem Schoß hatte, auf dem Boden saß. Unsere-Jane hatte ihr kleines Gesicht gegen Tom gepreßt, so wie sie es immer tat, wenn sich unsere Eltern stritten. Fanny lag zusammengerollt auf ihrer Schlafdecke, die Hände gegen ihre Ohren gepreßt und die Augen fest zugekniffen. Großmutter und Großvater saßen in ihren Schaukelstühlen und wippten hin und her, dabei starrten sie ausdruckslos in die Luft, so als hätten sie dies alles schon tausendmal gehört und würden es auch in Zukunft tausendmal wieder hören. »Luke kommt zurück und sorgt für dich«, versuchte Großmutter Sarah zu trösten. Sarah weinte noch immer. »Er ist'n guter Junge. Wenn er sein neues Baby sieht, verzeiht er dir.«

Sarah erhob sich stöhnend und machte sich daran, unser Abendessen vorzubereiten. Ich eilte auf sie zu, um ihr zu helfen. »Setz dich, Mutter, oder leg dich aufs Bett. Ich kann das Essen schon alleine herrichten.«

»Dank dir, Heaven... Muß aber was tun, um nicht nachzudenken. Hab' ihn wahnsinnig geliebt. Mein Gott, hab' ich Luke Casteel geliebt und so großes Verlangen nach ihm gehabt. Dabei hab' ich's weder ahnen noch erraten können, daß er nur sich selbst liebt.«

Nach dem Abendessen zischte Fanny mir etwas ins Ohr. »Ich werd' das neue Baby hassen. Mutter ist zu alt für'n Baby... Ich muß jetzt mein eigenes Baby bekommen.«

»Das mußt du überhaupt nicht!« fuhr ich sie scharf an. »Fanny, du machst dir was vor, wenn du meinst, daß du mit einem eigenen Kind erwachsen und frei bist... Mit einem Baby hast du noch weniger Freiheit als jetzt. Also paß auf, was du mit deinen Freunden machst.«

»Du verstehst ja gar nichts davon. Passiert ja nicht zum erstenmal! Bist ja noch viel mehr ein Kind als ich, sonst wüßtest du, was ich meine.«

»Und was meinst du?«

Schluchzend klammerte sie sich an mir fest. »Weiß nicht... Ich will so viel, was wir nicht haben, daß es direkt weh tut. Es muß was für mich geben, daß ich ein besseres Leben führen kann. Hab' keinen richtigen Freund wie du. Die Jungen lieben mich nicht so wie Logan dich. Heaven, hilf mir bitte, bitte hilf mir.«

»Ich helfe dir, ich helfe dir«, versprach ich. Wir hielten uns fest umschlungen.

Die Augusttage wurden viel zu schnell immer kürzer. Die letzten Wochen von Sarahs Schwangerschaft verliefen mehr oder weniger qualvoll – für sie wie für uns –, obwohl Vater jetzt öfter als zuvor zu Hause auftauchte und nicht mehr auf und ab ging und brüllte. Er hatte sich wohl mit der Tatsache abgefunden, daß Sarah vielleicht noch fünf oder sechs Kinder haben würde, bevor ihre Zeit um war.

Schwerfällig stolperte sie in der Hütte umher und hielt oft ihre roten, schwieligen Hände an die Wölbung ihres Bauches gepreßt, in der ihr fünftes Baby lag, das sie nicht mit besonders großer Freude erwartete. Sie murmelte entweder Gebete vor sich hin oder brüllte herum. Von der Liebenswürdigkeit, die Sarah in ihren besten Zeiten besessen hatte, war kaum mehr etwas zu spüren. Auf ihr ständiges Keifen, an das wir uns schon notgedrungen gewöhnt hatten, folgte jedoch etwas viel Schlimmeres – ein bedrückendes Schweigen.

Anstatt Vater und uns anzuschreien, bewegte sie sich nur mehr mit schlurfendem Gang wie eine alte Frau – und dabei war Sarah erst achtundzwanzig. Wenn Vater nach Hause kam, bemerkte sie ihn kaum, sie erkundigte sich nicht einmal, wo er gewesen war. Sie vergaß »Shirley's Place«, und sie vergaß ihn zu fragen, ob er »sauberes« oder »schmutziges« Geld verdiente. Sie machte den Eindruck, als igele sie sich ein und kämpfe innerlich um eine Entscheidung.

Tag für Tag wurde Sarah stiller. Sie zog sich immer mehr in sich zurück und kümmerte sich immer weniger um uns. Es tat weh, keine Mutter mehr zu haben, besonders da Keith und Unsere-Jane sie so dringend gebraucht hätten. Ihre Augen wurden hart, wenn Vater ein- oder zweimal in der Woche kam. Er arbeitete in Winnerrow und hatte nun eine ehrliche Arbeit, aber sie weigerte sich, es zu glauben, so als würde sie nach einem Grund suchen, ihn zu hassen und ihm zu mißtrauen. Manchmal hörte ich, wie er Sarah von seiner Arbeit erzählte und dabei verlegen aussah, weil sie ihm keine Fragen mehr danach stellte. »Arbeit als Mädchen für alles, für die Kirche und für reiche Bankiersdamen, die ihre lilienweißen Hände nicht beschmutzen wollen.«

Tatsächlich verdiente sich Vater als Mädchen für alles bei den Reichen einige Dollars, und Sarah konnte eigentlich nichts dagegen haben. Vater konnte bei allen möglichen Arbeiten einspringen.

Unsere-Jane bekam Sarahs Depression mit, und es schien, als würde sie diesen Sommer noch öfter krank als sonst. Sie war es, die jede Erkältung bekam, die wir anderen ohne weiteres abschüttelten. Sie hatte Windpocken, und kaum waren die vorüber, bekam sie einen allergischen Ausschlag und weinte eine Woche lang Tag und Nacht – damit verscheuchte sie Vater, der mitten in der Nacht aufstand, um wieder einmal »Shirley's Place« aufzusuchen.

Es gab aber auch Tage, an denen sich Unsere-Jane wohl fühlte. Wenn sie glücklich war und lächelte, gab es kein hübscheres Kind auf der Welt als Unsere-Jane, dann war sie die unumschränkte Herrscherin in der Hütte der Casteels. In der Tat, die Talbewohner erzählten sich immer, wie schön doch alle Kinder des grausamen, düsteren und aufbrausenden Luke Casteel geraten waren. Trotz seiner – in den Augen neidischer Frauen – nicht nur gewöhnlichen, sondern auch grobschlächtigen und ausgesprochen häßlichen Frau Sarah.

Eines Tages wollte Keith, der fast nie etwas verlangte, Wachsmalstifte haben. Die einzigen, die zu der Zeit vorhanden waren, hatte Fanny vor Monaten von Miß Deale bekommen – und Fanny hatte die Schachtel noch kein einziges Mal aufgemacht.

»Nein!« quäkte Fanny. »Keith bekommt meine funkelnagel-neuen Wachskreiden nicht!«

»Borg ihm doch deine Wachsmalstifte, sonst redet er womöglich überhaupt nicht mehr«, bat ich sie. Ich hatte immer ein wachsames Auge auf meinen kleinen, stillen Bruder, der wie Großvater die Angewohnheit hatte, herumzusitzen und nicht viel zu tun. Trotzdem sah Großvater viel genauer als wir alle. Wie sonst hätte er jedes einzelne Härchen eines Eichhörnchenschweifes schnitzen können? Wer hatte schon solche Augen, die nicht nur sehen, sondern auch wirklich beobachten konnten?

»Mir egal, wenn er nie wieder ein Wort spricht«, kreischte Fanny.

Daraufhin nahm ihr Tom einfach die Wachskreiden weg und gab sie Keith, während Fanny schrie und drohte, sich in den Brunnen zu schmeißen.

»Maul halten!« donnerte Vater, der eben zur Tür herein kam und seine streitenden Kinder sehen mußte. Er verzog das Gesicht, als bereite ihm das Gezeter große Kopfschmerzen.

»Hast sie gemacht, oder?« war Sarahs einziger Willkommens-gruß. Dann preßte sie die Lippen zusammen und sagte kein Wort mehr. Vater sah sie zornig an und schleuderte unser Essen auf den blankgescheuerten Tisch. Ich kalkulierte schnell, wie lange die fünf-zig Pfund Mehl, die zehn Pfund Schmalz in der Dose, die Säcke mit Feldbohnen und weißen Bohnen ausreichen würden.

Peng, die Haustür fiel ins Schloß. Bestürzt sah ich auf. Es war Va-ter, der mit langen Schritten auf seinen Lieferwagen zuging. Er war wieder fort.

Jedesmal, wenn Vater Sarah allein zurückließ, fügte sie entweder uns oder sich etwas Furchtbares zu. Trotzdem konnte ich manch-mal verstehen, daß er nicht bleiben wollte. Es waren nicht nur wir Kinder, die an seinen Nerven zerrten, sondern er und Sarah gerieten sich auch ständig in die Haare. Sarah war ja nie besonders hübsch ge-wesen, aber nun hatte sie auch ihre Liebenswürdigkeit verloren.

Morgens war es jetzt schon ziemlich kalt. Die Eichhörnchen huschten hin und her und suchten Nüsse für ihren Wintervorrat. Tom half Großvater Holz zum Schnitzen zu sammeln; das war keine leichte Aufgabe, denn es mußte ganz bestimmtes Holz sein, das weder zu hart noch zu weich war und auch nicht splitterte. Eines

Tages standen Vater und ich allein im Hof. »Vater«, begann ich stockend, »ich tue mein Bestes für die Familie… könntest du mir vielleicht ein wenig helfen… und auch mal ein nettes Wort sagen?«

»Hab' dir schon gesagt, sollst mich in Ruh lassen!« Er warf mir einen durchdringenden Blick zu, bevor er mir wieder den Rücken kehrte. »Verschwinde, sonst bekommst du, was dir gebührt.«

»Was gebührt mir denn?« fragte ich ihn unverfroren, dabei erinnerten ihn meine Augen gewiß an all das, was er verloren hatte: *Sie*.

Wie kleine dunkle Miniatursoldaten hockten die Stare auf der Wäscheleine. Aufgeplusterte, verschlafene Vögel, die mit geschlossenen Augen die kommende Kälte erwarteten und auf den nächsten Sommer hofften. Bald würde oben in den Bergen Schnee fallen. Seufzend schichtete ich Brennholz. Ich wußte, daß es nicht genug war, um die Hütte warm zu halten. Die Axt steckte noch in einem Baumstumpf. Wenn ich noch ein Wort sage, haut er womöglich mit der Axt auf mich ein, dachte ich. So sagte ich lieber nichts mehr und begann, das Holz, das Vater gehackt hatte, ordentlich aufzustapeln.

»So«, sagte Vater zu Sarah, als sie an der Tür erschien, »das müßte ausreichen, bis ich wiederkomm'.«

»Wohin gehst du noch so spät?« fragte ihn Sarah, die sich ausnahmsweise die Haare gewaschen und etwas hübsch gemacht hatte. »Wird mächtig einsam für 'ne Frau hier so ganz alleine, Luke, ohne Mann und nur in Gesellschaft von alten Leuten und Kindern.«

»Bis bald!« rief Vater und lief eilig zu seinem Lieferwagen. »Hab' 'nen Job bekommen. Wenn ich damit fertig bin, komm' ich nach Haus und bleib' die Nacht.«

Eine ganze Woche kam er nicht. Abends saß ich auf der Treppe zur Veranda und starrte in den düsteren, stürmischen Himmel. Bittere Gedanken bedrängten mich. Es mußte einen besseren Ort für mich geben als diesen. Irgendwo gab es einen besseren Ort. Eine Eule schrie, dann folgte das Heulen eines herumirrenden Wolfes. Die Nacht war von tausend Geräuschen erfüllt. Aus dem Norden kam der Herbstwind und jammerte und pfiff zwischen den Bäumen hindurch.

Ich betrachtete die Mondsichel, die von einer dunklen Wolke zur Hälfte verdeckt wurde; es war der gleiche Mond, der über Hollywood, New York City, London und Paris stand.

Ich fröstelte und hustete, aber ich wollte nicht in den überfüllten

Raum zurückkehren und mich zwischen Fanny und Unsere-Jane legen. Tom und Keith schliefen neben Großmutter und Großvater auf dem Boden.

Während die anderen Familienmitglieder mehr oder weniger friedlich schlummerten, hörte ich das leise Schlurfen alter Füße, das sich langsam näherte. Mit rasselndem Atem, stöhnend und ächzend, setzte sich Großmutter neben mich auf die Treppe.

»Holst dir noch den Tod in der Nachtkälte. Glaubst wohl, deinem Vater tut es dann leid, aber wirst du in deinem Grab glücklich sein?«

»Großmutter, Vater soll mich nicht so verachten. Warum kannst du ihm nicht erklären, daß es nicht meine Schuld ist, daß Mutter gestorben ist?«

»Er weiß, daß es nicht deine Schuld ist, tief im Herzen. Aber wenn er's zugibt, muß er sich selbst die Schuld geben, daß er 'n Mädchen wie sie geheiratet und in die Berge gebracht hat, die sie nicht gewöhnt war. Sie gab ihr Bestes, bei Gott, das kann man sagen. Seh' sie noch vor mir, wie sie wäscht und schrubbt und ihre schönen, weißen Hände ruiniert. Und wie sie ihr Haar, eine wahre Pracht, nach hinten streift... Sie lief immer wieder zum Koffer hin, voller Töpfchen war er, und rieb sich mit Creme ein. Sie versuchte alles, um ihre Hände schön und jung zu erhalten.«

»Großmutter, du weißt, ich bring' es nicht übers Herz, den Koffer aufzumachen und ihre ganzen schönen Sachen anzusehen. Was nützen diese Kleider hier oben, wo kein Mensch hinkommt? Aber neulich in der Nacht habe ich von der Puppe geträumt – sie war ich, und ich war sie. Eines Tages werde ich nach Boston fahren und die Familie meiner Mutter suchen. Ich will ihnen erzählen, was ihrer Tochter zugestoßen ist, das schulde ich ihnen. Sie nehmen sicherlich an, daß sie noch irgendwo lebt und glücklich ist.«

»Hast recht. Hab' selbst nie dran gedacht, aber hast recht.« Sie umarmte mich flüchtig mit ihren alten, dünnen, kraftlosen Armen. »Du mußt nur wissen, was du willst, dann bekommst du's schon, bestimmt.«

Für Großmutter war das Leben auf den Bergen härter als für uns alle. Niemand außer mir schien bemerkt zu haben, daß Großmutter das Aufstehen und Niedersetzen viel schwerer fiel als sonst. Oft hielt sie mitten im Gehen inne und preßte ihre Hand gegen das

Herz. Manchmal wurde sie aschgrau im Gesicht und schnappte nach Luft. Es nützte nichts, wenn man ihr vorschlug, zu einem Arzt zu gehen; sie glaubte nicht an Ärzte und schon gar nicht an Medikamente, die sie sich nicht selbst aus Wurzeln und Kräutern, die ich für sie sammelte, zusammengebraut hatte.

Durch Sarahs grimmiges und düsteres Verhalten wurde jeder Tag zur Qual. Es sei denn, Logan und ich waren zusammen. Und dann eines schrecklichen Tages, die Sonne schien glühend heiß, fand ich ihn unten am Fluß, und Fanny hüpfte splitternackt vor ihm am Ufer hin und her! Lachend forderte sie ihn auf, sie zu fangen. »Und wenn du mich gefangen hast – bin ich dein, nur dein«, lockte sie ihn. Ich stand wie erstarrt und war über Fannys Verhalten entsetzt. Ich wartete jedoch ab, was er tun würde.

»Schäm dich, Fanny«, rief er ihr zu. »Du bist nur ein Kind, das eine gehörige Tracht Prügel verdient.«

»Dann fang mich doch und gib sie mir!« forderte sie ihn heraus.

»Nein, Fanny«, schrie er zurück, »du bist einfach nicht mein Typ.« Er drehte sich um und machte sich anscheinend auf den Weg nach Winnerrow. In diesem Augenblick trat ich hinter dem Baum hervor, der mich vor seinen Blicken versteckt hatte.

Er versuchte zu lächeln, sah jedoch ziemlich betreten aus. »Ich wünschte mir, daß du das nicht gesehen oder gehört hättest. Ich habe auf dich gewartet, als Fanny aufgetaucht ist. Sie hat sich einfach das Kleid vom Leib gerissen und nichts darunter angehabt... Es war nicht meine Schuld, ich schwöre es dir, bestimmt nicht.«

»Und das soll ich dir glauben?«

»Es ist nicht meine Schuld«, rief er wieder und wurde ganz rot im Gesicht.

»Ich weiß schon...« sagte ich kühl. Ich kannte Fanny ja. Und nach allem, was ich gehört hatte, mochten die Jungen lockere Mädchen, die gar nicht schüchtern und gehemmt waren, sondern so wie meine jüngere Schwester Fanny.

»He«, rief Logan und zog meinen Kopf näher zu sich. Meine Lippen waren den seinen nahe. »Dich will ich, du gefällst mir. Fanny ist vielleicht hübsch und herausfordernd... Mir ist es aber lieber, wenn die Mädchen etwas zurückhaltender sind. Und wenn es mir aus irgendeinem Grund nicht gelingt, dich zu heiraten, dann will ich von alledem sowieso nichts mehr wissen.«

Als er mich küßte, läuteten die Glocken. Ich hörte den zukünftigen Klang der Hochzeitsglocken. Mrs. Logan Grant Stonewall... das sollte ich sein.

Sarah begann jetzt, Selbstgespräche zu führen, als quäle sie ein Alptraum.

»Muß raus, muß raus aus dieser Hölle«, murmelte sie vor sich hin. »Nur Arbeit, essen, schlafen, und ich wart' und wart', daß er nach Hause kommt –«

Es war unübersehbar und quälend zu beobachten, wie Sarahs kleine Welt düsterer und hoffnungsloser wurde. Und meistens ließ sie ihre dumpfe Verzweiflung an mir aus. Eines Abends fiel ich erschöpft auf meine Schlafdecke und weinte leise Tränen in mein hartes Kissen. Großmutter hörte es und legte mir tröstend die Hand auf die Schulter.

»Schscht, wein nicht, Sarah mag dich ja, Kind. Dein Vater regt sie auf, aber du bist halt da, er nicht. Sie kann ihn ja nicht anschreien, wenn er gar nicht da ist, und hauen auch nicht – auch wenn er da wär'. Du kannst keinem Menschen mit Heulen und Schreien weh tun, der dich nicht liebt. Sie heult und schreit ja nun schon jahrein, jahraus, aber er hört es nicht, und es kümmert ihn nicht. Sie muß immer hier sein, also schlägt sie dich.«

»Warum hat er sie überhaupt geheiratet, wenn er sie nicht liebt, Großmutter?« schluchzte ich. »Nur damit ich eine Stiefmutter bekomme, die mich nicht mag?«

»Das weiß der Himmel, warum und wieso die Männer so sind, wie sie sind.« Die Großmutter atmete schwer. Sie drehte sich um und umarmte liebevoll Großvater, den sie Toby nannte. Mit einem Kuß und einem Streicheln über sein schrundig zerfurchtes Gesicht schenkte sie ihm mehr Liebe als wir alle zusammen. »Schau zu, daß du den Richtigen bekommst, so wie ich's gemacht hab', dann ist alles gut. Und wart's ab, bis du alt genug bist und schon vernünftig. So fünfzehn.«

Wenn ein Mädchen aus den Bergen sechzehn Jahre alt geworden war und sich noch nicht verlobt hatte, dann wurde aus ihr höchstwahrscheinlich eine alte Jungfer.

»Jetzt flüstern sie wieder«, brabbelte Sarah und spitzte die Ohren hinter ihrem verwaschenen roten Vorhang, »und reden über mich. 's

Mädchen heult wieder. Warum bin ich zu ihr so gemein und nicht zu Fanny, die ja den ganzen Ärger macht? Oder zu Unserer-Jane oder Keith? Und vor allem, warum nicht zu Tom?«

Ich hielt den Atem an, weil Sarah mit dem Gedanken spielte, ihre Wut an Tom auszulassen.

Es war ein schrecklicher Tag, als Sarah Tom mit einer Peitsche schlug, als könnte sie sich dafür an Vater rächen, daß er nie zu ihr so gewesen war, wie sie es sich gewünscht hatte. »Hab' ich dir nicht gesagt, du sollst in die Stadt gehen und Geld verdienen?«

»Aber Mutter! Keiner wollte mich anstellen. Viele Jungens haben einen elektrischen Rasenmäher, der die Blätter aufsaugt. Die brauchen keinen Burschen aus den Bergen, der nicht einmal einen Handrasenmäher hat!«

»Keine Ausreden! Ich brauch' Geld, Tom, Geld!«

»Mutter... Morgen versuch' ich's wieder«, schrie Tom und hob seine Arme schützend vor sein Gesicht. »So verschwollen und blutig krieg' ich doch nie 'n Job!«

Verstört blickte Sarah zu Boden – leider. Tom hatte nämlich vergessen, sich die Schuhe abzuputzen. »Hast wohl keine Augen im Kopf, was? Der Boden ist geputzt! Grad eben! Schau ihn dir jetzt an, völlig verdreckt!«

Patsch! Sie hieb mit ihrer schweren Faust mitten in Toms verblüfftes Gesicht, daß er gegen die Wand knallte, und ein Glas Honig, den wir gestohlen hatten und der oben auf dem Regal stand, fiel ihm auf den Kopf. Die klebrige Masse troff an ihm herunter.

»Dank dir, Mutter«, sagte Tom mit einem komischen Grinsen. »Jetzt kann ich so viel Honig schlecken, wie ich mag.«

»Ach, Tommy...« schluchzte sie und schämte sich nun doch. »Es tut mir ja leid. Weiß einfach nicht, was in mich gefahren ist...«

Es war September. Bald würden wir in die Schule zurückgehen, und Sarahs Baby konnte jetzt jeden Tag geboren werden. Sarah blieb, obwohl sie immer wieder drohte zu gehen, in der Hoffnung, daß sie Vater weh tun könnte, wenn sie ihm seinen dunkelhaarigen Sohn wegnahm. Vater blieb immer länger in der Stadt.

Eine Stunde verging wie die andere, furchtbare Stunden, zwar nicht ganz wie die Hölle, aber weit entfernt vom Paradies. Wir waren über den Sommer zwar merklich größer und erwachsener geworden, aber während Sarahs Kind ihren Bauch immer dicker werden ließ, wurden wir älteren dürrer, stiller und genügsamer.

Etwas Bedrohliches schien auf uns zuzukommen. Und oft wälzte ich mich die ganze Nacht hin und her. Wenn ich in der Frühe aufstand, hatte ich das Gefühl, daß ich keinen Augenblick geschlafen hatte.

5. KAPITEL

SARAHS BABY

Am ersten Schultag erwartete mich Logan auf halber Wegstrecke, um mich zu begleiten. Langsam wurde es in den Bergen spürbar kühler, aber unten im Tal war es noch angenehm warm. Miß Deale war immer noch unsere Lehrerin. Ich verehrte sie immer noch, aber trotzdem war ich nicht immer bei der Sache...

Ich war froh, wieder in die Schule zu gehen und Logan jeden Tag sehen zu können. Er nahm meine Hand und begleitete mich täglich nach Hause. Mit ihm konnte ich alle meine Sorgen und Nöte vergessen, die zu Hause auf mich warteten.

Wir gingen nebeneinander her und diskutierten eifrig unsere Zukunftspläne. Tom ging währenddessen mit Unserer-Jane und Keith voraus, und Fanny trödelte, von ihren Verehrern begleitet, hinter uns her.

Ich brauchte mich nur umzusehen, um zu wissen, daß in den kommenden Nächten das Regenwasser auf den Bergen gefrieren würde; wir brauchten alle dringend Wintermäntel, Jacken und Stiefel, die wir uns aber nicht leisten konnten. Logan hielt meine Hand und blickte mich unentwegt an, als könnte er nicht aufhören, mich zu bewundern. Wir schlenderten sehr langsam dahin. Unsere-Jane und Keith lachten und hüpften, während Tom nach hinten lief, um nachzusehen, was Fanny gerade mit den Jungen anstellte.

»Du sprichst überhaupt nicht mit mir«, beklagte sich Logan. Er blieb stehen und drückte mich auf einen vermoderten Baumstamm hinunter. »Gleich wirst du wieder davonlaufen, dich umdrehen und mir zuwinken. Soll ich nie dein Zuhause kennenlernen?«

»Da gibt es nichts zu sehen«, sagte ich mit gesenktem Kopf.

»Man sollte sich für nichts schämen«, sagte er sanft und drückte meine Finger, bevor er meine Hand losließ und mein Gesicht zu sich hob. »Wenn du weiterhin Teil meines Lebens sein wirst – und ich kann es mir anders nicht vorstellen –, dann mußt du mich ja doch eines Tages hereinlassen, nicht wahr?«

»Eines Tages – wenn ich mutiger bin.«

»Du bist der mutigste Mensch, den ich kenne! Heaven, ich habe in letzter Zeit viel über uns nachgedacht; darüber, wie gut wir uns verstehen, wieviel Spaß wir zusammen haben und wie einsam die Stunden ohne dich sind. Wenn ich das College beendet habe, möchte ich Wissenschaftler werden, ein hochbegabter, natürlich. Hättest du keine Lust, mit mir gemeinsam die Geheimnisse des Lebens zu erforschen? Wir könnten als Team zusammenarbeiten, wie Madame Curie und ihr Mann. Würde dir das nicht gefallen?«

»Natürlich«, sagte ich, ohne nachzudenken, »aber wäre es nicht langweilig, tagtäglich im Labor eingesperrt zu sein? Gibt es kein Labor im Freien?«

Er fand meine Antwort komisch und umarmte mich.

Ich schlang meine Arme um seinen Hals und schmiegte meine Wange an seine. Ich fühlte mich geborgen in seinen Armen. »Wir werden ein Labor ganz aus Glas haben«, sagte er schließlich mit belegter Stimme und seine Lippen näherten sich den meinen, »voller Pflanzen. Würde dich das glücklich machen?«

»Ja, ich glaube schon…« Würde er mich wieder küssen? Wenn ich meinen Kopf nur ein ganz klein wenig zur Seite neigte, dann wäre das Problem, daß seine Nase gegen meine stieß, aus der Welt geschafft.

Ich hatte zwar keine Ahnung, wie ein Kuß zustande kam, dafür er um so mehr. Es war wunderbar aufregend. Kaum war ich jedoch zu Hause, verflog meine freudige Erregung durch Sarahs tobende Leidensausbrüche.

An diesem Samstag schien die Sonne etwas heller, freundlicher und wärmer. Tom und ich waren bestrebt, dem bitteren Haß Sarahs, die in übelster Laune war, zu entgehen. Wir trafen uns mit Logan. Zu diesem Treffen hatten wir auch Unsere-Jane und Keith mitgenommen. Wir verstanden uns sehr gut und bemühten uns, Keith und Unsere-Jane die Zeit zu vertreiben.

Kaum waren wir am Fluß angelangt, wo wir angeln wollten, erscholl in den Bergen Sarahs Gebrüll. Sie rief mich zurück. »Auf

Wiedersehen, Logan!« sagte ich nervös. »Ich muß zu Sarah zurück; vielleicht braucht sie mich! Tom, bleib du hier und paß auf Keith und Unsere-Jane auf.«

Ich sah Logans Enttäuschung, als ich davonstob, um Sarahs Befehl nachzukommen, die Wäsche zu waschen, statt meine Zeit mit einem Jungen aus dem Tal zu vergeuden, der sowieso nichts taugte und mir mein Leben ruinieren würde. Mit schlechtem Gewissen stellte ich den Waschtrog auf die Bank, schleppte das heiße Wasser vom Ofen dorthin und fing auf dem alten Waschbrett zu schrubben an.

Am nächsten Tag lief Sarah wieder ständig auf und ab und murmelte immer das gleiche vor sich hin. »Muß hier raus, muß raus aus dieser Hölle hier. Nichts als arbeiten, schlafen, und warten und warten auf ihn – und wenn er kommt, keine Freude, keine Zufriedenheit, nichts.«

Das sagte sie tausendmal, trotzdem blieb sie.

Dann kam der Tag, vor dem wir uns alle gefürchtet hatten. Es fing Sonntag früh an, ich setzte gerade Wasser auf, damit wir uns vor dem Gottesdienst noch schnell waschen konnten. Vom Schlafzimmer ertönten gellende, schmerzerfüllte Schreie. »Annie, es kommt, Annie, es kommt, Lukes schwarzhaariger Sohn kommt!«

Großmutter bewegte sich schwerfällig, ihre Beine taten weh, sie war kurzatmig und brauchte meine Unterstützung. Von dem Augenblick an, als die Wehen eingesetzt hatten, ahnte sie, daß diese Geburt anders und schwieriger als die vorangegangenen verlaufen würde. Tom rannte hinaus, um Vater zu suchen, während Großvater sich widerwillig von seinem Schaukelstuhl erhob und zum Fluß ging. Ich befahl Fanny, auf Keith und Unsere-Jane aufzupassen, aber sich nicht zu weit von der Hütte zu entfernen. Großmutter und Sarah brauchten meine Hilfe. Die Wehen dauerten viel länger als bei Unserer-Jane und den anderen Kindern, die ebenfalls in diesem Bett zur Welt gekommen waren. Erschöpft fiel Großmutter auf einen Stuhl und gab stockend ihre Anleitungen, während ich das Wasser heiß machte, in dem das Messer sterilisiert werden sollte, bevor ich die Nabelschnur durchtrennte. Ich bemühte mich, das Blut, das wie ein roter Todesfluß aus Sarah quoll, zu stillen.

Endlich, nach vielen Stunden, währenddessen Vater im Hof mit Großvater, Tom, Keith und Unserer-Jane wartete – Fanny blieb unauffindbar –, kam schließlich unter qualvollen Schmerzen das Baby zur Welt. Sarahs Gesicht war kalkweiß. Es war ein kleines, eigenartig stilles und befremdend aussehendes Baby.

»Junge... Mädchen?« keuchte Großmutter mit schwacher Stimme. »Sag, Kind, ist es nu' Lukes Sohn und sein Ebenbild?«

Ich wußte nicht, was ich sagen sollte.

Sarah stützte sich auf, um nachzusehen. Sie starrte unentwegt vor sich hin und versuchte, ihre schweißnassen Haare aus dem Gesicht zu streichen. Ich trug das Baby vorsichtig zu Großmutter hinüber, damit sie sein Geschlecht bestimmen konnte.

Großmutter sah dort nach, wo die Geschlechtsteile sich hätten befinden müssen – aber weder sie noch ich entdeckten irgend etwas.

Ich traute meinen Augen nicht. Es war entsetzlich, ein Baby zu sehen, das nichts zwischen seinen Beinen hatte. Aber was machte es schon, daß dieses Kind weder Junge noch Mädchen war, da es tot geboren war und ihm die eine Hälfte des Kopfes fehlte? Es war ein Monster-Kind, übersät mit eiternden Wunden.

»Tot!« schrie Sarah. Sie sprang aus dem Bett und riß mir das Kind aus den Armen. Innig schloß sie es in die Arme und küßte sein armes, halbes Gesicht dutzend Mal und mehr, bevor sie ihren Kopf nach hinten warf und heulend ihren Schmerz hervorstieß, wie die Wölfe in den Bergen, die den Mond anjaulen.

»Luke und seine verdammten Huren!« Völlig außer sich rannte sie wie eine Furie zu Vater, der draußen saß, und schob ihm das Kind in die Arme. Geübt nahm er es auf, dann starrte er es ungläubig und voller Entsetzen an.

»Sieh, was du angestellt hast!« schrie Sarah aus Leibeskräften, ihr einziges Gewand war besudelt mit den Spuren der Geburt. »Du mit deinem schlechten Blut und deiner Hurerei hast dein Kind umgebracht! Hast 'n Monster aus ihm gemacht!«

Vater schrie zornentbrannt: »Du bist die Mutter! Was du ausbrütest, hat verdammt wenig mit mir zu tun!« Er schleuderte das tote Kind zu Boden, befahl Großvater, es anständig zu begraben, damit die Schweine und Hunde es nicht zerrissen. Dann machte er sich auf und davon, sprang in seinen Lieferwagen und fuhr in Richtung Winnerrow, um sein Leid zu ertränken und danach wohl zu »Shirley's Place« zu torkeln.

Mein Gott, wie furchtbar war doch dieser Sonntag, an dem ich das tote Kind in der Zinkwanne badete und sein Begräbnis vorbereitete. Währenddessen kümmerte sich Großmutter um Sarah, die plötzlich alle Kraft verloren hatte. Es war vorbei mit ihrer Amazonenstärke, sie war nur noch eine Frau, die schluchzend und trauernd auf den Knien lag und mit Gott haderte, warum ihr Kleines für die Sünden seines Vaters hatte büßen müssen.

Das arme, kleine Ding, dachte ich, während ich Blut und Schleim von seinem winzigen, erbarmungswürdigen Körper, der so still und reglos dalag, abwusch. Ich hätte nicht darauf achten müssen, seinen halb vorhandenen Kopf über Wasser zu halten – aber ich tat es trotzdem. Ich kleidete es in das Gewand, das Keith und Unsere-Jane getragen hatten – und wahrscheinlich auch schon ich und Tom.

Schließlich fiel Sarah vornüber auf das beschmutzte Bett, sie krallte sich mit ihren Fingern an der Matratze fest und weinte, wie ich sie niemals zuvor hatte weinen hören.

Solange ich mit dem toten Kind beschäftigt war, hatte ich keine Zeit, mich um Großmutter zu kümmern. Ich mußte sie erst ein paarmal ansehen, bis ich bemerkte, daß sie weder strickte, häkelte, stopfte, flocht, ja nicht einmal in ihrem Schaukelstuhl hin und her wippte. Sie saß nur sehr still da, ihre Augen waren halb geschlossen. Auf ihren dünnen, weißen Lippen lag ein leises Lächeln. Dieses Lächeln jagte mir einen Schrecken ein; eigentlich hätte sie tief betrübt aussehen müssen.

»Großmutter…« flüsterte ich ängstlich und legte das totgeborene Kind, das gewaschen und angezogen war, hin. »Wie geht es dir?«

Ich faßte sie an. Sie fiel zur Seite. Ich berührte ihr Gesicht, und sie war schon fast kalt, ihr Gesicht beinahe schon steif.

Großmutter war tot!

Sie war vor Schreck über die Totgeburt des Monster-Kindes gestorben oder vielleicht auch nur an der jahrelangen Entbehrung! Ich schrie auf, und mein Herz krampfte sich zusammen. Ich kniete vor ihrem Schaukelstuhl, um sie zu umarmen. »Großmutter, wenn du in den Himmel kommst, bitte sage meiner Mutter, daß ich mich anstrenge, so wie sie zu sein. Bitte, sag ihr das, ja?«

Ein schlurfendes Geräusch kam mir von der Veranda her entgegen. »Was tust du mir an, Annie!« sagte Großvater, der vom Fluß zurückgekehrt war, wohin er sich zurückgezogen hatte, um nicht mitzuerleben, was Männer nie sehen wollen – sie kommen erst dann zurück, wenn die Geburt vorüber ist. Es war die Eigenart der Männer aus den Bergen, vor den Schmerzensschreien ihrer Frauen zu fliehen und so zu tun, als würden ihre Frauen niemals leiden.

Mit tränenüberströmtem Gesicht blickte ich auf und wußte nicht, was ich sagen sollte. »Großvater…«

Seine trüben, blauen Augen weiteten sich, und er starrte Großmutter an. »Annie… ist alles in Ordnung, oder? Steh auf Annie… komm!« Jetzt mußte er es aber bemerken, so wie ihre Augen ihn anstarrten. Er stolperte, seine Beweglichkeit hatte ihn verlassen, als er begriff, daß seine Frau tot war.

Er lag auf den Knien, nahm mir Großmutter aus den Armen und drückte sie an seine Brust. »Annie, Annie«, schluchzte er, »ist so lang her, daß ich dir gesagt hab', wie ich dich liebe… hör mich, Annie! Solltest 's viel schöner haben. Wirklich! Wußte ja nicht, daß es so kommen würd'… Annie…«

Es war schrecklich zu sehen, wie er um den Verlust seiner guten und treuen Frau trauerte, die, seitdem er vierzehn Jahre alt war, das Leben mit ihm geteilt hatte.

Tom und ich mußten Großmutters Leiche aus Großvaters Armen reißen. Und die ganze Zeit lag Sarah auf ihrem Bett, tränenlos, und starrte die Wand an.

Wir weinten alle beim Begräbnis, sogar Fanny, nur Sarah nicht, die stocksteif und mit leeren Augen dastand wie eine Pappfigur.

Vater war nicht da.

Vermutlich befand er sich völlig betrunken in »Shirley's Place«, während sein jüngstes Kind und seine Mutter begraben wurden. Reverend Wayland Wise, neben dem seine Frau Rosalyn mit unbewegtem Gesicht stand, sprach die letzten Worte für die alte Frau, die alle gemocht und sogar geachtet hatten.

»Der Herr hat's gegeben, der Herr hat's genommen«, begann der Reverend. Er hob sein Gesicht zur Sonne. »Herr, erhöre mein Gebet. Nimm diese Frau, Mutter, Großmutter und aufrechte Gläubige sowie diese kleine Seele zu dir – öffnet euch, ihr Himmelstüren, öffnet euch weit! Nimm diese Christin zu dir, Herr, und das Kind, denn sie war ehrlich, einfach und gläubig, und das Kind war unschuldig und rein!«

Wir wanderten, immer noch weinend, in einem langen Trauerzug nach Hause.

Die Leute von den Bergen waren alle gekommen, um mit uns zu trauern und den Tod von Annie Brandywine Casteel, einer von ihnen, zu beklagen. Gemeinsam zogen sie mit uns nach Hause, wir sangen und beteten viele Stunden zusammen. Danach brachten die Männer den schwarzgebrannten Schnaps, die Gitarren, Banjos und Geigen und spielten eine fröhliche Melodie, während die Frauen Leckerbissen servierten.

Am nächsten Tag ging ich wieder zum Friedhof und stand mit Tom vor Großmutters frischem Grab und vor dem winzigen Grab, das kaum einen halben Meter lang war. Mein Herz verkrampfte sich, als ich »Kind Casteel« in der Nähe meiner Mutter begraben sah. Ihr Grabstein hatte kein Datum.

»Schau nicht hin«, flüsterte Tom. »Deine Mutter ist schon lange tot. Es ist Großmutter, die wir vermissen werden. Wußt' gar nicht, wie wichtig sie in unserem Leben war, bis ich ihren leeren Schaukelstuhl gesehen hab'. Hast du's gewußt?«

»Nein«, flüsterte ich betroffen. »Ich habe ihre Gegenwart einfach hingenommen, als würde sie ewig leben. Wir müssen uns jetzt mehr um Großvater kümmern, er sieht so verloren und einsam aus.«

»Ja«, stimmte mir Tom zu. Er nahm mich bei der Hand und führte mich von diesem traurigen, kalten Ort weg.

Eine Woche später kam Vater nach Hause. Er sah nüchtern und sehr ernst aus. Er stieß Sarah auf einen Stuhl, zog einen zweiten herbei und begann mit angespannter Stimme zu sprechen, während Tom und ich vor dem Fenster lauschten. »Bin in der Stadt zum Arzt gegangen, Sarah. Da war ich jetzt die ganze Zeit. Er hat mir gesagt, daß ich krank bin, sehr krank. Hat mir gesagt, daß ich alle mit meiner Krankheit anstecke und daß ich meine Lebensweise ändern müßte, sonst würde ich verrückt werden und vorzeitig sterben. Hat mir auch gesagt, dürft' kein' Geschlechtsverkehr mehr mit einer Frau haben, nicht mal mit meiner eigenen. Ich brauch' Spritzen, sagte er mir, die mich kurieren können, aber wir haben nicht das Geld dafür.«

»Was hast du?« fragte Sarah mit kalter Stimme.

»Hab' die Syphilis im ersten Stadium«, gestand Vater. Seine Stimme klang hohl. »War nicht deine Schuld, daß du das Baby verloren hast, es war meine. Und ich sag's nur einmal, hier und jetzt: Ich entschuldige mich.«

»Zu spät, sich zu entschuldigen!« schrie Sarah. »Zu spät, um mein Baby zu retten! Hast deine Mutter umgebracht, als du mein letztes Kleines getötet hast! Hörst du? Deine Mutter ist tot!«

Obwohl ich meinen Vater haßte, war sogar ich entsetzt, wie Sarah das herausgeschrien hatte; wenn Vater irgend jemanden, außer sich selbst, geliebt hatte, dann war es Großmutter gewesen. Ich hörte, wie er nach Luft rang, es klang wie ein Röcheln. Dann ließ er sich so schwer auf den Stuhl zurückfallen, daß ich meinte, er würde zusammenbrechen.

»Du mußtest ja deinen Spaß haben, während ich die ganze Zeit hier gehockt und gehofft hab', du hättest auch mal Sehnsucht nach mir. *Ich hasse dich, Luke Casteel!* Und ich hass' dich noch mehr, weil du eine Tote nicht vergessen kannst, von der du sowieso von Anfang an die Finger hättest lassen sollen!«

»Du läßt mich also im Stich?« fragte er bitter. »Jetzt, wo meine Mutter unter der Erde liegt und ich krank bin?«

»Hast's verdammt gut erraten!« schrie sie ihn an, sprang auf und fing an, seine Kleidung in einen Karton zu schmeißen. »Hier hast du deine verrotteten und verstunkenen Klamotten. Hau ab! Hau ab, bevor du uns noch alle mit deiner vermaledeiten Krankheit ansteckst! Will dich nie wieder sehen! Nie wieder!«

Er erhob sich, scheinbar getroffen, und sah sich in der Hütte um, als würde er sie zum letzten Mal vor sich sehen. Ich hatte Angst, große Angst. Ich bebte, als Vater neben Großvaters Stuhl stehenblieb und seine Hand sanft auf seine Schultern legte. »Tut mir leid, Vater. Tut mir wirklich leid, daß ich nicht bei ihrem Begräbnis war.«

Großvater sagte nichts, er senkte den Kopf, und die Tränen tropften unendlich langsam herab und benetzten sein Knie.

Stumm sah ich zu, wie Vater in seinen Lieferwagen stieg und davonbrauste, wobei Erde hochgeschleudert und das Laub durcheinandergewirbelt wurde und hinter ihm Staub und Dreck in die Luft flog. Er war fort und hatte seine Jagdhunde mitgenommen. Nun hatten wir nur noch Katzen, die nur für sich selbst sorgten.

Ich rannte in eines der Zimmer, um Sarah zu sagen, daß Vater nun endgültig fort war und diesmal seine Hunde mitgenommen hatte. Bei dieser Nachricht schrie sie auf und sank dann zu Boden. »Mutter, aber das wolltest du doch, nicht wahr? Du hast ihn rausgeworfen. Du hast ihm gesagt, daß du ihn haßt... warum weinst du, wenn es zu spät ist?«

»*Sei still!*« brüllte Sarah. »Ist mir egal! Besser so, besser so!«

Besser so? Warum weinte sie dann noch mehr?

Mit wem, außer mit Tom, konnte ich jetzt reden? Jedenfalls nicht mit Großvater, den ich nie so geliebt hatte wie Großmutter.

Ich half ihm, sich jeden Morgen an den Tisch zu setzen, wenn Sarah noch im Bett lag, und jeden Abend, wobei ich versuchte, ihn zu trösten, bis er sich daran gewöhnt hatte, ohne seine Frau zu leben. »Deine Annie ist jetzt im Himmel, Großvater. Sie hat mir oft gesagt, daß ich auf dich aufpassen soll, wenn sie tot ist, und das werde ich auch tun. Und überlege doch, Großvater, jetzt hat sie keine Schmerzen mehr, und im Paradies kann sie essen, was sie will, ohne daß ihr jedesmal danach schlecht wird. Das wird ihre Belohnung sein... nicht wahr, Großvater?«

Armer Großvater – er konnte nicht sprechen. Die Tränen flossen aus seinen blassen, müden Augen. Wenn er ein bißchen gegessen hatte, half ich ihm wieder zurück in den Schaukelstuhl, den Großmutter benutzt hatte und auf dem die besten Kissen lagen, um die Schmerzen in den Hüften und Gelenken erträglicher zu machen. »Niemand da, der mich je wieder Toby nennen wird«, sagte er unendlich traurig.

»Ich werde dich Toby nennen«, sagte ich schnell.

»Ich auch«, meldete sich Tom ebenfalls.

Nach Großmutters Tod redete Großvater mehr, als ich je von ihm gehört hatte.

»Mein Gott, das Leben hier wird aber öd!« weinte Fanny.

»Wenn noch einer stirbt, hau' ich ab!«

Sarah blickte auf und sah Fanny nachdenklich an, bevor sie im zweiten Zimmer verschwand, und ich hörte, wie die Bettfedern quietschten, als sie sich aufs Bett warf und wieder weinte.

Als Großmutters Geist unsere Hütte verlassen hatte, schien auch alle Liebe, die uns zusammengehalten hatte, mit ihr gegangen zu sein.

6. KAPITEL

BITTERE ERNTE

Eines Nachts, während alle schliefen, schlich ich zu jener Stelle, wo ich den Koffer meiner Mutter versteckt hatte, um ihn zum ersten Mal, seit Großmutter ihn mir gegeben hatte, wieder zu öffnen. Ich zerrte ihn unter alten Schachteln voller Lumpen und Gerümpel hervor. Ich setzte mich hinter Old Smokey, damit Fanny nicht aufwachte und ich ungestört die Puppe hervorholen konnte.

Die geheimnisvolle, wunderschöne Puppenbraut, die für mich meine Mutter darstellte.

Ich hielt das harte Bündel in meinen Armen, und die Erinnerung an jene Winternacht, in der meine Großmutter mir die Puppe gegeben hatte, kehrte zurück. Seither war ich zwar schon oft an den Koffer gegangen, aber ich hatte nie die Puppe ausgepackt. Oft überkam mich der Wunsch, das schöne, von hellen Haaren umrahmte Gesicht, lange zu betrachten, aber ich befürchtete, daß mich dann bei dem Gedanken an meine Mutter, die ein besseres Schicksal verdient hatte, das Mitleid übermannen würde. Großmutters Flüstern hallte wie ein geisterhaftes Echo in meinen Ohren:

»Nu' mach schon, Kind. Solltest mal den Koffer richtig durchschauen. Wundert mich schon lang, warum du nicht mit der Puppe spielst und die ganzen schönen Kleider nicht tragen magst.«

Ich spürte wieder das dünne Gespinst ihrer weißen Haare, die sanft mein Gesicht kitzelten, und den kalten Wind von damals, als ich die Puppenbraut auspackte. Im Feuerschein starrte ich sie an. Wie schön sie in ihrem kostbaren weißen Spitzenkleid aussah: Es war mit winzigen Knöpfen hochgeschlossen bis zum Kinn. Sie trug einen Schleier sowie weiße, spitzenbesetzte Satinschuhe.

Ihre Unterwäsche war ebenfalls kostbar: Ein winziger Büstenhalter umschloß die kleinen, harten Brüste, und sie hatte einen deutlich sichtbaren Spalt zwischen den Schenkeln, dort wo die meisten Puppen geschlechtslos waren.

Warum war diese Puppe anders und realistischer gemacht?

Dies war das Geheimnis meiner Mutter und ihrer Puppe. Welche Bedeutung hatte diese Puppe in ihrem Leben gehabt? Ich würde es eines Tages herausfinden. Ich küßte ihr kleines Gesicht und studierte ganz aus der Nähe ihre kornblumenblauen Augen. Dabei entdeckte ich winzige grüngraue und violette Pünktchen darin, wie sie auch meine Augen aufwiesen. Die Puppe hatte die gleichen Augen wie ich!

Am nächsten Tag in der Frühe – Fanny war bei einer Freundin, und Tom brachte Keith und Unserer-Jane bei, wie man besser angelt – erinnerte ich mich an Großmutters Erzählung, wie Vater nach dem Tod meiner Mutter alles, was ihr gehört hatte, mit dem Beil vernichten wollte und Großmutter den Koffer schnell vor ihm versteckt hatte. Er war meine einzige Verbindung zur Vergangenheit. Vater würde niemals so mit mir reden wie Großmutter. Und Großvater hatte sicherlich das Mädchen, das sein Sohn Engel genannt hatte, nicht einmal bemerkt.

»Ach«, seufzte ich, als Tom hereinkam. »Schau mal her, Tom, Großmutter hat mir erzählt, daß diese Puppe hier meiner Mutter gehört hat. Es ist eine Puppenbraut, die so aussieht wie sie, als sie noch ein Mädchen war und so alt wie ich. Sieh mal, was auf ihrer Fußsohle steht.« Nachdem ich sie bis auf Strümpfe und Schuhe wieder anständig angezogen hatte, hielt ich sie ihm so hin, daß er es lesen konnte:

A Tatterton Original Portrait Doll

»Zieh ihr Strümpfe und Schuhe an und versteck sie schnell«, flüsterte Tom. »Fanny kommt grad mit Keith und Unserer-Jane. Für mich hat sie ganz genau dein Gesicht. Fanny soll so was Schönes nicht kaputt machen.«

»Bist du denn gar nicht überrascht?«

»Schon. Aber ich hab' sie schon vor langer Zeit entdeckt und sie wieder zurückgelegt, wie's mir Großmutter angewiesen hat… Also schnell, bevor Fanny kommt.«

So schnell ich konnte, zog ich ihr hastig Strümpfe und Schuhe über, wickelte den Koffer gerade noch rechtzeitig in die schmutzige alte Decke ein, und dann erst wischte ich mir die Tränen von den Wangen.

»Heulst du immer noch wegen Großmutter?« fragte Fanny, die es fertigbrachte, eine Sekunde zu trauern und in der nächsten zu lachen. »Geht ihr bestimmt besser jetzt, als hier den ganzen Tag rumzusitzen, Schmerzen zu haben und zu jammern. Überall ist es besser als hier.«

Meine Puppe half mir über vieles hinweg, über Sarahs schlechte Launen und Ungerechtigkeiten, über Vaters Krankheit und über die Tatsache, daß ich Logan schon seit einer Woche nicht gesehen hatte. Warum wartete er nicht mehr, um mich nach Hause zu begleiten? Warum war er nicht gekommen, um mir zu sagen, daß es ihm wegen Großmutter leid tat? Warum gingen er und seine Eltern nicht mehr in die Kirche? Was für eine komische Art Liebe zeigte er nun, nachdem er mich geküßt hatte?

Schließlich kam ich dahinter. Seine Eltern mußten von Vaters Krankheit erfahren haben, und sie wollten nicht, daß ihr einziger, hoffnungsvoller Sohn so ein Berggesindel wie mich besuchte. Ich war nicht gut genug für ihn, auch wenn ich nicht die Syphilis hatte.

Weg mit diesen Gedanken. Lieber dachte ich an die Puppe und an das Geheimnis, warum meine Mutter in ihrem Alter noch eine Puppe haben wollte, die ihr ähnlich sah.

Am nächsten Tag tauchte Logan neben meinem Schulspind auf. Seine Augen lächelten mich an, obwohl sein Mund zusammengepreßt blieb. »Hast du mich vermißt, als ich diese Woche weg war? Ich wollte dir noch sagen, daß meine Großmutter krank geworden ist und wir hingeflogen sind, um zu sehen, wie es ihr geht. Aber es war keine Zeit mehr vor dem Abflug.«

Ich sah ihn mit großen, nachdenklichen Augen an. »Und wie geht es deiner Großmutter jetzt?«

»Gut. Sie hat einen kleinen Schlaganfall gehabt, aber bei unserer Abfahrt schien sie sich schon viel besser zu fühlen.«

»Wie schön«, sagte ich mit halberstickter Stimme.

»Was habe ich Falsches gesagt? Ich weiß, daß irgend etwas gewesen ist! Heaven, haben wir uns nicht gegenseitig geschworen, immer ehrlich zueinander zu sein? Warum weinst du denn?«

Ich senkte den Kopf, und ich erzählte ihm von Großmutter, und er fand die richtigen Worte, mich zu trösten. Ich weinte an seiner Schulter, und als wir den Pfad hochgingen, hatte er immer noch seinen Arm um meine Schulter gelegt. »Was ist mit dem Baby, das deine Stiefmutter erwartet?« erkundigte sich Logan. Er schien froh zu sein, daß Tom, Fanny, Unsere-Jane und Keith nicht in Sicht waren.

»Es wurde tot geboren«, antwortete ich steif. »Großmutter ist am gleichen Tag gestorben... zwei Menschen an einem Tag zu verlieren, das hat uns wohl alle ganz gelähmt.«

»Heaven, dann ist es ja auch kein Wunder, daß du so eigenartig ausgesehen hast, als ich dir erzählte, daß es meiner Großmutter besser geht. Es tut mir leid, wirklich verdammt leid. Hoffentlich wird mir eines Tages jemand beibringen, die richtigen Worte in solchen Augenblicken zu sagen. Im Moment fühle ich mich unfähig dazu... Ich weiß nur, daß ich deine Großmutter genauso geliebt hätte wie du.«

Bestimmt hätte Logan Großmutter geliebt, auch wenn es seinen Eltern peinlich gewesen wäre. So wie für sie peinlich wäre, falls Großvater je...

Am nächsten Tag gab mir Miß Deale einen Wink, ich sollte nach der Schule noch ein paar Minuten dableiben. »Hol du Unsere-Jane und Keith ab«, flüsterte ich Tom zu, bevor ich an ihr Pult ging. Ich wollte Logan noch treffen und war ängstlich darauf bedacht, einer Lehrerin auszuweichen, die manchmal zu viele Fragen stellte, bei denen ich mir nicht sicher war, ob ich sie beantworten sollte.

Sie sah mich lange an, so als wollte sie, wie Logan, aus meinen Augen eine Änderung ablesen. Ich wußte, daß ich Ringe unter den Augen hatte und dünner geworden war, aber was hätte sie sonst noch entdecken können? »Wie geht es dir?« fragte sie und sah mir dabei direkt in die Augen, so als wollte sie mich vom Lügen abhalten.

»Gut, sehr gut.«

»Heaven, ich habe gehört, was deiner Großmutter passiert ist. Es tut mir leid, daß du jemanden, den du so liebgehabt hast, verlieren mußtest. Aber ich habe dich oft in der Kirche gesehen und weiß, daß du ebenso gläubig bist, wie deine Großmutter es war, und daß du an die Unsterblichkeit der Seele glaubst.«

»Ich versuche es... wirklich...«

»Jeder tut das«, sagte sie sanft, wobei sie ihre Hand auf meine legte. Ich seufzte tief und hielt die Tränen zurück. Ich wollte keinesfalls als Nestbeschmutzerin gelten und meine Familie verraten, aber unwillkürlich mußte ich ihr doch alles erzählen, auch wenn ich nicht wußte, was sie schon erfahren hatte. »Großmutter ist wahrscheinlich an Herzversagen gestorben«, sagte ich und meine Augen wurden feucht. »Sarah hat ein totes Baby ohne Geschlecht auf die Welt gebracht, Vater ist weg, aber sonst geht es uns prima.«

»Ohne Geschlecht? Heaven, jedes Baby gehört zu dem einen oder dem anderen Geschlecht.«

»Das habe ich auch gedacht, bis ich bei der Geburt dieses Babys geholfen habe. Bitte erzählen Sie es niemandem, es würde Sarah verletzen – aber dieses Baby hatte keine Geschlechtsteile.«

Sie erblaßte. »Oh… Entschuldige, daß ich so taktlos war. Ich hatte zwar einige Gerüchte darüber gehört, aber ich schenke dem, was ich so höre, niemals Glauben. – Natürlich gibt es Anomalien in der Natur. Da aber die Kinder deines Vaters alle so schön sind, bin ich natürlich davon ausgegangen, daß deine Mutter wieder ein wohlgeratenes Kind bekäme.«

»Miß Deale, es wundert mich, daß Sie noch nicht richtig über mich Bescheid wissen. Sarah ist nicht meine Mutter. Mein Vater hat zweimal geheiratet. Ich bin das Kind seiner ersten Frau.«

»Ich weiß«, sagte sie ganz leise. »Ich habe von der ersten Frau deines Vaters gehört. Sie soll sehr schön gewesen sein und sehr jung, als sie starb.« Sie errötete und fingerte an unsichtbaren Fusseln auf ihrem teuren Strickkostüm herum. »Ich nehme an, daß du deine Stiefmutter sehr liebst und so tust, als wäre sie deine richtige Mutter.«

»Früher schon«, lächelte ich. »Ich muß jetzt gehen, sonst begleitet Logan noch ein anderes Mädchen nach Hause. Danke, Miß Deale, daß Sie so eine gute Freundin sind; und daß Sie uns durch alle Klassen begleitet haben; daß Sie Tom und mir das Gefühl gegeben haben, etwas wert zu sein. Erst heute morgen haben Tom und ich darüber gesprochen, daß die Schule ohne Miß Deale doch langweilig wäre.«

Sie berührte meine Hand, lachte leise und hatte dabei Tränen in den Augen. »Du wirst von Mal zu Mal schöner, Heaven – aber vergiß nicht, dir ein Ziel zu setzen. Und gib es dann nicht gleich auf, nur um wie alle anderen Mädchen überstürzt eine Ehe einzugehen.«

»Sie brauchen keine Angst zu haben, daß ich mein Ziel aufgebe!« rief ich ihr zu und eilte zur Tür. »Der Tag ist noch lange nicht da, an dem ich dreißig bin, in der Küche eines Mannes stehe, für ihn koche und wasche und jedes Jahr ein Baby von ihm bekomme!« Und schon rannte ich aus dem Klassenzimmer zu der Stelle, wo ich hoffte, Logan anzutreffen.

An diesem Tag war es im Tal sonnig und mild mit großen dicken

Wolken am Himmel, die sich in Richtung London, Paris und Rom wälzten, als ich auf eine Gruppe von sechs oder sieben Jungen prallte, die wie zu einem Knäuel zusammengeballt standen und johlten.

»Bist eine Memme aus der Stadt!« schrie ein Grobian namens Randy Mark einem völlig verdreckten Jungen zu, der sich zu meinem Entsetzen als Logan entpuppte! Hatten sie ihn also doch erwischt – und Logan hatte immer behauptet, sie würden es nie schaffen. Er lag am Boden und rang mit einem gleichaltrigen Jungen. Logans Hemdsärmel war schon zerrissen, sein Kinn rot und geschwollen, die Haare fielen ihm ins Gesicht.

»Heaven Casteel ist doch nur ’ne Nutte und treibt’s wie ihre Schwester – auch wenn sie uns nicht ranläßt, aber bei dir tut sie’s.«

»Tut sie nicht!« brüllte Logan. Sein Gesicht war rot angelaufen, und er war so empört, daß er vor Wut zu kochen schien. Dann schnappte er Randys Bein und drehte es rücksichtslos herum. »Nimm sofort alles zurück, was du über Heaven gesagt hast! Sie ist das verehrungswürdigste und anständigste Mädchen, das ich je in meinem Leben getroffen habe!«

»Weil du ’nen faulen Apfel nicht von ’nem guten unterscheiden kannst.«

Wer hatte damit angefangen, und was war bereits geschehen? Ich sah mich um und entdeckte ein Mädchen aus meiner Klasse, die mich immer wegen meiner schäbigen Kleider auslachte. Jetzt grinste sie verschlagen. Bereit mitzukämpfen, lief ich auf Tom zu, der neben den Kämpfenden hockte.

»Tom, warum hilfst du Logan nicht?« fragte ich ihn.

»Das würde ich, wenn die anderen dann nicht glaubten, er könne nicht selbst kämpfen. Heavenly, Logan muß da alleine durch, oder es wird ihm ewig nachhängen, daß ich ihm geholfen hab’.«

»Aber die Jungen aus den Bergen kämpfen nicht fair, das weißt du doch!«

»Macht nichts. Er muß ihre Bedingungen annehmen, oder sie werden ihn immer hänseln.«

Fanny hüpfte aufgeregt hin und her, gerade so, als würde Logan um ihre und nicht um meine Ehre kämpfen. Keith zog Unsere-Jane fort zu den Schaukeln und schaukelte sie, damit sie nicht sah, wie einer ihrer Freunde verletzt wurde. Wie einfühlsam Keith war, dachte ich noch, bevor ich mich wieder dem kämpfenden Paar am Boden zuwandte.

Es war schlimm, tatenlos zusehen zu müssen, wie ein Junge nach dem anderen über Logan herfiel; er konnte kaum verschnaufen, schon sprang ein neuer Junge in den Ring, den sie in die Erde eingezeichnet hatten, und boxte auf ihn ein. Logan war blutverschmiert, sein Gesicht voller blauer Flecken, sein linkes Auge geschwollen. Fast weinend packte ich Tom am Arm. »Tom, du *mußt* ihm jetzt helfen!«

»Nein... warte... er hält sich gut.«

Wie konnte er nur so etwas behaupten, da Logan viel schlimmer als alle anderen aussah? »Sie töten ihn, und du sagst einfach, er hält sich gut!«

»Sie töten ihn doch nicht, du Dummerchen. Sie wollen nur sehen, was er aushalten kann.«

»*Was er aushalten kann?*« schrie ich und war schon drauf und dran, mich in den Kampf einzumischen, aber Tom hielt mich rechtzeitig zurück.

»Blamier ihn ja mit deiner Hilfe nicht«, flüsterte er eindringlich. »Solange er zurückschlägt, werden sie ihn respektieren. Wenn du oder ich ihm helfen, ist alles umsonst.«

Also blieb ich stehen und sah zu. Jedesmal wenn er einen Schlag einstecken mußte, zuckte ich zusammen; wenn er zurückschlug, jubelte ich wie eine Wilde. Er sah blitzschnell zu mir herüber, wich dem nächsten Schlag aus und landete einen schnellen Uppercut. Ich brüllte ihm Ermunterungen zu und kam mir so gemein wie die anderen herumstehenden Mädchen vor.

Jetzt lag Logan oben und der Junge unter ihm schrie wie am Spieß. »Entschuldige dich... nimm das zurück, was du über mein Mädchen gesagt hast!« befahl ihm Logan.

»Deine Freundin, die Casteels... taugen alle zusammen nichts.«

»Nimm's zurück, oder ich brech' dir den Arm«, sagte er und drehte den Arm seines Feindes heftig herum. Der Junge unter ihm bettelte um Gnade. »Ich nehm's zurück.«

»Entschuldige dich bei ihr, solange sie dich hören kann.«

»Bist nicht wie deine Schwester Fanny!« schrie der Junge. »Aber die wird 'ne Nutte, das weiß die ganze Stadt.«

Fanny stürzte sich auf ihn und versetzte ihm einige Fußtritte, während die anderen lachten. Jetzt erst ließ Logan den Arm des Jungen los, drehte ihn um und gab ihm einen Kinnhaken. Sofort hörten alle auf zu schreien und starrten auf das bewußtlose Gesicht des Jungen, während Logan aufstand, sich die Kleider säuberte und alle Anwesenden – außer Tom und mir – wütend anstarrte.

Plötzlich ließen sie alle mich, Tom und Fanny allein zurück, während Keith und Unsere-Jane weiter auf der Schaukel spielten und den Kampf gar nicht beachtet hatten. Tom eilte auf Logan zu und klopfte ihm auf die Schultern. »Mensch, warst verdammt gut, richtig gut! Deine Rechte war erstklassig! Die Beinstellung hast du auch richtig hingekriegt... Ich hätt's selber auch nicht besser gekonnt.«

»Danke für das Training«, murmelte Logan, der etwas benebelt und sehr erschöpft aussah. »Wenn es euch nichts ausmacht, gehe ich ins Schulgebäude und wasche mich etwas. Wenn ich so nach Hause komme, wird meine Mutter ohnmächtig.« Er lächelte mir zu. »Heaven, willst du auf mich warten?«

»Natürlich.« Ich starrte auf seine blutunterlaufenen Flecken und sein blaues Auge. »Danke, daß du meine Ehre verteidigt hast...«

»Nicht deine, *unsere*, du Gans!« schrie Fanny. Dann, mir blieb fast das Herz stehen, stürzte sie auf Logan zu, umarmte ihn und küßte ihn auf die geschwollenen und blutenden Lippen.

Eigentlich hätte ich das tun sollen.

Logan lief ins Schulhaus, Tom packte Fanny am Arm, rief Keith und Unsere-Jane und schlug den Weg zu unserem Trampelpfad ein. Ich stand jetzt allein im Schulhof und wartete, bis Logan aus dem Umkleideraum der Jungen wieder herauskam.

Ich setzte mich auf die Schaukel, die Unsere-Jane benutzt hatte, und schaukelte immer höher und höher, bog meinen Oberkörper so weit nach hinten, daß meine Haare fast auf dem Boden schleiften. Seit Großmutters Tod hatte ich mich nicht mehr so glücklich gefühlt. Ich schloß die Augen und schaukelte noch höher.

»He... du da oben, komm runter, ich möchte dich noch nach Hause bringen, bevor es dunkel wird, und mich mit dir unterhalten.«

Als ich die Schaukel langsam zum Stehen gebracht hatte, sah ich, daß Logan jetzt etwas sauberer und weniger zerzaust aussah. »Bist du ernstlich verletzt?« fragte ich besorgt.

»Nein, nicht weiter schlimm.« Er sah mich mit einem Auge an. »Würde es dir was ausmachen, wenn ich es wäre?«

»Natürlich.«

»Warum?«

»Ich weiß nicht, warum. Aber du hast mich dein Mädchen genannt. Stimmt das, Logan?«

»Wenn ich es gesagt habe, dann muß es auch stimmen. Es sei denn, du hättest etwas dagegen.«

Ich hatte wieder festen Boden unter den Füßen, und er nahm mich bei der Hand und zog mich sanft zum Waldpfad.

Winnerrow besaß nur eine Hauptstraße, von der aus alle anderen Straßen abgingen. Die Schule stand zwar mitten im Städtchen, aber die Bergkette schien unmittelbar dahinter emporzuragen. Auch das Städtchen entkam den »Willies« nicht. »Du hast mir noch nicht geantwortet«, drängte Logan, als wir eine Viertelstunde nebeneinander gegangen waren, Hand in Hand, ohne ein Wort, nur gelegentlich ein Blick.

»Wo warst du voriges Wochenende?«

»Meine Eltern wollten sich das College ansehen, wo ich studieren werde. Ich wollte dich anrufen, aber du hast kein Telefon, und ich hatte keine Zeit mehr, zu dir zu gehen.«

Wieder diese Geschichte. Seine Eltern wollten nicht, daß er mich besuchte, sonst hätte er sich die Zeit nehmen können. Ich blieb stehen, legte meine Arme um seine Hüfte und drückte meine Stirn gegen sein schmutziges, zerrissenes Hemd. »Es ist schön, deine Freundin zu sein, aber ich muß dich warnen. Ich möchte erst dann heiraten, wenn aus mir eine selbständige Persönlichkeit geworden ist, und ich die Chance gehabt habe, zu leben und etwas aus mir zu machen. Ich will, daß mein Name nach meinem Tod etwas bedeutet!«

»Suchst du Unsterblichkeit?« zog er mich auf, dabei drückte er mich fester an sich und verbarg sein Gesicht in meinen Haaren.

»So was ähnliches. Weißt du, Logan, es ist einmal ein Psychologe in unsere Schule gekommen, und der hat uns erzählt, daß es drei Sorten von Menschen gibt: Erstens, solche, die anderen dienen. Zweitens, solche, die der Welt etwas geben, indem sie die erzeugen, die anderen dienen. Drittens gibt es Menschen, die nur dann zufrieden sind, wenn sie etwas Eigenes erreicht haben, nicht durch Dienen und auch nicht über ihre Kinder, sondern aufgrund ihrer Leistung und Begabung. Ich gehöre zur dritten Sorte. Es gibt eine Nische für mich auf dieser Welt, wo ich meine Talente entwickeln kann – und wenn ich jung heirate, werde ich diesen Platz nie finden.«

Er räusperte sich. »Heaven, greifst du nicht etwas weit vor? Ich habe dir keinen Heiratsantrag gemacht, sondern dich nur gefragt, ob du meine Freundin werden willst.«

Abrupt hob ich den Kopf. »Willst du damit sagen, daß du mich nicht eines Tages heiraten willst?«

Er hob hilflos die Hände. »Heaven, wer kann schon die Zukunft voraussagen und wissen, wen wir mit zwanzig, fünfundzwanzig oder dreißig Jahren lieben werden? Nimm doch, was ich dir jetzt anbiete. Alles weitere bleibt abzuwarten.«

»Und was bietest du mir jetzt?« fragte ich mißtrauisch.

»Mich und meine Freundschaft. Und ich bitte um das Recht, dich gelegentlich küssen zu dürfen, deine Hand zu halten, deine Haare zu berühren, dich ins Kino zu begleiten. Du sollst mir deine Träume erzählen und ich dir meine, wir sollten uns zusammen amüsieren und unsere gemeinsame Zeit so gestalten, daß wir uns später gerne daran erinnern – das wär's.«

Es war mehr als genug.

Wir spazierten weiter Hand in Hand. Es war schön, in der Abenddämmerung auf unsere Hütte zuzugehen, die in dieser Beleuchtung fast anheimelnd aussah. Logan konnte beruhigenderweise ja nur mit einem Auge sehen, und das trostlose Leben, das wir fristeten, würde er wohl erst wirklich begreifen, wenn er in die Hütte hineingesehen hätte.

Ich wandte mich zu ihm und nahm sein Gesicht in beide Hände. »Logan, darf ich dich einmal küssen? Du bist genauso, wie ich mir immer einen Freund vorgestellt habe. Oder findest du das zu aufdringlich?«

»Ich glaube, ich werde es überleben.«

Langsam glitten meine Arme um seinen Nacken – wie schrecklich sein Auge aus der Nähe aussah – ich schürzte die Lippen und küßte sein zugeschwollenes Auge und die Schnittwunde auf seiner Backe und schließlich seine Lippen. Er zitterte. Ich ebenfalls.

Ich fürchtete mich, etwas zu sagen, um nicht das innige Gefühl zwischen uns zu zerstören. »Gute Nacht, Logan. Bis morgen.«

»Gute Nacht, Heaven«, flüsterte er. Es hatte ihm die Stimme verschlagen. »Wirklich, ein wunderbarer Tag, ein ganz phantastischer Tag...«

Ich blickte Logan nach, bis er verschwunden war. Es herrschte jetzt ein »Dämmerdunkel« – so hatte Großmutter diese Tageszeit immer genannt –, als ich in die Hütte trat. Sofort wurde meine strahlende Laune gedämpft. Sarah kümmerte sich inzwischen nicht mehr darum, ob die Hütte sauber oder wenigstens aufgeräumt war. Die Mahlzeiten, die früher auch nicht gerade abwechslungsreich gewesen waren, bestanden jetzt meist nur noch aus Brot und Griebenschmalz – ohne Salat oder Gemüse. Schinken und Huhn gab es nur noch selten. Und die Erinnerung an Frühstücksspeck mußte man wohl verdrängen. Unser Gemüsegarten, in dem Großmutter und ich viele Stunden mit Unkrautjäten und Säen verbracht hatten, war jetzt vollkommen vernachlässigt. Das reife Gemüse verfaulte einfach an Ort und Stelle. Und da Vater nicht mehr nach Hause kam, gab es auch kein geräuchertes Schweinefleisch und keinen Schinken mehr als Beilage zur Bohnen- oder Wirsingsuppe oder zum Spinat und den Rüben. Unsere-Jane verweigerte das Essen oder erbrach es sofort wieder, und Keith weinte ununterbrochen, weil er nie satt wurde. Fanny tat nichts anderes als jammern und klagen.

»Ich kann nicht alles alleine machen, es muß mir jemand helfen!« schrie ich und wirbelte im Kreis herum. »Fanny, du gehst zum Brunnen und füllst den Eimer mit frischem Wasser, aber bis zum Rand und nicht nur ein paar Tassen voll, wie du das sonst gerne machst, weil du so faul bist. Tom, geh in den Garten und sammle alles, was wir an Gemüse noch essen können. Unsere-Jane, hör auf zu weinen! Keith, spiel mit Unserer-Jane, damit sie mit dem Weinen aufhört und ich nachdenken kann.«

»Gib du mir keine Befehle«, schrie Fanny. »Ich muß nicht alles tun, was du sagst! Nur weil 'n Junge für dich gekämpft hat, heißt das noch lange nicht, daß du die Königin der Berge bist.«

»Doch, du mußt Heaven folgen«, entgegnete ihr Tom und schubste sie aus der Tür. »Geh zum Brunnen und hol frisches Wasser.«

»Ist aber dunkel draußen«, jammerte Fanny. »Du weißt doch, daß ich in der Dunkelheit Angst hab'.«

»Na gut, dann hol' ich das Wasser, und du sammelst das Gemüse, und hör auf, immer freche Antworten zu geben… sonst bin ich der *König* der Berge und hau dir den Hintern voll!«

»Mutter«, sagte ich am nächsten Tag zu Sarah. Ich hoffte, ich könnte sie in ein kleines Gespräch verwickeln und sie etwas aufmuntern, bevor ich auf die ernsteren Dinge zu sprechen kam. »Ich habe mich vor einigen Stunden verliebt.«

»Tu's nicht, wärst sonst blöd«, brummte Sarah und warf einen kurzen, kritischen Blick auf meine Figur, die nun unübersehbar weibliche Formen angenommen hatte. »Verlaß die Berge und geh weit genug, daß dir kein Mann 'n Kind andrehen kann«, warnte sie mich. »Lauf von hier fort, so schnell du kannst, bevor du so wirst, wie ich es geworden bin.«

Verwirrt schlang ich meine Arme um Sarah. »Mutter, bitte rede nicht so. Vater kommt bald wieder nach Hause und bringt uns genügend Essen. Er kommt immer, wenn wir ihn wirklich brauchen.«

»Stimmt, tut er.« Sarah verzog ihr Gesicht zu einer scheußlichen Grimasse. »Grad immer im rechten Augenblick erscheint unser Luke wieder, zurück vom Rumhuren und Saufen, schmeißt die vollen Säcke auf'n Tisch, als bräch' er Goldbarren heim. Das ist ja wohl alles, was er für uns tut, oder?«

»Mutter...«

»*Bin nicht deine Mutter!*« brüllte Sarah mit rotangelaufenem Gesicht. Sie sah regelrecht krank aus. »Bin's nie gewesen. Wo bleibt denn deine berühmte Gescheitheit? Siehst du nicht, daß du mir gar nicht ähnlich siehst?«

Sie stand vor mir mit gespreizten Beinen, barfüßig und mit zerzaustem Haar, das sie seit der Totgeburt ihres Kindes weder gewaschen noch gekämmt hatte. Sie hatte auch seit einem Monat kein Bad genommen. »Ich verschwind' aus diesem Höllenloch, und wenn du nur 'n Fünkchen Verstand hast, tust du's auch.«

»Mutter, bitte geh nicht«, schrie ich verzweifelt und versuchte, ihre Hand zu ergreifen. »Auch wenn du nicht meine richtige Mutter bist, habe ich dich lieb, wirklich! Wir können doch nicht in die Schule gehen und Großvater alleine lassen! Er kann nicht mehr gut gehen, seit Großmutter tot ist. Er kann fast nichts mehr machen. Bitte, Mutter.«

»Tom kann das Holz hacken«, sagte sie mit tödlicher Ruhe, als hätte sie sich schon entschlossen, uns zu verlassen, egal, was uns zustoßen würde.

»Aber Tom muß in die Schule, und damit wir im Winter genügend Brennholz haben, muß sich mehr als einer darum kümmern; Vater ist ja weg.«

»Ihr kommt schon durch. Tun wir doch immer, oder?«

»Mutter, du kannst doch nicht einfach so fortgehen!«

»Kann ich, verdammt noch mal. Ich kann tun, was ich will – und es geschieht Luke nur recht!«

Fanny hatte alles gehört und kam auf uns zugerannt. »Mutter, nimm mich mit dir, bitte, bitte!«

Sarah schob Fanny von sich, trat einen Schritt zurück und sah uns ruhig und völlig gleichgültig an. Wer war diese Frau mit dem steinernen Gesicht, die nichts mehr zu kümmern schien? Sie war nicht die Mutter, wie ich sie immer gekannt hatte. »Gute Nacht«, sagte sie. Sie hatte sich dem Vorhang zugewandt, der ihre Schlafzimmertür war. »Euer Vater kommt schon zurück, wenn ihr ihn braucht. Tut er doch immer, oder?«

Vielleicht hatte mich der Duft von Obst, der vom Tisch herkam und mich in der Nase kitzelte, aufgeweckt.

Meine Güte, da lag ja eine Menge Essen auf dem Tisch. Woher kam das alles? Gestern abend war unser Küchenschrank noch leer gewesen. Ich nahm einen Apfel und biß hinein; dann eilte ich zu Sarah, um ihr zu sagen, daß Vater in der Nacht heimgekehrt war und uns Essen mitgebracht hatte. Ich schob den zerschlissenen Vorhang beiseite und erstarrte. Den Apfel noch zwischen den Zähnen, riß ich die Augen weit auf. Sarah war weg. Nur ein zerwühltes Bett, auf dem ein Zettel lag.

Sarah mußte sich in der Nacht, als wir alle schliefen, auf und davon gemacht haben. Sie hatte einen Zettel hinterlassen, den wir wohl Vater bei seiner Rückkehr überreichen sollten – falls er jemals zurückkehren würde.

Ich rüttelte Tom wach und zeigte ihm den Zettel. Er setzte sich auf, rieb sich die Augen und las ihn dreimal durch, bevor ihm der Inhalt langsam zu dämmern begann. Er schluckte heftig und versuchte, die Tränen zurückzuhalten. Wir beide waren jetzt vierzehn Jahre alt. Die Geburtstage kamen und gingen, ohne daß es ein Fest gab oder wir sonst irgendwie gefeiert wurden.

»Was macht ihr schon so früh?« brummelte Fanny.

Wenn sie mit steifen Knochen in ihrer harten Bettstatt auf dem Boden, ohne ein wenig Polsterung zwischen sich und dem Bretterboden aufwachte, war sie immer mißgelaunt. »Ich riech' kein Brot, keinen Speck ... seh' kein Schmalz in der Pfanne.«

»Mutter ist weg«, sagte ich leise.

»Würd' Mutter nie tun«, sagte Fanny und setzte sich auf. »Sie ist bestimmt draußen auf'm Klo.«

»Mutter hinterläßt keinen Zettel für Vater, wenn sie aufs Klo geht«, überlegte Tom laut. »Und ihre Sachen sind weg – war ja nicht viel.«

»Aber das Essen, ich seh' Essen auf'm Tisch«, quietschte Fanny, sprang auf und schnappte sich eine Banane. »Wetten, daß Vater zurückgekommen ist und das ganze Zeug gebracht hat ... Mutter und er sind wahrscheinlich draußen und streiten.«

Ich dachte über die Sache nach; vermutlich war Vater in der Nacht in die Hütte geschlichen, hatte das Essen gebracht und war wortlos wieder verschwunden; als Sarah dann das Essen entdeckt hatte, wußte sie, daß Vater sich nicht einmal die Mühe gemacht hatte, sie zu begrüßen, und das war wohl der ausschlaggebende Grund gewesen wegzugehen. Wir hatten jetzt genügend Nahrungsmittel, und Vater würde uns nicht verhungern lassen.

Eigenartig, wie Keith und Unsere-Jane die Abwesenheit Sarahs als selbstverständlich hinnahmen, so als würden sie ihre Liebe und Zuneigung nicht vermissen. Beide kamen auf mich zugerannt und starrten mir entsetzt ins Gesicht. »Hevlee«, weinte Unsere-Jane, »*du* gehst doch nicht fort, oder?«

Wie ängstlich ihre großen blaugrünen Augen blickten. Wie hübsch ihr kleines puppenhaftes Gesicht war, als sie mich ansah. Ich streichelte ihr über die rotblonden Haare. »Nein, Kleines, ich bleibe hier. Keith, komm her, ich möchte dich ganz fest umarmen. Heute werden wir gebratene Äpfel und Würstchen zum Frühstück machen und dazu Brot ... Schaut her, Vater hat uns Margarine gebracht. Eines Tages werden wir richtige Butter essen, nicht wahr, Tom?«

»Das hoff' ich doch«, sagte er und nahm die Margarine. »Aber jetzt bin ich erst mal froh, daß wir was zu essen haben. He, glaubst du wirklich, Vater ist wie der Weihnachtsmann mitten in der Nacht gekommen und hat uns das alles gebracht?«

»Wer sonst?«

Er stimmte mir zu. So gemein und ekelhaft Vater auch war, er kümmerte sich doch immer, daß wir genug zu essen hatten und nicht froren.

Unser Leben war jetzt auf das Wesentliche reduziert. Sarah hatte sich davongemacht, Großmutter war tot.

Großvater tat weiter nichts, als vor sich hinzustarren oder zu schnitzen. Ich ging zu seinem Schaukelstuhl, in dem er die ganze Nacht mit herabgesunkenem Kopf geschlafen hatte und jetzt wie ein Häufchen Elend aussah. Ich nahm seine Hand und half ihm aufstehen. »Tom, sieh zu, daß Großvater aufs Klo geht, während ich Frühstück mache. Wenn er gegessen hat, gib ihm wieder Holz zum Schnitzen; ich halt's nicht aus, wenn er nur dasitzt und nichts tut.«

Das wohlschmeckende Frühstück hat uns damals den Tag bestimmt erträglicher gemacht. Wir aßen heiße Würstchen, gebratene Äpfel und Kartoffeln, dazu Brot mit Margarine, die uns so gut wie Butter schmeckte.

»Wär' schön, wenn wir 'ne Kuh hätten«, bemerkte Tom, der sich immer darum sorgte, daß wir alle nicht genügend Milch tranken. »Wenn Vater die doch bloß nicht verspielt hätte.«

»Skeeter Burl hat 'ne Kuh, die uns mal gehört hat. Vater hat nicht das Recht, unsere Kuh zu verspielen. Stehl sie doch einfach zurück, Tom«, schlug Fanny vor, die sich mit Stehlen auskannte.

Ich fühlte mich wie ausgehöhlt, und die Sorgen, die ich in meinem Alter kaum bewältigen konnte, lasteten schwer auf mir; als ich darüber nachdachte, fiel mir ein, daß es ja viele Mädchen in meinem Alter gab, die schon eine eigene Familie zu versorgen hatten. Aber diese Mädchen besaßen nicht den Ehrgeiz, auf ein College zu gehen. Sie gaben sich damit zufrieden, als Frau und Mutter ihr Leben zu fristen und in Hütten zu wohnen. Wenn sie von ihren Männern einmal in der Woche verprügelt wurden, dann nahmen sie es gleichmütig als eine Selbstverständlichkeit hin.

»Heaven, kommst du nicht?« fragte mich Tom, der sich gerade für die Schule fertig machte.

Ich sah zu Großvater hinüber und dann zu Unserer-Jane, der es nicht gutging. Sie hatte das Frühstück – das beste seit Wochen – kaum angerührt.

»Geh du schon vor, Tom, mit Fanny und Keith. Ich kann Unsere-Jane nicht alleine lassen, wenn es ihr so schlecht geht. Außerdem möchte ich nicht, daß Großvater nur dasitzt und schaukelt und dabei vergißt, etwas herumzugehen.«

»Ihm geht es gut. Er kann doch auf Unsere-Jane aufpassen.«

In dem Augenblick, als er es ausgesprochen hatte, war mir klar, daß er es nicht so meinte; er wurde rot, senkte den Kopf und sah so bedrückt aus, daß ich am liebsten wieder geweint hätte. »In ein paar Tagen werden wir uns daran gewöhnt haben, Tom. Es wird schon weitergehen, du wirst sehen.«

»*Ich* bleib' zu Hause«, bot Fanny an. »Ich pass' auf Unsere-Jane und Großvater auf.«

»Die beste Lösung«, stimmte ihr Tom glücklich zu. »Fanny wird die High School sowieso nie beenden. Sie ist alt genug, leichte Arbeit zu machen.«

»Gut«, stimmte ich probeweise zu. »Fanny, zuerst mußt du Unsere-Jane baden. Du mußt zusehen, daß sie den Tag über acht Gläser Wasser trinkt und zwischendurch immer etwas ißt. Dann muß Großvater immer wieder zum Klo geführt werden, und du solltest darauf achten, daß hier alles sauber und aufgeräumt ist.«

»Geh' lieber doch zur Schule«, seufzte Fanny. »Bin nicht Großvaters Sklavin und nicht die Mutter von Unserer-Jane. Ich bin lieber bei den Jungs.«

Ich hätte es wissen müssen.

Tom ging widerstrebend zur Tür. »Was soll ich Miß Deale sagen?«

»Erzähl ihr nicht, daß Sarah uns verlassen hat«, stieß ich hervor. »Sag ihr nur, ich bin zu Hause geblieben, weil es so viel zu tun gibt; Großvater fühlt sich nicht wohl und Unsere-Jane ist krank. Das ist alles, hast du mich verstanden?«

»Aber sie könnte uns vielleicht helfen?«

»Wie?«

»Weiß ich nicht, aber ihr fällt bestimmt etwas ein.«

»Thomas Luke, wenn du deine Ziele, die du dir gesetzt hast, erreichen willst, dann kannst du nicht herumgehen und um Hilfe betteln. Du mußt alle Schwierigkeiten überwinden und deine eigenen Lösungen finden. Wir beide werden zusammen versuchen, die Familie gesund durchzubringen. Sag Miß Deale und Logan, was du willst, sie sollen nur nicht merken, daß Sarah uns verlassen hat. Sie kann jede Minute zurückkommen, wenn sie einsieht, was sie falsch gemacht hat. Wir wollen sie doch nicht beschämen, oder?«

»Nein«, sagte er und atmete erleichtert auf. »Sie kommt bestimmt wieder, wenn ihr klarwird, daß es falsch war, uns zu verlassen.«

Er nahm Keith an die rechte Hand, und Fanny nahm seine linke Hand, und so stapften sie los in die Schule. Ich blieb mit Unserer-Jane im Arm zurück auf der Veranda. Sie weinte, als sie Keith in die Schule gehen sah, und ich wünschte mir, ich hätte mit ihnen gehen können.

Das erste, was ich tat, nachdem ich Unsere-Jane gebadet und sie ins große Messingbett gelegt hatte, war Großvater sein Schnitzmesser und ein paar Holzstücke zu geben. »Schnitz doch etwas, das Großmutter gefallen hätte, zum Beispiel so ein Reh mit großen traurigen Augen. Großmutter mochte die besonders – weißt du noch?«

Er blinzelte mit den Augen, blickte zu ihrem leeren Schaukelstuhl hinüber, und zwei große Tränen liefen ihm über die faltigen Wangen. »Für Annie«, flüsterte er, als er sein Lieblingsmesser in die Hand nahm.

Tom war ganz niedergeschlagen, als er nach der Schule nach Hause kam und sah, daß Mutter immer noch nicht zurückgekehrt war. »Jetzt muß wohl ich der Mann im Haus sein«, sagte er, und der Gedanke, was ihm nun alles bevorstand, schien ihn zu erdrücken. »Wird kein Geld geben, wenn sich keiner drum kümmert. Arbeiten auf dem Hof ist schwer, wenn man nicht die richtige Ausrüstung hat. Die Lebensmittelläden verkaufen nichts auf Kredit, und was wir haben, wird nicht lange reichen. Wir könnten auch alle ein neues Paar Schuhe gebrauchen. Heavenly, du kannst nicht mit Schuhen in die Schule gehen, die vorne aufgeschnitten sind.«

»Ich kann überhaupt nicht mehr zur Schule gehen, weder mit Schuhen noch ohne«, antwortete ich ihm mit tonloser Stimme und wackelte mit meinen Zehen. Ich hatte die Schuhe vorn aufschneiden müssen, weil sie mittlerweile viel zu klein waren. »Du weißt, daß ich Großvater nicht alleine lassen kann, und Unsere-Jane ist noch nicht gesund genug, um wieder in die Schule zu gehen.«

Tom starrte mich mit schreckensweiten Augen an. Wir hatten uns nach einem Gericht aus Bratkartoffeln, Würstchen, Brot, Schmalz und Äpfel zum Nachtisch, für das Bett fertig gemacht. Alle Willenskraft war aus seinen Augen geschwunden.

»Was sollen wir bloß tun, Haevenly?«

»Mach dir keine Sorgen, Tom. Fanny, Keith und Unsere-Jane, ihr geht in die Schule. Ich bleib' zu Hause und pass' auf Großvater auf, wasche und koche. Das kann ich ja«, fügte ich trotzig hinzu.

»Aber du gehst gerne in die Schule und Fanny nicht.«

»Egal. Fanny hat nicht das nötige Verantwortungsgefühl, um hier zu bleiben und den Haushalt zu führen.«

»Sie benimmt sich absichtlich so«, meinte Tom mit Tränen in den Augen. »Heavenly, egal, was du sagst, ich geh' zu Miß Deale und erzähl' ihr alles. Vielleicht fällt ihr etwas ein, das uns helfen kann.«

»Nein, das darfst du nicht! Denk doch an unseren Stolz, Tom; er ist das einzige, was uns bleibt. Wir sollten auf das achten, was uns wichtig ist und was wir schätzen können.«

Stolz zu sein, war für uns beide sehr wichtig. Vielleicht weil man sich aus freien Stücken dazu bekennen konnte und weil unser Stolz uns das Gefühl vermittelte, etwas Besonderes zu sein. Tom und ich, wir beide, wollten der Welt etwas beweisen. Fanny hingegen war anders. Sie hatte bereits gezeigt, daß sie unzuverlässig war.

7. KAPITEL

Verlassen

Jeden Tag eilte Tom von der Schule nach Hause, um mir beim Wäschewaschen, beim Fußboden scheuern und bei der Pflege von Unserer-Jane zu helfen. Manchmal mußten wir auch wie die Wilden hinter unseren Schweinen, Ferkeln und Hühnern herjagen, die durch unseren wackligen Zaun entkommen waren. Ein Tier nach dem anderen wurde dann auch entweder von einer Wildkatze oder einem Fuchs geschnappt oder von einem Landstreicher gestohlen.

»Hat Logan heute wieder nach mir gefragt«, erkundigte ich mich, nachdem ich drei Tage nicht in der Schule gewesen war.

»Allerdings. Hat mich nach der Schule abgepaßt und wollt' wissen, wo du bleibst. Und wie's dir geht. Warum du nich' mehr kommen tust. Hab' ihm gesagt, Sarah ist noch krank und Unsere-Jane, und daß du nun eben zu Hause bleiben mußt und alle pflegen. Meine Güte, so'n unglückliches Gesicht wie dem seins hab' ich noch nie gesehen.«

Es freute mich zu erfahren, daß Logan etwas für mich empfand, aber ich war gleichzeitig empört darüber, daß ich so tief in Problemen steckte: Mein Vater hatte Syphilis; meine Stiefmutter war vor ihrer Verantwortung einfach davongelaufen. Das Leben war wirklich ungerecht!

Ich war auf die ganze Welt wütend, besonders auf Vater. Er war es, der alles ausgelöst hatte. Aber was tat ich? Ich schimpfte mit dem Menschen, der mir doch der liebste auf der ganzen Welt war. »Hör auf mit deinem *kommen tust* statt kommen – und deinem ewigen *nich'* statt nicht.«

Tom grinste. »Ich liebe dich, Heavenly. Hab' ich das richtig ausgesprochen? Ich weiß es sehr zu würdigen, was du für unsere Familie alles machst ... stimmt das so? Ich bin froh, daß du so bist, wie du bist und nicht wie Fanny.«

Ich schluchzte, drehte mich zu ihm um und fiel ihm in die Arme. Er war das einzig Gute in meinem Leben, dachte ich. Aber wie konnte ich ihm das sagen, jetzt, wo ich mich gerade nicht besonders nett benommen hatte, sondern zynisch und ungerecht gewesen war?

Zwei Wochen nachdem Sarah uns verlassen hatte, schaute ich zufällig aus dem Fenster und sah Tom mit Büchern bepackt nach Hause marschieren – und neben ihm ging Logan! Tom hatte also sein Wort gebrochen und Logan von unserer verzweifelten Situation erzählt!

Ich rannte sofort zur Tür, um ihnen den Eintritt zu verwehren. »Laß uns rein, Heavenly«, befahl Tom. »Dafür daß du wie ein Rausschmeißer in der Tür stehst, ist es einfach zu kalt hier draußen.«

»Laß sie endlich rein!« schrie Fanny. »Es zieht entsetzlich.«

»Ich will nicht, daß du hereinkommst«, sagte ich feindselig zu Logan. »Stadtjungen wie dich würde es hier vor Ekel schütteln.«

Ich sah, wie seine Lippen ganz schmal wurden, er war sichtlich unangenehm überrascht, sagte dann aber ruhig und entschlossen: »Heaven, geh beiseite. Ich komme jetzt herein. Ich will endlich genau wissen, warum du nicht mehr zur Schule kommst – und außerdem hat Tom recht. Es ist wirklich kalt hier draußen. Meine Füße sind schon Eisklumpen.«

Ich rührte mich immer noch nicht. Tom stand hinter Logan und gab mir wie wild Zeichen, daß ich endlich aufhören solle, mich wie ein Idiot zu benehmen. Ich solle Logan hereinlassen. »Heavenly, du vergeudest unser ganzes Holz, wenn du die Tür noch weiter aufläßt.«

Ich wollte die Tür eben schließen, als Logan mich zur Seite schob und – dicht gefolgt von Tom – hereintrat. Sie mußten die Tür gemeinsam zudrücken, so stark wehte der Wind. Als Schloß hatten wir nur ein Brett, das heruntergelassen wurde und die Tür wie ein Riegel sicherte.

Mit rotgefrorenem Gesicht wandte sich Logan zu mir und entschuldigte sich: »Tut mir leid, daß ich das tun mußte, aber ich glaube Tom einfach nicht mehr, wenn er mir sagt, Unsere-Jane sei krank und Sarah fühle sich nicht wohl. Ich möchte wissen, was wirklich los ist.«

Er trug eine dunkle Brille – warum eigentlich an einem so trüben, grauen Wintertag, an dem die Sonne kaum schien? Er hatte eine warme Winterjacke an, die ihm bis zu den Hüften reichte, während der arme Tom nur mehrere Pullover übereinander trug, die aber zumindest seinen Oberkörper warm hielten.

Resigniert machte ich Platz. »Tretet ein, Ritter Logan, bat das bedrängte Ritterfräulein. Ergötzt Euch an dem, was Eure Augen zu sehen bekommen.«

Er trat näher und sah sich um. Tom war in der Zwischenzeit zum Ofen geeilt und wärmte sich Hände und Füße, noch bevor er anfing, einige seiner Pullover auszuziehen. Fanny, die so nahe wie möglich am Ofen in ihrer Schlafdecke lag, machte keinerlei Anstalten aufzustehen, obwohl sie sich schnell die Haare kämmte und mit ihren langen schwarzen Wimpern klimperte. »Komm, setz dich zu mir, Logan«, sagte sie und lächelte ihn einladend an.

Beide Jungens ignorierten sie. »Also«, sagte Tom fröhlich, »dies ist unser Heim.«

»Du brauchst hier drinnen wirklich keine Sonnenbrille, Logan«, meinte ich, während ich Unsere-Jane vom Boden aufhob. Dann setzte ich mich mit ihr in Großmutters Schaukelstuhl. Kaum hatte ich angefangen, sie zu schaukeln, fühlte sich Großvater durch den knarzenden Boden ermuntert, einen weiteren Hasen zu schnitzen. Seine Augen waren für diese Feinarbeiten sehr gut, aber alles, was sich mehr als zwei Meter entfernt befand, konnte er kaum noch erkennen. Wahrscheinlich sah ich für ihn wie Großmutter aus, als sie jung gewesen war und ein Kind auf dem Schoß hielt. Keith kam zu mir gelaufen und wollte auch auf meinen Schoß klettern, obwohl er dafür allmählich schon zu groß und schwer war. Immerhin, so aneinandergeschmiegt wärmten wir drei uns gegenseitig.

Es war ärgerlich, daß Logan ausgerechnet in dieser peinlichen Lage zu uns gekommen war. Ich beschäftigte mich intensiv mit der Rotznase Unserer-Jane und versuchte, ihre zerzausten Haare in Ordnung zu bringen. Ich sah nicht, was Logan tat, bis er sich neben den Tisch setzte und mich ansah. »Es ist ein langer, kalter Weg den Berg hinauf, Heaven. Du könntest mich wenigstens willkommen heißen«, sagte er mit vorwurfsvoller Stimme. »Wo ist Sarah? Ich meine deine Mutter.«

»Wir haben kein Klo im Haus«, sagte ich patzig. »Sie ist draußen.«

»Ach...« Seine Stimme klang schwach. Meine Unverblümtheit hatte ihn verlegen gemacht. »Wo ist dein Vater?«

»Arbeitet irgendwo.«

»Ich hätte wirklich gern deine Großmutter noch kennengelernt. Es tut mir leid.«

Mir tat es auch leid – und auch Großvater, der jetzt das Schnitzmesser weglegte und aufsah; Trauer verdüsterte sein Gesicht und verdrängte die Heiterkeit, die er eben noch in Erinnerung an vergangene Bilder gefunden hatte.

»Tom, ich hab' alle Hände voll zu tun. Könntest du bitte heißes Wasser aufsetzen, um etwas Tee oder Kakao für Logan zu machen?«

Tom sah mich verdutzt an; er wußte, daß wir weder Tee noch Kakao besaßen.

Trotzdem wühlte er im Küchenschrank herum, bis er etwas Sassafras gefunden hatte, der noch von Großmutter stammte. Er sah Logan lange besorgt an, ehe er den Kessel aufsetzte.

»Nein danke. Ich kann nur kurz bleiben, und der Weg zurück nach Winnerrow ist lang. Ich möchte nämlich vor Anbruch der Dunkelheit zu Hause sein, da ich mich in der Umgebung immer noch nicht so gut auskenne.« Logan lächelte mir zu und lehnte sich vor. »Heaven, sag mir doch, wie es dir geht. Sicherlich kann deine Mutter auf Unsere-Jane aufpassen, auch wenn sie krank ist. Und Fanny geht auch nicht mehr in die Schule. Warum?«

»Oh«, sagte Fanny deutlich munterer, »habe ich dir gefehlt? Ist ja wirklich süß von dir. Wer vermißt mich noch? Erkundigt man sich, wo ich geblieben bin?«

»Klar«, sagte Logan beiläufig und starrte mich immer noch an, »alle fragen sich, wo die zwei hübschesten Mädchen der Schule geblieben sind.«

Mit welchen Worten konnte ich ein Leben in Hunger und Not beschönigen? Er brauchte sich ja nur umzusehen, um festzustellen, wie arm wir waren. Warum sah er eigentlich nur in meine Richtung und weigerte sich ein Zimmer anzusehen, das jegliche Bequemlichkeit vermissen ließ? »Warum trägst du eine dunkle Brille, Logan?«

Er erstarrte. »Ich hab' dir wohl nie erzählt, daß ich Kontaktlinsen trage. Bei der letzten Rauferei bekam ich einen Schlag auf das Auge, und dabei verletzte eine Linse meine Iris. Mein Augenarzt meint nun, sie soll eine Zeitlang kein starkes Licht bekommen. Wenn man aber ein Auge abdunkelt, muß man es auch mit dem anderen tun oder eine Augenbinde tragen. Aber ich ziehe eine Brille vor.«

»Du kannst also kaum etwas sehen, nicht wahr?«

Das Blut schoß ihm ins Gesicht. »Ehrlich gesagt, nicht sehr viel. Ich sehe dich undeutlich... ich glaube, du hast Unsere-Jane und Keith auf dem Schoß.«

»Logan, sie ist nicht Unsere-Jane für dich... nur für uns«, protestierte Fanny. »Du nennst sie ganz einfach Jane.«

»Ich will sie so nennen, weil Heaven sie so ruft.«

»Kannst du mich sehen?« fragte Fanny und stand auf. Sie trug nur Unterhosen, um ihren nackten Oberkörper hatte sie verschiedene Schals von Großmutter gewickelt. Ihre winzigen Brüste hatten immerhin die Größe kleiner, grüner Äpfel erreicht. Fanny ließ die Schals achtlos zu Boden gleiten und hüpfte barfuß im Zimmer umher.

»Zieh dich an«, befahl Tom mit rotem Gesicht. »Hast eh nicht genug, daß es was zu sehen gäbe.«

»Krieg' ich aber«, schrie Fanny, »größer und schöner als Heaven!«

Logan erhob sich, um zu gehen. Er wartete auf Tom, als brauche er Hilfe, um die Tür zu finden – obwohl sie sich genau vor ihm befand. »Ich bin nur deinetwegen hierhergekommen, und wenn du keine Zeit hast, um mit mir zu sprechen, Heaven, dann komme ich nicht mehr. Ich dachte, du wüßtest, daß ich dein Freund bin. Ich bin gekommen, um dir zu zeigen, daß du mir wichtig bist, und ich habe mir Sorgen gemacht, weil ich dich so lange nicht gesehen habe. Auch Miß Deale macht sich Sorgen. Sag mir nur noch eins, bevor ich gehe... Ist wirklich alles in Ordnung? Brauchst du irgend etwas?«

Er hielt inne und wartete auf eine Antwort. Als ich schwieg, fragte er wieder: »Habt ihr genug zu essen? Holz? Kohle?«

»Wir haben von nichts genug!« schrie Fanny vorlaut.

Logan sah nur mich an und nicht Fanny, die sich wieder bedeckt hatte und zusammengerollt in der Schlafdecke lag, als schliefe sie halb.

»Wie kommst du darauf, daß wir nicht genug zu essen haben?« wollte ich wissen. Meine Stimme klang stolz und hochmütig.

»Ich wollte mich nur erkundigen.«

»Es geht uns prima, Logan, wirklich. Natürlich haben wir Holz und Kohle...«

»Keine Spur!« kreischte Fanny. »Wir haben noch nie Kohle gehabt! Würd's mir so sehr wünschen. Hab' gehört, 's gibt bessere Wärme als Holz.«

Ich unterbrach sie schnell. »Wie du weißt, Logan, ist Fanny eine gierige Person und nur darauf aus, soviel wie möglich zu bekommen. Also vergiß, was sie daherredet. Es geht uns gut, wie du siehst. Ich hoffe, dein Auge wird bald gesund und du kannst die Sonnenbrille abnehmen.«

Er schien beleidigt und hielt sich eng an Tom, der ihn hinausführte. »Auf Wiedersehen, Mr. Casteel«, sagte er zu Großvater. »Bis später, Keith, Unsere-Jane... und behalt deine Kleider an, Fanny.« Zuletzt wandte er sich mir zu, als wollte er mich berühren oder mich an sich ziehen. Ich blieb aber sitzen, fest entschlossen, sein Leben nicht mit den Problemen der Casteels zu belasten. »Ich hoffe, du kommst bald wieder zur Schule.« Mit einer Handbewegung bezog er Fanny, Keith und Unsere-Jane mit ein. »Wenn du je etwas brauchen solltest, vergiß nicht, daß mein Vater einen Laden voller Sachen hat. Und was er nicht hat, kann man woanders besorgen.«

»Wie nett von dir«, war meine höhnische, undankbare Antwort. »Mußt dir ja mächtig groß und reich vorkommen... Meine Güte, ich frag' mich wirklich, warum du deine Zeit mit einem Hillbilly-Mädchen verplemperst.«

Er tat mir leid, wie er verdattert im Türrahmen stand und mich anstarrte. »Auf Wiedersehen, Heaven. Ich habe mein Augenlicht riskiert, um hier heraufzukommen – ich sollte eigentlich nicht bei Schnee in die Sonne gehen –, trotzdem habe ich es getan. Aber ich bereue es jetzt. Ich wünsche dir alles Gutes, aber ich komme nicht mehr her, nur um mich beleidigen zu lassen.«

>Ach Logan, bitte geh nicht beleidigt weg<, dachte ich. Aber ich sprach diese Worte nicht aus. Ich schaukelte nur weiter vor mich hin, ohne mich zu rühren, als er die Tür hinter sich zuschlug. Tom rannte ihm nach, um ihn auf dem sichersten Weg durch den Wald hinabzubegleiten, damit er sich nicht verirrte, gerade weil er diese verdammte Sonnenbrille trug.

»Mann, warst du ekelhaft zu Logan«, sagte Tom, als er zurück-kehrte. »Hab' richtig Mitleid mit ihm gehabt, daß er den ganzen Weg halb blind heraufgetrabt ist, nur um ein scheußliches Mädchen zu besuchen, das ihn mit ihren Augen angeblitzt hat und so verrückt ist, ihm die Hucke voll zu lügen... Du weißt doch, daß wir kaum was haben. Er hätte uns helfen können.«

»Tom, soll wirklich jeder erfahren, daß Vater... du weißt schon was... hat.«

»Nein... Aber müssen wir ihm von Vater erzählen?«

»Wir müssen doch einen Grund finden, warum er nicht da ist, oder? Wahrscheinlich nimmt Logan an, daß er immer noch kommt und geht und uns mit Essen versorgt.«

»Da haste recht«, stimmte Tom mir zu, der immer dann schlampig sprach, wenn er entmutigt und hungrig war. »Auf zu den Angeln, Fallen – und haltet mir die Daumen.« Kaum hatte er seine Hände aufgewärmt, verließ er wieder die Hütte auf der Suche nach Nahrung. Wir konnten unsere Legehennen nie behalten, weil sie in unserem Kochtopf immer einen allzu frühen Tod fanden.

Nachdem Sarah uns verlassen hatte, wurde das Leben nicht nur um einiges schwerer, sondern auch komplizierter. Wir konnten uns kaum noch das Lebensnotwendigste kaufen. Wir hatten nur noch so wenig Petroleum, daß wir Kerzen benutzten.

Die Stunden schlichen nun immer dahin wie eine halbe Ewigkeit, bis das Leben wieder begann, wenn Tom mit Fanny und Keith und manchmal auch mit Unserer-Jane wieder nach Hause kam. Ich wollte mir einreden, daß Großvater kein Problem sei und daß ich, wenn Unsere-Jane wieder ganz gesund war, in die Schule gehen könne. Er würde schon selbst auf sich aufpassen. Aber ich brauchte ihn mir nur anzusehen, um eines Besseren belehrt zu werden; er war vollkommen hilflos ohne Großmutter. »Geh schon«, sagte Großvater einmal zu mir, nachdem ich die Hütte aufgeräumt hatte und mir den Kopf zerbrach, was wir an diesem Tag essen sollten. Es war kurz vor Thanksgiving. »Brauch' dich nicht. Komm' allein zurecht.«

Vielleicht stimmte das auch, aber am nächsten Tag war Unsere-Jane wieder erkältet. »Hunger«, wimmerte sie und zupfte an meinem Schürzenkleid. »Will essen.«

»Natürlich, Liebes. Ruh dich nur aus und schlüpf ins Bett. Gleich ist das Essen fertig.« Wie leicht mir das über die Zunge ging, obwohl wir nichts im Haus hatten außer etwas angeschimmeltem Brot und einer halben Tasse Mehl. Warum war ich bloß nicht sparsamer mit dem Essen umgegangen, das Sarah uns zurückgelassen hatte? Warum klammerte ich mich an den Glauben, daß Vater wie durch ein Wunder auftauchen würde, wenn unsere Vorräte ausgegangen waren? Wo war er überhaupt?

»Tom, kann man eigentlich bei Dunkelheit angeln?« fragte ich.

Er blickte erstaunt von seinem Buch hoch. »Willst du, daß ich im Dunkeln angeln geh'?«

»Du könntest ja gleichzeitig bei den Hasenfallen nachsehen.«

»Hab' schon nachgesehen, auf dem Weg von der Schule. War nichts. Wie soll ich sie in der Nacht finden, wo ich sie doch so gut versteckt hab'?«

»Dann mußt du jetzt angeln gehen«, flüsterte ich ihm ins Ohr, »sonst haben wir nichts weiter zu essen als etwas Brot, und ich kann von Glück sagen, wenn ich etwas Griebenschmalz zusammenkratzen kann.« Ich mußte sehr leise sprechen; wenn Unsere-Jane oder Keith mich gehört hätten, dann wäre ein unerträgliches Gezeter nicht zu vermeiden gewesen. Unsere-Jane mußte regelmäßig essen, sonst bekam sie Bauchschmerzen. Und wenn sie Bauchschmerzen hatte, fing sie zu weinen an. Und wenn sie weinte, war es unmöglich, irgend etwas zu tun.

Tom stand auf und nahm die Schrotflinte, die an der Wand hing, herunter. Er reinigte sie. »Die Jagdsaison hat grad begonnen... Vielleicht läuft mir was vor die Flinte.«

»Heißt das, daß wir nichts zu essen haben, wenn du nichts erwischst?« kreischte Fanny. »Jesus, da gehen wir ja ein, wenn wir von deinen Schießkünsten abhängig sind!«

Tom stakste zur Tür und sah Fanny noch einmal lange und voller

Abscheu an. »Also, mach dein Griebenschmalz fertig – in einer halben Stunde bin ich mit einem Stück Fleisch zurück – wenn ich Glück habe«, sagte er und wandte sich lächelnd zu mir.

»Und wenn du keins hast?«

»Ich komm' nicht eher nach Hause, bis ich was hab'.«

»Also dann«, sagte Fanny, rollte sich zur Seite und starrte in einen kleinen, billigen Spiegel, »wir werden Tom wohl kaum wiedersehen.«

Tom warf die Tür hinter sich zu und war verschwunden.

Angeln und Jagen gehörten jetzt zu unserem Tagesablauf. Den halben Tag hatte ich schon zuweilen im Freien verbracht, hatte Fallen gestellt und unsere Angeln mit Ködern versehen. Tom hatte Schlingen für Hasen und Eichhörnchen gelegt. Wir hatten Pilze gesammelt. Großmutter hatte uns beigebracht, wie man die giftigen erkannte. Wir hatten auch schon so viele Beeren gepflückt, daß uns die Finger von den Dornen bluteten. In den Wäldern hatten wir nach wilden Bohnen und Erbsen gesucht und in der Nähe von Winnerrow nach Rüben gegraben. Wir stahlen Spinat, Salat, Wirsing und anderes aus den Gemüsegärten in Winnerrow. Als aber dann der Winter einbrach, wuchsen keine Beeren mehr. Erbsen und Bohnen vertrockneten. Hasen und Eichhörnchen hielten Winterschlaf. Unsere Fallen, die nun auch keine verlockenden Köder mehr hatten, beachteten sie nicht. Die Pilze liebten die frostigen Nächte ebensowenig wie wir. Unser Vorrat schrumpfte praktisch auf Null.

»Heaven«, jammerte Fanny. »Koch doch einfach, was wir haben. Können doch nicht die halbe Nacht rumsitzen und warten, bis Tom mit nichts zurückkommt. Ich weiß, du hast irgendwo noch Erbsen und Bohnen versteckt.«

»Fanny, wenn du wenigstens gelegentlich etwas helfen würdest, dann hätte ich vielleicht wirklich irgendwo noch Erbsen und Bohnen aufbewahren können... Das einzige, was ich habe, ist etwas Schmalz und zwei kleine Brote.« Ich sagte es sehr leise, damit Keith und Unsere-Jane mit ihren guten Ohren nicht mithören konnten.

Ausnahmsweise hatte es Großvater aber verstanden. Er drehte seinen Hals in meine Richtung. »Kartoffeln sind noch im Boden von der Räucherkammer.«

»Alles schon vorige Woche verbraucht, Großvater.«

Unsere-Jane ließ einen furchtbaren Schrei los. »Muß essen«,

heulte sie. »Tut weh! Bauch tut so weh... Hevlee, wann essen wir?«

»Jetzt«, sagte ich. Ich eilte zu ihr, hob sie hoch und setzte sie an den Tisch in den Stuhl, der mit zwei Brettern erhöht worden war. Ich küßte ihren schlanken Nacken und streichelte ihr weiches Haar. »Komm, Keith. Du und Unsere-Jane, ihr könnt heute abend zuerst essen.«

»Was soll das heißen, sie können zuerst essen? Und ich?« schrie Fanny. »Ich gehöre genausogut zur Familie wie sie.«

»Fanny, du kannst ja so lange warten, bis Tom zurückkommt.«

»Wenn er erst was jagen muß, dann bin ich reif für die Grube, bis er kommt!«

»Du bist wehleidig«, sagte ich, während ich das bißchen Fett erhitzte, etwas Wasser und Mehl in einer kleinen Schüssel vermischte, bis es ohne Klümpchen war, bevor ich das heiße Fett darübergoß. Ich rührte und rührte. Dann kostete ich es, fügte ein wenig Salz dazu, rührte das Ganze wieder. Ich spürte regelrecht die hungrigen Augen von Keith und Unserer-Jane, die die Mahlzeit fast mit den Augen verschlangen. Großvater schaukelte und schaukelte, mit glasigen Augen, die knochigen Hände klammerten sich an die Lehne. Er schien für heute abend keine Mahlzeit zu erwarten. Nach Unserer-Jane und Keith, die am meisten litten, traf es Großvater, der so schnell abmagerte, daß mir bei seinem Anblick fast die Tränen kamen.

»Annie konnte den besten Blaubeerkuchen backen«, murmelte Großvater verträumt vor sich hin. Er hielt seine Augen geschlossen, seine dünnen Lippen bebten.

»Hast du nur zwei Stück Brot für uns sechs?« fragte Fanny. »Soll das bedeuten, jeder kriegt 'n Krümel ab?«

»Nein, Madame. Keith und Unsere-Jane kriegen von mir jeder eine Hälfte, Großvater kriegt die andere. Du, Tom und ich, wir werden die letzte Hälfte in drei Portionen teilen.«

»'n Krümel! Wie ich's gesagt hab'! Großvater braucht nicht 'ne ganze Hälfte für sich.«

Großvater schüttelte den Kopf. »Bin nicht hungrig, Heaven, mein Kind. Gib meine Hälfte Fanny.«

»Nein! Das habe ich schon heute morgen getan. Fanny soll ihre Portion essen oder das Essen bis morgen seinlassen. Sie kann auch warten, bis Tom mit Fleisch zurückkommt.«

»Ich werd' nicht auf Tom warten«, tobte Fanny und schmiß sich in einen Stuhl. »Ich werd' jetzt essen! Bin dreimal so groß wie Unsere-Jane. Sie muß keine ganze Hälfte haben.«

Ich arbeitete so langsam wie möglich, nicht, daß ich allzuviel zu tun gehabt hätte. Zwei Katzen waren heute zurückgekehrt, eine schwarze und eine weiße. Beide saßen oben auf einem Regal zwischen Pfannen und Töpfen, und beide starrten mich mit ihren hungrigen Augen hoffnungsvoll an. Sie brauchten ihre Nahrung wie wir. Und ich starrte zurück und überlegte, ob jemand wohl schon einmal Katzen gegessen hatte.

Dann sah ich hinunter zu Vaters altem Jagdhund, der mit den Katzen zurückgekommen war. Allein der Gedanke, daß man seine Lieblingstiere als Nahrung verwenden könne, war schrecklich. Aber genau das tat ich.

Plötzlich stand Fanny neben mir. Flüsternd wies sie auf Snapper, den Vater von allen seinen Hunden am meisten liebte. Er war sechzehn Jahre alt und fast blind, und trotzdem erjagte er sich immer eine Beute und kam wohlgenährt nach Hause. »Der hat Fleisch auf den alten Knochen«, sagte Fanny eindringlich. »Würd' gerne wieder mal Fleisch essen. Du kannst es, Heaven, ich weiß es. Schlitz ihm den Hals auf, wie sie's bei den Schweinen machen. Für Unsere-Jane, für Keith… und Großvater – mein Gott, wir alle hätten was zu beißen…«

In diesem Augenblick öffnete Snapper seine schläfrigen, verhangenen Augen und sah mich gefühlvoll an. Ich sah hinüber zu Unserer-Jane und Keith, die beide jammerten.

»Lieber glaubt 'n alter Hund dran als wir«, sagte Fanny einschmeichelnd. »Brauchst ihm nur eins über 'n Schädel zu ziehen.« Sie reichte mir das Beil, mit dem wir das Holz für Old Smokey kleinhackten. Auch jetzt wieder spie er beißenden, schwarzen Rauch aus, daß unsere Augen tränten.

»Komm schon, ich weiß, du schaffst's«, sagte Fanny ermunternd und schob mich in Richtung Snapper. »Geh mit ihm nach draußen, dann zeig's ihm.« Plötzlich sprang Snapper hoch, als ahnte er, was ich vorhatte, und raste zur Tür. Entsetzt schrie Fanny auf und lief hinter ihm her. In diesem Augenblick öffnete sich die Tür und Snapper entfloh, wie von Furien gejagt, vor unseren mörderischen Absichten hinaus in die dunkle Nacht.

Tom trat grinsend herein, die Flinte trug er über der einen Schulter, und über der anderen hing ein Sack, in dem sich etwas Schweres befand.

Sein breites Lächeln erstarb, als er das Beil in meiner Hand erblickte und mein schuldbewußtes Gesicht sah. »Du wolltest Snapper töten?« Seine Stimme klang fassungslos. »Ich dachte, du liebst diesen Hund.«

»Tu' ich auch«, schluchzte ich.

»Hast mir nicht vertrauen können!« sagte er bitter. »Bin den ganzen Weg hin und zurück gerannt.«

Er schleuderte den Sack auf den Tisch. »Zwei Hühner drin. Race McGee wird sich bald wundern, wer in seinem Hühnerstall geballert hat. Wenn er's herauskriegt, daß ich's war, schießt er mich übern Haufen. Dann sterb' ich wenigstens mit vollem Bauch.«

An diesem Abend aßen wir uns satt. Wir vertilgten ein ganzes Huhn, das andere hoben wir für den nächsten Tag auf. Aber am übernächsten Tag waren beide Hühner verspeist, und wir standen wieder vor dem gleichen Problem. Nichts zu essen. Wo ein Wille ist, da ist auch ein Weg, flüsterte mir Tom zu und versicherte mir, ich brauche mir keine Sorgen zu machen.

»Wird Zeit, Ehrlichkeit und Ehre zu vergessen und zu klauen«, räsonierte er. »Ist mir kein einziges Wild übern Weg gelaufen. Nicht mal 'n Waschbär. Hätt' sogar 'ne Eule erbeutet, hab' aber keine schreien gehört. Jeden Abend, wenn's dämmert und die Leute in Winnerrow sich gemütlich an den Tisch setzen, um zu futtern, dann schleichen Fanny, du und ich ins Tal und klauen, was uns in die Hände fällt.«

»Prima Idee!« schrie Fanny entzückt. »Die haben doch keine Gewehre in ihren Häuser, oder?«

»Weiß nicht«, antwortete Tom, »wir werden's wohl bald herausfinden.«

Es war ein angsteinflößendes, schauriges Unternehmen, auf das wir uns am nächsten Abend in der Dämmerung einließen. Das Huhn vom Vorabend gab uns die nötige Courage. Wir trugen dunkle Kleider und hatten unsere Gesichter mit Ruß geschwärzt. Wir trotteten durch die Kälte, bis wir eine kleine Farm, die dem geizigsten Menschen der Welt gehörte, am Rande der Stadt erreicht hatten. Und was noch schlimmer war, er hatte fünf riesenhafte

Söhne und vier enorme Töchter, neben denen sogar Sarah klein und zierlich ausgesehen hätte.

Fanny, Tom und ich hielten uns im Gebüsch und hinter den Tannen versteckt, bis wir sicher waren, daß jedes einzelne Mitglied der Familie sich an den Tisch gesetzt hatte. Dabei veranstalteten sie so einen Lärm, daß er unser übliches Geschrei leicht übertönt hätte. Der Hof war, wie bei uns früher, voller Hunde, Katzen und Kätzchen.

»Beruhig die Hunde«, zischte Tom mir zu, »damit Fanny und ich in der Zwischenzeit in den Hühnerstall eindringen können, ohne daß ich die Flinte gebrauchen muß.« Er machte Fanny ein Zeichen. »Schnapp sie an den Beinen, zwei an jeder Hand, und ich hol' mir vier Stück. Das dürfte für 'ne Weile ausreichen.«

»Picken die einen?« wollte Fanny mit einem eigenartigen Ausdruck im Gesicht wissen.

»I wo, hast noch nie von 'nem dummen Huhn gehört? Die tun nicht weh, die gackern nur viel.«

Tom hatte mich damit beauftragt, den wohl bissigsten Hund, den ich je gesehen hatte, abzulenken und zu besänftigen. Ich konnte gut mit Tieren umgehen, und meistens waren sie zutraulich zu mir – aber diese riesige Dogge… Nach seinen feindseligen Augen zu schließen, hatte der Hund sofort eine heftige Abneigung gegen mich gefaßt. Ich hatte eine kleine Tüte mit Hühnerklein und Hühnerkrallen bei mir.

Geräuschvoll saßen die McLeroys geraden drinnen bei Tisch. Ich warf dem Hund ein Hühnerbein hin und rief ihm leise zu: »Liebes Hündchen… magst mich doch, ich tu dir nichts… Komm, friß die Hühnerkralle… Komm, komm doch, friß.«

Widerwillig schnüffelte er an der vertrockneten gelben Hühnerkralle. Dann knurrte er. Es wirkte wie ein Signal auf alle anderen Hunde. Es müssen etwa sieben oder acht von ihnen im Hof gewesen sein, die die Schweine, Hühner und alle anderen Tiere in ihren Ställen bewachten. Plötzlich stürzten sich alle Hunde auf mich! Mit wütendem Gebell rannten sie auf mich zu und entblößten dabei ihre Zähne, die so scharf und gefährlich waren, wie ich es noch niemals gesehen hatte. »Stehenbleiben!« befahl ich in strengem Ton. »*Schluß!* Habt ihr gehört?«

Aus der Küche brüllte eine Frau gerade denselben Befehl. Die

Hunde blieben unentschlossen stehen. Ich nutzte die Zeit und warf ihnen das Hühnerklein und die restlichen Hühnerkrallen zu. Sie machten sich darüber her und verschlangen alles. Es war viel zu wenig gewesen, und sie kamen schwanzwedelnd auf mich zu, um noch mehr zu erbetteln.

In diesem Augenblick erscholl ein ohrenbetäubendes Gegacker aus dem Hühnerstall – und die Hunde rasten los.

»Halt!« befahl ich. »Feuer!« Ein Hund blickte sich unentschlossen um, während ich mich schnell über das Laub beugte, das wohl einer der faulen Söhne oder eine der Töchter nicht zusammengekehrt und auf den Komposthaufen geworfen hatte, und so tat, als wolle ich es anzünden.

»Mutter!« brüllte einer der Männer in Overalls. »Jemand brennt den Hof an!«

Ich rannte los.

Noch nie war ich so schnell gerannt. Ich war keine sechs Meter gelaufen, als der schnellste Hund mich schon fast eingeholt hatte. Hastig kletterte ich einen Baum hoch und setzte mich auf einen dicken Ast. Ich sah auf die Köter hinunter, die nun außer sich waren, weil ich ihnen meine Angst gezeigt hatte. »Weggehen!« befahl ich ihnen mit fester Stimme. »Ich habe keine Angst vor euch!«

Aus dem Dunkeln kam der gute alte Snapper gerannt, um mich zu verteidigen. Er warf sich ins Getümmel der jüngeren Hunde, gerade als Farmer McLeroy mit einer Flinte in der Hand herausgerannt kam!

Sofort feuerte er einen Schuß über den Köpfen der Hundemeute ab. Die Tiere flohen in alle Richtungen, und ich saß zusammengekauert oben auf dem Baum und versuchte, unbemerkt zu bleiben.

Leider schien der Mond. »Bist du das, Heaven Casteel?« fragte der baumlange Farmer. Seine Haare waren so rot, daß er ein Verwandter Sarahs hätte sein können. »Klaust wohl meine Hühner, was?«

»Bin von den Hunden auf'n Baum gejagt worden, wollt' nur nach Vaters Lieblingshund suchen. Ist seit Wochen verschwunden gewesen und erst vor einigen Tagen zurückgekommen... und jetzt ist er wieder weg.«

»Runter mit dir«, herrschte er mich an.

Vorsichtig kletterte ich vom Baum herunter und betete innerlich, daß Tom und Fanny die Hühner gestohlen hatten und bereits auf dem Weg nach Hause waren.

»Wo hast du sie?«

»Was denn?«

»Na, meine Hühner.«

»Glauben Sie, ich könnt' auf'n Baum klettern mit zwei Hühnern in der Hand? Mr. McLeroy, hab' nur zwei Hände.«

Im Dunkeln hinter ihm erkannte ich zwei seiner baumlangen Söhne mit ihren buschigen roten Haaren. Beide trugen wuchernde, ungepflegte Bärte, und jeder hielt eine Taschenlampe in der Hand, mit der sie mein Gesicht anstrahlten. Einer leuchtete mich von Kopf bis Fuß an. »Mann, schau mal, Vater. Ganz schön erwachsen geworden. Sieht aus wie ihre Mutter, die Schönheit aus der Stadt.«

»'ne Hühnerdiebin ist sie!«

»Sehen Sie 'n Huhn an mir?« fragte ich tollkühn.

»Hab' noch keine Leibesvisitation gemacht«, sagte einer der Jungen, kaum älter als Logan. »Ich durchsuch' sie, Vater.«

»Finger weg!« fuhr ich ihn an. »Hab' nur nach dem Hund meines Vaters gesucht, und das ist ja wohl gesetzlich erlaubt!«

Ich hatte das Lügen sehr schnell gelernt, um Tom und Fanny genügend Zeit zu geben, unbehelligt auf die Berge zu kommen.

Diese Riesen ließen mich wieder in den Wald zurück, in der Überzeugung, daß ich zwar keine Hühnerdiebin, aber eine große Lügnerin war.

Tom und Fanny war es gelungen, fünf Hühner zu stehlen, und Tom hatte sich noch sechs Eier geschnappt, obwohl nur noch drei davon ganz waren, als er die Hütte erreicht hatte. »Zwei Hühner heben wir auf«, sagte ich, als ich mit rotem Gesicht und atemlos zu Hause angekommen war, »damit sie legen und Unsere-Jane und Keith jeden Tag Eier essen können.«

»Wo warst du die ganze Zeit?«

»Auf einem Baum, und die Hunde standen drum herum.«

Bald waren wir schon recht geschickt im Stehlen. Wir gingen nie zweimal an die gleiche Stelle. Großvater paßte auf die zwei Jüngsten auf, während wir jede Nacht loszogen und auf allerhand Ideen kamen, wie wir soviel wie möglich mitgehen lassen konnten. Im Dämmerlicht der Winternachmittage warteten wir heimlich ab, bis die Hausfrauen aus den Kofferräumen ihrer Autos die vollen Einkaufstüten auspackten. Einige Frauen gingen dabei vier- bis fünfmal hin und her... und das gab uns die Gelegenheit, schnell eine Tüte zu schnappen und loszurennen. Es war zweifellos Diebstahl, aber wir sagten uns, daß wir damit unser Leben retteten und daß wir eines Tages den Frauen alles zurückzahlen würden.

Eines Tages war es wieder jedem von uns gelungen, eine Einkaufstüte zu erwischen, gerade noch rechtzeitig, bevor eine Frau losschrie: »Hilfe! Hilfe! Diebe!« Es stellte sich dann aber heraus, daß meine Tüte nur Papierservietten, Wachspapier und Klopapier enthielt. Fanny bog sich vor Lachen. »Bist blöd, du mußt die *schweren* Tüten schnappen.«

Zum ersten Mal in unserem Leben hatten wir richtiges Klopapier, Servietten und Wachspapier – aber was sollten wir bloß damit anfangen? Wir hatten ja nichts, das wir einpacken oder im Kühlschrank aufbewahren konnten.

Tom und ich lagen am Boden nebeneinander auf den Schlafdecken. Wir wollten, daß Großvater im Bett schlief, um seinen alten Knochen etwas Weiches zu gönnen. »Es bedrückt mich«, flüsterte Tom, »von anderen Leuten zu stehlen, die hart für ihr Geld gearbeitet haben. Ich muß eine Arbeit finden, auch wenn ich erst um Mitternacht nach Hause komm'. Ich kann ja immer ein bißchen aus den Gärten der Reichen stehlen. Die brauchen nicht noch 'n Extragericht.«

Das Problem war nur, daß die Leute im Tal die Jungen vom Berg immer für Diebe hielten, und es war schwer, irgendeinen Job zu finden. Schließlich mußten wir uns wieder auf Diebestour nach Winnerrow begeben. Eines Tages hatte Tom einen Obstkuchen gestohlen, der auf einem Fensterbrett zum Auskühlen gestanden hatte. Er rannte mit dem Kuchen den ganzen Weg zurück in die Hütte, um die Köstlichkeit mit uns zu teilen. Noch nie hatte ich einen so appetitlich aussehenden Kuchen gesehen, der Kuchenteig ging makellos bis an die Ränder und oben auf dem Kuchen waren in einem Blumenmuster Löcher eingestochen, woraus der Obstsaft quoll.

Es war ein Apfelkuchen, und er schmeckte so gut, daß ich es gar nicht übers Herz brachte, Tom seine Diebeskünste vorzuwerfen.

»Macht ja nichts«, sagte Tom mit strahlenden Augen. »Den Kuchen, den wir gerade verdrückt haben, hat die Mutter deines Freundes gemacht. Und ihr wißt ja, daß Logan alles täte, um Heavenlys

Familie glücklich zu machen.«

»Wer 's Logan?« wollte Großvater wissen.

»Genau«, brummte eine tiefe, mir bekannte Stimme, »wer ist Logan? Und wo, zum Teufel, ist meine Frau? Warum sieht's hier aus wie im Saustall?«

Vater!

Er trat mit großen Schritten in den Raum; über seiner Schulter hing ein großer Sack aus Rupfen, offensichtlich voller Nahrungsmittel. Er schleuderte das Mitgebrachte auf den Tisch.

»Wo, zum Teufel, ist Sarah?« tobte er und blickte jeden von uns zornentbrannt an.

Keiner fand die richtigen Worte, um es ihm zu sagen. Vater stand da, groß und schlank, sein bronzefarbenes Gesicht war glattrasiert, und er war blasser als sonst. Er sah so aus, als hätte er große Qualen ausstehen müssen. Er hatte mindestens fünf Kilo abgenommen, und trotzdem sah er frischer, sauberer und in gewissem Sinne sogar gesünder aus als beim letzten Mal. Er war mir immer als ein schwarzhaariger Riese vorgekommen, mit einer Whiskyfahne und dem eigenartigen, überwältigenden männlichen Geruch. Ich zitterte bei dem Gedanken, daß er nun zurückgekehrt war; zugleich war ich erleichtert. So gemein er sein konnte, wenigstens würde er uns vor dem Hungertod bewahren, jetzt, wo der richtige Winter angebrochen war und es von einem Tag auf den anderen schneien würde und der Wind wieder um unsere wackelige Hütte pfiff und sich seinen Weg hineinbahnte, bis uns die Knochen erfroren.

»Kann hier keiner reden?« fragte er höhnisch. »Dachte, ich schicke meine Kinder in die Schule. Lernen wohl nichts dort. Nicht einmal, ihren eigenen Vater zu begrüßen und ihm zu sagen, daß sie sich freuen, ihn wiederzusehen.«

»Wir freuen uns«, sagte Tom schließlich. Ich stand auf und ging zum Ofen hin, um etwas zu kochen, nun da wir, so wie der Sack aussah, genügend hatten. Und ich wollte auf meine Art Vater mit meiner Gleichgültigkeit verletzen, so wie er es so oft mit mir getan hatte.

»Wo ist meine Frau?« schrie er wieder. »Sarah!« brüllte er. »Bin zurück.« Man hätte sein Geschrei bis ins Tal hören können – aber es brachte Sarah nicht zurück. Er sah im Schlafzimmer nach, hatte die Vorhänge auseinandergeschoben und stand breitbeinig davor, während er fassungslos hineinsah. »Draußen auf'm Klo?« fragte er und wandte sich dabei an Tom. »Wo ist Mutter?«

»Ich sag' es dir gern«, sagte ich, als Tom zu stottern anfing.

Er blitzte mich mit seinen dunklen Augen an. »Ich hab' Tom gefragt. Antworte mir, Junge – wo, zum Teufel, ist deine Mutter?«

Ich genoß es, daß sich mir endlich die Chance bot, seinen Stolz auch einmal zu verletzen – und ich war bereit, sie zu nutzen. Ich sah es ihm an, daß er sich jetzt darüber Gedanken machte, ob Sarah wohl tot sei – so wie Großmutter, die während seiner Abwesenheit gestorben war. Ich hielt einen Augenblick inne, bevor ich ihn anherrschte.

»Deine Frau hat dich verlassen, Vater«, sagte ich und starrte ihn haßerfüllt an. »Sie konnte keine Leiden und Schmerzen mehr ertragen, nachdem ihr Baby tot auf die Welt gekommen war. Sie konnte es hier in der Hütte nicht mehr ertragen, die ewige Not und einen Ehemann, der seinen Spaß haben mußte, während sie nichts hatte. Sie ist abgehauen und hat dir einen Zettel hinterlassen.«

»Glaub' ich nicht!« brüllte er aus Leibeskräften.

Ohne ein Sterbenswörtchen zu sagen, starrten ihn alle an, sogar Fanny.

Schließlich fand Großvater die Kraft, sich aus dem Schaukelstuhl zu erheben und seinem Sohn gegenüberzustehen. »Hast jetzt keine Frau mehr, mein Sohn.«

In seiner Stimme lag Mitleid für seinen Sohn, der schon zweimal verloren hatte und sicherlich sein ganzes Leben lang verlieren würde, obwohl es einzig und allein seine eigene Schuld war. Das waren meine bösen Gedanken in jener Nacht, als unser Vater nach einem Monat in die Hütte zurückgekehrt war.

»Deine Sarah hat ihre Siebensachen gepackt und ist mitten in der Nacht auf und davon«, schloß Großvater mühsam. Der Umgang mit Worten fiel ihm schon lange schwer.

»Jemand soll den Zettel holen«, flüsterte Vater, als hätte ihn alle Kraft verlassen. Er schien auf einmal so alt wie Großvater.

Stumm und mit stiller Schadenfreude ging ich auf ein Regal zu, wo wir ganz oben unsere wenigen wertvollen Sachen aufhoben. Ich griff nach einer Zuckerdose mit abgesprungenem Rand, von der mir Großmutter erzählt hatte, daß Vater sie einmal für Engel neu gekauft hatte. Daraus nahm ich den kleinen Zettel, der viermal gefaltet war.

»Lies vor«, befahl Vater, der völlig regungslos dasaß und eigenartig aussah.

»Lieber...!« las ich,

> »Kann nicht länger mit einem Mann sein,
> der sich einfach nicht genug um mich kümmert.
> Gehe jetzt wohin, wo es besser ist.
> Auf Wiedersehen und viel Glück.

Sosehr ich dich früher geliebt habe, so sehr hasse ich dich jetzt.

Sarah«

»Ist das alles?« schrie Vater und riß mir den Zettel aus der Hand. Er versuchte, die krakelige, kindliche Schrift zu lesen. »Haut ab, läßt mich zurück mit fünf Kindern, und dann wünscht sie mir viel Glück.« Er zerknüllte den Zettel und warf ihn in die geöffnete Ofentür. »Zur Hölle mit ihr!« sagte er dumpf, bevor er brüllend aufsprang und seine geballten Fäuste drohend gegen die Decke hob. »Wenn ich sie find', dreh' ich ihr den Hals um oder schneid' ihr das Herz aus'm Leib – wenn ich sie find'. Einfach abzuhauen, wenn keine Frau sonst da ist, kleine Kinder einfach alleine lassen – zum Teufel mit dir, Sarah, das hätte ich nicht von dir erwartet!«

Wie der Blitz war er aus der Tür draußen. Ich dachte schon, er würde hier und jetzt Sarah suchen und sie töten, aber nach einigen Minuten war er wieder zurück und warf weitere Lebensmittel auf unseren Tisch. Er brachte zwei Säcke voll Mehl, Salz, Speck, Bohnen, getrocknete Erbsen, eine große Dose Fett, Spinat, Äpfel, Kartoffeln, Orangen, Reisbeutel und vieles mehr, was wir noch niemals besessen hatten, Kekse zum Beispiel und Schokoladenplätzchen, Erdnußbutter und Grapefruitmarmelade.

Unser Tisch bog sich unter den Vorräten, die ein Jahr lang zu reichen schienen. Als er alles ausgebreitet hatte, wandte er sich uns zu, ohne einen von uns direkt anzusprechen.

»Tut mir leid, daß eure Großmutter tot ist. Tut mir noch viel mehr leid, daß eure Mutter mich hat sitzenlassen, das heißt, euch alle auch. Bestimmt bereut sie's, daß sie euch weh getan hat, nur um mir eins auszuwischen.« Er machte eine Pause, bevor er fortfuhr.

»Ich verschwind' wieder und komm' erst zurück, wenn ich von

meiner Krankheit geheilt bin. Bin schon fast gesund und würd' gern hierbleiben und auf euch aufpassen. Aber das wär' zu gefährlich für euch. Außerdem hab ich 'n Job, der für meine Lage geeignet ist. Also, geht sparsam mit'm Essen um. Ich bring' erst wieder was, wenn ich ganz auskuriert bin.«

Entsetzt wollte ich aufschreien und ihm sagen, daß er nicht fortgehen sollte, weil wir den Rest des bitterkalten Herbstes – und schon gar nicht den Winter – ohne ihn nicht überleben könnten.

»Hat keiner von euch 'ne Ahnung, wo sie hingegangen ist?«

»Vater!« weinte Fanny und wollte sich in seine Arme werfen, aber er wies sie mit erhobener Hand ab.

»Berühr mich nicht«, warnte er sie. »Weiß selber nicht genau, was ich hab', aber es ist 'ne verdammt ekelhafte Sache. Seht ihr, 'n Mann hat das Ganze hier für mich in die Säcke verstaut. Verbrennt sie, wenn ich fort bin. Hab 'n Kumpel, der Sarah für mich sucht und sie dazu bringen wird, zurückzukommen. Haltet durch, bis sie wieder da ist oder ich… haltet durch.«

So grausam und gemein er auch manchmal sein konnte, so hatte er doch lange genug gearbeitet und illegalen Schnaps verkauft, um uns von dem Geld mit Grundnahrungsmitteln versorgen zu können und uns zusätzlich noch mit ein paar Leckerbissen zu verwöhnen.

Er hatte uns auch so viel Kleidung gebracht, daß wir, wenn auch notdürftig, so doch ausreichend warm angezogen waren.

Ich starrte jetzt nachdenklich auf den Haufen gebrauchter Wäsche, den Fanny gerade mit schrillen Begeisterungsschreien durchwühlte. Jacken und Röcke, Bluejeans für Tom und Keith, Unterwäsche für uns alle, fünf Paar Schuhe – obwohl er unsere jeweilige Größe erraten mußte. Trotzdem war ich dankbar für die schweren, häßlichen Jacken, die schon ziemlich abgetragen waren.

»Vater!« schrie Tom und rannte hinter ihm her. »Du darfst uns nicht allein lassen! Ich tu', was ich kann, aber 's ist nicht leicht, wenn niemand in Winnerrow einem Casteel über 'n Weg traut. Heavenly geht nicht mehr in die Schule – aber ich muß, Vater! Ich muß, oder ich verreck' sonst! Vater, hörst du mich? Hörst du mich denn?«

Vater schritt einfach weiter und verschloß seine Ohren, um die traurigen Worte seines Sohnes, den er liebte, nicht zu hören. Und das Jammern und Schluchzen Fannys hat ihn bestimmt noch tagelang verfolgt. Aber seine Tochter namens Heaven flehte und jammerte nicht, noch wandte sie sich mit irgendeinem Wort an ihn. Ich fühlte, wie das Schicksal mit einer kalten Hand mir das Herz nahezu zuschnürte. Ich war allein, so wie ich es in meinem Alptraum immer erlebt hatte.

Allein in der Hütte. Ohne meine Eltern. Und ohne die Möglichkeit, uns durchzubringen.

Allein, wenn der Wind heulte, wenn es schneite, wenn der Pfad hinunter ins Tal unter Eis und Schnee verschwand.

Wir hatten keine Schneestiefel, Mäntel, keine Skier, nichts, was uns den Weg ins Tal, in die Schule, in die Kirche erleichtert hätte. Die vielen Nahrungsmittel, die auf dem Tisch aufgehäuft lagen, würden wohl bald alle sein. Und was kam dann?

Vater stand bei seinem Lieferwagen und sah jeden von uns eindringlich an, einen nach dem anderen, nur mich nicht. Es traf mich tief, daß er sich auch jetzt nicht durchringen konnte, mir in die Augen zu sehen.

»Paßt auf euch auf«, sagte er, und dann war er in der Dunkelheit verschwunden. Wir hörten noch das Aufheulen des Motors, als er losbrauste und den Weg – wo immer er ihn hinführte – hinabfuhr.

Ich tat das, was Sarah auch getan hätte. Ich fing an, die Sachen aufzuräumen, tränenlos, meine Lippen zusammengepreßt und grimmig lächelnd, als ich mich mit der Verantwortung vertraut machte, den Haushalt in der Hütte so lange in Ordnung zu halten, bis Vater wieder nach Hause kam.

8. KAPITEL

GLANZ UND ELEND

Einen kurzen, glücklichen Augenblick lang, bevor Vater uns verließ und in der Dunkelheit verschwand, waren unsere Herzen von Hoffnung erfüllt und beflügelt, aber gleich darauf, als Vater fortging und wir wieder allein waren, sanken wir nur noch tiefer in Verzweiflung.

Gefangen wie in einem Alptraum, standen wir dicht aneinandergedrängt und lauschten, nachdem der Motorenlärm in der Ferne verklungen war, den einsamen Nachtgeräuschen. Auf dem Tisch lagen Nahrungsmittel, die bezeugten, daß er sich um uns kümmerte –

wenn auch nicht genug. Ich hatte tausenderlei Gründe, ihn zu verfluchen, nicht nur, weil er nicht geblieben war.

Still starrte ich auf den Tisch, der sich unter den Sachen, die Vater mitgebracht hatte, bog. Es war sehr viel – aber würde es auch bis zu seiner Rückkehr reichen?

Das Fleisch, das wir heute nicht essen konnten, verstauten wir in einer primitiven Holzkiste, die uns im Winter als Eisschrank diente. In gewisser Weise hatten wir Glück, daß es Winter war, im Sommer hätten wir alles schnell verzehren müssen, bevor es verdarb. Als Großmutter noch lebte, und zusammen mit Sarah und Vater, waren wir neun Personen gewesen, und wir hatten nie so viel gehabt, daß etwas übriggeblieben und verdorben wäre.

Erst hinterher fiel mir ein, daß Vater am Thanksgiving Day gekommen war und uns unser Festessen gebracht hatte.

Der Hunger diktierte unseren Speisezettel. Allzu schnell schrumpften Vaters Vorräte, die ja bis zu seiner Rückkehr ausreichen sollten, auf Bohnen, Erbsen und unsere Grundnahrungsmittel, Brot und Griebenschmalz, zusammen.

Der heulende Wind trug nicht dazu bei, unsere Gemüter zu erheitern, ebensowenig wie die Kälte, die uns zwang, uns um Old Smokey zu drängen. Tom und ich verbrachten Stunden im Hof; wir hackten Holz, fällten kleine Bäume und suchten Äste, die von den Windböen zu Boden gerissen worden waren.

Das Leben in der Hütte verlief wie in einem Alptraum, den jetzt nicht einmal das strahlendste Morgenlicht vertreiben konnte. In der Frühe hörte ich kein fröhliches Vogelzwitschern mehr (von den wenigen Vögeln, die den Mut gehabt hatten, zu bleiben), und ich betrachtete mir nicht mehr den Sonnenuntergang. Wir hatten nicht die Muße, draußen zu verweilen, zudem bestand die Gefahr, daß wir dann krank wurden, und niemand hätte uns gesund pflegen können. Wir hatten nicht einmal Zeit, aus dem Fenster hinauszusehen.

Bei Tagesanbruch war ich auf den Beinen und führte meinen täglichen Kampf fort, alles das zu bewältigen, was Sarah früher getan hatte. Erst jetzt, seit meine Stiefmutter nicht mehr da war, erkannte ich, wieviel mir erspart geblieben war, auch an ihren faulsten Tagen. Tom bemühte sich aufrichtig zu helfen, aber ich bestand darauf, daß er zur Schule ging, während Fanny wiederum nur allzu gerne zu Hause blieb.

Leider fehlte Fanny nicht etwa in der Schule, um zu helfen, sondern um sich aus dem Haus zu schleichen und Jungens zu treffen. Es war die Sorte Jungens, die zu nichts taugten und eines Tages im Gefängnis landen oder einen frühen Tod finden würden. Sie gehörten zu der Kategorie, die ständig Schule schwänzten, regelmäßig tranken, Billard oder Karten spielten und sich mit Mädchen herumtrieben.

»Brauch' keine Erziehung mehr«, brauste Fanny auf, »bin schon genug erzogen!« Unzählige Male hatte sie das schon gesagt und sich dabei in einem Silberspiegelchen bewundert, das meiner Mutter gehört hatte; unglücklicherweise hatte Fanny es mir aus der Hand gerissen und für sich beansprucht, als ich es einmal unbedacht aus seinem Versteck hervorgeholt hatte. Das Silber war jedoch angelaufen, und so erkannte sie nicht, daß es wertvoll war. Bevor ich mich darum raufte und das Brot im Ofen in der Zwischenzeit anbrannte, beschloß ich, mir den Spiegel zu holen, wenn sie schlief, um ihn an einem besseren Ort zu verstecken. Wenigstens hatte sie den Koffer mit der Puppe noch nicht gefunden.

»Schlimm ist nur, in der Schule ist es wärmer als hier. Heaven, warum mußt du nur so stolz sein? Hast mich damit angesteckt, jetzt kann ich nur die Wahrheit sagen, wenn du in der Nähe bist und alles als Lüge abtust, wo ich sonst laut herausschreien würd', daß es alle hören: Wir sind hungrig! Wir frieren und sterben!«

Fanny weinte echte Tränen. »Eines Tages werd' ich nie wieder hungrig sein und frieren... Wart's nur ab!« schluchzte sie völlig gebrochen. »Hass' diese Hütte! Was ich nicht alles anstellen muß, um nicht dauernd loszuheulen. Mag nicht weinen! Hass' es, daß ich nich' alles hab', was die Stadtmädchen haben! ...Heaven, vergiß deinen Stolz, dann kann ich auch meinen vergessen.«

Ich war völlig überrascht, denn ich hatte bis zu dieser Minute nicht geahnt, daß Fanny überhaupt irgendeinen Stolz besaß. »Ist schon gut«, sagte ich sanft, »wein dich nur aus. Das wird dich erleichtern, und du hast dann die Kraft, deinen Stolz zu behalten... Es wird uns helfen, bessere, stärkere Menschen zu werden. Das hat Großmutter immer gesagt.«

Der Mond stand schon hoch am Himmel, als Tom erst aus der Schule zurückkehrte. Der Sturm blies ihn beinahe in die Hütte herein, und die Tür schlug sofort hinter ihm zu, bevor er noch zwei

Eichhörnchen auf den Tisch schmiß. Es waren die von der kleinen grauen Sorte. Schnell zog er ihnen das Fell ab, während ich Unserer-Jane die Augen zuhielt. Keith stand da, mit vor Entsetzen geweiteten Augen, in denen die Tränen standen. Er mußte zusehen, wie seinen »Freunden« das Fell über die Ohren gezogen wurde. Bald kochte das Fleisch im Eintopf mit Karotten und Kartoffeln. Keith kauerte sich in eine Ecke und erklärte, er habe keinen Hunger.

»Du mußt etwas essen«, sagte Tom sanft, hob ihn auf und ließ ihn auf einen Stuhl neben Unserer-Jane plumpsen. »Wenn du nichts ißt, ißt Unsere-Jane nichts, und sie ist schon zu dünn und schwach… Also iß, Keith, und zeig Heavenly, daß dir ihr Essen schmeckt.«

Tag für Tag verging, aber Logan kam nicht wieder. Auch Tom sah ihn nicht mehr im Schulgebäude. Tom war jünger als Logan und daher nicht in der gleichen Klasse.

Zehn Tage nach Logans letztem Besuch erzählte mir Tom: »Logan ist mit seinen Eltern irgendwohin gegangen.« Tom hatte sich ernsthaft Mühe gegeben herauszufinden, wo Logan geblieben war. »Sein Vater hat 'ne Aushilfe angestellt, bis er wieder zurück ist. Vielleicht ist jemand aus der Familie gestorben.«

Das hoffte ich nicht, trotzdem atmete ich erleichtert auf. Meine große Angst war, daß Logan aus der Stadt ziehen und mich vergessen würde oder daß er zwar blieb, aber so beleidigt war, daß er nie mehr ein Wort mit mir sprach. Da war es besser, zu glauben, er sei in die Ferien oder zu einem Begräbnis gefahren, statt anzunehmen, er sei verschwunden, weil er mich nicht mehr leiden konnte. Bald würde er wieder zu Hause sein. Dann könnten wir uns treffen, ich würde mich entschuldigen, er würde lächeln und mir zu verstehen geben, daß er Verständnis dafür habe. Und alles wäre wieder in Ordnung zwischen uns.

Die Wäsche mußte gestopft und genäht werden. Sarah hatte einmal Stoff im Ausverkauf besorgt. Es war ein billiges Material, das niemand mehr haben wollte. Als Schnittmuster hatte sie alte Kleider aufgetrennt und schneiderte danach neue Kleider, die vielleicht schlecht geschnitten und unschön waren, aber brauchbar. Ich wußte nicht, wie ich Kleider für Unsere-Jane und Fanny – und schon gar nicht für mich – hätte nähen sollen. Toms Hemden waren auch schon zerschlissen, aber es war kein Geld da, ihm neue zu kaufen.

Ich nähte Flicken dran; mit großen ungeschickten Stichen stopfte ich die Löcher, die bald wieder aufrissen. Ich nähte Säume und versuchte, kleine Risse kunstvoll zu stopfen, so daß man nichts sah. Ich trennte alte Kleider auf, die mir zu klein geworden waren, und versuchte, daraus etwas für Unsere-Jane zu nähen, die man immer mit etwas Hübschem erfreuen konnte. In der Hütte war es eiskalt, und obwohl ich es sehr ungern tat, ging ich doch zu meinem Zauberkoffer, durchstöberte die Sommerkleider und fand schließlich eine weiche, rosa Jacke. Sie hatte zwar dreiviertellange Ärmel, aber sie war trotzdem zu groß für Unsere-Jane. Kaum hatte Unsere-Jane jedoch die Jacke erspäht, wollte sie sie unter allen Umständen haben. »Jetzt warte noch ein bißchen, ich werde sie dir richten.«

Und das tat ich auch; zog ein dünnes Gummiband am Kragen durch, um die Schultern zu raffen. Nun besaß Unsere-Jane ein langes, schönes, rosafarbenes, weiches Jackenkleid.

»Wo hast du das her?« fragte Fanny, die gerade aus dem Wald zurückkam und sofort Unsere-Jane mißtrauisch beäugte, die fröhlich durch das Zimmer hüpfte und ihr neues Kleid stolz zeigte. »Hab' dieses rosa Ding noch nie gesehen... Wo hast du's her?«

»Der Wind hat es gebracht«, antwortete Tom, der seine Jagdgeschichten immer mit überschäumender Phantasie ausschmückte. »Ich lag da auf'm Bauch, tief eingegraben im Schnee und wartete, bis irgendwo ein Truthahn mit seinem Kopf hervorlugen würd', für unseren leckeren Weihnachtsbraten. Ich hatt' meinen todsicheren Blick auf den Busch geheftet, hinter dem er hockte; meine Flinte war auf ihn gerichtet. Ich kneif' also die Augen zusammen, und da fliegt doch so'n rosa Ding durch die Luft. Hab's fast totgeschossen, aber es landete auf einem Busch und ist doch tatsächlich 'n Jackenkleid mit 'nem Etikett, auf dem der Name Unserer-Jane steht.«

»Du lügst«, stellte Fanny fest. »Dümmste, größte Lüge deines Lebens – und du hast bestimmt schon eine Million davon erzählt.«

»Mußt du ja besser wissen, bei deinen vielen Millionen Lügen.«

»Großvater, Tom nennt mich eine Lügnerin! Sag, er soll aufhören!«

»Hör auf, Tom«, sagte Großvater teilnahmslos. »Solltest deine Schwester Fanny nicht ärgern.«

So ging die Zeit dahin, Fanny und Tom stritten sich, Keith und Unsere-Jane blieben still, Großvater schnitzte und wollte nicht gehen, da ihn, wie er behauptete, seine Füße immer schmerzten von den Hühneraugen, wunden Fußballen und anderen Hautentzündungen, während ich davon überzeugt war, daß man sie mit Wasser und Seife hätte kurieren können. Aber Großvater hielt nicht allzuviel von Wasser und Seife; sogar am Samstagabend mußten wir ihn regelrecht zwingen, sich zu waschen. Großvater gab sich alle erdenkliche Mühe, nichts zu tun, außer zu schnitzen.

Fanny fand alle möglichen Entschuldigungen, um sich vor der ihr zugewiesenen Arbeit zu drücken, auch wenn sie nicht in die Schule ging. Schließlich gab ich Fanny auf; wenn es ihr Ziel war, dumm und ungebildet zu bleiben, dann hatte sie es schon mit Auszeichnung erreicht. Wichtig war, daß Tom eine Ausbildung bekam, und darum strengten Tom und ich uns besonders an.

»Na gut«, sagte er traurig lächelnd. »Ich mach' weiter und lern' für zwei, damit ich's dir beibringen kann, wenn ich nach Hause komm'. Wär's aber nicht doch besser, wenn ich Miß Deale alles erzählte, dann könnt' sie dir Aufgaben schreiben, die du zu Hause machst. Was meinst du, Heavenly?«

»Wenn du ihr nicht sagst, daß wir hier oben allein sind, daß wir frieren und Hunger haben. Wir wollen doch nicht, daß sie es erfährt, nicht wahr?«

»Wär' das wirklich so schlimm? Vielleicht könnte sie uns helfen...«, sagte er vorsichtig, aus Angst, ich könnte in die Luft gehen.

»Tom, Miß Deale arbeitet für einen Hungerlohn, wie Logan sagt, und sie ist so großzügig, daß sie alles für uns ausgeben würde. Das dürfen wir nicht zulassen. Hat sie uns nicht außerdem einmal im Unterricht gesagt, daß Armut und Not für Rückgrat und einen festen Charakter sorgen? Mein Lieber, wir werden ein Rückgrat aus Eisen und einen unbezwingbaren Charakter bekommen!«

Er sah mich bewundernd an. »Du hast ja jetzt schon genug unbezwingbaren Charakter und ein eisernes Rückgrat! Wenn du noch mehr davon hättest, würden wir wahrscheinlich verhungern.«

Jeden Tag trottete Tom in die Schule; die Hausaufgaben hatte er immer tadellos gemacht. Nichts konnte ihn aufhalten, keine eisigen Regengüsse, kein Schneeregen, kein Wind, keine Kälte. Er ging immer pünktlich wie die Eisenbahn. Immer den Weg hin und zurück, ohne angemessene Kleidung. Er brauchte eine warme Winterjacke, aber es war kein Geld dafür da. Er brauchte neue Schuhe und

Schneestiefel, um seine Füße trocken zu halten, denn die Schuhe, die Vater uns gebracht hatte, paßten niemandem. Manchmal begleitete Fanny Tom, um der Langeweile in der Hütte zu entkommen. Sie lernte nichts, aber sie hatte die Möglichkeit, mit den Jungens zu flirten. Keith ging in die Schule, wenn Unsere-Jane nicht zu krank war, die sonst aus Leibeskräften schrie, wenn er fortging.

Wir badeten weiterhin jeden Samstagabend, die Wanne hatten wir ganz nah an den Ofen gerückt. Wir holten Wasser aus dem Brunnen und machten es auf dem Ofen heiß, damit wir auch die Haare waschen konnten. Wir bereiteten uns an diesem Tag auf das einzige Vergnügen vor, das uns geblieben war: auf den Gottesdienst.

Wenn das Wetter halbwegs gut war, machten wir uns in unseren armseligen Sonntagskleidern jeden Sonntagmorgen vor Tagesanbruch auf den Weg.

Den halben Weg über trug Tom Unsere-Jane. Die restliche Strecke trug ich sie oder half ihr zu gehen. Wenn sie nicht das verlockende Bild von Eistüten vor sich gehabt hätte, dann wäre sie wohl nicht so bereitwillig mitgegangen. Keith hüpfte immer neben der Person her, die gerade das Liebste, was es auf der Welt für ihn gab, auf den Armen trug – seine kleine Schwester. Fanny war immer schon vorausgeeilt. Als letzter trottete Großvater ganz weit hinter uns, der uns mittlerweile mehr aufhielt als Unsere-Jane. Großvater hatte jetzt einen Spazierstock. Oft mußte Tom umkehren und Großvater über einen umgefallenen Baum oder ein Felsstück helfen. Das hätte uns damals noch gefehlt, daß Großvater hingefallen wäre und sich einen Knochen gebrochen hätte.

Großvater brauchte ein bis zwei Stunden, bis er unten im Tal war. Das bedeutete, daß vier Familienmitglieder so lange draußen in der Kälte blieben, um ihm Gesellschaft zu leisten. Die fünfte Person, Fanny, war schon längst im Warmen und hatte sich gemütlich irgendwo in einer dunklen Ecke im Kirchenvorraum verkrochen und genoß verbotene Freuden. Tom stürzte sofort auf sie zu, versetzte dem Jungen, mit dem sie sich gerade vergnügte, einen Hieb, befahl ihr, sich den Rock glattzustreichen, und schließlich und endlich traten wir, wie immer verspätet, in die Kirche, wo wir sofort Gegenstand prüfender und mißbilligender Blicke wurden, die uns wieder einmal deutlich zeigten, wer wir waren: das dreckigste Pack der Berge, der Abschaum des Abschaums, eben die Casteels.

Aber der Weg zu der kleinen weißen Kirche mit ihrem hohen Turm gab uns Hoffnung. Wir waren mit der Fähigkeit geboren zu glauben, zu hoffen und zu vertrauen.

So mühsam auch die Kirchgänge an diesen Sonntagen für uns waren, so bereiteten sie uns nicht nur Vergnügen, sondern sie lieferten uns auch Gesprächsstoff für die langen, einsamen Stunden. In den hinteren Reihen zu sitzen und sich all die gut angezogenen Leute zu betrachten, gab uns das Gefühl, Teil der menschlichen Gemeinschaft zu sein, und das half uns, die Mühsal der Woche zu ertragen.

Ich versuchte, Miß Deale, die allerdings nicht regelmäßig in die Kirche kam, aus dem Weg zu gehen. An diesem bestimmten Tag aber war sie anwesend; ihre schönen blauen Augen lächelten erleichtert, als sie uns erblickt hatte. Sie winkte uns heran, neben ihr auf der Bank zu sitzen. Sie ließ mich in ihr Gesangbuch schauen, und ihre wohlklingende Stimme erscholl zu einem Lobgesang auf das Leben. Unsere-Jane hob ihr kleines Gesicht und blickte Miß Deale so hingerissen an, daß mir die Tränen in die Augen traten. »Wie machen Sie das?« flüsterte sie, während Reverend Wise an das Pult trat.

»Wir sprechen später über das Singen«, flüsterte Miß Deale und hob Unsere-Jane auf ihren Schoß. Ich beobachtete, wie sie Unsere-Jane immer wieder ansah und ihr mit einer sanften Bewegung über die zarte Wange strich.

Das Schönste am Gottesdienst war, zu stehen und aus dem Gesangbuch zu singen. Das Schlimmste war, zu sitzen und den furchterregenden Predigten über die Sünde zuzuhören. Weihnachten stand vor der Tür, was Reverend Wayland Wise dazu inspirierte, besonders feurige und niederschmetternde Predigten zu halten, nach denen ich schlimme Alpträume hatte und glaubte, ich müsse in der Hölle braten.

»Wer von euch ist kein Sünder? Wer das von sich behaupten kann, der möge hier und jetzt aufstehen. Lasset ihn uns ansehen, erstaunt, erschüttert... und ungläubig! Denn wir sind *alle* Sünder! Wir werden in Sünde gezeugt! Wir kommen als Sünder zur Welt! Wir leben als Sünder, und wir werden als Sünder sterben!«

Die Sünde war überall, sie lag in uns, sie lauerte an jeder Ecke auf uns, in den dunklen Abgründen unserer Seele, niemand konnte ihr entkommen.

»Gebet, so wird euch gegeben!« donnerte Reverend Wise und

schlug krachend auf die Kanzel, daß sie heftig schwankte. »Gebt, und ihr werdet erlöst aus den Klauen Satans! Gebt den Armen und den Bedürftigen, den Mühseligen und Beladenen... Und aus dem Fluß eures Goldes wird die Güte und die Barmherzigkeit zurück in euer Leben fließen. *Gebt, gebt, gebt!*«

Wir hatten etwas Kleingeld, das Tom sich bei Gelegenheitsjobs in den Gärten der Häuser im Tal verdient hatte. Es tat verdammt weh, dieses Geld herzugeben, in der Hoffnung, daß der Fluß aus Gold dann zu uns hinauf in die Berge fließen würde.

Niesend und hustend saß Unsere-Jane auf dem Schoß von Miß Deale. Jemand mußte ihr beim Naseputzen helfen und mit ihr aufs Klo gehen. »Ich mach' das schon«, flüsterte ich und führte sie hinaus in die gepflegte Damentoilette, wo sie hingerissen alles betrachtete – die Reihe makellos weißer Waschbecken, die flüssige Seife, die Papierhandtücher. Sie verschwand in einer kleinen Kabine, wo ihr keine »bösen« Gerüche in die Nase stiegen, und bediente dann begeistert die Wasserspülung. Fasziniert warf sie immer wieder Papier hinein und spülte es unentwegt hinunter. Als wir zurückkamen, ließ ich es nicht mehr zu, daß Unsere-Jane sich wieder auf Miß Deales Schoß setzte und ihr Kostüm zerknitterte. Unsere-Jane klagte über Fußschmerzen, weil ihr die Schuhe zu klein waren, außerdem war ihr kalt, und warum stand der Mann da oben und schrie und hörte überhaupt nicht mehr mit dem Reden auf? Wann würden wir wieder aufstehen und singen? Unsere-Jane sang sehr gerne, obwohl sie keine Melodie richtig nachsingen konnte. »Schscht!« mahnte ich sie und hob meine allerliebste Schwester auf den Schoß. »Gleich ist es vorbei, dann singen wir wieder, und später gehen wir ein Eis essen.«

Für ein Eis wäre Unsere-Jane über glühende Kohlen gegangen.

»Und wer zahlt?« flüsterte Tom besorgt. »Wir können es nicht zulassen, daß Miß Deale uns wieder einlädt. Und wenn wir unser Kleingeld in den Klingelbeutel werfen, dann haben wir kein Geld mehr.«

»Tu nichts in den Klingelbeutel. Tu nur so. Wir sind selbst die Armen und Bedürftigen, die Mühseligen und Beladenen... Außerdem fließen die Flüsse nicht aufwärts, oder?«

Widerstrebend stimmte mir Tom zu, obwohl er sich lieber auf das Glücksspiel um die Gunst Gottes eingelassen hätte. Wir mußten das Geld einfach behalten, um Keith und Unserer-Jane ein Eis zu kaufen. Das war das wenigste, was wir für sie tun konnten.

Der Klingelbeutel wurde in unserer Bankreihe durchgereicht. »Ich spende für uns alle«, flüsterte Miß Deale, als Tom in seine Tasche griff. »Behalte dein Geld« – und tatsächlich warf sie ganze zwei Dollar hinein. »Jetzt«, flüsterte ich, als der letzte Psalm zu Ende gesungen war und Miß Deale gerade nach den Lederhandschuhen in ihrer Handtasche wühlte, »geht schnell zur Tür und bleibt nicht stehen!«

Unsere-Jane machte jedoch nicht mit und ließ ihre Füße auf dem Boden schleifen. Ich nahm sie schnell hoch, und schon stieß sie einen Schrei aus. »*Eis!* Hev-lee, ich will *Eis!*« Das gab Miß Deale die Chance, uns einzuholen, als wir gerade an Reverend Wise und seiner grimmig dreinblickenden Frau vorbeischlüpften.

»Halt, wartet!« rief Miß Deale und eilte hinter uns her. Ihre Stökkelschuhe klapperten auf dem rutschigen Asphalt.

»Es hat keinen Zweck«, flüsterte ich Tom zu, der gerade versuchte, Großvater zu stützen, damit er nicht fiel. »Laß uns eine gute Entschuldigung erfinden, sonst fällt sie noch hin und bricht sich ein Bein.«

»Gott sei Dank«, schnaufte Miß Deale, als wir schließlich stehenblieben und auf sie warteten. »Warum seid ihr weggelaufen, wo ihr doch genau wißt, daß ich Unserer-Jane und Keith ein Eis versprochen habe? Mögt ihr anderen nichts Süßes mehr?«

»Wir lieben Eis!« erklärte Fanny inbrünstig, während Unsere-Jane die Ärmchen nach ihrer Eis-Fee ausstreckte. Wie eine Klette hing Unsere-Jane an Miß Deale.

»Laßt uns alle wo hingehen, wo es warm ist, und uns gemütlich hinsetzen und unterhalten.« Miß Deale drehte sich um und führte uns zu Stonewalls Apotheke und Drugstore. Keith hielt ihre freie Hand umklammert und hüpfte neben ihr her, und Fanny benahm sich beinahe so kindisch wie Keith und Unsere-Jane… und vor ein paar Minuten wäre sie noch bereit gewesen, irgendeinen pickligen Jungen für ein paar Geldstücke zu verführen…

»Und wie geht es eurem Vater?« fragte Miß Deale, als sie den Drugstore betrat. »Ich habe ihn in letzter Zeit nicht gesehen.«

»Er wird schon eines Tages zurückkommen«, sagte ich mit einem geheimnisvollen Tonfall, dabei betete ich inständig, sie möge niemals von seiner Krankheit erfahren.

»Warum ist deine Mutter Sarah heute nicht gekommen?«

»Sie ist zu Hause geblieben, sie fühlt sich nicht wohl und ruht sich aus.«

»Tom hat mir gesagt, daß du krank gewesen bist; du siehst aber wieder gesund aus, nur viel dünner.«

»Ich komme bald wieder in die Schule...«

»Und wann werden Keith und Jane wieder in die Schule gehen?« forschte sie weiter und kniff dabei die Augen mißtrauisch zusammen.

»Beiden ging es in letzter Zeit nicht besonders gut...«

»Heaven, ich möchte, daß du ehrlich zu mir bist. Ein Freund ist jemand, auf den du dich verlassen kannst, *immer* verlassen kannst und der da ist, wenn du Hilfe brauchst. Ein Freund versteht dich. Ich möchte dir helfen, unbedingt. Wenn ich etwas für euch tun kann, dann möchte ich, daß ihr mir sagt, was ihr braucht. Ich bin zwar nicht reich, aber auch nicht arm. Mein Vater hat mir ein kleines Vermögen hinterlassen. Meine Mutter lebt in Baltimore und fühlt sich in letzter Zeit nicht sehr wohl. Bevor ich in die Weihnachtsferien fahre, möchte ich, daß ihr mir sagt, was ich tun kann, um euch das Leben etwas zu erleichtern.«

Hier war meine Chance. Eine solche Gelegenheit würde mir kaum zweimal geboten werden... Aber mein Stolz schnürte mir die Kehle zu und lähmte meine Zunge. Und da ich kein Wort sagte, blieben auch Tom und Großvater stumm. Die vorlaute und unverschämte Fanny hatte sich – glücklicherweise oder unglücklicherweise – schon davongemacht und blätterte in Zeitschriften.

Während ich an der Tür stand und mit mir selbst uneins war, ob es wohl klug sei, Miß Deale alles zu gestehen, wandte sie sich zu Großvater, der wie verloren auf einer Bank an einem kleinen Tisch saß. »Der gute Mann, seine Frau fehlt ihm sehr, nicht wahr?« fragte sie mitleidsvoll. »Und dir bestimmt genauso.« Dann sah sie mir lächelnd in die Augen. »Gerade fällt mir etwas Wunderbares ein. Ein Eis schmeckt zwar gut, aber es ist keine richtige Mahlzeit. Ich wollte eigentlich in einem Restaurant essen. Aber ich gehe nicht gern alleine, die Leute starren einen so an – bitte, macht mir die Freude und kommt mit mir. Dann habt ihr auch Zeit genug, mir zu erzählen, was euch in letzter Zeit zugestoßen ist.«

»Mit Vergnügen«, schrie Fanny begeistert. Sie war plötzlich wieder aufgetaucht und strahlte über das ganze Gesicht. Sie hatte die Nase eines Spürhundes, wenn es umsonst etwas zu essen gab.

»Vielen Dank, aber ich glaube, das können wir nicht annehmen«, sagte ich schnell und bestimmt. Ich war die Gefangene meiner eigenen Halsstarrigkeit, dabei wünschte ich mir die ganze Zeit, daß ich meinen Stolz loswerden könnte und so wäre wie Fanny. »Es ist sehr freundlich von Ihnen, uns einzuladen, sehr hilfsbereit, aber wir müssen vor Anbruch der Dunkelheit zu Hause sein.«

»Hören Sie ihr bloß nicht zu, Miß Deale«, kreischte Fanny. »Wir hungern schon, seitdem Vater fortgegangen ist! Mutter ist weg, Großmutter ist tot, und Großvater wird 'n ganzen Tag brauchen, bis er die Reise zurück gemacht hat. Und wenn wir zu Haus sind, haben wir nichts zum Beißen. Und es wird sowieso dunkel sein, wenn wir oben sind.«

»Vater kann jeden Tag zurück sein«, warf ich hastig ein. »Nicht wahr, Tom?«

»Klar, jeden Augenblick«, bestätigte Tom und blickte sehnsüchtig auf das Restaurant auf der anderen Straßenseite. Wir hatten schon oft in das Restaurant hineingeschaut und uns gewünscht, einmal nur an einem der runden Tische zu sitzen, mit dem frisch gestärkten weißen Tischtuch und der Vase mit der einzelnen Rose darin, mit den Kellnern, die in Schwarz und Weiß gekleidet waren, den hübschen Stühlen mit den roten Samtbezügen; wie wunderschön die Farben zusammenpaßten. Bestimmt duftete es drinnen ganz paradiesisch, gar nicht daran zu denken, wie warm es sicherlich war und wie gut das Essen schmeckte.

»Eure Mutter ist fort...?« fragte Miß Deale, und ihr schönes Gesicht hatte einen eigenartigen Ausdruck angenommen. »Ich habe in der Stadt Gerüchte gehört, daß sie für immer weg sei. Stimmt das?«

»Weiß ich nicht«, antwortete ich kurz angebunden. »Vielleicht ändert sie ihre Meinung und kommt zurück. Sie ist so.«

»Keine Spur!« legte Fanny los. »Sie kommt nie wieder zurück! Sie hat's auf 'nen Zettel geschrieben. Vater hat's gelesen und ist fuchsteufelswild geworden! Dann ist er abgehauen und hinter ihr her... Uns geht's ganz schlecht, Miß Deale, allen... Haben keine Mutter, keinen Vater nicht, haben nichts zu essen, keine warmen Kleider und meistens nicht genug Brennholz... Es ist scheußlich, einfach scheußlich!«

Ich hätte Fanny am liebsten auf der Stelle erschossen. Fanny hatte unsere verzweifelte Lage mitten im Drugstore hinausgebrüllt, wo mindestens zwanzig Paar Ohren jedes Wort gehört hatten.

Mit hochrotem Gesicht stand ich da und wünschte mir, ich möge im Erdboden versinken oder mich in Luft auflösen, so beschämt und erniedrigt fühlte ich mich nun, da unser Geheimnis enthüllt worden war. Es war, als stünde man nackt in der Öffentlichkeit. Ich wollte Fanny zurückhalten, immer weiter zu erzählen und Familiengeheimnisse zu verraten. Dann sah ich hinüber zu Großvater und zurück zu Keith und Unserer-Jane und seufzte schwer. Was galt mein Stolz schon gegenüber den großen eingesunkenen Augen, die mich hungrig anblickten? Wie konnte ich so dumm sein und das Angebot dieser gütigen und mitfühlenden Frau ablehnen? Ich kam zu dem Entschluß, daß ich ganz einfach ein Dummkopf war. Fanny hatte zehnmal mehr Verstand als ich.

»Komm, Heaven, wenn Fanny in einem Restaurant essen will und Tom scheinbar auch nichts dagegen hat, Keith und Unsere-Jane so dünn sind, dann kannst du nicht gegen die Mehrheit stimmen. Du bist überstimmt, und es ist beschlossene Sache. Die Casteels sind diesen Sonntag zu Mittag meine Gäste und ab jetzt jeden Sonntag, bis euer Vater zurückkommt und sich wieder um euch kümmern kann.«

Ich mußte meine Tränen hinunterschlucken. »Nur wenn Sie uns erlauben, Ihnen eines Tages alles zurückzuzahlen.«

»Natürlich, Heaven.«

Das Schicksal war in unser Leben getreten – in einem teuren Kostüm mit einem Nerzkragen –, und wenn das Schicksal so gut gekleidet daherkam, wer konnte ihm dann widerstehen?

Wie Moses, der seine hungrige Horde anführte, schritt Miß Deale über die Straße. Unsere-Jane klammerte sich hingebungsvoll an ihre behandschuhte Rechte. Stolzer als ein Pfau betrat sie das teure Restaurant, wo die schwarzweiß gekleideten Männer uns wie Zirkusmonster anstarrten und hofften, wir würden uns in nichts auflösen. Die anderen Gäste rümpften die Nase und sahen uns abschätzig an. Miß Deale aber lächelte in die Runde.

»Ach, guten Tag, Mr. und Mrs. Holiday«, strahlte sie und nickte einem gutaussehenden Paar zu, das ebenso elegant wie sie gekleidet war, »wie nett, Sie wieder einmal zu sehen. Ihr Sohn ist ein ausgezeichneter Schüler. Sie sind bestimmt stolz auf ihn. Es ist wunderbar, zusammen mit einer Familie zu essen.« Und sie segelte zielsicher wie ein Schiff auf seinen Heimathafen auf den besten Tisch des Restaurants zu, trotz ihrer zerlumpten Gefolgschaft.

Als sie sich hingesetzt hatte, winkte sie hochnäsig einen älteren Mann herbei, daß er uns zu unseren Sitzen führen sollte. »Von diesem Tisch aus kann man am besten euren Berg sehen«, erklärte sie.

Ich war überwältigt, verängstigt und verlegen. Wie in einem Traum von königlichem Reichtum saß ich auf meinem goldenen Stuhl mit dem roten Samtüberzug. Die Nase Unserer-Jane lief wieder. Schnell nahm Tom Keith bei der Hand und erkundigte sich nach der Herrentoilette. Fanny strahlte alle an, als sei diese Umgebung für sie eine Selbstverständlichkeit, auch wenn sie noch so ärmlich gekleidet war. Der Kellner wollte Fanny den Stuhl zurechtrücken, aber bevor sie sich hingesetzt hatte, begann sie, einen Pullover nach dem anderen auszuziehen. Alle Augen waren entsetzt auf sie gerichtet, zweifellos – so wie ich auch – in der Annahme, daß sich Fanny splitternackt entkleiden würde. Fanny aber hörte auf, als sie nur noch in ihrem verwaschenen Kleid dastand, und lächelte Miß Deale begeistert an.

»Hab' mich noch nie so gut in meinem armseligen Leben gefühlt wie jetzt.«

»Fanny, das ist aber lieb von dir, das zu sagen. Es macht mich ebenso glücklich wie dich.«

Keith war anscheinend nicht so begeistert von der Wasserspülung wie Unsere-Jane; er und Tom kamen so schnell zurück, als fürchteten sie, etwas Wunderbares zu versäumen. Tom sah mich überglücklich an. »Tolles Weihnachtsgeschenk, Heavenly, was?«

Ach ja, in fünf Tagen war ja Weihnachten. Ich starrte auf den großen, geschmückten Weihnachtsbaum in der Ecke des Restaurants, das darüber hinaus noch verschwenderisch mit Weihnachtssternen dekoriert war. »Ist es nicht hübsch hier, Heavenly?« sagte Fanny mit viel zu lauter Stimme. »Wenn ich reich und berühmt bin, dann werd' ich jeden Tag so essen!«

Miß Deale sah uns alle strahlend an. »Es ist doch viel besser so, als wenn jeder seine eigenen Wege geht. Sagt mir, was ihr am liebsten essen würdet. Wir fangen bei Ihnen an, Mr. Casteel.«

»Nehm' dasselbe wie alle«, murmelte Großvater unsicher. Er verbarg seinen Mund hinter der Hand, aus Angst, die Leute könnten seine fehlenden Zähne bemerken. Er schien immer noch sehr beeindruckt von dem Ort und blickte mit seinen wäßrigen Augen zu Boden.

»Miß Deale«, verkündete Fanny, ohne zu zögern, »wählen Sie doch das Beste, was es gibt und was Sie am liebsten mögen, und das nehmen wir dann auch. Und den Nachtisch. Vergessen Sie nur Wirsing, Brot und Griebenschmalz.«

Sogar nach diesem Ausfall gelang es Miß Deale, uns freundlich und mitfühlend anzusehen.

»Ja, Fanny«, meinte sie, »eine sehr gute Idee; ich suche mir mein Lieblingsessen für euch alle aus. Also, mag einer von euch kein Roastbeef?«

Roastbeef! Wir hatten zu Hause nie Roastbeef gegessen. Das würde Farbe in die Wangen von Unserer-Jane und Keith bringen.

»Ich liebe Roastbeef!« dröhnte Fanny lustvoll. Großvater nickte. Unsere-Jane saß mit großen Augen da und sah alle an, Keith blickte nur Unsere-Jane an, und Tom strahlte.

»Wir mögen alles, was Sie mögen«, sagte ich bescheiden und unendlich dankbar, daß ich hier sitzen durfte. Zugleich aber fürchtete ich, daß wir sie mit unseren schlechten Tischmanieren blamieren würden.

Miß Deale nahm ihre Serviette, die wie eine Blume gefaltet war, und legte sie auf ihren Schoß. Schnell tat ich dasselbe, stieß Fanny gegen ihr Schienbein, breitete die Serviette für Keith aus, während Miß Deale sie für Unsere-Jane herrichtete. Irgendwie schaffte es Großvater, alles mitzubekommen, und er tat das gleiche; ebenso Tom. »Als Vorspeise sollten wir einen Salat oder eine Suppe nehmen. Danach dann Roastbeef mit Gemüse. Wer lieber Fisch, Lamm oder Schweinefleisch will, der melde sich jetzt.«

»Wir wollen Roastbeef«, sagte Fanny, der schon das Wasser im Mund zusammenlief.

»Gut. Seid ihr alle einverstanden?«

Alle nickten, sogar Unsere-Jane und Keith.

»Also... Wir müssen uns entschließen, wie wir das Roastbeef haben wollen... nicht durchgebraten, medium oder ganz durchgebraten – oder wollt ihr lieber ein Steak?«

Verdutzt blickten Tom und ich uns an. »Roastbeef«, flüsterte ich.

In meinen Lieblingsbüchern aßen alle romantischen Helden Roastbeef.

»Sehr schön, ich esse das Roastbeef medium, am besten wir bestellen es alle so. Und Kartoffeln dazu und als Gemüse…«

»Will keins«, unterbrach sie Fanny hastig. »Nur Fleisch, Kartoffeln und den Nachtisch.«

»Das ist aber keine ausgewogene Mahlzeit«, meinte Miß Deale, ohne von ihrer Speisekarte aufzuschauen, während der Kellner mit einer anmutigen Bewegung unsere Karten vom Tisch nahm. »Für alle einen gemischten Salat und grüne Bohnen. Das dürfte gut schmecken, was meinen Sie, Mr. Casteel?«

Großvater nickte nur dumpf vor sich hin und machte einen so verschüchterten Eindruck, daß ich Zweifel bekam, ob er überhaupt einen Bissen hinunterbringen würde. Soweit ich wußte, war Großvater nie »ausgegangen«.

Es war keine gewöhnliche Mahlzeit… Es war ein Festessen!

Riesige Salatteller wurden uns serviert. Wie gebannt starrten wir sie einige Minuten an. Ich beobachtete aus den Augenwinkeln, welche Gabel Miß Deale nahm, um es ihr nachzumachen. Tom machte es ebenso, nur Fanny pickte sich die Leckerbissen mit dem Finger heraus, bis ich sie wieder unter dem Tisch anstieß. Unsere-Jane stocherte in ihrem Salat herum, während Keith ziemlich verstört versuchte, das ungewohnte Essen ohne Tränen herunterzubringen. Miß Deale schmierte etwas Butter auf die heißen Brötchen und reichte jedem von uns eins. »Probiert das zusammen mit dem Salat; dann geht's besser.«

Bis an mein Lebensende werde ich mich an den Salat erinnern, voller grüner Blätter, die uns unbekannt waren, und Tomaten, sogar um diese Jahreszeit, und Maiskörner und grüner Paprika, rohe Pilze und viele andere Dinge mehr, deren Namen ich nicht kannte. Tom, Fanny und ich hatten unseren Salat bald verschlungen, wobei wir uns immer wieder heiße Brötchen aus dem Korb fischten, der dreimal nachgefüllt werden mußte. »Richtige Butter«, flüsterte ich Tom zu. »Ganz bestimmt.«

Ehe noch Unsere-Jane, Keith und Großvater mit dem Salat fertig waren, kam das Hauptgericht.

»Essen Sie jeden Tag so?« wollte Fanny wissen, und ihre dunklen Augen glänzten vor Begeisterung. »Ist ja direkt 'n Wunder, daß Sie nicht fett wie 'ne Tonne sind.«

»Nein, Fanny, ich esse nicht jeden Tag so. Nur sonntags gönne ich mir etwas Besonderes. Jedesmal, wenn ich in der Stadt bin, werden wir ab heute zusammen essen gehen.«

Es war zu schön, um wahr zu sein. Wir hätten glatt eine Woche von dem leben können, was uns heute aufgetischt worden war. Ich war fest entschlossen, alles aufzuessen, auch wenn es mir wie eine Riesenportion vorkam. Ich glaube, Fanny, Tom und sogar Unsere-Jane und Keith hatten den gleichen Vorsatz. Nur Großvater plagte sich mit dem Roastbeef, weil er sowenig Zähne hatte.

Mir kamen fast die Tränen, als ich sah, mit welchem Appetit Unsere-Jane aß. Keith hatte seinen Teller in Windeseile leer gegessen, auch wenn er es etwas übertrieb, als er sich über den Teller beugte und anfing, die letzten Reste der Soße aufzulecken.

Miß Deale legte die Hand auf meinen Arm und hielt mich davon ab, zu schimpfen. »Laß ihn doch die Soße mit einem Brot heraustunken, Heaven. Es tut mir gut, zu sehen, wie es euch schmeckt«, sagte sie freudestrahlend.

Nachdem wir unsere Teller leer gegessen hatten, so daß sie richtiggehend glänzten, sagte sie: »Natürlich wollt ihr einen Nachtisch haben.«

»Wir lieben Nachtisch«, tönte Fanny, worauf die anderen Gäste sich wieder nach uns umdrehten. »Ich will diesen tollen Schokoladenkuchen dort«, sagte sie und zeigte mit dem Finger auf den Nachtischwagen.

»Und Sie, Mr. Casteel?« erkundigte sich Miß Deale mit sanfter Stimme und warf ihm einen gütigen Blick zu. »Was hätten Sie gerne zum Nachtisch?«

Ich sah es Großvater an, daß er sich unwohl fühlte. Zweifellos litt er an Winden von dem ungewohnten, reichhaltigen Essen. Zudem brauchte er eine Ewigkeit, um es durchzukauen.

»Irgendwas...«, murmelte er.

»Ich glaube, ich esse eine Schokoladentorte«, beschloß Miß Deale. »Aber ich bin sicher, Unserer-Jane und Keith wird der Schokoladenpudding schmecken, den sie hier machen. Mr. Casteel, Heaven, Tom, bitte sucht euch etwas aus, sonst werden sich Fanny und ich nicht wohl fühlen, wenn wir als einzige etwas Süßes essen.«

Torte, Kuchen, Pudding? Was sollte ich essen? Ich wählte die

Torte, denn Miß Deale hatte sicher das Beste ausgesucht. Der Anblick von Fannys riesigem Stück Kuchen mit einer Portion Schlagsahne darauf, in der eine Kirsche steckte, faszinierte mich, während ich meine Torte verschlang. Aber als ich sah, wie Großvater, Unsere-Jane und Keith ihren Schokoladenpudding in bauchigen Schalen serviert bekamen, da wünschte ich mir, ich hätte anders gewählt.

Als hätte Unsere-Jane endlich die paradiesischen Genüsse des Essens entdeckt, löffelte sie ihren Pudding so schnell auf, daß sie vor Keith fertig war. Sie setzte ihr bezauberndstes Lächeln für Miß Deale auf. »Das war aber guuut!« Einige Leute in unserer Nähe lachten.

Bis jetzt war alles gut gelaufen, wenn man davon absah, daß Keith seinen Teller abgeleckt hatte.

Aber ich hätte wissen müssen, daß unser Glück nicht von Dauer sein konnte.

Plötzlich, ohne jegliche Vorwarnung, fing Unsere-Jane zu würgen an, ihr Gesicht verfärbte sich grünlich, und sie erbrach sich direkt auf Miß Deales rostbraunen Wollrock! Einiges bekam das gestärkte Tischtuch, einiges ich ab.

Die Augen Unserer-Jane wurden dunkel und weiteten sich vor Entsetzen; dann heulte sie los. Sie vergrub ihr Gesicht in meinem Schoß, während ich mich entschuldigte und dabei versuchte, den Schmutz von Miß Deales Rock mit meiner großen Serviette zu entfernen.

»Heaven, schau nicht so verzweifelt«, sagte Miß Deale ruhig, wischte sich das übelriechende Erbrochene von ihrem Rock ab und schien sich überhaupt nicht aufzuregen. »Ich werde den Rock in die Reinigung geben, und er wird wieder so gut wie neu. Also, ihr braucht wirklich nicht so verschreckt dreinzusehen, beruhigt euch nur. Während ich jetzt zahle, zieht ihr euch wieder an. Dann fahre ich euch nach Hause.«

Auch die anderen Gäste versuchten, den Vorfall zu übergehen. Sogar die Kellner machten kein Aufsehen, als hätten sie es gleich bei unserem Kommen geahnt, daß so etwas passieren mußte.

»War böse«, wimmerte Unsere-Jane, während Miß Deale die Rechnung beglich. »Wollt's nicht tun, Hev-lee. Kann nichts dafür, Hev-lee.«

»Sag Miß Deale, daß es dir leid tut.«

Aber Unsere-Jane war zu schüchtern dazu, und sie weinte wieder leise vor sich hin.

»Schon gut, Jane, Liebes. Ich weiß noch, wie mir einmal dasselbe passiert ist, da war ich genauso alt wie du. So etwas kommt bei jedem einmal vor, nicht wahr, Heaven?«

»Ja, natürlich«, sagte ich, dankbar für jeden Strohhalm, den man mir zuwarf. »Besonders, wenn man einen so winzigen Magen hat, der nicht viel gewöhnt ist.«

»Ich hab' noch nie jemanden angekotzt!« verkündete Fanny. »*Mein* Magen weiß sich zu benehmen.«

»Aber deine Zunge nicht«, erwiderte Tom.

Ich trug Unsere-Jane in Miß Deales teuren, schwarzen Wagen. Als wir langsam den nebelverhangenen Berg hinauffuhren, fing es leicht zu schneien an. Die ganze Fahrt über fürchtete ich, daß Unserer-Janes empfindlicher Magen wieder rebellieren würde und sie auch noch die gepflegten Sitze verschmutzen würde. Aber es gelang ihr, den Rest der Mahlzeit bei sich zu behalten. Und wir kamen schließlich ohne einen weiteren Zwischenfall wohlbehalten zu Hause an.

»Ich weiß nicht, wie ich Ihnen danken soll«, sagte ich verlegen, während ich auf der schiefen Veranda stand und meine kleine Schwester im Arm hielt. »Es tut mir leid wegen Ihres Kostüms. Ich hoffe sehr, daß die Flecken rausgehen.«

»Ganz bestimmt.«

»Bitte, laden Sie uns nächsten Sonntag wieder ein«, bettelte Fanny. Dann machte sie die Tür auf, schlüpfte hindurch und war verschwunden. Nach einer Sekunde öffnete sich die Tür wieder einen Spaltbreit, und Fanny schnarrte heraus: »Tausend Dank, Miß Deale. Sie verstehen es mächtig gut, 'ne Party zu schmeißen.«

Peng! Wieder hatte sie die Tür hinter sich zugeknallt.

»Sie sind ganz prima«, sagte Tom etwas linkisch, beugte sich herab und küßte ihre Wange. »Danke für alles. Und wenn ich hundertzehn werd', mein Lebtag vergess' ich den heutigen Tag nicht, und Sie nicht und Ihre Einladung nicht. Es war das beste Essen, das ich je gegessen hab', nichts für ungut, Heavenly.«

Jetzt war der Augenblick da, wo wir als Beweis unserer Gastfreundschaft Miß Deale hätten hereinbitten sollen. Aber wenn sie hereingekommen wäre, dann hätte sie zuviel über uns erfahren –

und das konnte ich einfach nicht zulassen. Ich spürte, daß sie eine Einladung von uns erwartete, um endlich zu sehen, wie wir lebten. Schon von außen war die Hütte sehr armselig, aber der Anblick innen hätte ihr bestimmt schlaflose Nächte bereitet.

»Vielen Dank, Miß Deale, für alles, was Sie für uns getan haben. Bitte, entschuldigen Sie, daß Fanny so frech ist, und Unserer-Jane tut es sehr leid, auch wenn sie es nicht sagen kann. Ich würde Sie gerne hereinbitten, aber ich habe die Zimmer ganz unordentlich zurückgelassen...«

Das war, weiß Gott, keine Lüge.

»Ich verstehe. Vielleicht ist euer Vater drinnen und macht sich Sorgen, wo ihr geblieben seid. Wenn er da ist, möchte ich gerne mit ihm sprechen.«

Fanny steckte wieder ihren Kopf aus der Tür. »Vater ist nicht hier, Miß Deale. Er ist krank und...«

»Vater *war* krank«, unterbrach ich hastig. »Ihm geht es schon viel besser, und er wird morgen wieder zu Hause sein.«

»Das ist gut zu hören.« Sie lächelte und drückte mich so fest an sich, daß ihr Parfüm mir in die Nase stieg und ihre Haare mein Gesicht kitzelten. »Du bist so tapfer und gut, aber viel zu jung, um so eine schwere Last zu tragen. Ich komme morgen nach der Schule vorbei und bringe ein paar Weihnachtsgeschenke, die ihr unter den Weihnachtsbaum legen könnt.«

Ich sagte ihr nicht, daß wir keinen Weihnachtsbaum hatten. »Das kann ich nicht annehmen«, protestierte ich schwach.

»Doch, das kannst du. Ich komme morgen gegen halb fünf.«

Wieder steckte Fanny ihren Kopf durch die wackelige Tür. Offensichtlich hatte sie gelauscht. »Wir warten auf Sie; bitte vergessen Sie uns nicht.«

Miß Deale lächelte und wollte etwas sagen, änderte ihre Meinung aber im letzten Augenblick und berührte nur kurz meine Wange. »Du bist ein wunderbares Mädchen, Heaven. Es wäre eine schreckliche Vorstellung für mich, daß du bei deiner Begabung nicht die High School abschließen solltest.«

Auf einmal ertönte ein leises Stimmchen. Es war Keith, von dem ich das nie erwartet hätte. »Ja«, flüsterte er und klammerte sich an meinem Rock fest, »'s tut Unserer-Jane leid.«

»Das weiß ich.« Miß Deale streichelte die Wange von Unserer-

Jane, dann zerzauste sie Keith zärtlich sein hübsches Haar und fuhr zurück.

In der Hütte war es beinahe so kalt wie draußen, und Tom legte etwas Holz nach. Ich setzte mich hin und wiegte Unsere-Jane in den Armen. Dabei fühlte ich, wie der kalte Wind durch die Wände drang und durch die geborstenen Bodenplanken und schlecht eingefügten Fensterrahmen pfiff. Zum ersten Mal in meinem Leben kam mir die Hütte völlig unwirklich vor. Ich sah das Restaurant mit seinen weißen Wänden vor mir, den dunkelroten Teppich, die schönen Möbel. Als ich darüber nachdachte, daß ich dort gerade die beste Mahlzeit meines Lebens gegessen hatte, wurde mir bewußt, wie elend es uns ging, und ich fing an zu weinen.

Heute abend würde ich auf den Knien das längste und aufrichtigste Gebet meines Lebens sprechen. Ich würde Stunden beten. Diesmal mußte Gott mich erhören und uns Vater nach Hause schicken.

Und am nächsten Tag war ich wieder schon bei Tagesanbruch auf den Beinen, stand singend am Herd, bereitete alles für Tom vor und machte mich dann gleich an die Arbeit, das Haus so sauber und ordentlich wie möglich herzurichten, wobei ich Fanny bat, mir zu helfen.

»'s wird nicht schöner«, murrte sie. »Kannst schrubben, abstauben und fegen, 's wird immer stinken.«

»Nein, wird es nicht. Nicht wenn wir beide mit der Arbeit fertig sind; 's wird hier richtig glitzern und glänzen – also mach dich dran, du Faultier, und erledige deinen Teil, sonst bekommst du nichts!«

»Sie wird mich nicht übergehen, das weiß ich ganz genau!«

»Willst du, daß sie sich auf einen schmutzigen Stuhl setzt?«

Das wirkte. Fanny bemühte sich, aber nach knapp einer Stunde ließ sie sich auf ihre Schlafdecke fallen, rollte sich herum und schlief weiter. »Damit die Zeit schneller vergeht«, murmelte sie. Ich sah, daß auch Großvater in seinem Schaukelstuhl döste und auf das Wunder namens Miß Deale wartete, das um halb fünf Uhr Nachmittag erscheinen sollte.

Es wurde halb fünf, und keine Miß Deale kam.

Es war schon beinahe dunkel, als Tom schließlich zurückkam – mit einem kleinen Brief von Miß Deale.

Meine liebe Heaven,
als ich gestern abend nach Hause kam, lag ein Telegramm unter meiner Tür. Meine Mutter liegt schwerkrank im Krankenhaus. Ich muß leider sofort zu ihr fliegen. Falls Du mich brauchst, bitte rufe mit Rückruf die Nummer an, die ich unten aufgeschrieben habe.

Ich werde Euch einige Sachen schicken, die Ihr vielleicht brauchen könnt. Bitte, nimm die Geschenke von mir an; ich liebe Euch wie meine eigenen Kinder.

Marianne Deale

Sie hatte eine Telephonnummer aufgeschrieben – und dabei wohl vergessen, daß wir überhaupt kein Telephon besaßen. Ich sah Tom seufzend an. »Hat sie sonst noch irgend etwas gesagt?«

»Viel. Wollt' wissen, wann Vater wiederkäm'. Wollt' wissen, was wir so alles brauchen und welche Kleider- und Schuhgröße jeder von uns hat. Sie flehte mich an, ihr zu sagen, was wir am dringendsten benötigen. Aber was hätt' ich ihr sagen sollen, unsere Wunschliste wär' ja kilometerlang geworden! Wir brauchen eigentlich alles dringend und am dringendsten Essen. Und weißt du, ich bin wie ein Esel dagestanden und hätte mir gewünscht, ich wär' wie Fanny und könnt' alles laut rausschreien. – Aber ich brachte keinen Ton raus, und nu' ist sie weg. Der einzige Mensch, der freundlich zu uns war, ist weg.«

»Aber sie wird uns Geschenke schicken.«

Er lachte. »Nanu, wo ist dein Stolz geblieben?«

Drei Tage vergingen, aber es kamen keine Geschenke.

Am Tag vor Weihnachten kehrte Tom mit schlechten Nachrichten zurück. »Bin in den Laden gegangen, von dem mir Miß Deale erzählt hat, und hab' nachgefragt, wo die Sachen bleiben. Die sagten dort bloß, daß sie in unsre Gegend keine Lieferungen machen. Ich hab' mit ihnen gestritten, aber sie bestanden darauf, daß wir warten sollen, bis Miß Deale zurückkäm' und eine Gebühr zahlen tät. Heavenly, wahrscheinlich haben sie's ihr nicht gesagt, sonst hätt' sie's bestimmt erledigt. Das weiß ich ganz genau.«

Ich zuckte mit den Achseln, als wäre es mir gleichgültig. Na gut, wir würden es auch so schaffen. Aber ich war doch traurig.

Am nächsten Tag aber tobte ein echtes Winterunwetter im Gebirge, auf das wir nicht vorbereitet waren. Überall stopften wir

Stoffetzen in die Ritzen – unter die Türen, zwischen die Fußplanken und die klappernden Fenster. Unsere Hütte sah jetzt von innen wie ein altes, gestricktes Kopftuch aus und bot – trotz der Kälte, der Kakerlaken und Spinnen – eine gute Unterkunft. Im Gebirge ging die Sonne jetzt sehr rasch unter, und im Handumdrehen wurde es dunkel. In der Nacht sank die Kälte wie eine alles erstickende Eisdecke herab. Obwohl wir, eingehüllt in mehrere Schlafdecken, in der Nähe des Ofens schliefen, war der Boden so kalt, daß wir erbärmlich froren. Großvater schlief im großen Messingbett – wenn er es nicht vergaß, seinen Schaukelstuhl überhaupt zu verlassen. Außerdem wollte ich auch, daß er seine müden, alten Knochen dort ausruhen konnte und sich nicht auf den Boden legen mußte.

»Nein«, widersprach Großvater eigensinnig. »So was ist nicht recht, wenn die Kleinen das Bett dringender brauchen. Und keine Widerrede, Heaven, mein Kind, tu, was ich sag'. Steck Jane und Keith ins Bett, und ihr Großen rückt zusammen, dann könnt ihr euch gegenseitig warmhalten.«

Es tat weh, Großvater das Bett wegzunehmen, aber er konnte in solchen Dingen unerhört halsstarrig sein. Und ich hatte ihn immer für einen Egoisten gehalten! »'s Bett ist für die Kleinsten«, darauf bestand er, »für die Schwächsten« – und dies waren natürlich Unsere-Jane und Keith.

»Moment mal«, kreischte Fanny mit ihrer Trompetenstimme. »Wenn die Kleinen schöne warme Betten brauchen tun, dann bin ich aber die nächste in der Reihenfolge. Ist ja auch noch genug Platz für mich da.«

»Wenn's für dich genug Platz hat, dann aber auch für Heaven«, sagte Tom mit Nachdruck.

»Und wenn ich Platz habe, dann kann sich auch eine Person mehr dazulegen«, fügte ich hinzu.

»Ist nicht genug Platz für Tom!« zeterte Fanny.

Natürlich war genug Platz.

Tom fand am Fußende des Bettes eine freie Stelle für sich, den Kopf auf der Seite von Unserer-Jane und Keith, damit nicht die längeren Beine von Fanny und mir mit den nackten – und zudem kalten – Füßen vor seinem Gesicht lagen.

Bevor Tom schlafen ging, mußte er aber noch einmal Holz hakken, damit wir ein stärkeres Feuer bekamen, um das Eiswasser zu schmelzen. Old Smokey spie dabei wie immer beißenden Rauch aus.

Tom stand auch in der Nacht auf, um Holz nachzulegen. Allerdings hatten wir nur noch wenig Holz. Tom war nach der Schule jede freie Minute, bis es dunkel wurde, und den ganzen Samstag und Sonntag außerdem, damit beschäftigt, Holz für unseren alten Ofen kleinzumachen, das so schnell in seinem Rachen verschwand wie Erdnüsse in einem Elefanten.

Er hackte so viel Holz, daß ihm seine Arme und sein Rücken schmerzten. Und da die Muskeln so weh taten, schlief er auch unruhig. Ich stand auf und rieb ihm seinen Rücken mit heißem Rizinusöl ein. Großmutter schwor auf Rizinus, es half gegen jede Krankheit. Mit genügend Rizinus konnte man auch abtreiben – davon war ich überzeugt. In der Tat, mit viel Rizinus im Bauch schmolz so ziemlich *alles* dahin. Jedenfalls half es gegen Toms Muskelschmerzen.

Wenn ich nicht gerade Tom stöhnen hörte, so vernahm ich andere Geräusche in der Nacht; das pfeifende Gerassel von Großvaters Atem, das ewige Gehüstel von Unserer-Jane, den hungrigen Magen von Keith – vor allem aber hörte ich Schritte auf unserer baufälligen Veranda.

War Vater zurück?

Waren Bären auf der Veranda?

Kamen Wölfe, um uns alle aufzufressen?

Tom glaubte inbrünstig daran, daß Vater uns nicht alleine lassen würde, bis wir erfroren und verhungert waren. »Egal, was du denkst, Heavenly, er liebt uns, sogar dich.« Ich lag auf der Seite und hatte mich so klein wie möglich gemacht. Meine Füße berührten Toms Rücken, aber ich hatte meinen Kopf so gedreht, daß ich auf die niedrige Decke starren konnte, über die sich der unsichtbare Himmel wölbte, und ich betete, daß Vater stark und gesund nach Hause kommen und uns um Verzeihung bitten würde.

Am nächsten Tag war Heiliger Abend. In unserem Schrank befanden sich nur mehr eine halbe Tasse Mehl, etwa ein Eßlöffel Schmalz und zwei vertrocknete Äpfel. Am Morgen war meine Niedergeschlagenheit so groß, daß sie mich bleischwer zu erdrücken schien. Ich konnte mich kaum rühren. Ich starrte das Essen an, das wir noch übrig hatten, und die Tränen liefen mir die Wangen herunter; und wenn Unsere-Jane auch das ganze Griebenschmalz essen würde, so könnte nicht einmal sie davon satt werden. Der Boden hinter mir knarzte, und Tom nahm mich in den Arm.

»Wein' nicht, Heavenly, bitte nicht. Gib jetzt nicht auf. Vielleicht können wir einige von Großvaters Holztieren in der Stadt verkaufen. Wenn es uns gelingt, haben wir genügend Geld, um uns viel Essen zu kaufen.«

»Wenn das Schneien nachläßt«, sagte ich heiser vor Hunger, der wie ein dumpfer Schmerz unentwegt in mir bohrte.

»Schau«, sagte er und wandte sich zum Fenster. Er zeigte auf einen hellen Streifen am bleigrauen Himmel, »'s wird heller. Fast kann ich's sehen, wie die Sonne aufgeht. Gott hat uns nicht vergessen. Er wird Vater nach Hause schicken. Ich spür's in den Knochen. Sogar Vater würd' uns nicht hier allein verhungern lassen, das weißt du genauso wie ich.«

Ich wußte überhaupt nichts mehr – ich war am Ende.

9. KAPITEL

VATERS WEIHNACHTSÜBERRASCHUNG

An einem Sommertag hätten Tom und ich die kurze Strecke zwischen der Hütte und dem Räucherhaus wohl sehr viel schneller zurückgelegt als an jenem Heiligen Abend. Schwer stapfend und aneinandergeklammert kämpften wir uns vorwärts. Der Wind pfiff uns um die Ohren, und der Schnee fiel so dicht, daß wir kaum etwas sehen konnten. Wir stopften unsere Taschen mit einem Dutzend von Großvaters besten Schnitzarbeiten voll und gingen zur Hütte zurück; er würde sie wohl kaum vermissen, da sie schon eine Ewigkeit im Räucherhaus lagerten.

Als wir zurückkamen, hatte der Wind den Schnee hinter unserer Hütte zu beinah haushohen Schneewehen aufgetürmt. Tom stemmte die Türe auf, schob mich hinein und schlüpfte schnell hinterher. Blind stolperte ich ins Zimmer, meine Augen waren vom Schnee noch verklebt. Ganz verdattert sah ich mich um – und erstarrte. Ein freudiger, hoffnungsfroher Schreck durchfuhr mich!

Vater! Er war also doch am Weihnachtstag zurückgekehrt! Endlich waren unsere Gebete erhört worden!

Er stand im trüben Licht des Zimmers, das nur vom Ofen erhellt wurde, und starrte auf Keith und Unsere-Jane, die eng umschlungen schliefen. Obwohl Fanny herumtanzte und ein Freudengeschrei veranstaltete, wachten weder die beiden noch Großvater auf, der in seinem Schaukelstuhl schlief.

Vater schien nichts zu hören, als wir leise ins Zimmer traten und uns so weit wie möglich von ihm entfernt hielten. Etwas an seiner Haltung, in der er auf seine zwei Jüngsten herunterblickte, mahnte mich zur Vorsicht.

»Vater«, rief Tom erfreut, »du bist also doch zurückgekehrt!«

Vater wandte sich um; sein Gesicht war ausdruckslos, so als erkenne er den großen Jungen mit den flammend-roten Haaren nicht. »Ich bring' euch 'ne Weihnachtsüberraschung«, sagte er dumpf und völlig ernst.

»Vater, wo warst du?« fragte Tom. Ich blieb im Hintergrund und weigerte mich, ihn zu begrüßen, ebenso wie er es vermied, mich anzusehen oder auch nur meine Anwesenheit wahrzunehmen.

»Geht dich nichts an.«

Das war alles, was er sagte. Dann sackte er neben Großvaters Schaukelstuhl zu Boden. Jetzt erst wachte Großvater auf und brachte ein schwaches Lächeln zustande, als er seinen Sohn sah. Bald darauf schnarchten beide.

Säcke, Beutel und Schachteln voller Nahrungsmittel standen auf dem Tisch. Wir hatten wieder zu essen. Erst abends im Bett fragte ich mich, was Vaters Weihnachtsüberraschung wohl sein könnte, da er sie nicht einmal hereingetragen hatte. Kleidung? Spielsachen? Er hatte uns noch nie Spielzeug mitgebracht, trotzdem hoffte ich immer darauf.

Morgen war Weihnachten.

»Danke dir, lieber Gott«, flüsterte ich dankbar, während ich auf meinen Knien vor meinem Bett betete, »du hast ihn uns in letzter Minute geschickt.«

Am Weihnachtsmorgen – ich kochte gerade die Pilze, die Tom am vorigen Tag in einer Felsspalte im Wald gefunden hatte – stand Vater auf einmal vom Boden auf, ging kurz hinaus und kehrte, unrasiert und erschöpft aussehend, mit großen Schritten zurück. Er zog Unsere-Jane und Keith aus ihrem warmen Bett. Mühelos hielt er beide in seinen starken Armen und sah sie liebevoll an. Mit großen, etwas verängstigten Augen starrten sie ihm ins Gesicht, als wäre er ein Fremder. Sie waren jetzt *meine* Kinder, nicht seine. Er liebte sie nicht so sehr wie ich, sonst hätte er sie nicht so viele Tage lang allein und ohne ausreichende Nahrung gelassen. Ich mußte mich mit großer Willensanstrengung dazu zwingen, den Mund zu halten, und machte mich daran, weiter Pilze zu kochen.

Als besonderen Leckerbissen würde es heute Eier geben, aber den Speck wollte ich aufheben, bis Vater wieder fort war. Nicht die dünnste Scheibe davon würde ich an ihn vergeuden.

»Mach schnell mit dem Essen, Mädchen«, raunzte Vater mich an. »Wir kriegen Besuch.«

Besuch?

»Wo ist die Weihnachtsüberraschung?« wollte Tom wissen, der gerade wieder eine Stunde lang Holz gehackt hatte.

Vater schlenderte an ein Fenster, ohne zu bemerken, wie sauber geputzt es war, und starrte hinaus. »Zieh die beiden an, schnell!« befahl er, setzte Unsere-Jane und Keith auf den Boden und würdigte mich keines Blicks.

Warum glitzerten seine Augen so seltsam? Wer war der Besuch? Vielleicht Sarah? War Sarah unsere Weihnachtsüberraschung? Wie schön, wie wunderschön.

Unsere-Jane und Keith eilten auf mich zu, als wäre ich für sie eine Mutter und ein Ort der Geborgenheit. Schnell wischte ich ihnen das Gesicht ab, und bald standen sie fertig da, in ihren besten Kleidern, die schäbig genug waren.

Jetzt würde alles besser werden. Immer noch hatte ich mir den kindlichen Optimismus bewahrt, der sich nur zuweilen nachts unterkriegen ließ. Ich klammerte mich an meine Hoffnung fest, auch wenn ich das Unheil in Vaters Augen sah und in meinen Knochen spürte. Irgend etwas Schlimmes drohte. Sein kalter, harter Blick streifte mich kurz, bevor er auf Tom, Fanny und schließlich auf Unserer-Jane und Keith verweilte.

Er zog Tom all seinen anderen Kindern vor, und dann kam Fanny. »Hallo, Liebling«, begrüßte er sie und lächelte sie freundlich an. »Hast noch ’ne Umarmung für deinen alten Vater übrig?«

Fanny lachte glücklich. Sie hatte für jeden ein Lächeln und eine Umarmung parat, der ihr die Freude machte, sie zu bemerken. »Vater, jede Nacht hab’ ich gebetet, daß du wiederkommst. Hast mir so gefehlt, 's hat direkt weh getan.« Sie schob ihre volle Unterlippe vor und fragte ihn, wo er gewesen sei.

Ich hörte, wie draußen ein Auto in unseren Hof fuhr und bremste. Ich trat ans Fenster und sah einen wohlbeleibten Mann mit seiner Frau vor der Hütte stehen und warten – wahrscheinlich auf ein Zeichen von Vater. Ein kurzer Blick auf Vater sagte mir, daß es ihm schwerfiel, einen Entschluß zu fassen. Er nahm statt dessen Fanny auf den Schoß und strich ihr über die langen, schwarzen Haare. »Ihr Kinder müßt euch nu' mit ein paar harten Tatsachen vertraut machen«, begann er auf seine brummige Art. In seinen Augen lag Trauer und Schmerz. »Eure Mutter kommt nu' nie wieder zurück. So sind wir Hillbillys nu' mal. Haben wir uns zu was entschlossen, bringt uns nichts mehr auf der Welt davon ab. Sollte sie je ihren Kopp durch die Tür stecken, knall' ich ihn ihr ab!« Er lächelte nicht, um uns zu signalisieren, daß er nicht nur einen groben Scherz gemacht hatte.

Niemand sagte etwas.

»Hab' nette, reiche Leute gefunden, die selber keine Kinder bekommen können und sich mächtig eins wünschen und bereit sind, gutes Geld dafür zu zahlen. Wollen ein kleines Kind – 's wird wohl Keith oder Unsere-Jane sein. Nu' plärrt nicht gleich los und schreit – nein, 's muß sein. Wenn ihr wollt, daß wenigstens einer von euch groß und stark wird und schöne Sachen bekommt, die ich ihm nicht kaufen kann, dann haltet den Mund und laßt die Leutchen da draußen ihre Wahl treffen.«

Ich erstarrte. Vaters Plan machte alle meine Hoffnungen zunichte. Vater blieb eben Vater – und er würde niemals anders werden. Ein Säufer und ein Vagabund; nichts als ein ganz verkommener und verdammter Casteel! Ein Mann ohne Herz – nicht einmal für seine eigenen Kinder.

»Das ist mein Weihnachtsgeschenk an Keith oder Unsere-Jane – macht ja nichts mit eurem Gezeter kaputt. Ihr meint, ich lieb' euch nicht, ist aber nicht wahr. Ihr denkt, 's war mir gleichgültig, wie's hier die ganze Zeit zugegangen ist, hab' mir aber große Sorgen gemacht. Hab' verzweifelt nach einem Weg gesucht, euch zu helfen. Und eines Nachts, als es mir so dreckig wie dem dreckigsten, hungrigsten Straßenköter ging, fand ich einen Ausweg.«

Er lächelte alle an, Fanny, Tom, Keith und Unsere-Jane – nur mich nicht. »Hab's eurem Großvater schon erzählt. Er findet die Idee auch gut.«

Langsam rutschte Fanny von seinem Schoß herunter und gesellte sich zu uns; ich hielt Unsere-Jane im Arm, und Tom hatte beide Hände auf Keiths schmächtige Schultern gelegt.

»Vater«, sagte Fanny und war ausnahmsweise ganz blaß und erregt, »was hast du vor?«

Wieder lächelte Vater alle einschmeichelnd an. Mir kam sein Gesicht wie eine heimtückische Fratze vor. »Hab' mir überlegt, wieviel reiche Leute bereit sind zu zahlen, um das zu bekommen, was sie sich wünschen. Ich hab' mehr Kinder, als ich ernähren kann. Andere Leute wollen Kinder und bekommen keine. Viele reiche Leute haben nicht das, was ich im Überfluß hab' – also biete ich es ihnen zum Verkauf an.«

»Vater«, rief Tom entsetzt, »das soll wohl 'n Witz sein?«

»Halt den Mund, Junge«, warnte Vater in einem bedrohlichen Ton. »Mach' hier keine Witze. Es ist mir Ernst. Bin zu dem Entschluß gekommen, daß es das Beste ist. Der einzige Weg aus der Not. Wenigstens wird einer von euch nicht verhungern.«

War das die Weihnachtsüberraschung? Daß Keith oder Unsere-Jane verkauft werden sollte?

Mir wurde schlecht. Meine Arme drückten Unsere-Jane ganz fest an meine Brust, und ich vergrub mein Gesicht in ihre weichen Locken.

Vater ging zur Tür, um das Paar aus dem schwarzen Auto hereinzulassen.

Eine dicke Dame in Stöckelschuhen trat ein, ihr folgte ein noch dickerer Mann. Beide trugen schwere Mäntel mit Pelzkragen und Handschuhen. Ihr glückliches Lächeln verschwand in dem Augenblick, als sie unsere feindseligen Gesichter erblickten. Langsam sahen sie sich um, tief entsetzt über so viel Elend.

Nirgendwo stand ein Weihnachtsbaum. Es gab keine Geschenke, keinen Schmuck, keine Pakete.

Und Vater wollte seine Kinder verkaufen.

Die Augen der Städter waren ungläubig aufgerissen. »Oh, Lester«, rief die ziemlich hübsche, mollige Dame, kniete sich vor Keith hin und wollte ihn an ihre riesige Brust drücken, »hast du gehört, was er gesagt hat, als wir die Treppen hochgegangen sind? Wir können dieses liebe, schöne Kind nicht verhungern lassen! Schau doch, seine seidigen Haare. Er ist so sauber und schaut so lieb drein. Und das süße, kleine Mädchen, das die Ältere in den Armen hält – ist es nicht entzückend?«

Panik ergriff mich. Warum hatte ich auch nur beide gestern noch gebadet und ihnen die Haare gewaschen? Warum waren sie nicht verdreckt, damit sie der Frau nicht gefielen? Ich schluchzte und hielt Unsere-Jane noch fester umschlungen, während sie sich zitternd an mich klammerte. Vielleicht würde es Unserer-Jane und Keith wirklich besser gehen – aber was wurde dann mit mir? Es waren doch meine Kinder, nicht ihre. Sie hatte nicht die ganze Nacht bei ihnen gewacht, und sie hatte sie nicht auf den Armen auf und ab getragen und nicht stundenlang gefüttert, anstatt im Freien zu spielen.

»Unsere-Jane ist erst sieben Jahre alt.« Meine Stimme klang brüchig, aber ich war fest entschlossen, Unsere-Jane vor dieser Frau und ihrem Mann zu beschützen. »Weder sie noch Keith sind je von zu Hause fort gewesen. Man darf sie nicht trennen; sie werden weinen und schreien und wahrscheinlich vor Kummer sterben.«

»Sieben«, murmelte die Frau anscheinend entsetzt. »Ich dachte, sie wäre jünger. Ich wollte eigentlich ein jüngeres Kind. Lester, stell dir vor, das Kind ist schon sieben Jahre alt – und der Junge?«

»Acht Jahre«, rief ich. »Zu alt zum Adoptieren! Und Unsere-Jane kränkelt«, fuhr ich fort, in der Hoffnung, damit etwas zu erreichen. »Sie war eigentlich nie gesund. Sie erbricht sich oft, schnappt jede Krankheit auf, ist dauernd erkältet und hat oft hohes Fieber...« Ich hätte immer so weiterreden können und Unserer-Jane die Chance verdorben – selbst wenn es zu ihrem Besten gewesen wäre –, aber Vater sah mich zornig an, und ich verstummte.

»Dann nehmen wir den kleinen Jungen«, sagte der dicke Mann namens Lester und zog seine gefüllte Brieftasche hervor. »Ich wollte schon immer einen Sohn, und dieser Bursche ist ein gutaussehender junger Mann und seinen Preis wert, Mr. Casteel. Fünfhundert, abgemacht?«

Unsere-Jane fing zu schreien an.

»Nein! Nein! Nein!« brüllte sie mir direkt ins Ohr.

Sie wand sich aus meiner Umklammerung, dabei schluchzte sie vor Verzweiflung, die für das zarte Mädchen viel zu groß war. Keith sah sie leiden, begann mit ihr zu weinen, und klammerte sich an seiner Schwester fest.

Wieder suchte ich verzweifelt nach Worten: »Keith ist nicht der Junge, den Sie sich als Sohn wünschen. Er ist sehr still, er fürchtet sich vor der Dunkelheit und hat die meiste Zeit Angst. Außerdem kann er nicht ohne seine Schwester sein. Du willst doch nicht fort, nicht wahr, Keith?«

»Will nicht gehen!« schrie Keith.

»Nein! Nein! Nein!« jammerte Unsere-Jane.

»Ach Lester, ist das nicht entsetzlich traurig? Wir können die zwei lieben Kleinen nicht auseinanderreißen. Lester, warum nehmen wir nicht alle beide? Wir können es uns doch leisten. Dann brauchen sie nicht mehr so zu weinen, und die Familie wird ihnen nicht ganz so fehlen. Und du wirst einen Sohn und ich eine Tochter haben, und wir werden eine glückliche, vierköpfige Familie sein.«

Mein Gott, ich wollte beide retten und hatte nun beide verloren!

Aber eine schwache Hoffnung bestand noch, denn Lester zögerte etwas, obwohl seine Frau ständig auf ihn einredete. Wenn Vater nur still geblieben wäre. Aber er sagte sehr ernst und beeindruckt: »Also, das nenne ich eine Frau mit einem goldenen Herzen, die bereit ist, zwei zu beschenken, statt nur ein Kind.« Das gab den Ausschlag. Lester hatte seinen Entschluß gefaßt. Er zog Papiere aus seiner Tasche und fügte zwei Zeilen hinzu. Vater beugte sich darüber und malte seine Unterschrift mit großer Sorgfalt darunter.

Während das Geschäft abgewickelt wurde, ging ich zum Ofen und nahm den schweren Schürhaken. Ich umklammerte ihn mit beiden Händen, hob ihn hoch über meinen Kopf und brachte sogar den Mut auf, Vater anzuschreien: »Laß das! Ich erlaube es nicht! Vater, die Behörden werden dich einsperren, wenn du dein eigenes Fleisch und Blut verkaufst. Keith und Unsere-Jane sind keine Schweine oder Hühner, die man zum Verkauf anbietet. Es sind deine Kinder!«

Blitzartig drehte Vater sich um, während Tom auf mich zustürzte, um mir zu helfen. Eine schmerzhafte Drehung meines Armes, und ich mußte den Schürhaken fallen lassen, sonst wäre der Knochen gebrochen. Krachend fiel das Gerät zu Boden.

Die mollige Frau sah mich erschrocken an. »Mr. Casteel! Sie sagten doch, Sie hätten das alles mit Ihren Kindern besprochen. Sie waren doch einverstanden damit, nicht wahr?«

»Ja, natürlich waren sie einverstanden«, log Vater. Seine charmante und scheinbar ehrliche Art erweckten den Anschein von Aufrichtigkeit, die wie eine Hypnose das Paar zu überzeugen schien. »Sie wissen doch, wie Kinder sind, einen Augenblick stimmen sie mit einem überein, im nächsten sind sie anderer Meinung. Spätestens wenn sie in den Genuß des Geldes kommen, wissen alle, daß ich's richtig gemacht hab'.«

Nein! Nein! schrie es innerlich in mir. Glaubt ihm nicht, er lügt! Aber ich war verstummt bei dem Gedanken, daß ich meinen kleinen Bruder und meine kleine Schwester nie wiedersehen würde.

Noch bevor es uns richtig ins Bewußtsein gedrungen war, hatte Vater Unsere-Jane und Keith wie Schweine auf dem Markt verkauft. Lester sagte noch zu Vater: »Ich hoffe, Mr. Casteel, Sie sind sich darüber im klaren, daß dieses Geschäft rechtsverbindlich ist. Wenn wir fort sind, können Sie nie wieder Anspruch auf Ihre beiden Kinder erheben. Ich bin Rechtsanwalt und habe Ihnen einen Vertrag aufgesetzt, in dem es heißt, daß Sie die Bedingungen und Folgen Ihrer Handlung zur Kenntnis genommen haben und aus freien Stükken, ohne jegliche Überredung oder Nötigung, Ihre Einwilligung gegeben haben, Ihre beiden jüngsten Kinder mir und meiner Frau zu verkaufen. Sie haben zudem unwiderruflich auf das Recht verzichtet, sie jemals wiederzusehen oder in irgendeiner Form Verbindung mit ihnen aufzunehmen.«

Ich schrie auf. Vater verstand das Wort *unwiderruflich* womöglich überhaupt nicht.

Niemand tröstete mich, nur Tom nahm mich in seine Arme, »'s wird nicht so schlimm werden, Heavenly«, flüsterte er. »Nachdem Vater das gehört hat, wird er bestimmt nicht einwilligen.«

»Und«, fuhr der Rechtsanwalt fort, »hiermit übergeben Sie uns« – dabei zeigte er auf seine Unterschrift und die seiner Frau – »das Recht, was die Zukunft Ihrer beiden Kinder namens Keith Mark Casteel und Jane Ellen Casteel angeht, alle Entscheidungen zu treffen. Sollten Sie auf rechtlichem oder illegalem Wege versuchen, sie mir und meiner Frau wegzunehmen, dann müssen Sie mit einem Prozeß rechnen, bei dem Sie alle Prozeß- und Anwaltskosten sowie die Kosten, die sich während des Aufenthalts Ihrer Kinder bei uns ergeben haben, tragen müssen. Selbstverständlich werden noch weitere Zahlungen hinzukommen, wie beispielsweise medizinische und zahnmedizinische Leistungen, da wir vorhaben, die Kinder baldmöglichst ärztlich betreuen zu lassen. Außerdem werden wir sie in die Schule schicken, ihnen neue Kleider kaufen, Spielsachen besorgen und ihnen ein Zimmer einrichten. Hinzu kommen noch weitere Posten, die mir aber im Moment entfallen sind...«

Oh, mein Gott.

Niemals würde Vater genug Geld besitzen, um seine Kinder zurückzukaufen. Nicht in tausend Jahren!

»Ich verstehe«, sagte Vater völlig ungerührt. »Das ist auch einer der Gründe, weshalb ich das tue. Unsere-Jane braucht einen Arzt und Keith wahrscheinlich auch. Auch wenn meiner Ältesten die Gefühle durchgegangen sind, so hat sie nicht gelogen. Sie wissen also, was auf Sie zukommt.«

»Ein entzückendes Kind, ein ganz entzückendes Kind, das sich gut entwickeln wird«, flötete die dicke Dame und hielt das Ärmchen Unserer-Jane fest, damit sie ihr nicht entkam und zu mir rannte. »Ein nettes Kerlchen«, fügte sie hinzu, während sie Keith über den Kopf streichelte. Er stand, wie immer, neben seiner Schwester und hielt ihre Hand. Wenn sie nicht davonlief, dann würde er es auch nicht tun.

Ich weinte. Ich würde einen Bruder und eine Schwester verlieren, die ich mit großgezogen hatte. Erinnerungen, wie sie als Babys und Kleinkinder ausgesehen hatten, kamen auf einmal zurück und füllten meine Augen erneut mit Tränen. Ich sah Bilder aus der Vergangenheit vor mir: Wir waren alle auf einer Bergwiese und brachten Unserer-Jane das Gehen bei. Wie goldig sie ausgesehen hatte mit ihren krummen Beinchen, den winzigen Zehen und den Ärmchen, die sie ausgestreckt hatte, um nicht aus dem Gleichgewicht zu kommen. Tom und ich halfen Keith bei seinen ersten Schritten. Ich lehrte Keith und Unsere-Jane, deutlich und richtig zu sprechen, und Fanny war immer eifersüchtig gewesen, weil sie mich am meisten liebten und dann Tom.

Ich war wie gelähmt und gebannt von Vaters dunklem, zornigem Blick, der mich warnte, nicht wieder zu sprechen. Vater nahm so viel Geld entgegen, wie er es noch nie in seinem Leben besessen hatte.

Eintausend Dollar.

Seine Augen glühten vor Erregung.

»Fanny, es fängt zu regnen an«, sagte Vater. Anscheinend war er besorgt um die teuer und warm gekleideten Leute, während er uns gegenüber niemals Besorgnis gezeigt hatte. »Hol den alten Regenschirm, der irgendwo sein muß, damit die Dame nicht ihre schöne Frisur kaputtmacht.«

Vater nahm Unsere-Jane und Keith auf seine Arme und befahl ihnen, still zu sein. Ich rannte hinaus, um ihnen eine Decke zu holen.

Ich kam mit unserer besten Decke, die Großmutter vor Jahren genäht hatte, zurück. »Sie haben weder Mäntel noch Mützen, noch Stiefel«, sagte ich aufgeregt. »Bitte, seien Sie gut zu ihnen – geben Sie ihnen viel Orangensaft und Obst. Und Fleisch, wir hatten eigentlich nie genug Fleisch. Unsere-Jane liebt Obst, sie ißt kaum etwas anderes. Keith hat einen guten Appetit, auch wenn er sich oft erkältet. Beide haben Alpträume, bitte lassen Sie daher ein kleines Licht im Zimmer an, damit sie keine Angst vor der Dunkelheit bekommen...«

»Sei still«, zischte Vater.

»Aber Kind, natürlich werde ich zu deinem Bruder und deiner Schwester gut sein«, sagte die Dame freundlich, streichelte mir über die Wange und schien Mitleid zu haben. »Wie nett du bist, wie eine richtige kleine Mutti. Mach dir keine Sorgen um die beiden. Ich bin keine böse Frau, und Lester ist kein böser Mann. Wir werden gut zu ihnen sein, sie einkleiden, und außerdem erwartet sie bei uns Weihnachten, an dem sie alles haben können, was ihr Herz begehrt. Wir wußten nicht, ob wir den Jungen oder das Mädchen nehmen, also haben wir Spielsachen gekauft, die für beide geeignet sind... ein Schaukelpferd, ein Dreirad, ein Puppenhaus, Lastwagen, Autos und Kleidung... allerdings zuwenig für zwei. Aber sie können sich die Sachen teilen, bis wir wieder einen Einkauf machen. Das werden wir morgen erledigen. Wir werden ihnen alles kaufen, was sie brauchen. Weine nicht, und mache dir keine Sorgen. Wir werden uns bemühen, gute Eltern zu sein, nicht wahr, Lester?«

»Ja, natürlich«, antwortete Lester kurz angebunden und drängte zum Aufbruch. »Komm, laß uns gehen, Liebling. Es wird spät, und wir haben noch eine weite Strecke vor uns.«

Vater überreichte Unsere-Jane jetzt der Frau, und der Mann trug Keith, der sich jetzt nicht mehr wehrte, sondern – wie Unsere-Jane – nur noch schrie.

»Hev-lee... Hev-lee!« schluchzte Unsere-Jane und streckte ihre dünnen Arme nach mir aus. »Will nicht fort, will nicht...«

»Schnell, Lester. Ich kann es nicht hören, wie das Kind weint.«
Beide eilten mit den schreienden Kindern im Arm zur Tür hinaus,
während Vater sie devot begleitete, mit dem Regenschirm in der
Hand, den er über die Köpfe der Dame und Unserer-Jane hielt.

Ich sank weinend zu Boden.

Tom eilte ans Fenster, und obwohl ich es nicht sehen wollte, trieb
es auch mich dorthin. Ich stellte mich neben ihn und sah hinaus.
Fanny kniete davor und sagte: »Ich wünschte, sie hätten mich ausgesucht. O heiliger Bimbam, ich wünschte mir, *ich* könnt' all die
Weihnachtsgeschenke haben! Warum wollten sie nicht mich, anstatt
Unserer-Jane, die andauernd heult? Keith ist auch nicht viel besser,
außerdem macht er ins Bett. Warum hast du ihnen das nicht erzählt,
warum nicht, Heaven?«

Ich wischte meine Tränen ab und versuchte, mich zu beruhigen.
Ich redete mir ein, daß es eigentlich nicht so schlimm war, Unsere-
Jane und Keith zu verlieren, wenn sie so viele schöne Sachen bekommen würden – Orangen, Spielsachen – und auch einen Arzt für Unsere-Jane.

Dann war ich auf einmal draußen auf der Veranda und schrie ihnen atemlos hinterher: »Bitte, vergessen Sie nicht, beide auf eine
gute Schule zu schicken, bitte!«

Die Dame drehte das Wagenfenster herunter. »Mach dir keine
Sorgen, Liebes«, rief sie. »Ich werde dir von Zeit zu Zeit schreiben,
wie es ihnen geht, aber ohne Absender. Und ich werde dir Photos
schicken.«

Das Fenster wurde wieder geschlossen und dämpfte die verzweifelten Schreie von Unserer-Jane und Keith.

Vater machte sich nicht einmal mehr die Mühe, ins Haus zurück-
zugehen, um zu erfahren, was seine Kinder von seiner »Weihnachtsüberraschung« hielten.

Es schien, als liefe er vor meinen anklagenden Blicken und den
zornigen Worten, die ich ihm ins Gesicht schreien wollte, davon. Er
sprang in seinen alten Lieferwagen und fuhr weg. Er ließ mich in
dem sicheren Glauben zurück, daß er die tausend Dollar mit Nut-
ten, Alkohol und Glücksspielen bald durchbringen würde. Und
heute nacht würde er sicherlich keinen Gedanken an Unsere-Jane,
Keith und uns verschwenden.

Wie eine Schar verschreckter Küken scharten wir uns um Großvater, der still dasaß und weiterschnitzte, als wäre nichts Ungewöhnliches passiert. Dann sahen wir uns an. Sogar Fanny weinte. Sie schlang die Arme um mich und schluchzte: »'s wird ihnen doch gutgehen, oder? Leute mögen kleine Kinder, auch wenn's nicht ihre eigenen sind.«

»Natürlich tun sie das«, sagte ich und versuchte, die neuen Tränen zurückzuhalten. Ich wollte erst später alleine weinen. »Und wir werden sie wiedersehen. Wenn die Frau uns lange Briefe schickt, erfahren wir, wie es ihnen geht. Eines Tages werden Unsere-Jane und Keith selber schreiben können. Wird das nicht wunderbar... einfach... wunderbar.« Ich stockte, und die Tränen kullerten mir die Wangen herab, bevor ich eine wichtige Frage stellen konnte. »Tom, hast du dir das Nummernschild gemerkt?«

»Klar«, sagte er mit rauher, heiserer Stimme. »Maryland. Aber ich hab' nicht genug Zeit gehabt, mir die letzten drei Zahlen zu merken. Die ersten waren neun-sieben-zwei. Die hab' ich im Kopf.« Tom konnte sich solche Sachen immer merken – ich mir nie.

Jetzt waren die Kleinen, um die ich mich immer gesorgt und gekümmert hatte, fort. Kein Wimmern mehr in der Nacht, keine benäßten Betten und Decken in der Frühe, nicht mehr so viel Wäsche zu waschen, aber mehr Platz im Messingbett.

Wie leer mir unsere kleine Hütte vorkam, und wie traurig waren die Stunden und Tage, nachdem Unsere-Jane und Keith fort waren. Vielleicht würde es ihnen in Zukunft bessergehen – zumal die Leute einen reichen Eindruck gemacht hatten. Aber was geschah jetzt mit uns? War denn die Liebe nichts wert? War es denn nicht die Blutsverwandtschaft, die untereinander verband, und nicht das Geld?

»Großvater«, sagte ich mit meiner immer noch heiseren Stimme, »wir haben jetzt im Bett genug Platz für dich.«

»Ist nicht gesund und gehört sich nicht, die Alten zu den Jungen zu legen«, brummelte Großvater wiederholt vor sich hin. Seine Hände zitterten, als litte er an einem uralten Schmerz. Seine wäßrigen, alten Augen flehten mich um Verständnis an. »Luke ist 'n guter Junge, Mädchen, glaub's. Er meinte es gut. Du weißt es aber nicht. Er wollt' helfen, das war alles. Solltest nicht schlecht über deinen Vater denken, hat das getan, was er für's Beste gehalten hat.«

»Großvater, du sagst ja immer etwas Gutes über ihn, egal was er tut, weil er dein Sohn ist, und der einzige, der dir noch geblieben ist. Aber von heute an ist er nicht mehr mein Vater! Ich werde ihn nicht mehr Vater nennen. Er ist für mich Luke Casteel, ein häßlicher, gemeiner Lügner. Eines Tages wird er für alles, was er uns angetan hat, büßen. Ich hass' ihn, Großvater, ich verabscheue seine Visage! Ich hasse ihn so, daß mir ganz schlecht wird!«

Großvaters armes, verwittertes Antlitz wurde kreidebleich, obwohl sein zerknittertes Gesicht sowieso immer blaß und kränklich aussah – dabei war er noch gar nicht so alt. »Im Buch der Bücher aber steht, du sollst Vater und Mutter ehren... Vergiß das nicht, Heaven, mein Kind.«

»Und warum steht nicht im Buch der Bücher, du sollst deine Kinder ehren? Warum nicht, Großvater?«

Wieder kam ein Sturm auf, und es schneite so heftig, daß sich die Schneemassen bis zu unserem Fenster türmten und die Veranda bedeckten. Eine Eisschicht versperrte uns die Sicht durch die billigen Fensterscheiben. Gott sei Dank hatte Vater uns Nahrungsmittel gebracht, die für ein paar Tage reichen würden.

Ohne das fröhliche Gezwitscher Unserer-Jane und die Sanftmut von Keith herrschte Trübsal in unserer Hütte. Ich vergaß, wieviel Sorgen und Mühe Unsere-Jane mir bereitet hatte mit ihren heftigen Bauchschmerzen, die man kaum lindern konnte. Ich erinnerte mich nur an ihren jungen, zarten Körper, an ihren süßen Nacken, wo die Locken feucht wurden, wenn sie schlief. Eng umschlungen, die Augen geschlossen, hatten sie und Keith im Schlaf wie zwei Engel ausgesehen; ich erinnerte mich an Keith, wie er sich gerne in den Schlaf wiegen und sich wohl tausendmal die gleichen Gute-Nacht-Geschichten vorlesen ließ. Und ich dachte an seine Gute-Nacht-Küsse, seine kräftigen Beine; wieder hörte ich, wie er mit leiser Stimme vor dem Schlafengehen betete, sah, wie Unsere-Jane neben ihm kniete, beide barfuß, ihre kleinen rosa Zehen fest angezogen. Nie hatten sie richtige Schlafanzüge besessen. Ich weinte, mir ging es immer schlechter, ich war zornig und aufgebracht; jede Erinnerung verwandelte sich in eine Pistolenkugel, mit der ich früher oder später den Mann erschießen wollte, der mir so viel genommen hatte.

Unser armer Großvater verlor nun endgültig die Fähigkeit zu sprechen. Er war jetzt wieder genauso stumm wie zu Großmutters

Lebzeiten; er schnitzte nicht mehr, spielte nicht auf der Geige, er starrte nur ins Leere und schaukelte hin und her. Hie und da murmelte er ein Gebet vor sich hin, das jedoch niemals erhört wurde.

Wie alle unsere Gebete niemals erhört wurden.

In meinen Träumen sah ich Unsere-Jane und Keith, wie sie aufwachten und sie das schönste und glücklichste Weihnachtsfest erwartete. Ich sah sie in hübschen, roten Nachtgewändern aus Flanell, wie sie in einem eleganten Wohnzimmer spielten, in dem ein riesiger Weihnachtsbaum stand, unter dem unzählige Spielsachen und Kleider lagen. Ich lachte vor Freude im Traum, während Unsere-Jane und Keith im Zimmer herumsausten, die Geschenkpakete öffneten, mit Spielzeugautos fuhren; Unsere-Jane, klein wie sie war, kroch in ein Puppenhaus; lange, bunte Strümpfe waren prall gefüllt mit Orangen, Äpfeln, Bonbons, Kaugummis und Schokoladenplätzchen; schließlich wurde ein langer Tisch mit einem weißen Tischtuch und glitzerndem Kristall und Silber gedeckt. Ein großer, braungebratener Truthahn wurde auf einem Silbertablett serviert, der mit den Speisen, die wir damals in dem Restaurant gegessen hatten, garniert war. Ein Kürbiskuchen, wie ich ihn in einer Zeitschrift gesehen hatte, stand auch auf dem Tisch. Oh, was meine Träume Unserer-Jane und Keith nicht alles gönnten!

Nun, da Unsere-Jane und Keith mich nicht mehr ablenkten, hörte ich intensiver Fannys ewiges Gemurre, daß sie nicht von den reichen Leuten mit den feinen Kleidern und dem prächtigen Wagen ausgesucht worden war.

»Die reiche Dame hätte genausogut *mich* aussuchen können«, sagte sie wohl schon zum hundertsten Mal, »wenn ich bloß die Zeit gehabt hätt', mir die Haare ordentlich zu waschen und mich zu baden. Hast das ganze heiße Wasser für die Kleinen verwendet, Heaven! Bist gemein! Hab' den reichen Leuten nicht gefallen, bloß weil ich unordentlich ausgesehen hab'. Warum hat Vater uns nicht gesagt, wir sollen uns herrichten?«

»Fanny«, rief ich außer mir, »was ist denn mit dir los? Einfach mit Fremden zu gehen, die man überhaupt nicht kennt. Nur Gott weiß, was den beiden zustoßen wird…« Ich hielt inne und fing zu weinen an.

Tom versuchte mich zu trösten. »Es wird alles gut werden. Die ›neuen Eltern‹ von Unserer-Jane und Keith sind doch reich und gebildet. Stell dir vor, wie schrecklich das gewesen wär', wenn Vater sie an Leute verkauft hätte, die genauso arm sind wie wir.«

Wie zu erwarten, nahm Großvater Partei für seinen Sohn. »Luke tut nur, was er für das Beste hält... Halt deinen Mund, Mädchen, wenn du ihn das nächste Mal siehst, oder er wird dir was Schlimmes antun. Ist hier nicht der richtige Ort für Kinder. 's wird ihnen dort viel besser gehen. Hör auf zu weinen, und find' dich zurecht mit dem, was du doch nicht ändern kannst. Darum geht es ja im Leben – man muß den Stürmen standhalten.«

Ich hätte es wissen müssen, daß Großvater – ebenso wie Großmutter früher – nicht zu mir halten würde, wenn es um Vater ging. Immer hatten sie eine Entschuldigung für sein brutales Benehmen gefunden. Im Grunde seines Herzens sei er ein guter Mann – sagten sie. Unter seiner Härte und Grausamkeit sei er ein verhinderter Gentleman, der nur noch nicht den rechten Weg für sich gefunden hatte.

Für mich war er ein Monster, für den nur die eigenen Eltern Liebe empfinden konnten.

Ich kam so wenig wie möglich in die Nähe des alten Mannes, der mich so oft enttäuscht hatte. Warum war Großvater nicht stark genug, um für unsere Rechte zu kämpfen? Warum machte er nicht endlich seinen Mund auf? Warum drückte er seine Gedanken nur in Form kleiner hübscher Holzfiguren aus? Er hätte seinem Sohn sagen sollen, daß er seine Kinder nicht verkaufen durfte. Aber er hatte kein einziges Wort gesagt, nicht ein einziges.

Bitterkeit erfüllte mich bei dem Gedanken, daß Großvater, wenn es ging, jeden Sonntag die Kirche besuchte, sang und sich mit gesenktem Kopf zum Gebet erhob; aber zu Hause wurden kleine, halbverhungerte Kinder geprügelt und gequält und dann verkauft.

»Wir werden weglaufen«, flüsterte ich Tom zu, als Fanny schon schlief und Großvater auf seiner Schlafdecke lag. »Wenn der Schnee geschmolzen ist, ziehen wir alle unsere warmen Kleider an und fliehen zu Miß Deale. Sie ist jetzt bestimmt schon aus Baltimore zurück. Sie muß einfach schon zurück sein. Sie wird uns sagen, was wir zu tun haben und wie wir Unsere-Jane und Keith zurückbekommen können.«

Ja, wenn überhaupt jemand Bescheid wußte, wie man Vaters Pläne, uns zu verkaufen, durchkreuzen könnte, dann sicherlich Miß Deale. Sie kannte bestimmt tausend Dinge, von denen Vater nie in seinem Leben gehört hatte; außerdem hatte sie Verbindungen.

Es schneite drei Tage 'hintereinander.

Und dann plötzlich brach die Sonne aus den Wolken hervor. Das helle Licht blendete uns fast, als Tom die Tür aufstieß, um hinauszuschauen.

»Es ist vorbei«, sagte Großvater mit schwacher Stimme. »So sind die Wege des Herrn; er rettet uns immer dann, wenn wir glauben, in der nächsten Stunde sterben zu müssen.«

Wieso waren wir gerettet? Das Sonnenlicht rettete uns keineswegs, es wärmte uns höchstens etwas. Ich trat zurück in die alte, baufällige Hütte, in der unsere spärlichen Vorräte lagerten. Wieder hatten wir nichts zu essen, nur noch ein paar Nüsse, die wir im Herbst gesammelt hatten.

»Ich mag Nüsse«, erklärte Tom gutgelaunt, setzte sich hin und machte sich über sie her. »Wenn genug Schnee geschmolzen ist, können wir unsere wärmsten Sachen anziehen und fliehen. Wär' es nicht wunderbar, immer nach Westen in Richtung Sonne zu ziehen? Wir landen bestimmt in Kalifornien und leben von Datteln und Orangen und trinken Kokosmilch. Wir werden im goldenen Gras liegen und auf die goldenen Berge schauen...«

»Haben sie auch goldene Straßen in Hollywood?« wollte Fanny wissen.

»Wahrscheinlich ist in Hollywood alles aus Gold«, sinnierte Tom, der immer noch hinausblickte. »Oder vielleicht aus Silber.«

Großvater sagte nichts.

Wir lebten in einem eigenartigen Land. Der Frühling konnte so plötzlich wie ein Blitz einschlagen und ebensoviel Schaden anrichten. Es gab Tage im Dezember, Januar oder Februar, an denen es so warm wie im Frühling war, daß die Blumen und Bäume dazu verlockt wurden, ihre Knospen zu öffnen; dann brach der Winter wieder ein und die Blüten und Blätter erfroren. Wenn dann der richtige Frühling kam, dann ließen sich diese Pflanzen nicht mehr dazu verleiten zu knospen – zumindest nicht in diesem Jahr.

Bald verwandelte die Sonne den Schnee in Matsch.

Bäche und Flüsse schwollen an und rissen Brücken mit sich und die Waldpfade wurden zerstört. Nun, da auch unsere Brücke zerstört war, verringerten sich unsere Fluchtchancen gewaltig. Vollkommen erschöpft kehrte Tom von einer Erkundungsreise zurück und berichtete, daß alle Brücken in der näheren Umgebung fortgerissen worden waren.

»Die Strömung ist viel zu stark, sonst könnten wir hinüberschwimmen. Morgen wird es schon besser sein.«

Ich legte den Roman Jane Eyre beiseite und trat stumm neben Tom. Nach einer Weile kam auch Fanny herbeigeeilt. »Laßt uns einen Eid schwören«, flüsterte Tom, damit Großvater ihn nicht hörte, »daß wir bei der ersten Gelegenheit, die sich uns bietet, fliehen und daß wir immer zusammenhalten, durch dick und dünn, einer für alle, alle für einen ... Heavenly, wir haben uns das schon mal geschworen. Jetzt kommt Fanny dazu. Fanny, leg deine Hand auf meine. Aber zuerst leg deine Hand aufs Herz und schwör, daß nur der Tod uns trennen kann.«

Fanny zögerte einen Augenblick, legte aber dann in einer seltenen Regung von Kameradschaft ihre Hand auf meine Hand, die auf Toms lag. »Wir schwören feierlich ...«

»Wir schwören feierlich ...« wiederholten Fanny und ich.

»Daß wir immer zusammenhalten werden in guten wie in schlechten Tagen ...«

Wieder zögerte Fanny. »Warum mußt du die schlechten Tage erwähnen? Hört sich ja an wie bei einer Hochzeit, Tom.«

»Also gut, durch dick und dünn, in Freud und Leid, bis wir Unsere-Jane und Keith wiederhaben. Seid ihr mit diesem Satz einverstanden?«

»Sehr gut, Tom«, sagte ich und wiederholte seinen Schwur. Sogar Fanny war beeindruckt und verhielt sich zum ersten Mal wie eine richtige Schwester; sie schmiegte sich an mich, und wir redeten über unsere Zukunft, die uns draußen in der großen unbekannten Welt erwartete. Fanny half mir und Tom im Wald nach Beeren zu suchen, während wir darauf warteten, daß der Fluß wieder zurückging und die Brücken repariert wurden.

»He«, sagte Tom Stunden später, »mir ist grad etwas eingefallen. Zwanzig Meilen von hier entfernt gibt es noch eine Brücke. Wenn wir fest entschlossen sind, könnten wir sie erreichen. Wenn wir aber über zwanzig Meilen marschieren wollen, dann brauchen wir pro Kopf mehr als eine Haselnuß, das kann ich dir gleich sagen, Heavenly.«

»Meinst du, daß wir es mit zwei Nüssen pro Kopf schaffen?«

fragte ich, da ich schon mit so einer Notsituation gerechnet hatte.

»Ja, mit so viel Kraftfutter schaffen wir es glatt bis Florida«, sagte Tom lachend, »was fast genausogut wie Kalifornien ist.«

Wir zogen alle unsere besten Sachen an. Ich verscheuchte die Gedanken daran, daß wir nun Großvater alleine lassen mußten. Fanny wartete schon ungeduldig darauf, die Hütte zu verlassen, in der nur noch Trübsinn, Alter und Hoffnungslosigkeit herrschten. Mit schlechtem Gewissen und schweren Herzens küßten wir Großvater zum Abschied. Er stand zitternd auf, lächelte uns an und nickte, so als könnte ihn im Leben nichts mehr überraschen.

Ich hielt den Koffer in meiner Hand. Nun hatte Fanny ihn schließlich doch entdeckt, aber ihre Aufregung darüber wurde von der Tatsache gedämpft, daß wir nun aufbrachen... irgendwohin.

»Auf Wiedersehen«, riefen wir einstimmig. Während Tom und Fanny hinauseilten, blieb ich noch zurück. »Großvater«, sagte ich verlegen und betroffen, »es tut mir leid, daß ich dir das antun muß. Ich weiß, daß es nicht richtig ist, dich allein zu lassen, aber wir müssen es tun, sonst werden wir noch wie Keith und Unsere-Jane verkauft. Bitte, versteh uns.«

Er starrte vor sich hin, in der einen Hand hielt er ein Messer, in der anderen ein Stück Holz, seine dünnen Haare bewegten sich leicht im Wind. »Wenn wir erwachsen geworden sind und Vater uns nicht mehr verkaufen kann, kommen wir wieder.«

»Ist schon gut, Kind«, flüsterte Großvater mit gesenktem Kopf, so daß ich seine Tränen nicht sehen konnte. »Paß auf dich auf.«

»Ich hab' dich lieb, Großvater. Ich hab's vielleicht noch nie zu dir gesagt, ich weiß auch nicht warum, aber es ist so.«

Ich trat auf ihn zu und umarmte und küßte ihn. Er roch säuerlich und fühlte sich zerbrechlich an. »Wir würden dich nicht verlassen, wenn wir einen Ausweg wüßten, aber wir müssen einen besseren Ort für uns finden.« Wieder lächelte er mit Tränen in den Augen, nickte mir zu, als schenkte er meinen Worten Glauben und schaukelte weiter. »Luke wird bald mit was zu essen zurückkommen – mach dir da keine Sorgen. Verzeih mir, daß ich dir böse Sachen gesagt hab', ich hab' es nicht so gemeint.«

»Was hast du denn für böse Sachen gesagt?« donnerte eine Stimme durch die offene Tür.

10. KAPITEL

Wir nehmen Abschied

Vater stand in der Tür und blickte uns finster an. Er trug eine dicke rote Jacke, die ihm bis an die Hüften reichte. Nagelneu! Seine Stiefel waren von so guter Qualität, wie ich sie noch nie an ihm gesehen hatte und seine Hose auch. Seine pelzgefütterte Mütze hatte Ohrenschützer. Unter dem Arm trug er etliche Essenpakete. »Bin zurück«, sagte er beiläufig, als wäre er gerade erst gestern fortgegangen. »Hab' was zu essen mitgebracht.« Dann wandte er sich zum Gehen – zumindest dachte ich das.

Er legte den Weg zwischen Lieferwagen und Hütte mehrmals zurück, um alle Sachen zu holen. Was nützte es, wenn wir jetzt davonliefen? Er konnte uns jederzeit mit seinen langen Beinen einholen – wenn er nicht sogar mit dem Transporter hinter uns herfahren würde.

Zudem wollte Fanny nun nicht mehr fliehen. »Vater«, schrie sie überglücklich und tanzte um ihn herum und versuchte, ihn zu küssen und zu umarmen, bevor er noch alles abgeladen hatte.

Immer wieder wollte sie ihm in die Arme fallen, bis es ihr schließlich gelang. »Vater, du bist zurückgekommen und hast uns wieder gerettet! Wußt' ich's doch, wußt' doch, daß du mich magst! Nu' müssen wir nicht mehr abhauen! Gefroren und gehungert haben wir, und wir wollten Essen suchen oder stehlen, wollten warten, bis der Schnee schmilzt und die Brücke wieder steht. Bin ja so froh, daß wir das alles nu' nicht mehr machen müssen.«

»Weglaufen, um Essen zu suchen, was?« fragte Vater mit zusammengekniffenem Mund und schmalen Augen. »Ihr kommt nirgendwohin, wo ich euch nicht finden tu'. Setzt euch hin und eßt. Dann bereitet euch für'n Besuch vor.«

Also wieder!

Fannys Gesicht leuchtete auf, als hätte man eine Lampe angeknipst. »Vater, diesmal bin doch ich dran, nicht? Nicht wahr? Bitte, laß es mich sein.«

»Mach dich fertig, Fanny«, befahl Vater und ließ sich in einen Stuhl fallen, daß er fast nach unten kippte. »Hab' dir neue Eltern ausgesucht, wie du mich gebeten hast, und genauso reich wie die von

Keith und Unserer-Jane.«

Fanny quietschte vor Vergnügen, als sie das hörte. Sie beeilte sich, Wasser auf dem Ofen aufzusetzen. Dann holte sie eine alte Aluminiumwanne hervor, die wir als Badewanne benutzten. »Ach, ich brauch' schönere Kleider!« jammerte Fanny, während das Wasser heiß wurde. »Heaven, kannst du mir nicht'n Kleid von dir geben, das mir steht?«

»Ich werde nichts dafür tun, daß du uns verlassen kannst«, sagte ich mit eiskalter Stimme, während mir die heißen Tränen in den Augen standen. Fanny kümmerte sich wenig darum, daß sie ihren Eid gebrochen hatte und von uns weggehen wollte.

»Tom, hol mir noch Wasser«, trällerte sie, »ich brauch' genug Wasser, um die Wanne voll zu machen und meine Haare zu waschen!« Widerstrebend erfüllte Tom ihren Wunsch.

Vielleicht konnte Vater meine Gedanken lesen. Er sah kurz zu mir hinüber und spürte meinen grimmigen, kalten Blick; vielleicht erkannte er zum ersten Mal, daß er mich haßte, weil ich so anders als sein Engel war. Darauf konnte er Gift nehmen, daß ich anders war! Ich wäre nicht so dumm gewesen und hätte mich in einen ungebildeten Mann aus den Bergen verliebt, der in einer Hütte lebte und illegalen Alkohol verhökerte. Er schien zu wissen, was ich dachte, er entblößte seine Zähne zu einem spöttischen Grinsen, so daß er richtiggehend abstoßend wirkte.

»Hast du was vor, Kleine? Dann tu's doch. Komm schon. Ich warte.«

Unbewußt griff ich wieder nach dem Schürhaken.

Schnell trat Tom durch die Tür, setzte den Wasserkübel ab und eilte auf mich zu, um mich davon abzuhalten. »Er tötet dich, wenn du's tust«, flüsterte er mir eindringlich zu und zog mich aus Vaters gefährlicher Reichweite.

»Hast 'nen echten Ritter, nicht wahr?« sagte Vater und blickte Tom verächtlich an. Er stand lässig auf, gähnte zufrieden, als hätte er nichts getan, wofür man ihn hassen müßte. »Sie werden jede Minute dasein. Beeil dich, Fanny, mein Mädchen. Wirst gleich sehen, wie sehr dich dein Vater liebt, wenn die Leute kommen. Sie werden dich wie ihren Augapfel hüten.«

Kaum hatte er das gesagt, als ein Wagen in unseren Hof fuhr. Nur war es diesmal kein fremder Wagen, sondern einer, den wir sehr gut kannten und schon viele Male auf den Straßen in Winnerrow gesehen hatten. Es war ein langer, schwarzer, glitzernder Cadillac, der dem reichsten Mann von Winnerrow, Reverend Wayland Wise, gehörte.

Endlich, endlich! Miß Deale hatte doch noch einen Ausweg gefunden, um uns zu retten.

Wieder stieß Fanny vor Freude einen spitzen Schrei aus, kreuzte die Arme über ihre kleinen Brüste und warf mir einen triumphierenden Blick zu. »*Mich* wollen sie! *Mich*!«

In einer Sekunde war sie angezogen, und zwar mit einem Kleid, das eigentlich *mir* gehörte.

Vater öffnete die Tür und bat den Reverend und seine dünngesichtige Frau, die weder lächelte noch sprach, sondern nur sauertöpfisch und unglücklich dreinschaute, freundlich herein. Sie starrte entsetzt auf das, was sie sah und was für eine so reiche Frau wie sie sicherlich ein Schock sein mußte –, aber sie mußte solche Lebensumstände doch eigentlich kennen. Der gutaussehende Reverend verlor keine Minute bei seiner Wahl.

Meine Annahme, daß Miß Deale uns den Reverend geschickt hatte, um uns zu retten, war falsch gewesen, genauso wie meine Hoffnung, daß der liebe Gott ein Wunder geschehen lassen würde. Fanny war viel weniger wirklichkeitsfremd als ich. Der Gottesmann wußte schon ganz genau, welches von Vaters drei übriggebliebenen Kindern er wollte, obwohl er uns alle genau ansah und seine Augen lange und lüstern auf mir ruhten.

Ich trat entsetzt und erschrocken vor dem frommen Mann zurück, warf Vater einen zornigen Blick zu und sah, wie er seinen Kopf schüttelte, als sähe er es nicht gerne, daß *ich* in des Reverends Haus wohnen sollte.

Mein Verdacht bestätigte sich, als Vater erklärte: »Meine Älteste ist aufrührerisch; sie gibt freche Antworten, sie ist trotzig, halsstarrig und boshaft, Reverend Wise, Mrs. Wise. Glauben Sie mir, mit meiner jüngeren Tochter Fanny treffen Sie eine viel bessere Wahl. Fanny macht keine Umstände, sie ist hübsch und lieb. Ich nenn' sie immer mein Täubchen, mein Rehlein, meine liebe Fanny.«

Was für eine Lüge! Nie gab er uns Kosenamen.

Diesmal würde es wenigstens kein Gejammer und Geschrei und kein Sträuben geben. Fanny hätte nicht glücklicher sein können. Sie strahlte vor Glück. Der Reverend überreichte uns allen dreien eine Schachtel voll Konfekt, und Fanny bekam einen richtig passenden roten Mantel mit einem schwarzen Pelzkragen. Fanny war einverstanden. Mehr hatte es nicht dazu gebraucht!

Sie hörte gar nicht zu, als man ihr erzählte, was für ein wunderschönes Zimmer sie zu ihrer Verfügung bekommen würde, das der Reverend und seine Frau eigens für sie eingerichtet hatten, oder die anderen Dinge, die sie ihr bieten wollten, wie beispielsweise Tanz- und Musikunterricht.

»Werd' so sein, wie Sie wollen«, rief Fanny, und ihre schwarzen Augen glänzten. »Werd' alles machen, was Sie wollen! Bin bereit und willig zu gehen! Und vielen Dank, daß Sie mich ausgesucht haben, vielen, vielen Dank!«

Fanny lief auf den Reverend zu und umarmte ihn. »Gott segne Sie – und wie glücklich ich bin! Ich dank' Ihnen tausendmal! Ich werd' nie wieder hungern und frieren. Ich mag Sie jetzt schon, das tu' ich... dafür, daß Sie mich und nicht Heaven ausgesucht haben!«

Fanny! Fanny! schrie ich innerlich. Hast du schon deinen Eid vergessen, daß du mit uns durch dick und dünn gehen wolltest? Gott hat es nicht so geplant, daß Familien auseinandergerissen und ihre einzelnen Mitglieder fremden Leuten zugeteilt werden. Fanny, du warst wie ein eigenes Kind für mich. »Sehen Sie, sehen Sie«, rief Vater stolz. »Wirklich, Sie haben die Beste gewählt. Ein liebenswürdiges und süßes Mädchen, für das Sie sich nie schämen müssen.«

Wieder warf er mir einen seiner höhnischen Blicke zu, aber ich starrte nur geradeaus. Ich schämte mich für Fanny, und ich hatte Angst um sie. Was wußte eine Dreizehnjährige schon? Tom stand neben mir, er hielt meine Hand. Er war blaß und seine Augen dunkel vor Angst und Schmerz.

Wir spielten fünf kleine Negerlein.

Einer nach dem anderen verschwand. Dann waren's nur mehr zwei.

Wer würde der nächste sein, Tom oder ich?

»Bin mächtig stolz, daß sie mich ausgesucht haben«, sagte Fanny wieder, sie konnte ihr Glück immer noch nicht fassen. Es war rührend, was Fanny mir atemlos zuflüsterte, als sie den roten Mantel angezogen hatte. »Ich werde in einem großen, reichen Haus wohnen, und du kannst mich besuchen.« Zwei- oder dreimal schnüffelte sie, um etwas Trauer zu demonstrieren, dann warf sie Tom und mir beschwörende Blicke zu. Sie nahm ihre zwei Pfund schwere Schokoladenschachtel mit und lächelte uns zu, bevor sie hinaus zum Wagen ging. »Wir werden uns ja mal in der Stadt treffen«, rief sie noch und sah sich nicht mehr um, nicht einmal nach Vater.

Der Papierkram wurde erledigt, der Reverend zahlte die fünfhundert Dollar in bar und nahm die Quittung entgegen. Dann folgte er Fanny, seine Frau immer zwei Schritte hinter ihm. Wie ein richtiger Gentieman half der Reverend Fanny und seiner Frau in den Wagen. Alle drei saßen vorne, Fanny in der Mitte.

Peng! Die Wagentür fiel zu.

Der heftige Schmerz kehrte zurück, aber diesmal nicht so stark wie bei Unserer-Jane und Keith. Fanny wollte ja gehen, sie schrie und weinte nicht, hatte nicht mit den Beinen gestrampelt und nicht mit den Armen gefuchtelt – die Kleinen wollten bleiben. Wer konnte schon sagen, welche Entscheidung die richtige war?

Fanny kam ja auch nur nach Winnerrow. Unsere-Jane und Keith dagegen waren in Maryland, und Tom konnte sich nur noch an drei Ziffern auf dem Nummernschild erinnern. Würde das genügen, sie… eines Tages… zu finden?

Jetzt ging mit Fanny meine Peinigerin, meine Schwester und gelegentliche Freundin. Fanny, für die ich mich genierte, wenn ich in der Schule war und ihr Gekicher im Ankleideraum hörte. Fanny mit ihrer sexuellen Unbekümmertheit, dem Erbe aus den Bergen.

Nachdem Fanny fort war, blieb Vater diesmal. Was Fanny bei seiner Ankunft herausgesprudelt hatte, war ihm eine Warnung. Er wollte nicht gehen und bei seiner Rückkehr entdecken, daß wir geflohen waren. Tom und ich jedoch waren darauf erpicht, daß er ging, damit wir fliehen konnten, bevor wir verkauft wurden. Wir warteten, ohne ein Wort zu sagen, saßen nebeneinander auf dem Boden in der Nähe des Ofens. Wir saßen so eng beieinander, daß ich seine Wärme spüren und seinen angestrengten Atem hörte.

Vater gab uns nicht die geringste Chance zu fliehen. Er pflanzte sich auf einen Stuhl auf der anderen Seite des Ofens, kippte ihn leicht nach hinten und hielt seine Augen halb geschlossen – so als warte er auf etwas. Ich redete mir ein, daß wohl Tage vergehen würden, bevor ein neuer Käufer käme. Wir hatten also viel Zeit, sehr viel Zeit…

Dem war nicht so.

Ein mit Lehm bespritzter brauner Lastwagen, ebenso alt und klapprig wie Vaters, bremste plötzlich in unserem Hof und versetzte mich in Panik, die auch in Toms Augen stand. Er tastete nach meiner Hand und drückte sie fest. Wir preßten uns gegen die Wand. Fanny war erst seit zwei Stunden weg, und schon kam ein weiterer Käufer.

Schritte auf der Verandatreppe, dann polterte jemand über den Vorbau. Dreimal klopfte es laut an der Tür. Dann wieder. Vater öffnete die Augen; er sprang auf, stürzte zur Tür und riß sie auf. Wir sahen, wie ein untersetzter, kräftiger Mann mit einem grauen Bart eintrat und sich stirnrunzelnd umsah. Er erblickte Tom, der jetzt schon einen Kopf größer als er war.

»Wein nicht, Heavenly, bitte nicht«, flehte mich Tom an. »Ich halt's nicht aus, wenn du's tust.« Wieder drückte er meine Hand, wischte meine Tränen mit der anderen Hand weg und gab mir einen flüchtigen Kuß. »Wir können wohl nichts dagegen tun, oder? Nicht wenn Leute wie Reverend Wise und seine Frau nichts Schlimmes daran finden, Kinder zu kaufen. Ist schon mal vorgekommen, das weißt du genausogut wie ich. Und es wird immer wieder vorkommen, das weißt du auch.«

Ich warf mich in seine Arme und drückte mich fest an ihn. Diesmal würde ich nicht weinen, diesmal ließ ich es nicht zu, daß es so weh tat. Es war ja wohl das Beste. Niemand war herzloser, lebensuntüchtiger und gemeiner als Vater. Daher würde es uns allen jetzt bessergehen, ganz gewiß. Ein schönes Zuhause und besseres Essen. Es war gut zu wissen, daß jeder von uns drei Mahlzeiten am Tag haben würde, so wie alle anderen Menschen auch in diesem freien Land, das man die Vereinigten Staaten von Amerika nennt.

Dann brach ich zusammen und fing zu weinen an.

»Tom, lauf! Tu was!«

Vater versperrte Tom den Weg, obwohl er nicht versucht hatte zu fliehen. Wir hatten nur eine Tür, und die Fenster waren zu hoch und zu klein.

Vater bemerkte meine Tränen nicht und übersah das schmerzverzerrte Gesicht Toms. Er eilte auf den untersetzten Mann im schmutzigen, abgetragenen Overall zu und schüttelte seine Hand. Er hatte, soweit ich sehen konnte, ein grobschlächtiges Gesicht. Sein dichter, grauer Bart überwucherte alles außer seiner Knollennase und seinen kleinen, blinzelnden Augen. Durch seinen dichten Pfeffer- und Salz-Bart machte sein Kopf den Eindruck, als säße er direkt auf seinen Schultern. Darunter folgte eine breite muskelbepackte Brust und ein runder Bierbauch – beides wurde durch seinen Overall halb verdeckt.

»Bin gekommen, ihn mir zu holen«, sagte er ohne Umschweife und sah Tom ungeniert an, ohne mich auch nur eines Blickes zu würdigen. Er war etwa einen Meter entfernt, zwischen ihm und uns stand Vater. »Wenn's so ist, wie Sie's sagen, nehm' ich ihn.«

»Schauen Sie ihn sich an«, sagte Vater, ohne zu lächeln. Mit dem Farmer sprach er in einem rein geschäftsmäßigen Ton. »Tom ist vierzehn Jahre alt und fast schon einen Meter achtzig groß. Schauen Sie sich diese Schultern, diese Hände und Füße an; daran erkennt man, was aus dem Jungen mal für'n Kerl wird. Fühlen Sie mal seine Muskeln, die hat er vom Holzhacken; er kann wie ein ausgewachsener Mann Heu aufladen.«

Pervers, es war grausam und pervers, seinen Sohn wie einen Preisbullen anzubieten.

Der rotgesichtige Farmer riß Tom an sich und hielt ihn fest, während er in seinen Mund sah und seine Zähne kontrollierte, seine Muskeln, Schenkel und Waden befingerte und sich erkundigte, ob er an Verstopfung leide. Er stellte noch weitere peinliche Fragen, die Vater beantwortete, weil Tom sich weigerte. Als ob Vater darüber Bescheid gewußt oder sich gar jemals darum gekümmert hätte, ob Tom unter Kopfschmerzen litt oder Erektionen am Morgen hatte.

»Ist'n gesunder Junge, natürlich hat er sexuelle Gefühle. Ich hatt' sie auch in seinem Alter; war begierig und bereit, es den Mädchen richtig zu zeigen.«

Was hatte er vor, wollte er Tom als Zuchtstier verkaufen?

Der bullige Farmer schilderte seine Situation: Er heiße Buck Henry und betreibe eine Milchwirtschaft. Er benötigte dringend Hilfe. Jemand, der jung war und kräftig zupacken konnte und sich gerne einen guten Lohn verdienen wollte. »Keinen, der schwach ist, unstet und faul oder keine Befehle annehmen kann.«

Vater ärgerte sich über das, was der Farmer gesagt hatte. »Tom ist sein Lebtag noch nicht faul gewesen.« Stolz schaute er auf Tom, der finster dreinblickte und sich neben mich stellen wollte.

»Guter, starker Junge«, bemerkte Buck Henry zustimmend. Er

überreichte Vater die fünfhundert Dollar in bar, unterschrieb die Papiere, die Vater schon fertig hatte, und nahm seine Quittung entgegen. Dann packte er Tom am Arm und drängte ihn zur Tür hinaus. Tom stemmte die Füße gegen den Boden, aber Vater war dicht hinter ihm und stieß ihm gegen das Schienbein. Großvater schaukelte und schnitzte unentwegt.

An der Tür konnte sich Tom aus dem Griff des Farmers winden. »Will nicht gehen!« brüllte er.

Schnell stellte sich Vater hinter mich; ich versuchte, ihm zu entkommen, aber zu spät. Seine großen Hände lagen mit gespreizten Fingern auf meinen Schultern; er brauchte sie nur etwas zu bewegen und schon lagen sie im Würgegriff um meinen Hals.

Tom durchfuhr es kalt, als er mich wie ein Huhn dastehen sah, dem man den Hals abdrehen wollte.

»Vater!« schrie er. »Tu ihr ja nicht weh! Wenn du Heavenly wie uns andere auch verkaufst, such ihr die besten Eltern aus! Wenn du's nicht tust, komm' ich eines Tages nach Hause, und dann wirst du's bereuen, daß du jemals ein Kind in die Welt gesetzt hast.« Seine wilden Augen trafen meine. »Ich komm' zurück, Heavenly!« schrie er weiter. »Ich hab's versprochen und werd' meinen Eid nicht vergessen. Ich danke dir für das, was du für mich und uns alle getan hast. Werd' dir so oft schreiben, daß du mich gar nicht vermissen wirst – und ich werd' dich finden, egal wo du steckst! Hab' diesen Eid geschworen und werd' ihn niemals brechen.«

Meine Augen waren gereizt und geschwollen, als hätte ich zwei farblose, ausgebrannte Sonnen hinter tiefschwarzen Monden. »Tom... bitte, bitte, schreib. Wir werden uns wiedersehen, das weiß ich ganz bestimmt. Mr. Henry, wo wohnen Sie?«

»Sagen Sie ihr's nicht«, warnte Vater und verstärkte den Druck seiner Finger um meinen Hals. »Die hier bringt nur Ärger, und lassen Sie Tom nicht schreiben. Zumindest nicht der hier. Sie heißt Heaven. Man hätte sie Hell nennen sollen.«

»Vater«, rief Tom. »Sie ist das *Beste*, was du hast, und du weißt es auch.«

Tom war jetzt draußen, und die Türe stand offen. Es gelang mir, mit heiserer Stimme etwas hinauszuschreien. »Es gibt immer eine Brücke, Thomas Luke, vergiß das nicht. Und du wirst deine Träume verwirklichen können, ich weiß es genau!«

Er wandte sich um und verstand mich; er winkte, lächelte, und dann stiegen sie in den Lastwagen ein, und Tom streckte seinen Kopf aus dem Fenster hinaus und brüllte mir etwas zu. »Egal, wo du bist oder wer uns auseinanderbringen will, ich find' dich, Heavenly! Werd' dich nie vergessen! Wir werden zusammen Keith und Unsere-Jane finden, so wie wir's uns vorgenommen haben!«

Der schmutzige, alte Lastwagen fuhr los, auf die holprige Straße zu. Ich war allein mit Vater und Großvater. Vater ließ mich los, und in einem Zustand hoffnungsloser Verzweiflung sank ich zu Boden.

Ich ahnte schon, was Tom bevorstand.

Keine Schulausbildung mehr, kein Jagen und Fischen, kein Baseball-Spiel oder Herumtoben mit seinen Kameraden, nur Arbeit, Arbeit und nichts als Arbeit.

Der begabte Tom würde seine Hoffnungen und Träume auf einer Kuhweide begraben müssen und das Leben eines Farmers fristen – ein Leben, von dem er immer gesagt hatte, daß er es nicht ausstehen könnte.

Mein eigenes, ungewisses Schicksal versetzte mich jedoch in ebenso große Angst.

11. KAPITEL

ICH TREFFE MEINE WAHL

Tom war fort.

Nun hatte ich keine Menschenseele mehr, die mich liebte. Wer würde mich jemals wieder Heavenly nennen?

Tom nahm alles Lachen, alle Heiterkeit und Freude, all den Mut und Humor, womit er die grimmige Atmosphäre in der Hütte aufgelockert hatte, mit sich. Die heitere Seite meines Gemüts verschwand mit dem lehmbespritzten Lastwagen, dessen Nummernschild so verdreckt gewesen war, daß ich es nicht entziffern konnte – obwohl ich mich anstrengte. Ich war dumm gewesen, als ich glaubte, ich sei allein und verlassen, als Keith und Unsere-Jane fortgingen. Jetzt war ich wirklich allein, ich, das einzige Kind, das Vater haßte.

Ich tröstete mich mit dem Gedanken, daß ich auch das einzige Kind war, das irgend etwas Nützliches für diesen Haushalt unternahm. Ich kochte, machte sauber und kümmerte mich um Großvater. Bestimmt hatte Vater nicht vor, Großvater hier ganz allein zurückzulassen...

Ich wollte, daß Vater ging; daß er die Tür hinter sich zuknallen, in den Lieferwagen springen und nach Winnerrow fahren würde – oder wo immer er sich jetzt aufhielt, da er nun nicht mehr zu »Shirley's Place« gehen konnte.

Vater blieb.

Er ließ sich wie ein Wachhund vor unserer einzigen Tür nieder und gab mir zu verstehen, daß er so lange auf mich aufpassen würde, bis auch ich verkauft worden war.

Er sagte kein Wort, sondern hockte nur still und verdrossen da. Wenn die Nacht hereinbrach, rückte er seinen Stuhl näher an den Ofen, legte seine großen Füße darauf und starrte bedrückt ins Leere.

Nachdem Tom mit Buck Henry fortgefahren war, versuchte ich in den folgenden Tagen immer wieder allein zu fliehen, wann immer sich mir die Gelegenheit bot.

Ohne Tom, Keith und Unsere-Jane hatte ich jedoch nicht die Kraft und den Mut, irgendwohin zu gehen, um mich vor dem zu retten, was letzten Endes doch mein unentrinnbares Schicksal sein würde. Wenn ich Miß Deale nur einen Brief schreiben könnte. War sie schon zurück? Jede Nacht betete ich, daß Miß Deale oder Logan mich retteten.

Niemand kam.

Ich war das Kind, das Vater haßte, und er würde mich ganz üblen Leuten übergeben. Mich erwartete keine reiche Familie. Nicht einmal so jemand wie Buck Henry. Wahrscheinlich hatte er vor, mich der Madame in »Shirley's Place« zu verkaufen.

Je mehr ich über mein Schicksal nachdachte, um so zorniger wurde ich. Er durfte so etwas nicht mit mir tun! Ich war kein Tier, das man verkaufte und dann vergaß. Ich war ein Mensch, mit einer unsterblichen Seele und dem unveräußerlichen Recht auf Leben, Freiheit und Glück. Miß Deale hatte mir das so oft gesagt, daß es sich tief in mein Gedächtnis eingeprägt hatte. Es war dies der Geist, der in ihrer Klasse geherrscht hatte, und ein bitteres Lächeln verzog mein Gesicht, wenn ich daran dachte. Aber es war mir, als riefe er mir zu, ich solle ausharren, denn Miß Deale käme, um mich zu retten. Fast hörte ich, wie sie mir Mut zurief und ihre Stimme immer lauter und lauter wurde.

Beeilen Sie sich, Miß Deale, wollte ich herausschreien. Ich bin in Not, Miß Deale! Mein Stolz ist besiegt! Ich werde, ohne mich zu schämen, Ihre Hilfe annehmen! Bitte kommen Sie schnell und retten Sie mich, bevor es zu spät ist!

Ich betete, erhob mich von den Knien, ging zum Küchenschrank und schaute hinein. Trotz allem, das Leben ging weiter, und die Mahlzeiten mußten gekocht werden.

Hoffnung lag in Großvaters wäßrigen, blauen Augen, als er von einem seiner notwendigen Gänge mit noch mehr Ästen in der Hand zurückgekehrt war. Vorsichtig setzte er sich in den Schaukelstuhl. Er nahm sein Schnitzmesser nicht in die Hand, sondern richtete seine Augen auf mich. *Verlaß mich nicht*, baten seine Augen. *Bleib*, bettelten sie stumm, während er mich zu sich winkte, um mir etwas zuzuflüstern: »Mir geht's gut, Kind. Weiß schon, was du denkst. Du willst ausreißen, wenn du 'ne Chance siehst – mach dich davon, wenn Luke schläft.«

Ich liebte ihn, weil er das gesagt hatte. Ich liebte ihn so sehr, daß ich ihm sein Schweigen verzieh, als die anderen verkauft worden waren. Ich mußte jemanden haben, den ich lieben konnte, sonst hätte ich mich einfach hinlegen und sterben können. »Wirst du mich nicht mehr mögen, wenn ich dich allein lasse und weggehe? Wirst du mich verstehen?«

»Nein, werd' nie verstehen. Ich weiß im Grund meines Herzens, daß dein Vater das macht, was er für das Beste hält. Und du denkst im Grunde deines Herzens, daß er nur böse handelt.«

Vater schien zum letzten Mal vor langer Zeit an einem fernen unbekannten Ort geschlafen zu haben. Er döste nicht, er schloß nicht einmal die Augen. Und er entließ mich keine Sekunde aus seinem kalten, dunklen Blick. Meinen herausfordernden Blick erwiderte er nicht; er starrte nur düster auf irgendeine Stelle an mir; meine Haare, meine Hände, meine Füße, meinen Rumpf, er sah überall hin, nur nicht in mein Gesicht.

Sieben Tage vergingen, und Vater blieb.

Und da erschien eines Tages Logan vor unserer Tür wie ein Prinz, der gekommen war, mich zu retten!

Ich öffnete die Tür in der Meinung, daß Großvater vom Abort zurückkehrte. »Hallo«, sagte Logan lächelnd und wurde rot. »Hab' viel an dich gedacht in letzter Zeit und mich gefragt, warum du, Tom und die anderen nicht in die Schule kommen, jetzt, wo das Wetter wieder schöner wird. Warum bleibt ihr weg? Was treibt ihr hier?«

Er hatte also Fanny nicht gesehen – warum?

Hastig zog ich ihn herein. Früher hätte ich ihn von der Tür weggeschoben und mir tausend Entschuldigungen einfallen lassen, ihn nicht hereinzubitten. »Vater ist gerade im Hof und hackt Holz«, flüsterte ich in panischer Angst, »und Großvater sitzt draußen auf dem Abort, ich hab' nicht viel Zeit. Vater kontrolliert mich alle paar Minuten. Logan, mir geht es schlecht, sehr schlecht! Vater verkauft uns, einen nach dem anderen. Zuerst Unsere-Jane und Keith, dann Fanny und Tom... und bald bin ich dran!«

»Mit wem sprichst du, Mädchen?« brüllte Vater, der plötzlich in der Tür stand. Ich duckte mich, und Logan stand meinem Vater Auge in Auge gegenüber.

»Ich heiße Logan Stonewall, Sir«, sagte Logan höflich, aber bestimmt. »Mein Vater ist Grant Stonewall. Er ist Besitzer der Stonewall-Apotheke. Heaven und ich sind gute Freunde, seit ich nach Winnerrow gezogen bin. Ich habe mir Sorgen gemacht, warum Heaven, Tom, Fanny, Keith und Unsere-Jane nicht mehr in die Schule kommen. Ich wollte deshalb mal nachschauen.«

»Wann meine Kinder in die Schule gehen und wann nicht, geht dich überhaupt nichts an«, schrie mein Vater. »Mach, daß du fortkommst. Wir brauchen keine Leute, die bei uns herumschnüffeln.«

Logan wandte sich zu mir. »Ich mach' mich besser auf den Weg, bevor die Sonne untergeht. Paß auf dich auf. Übrigens habe ich gehört, daß Miß Deale nächste Woche zurück sein wird.« Er sah Vater lange und eindringlich an, und mein Herz hüpfte vor Freude – Logan glaubte mir!

»Sag dieser Lehrerin, sie soll sich gefälligst um ihren eigenen Mist kümmern«, brüllte Vater und schritt drohend auf Logan zu. »Du hast dein Verslein aufgesagt, verschwind' jetzt.«

Ruhig sah sich Logan in der Hütte um und nahm den Anblick offensichtlicher Armut in sich auf. Ich wußte, daß er sich bemühte, Schock und Mitleid zu verbergen, aber ich konnte in seinem Gesicht lesen. Logans große, blaue Augen sahen mich an und sandten mir eine Botschaft, die ich jedoch nicht recht entziffern konnte. »Hoffentlich sehe ich dich in ein paar Tagen wieder, Heaven. Ich werde es

Miß Deale ausrichten, daß du nicht krank bist. Sag mir noch, wo Tom, Fanny, Unsere-Jane und Keith sind.«

»Sind bei Verwandten auf Besuch«, sagte Vater. Er hielt die Tür weit auf, stand daneben und gab Logan unmißverständlich zu verstehen, daß er sich trollen solle, sonst würde er ihn hinausschmeißen.

Logan starrte Vater an. »Passen Sie gut auf Heaven auf, Mr. Casteel.«

»Raus«, schrie Vater voller Wut und warf die Tür hinter ihm zu.

»Warum ist dieser Junge gekommen?« fragte Vater mich, während ich mich wieder dem Ofen zuwandte und Großvater aus dem anderen Zimmer hereinstolperte. »Hast ihn gerufen, oder?«

»Er ist gekommen, weil er sich um mich kümmert, und Miß Deale kümmert sich auch um mich, und die ganze Welt wird sich um *dich* kümmern, wenn sie erfährt, was du angestellt hast, Luke Casteel!«

»Danke für die Warnung«, sagte er höhnisch. »Hab' schon richtig Angst.«

Danach war es noch schlimmer, und er beobachtete mich noch genauer.

Ich hoffte und betete, daß Logan Fanny traf und sie ihm alles erzählen würde und daß Logan etwas unternehmen würde, bevor es zu spät war. Zugleich aber hegte ich den Verdacht, daß Vater dem Reverend geraten hatte, Fanny im Haus zu behalten, bis er mich losgeworden war.

Ich hatte in der Zeitung über adoptierte Kinder gelesen, die für zehntausend Dollar verkauft worden waren. Vater war also zudem noch so dumm gewesen und hatte nicht mehr verlangt. Aber die fünfmal fünfhundert Dollar waren mehr Geld, als er je in seinem Leben besessen hatte. Es war ein Vermögen für einen Hillbilly, der nicht bis Tausend zählen konnte.

»Vater«, sagte ich am zehnten Tag, nachdem Tom fort war, »wie kannst du nur dein ganzes Leben lang jeden Sonntag in die Kirche gehen und dann so etwas tun?«

»Halt den Mund«, fuhr er mich an, und seine Augen waren so hart wie Kieselsteine.

»Ich will aber nicht den Mund halten!« brauste ich auf. »Ich will meine Brüder und Schwestern zurückhaben! Du mußt dich nicht um uns kümmern. Tom und ich haben schon Mittel und Wege gefunden, uns allein durchzubringen.«

»Halt den Mund!«

Oh, ich hasse dich, tobte eine wilde Stimme in mir, auch wenn mich mein Instinkt warnte, daß ich hart bestraft werden würde, wenn ich nicht schwieg.

»Andere verkaufen auch ihre Kinder«, sagte er plötzlich. Ich war überrascht, daß er redete – und noch dazu mit mir –, als wollte er sich rechtfertigen. Ich hatte angenommen, daß er zu so etwas gar nicht imstande war. »Bin nicht der erste, der's tut, und werd' auch nicht der letzte sein. Spricht keiner drüber, aber es passiert die ganze Zeit. Arme Leute wie wir haben mehr Kinder als die reichen, die sich's leisten könnten. Wir können sie uns nicht leisten, aber wir haben meistens keine Ahnung, wie man sie verhüten kann... Und wenn's in kalten Winternächten nichts Besseres zu tun gibt, als mit der Frau ins Bett zu gehen und sich mit ihr zu vergnügen..., dann machen wir unsere Goldminen, unsere Kinder, die hübschen Kleinen. Warum also nicht Profit aus der Natur schlagen?«

Ich konnte mich nicht erinnern, daß er jemals so viel zu mir gesprochen hatte. Er war jetzt wirklich wieder gesund, sah nicht mehr eingefallen und fahl aus, und seine Wangen hatten eine gesunde Farbe bekommen. Er hatte starke, hohe Wangenknochen und ein verdammt gutaussehendes Gesicht! Würde es mir leid tun, wenn er starb? Nein, sagte ich mir, nicht in zehntausend Jahren.

Es war spät in der Nacht, als ich ihn mit Großvater reden hörte: Er war sehr deprimiert und sprach über sein verpfuschtes Leben und wie ihn seine Kinder davon abhielten, das zu tun, was er sich vorgenommen hatte. »Wenn ich das Geld hab', Vater, dann wird es nicht zu spät sein. Ich werd' das tun, was ich immer wollte und längst schon getan hätt'... *für sie*... und meine Kinder...«

In dieser Nacht hörte ich auf zu weinen. Tränen halfen nichts.

Ich betete nicht mehr, daß ich meine Brüder und Schwestern wiedersehen würde, ich machte mir keine Hoffnungen mehr, daß Logan mich retten könnte. Ich rechnete nicht mehr mit einer guten Wendung meines Schicksals. Auch Miß Deale konnte mich nicht retten; ihre Mutter war vielleicht gestorben, und die Rechtsanwälte hielten sie nun zurück. Ich mußte selbst meine Flucht in die Hand nehmen.

Am Sonntag schien die Sonne. Vater befahl mir, mein bestes Kleid anzuziehen – falls ich eines übrig hätte. Ich glaubte, er habe einen Käufer für mich gefunden, und mein Herz tat einen Sprung. In seinen harten Augen lag Spott. »'s ist Sonntag, Mädchen, Zeit, in die Kirche zu gehen«, sagte er, als ob nicht schon viele Sonntage vergangen waren, ohne daß die Casteels in der Kirche aufgetaucht wären.

Bei dem Wort »Kirche« hellte sich Großvaters Miene auf. Mit steifen Gelenken und viel Ächzen und Stöhnen gelang es ihm, sich halbwegs ordentlich anzuziehen, und bald hatten wir uns für den Weg nach Winnerrow fertig gemacht.

Die Glocken der Kirche erklangen hell und klar. Sie gaben mir die Illusion der inneren Ruhe und das unbegründete Gefühl, daß Gott im Himmel und die Welt in Ordnung sei, solange die Kirche stand und die Glocken läuteten, die Leute kamen, sangen und glaubten.

Vater parkte seinen Lieferwagen weit von der Kirche entfernt (die anderen hatten alle Parkplätze besetzt), und wir gingen den Rest des Weges zu Fuß, während er meinen Arm mit eisernem Griff festhielt.

Die anderen Gottesdienstbesucher sangen bereits, als wir eintraten.

>>Holt die Garben,
Holt die Garben,
Wir werden loben und preisen,
Und holen die Garben…«

Singt, singt, singt. Bringt Licht in den dunklen Tag, erwärmt ihn, nehmt ihm seine Schrecken. Ich schloß die Augen und sah das kleine, liebe Gesicht Unserer-Jane vor mir. Ich hielt die Augen weiter geschlossen und hörte Miß Deales glockenreinen Sopran. Ich öffnete die Augen immer noch nicht und fühlte Toms Hand in meiner und Keith an meinem Rock zupfen. Dann erscholl eine laute, ehrfurchtgebietende Stimme. Ich öffnete die Augen und starrte zu ihm hinauf: Wie konnte er sich nur ein Kind kaufen und es dann sein eigen nennen?

»Liebe Gemeinde, wir erheben uns nunmehr und schlagen das Gesangbuch auf Seite 147 auf. Wir singen alle zusammen das Lied, das wir besonders schätzen«, wies Reverend Wise an.

>>Er weist uns den Weg,
Und er spricht zu uns,

Und er sagt uns, wir sind sein,
Und den Gesang der Stimme in unseren Ohren,
Hat vorher noch niemand vernommen...«

Das Singen nahm das lastende Gewicht von meiner Brust und machte mich fröhlicher, bis ich Fanny erblickte, die in der ersten Reihe neben Rosalynn Wise saß. Fanny sah sich nicht einmal um, ob ein Mitglied ihrer »früheren« Familie in der hintersten Reihe saß. Vielleicht hatte sie gehofft, daß wir nicht kommen würden.

Ich holte tief Luft, als ich sie im Profil sah. Wie schön sie aussah in ihrem weißen Pelzmantel und der dazu passenden Mütze sowie einem Muff. Es war zwar drückend heiß in der Kirche, aber Fanny behielt all ihre Pelzsachen an und richtete es so ein, daß jeder hinter ihr mindestens einmal den Muff zu sehen bekam. Das gelang ihr, indem sie von Zeit zu Zeit aufstand, sich aus irgendeinem vorgetäuschten Grund entschuldigte, auf eine kleine, versteckte Kammer zuging, für ein paar Minuten dort etwas erledigte und dann wieder langsam und bedächtig zu ihrem Sitz zurückschlenderte, um sich artig neben ihre neue »Mutter« zu setzen.

Das gab natürlich jedem Kirchenbesucher die Gelegenheit, genau zu sehen, was Fanny trug, einschließlich der weißen mit Pelz gefütterten Stiefel.

Als die Messe vorüber war, stand Fanny neben Reverend Wise und seiner großen Frau, um jedem Mitglied der Kirchengemeinde die Hand zu schütteln. Man fühlte sich sonst ausgeschlossen, wenn man nicht den Reverend oder seine Frau mit Handschlag begrüßt hatte, um sich dann wieder eine Woche lang in ein durch und durch lasterhaftes Leben zu stürzen – bis man nächsten Sonntag wiederkam und einem erneut verziehen wurde. Es war wohl so, je mehr man sündigte, um so mehr liebte Gott einen, vielleicht, weil man ihm so viel Gelegenheit gab zu verzeihen.

Wenn Gott die Sünder so sehr liebte, dann war er gewiß regelrecht begeistert, wenn Luke Casteel seine Kirche betrat. Um diese Freude richtig auszukosten, hätte er Vater auf den Kirchenboden festnageln und ihn nie mehr freigeben sollen.

Schritt für Schritt folgten wir den Leuten, die sich langsam aus der Kirche bewegten. Keiner sprach mit uns, nur einige Hillbillies nickten uns zu. Jedesmal wenn jemand durch die große Doppeltür hinausging, pfiff ein kalter Wind herein. Alle außer mir waren bestrebt, die Hand des Vertreters Gottes zu berühren – des gutaussehenden, wortgewandten Reverend Wise – oder wenigstens die seiner Frau oder seiner eben adoptierten Tochter.

Fanny sah in ihrem kostbaren weißen Pelz und ihrem grünen Samtkleid wie eine Prinzessin aus. Um ihre neuen Sachen zu zeigen, tänzelte Fanny beständig hin und her.

Als ihre eigene Familie auftauchte, wandte sie sich ab, flüsterte Rosalynn etwas ins Ohr und verschwand in der Menge.

Vater segelte an dem Reverend und seiner Frau vorbei, ohne sie auch nur einmal anzusehen. Er hielt mich noch immer mit eisernem Griff fest. Niemand bemerkte die Casteels, oder was von der Familie übriggeblieben war.

Großvater ging brav hinter Vater her, seinen grauen und fast kahlen Kopf demütig gebeugt, bis ich mich aus Vaters Griff befreite, zurückrannte und absichtlich die Menschenschlange zum Stehen brachte. Ich blickte Rosalynn Wise durchdringend an.

»Würden Sie so lieb sein, wenn Sie Fanny das nächste Mal sehen, ihr auszurichten, daß ich nach ihr gefragt habe?«

»Das werde ich tun.« Ihre Stimme klang kalt und ungerührt. Sie hatte wohl gehofft, daß ich sie – so wie Vater – übergehen würde. »Und du sagst deinem Vater, daß er diese Kirche nicht mehr betreten soll. Wir würden es begrüßen, wenn *kein einziger Casteel* mehr zum Gottesdienst käme.«

Entsetzt starrte ich die Frau an, deren Mann soeben eine Predigt darüber gehalten hatte, wie sehr Gott die Sünder liebt und sie in seinem Haus willkommen heißt. »Sie haben aber eine Casteel in Ihrem Haus, oder?«

»Falls du auf unsere *Tochter* anspielst, so ist ihr Name amtlich geändert worden. Sie heißt jetzt Louisa Wise.«

»Louisa ist Fannys zweiter Vorname!« rief ich. »Solange ihr Vater noch lebt, können Sie doch nicht einfach ihren Namen ändern.«

Jemand schubste mich von hinten an.

Plötzlich stießen mich viele Hände auf die Holztreppe hinaus. Erschrocken und wütend drehte ich mich um und wollte etwas über Heuchler hinausschreien, als Logan direkt vor mir stand. Wenn er nicht gewesen wäre, dann hätte ich selbst Reverend Wise angeschrien und die ganze Wahrheit hinausgebrüllt. Aber auch Logans

Augen blieben starr und blickten wie durch mich hindurch. Er sagte kein Wort. Er lächelte nicht einmal.

Es war, als wolle er mich nicht sehen! Und mir, die ich dachte, daß mich nach dem Verlust von Sarah, Großmutter, Unserer-Jane, Keith und Tom nichts mehr verletzen könnte, sank das Herz in einen tiefen, schwarzen Brunnen der Hoffnungslosigkeit.

Was war in der Zwischenzeit passiert, seit er mich zum letzten Mal gesehen hatte?

Logan, Logan, wollte ich rufen, aber der Stolz erhob wieder sein Haupt, und meine Lippen blieben verschlossen. Ich reckte das Kinn vor und schritt an der etwas abseits stehenden Familie Stonewall vorbei.

Vater packte mich wieder am Arm und zerrte mich weg.

In dieser Nacht, während ich auf dem Boden lag, ganz in der Nähe des rauschenden Old Smokey, hörte ich den alten Boden aus Kiefernholz knarzen. Vater war aus dem Bett gestiegen und ging im kleinen Zimmer nebenan auf und ab. Geräuschlos wie seine indianischen Vorfahren schlich er sich an mich heran. Ich hielt die Augen halb geschlossen und sah seine nackten Füße und Beine. Ich tat so, als wälzte ich mich im Schlaf herum und legte mich auf die andere Seite mit dem Rücken zu ihm. Dabei verkroch ich mich tiefer in die verschmutzte Decke.

Hatte er sich neben den Ofen hingekniet, um meine Haare zu berühren? Ich fühlte, wie etwas ganz zart über meine Haare glitt. Er hatte mich noch nie in seinem Leben angefaßt. Ich erstarrte und wagte kaum zu atmen. Mein Herz hämmerte wild, und unwillkürlich riß ich meine Augen weit auf. Berührte er mich tatsächlich?

»So seidig«, hörte ich ihn murmeln, »wie ihre…«

Dann lag seine Hand auf meiner entblößten Schulter, die sich irgendwie aus der Decke befreit hatte; die Hand, die mich immer grausam geschlagen hatte, strich nun sanft über meinen Oberarm hinunter und wieder hinauf und blieb schließlich in meiner Nackenbeuge liegen. Eine unendlich lange Zeit fühlte ich nur Angst und wartete darauf, daß etwas Schreckliches passierte.

»Luke… Was machst du?« fragte Großvater in einem eigenartigen Tonfall.

Vater zog sofort seine Hand zurück.

Vater hatte mich nicht geschlagen! Er hatte mir nicht weh getan! Immer wieder mußte ich über die Zärtlichkeit seiner Hand auf meiner Schulter und meinem Arm nachdenken. Warum hatte er mich nach all den vielen Jahren auf einmal so liebevoll berührt?

Bei Morgengrauen weckte mich Großvaters dünne Stimme. Er stand am Ofen und hatte gerade Wasser aufgesetzt, um mir noch ein paar Minuten Schlaf zu gönnen. Ich hatte verschlafen, wahrscheinlich weil ich gestern nacht zu lange gegrübelt hatte.

»Hab' dich gesehen, Luke! Ich dulde es nicht! Laß das Kind in Ruh. Die ganze Stadt ist voller Frauen, die du haben kannst, wenn du in Ordnung bist, aber nu' brauchst du weder 'ne Frau noch 'n Mädchen.«

»Sie gehört mir!« tobte Vater. »Und ich bin gesund!« Ich wagte es, aus der Decke hervorzulugen und sah, daß sein Gesicht rot angelaufen war. »Sie ist von meinem Samen... und ich kann mit ihr tun und lassen, wozu ich, verdammt noch mal, Lust hab'. Sie ist alt genug. Ihre Mutter war ja kaum älter, als sie mich geheiratet hat.«

Großvaters Stimme klang so dünn wie der Nordwind. »Ich erinnere mich an die Nacht, an der die Welt für dich für immer dunkel wurde, und sie wird noch düsterer werden, wenn du je dieses Kind berührst. Bring sie weg von hier, damit du nicht in Versuchung gerätst. Sie ist nichts für dich, genausowenig wie die andere.«

Montagabend verschwand Vater und kam erst am Morgen zurück. Ich wachte wie gerädert auf und fühlte mich bedrückt und benommen, aber ich stand auf und ging meinen täglichen Pflichten nach; ich öffnete die Ofentür, legte Holz nach und setzte Wasser auf. Vater beobachtete mich und schien meine Gemütslage zu prüfen und sich zu überlegen, was ich wohl im Schilde führte. Als ich ihn wieder ansah, hing er immer noch seinen Gedanken nach. Kurz darauf sagte er mit einer eigenartig gepreßten Stimme und mit einer besseren Aussprache als üblich zu mir:

»Mein liebes, gutes Kind, du wirst heute vor eine Wahl gestellt. Eine Wahl, die nicht jeder von uns bekommt.« Er trat näher, daß ich ihn anschauen mußte.

»Im Tal gibt es zwei kinderlose Ehepaare, die dich öfter gesehen haben und anscheinend von dir beeindruckt sind. Als ich auf sie zugegangen bin und ihnen gesagt habe, daß du neue Eltern brauchst, wollten beide dich unbedingt haben. Sie werden bald kommen. Ich könnte dich an den Meistbietenden verkaufen, aber das werde ich nicht tun.«

Ich sah ihn trotzig und herausfordernd an, aber mir fiel nichts ein, was ich hätte sagen können, um ihn von seinem Vorhaben abzuhalten.

»Ich erlaube dir, deine neuen Eltern selbst auszusuchen.«

Gleichgültigkeit senkte sich über mich wie ein schwerer Mantel. Immer wieder hallten die Worte Großvaters in meinen Ohren. »Bring sie weg von hier…« Sogar Großvater wollte mich nicht. Es war, wie Fanny es herausgeschrien hatte; überall war es besser als hier.

Gleichgültig welches Haus!

Gleichgültig welche Eltern!

Großvater wollte, daß ich ging. Da saß er nun und schnitzte. Es könnten tausend Enkel von ihm verkauft werden, und er würde immer noch dasitzen und schnitzen.

Die Verzweiflung brannte wie eine Kerze in mir, und die Erinnerungen an Logan waren die todgeweihten Motten, die um das Licht flatterten. Logan hatte mich nicht einmal angesehen. Als ich davonging, hatte er mir nicht einmal nachgeblickt. Auch wenn die Gegenwart seiner Eltern ihn gehemmt hatte, er hätte mir wenigstens ein geheimes Zeichen geben können, aber er hatte nichts dergleichen getan. Warum nicht? Er war doch neulich erst den ganzen Berg hinaufgestiegen. Hatte ihn vielleicht der Anblick unseres Zuhauses so schockiert, daß es seine Gefühle für mich geändert hatte?

Es ist mir egal, sagte ich mir immer wieder vor. Was ging es mich an? Er würde mir ja doch nicht glauben, wenn ich ihm die Wahrheit sagte.

Zum ersten Mal in meinem Leben erwog ich ernsthaft den Gedanken, daß es vielleicht besser wäre, mit anständigen Leuten aus der Stadt zu leben. Wenn ich einmal von hier in Sicherheit war, dann konnte ich ja mit der Suche nach denen, die ich liebte, beginnen.

»Zieh dich lieber an«, sagte Vater, nachdem ich den Tisch abgewischt und die Schlafdecken verstaut hatte. »Sie werden bald kommen.«

Ich holte tief Luft und versuchte vergeblich, ihm in die Augen zu sehen. Es ist besser so, viel besser, sagte ich mir. Lustlos kramte ich in den Kleiderkisten nach den besten Sachen. Bevor ich sie anzog, fegte ich den Hüttenboden – und Vater blickte mich dabei unverwandt an.

Ich machte das Bett, als sei es ein ganz gewöhnlicher Tag. Und Vater schaute mir weiterhin bei allem zu. Es machte mich verlegen und nervös. Ich benahm mich ungeschickt, wo ich mich doch sonst immer schnell und geschmeidig bewegen konnte. Er löste einen Gefühlsaufruhr in mir aus, der mich verwirrte, und ich brannte vor Haß auf ihn.

Zwei glänzende, neue Autos fuhren langsam in unseren Hof hinein und parkten hintereinander. Es waren ein weißer und ein schwarzer Wagen. Das schwarze Auto war lang und elegant, das weiße Auto war kleiner, schicker und hatte rote Sitze.

Ich trug das einzige Kleid, das Fanny übriggelassen hatte.

Es war ein einfaches Schürzenkleid, das früher einmal blau gewesen war, aber vom vielen Waschen nach Jahren eine graue Farbe angenommen hatte. Darunter trug ich einen von meinen zwei Schlüpfern. Ich brauchte eigentlich einen Büstenhalter, aber ich hatte keinen. Schnell fuhr ich mit der Bürste durch meine Haare; dann erinnerte ich mich wieder an den Koffer. Ich mußte ihn mitnehmen.

Sofort fischte ich ihn aus seinem Versteck heraus und wickelte ihn in etliche von Großmutters selbstgemachten Decken.

Vaters schwarze Augen wurden schmal beim Anblick des Koffers, der einst *ihr* gehört hatte. Aber er verlor kein Wort darüber, daß ich das Hab und Gut meiner Mutter mitnahm. Ich hätte auch mein Leben hergegeben, um den Koffer vor seiner Zerstörungswut zu retten. Vielleicht ahnte er das.

Mir kam es vor, als müßte sich Vater zweimal dazu zwingen, seinen Blick von meinem Mund abzuwenden. Endeckte er nun, wie sehr ich seinem toten Engel glich? Ich zitterte innerlich. Ich hatte den Mund meiner Mutter; wie die Puppe in dem Brautkleid – eine Puppe, die ebenso alt aussah wie ich.

Tief in Gedanken versunken hörte ich nicht das Klopfen an der Tür und sah nicht die zwei Paare eintreten, bis sie mitten in unserem größeren Zimmer standen. Old Smokey spuckte und spie Rauch. Vater reichte jedem die Hand und gab sich als charmanter Gastgeber. Ich sah mich um, ob ich etwas vergessen hatte.

Stille trat ein. Eine lange, fürchterliche Stille, während der sich vier Augenpaare auf mich, die angebotene Ware, richteten. Blicke musterten mich von Kopf bis Fuß, während ich, wie in einem dunklen Netz gefangen, die zwei Paare kaum registrierte.

Jetzt wurde mir klar, was Tom empfunden haben mußte. Tom – ich fühlte, wie er bei mir stand und seine leisen Worte mir Kraft gaben. Es wird alles gut werden, Heavenly... 's geht doch am Ende immer gut aus, oder?

Der laute und scharfe Ton, in dem Vater sprach, riß mich aus meinen Träumen, und ich sah ein älteres Ehepaar vor mir stehen und dahinter ein jüngeres Paar, das sich rücksichtsvoll im Hintergrund hielt, um den Älteren bei dem Handel den Vortritt zu lassen. Ich wich in eine Ecke zurück, in die Nähe Großvaters, der dasaß und schnitzte.

Schau her, Großvater, sieh nur, was dein herzensguter Sohn macht! Er stiehlt dir das letzte Enkelkind, das dir übriggeblieben ist und das dich liebt! Sag etwas, das ihn davon abhält, Toby Casteel... sag's doch, sag's doch!

Er sagte jedoch nichts, sondern schnitzte weiter.

Der grauhaarige Mann und seine Frau waren groß und schlank und sahen sehr vornehm aus. Beide trugen graue Mäntel, darunter hatte sie ein Kostüm und er einen Anzug an. Sie sahen intelligent und gebildet aus, und sie schienen aus einer anderen Welt zu kommen. Auch schauten sie nicht ganz so ungehemmt auf die erschreckende Armut und die mitleiderregende Gestalt Großvaters, der trotz des Besuches einfach weiterschnitzte.

Ihre Haltung war arrogant und distinguiert, aber ihre Augen sahen mich freundlich an, während ich mich gegen die Wand drückte und mir eine panische Angst ins Gesicht geschrieben stand. Mein verschreckter Blick erweckte einen mitleidigen Schimmer in den blauen Augen des Mannes, aber die Frau zeigte keinerlei Gefühlsregung. Sie hätte genausogut über das Wetter nachdenken können. Ich seufzte wieder und schluckte den Kloß herunter, der mir im Hals steckte. Ich war in eine Falle geraten. Ich wünschte mir, daß die Zeit vorauseilen möge und es jetzt zwei Jahre später wäre. Aber jetzt, in diesem Augenblick, raste mein Herz, es hämmerte in meinem Brustkasten, daß ich weiche Knie bekam und mir übel wurde. Ich hoffte, Großvater würde mich ansehen und endlich etwas tun, aber es gelang mir nie, Großvater zum Handeln zu bewegen, wenn Vater dabei war.

Sie mögen mich nicht, sie mögen mich nicht, dachte ich immerzu von dem älteren Ehepaar, das sich wohl nur weigerte, mich ermunternd anzulächeln, damit ich unbeeinflußt meine Wahl treffen konnte. Mit der gleichen verzweifelten Hoffnung wie Fanny neulich blickte ich jetzt zu dem jüngeren Paar hinüber.

Der Mann war groß und gutaussehend. Er hatte dunkelbraune, glatte Haare und hellbraune Augen. Seine Frau, die neben ihm stand, war fast ebenso groß wie er. Sie war bestimmt fast einsachtzig, auch ohne ihre Stöckelschuhe. Sie hatte einen Wust kastanienbrauner Haare, die dunkler und dichter als Sarahs waren. Sarah war nie in ihrem Leben bei einem Friseur gewesen, doch es war offensichtlich, daß die Haare dieser Frau nicht ohne einen solchen auskamen. Sie hatte ihre Frisur so hoch toupiert, daß sie wie eine feste Masse wirkte. Ihre Augen hatten eine eigenartige blasse Farbe, so hell, daß sie fast farblos wirkten; man sah nur riesige Pupillen, die in einem farblosen Meer schwammen. Sie hatte die porzellanweiße, makellose Haut der Rothaarigen – und sie war perfekt geschminkt.

Irgendwie hatte sie etwas Vertrautes an sich wie jemand aus den Bergen... Im Gegensatz zu dem älteren Paar, die in schwere, graue, maßgeschneiderte Mäntel gekleidet waren, trug sie einen pinkfarbenen Hosenanzug, der so enganliegend war, daß er wie auf die Haut gemalt wirkte. Sie tänzelte in der Wohnung herum und sah sich alles an, sie öffnete sogar die Ofentür, um hineinzuschauen. Warum tat sie das? Sie erhob sich wieder und lächelte alle und niemanden an, dann wandte sie sich um und sah recht unverfroren auf das alte Messingbett, das ich gerade gemacht hatte. Sie starrte auf die Körbe, die von der Decke herunterhingen und staunte über die rührenden Versuche, die Hütte etwas wohnlicher und gemütlicher zu machen. Unzählige Gefühlsregungen huschten im schnellen Wechsel über ihr Gesicht, so als würden immer neue Eindrücke die vorangegangenen Schrecken, Schocks und Erschütterungen... und andere unausgesprochene Überraschungen... gleich wieder auslöschen. Mit zwei langen lackierten Fingernägeln faßte sie das Wischtuch, mit dem ich immer den Tisch saubermachte, hob es hoch, und ließ es sofort wieder fallen, als wäre sie mit einer furchtbaren Krankheit in Berührung gekommen. Sie versuchte, ihr Lächeln beizubehalten, aber es gefror ihr auf den rosarot bemalten Lippen.

Die ganze Zeit über klebten die Augen des jungen Ehemannes an mir. Er lächelte mir ermutigend zu, und seine Augen lächelten mit. Ich fühlte mich darauf irgendwie besser, offensichtlich war er mit dem, was er sah, einverstanden.

»Also«, sagte Vater und pflanzte sich, mit den riesigen Fäusten in die Hüften gestemmt, breitbeinig vor mir auf. »'s ist deine Sache, ganz deine Sache, Mädchen…«

Meine Augen wanderten von einem Paar zum anderen. Wie konnte ich sie nach ihrem Äußeren beurteilen? Woran sollte ich mich orientieren? Die rothaarige Frau in dem pinkfarbenen gestrickten Hosenanzug lächelte einnehmend und sah dadurch noch hübscher aus. Ich bewunderte ihre langen, lackierten Fingernägel, ihre Ohrringe so groß wie halbe Dollarstücke, ich war von ihrem Mund, ihrer Kleidung, ihrem Haar begeistert. Die ältere, grauhaarige Frau sah mich ernst und regungslos an. Ihre Ohrringe waren winzige Perlen und nicht sehr beeindruckend.

Ich glaubte, etwas Feindseliges in ihren Augen zu entdecken. Ich zuckte zurück und sah ihren Mann an – aber er wich meinen Augen aus. Wie konnte ich ohne Blickkontakt etwas feststellen? Die Augen sind das Spiegelbild der Seele… Augen, die einen nicht ansahen, waren trügerisch.

Und wieder wandte ich mich dem jüngeren Paar zu, das modisch gekleidet war, nichts Maßgeschneidertes, Teures, Zeitloses trug. Langweilige, öde Sachen, hätte Fanny dazu gesagt. Damals konnte ich noch nicht zwischen echtem Reichtum und dem vulgären Geschmack der Neureichen unterscheiden.

Ich kam mir in meinem formlosen Gewand überhaupt nicht wie ein menschliches Wesen vor, eine Schulter hing herunter, der Halsausschnitt war zu weit, und der Saum hatte Zacken. Ich hatte immer schon vorgehabt, ihn zu richten, aber nie Zeit dazu gefunden. Als ich so dastand, kitzelte eine unbändige Locke meine Stirn, und ich strich sie mit einer automatischen Bewegung wieder nach hinten. Das lenkte die Aufmerksamkeit auf meine roten, rissigen Hände mit den kurzen abgebrochenen Fingernägeln. Schnell versuchte ich, meine Hände, die jeden Tag Wäsche wuschen und Geschirr spülten, zu verbergen, denn wer wollte mich schon in einem so verwahrlosten Zustand haben?

Bestimmt keines der beiden Paare.

Bei Fanny hatte man schnell und begeistert die Wahl getroffen.

Fanny hatte ihre Hände nicht ruiniert, und ihre langen, glatten Haare waren schwer genug, um nicht herumzufliegen. Ich war zu unscheinbar, häßlich und unansehnlich – wer würde mich schon wollen, wenn selbst Logan mir nicht mehr in die Augen sehen konnte? Wie hatte ich nur die Hoffnung hegen können, daß er mich vielleicht eines Tages lieben würde?

»Was ist, Mädchen«, sagte Vater stirnrunzelnd und zeigte deutlich seine Mißbilligung, weil ich so lange zögerte. »Ich sagte dir schon, daß du wählen kannst. Wenn du's nicht bald tust, tu' ich's.«

Verstört fühlte ich unterschwellig etwas, was ich nicht verstand. Ich versuchte, dahinter zu kommen, warum das ältere Paar so kalt und zurückhaltend war und warum sie mich zwar ansahen, aber eigentlich gar nicht richtig sehen wollten. Ich bekam den Eindruck, daß sie langweilige, gesetzte und vielleicht sogar gefühllose Leute waren; die Frau mit den roten Haaren und den farblosen Augen dagegen lächelte mich die ganze Zeit an. Sarah hatte auch rote Haare gehabt und war so liebevoll gewesen – zumindest bis das Baby starb.

Ja, das jüngere Paar war gewiß unterhaltsamer und weniger streng. So fällte ich meine unüberlegte, hastige Entscheidung.

»Die«, sagte ich und zeigte auf die Rothaarige und ihren gutaussehenden Mann. Die Frau schien etwas älter zu sein, aber das machte nichts, sie war jung genug, und je länger ich sie mir ansah, um so hübscher kam sie mir vor.

Die farblosen Meeraugen mit den runden, schwarzen Fischen in der Mitte bekamen einen eigenartigen Glanz – war es vor Freude? Sie eilte auf mich zu, schlang die Arme um mich und drückte mich gegen ihren üppigen Busen, daß ich beinahe erstickte. »Wirst es nich' bereuen«, sagte sie halb lachend und warf zuerst Vater und dann ihrem Mann einen triumphierenden Blick zu. »Werd' die beste Mutter sein für dich, die aller-, allerbeste…«

Auf einmal, so als hätte sie glühende Kohlen angefaßt, ließ sie ihre Arme jedoch sinken und trat einen Schritt zurück. Sie sah an sich herab, ob ich nicht ihren pinkfarbenen Hosenanzug beschmutzt hätte, und fuhr mit einer heftigen Handbewegung darüber.

Aus der Nähe sah sie eigentlich nicht mehr so hübsch aus. Ihre schwarzumrandeten Augen standen etwas zu nah beieinander, und ihre Ohren waren so klein und lagen so eng an ihrem Kopf, daß man sie beinahe nicht sah. Aber wenn man sie nicht gerade Stück für

Stück auseinandernahm, war der Gesamteindruck doch der einer wunderschönen Frau.

Ehrlich gesagt, hatte ich noch nie eine Frau von so aufdringlicher Weiblichkeit gesehen. Sie signalisierte Sexualität, mit ihrem wogenden Busen, ihren vollen Gesäßbacken und der schmalen Taille – die als Stütze für den Torso bestimmt überfordert war. Ihr gestricktes Oberkleid war so eng, daß es über den Wölbungen dünner wurde. Ihre Hose betonte das große V ihres Schritts – was Vater dazu veranlaßte, sie seltsam anzulächeln, weniger bewundernd als verächtlich.

Warum lächelte er so? Wieso konnte er eine Frau verachten, die er gar nicht kannte? Allerdings mußte er sie ja schon einmal gesehen haben, sonst wäre er nie mit ihr ins Geschäft gekommen.

Jetzt sah ich – zu spät – verzweifelt zu dem älteren Paar hinüber. Sie hatten sich schon abgewandt und gingen auf die Tür zu. Ich hatte das Gefühl, als versänke ich.

»Vielen Dank, Mr. Casteel«, sagte der ältere Gentleman, als er hinaustrat und seiner Frau über die Türschwelle half. Sie schienen erleichtert, als sie auf ihren schwarzen Wagen zugingen. Vater eilte ihnen nach und ließ die Tür hinter sich offen. Er murmelte ein paar Worte und ging wieder rasch in die Hütte zurück.

Kaum war er drinnen, grinste er mich spöttisch an.

Hatte ich die falsche Wahl getroffen? Mein Magen flatterte vor Angst, und Zweifel zermarterten mich.

»Ich heiße Calhoun Dennison«, sagte der gutaussehende Mann, trat auf mich zu und nahm meine zitternde Hand in seine, »und das ist meine Frau, Kitty Dennison. Ich danke dir, daß du uns ausgesucht hast, Heaven.«

Er hatte eine sanfte, leise Stimme, kaum lauter als ein Flüstern. War es die Stimme eines gebildeten Mannes? Es mußte wohl so sein, denn alle ungebildeten Männer, die ich kannte, brüllten, schrien und zeterten.

»O Cal, ist sie nicht einfach süß?« zirpte Kitty mit einer leicht schrillen Stimme. »Wird doch mächtig Spaß machen, sie einzukleiden und hübsch herzurichten, oder?«

Ich atmete schwer. Großvater weinte neben mir leise vor sich hin. Großvater, Großvater, du hättest eher etwas sagen sollen. Warum zeigst du erst jetzt, daß du mich magst, da es zu spät ist?

»War's nicht ganz einfach, Cal?« fragte Kitty lachend und um-

armte und küßte ihn dabei, was Vater dazu veranlaßte, sich abzuwenden, so als widerte ihn ihr Getue an. »Dacht' schon, sie würd'
die in ihrem großen, teuren Wagen und den schweren kostbaren
Mänteln wählen, aber 's war ja so einfach.«

Wieder fühlte ich, wie Panik in mir hochstieg.

»Liebling«, sagte Kitty und hörte mit dem Geschmuse auf, »hol
schnell deinen Mantel, aber kannst deine anderen Sachen hier lassen.
Werd' dir alles neu kaufen, nagelneu. Will keine schmutzigen Bakte-
rien in meinem sauberen Haus...« Sie sah sich noch einmal in der
Hütte um, und diesmal zeigte sie ihren Ekel ganz unverhohlen.
»Möcht' so schnell wie möglich hier raus.«

Mit bleischweren Beinen nahm ich meinen alten Mantel vom Nagel im Schlafzimmer, zog ihn an und – auch wenn Kitty es mißbilli-
gen würde – hob den Koffer auf, den ich in Großmutters alten Schal
gewickelt hatte. Ich ließ die Sachen meiner Mutter doch nicht hier,
damit sie verkämen, schon gar nicht die schöne Puppenbraut.

»Vergiß nicht«, rief mir Kitty hinterher, »bring nur dich und
sonst nichts.«

Ich trat aus dem Zimmer, das wir unser Schlafzimmer nannten, in
meinem schäbigen, alten Mantel, das unansehnliche Bündel in meinen Armen und sah Kitty herausfordernd an. Ihre blassen Augen
glitzerten eigenartig. »Hab' ich nicht gesagt, du sollst alles hier lassen?« fragte sie mit schriller Stimme. »Kannst das schmutzige Zeug
nicht in mein Haus schleppen, geht einfach nicht.«

»Ich kann hier nicht weggehen, wenn ich nicht das Liebste auf der
Welt mitnehmen darf«, sagte ich entschlossen. »Meine Großmutter
hat diesen Schal gemacht, und er ist sauber. Ich habe ihn gerade gewaschen.«

»Mußt ihn eben noch mal waschen«, meinte Kitty etwas beruhigt,
aber sie sah immer noch ärgerlich aus.

Ich blieb neben Großvater stehen und beugte mich zu ihm herab,
um ihn auf seine schütteren Haare zu küssen. »Paß auf dich auf,
Großvater. Fall nicht hin und brich dir keine Knochen. Ich werde
dir oft schreiben, und jemand kann dir immer...« Ich zögerte, diese
Fremden sollten nicht erfahren, daß Großvater weder lesen noch
schreiben konnte. »Also, ich schreibe dir.«

»Warst 'n gutes Mädchen, warst die beste. Könnt' mir nichts Besseres wünschen.« Er schluchzte, trocknete mit seinem Hemdszipfel

die Tränen ab, und fuhr mit gebrochener Stimme fort:

»Daß du mir ja glücklich wirst, hörst du?«

»Ja, ich höre, und bitte paß auf dich auf, Großvater.«

»Sei gut, hörst du mich?«

»Ja, ich werde gut sein«, versprach ich ihm. Ich hielt meine Tränen zurück. »Auf Wiedersehen, Großvater.«

»Wiedersehen…«, sagte Großvater, nahm ein neues Holzstück und löste die Rinde ab.

Wann hatte er mich jemals wirklich angeschaut? Ich fühlte, daß ich weinen mußte, und ich wollte nicht, daß es Vater sah. Ich blickte ihm direkt in die Augen, und zum ersten Mal erwiderte er meinen Blick in einem stillen Kampf. Ich hasse dich, Vater. Ich werde dir nicht auf Wiedersehen sagen. Du kannst bleiben, wo du willst. Ich gehe, und es ist mir egal. Niemand braucht mich hier. Es hat mich noch nie jemand gebraucht, außer Tom, Keith und Unsere-Jane… nicht Fanny, nicht Großmutter und bestimmt nicht Großvater, der ja seine Schnitzerei hatte.

»Wer wird denn weinen, Mädchen«, sagte Kitty ermunternd. »Hast mich ja schon früher gesehen und 's einfach nicht gewußt. Hab' dich in der Kirche gesehen, wenn ich auf Besuch bei meinem Vater und meiner Mutter in Winnerrow war. Bist bei deinen Leuten gesessen und hast wie ein *Engel* ausgesehen, wirklich wie 'n *Engel*.«

Abrupt hob Vater den Kopf. Seine harten, dunklen Augen trafen Kittys. Er sagte kein einziges Wort und ließ mich im Dunkeln tappen. Etwas Unausgesprochenes lag zwischen ihnen, etwas, das darauf hinwies, daß sie mehr als flüchtige Bekannte waren. Der Gedanke, daß sie zu den Frauen gehörte – so ganz anders als meine Mutter –, hinter denen Vater her war, erfüllte mich mit Entsetzen.

»Hab' deine rothaarige Mutter beneidet«, plapperte Kitty weiter, als kümmere sie Vater überhaupt nicht – und das erregte meinen Verdacht noch mehr. »Schon als du ein kleiner Grashüpfer warst, habe ich deine Mutter beobachtet, wie sie ihre Brut in die Kirche schleppte. Hab' sie wirklich damals beneidet. Wollt' eines ihrer Kinder haben, waren ja alle mächtig hübsch.« Ihre laute, schrille Stimme wurde kalt und tonlos.

»Kann selber keine bekommen.« Ihre seltsamen Augen wurden bitter und wandten sich anklagend an Vater. Oh… Sie kannte ihn!

»'s gibt Leute, die sagen, ich könnt' von Glück reden, daß ich keine eigenen Kinder hab'... Aber nu' hab' ich ja eins... Und sie ist 'n *Engel*, ein lebendiger Engel; auch wenn sie keine silberblonden Haare hat, sie hat aber ein Engelsgesicht und blaue Augen wie 'n Engel... Stimmt doch, Cal?«

»Ja«, stimmte Cal zu. »Sie sieht wirklich unschuldig aus, wenn du das meinst.«

Ich hatte keine Ahnung, wovon die beiden eigentlich redeten. Ich beobachtete ängstlich den stummen Kampf zwischen Vater und Kitty, die sich offensichtlich kannten. Ich hatte diese Frau nie vorher gesehen, und sie war nicht der Typ, den man leicht übersah. Ich schaute zu Vater, der mitten im Zimmer stand. Er schien Mitleid mit Großvater zu haben, der wie eine leblose Stoffpuppe in seinem Schaukelstuhl saß. Dachte er – wenn überhaupt – an irgend etwas? Hatten Großmutter und Großvater überhaupt je nachgedacht? Hörte das Denken auf, wenn man älter wurde? Wurden alte Ohren taub, damit sie nichts mitbekamen, was sie nur bedrückte?

»Ich heiß' Kitty. Ist kein Spitzname. Ich möcht' nich' Katherine, Katie oder Kit heißen. Und ihn kannst du Cal nennen, Liebes. Wenn du dann bei uns zu Haus' bist, kannst du sämtliche Farbfernseher benutzen – alle zehn.« Wieder warf sie Vater einen herausfordernden Blick zu, der ihm zeigen sollte, was sie für einen wohlhabenden Mann geheiratet hatte. Vater schien jedoch nicht sehr beeindruckt.

Zehn Fernsehgeräte? Verblüfft sah ich sie an. Zehn? Warum so viele, einer genügte doch?

Kitty lachte gellend. Meine stumme Frage hatte sie nicht bemerkt. »Wußt' gleich, daß dir das 'n Schlag versetzt. Cal hier hat nämlich 'ne eigene Fernsehreparaturwerkstatt, und da gibt's immer Dumme, die verkaufen ihr Gerät für nichts oder fast nichts, und er repariert sie dann und verkauft sie armen Leuten oder solchen, die sich nicht auskennen. Gibt 'n sauberen Profit, nicht wahr, Cal?«

Cal wurde verlegen.

Wieder lachte Kitty gellend auf.

»Also, beeil dich und sag allen Adieu, Heaven«, sagte Kitty wie eine Autoritätsperson. Sie warf noch einmal einen herablassenden Blick auf das Mobiliar, um sich zu vergewissern, daß Vater bestimmt nicht ihre Verachtung für sein Heim und seine Unfähigkeit als Geldverdiener übersah. »Sag deinem Vater auf Wiedersehen, und dann fahren wir. Möchte sobald als möglich zu Hause sein.«

Aber ich stand nur da und würdigte Vater keines Blicks.

Doch schließlich war es Kitty, die uns daran hinderte, sofort zu gehen. Nicht ich, sondern sie redete mit Vater. »Also, *mein* Haus ist immer tipptopp sauber, alles steht auf seinem Platz. Nicht wie hier in deiner Bruchbude.«

Vater lehnte lässig an der Wand, holte eine Zigarette hervor und zündete sie an. Kitty wandte sich zu mir. »Schmutz und Unordnung sind mir ein Greuel, das sag' ich dir. Dein Vater meint, du kannst kochen. Hoffentlich hat er uns da nicht angelogen.«

»Ich kann kochen«, sagte ich leise. »Aber ich habe noch nie etwas Schwieriges gemacht.« Meine Stimme versagte beinahe vor Schreck bei der Vorstellung, daß diese Frau vielleicht ausgefallene Gerichte von mir erwartete. Ich konnte doch eigentlich nur würziges Brot mit deftigem Griebenschmalz in der Pfanne zubereiten.

Vater machte ein eigenartiges Gesicht, es war teils traurig, teils zufrieden, während sein Blick von mir zu Kitty und Cal Dennison hinüberglitt. »Hast 'ne gute Wahl getroffen«, sagte er feierlich. Dann drehte er sich um – vielleicht um ein Lachen oder ein Weinen zu unterdrücken.

Bei der Vorstellung, daß er lachen mußte, packte mich unbändige Angst, wie ich sie nie zuvor empfunden hatte. Ich schluchzte auf, und die Tränen kullerten mir die Wangen herab. Aber ich ging wortlos an Vater vorbei. Und er sagte auch nichts.

An der Tür drehte ich mich um. Etwas Süßes und zugleich Bitteres steckte mir im Hals; es tat weh, die ärmliche Hütte zu verlassen, in der ich, Tom und Fanny unsere ersten Schritte gemacht hatten… an Keith und Unsere-Jane wagte ich nicht einmal zu denken.

»O Herr, gib mir, daß meine Zeit kommen wird«, flüsterte ich, bevor ich mich endgültig abwandte und die Treppen hinunterging.

Die späte Wintersonne schien mir heiß auf den Kopf, als ich zu dem hübschen Wagen mit den roten Sitzen ging. Vater schlenderte auf die Terrasse; Schweine wühlten grunzend in der Erde; Hühner flatterten frei umher, ein Hahn jagte gerade einer Henne hinterher, mit der eindeutigen Absicht, sich zu vermehren. Ich war verdutzt. Woher kamen die Tiere? Waren sie überhaupt wirklich da? Oder erträumte ich sie nur in meiner Phantasie? Ich rieb mir die tränenverschmierten Augen. Es war schon so lange her, daß ich Jagdhunde, Katzen, Schweine und Hühner gesehen hatte. Hatte Vater sie alle in seinem Lieferwagen hierher transportiert, in der Absicht, eine Weile zu bleiben und sich um seinen Vater zu kümmern?

Der Himmel war mit langen dünnen Wolken bedeckt, die sich langsam zu großen dicken Wolken rundeten. Es waren solche Gebilde, die man auf Bildern stets als Symbol für Glück und Zufriedenheit sieht.

Cal und Kitty stiegen vorne in das Auto und erklärten mir, ich könne den Hintersitz ganz für mich alleine haben. Verkrampft und aufgeregt wandte ich mich zurück, um das alles, was ich eigentlich so schnell wie möglich vergessen wollte, noch einmal sehen zu können.

Sag Adieu der Armut und den knurrenden Mägen, die niemals richtig satt wurden.

Sag Adieu dem stinkenden Aborthäuschen, dem spuckenden Küchenofen, den abgenutzten und zerschlissenen Schlafdecken auf dem Boden.

Sag Adieu zu all den Entbehrungen, aber auch der Schönheit der Berge; den wilden Beeren, den flammenden Herbstblättern, dem plätschernden Fluß und den Bächen, in denen die Forellen springen und wohin ich mit Tom und Logan zum Angeln gegangen war.

Sag Adieu den Erinnerungen an Keith und Unsere-Jane, Tom und Fanny.

Sag Adieu all dem Lachen und Weinen. Ich fahr' dorthin, wo man es besser hat, man reicher und glücklicher ist.

Es bestand eigentlich überhaupt kein Grund zu weinen. Warum tat ich es nur?

Vater, der auf der Veranda stand, weinte jedenfalls nicht und starrte mit ausdruckslosem Gesicht ins Leere.

Cal drehte den Zündschlüssel um, der Motor sprang an, und wir brausten mit einem Ruck davon. Kitty quietschte und plumpste gegen die Rückenlehne. »Langsamer, du Idiot«, schrie sie. »Weiß schon, daß es dort schrecklich war, der Gestank wird noch wochenlang an uns kleben, aber dafür haben wir 'ne Tochter. Deshalb sind wir ja auch gekommen.«

Ein kalter Schauer lief mir den Rücken herunter.

Es war alles in Ordnung, alles in Ordnung.

Ich war auf dem Weg dorthin, wo es besser als hier sein würde, redete ich mir unentwegt ein.

Aber ich mußte immer wieder daran denken, was Vater gesagt hatte: Er hatte seine Kinder verkauft, das Stück für fünfhundert Dollar. Bei seinem letzten Handel hatte ich jedoch weder unterschriebene Papiere gesehen noch die Erwähnung eines Kaufpreises gehört. Sicherlich würde Vaters Seele in der Hölle schmoren. Daran zweifelte ich keinen Augenblick.

Wie ich von Kitty und ihrem Mann gehört hatte, waren wir auf dem Weg nach Winnerrow, wo ich schon immer in einem hübschen, geweißelten Haus in der Nähe der Stonewall-Apotheke leben wollte. Ich würde wohl die High School abschließen und dann das College besuchen. Und ich könnte Fanny oft sehen und Großvater, wenn er in die Kirche ging.

Aber was war das?

Warum bog Cal rechts ein und fuhr an Winnerrow vorbei? Wieder hatte ich einen dicken Kloß im Hals und mußte heftig schlucken.

»Hat Vater nicht gesagt, daß du aus dem Tal kommst?« fragte ich leise und verängstigt.

»Stimmt, Kind«, sagte Kitty und drehte sich lächelnd zu mir. »Ich bin in dieser lausigen Stadt geboren und aufgewachsen«, sagte sie, ihr Tonfall und ihre Aussprache wurden dabei immer schlampiger und dem Hillbilly-Jargon ähnlich. »Konnt's gar nicht erwarten, von hier abzuhauen«, fuhr Kitty fort, »war dann fünf Jahre verheiratet, aber es war schrecklich. Eigentlich wären wir gar nicht hergekommen, aber wir mußten vor dem Gestank im Haus fliehen, weil es frisch gestrichen wird. Von frischer Farbe wird mir schlecht. Bei schlechten Gerüchen muß ich sowieso immer brechen, bei einer Dauerwellentinktur zum Beispiel – und so. Ich lass' grad in jedem Zimmer alle Wände weißeln. Alles ganz weiß, mit weißen Tapeten, 's wird schön werden und so sauber. Cal meint, es wird steril aussehen, wie im Krankenhaus, wird's aber nicht, wirst schon sehn. Wird doch schön, wenn ich alle meine hübschen bunten Sachen wieder eingeräumt hab', oder Cal?«

»Sicher.«

»Was ist sicher?«

»Sicher wird es schön werden.«

Sie tätschelte seine Wange und küßte ihn.

»Da wir nu' nicht mehr bei deinem Alten sind«, hub Kitty an, »kann ich ja mal ganz offen und ehrlich mit dir reden. Ich kannte deine Mutter, ich mein' deine *richtige* Mutter – nicht die Sarah. Deine Mutter sah toll aus; nicht nur hübsch, richtig schön war sie – und ich hab' sie nicht ausstehen können.«

»Oh«, hauchte ich, mir wurde übel, und ich glaubte, ich müsse in Ohnmacht fallen.

»Sie dachte wohl, sie hätt' 'n prima Fang mit Luke Casteel gemacht. Eigentlich gehörte er mir, als ich noch jung und dumm war. Damals dachte ich, daß 'n gutes Gesicht und ein schöner, starker Körper allein genügt. Heute hass' ich ihn… Ich hass' seine Visage!«

Diese Worte hätten mich aufmuntern sollen, aber sie taten es nicht. Warum wollte Kitty die Tochter eines Mannes, den sie haßte?

Ich hatte also doch recht gehabt, sie kannte Vater schon lange. Sie sprach kein gepflegtes Amerikanisch, und sie hatte – wie alle anderen in unserer Gegend auch – eine furchtbare Aussprache.

»Ja, ja«, fuhr Kitty in einem eigenartig sanften und schnurrenden Ton fort. »Hab' deine richtige Mutter immer gesehen, wenn sie nach Winnerrow kam. Alle tollen Burschen in der Stadt waren ganz scharf auf Lukes Engel. Hat niemand kapiert, warum sie so'n Kerl wie Luke geheiratet hat. Liebe macht blind, hab' ich mir immer gesagt. Manche Frauen sind so.«

»Sei still, Kitty«, warnte sie Cal.

Kitty beachtete ihn nicht. »Und ich war scharf auf deinen großen, gutaussehenden Vater. Jedes Mädchen in der Stadt war hinter ihm her und wartete darauf, daß er ihr an die Wäsche ging.«

»Kitty, jetzt ist's genug.«

Seine Warnung hatte nun noch eindringlicher geklungen. Kitty warf ihm einen ungehaltenen Blick zu, drehte sich abrupt um und schaltete das Autoradio ein. Sie drehte am Senderknopf herum, bis sie ein Programm mit Country Music gefunden hatte. Maulige Gitarrenklänge hallten durch den Wagen.

Reden war jetzt unmöglich.

Einer endlosen Postkarte gleich, glitt Meile für Meile an uns vorüber, während wir durch die Berge hinunter ins Flachland fuhren.

Bald waren die Berge nur mehr ferne Schattengebilde. Viele Meilen später verblaßte langsam das Nachmittagslicht. Die Sonne ging unter, und Dämmerung brach herein. Was war in den vielen Stunden geschehen? War ich eingeschlafen, ohne es zu bemerken? Ich war noch nie so weit weg von zu Hause gewesen. Wir fuhren an kleinen und großen Farmen vorbei, an winzigen Dörfern, Tankstellen und durch weite Strecken brachliegenden Landes, auf dem stellenweise rote Erde lag.

Im Zwielicht färbte sich der Himmel rosa, violett und orange, und an den Rändern schien er mit Gold eingefaßt zu sein. Es war der gleiche Himmel, den ich vom Land her kannte, aber ohne die ländliche Umgebung. Es tauchten Dutzende von Tankstellen auf, Schnellimbiß-Restaurants im bunten Neonlicht, die – ohne Erfolg – den Himmelsfarben nacheiferten.

»Ist das nicht toll«, bemerkte Kitty, während sie aus dem Wagenfenster starrte, »wie der Himmel in den vielen Farben leuchtet? Ich fahr' gern in der Dämmerung. Man sagt, es sei die gefährlichste Zeit für Autofahrer, 's gibt den Leuten ein unwirkliches Gefühl, und sie werden von ihren Träumen gefangengenommen... Mein Traum war's immer, lauter hübsche Kinder zu haben.«

»Bitte nicht, Kitty«, flehte ihr Mann.

Sie sagte nichts mehr und überließ mich wieder meinen Gedanken. Oft schon hatte ich die Dämmerung beobachtet, aber ich hatte noch nie eine Stadt bei Nacht gesehen. Meine Müdigkeit war wie verflogen, ich sah mir alles begierig an und kam mir zum ersten Mal wie eine Landpomeranze vor, eben wie ein richtiger Hillbilly. Dies war nicht wie Winnerrow, es war die größte Stadt, die ich je in meinem Leben gesehen hatte.

Wie magnetisch angezogen, fuhr der Wagen die goldenen Torbögen hindurch, ohne daß es eine weitere Diskussion zwischen den Eheleuten gab. Bald saßen wir an einem der kleinen Tische. »Warst du wirklich noch nie bei McDonald's?« fragte Kitty abgestoßen und amüsiert zugleich. »Ich wette, du weißt nicht mal, was 'n Kentucky Fried Chicken ist.«

»Was ist das?«

»Cal, das Mädchen ist wirklich dumm. Richtiggehend dumm. Und ihr Vater hat uns noch gesagt, sie wär' intelligent.«

Hatte Vater das wirklich gesagt? Es war eigenartig, das zu erfahren. Aber er hätte alles behauptet, um an die fünfhundert Dollar zu kommen.

»In einem solchen Schuppen zu essen, hat noch niemanden intelligent gemacht, Kitty. Nur weniger hungrig.«

»Ich wette, du warst noch nicht mal im Kino, oder?«

»Doch, war ich«, sagte ich schnell. »Einmal.«

»Einmal! Hast du das gehört, Cal? Dieses intelligente Mädchen ist *einmal* im Kino gewesen. Das ist ja wirklich 'n Ding. Was haste denn noch Intelligentes gemacht?«

Wie konnte ich ihr antworten, wenn sie mich in diesem höhnischen und sarkastischen Ton fragte?

Auf einmal hatte ich Sehnsucht nach Großvater, nach der armseligen Hütte und nach meiner bekannten Umgebung. Wieder sah ich die Bilder vor mir, die ich eigentlich verdrängen wollte: Ich sah, wie Unsere-Jane und Keith »Hev-lee« riefen. Ich mußte ein-, zweimal mit den Augen blinzeln und war froh, daß ich die wunderbare Puppe bei mir hatte. Wenn Kitty sie sehen würde, wäre sie bestimmt sehr stark beeindruckt.

»Also... Was hältst du von dem Hamburger?« erkundigte sich Kitty, die ihren in ein paar Sekunden hinuntergeschlungen hatte und nun dabei war, rosa Lippenstift aufzutragen. Ihr Mund war immer bemalt. Trotz ihrer langen Fingernägel, die in der gleichen Farbe wie ihre Kleidung glänzten, ging sie geschickt mit dem Lippenstift um.

»Es hat sehr gut geschmeckt.«

»Warum hast du dann nicht ganz aufgegessen? Wenn wir dir was zum Essen kaufen, dann erwarten wir auch, daß du alles aufißt.«

»Kitty, sprich nicht so laut. Laß das Mädchen in Ruhe.«

»Ich mag auch deinen Namen nicht«, brauste Kitty auf, so als ärgere sie sich darüber, daß Cal mich verteidigte. »Ist'n dummer Name. Heaven – das ist 'n Ort und kein Name. Was ist'n dein zweiter Vorname, etwa auch so was Blödes?«

»Leigh«, antwortete ich ihr eisig. »Der Name meiner Mutter.«

Kitty fuhr zusammen. »Verdammt!« fluchte sie und hieb ihre Fäuste gegeneinander. »Hass' diesen Namen!« Sie begegnete dem milden Blick ihres Mannes mit zornigen, wasserhellen Augen. »Das war *ihr* Name. So hieß das Flittchen aus Boston, das sich Luke geschnappt hat! Ich will diesen Namen nie wieder in meiner Gegenwart hören, verstanden?«

»Ja...«

Kittys Laune wechselte von Wut zu Nachdenklichkeit, während Cal auf die Herrentoilette ging. »Wollt' immer schon ein Mädchen, das Linda heißt. Hätt' den Namen selber gern. Der Name gefällt mir, er hat so was Reines, Gutes.«

Als ich ihre riesigen, glitzernden Ringe an ihren starkknochigen Händen sah, erschauerte ich wieder. Waren es echte Diamanten, Rubine, Smaragde – oder Fälschungen?

Es war eine Erleichterung, wieder im Wagen zu sitzen und die Straße entlangzubrausen in Richtung meines unbekannten neuen Zuhauses. Das heißt, nur bis zu dem Augenblick, als Kitty Cal verkündete, daß sie meinen Namen ändern wollte. »Werd' sie Linda nennen«, sagte sie kühl und sachlich. »Ich mag diesen Namen wirklich sehr.«

»Nein!« fuhr er sie sofort an. »Heaven paßt am besten zu ihr. Sie hat ihr Zuhause und ihre Familie verloren; jetzt zwing sie um Gottes willen nicht, auch noch ihren Namen zu verlieren. Laß sie in Ruhe.«

Er hatte es mit so großer Bestimmtheit gesagt, daß Kitty nicht zu widersprechen wagte und minutenlang schwieg. Dabei freute es mich besonders, daß Cal das Radio wieder angedreht hatte.

Ich kuschelte mich in den Rücksitz und versuchte, wach zu bleiben, indem ich alle Straßenschilder las. Es war mir aufgefallen, daß Cal immer die Richtung einschlug, die auf den Schildern nach Atlanta wies. Durch Unterführungen, über Autobahnkreuzungen, auf Schnellstraßen, unter Eisenbahnviadukten hindurch, über Brücken, durch große, kleine und mittlere Städte immer weiter nach Atlanta.

Mir verschlug es den Atem beim Anblick der Wolkenkratzer, die hoch in den schwarzen Nachthimmel ragten und im Licht der vielen Fenster glitzerten, während oben Wolkenfetzen wie Tücher an ihnen herabwallten. Mit offenem Mund sah ich die Schaufenster in der Peachtree Street und starrte auf die Verkehrspolizisten. Einige von ihnen waren beritten, die anderen standen furchtlos mitten im Verkehrsgewühl. Fußgänger spazierten auf und ab, als wäre es Mittag und nicht schon lange nach neun Uhr. Trotz der vielen Eindrücke mußte ich immer wieder meine schlaftrunkenen Augen reiben.

Plötzlich sang jemand mit lauter Stimme. Kitty hatte das Radio aufgedreht und sich eng an Cal geschmiegt, wobei sie anscheinend irgend etwas mit ihm anstellte, so daß er sie bat, damit aufzuhören. »Kitty, alles zu seiner Zeit – und das ist jetzt weder der passende Ort noch der rechte Augenblick. Bitte, nimm die Hand weg.«

Was machte Kitty nur? Ich rieb mir die Augen und beugte mich vor, um nachzusehen, als Cal gerade den Reißverschluß seiner Hose hochzog. War das denn schön? Fanny würde diese Frage gewiß bejahen. Ich lehnte mich schnell wieder nach hinten, aus Angst, Kitty könnte herausbekommen, daß ich etwas gesehen hatte, was mich überhaupt nichts anging. Wieder starrte ich aus dem Fenster. Die große Stadtlandschaft mit ihren majestätischen Hochhäusern war verschwunden. Die Straßen waren jetzt weniger breit und geschäftig.

»Wir leben in einem Vorort«, erklärte Cal angeregt. »Es ist ein Bezirk namens Candlewick. Die Häuser sind alle gleich hoch und sehen fast alle gleich aus. Es gibt eine Auswahl von sechs Stilarten, du kannst dir eine aussuchen, und dann bauen sie dir ein Haus danach. Deinen individuellen Geschmack kannst du nur in der Einrichtung des Hauses zeigen und in der Art und Weise, wie du es außen herrichtest. Wir hoffen, daß du gerne hier leben wirst, Heaven. Wir wollen unser Bestes für dich tun und dir ein Leben bieten, das wir auch unseren eigenen Kindern bieten würden, wenn wir welche haben könnten. Deine Schule ist ganz in der Nähe, du kannst dorthin zu Fuß gehen.«

Empört schnaufend murmelte Kitty vor sich hin: »Moment mal. Was macht das schon aus? Sie wird in die Schule gehen, und wenn sie hinkriechen muß. Ich werd' nicht so blöd sein und mir meinen Ruf wegen eines ungebildeten Kindes ruinieren.«

Ich setzte mich aufrecht und strengte mich an, die Augen offen zu halten. Ich wollte auf keinen Fall den ersten Blick auf mein neues Zuhause versäumen und studierte interessiert die Häuser, die, wie Cal schon erwähnt hatte, fast alle gleich aussahen, aber eben nicht ganz. Es waren hübsche Häuser. Sicherlich besaß jedes von ihnen ein Badezimmer, wenn nicht mehrere. Und natürlich all die wunderbaren elektrischen Einrichtungen, ohne die die Städter nicht auskamen.

Der Wagen fuhr die Auffahrt hoch, und eine Garagentür klappte wie von Zauberhand bewegt nach oben. Als wir in der Garage hielten, schrie Kitty, ich solle aufwachen.

»Wir sind zu Hause, Kind.«

Zu Hause.

Schnell öffnete ich die Wagentür und trat aus der Garage. Ich starrte auf das Haus, das vom fahlen Mondlicht beleuchtet wurde. Es war zweistöckig. Wie hübsch es aussah, umgeben von üppigen Sträuchern, die meisten davon immergrüne Pflanzen. Es war aus roten Ziegeln gebaut und hatte weiße Fensterläden.

»Cal, schmeiß ihr schmutziges Zeug in den Keller, wo es hinge-hört – wenn es überhaupt wo hingehört.« Traurig sah ich zu, wie der Koffer meiner Mutter mit den wunderbaren Sachen verschwand … Kitty konnte natürlich nicht ahnen, was sich unter dem dunklen, ge-strickten Schal verbarg.

»Komm«, rief Kitty ungeduldig. »Es geht auf elf Uhr zu. Bin tod-müde. Hast ein ganzes Leben, um das Haus anzustarren, hörst du mich?«

Es klang so endgültig, als sie das sagte.

12. KAPITEL

MEIN NEUES ZUHAUSE

Kitty knipste den Lichtschalter neben der Tür an, und das ganze Haus erstrahlte in hellem Licht. Was ich sah, verschlug mir den Atem.

Wahrhaftig, dieses blitzblanke, moderne Haus war wunder-schön. Der Gedanke daran, daß ich in diesem Haus wohnen würde, machte mich ganz glücklich. Alles war so weiß und rein wie frisch-gefallener Schnee – dabei so elegant! Ein Schauer durchrieselte mich beim Anblick dieser schneeweißen Reinheit. Tief in meinem Inne-ren hatte ich immer schon gewußt, daß es irgendwo einen Platz für mich geben müsse, der besser als die verdreckte, jammervolle Hütte war.

Von Anfang an betrachtete ich es als Kittys Haus. Schon der be-fehlsgewohnte Ton, in dem sie Cal angewiesen hatte, mein »schmut-ziges Zeug« im Keller zu verstauen, zeigte offensichtlich, daß dieses ihr Haus war. Zwischen all den verspielten, typisch weiblichen Nip-pes deutete auch nichts auf eine männliche Gegenwart hin. Ich hatte den untrüglichen Eindruck, daß Kitty Herr im Haus war.

Während Cal ihrem Befehl folgte, hastete Kitty von einer Lampe zur anderen, um sie anzuknipsen, so als habe sie Angst vor schum-merigen Ecken. Bald aber sah ich ein, daß meine Vermutung falsch gewesen war; Kitty schaute überall nach, ob sie irgendwelche Män-gel an dem frisch tapezierten Zimmer entdecken konnte.

»Ist es nicht tausendmal schöner als in Winnerrow… diesem blöden Bauernkaff? Zu meiner Zeit hab' ich's nicht erwarten können abzuhauen. Weiß gar nicht, warum ich immer wieder zurückkehre.« Ein Schatten des Unmuts huschte über ihr hübsches Gesicht. Kurz darauf begann sie sich wieder über die Handwerker zu beschweren, die so viel »falsch« gemacht hätten, weil sie nicht dabeigewesen war. Sie sah ihr Zuhause mit anderen Augen als ich – denn sie fand es anscheinend nicht besonders schön.

»Sieh dir bloß an, wo die meine Stühle wieder hingestellt haben. Und die Lampen erst! Aber auch nichts steht auf dem richtigen Platz! Dabei hab' ich's ihnen ganz genau erklärt, wie ich's haben will. Kannst Gift darauf nehmen, daß ich sie mir noch mal vorknöpfen werd'…«

Ich wußte eigentlich nicht genau, was sie meinte – alles schien mir vollkommen in Ordnung zu sein.

Kitty warf mir einen flüchtigen Blick zu und sah, daß ich voll Bewunderung war. »Na, sag schon, wie findest du's?« erkundigte sie sich mit einem nachsichtigen Lächeln.

Ihr Wohnzimmer war geräumiger als unsere ganze Hütte – aber die größte Überraschung bereitete mir der bunte Zoo, der dort aufgestellt war. Überall auf den Fensterbänken, in den Eckschränkchen, auf den Tischen, den weißen Teppich entlang bis zur Treppe, saßen, standen oder lagen Tiere; Tierköpfe und -gestalten dienten als Bilderrahmen, Lampenfüße, Körbe, Obstschalen und Schemel.

Pflanzen sprossen aus den Rücken riesiger Keramikfrösche mit hervorquellenden Augen und dunkelroten Zungen. Überdimensionale Goldfische mit aufgesperrten Mäulern und verschreckten himmelblauen Augen dienten ebenso als Blumentöpfe. Es gab blaue Gänse, weiße und gelbe Enten, lila und rosa getupfte Hühner, braune und gelbliche Hasen, rosa Eichhörnchen, dicke, grell rosarote Schweine mit lustigen Kringelschwänzchen. »Komm«, sagte Kitty, packte mich bei der Hand und zerrte mich mitten durch ihren Hauszoo, »mußt sie dir ganz aus der Nähe angucken, damit du siehst, wieviel Talent man dafür haben muß.«

Ich war sprachlos.

»Was ist, sag doch was!« befahl sie mir.

»Es ist wunderschön!« hauchte ich. Das viele Weiß – die wie mit seidenen Baumringen gemusterte Tapete, die weißen Klubsessel, das weiße Sofa, die weißen Lampenschirme über den bauchigen, weißschimmernden Lampenfüßen – machten großen Eindruck auf mich. Kein Wunder, daß Kitty von unserer Hütte mit ihrem generationsalten Schmutz so entsetzt gewesen war. Hier gab es einen Kamin, dessen Sims und Einfassung aus weißem Holz waren und der eine Kaminplatte aus weißem Marmor besaß; es gab Tische aus kostbar aussehendem, dunklem Holz – später erfuhr ich, daß es Rosenholz war – und Tische aus Messing und Glas. Nirgends ein Staubkörnchen. Nirgends Fingerabdrücke. Alles war an seinem rechten Platz.

Sie stand neben mir, als wollte sie selbst ihr kostbares Wohnzimmer durch meine naiven Landmädchen-Augen betrachten, während ich mich fürchtete, auf den weißen Teppich zu treten, der gewiß schneller schmutzig wurde, als ein Hund mit seinem Schwanz wakkeln konnte. Ich sah hinunter auf meine klobigen, häßlichen, alten Schuhe und zog meine Füße sofort von dem Teppich zurück.

Verzückt und wie im Traum wandelte ich von einem Gegenstand zum anderen. Überall standen Katzen, fette, magere, schleichende, geschmeidige, gleitende Katzen. Und hockende, stehende, schlafende Hunde; Elefanten und Tiger, Löwen und Leoparden, Pfauen und Fasane, Papageien und Eulen. Eine verwirrende Ansammlung von Tieren.

»Toll, gell, meine Werke? Hab' sie mit eigenen Händen gemacht. Sind im großen Ofen, wo ich meinen Töpferkurs abhalte, gebrannt worden. Hab' noch 'nen kleinen im ersten Stock. Geb' jeden Samstag Unterricht. Ich verlange dreißig Dollar pro Schüler und etwa dreißig Schüler kommen regelmäßig. Natürlich ist keiner meiner Schüler so begabt wie ich, aber das ist ja nur recht so. Dann kommen sie wieder, in der Hoffnung, die Lehrerin zu überflügeln. Hast du die schöne Dekoration gesehen, die Blumengirlanden, mit denen ich sie geschmückt hab'? Sieht gut aus, was?«

Vollkommen überwältigt, konnte ich nur zustimmend nicken. Ja, es war tatsächlich beeindruckend, daß Kitty diese wunderbaren Sachen selbst geschaffen hatte, wie zum Beispiel die Karussellpferdchen, die um einen der weißen Lampenfüße galoppierten. »Sie sind alle wunderschön«, wiederholte ich ehrfürchtig.

»Hab's erwartet, daß du so denkst.« Stolz hob sie einige Produkte, von denen sie meinte, daß ich sie nicht gebührend bewundert hatte, in die Luft. »Der Unterricht bringt das Bargeld; Schecks nehme ich keine an, dann brauch' ich keine Steuern zu zahlen. Könnte ja zehnmal soviel Schüler haben, wenn ich den Schönheits-Salon nicht hätt', wär' aber verdammt unvernünftig, ihn aufzugeben; ich verdien' einfach zuviel Geld, wenn die Prominenz in die Stadt kommt und sich die Haare bei mir machen läßt. Bei mir wird alles geboten: Färben, Tönen, Dauerwelle und Pediküre. Machen meine acht Mädels. Ich selbst bedien' nur besondere Kundinnen, und in meinem Laden verkaufe ich tausend dieser Dinger, die du hier siehst. Meine Kundinnen sind ganz wild danach.«

Sie stand hoch aufgerichtet vor mir, die starken Arme über ihren üppigen Busen gekreuzt und strahlte mich an. »Meinst du, du könntest das auch alles?«

»Nein«, gab ich zu. »Ich wüßte nicht einmal, wo ich anfangen sollte.«

Cal trat durch die Hintertür und blieb stehen. Er sah Kitty verächtlich an – als hätte er nicht viel für ihre »Schöpfungen« übrig oder als hielte er wenig von ihren Unterrichtsstunden.

»Meinst du, daß ich eine Künstlerin bin?«

»Ja, Kitty, du bist eine richtige Künstlerin... Warst du auf einer Akademie?«

Kitty Miene verfinsterte sich. »Manche Dinge kann man einfach, man ist damit geboren, das ist alles. Ich hab' einfach Talent – nicht wahr, Schätzchen?«

»Ja, Kitty, du hast wirklich Talent.« Cal ging auf die Treppe zu.

»He!« schrie Kitty ihm nach. »Du vergißt, das Kind muß neue Kleider haben. Ich kann sie doch nicht in meinem neu gemachten Haus in diesen Lumpen lassen. Sie stinkt, riechst du's? Cal, spring in den Wagen und fahr in den Laden, der die ganze Nacht auf hat, und kauf dem Kind ein paar anständige Kleider, vor allem Nachthemden, und schau, daß sie alle zu groß sind. Will nicht, daß sie aus den Kleidern herauswächst, ohne sie aufgetragen zu haben.«

»Es ist fast elf Uhr nachts«, sagte er mit jener eisigen Stimme, die ich schon einmal im Wagen gehört hatte und mittlerweile als seine mißbilligende Stimme erkannte.

»Das *weiß* ich! Glaubst du, ich kann die Uhr nicht lesen? Aber in meinem sauberen Haus wird kein Kind schlafen, ohne zu baden, sich die Haare zu waschen, sich zu entlausen und insbesondere, nicht ohne neue Kleider. Hörst du mich?«

Cal hatte sie gehört. Er wandte sich ab, brummte etwas vor sich hin und verschwand. Vater hätte es niemals zugelassen, daß eine Frau ihm Vorschriften machte, was und wo er was zu tun hatte, und schon gar nicht, wann er es tun sollte. Weshalb ließ sich Cal am Gängelband führen, an dem Kitty nur zu ziehen brauchte, damit er ihr, wenn auch widerwillig, gehorchte?

»Komm mit, ich zeig' dir alles. Es wird dir gefallen, ganz bestimmt.« Sie lächelte und tätschelte mir die Wange. »Ich kannte deinen Vater. Weißt es ja nun schon. Ich wußt' auch, daß er nichts für dich tun konnte, jedenfalls nicht das, was ich vorhabe. Werd' dir alles geben, was ich als Kind gern gehabt hätt', als ich in deinem Alter war. Du sollst alle Vorteile haben, die ich nicht hatte. Dein Glück, daß du mich und Cal ausgesucht hast – und Pech für deinen Vater. Geschieht ihm recht, daß er alles verloren hat... jedes seiner Kinder.« Wieder setzte sie ihr seltsames Lächeln auf. »Sag mir, was hast du am liebsten?«

»Oh... am liebsten lese ich!« antwortete ich schnell. »Miß Deale, meine Lehrerin, hat Tom und mir immer viele Bücher mit nach Hause gegeben. An Geburtstagen schenkte sie uns sogar Bücher – ganz neue. Einige meiner Lieblingsbücher habe ich mitgenommen. Sie sind bestimmt nicht schmutzig, Kitty, ganz bestimmt nicht. Tom und ich haben Keith und Unserer-Jane beigebracht, Bücher zu achten und wie Freunde zu lieben.«

»Bücher...?« sagte sie angewidert. »Soll das heißen, du magst Bücher lieber als alles andere? Du mußt übergeschnappt sein.« Mit diesen Worten drehte sie sich auf dem Absatz um und schien darauf zu brennen, mir das Eßzimmer zu zeigen, obgleich ich vor Erschöpfung alles nur mehr verschwommen wahrnehmen konnte. Ich hatte an diesem Tag schon so viele neue Eindrücke gewonnen, daß ich das alles nicht mehr auseinanderhalten konnte.

Trotzdem mußte ich noch das Eßzimmer besichtigen. Ein Tisch mit einer Glasplatte stand darin; als Tischbeine dienten drei goldfarbene Delphine, die zuvorkommenderweise die schwere Glasplatte mit ihren Schwänzen abstützten. Ich torkelte vor Übermüdung. Verzweifelt strengte ich mich an, Kitty zu folgen und mir alle Gegenstände, auf die sie mich aufmerksam machte, genau zu betrachten.

Dann ging es in die weiße, blitzsaubere Küche. Sogar der weiße Fliesenboden glänzte. »Vinyl, sehr teuer«, erklärte sie, »bestes Material, das man kaufen kann.« Ich nickte, ohne auch nur im geringsten zwischen dem Teuersten und Billigsten unterscheiden zu können. Mit schlaftrunkenen Augen blinzelte ich die modernen Wunder der Kücheneinrichtung an, von denen ich immer nur geträumt hatte: Eine Geschirrspülmaschine, eine Spüle aus Porzellan mit zwei Ausgußbecken, die chromblitzenden Armaturen, ein Küchenherd mit großer Arbeitsplatte und zwei Backöfen, die vielen weißen Schränke, die langen Regale, der runde Tisch und die vier Küchenstühle. Wo immer sich ein Platz bot, standen Kittys Kunstwerke, um die Eintönigkeit der alles beherrschenden weißen Farbe zu unterbrechen.

Verschiedene Behälter, die in der Küche gebraucht wurden, hatten ebenfalls die Gestalt von Tieren. In Keramikkörben konnte man Mehl, Zucker, Tee und Kaffee aufbewahren; in einem rosafarbenen Schwein wurden Haushaltsgegenstände verstaut, die nicht mehr in eine Lade paßten, und ein magentarotes Roß saß wie ein Mensch und hielt rosa Papierservietten.

»Wie gefällt dir das, sag's ganz ehrlich?« wollte Kitty wissen.

»Es ist sehr hübsch, so sauber, bunt und hübsch«, flüsterte ich mit heiserer Stimme.

Wir kehrten ins Wohnzimmer zurück, wo Kitty sich erneut umsah und dann ihre Augen zusammenkniff. »Sie haben sie auf den falschen Platz gestellt«, schrie sie empört auf. »Schau doch mal, wo meine Elefantentische sind? Da hab' ich sie! In den Ecken stehen sie, in den verdammten Ecken, wo kein Mensch sie sehen kann! Heaven, wir müssen gleich jetzt das Zimmer in Ordnung bringen.«

Es dauerte eine Stunde, bis alles wieder nach Kittys Vorstellung an seinem Platz stand. Die Keramiktiere waren überraschend schwer. Ich war zum Umfallen müde. Kitty sah mich prüfend an, nahm meine Hand und zog mich zur Treppe. »Morgen gibt's 'ne bessere Besichtigung, 's wird dir gefallen. Aber jetzt müssen wir dich ins Bett bringen.«

Während wir die Treppen hinaufstiegen, plapperte Kitty ununterbrochen unzusammenhängendes Zeug über berühmte Filmstars, die zu ihren Kundinnen gehörten und die darauf bestanden, nur von Kitty frisiert zu werden. »Bevor sie in einer Show auftreten, bestellen sie immer mich. Ich weiß Dinge, die du nie im Leben glauben würdest – bestimmt nicht! Es sind sorgsam gehütete Geheimnisse... Werd' sie auch keiner Menschenseele verraten. Ich bin stumm wie ein Grab.« Kitty hielt inne, drehte sich zu mir um und sah mich eindringlich an. »Was ist denn los? Kapierst du nichts? Hörst du mir denn überhaupt zu?«

Ich sah sie nur mehr wie durch einen Nebel vor mir. Ich war zwar so müde, daß ich im Stehen hätte einschlafen können, aber ich bemühte mich, mit Interesse ihren Histörchen über ihre reichen Kundinnen zu folgen. Ich entschuldigte mich bei ihr; es sei ein langer Tag für mich gewesen, und ich könne vor Schläfrigkeit nicht mehr besonders gut sehen noch hören.

»Was redest'n so gespreizt?«

Ich fuhr zusammen. Mein ganzes Leben lang hatte ich darauf geachtet, nicht so wie Kitty zu reden, mit verschluckten Endungen, verdrehter Grammatik und doppelter Verneinung. Jetzt wurde ich dafür getadelt. »Miß Deale hat uns beigebracht, korrekt zu sprechen.«

»Und wer, zum Teufel, ist jetzt wieder diese Miß Deale?«

»Meine Lehrerin.«

Kitty schnaufte aufgebracht. »Für Schule oder Lehrer hab' ich noch nie was übrig gehabt. Kein Mensch redet hier in deinem hochgestochenen Yankee-Ton. Wirst dir Feinde mit deiner Aussprache machen. Mußt lernen, so wie wir hier zu reden – oder du hast die Folgen zu tragen.«

Welche Folgen meinte sie?

»Ja, Kitty.«

Oben auf der Treppe angekommen, schienen die Wände vor meinen Augen zu schwanken. Auf einmal wandte sich Kitty blitzartig um, packte mich an den Schultern und stieß meinen Kopf krachend gegen die Wand. »Aufwachen!« brüllte sie. »Wach auf und hör gut zu... Bin nicht Kitty für dich! Du hast mich *Mutter* zu nennen! Nicht Mama oder Mutti – und bloß nicht Mami! Ich bin Mutter. Hast du verstanden?«

Mir war schwindlig, und mein Kopf dröhnte. Sie hatte ungeheure Kraft. »Ja, Mutter.«

Kitty führte mich durch einen kurzen Gang auf eine geöffnete Tür zu, durch die ich eine schwarzglänzende Tapete mit Goldmuster schimmern sah. »Hier ist das Badezimmer«, erläuterte Kitty, trat ein und zerrte mich am Arm hinterher. »Das Ding da drüben heißt bei vornehmen Leuten Toilette, aber so fein bin ich nicht, bei mir heißt es ganz einfach Klo. Du mußt den Deckel heben, bevor du dich draufsetzt, und jedesmal nachdem du es benutzt hast, mußt du ziehen. Tu bloß nicht zu viel Papier hinein, sonst verstopft das Ding und läuft über. Dann kannst du die ganze Sauerei aufwischen. Übrigens, 's wird deine Aufgabe sein, das ganze Haus sauberzumachen. Ich erklär's dir noch, wie meine Pflanzen gepflegt und gegossen werden müssen, wie du Staub wischen sollst, saubermachen, staubsaugen, und natürlich die Wäsche zu waschen hast. Aber zuerst wird gebadet.«

Hier also erfüllte sich mein sehnlichster Wunsch – ein Badezimmer im Haus, mit fließend kaltem und heißem Wasser, eine Badewanne, ein Waschbecken, Spiegel an beiden Wänden – und nun war ich zu müde, um das alles zu genießen.

»Hörst du mir überhaupt zu, Mädchen?« drang Kittys schrille Stimme an mein Ohr; ich fühlte mich vor Erschöpfung zunehmend benebelter. »Die Farbe, die Tapete und der Teppich, alles ist funkelnagelneu – wie man leicht erkennen kann. Ich will, daß es so bleibt. Es wird also deine Aufgabe sein, alles so zu erhalten. Hast du verstanden?«

Ich nickte schon halb bewußtlos.

»Du sollst dir gleich von Anfang an darüber im klaren sein; ich erwarte von dir, daß du dir deinen Aufenthalt und die Mahlzeiten durch Haushaltsarbeiten, die ich noch bestimmen werde, verdienst. Bin überzeugt, daß du keine Ahnung hast, wie so'n Haushalt funktioniert, und das wird mich viel Zeit kosten. Aber du wirst's schnell genug kapieren müssen, wenn du hier leben willst.« Wieder machte sie eine Pause und sah mich eindringlich an.

»Dir gefällt es doch hier, oder?«

Warum stellte sie mir immer wieder die gleiche Frage? Ich hatte ja kaum Gelegenheit gehabt, mehr als einen flüchtigen Blick überallhin zu werfen! Was sie mir da sagte, war mir eine Warnung; ich verlor langsam die Hoffnung, daß dies ein Zuhause sein würde. Es glich eher einem Gefängnis.

»Ja«, sagte ich und versuchte, Freude zu zeigen. »Alles ist sehr schön hier.«

»Nicht wahr?« Kitty lächelte sanft. »Im Erdgeschoß gibt's noch ein Badezimmer. Genauso hübsch – ist für die Gäste. Ich mag's, wenn es tipptopp sauber ist und alles glänzt. Das wird deine Aufgabe sein.«

Während der ganzen Zeit fischte Kitty nach Fläschchen und Tiegeln, die hinter verspiegelten Schranktüren verborgen waren. Bald hatte sie eine beachtliche Sammlung auf dem Regal stehen, das aus rosa Marmor, passend zur Badewanne, gearbeitet war. Im »Hausherrn«-Badezimmer war alles schwarz, rosa und gold.

»Also«, fuhr Kitty ganz sachlich und kühl fort, »zuerst müssen wir den ganzen Dreck auf deiner Haut wegschrubben. Und deine verdreckten und verlausten Haare waschen. Muß alle Läuse auf deinem Kopf töten. Dein Vater hat bestimmt alles mögliche dieser Art, und du bewegst dich ja schon seit deiner Geburt in seinem Schmutz. Meine Güte, bei den Geschichten, die man so über Luke Casteel hört, kringeln sich einem ja die Haare besser als bei einer Dauerwelle. Aber jetzt muß er den Preis zahlen für den Spaß, den er gehabt hat, einen hohen Preis.« Es schien sie zu freuen. Auf ihren Lippen lag ein unergründliches, unheimliches Lächeln.

Woher wußte sie von Vaters Krankheit? Ich wollte ihr sagen, daß er wieder gesund sei, aber ich war zu müde dazu.

»Oh, tut mir leid, Schätzchen. Hab' ich deine Gefühle verletzt? Mußt eben verstehen, ich kann nu' mal deinen Vater nicht leiden.«

Was sie sagte, bestätigte mir, daß ich doch die richtige Wahl getroffen hatte. Jeder, der Vater nicht mochte, hatte ein gutes Urteilsvermögen. Mit einem Seufzer lächelte ich Kitty dankbar an.

»Bin in Winnerrow aufgewachsen, meine Eltern leben immer noch dort«, fuhr sie fort, »Tatsache ist, sie würden niemals woanders leben wollen. Die Leute werden so, wenn sie nie aus ihrem Dorf herausgekommen sind. Angst vor'm Leben, so nenn' ich's. Angst, wenn sie in 'ne große Stadt kommen, kennt sie keiner mehr. In Atlanta, wo ich arbeit', gibt's nu' mal niemand, der ihnen was bedeuten tut. Können nu' mal nicht das, was ich kann. Haben eben kein so'n Talent wie ich. Also, wir leben ja nu' nicht in Atlanta, wie gesagt, aber in einem Vorort, etwa zwanzig Meilen von der Stadt entfernt; Cal und ich, wir tun arbeiten und kämpfen. Darum geht's, um den täglichen Kampf, ich und er gegen die ganze Welt. Er gehört mir, und ich liebe ihn. Ich würd' sogar 'nen Mord begehen, um ihn zu behalten.« Sie schwieg und sah mich aus harten, schmalen Augen an.

»Mein Laden ist in 'nem Hotel für reiche Leute. Kannst dir kein Haus hier in Candlewick leisten, wenn du nicht mehr als Dreißigtausend verdienst. Wenn Cal und ich arbeiten, können wir die Summe manchmal verdoppeln. Schätzchen, 's wird dir hier gefallen, bestimmt. Wirst in eine Schule gehen, mit drei Stockwerken, einem Hallenschwimmbad und einem Auditorium, wo sie Filme vorführen. Natürlich wirst du viel glücklicher sein als in deiner alten Klitsche… Denk nur, wirst gerade rechtzeitig für das neue Schulsemester kommen.«

Die Erinnerungen an meine alte Schule und an Miß Deale stimmten mich traurig. Dort hatte ich alles über die Welt erfahren, über eine Welt, in der Bildung, Bücher, Malerei, Architektur und Naturwissenschaften zählten… Ich hatte mich nicht einmal von Miß Deale verabschieden können. Ich hätte freundlicher und dankbarer ihr gegenüber sein müssen. Ich hätte meinen Stolz vergessen sollen. Ich versuchte, meine Tränen zu unterdrücken. Dann gab es da noch Logan, der wegen seiner Eltern – oder aus einem anderen Grund – nicht mehr mit mir geredet hatte. Jetzt kam mir nicht nur Logan, sondern auch meine geliebte Lehrerin schon unwirklich vor. Sogar an die Hütte erinnerte ich mich nur noch vage, obwohl ich sie erst vor ein paar Stunden verlassen hatte.

Großvater schlief jetzt bestimmt, während hier noch die Geschäfte offen waren und die Leute einkaufen gingen. So wie Cal, der gerade dabei war, mir viel zu große Kleider zu besorgen. Ich seufzte tief; einige Dinge änderten sich wohl nie.

Mit bleischweren Beinen wartete ich, bis Kitty endlich die rosa Badewanne mit Wasser gefüllt hatte.

Der Dampf beschlug das Glas, füllte meine Lungen; das Badezimmer wurde so dunstig, daß Kitty meilenweit entfernt zu sein schien, und wir beide – Kitty und ich – trieben auf Wolken zum Mond in ein Land der Phantasie. Ich begann schon zu schwanken und vernahm einen Befehl von Kitty, der tatsächlich vom Mond zu kommen schien. Sie verlangte, ich solle mich ausziehen und meine ganzen Lumpen in eine Plastiktüte schmeißen. Alles, was ich trug, würde im Müll verschwinden, von der Müllabfuhr abgeholt und schließlich verbrannt werden.

Ich zog mich mit steifen Fingern aus.

»Wirst alles neu kriegen. Wir werden ein Vermögen für dich ausgeben, Mädchen. Also, denk immer dran, Kind, falls du mal Sehnsucht nach deinem Schweinestall bekommen solltest. *Und jetzt zieh dich sofort aus!* Mußt endlich lernen, dich zu bewegen, wenn ich's sag', und nicht nur dastehen und Maulaffen feilhalten. Kapiert?«

Mit vor Angst und Müdigkeit gelähmten Händen knöpfte ich mein altes Kleid auf. Warum bewegten sich meine Finger nicht etwas schneller? Irgendwie gelang es mir schließlich doch, zwei Knöpfe aufzumachen, während Kitty eine Plastikschürze aus einer Lade herauszog. »Stell dich drauf, und laß die Wäsche einfach runter. Paß bloß auf, daß nichts auf meinen sauberen Teppich oder meine Marmorplatten fällt.«

Ich stand nackt auf der Plastikschürze, und Kitty beäugte mich von oben bis unten. »Meine Güte, du bist doch gar kein kleines Mädchen mehr. Wie alt bist du denn überhaupt?«

»Fünfzehn«, antwortete ich. Während ich mich bemühte, Kittys Befehlen nachzukommen, wankte und schwankte ich auf den Beinen.

»Wann wirst du denn sechzehn?«

»Am zweiundzwanzigsten Februar.«

»Hast du schon deine Blutungen?«

»Ja, seit meinem dreizehnten Lebensjahr.«

»Mein Gott, hätt' ich nie gedacht. In deinem Alter hatte ich schon dicke Titten. Jungens wurden heiß, wenn sie mich ansahen. Kann nicht jeder soviel Glück haben, oder?«

Ich nickte lediglich und wünschte mir, daß Kitty mich endlich allein lassen würde, damit ich mein erstes Bad in einer Keramikbadewanne genießen konnte. Offensichtlich aber hatte Kitty weder die Absicht hinauszugehen noch mich eine Minute alleine im Badezimmer zu lassen.

Mir wurde klar, daß sie bleiben würde und seufzend bewegte ich mich auf die rosafarbene Toilette zu.

»*Nein!* Zuerst den Sitz mit Papier abdecken.« Und nun mußte sogar diese elementare körperliche Funktion warten, bis Kitty Seidenpapier über den Sitz gebreitet hatte. Schließlich wandte sie mir den Rücken zu. Aber was nutzte mir das, wenn sie ja doch alles hören konnte, und außerdem gab es überall Spiegel, auch wenn sie von Dampf beschlagen waren!

Kitty kniete sich neben die Badewanne und sagte mir, während sie das Wasser in der Wanne prüfte: »Du mußt unbedingt im heißen Wasser sitzen. Muß dich ordentlich mit 'ner Bürste abschrubben und deine Haare mit Kernseife waschen, um diese ganzen Nissen in deinen Haaren rauszubekommen.«

Ich wollte etwas sagen und Kitty erklären, daß ich viel öfter badete als normalerweise die Leute in den Bergen und mir einmal in der Woche die Haare wusch (ich hatte sie ja erst heute morgen gewaschen), aber mir fehlte die Energie, etwas zu meiner Rechtfertigung zu sagen. Ein Aufruhr der widersprüchlichsten Gefühle hatte mich handlungsunfähig gemacht.

Eigenartig, wie schlecht ich mich fühlte. Schreie blieben mir im Hals stecken, die Tränen gefroren mir in den Augen. Ich wollte drauflos schlagen und jemandem weh tun, damit ich nicht verletzt wurde. Aber ich tat nichts und wartete darauf, daß sich die Badewanne mit Wasser füllte.

Und sie füllte sich mit Wasser, mit siedend heißem Wasser.

Alles, was vorher rosa gewesen war, schien nun flammendrot – und in diesem Höllenrot sah ich, wie Kitty ihren grellrosa gestrickten Hosenanzug abstreifte. Darunter trug sie einen knappen, pinkfarbenen Büstenhalter und einen Schlüpfer, der kaum das Nötigste bedeckte.

Ich wich vorsichtig aus und sah Kitty dabei zu, wie sie aus einer braunen Flasche etwas in das Badewasser goß. Es stank nach Desinfektionsmittel.

Ich kannte den Geruch noch aus meiner Schule, wo die Putzfrauen nach dem Unterricht mit dieser Flüssigkeit die Aufenthaltsräume säuberten. Noch nie hatte ich gehört, daß man Desinfektionsmittel als Badezusatz verwendete.

Irgendwie hatte ich ein Handtuch erwischt. Es war so groß und flauschig, daß ich meinte, ich könnte mich dahinter gut verbergen. Nicht, daß wir in der Hütte uns viel um Schamgefühle gekümmert hätten, aber ich genierte mich vor Kitty wegen meiner Magerkeit.

»Laß das Handtuch! Sollst mein sauberes Handtuch nicht berühren. Alle rosa Handtücher gehören mir, nur ich benutz' die, verstanden?«

»Ja, Ma'm.«

»Ja, *Mutter*«, verbesserte sie mich. »Nenn mich niemals anders als

Mut-ter... Genau so sollst du es aussprechen.«

Also sprach ich es so aus, dabei hielt ich immer noch das Handtuch umklammert und fürchtete mich vor dem kochend heißen Wasser.

»Die schwarzen Samthandtücher gehören Cal, nicht dir, vergiß das nicht. Wenn bei meinen die Farbe fast ausgewaschen ist, dann kannst du sie haben. In der Zwischenzeit kannst du meine alten Handtücher aus meinem Salon benutzen.«

Ich nickte, meine Augen waren von dem Dampf, der aus der Badewanne stieg, beinahe blind.

»Jetzt hab' ich alles vorbereitet.« Sie strahlte mich ermunternd an. »Rutsch auf der Plastikschürze zur Wanne, bis du nahe genug bist, dann kannst du einsteigen.«

»Das Wasser ist zu heiß.«

»Natürlich ist es heiß.«

»Ich werde mich verbrennen.«

»Wie, zum Teufel, stellst du dir vor, daß du sauber wirst, wenn der Dreck auf deiner Haut nicht mit heißem Wasser abgewaschen wird? Also? Hinein mit dir!«

»Es ist zu heiß.«

»*Es... ist... nicht... zu... heiß!*«

»Doch. Es ist siedend heiß. Ich bin keine so heißen Bäder gewöhnt, höchstens lauwarme.«

Kitty näherte sich mir bedrohlich.

Dichter Nebel verhüllte fast die langstielige Bürste in ihrer Hand. Sie hieb sich mit der Bürste auf die linke Handfläche. Die Drohung war unmißverständlich.

»Noch was. Wenn ich dir sag', mach das, dann tust du's auch – und keine Widerrede. Wir haben gutes Geld für dich bezahlt, und jetzt bist du unser Eigentum, und wir können tun und lassen mit dir, was wir wollen. Hab' dich aufgenommen, weil ich mal so blöd gewesen bin, deinen Vater zu lieben, und er hat mir das Herz gebrochen. Hat mich geschwängert und mir vorgemacht, er würd' mich lieben, alles Lüge. Hab' ihm gedroht, würd' mich töten, wenn er mich nicht heiratet... Er hat mir daraufhin nur ins Gesicht gelacht. ›Tu's doch‹, hat er gesagt, und dann hat er mich sitzenlassen. Ist nach Atlanta, hat dort deine Mutter getroffen und sie geheiratet... *Sie!* Und ich stand allein da mit 'nem Baby, also hab' ich's abgetrieben, und nu' kann ich keine Kinder mehr kriegen. Aber jetzt hab' ich *ihr* Baby... Auch wenn du kein Baby mehr bist, bist doch sein Kind. Komm mir bloß nicht auf den dummen Gedanken, daß du mich herumkommandieren kannst, weil ich mal 'ne Schwäche für deinen Vater hatte. Es gibt Gesetze in diesem Land, nach denen man dich ins Gefängnis bringen könnt', wenn's herauskäm, daß dein eigener Vater dich hat verkaufen müssen, weil du so ein schlechtes Mädchen bist.«

»Aber... aber... ich bin doch nicht schlecht. Vater mußte mich ja gar nicht verkaufen.«

»Steh hier nicht rum, und gib keine frechen Antworten! In die Badewanne mit dir!«

Vorsichtig näherte ich mich der Badewanne, indem ich Kittys Anweisungen befolgte und auf der Plastikschürze hinrutschte. Ich unternahm alles mögliche, damit das Wasser in der Zwischenzeit abkühlen konnte. Auf einem Bein balancierend, schloß ich die Augen und hielt das andere vorsichtig über das dampfende Wasser. Es war, als schlenkerte ich mit einem Fuß über einem Höllenschlund. Mit einem leisen Aufschrei zog ich den Fuß ruckartig zurück. Ich sah mit flehenden Augen zu Kitty hin, die mir das rosafarbene Handtuch vom Leib riß und es auf den Wäschekorb schleuderte.

»Mutter, es ist wirklich zu heiß.«

»Es ist *nicht* zu heiß. Ich bade immer in heißem Wasser. Wenn ich es aushalte, dann du auch.«

»Kitty...«

»Mutter... Also sag es noch mal.«

»Mutter, warum muß das Wasser so heiß sein?«

Vielleicht gefiel Kitty mein demütiger Ton, jedenfalls war sie plötzlich wie ausgewechselt, als hätte ein Zauberer an einem Schalter gedreht.

»Schätzchen«, gurrte sie, »ist doch zu deinem eigenen Wohl, wirklich. Die Hitze tötet alle Bakterien ab. Ich würd' doch nie etwas machen, was dir weh tut.« Ihre wasserhellen Augen wurden mild und ihre Stimme auch; mit mütterlicher Güte versuchte sie mir meine Bedenken auszureden. Kitty war eine gute Frau, die eine Tochter brauchte, die sie lieben konnte. Und ich sollte eine Mutter haben, die mich liebte.

»Schau her«, sagte Kitty und prüfte das Wasser, indem sie ihren

Arm bis zum Ellenbogen hineinsteckte, »gar nicht so heiß, wie du denkst. Also, sei ein liebes Mädchen und steig in die Badewanne und laß deine *Mutter* dich abbürsten, damit du so sauber wirst wie noch nie in deinem Leben.«

»Badest du wirklich in so heißem Wasser?«

»Lüg' dich doch nicht an, Schätzchen. Ich bade dauernd in so heißem Wasser.« Kitty schob mich näher an die Badewanne heran. »Wenn der Schock vorüber ist, dann tut es wirklich gut; es entspannt einen, und man wird schläfrig. Schau, ich werd' dir sogar etwas von dem hübschen rosa Schaumbad hineingeben. Wird dir gefallen. Du wirst aus dem Bad steigen und nach Rosen riechen – und wie eine aussehen.«

Kitty mußte etwas Wasser ablassen, bevor sie das Schaumbad hineinträufelte; sie ließ wieder heißes Wasser ein, um die rosa Kristallkörnchen zum Schäumen zu bringen – unglücklicherweise floß damit auch Wasser ab, das während meiner Verzögerungstaktik vielleicht etwas abgekühlt war.

Hier erfüllte sich einer meiner Wunschträume – ein wohlriechendes Schaumbad in einer rosafarbenen Badewanne mit Spiegeln überall – und ich konnte nichts von alledem genießen.

Ich war überzeugt, das Bad würde mich verbrühen.

»Keine Angst, Liebes, brauchst wirklich keine Angst zu haben. Würd' ich dir je was anschaffen, das dir Schmerzen bereiten tät? Glaubst du das wirklich? War auch mal so 'n junges Ding wie du, und ich hab' nie das bekommen, was ich dir alles bieten werd'. Eines Tages wirst du auf die Knie fallen und deinem Herrn danken, daß er dich vor der Hölle bewahrt hat. Tu so, als wär das heiße Wasser *heiliges Wasser*. So mach ich's immer. Denk an kalte Dinge, an Eis, an Tonnen von zerkleinerten Eisstückchen, stell dir vor, du sitzt auf Eis und trinkst 'ne Cola. Tut nicht weh. Hat mir auch nie weh getan, und ich hab' 'ne Baby-Haut.«

Plötzlich stürzte sich Kitty auf mich. Ich verlor das Gleichgewicht, und auf einmal, statt das Wasser nochmals zu prüfen, war ich vollkommen darin untergetaucht.

Das siedend heiße Wasser brannte wie die weißglühenden Kohlen in Old Smokey. Mit geschlossenen Augen schoß ich aus dem Wasser, zog die Knie an und balancierte auf den Händen, während ich versuchte, mit blindwütiger Gewalt aus der Badewanne zu steigen.

Aber Kitty hielt mit starken Händen meine Schultern fest und drückte mich zurück ins Wasser. Ich schrie!

Immer wieder aus Leibeskräften brüllend, schlug ich mit den Armen um mich, so wie es Unsere-Jane und Fanny getan hätten: »Laß mich raus, laß mich raus!«

Patsch! Kitty hatte mich geohrfeigt!

»*Sei still!* Du Miststück! Daß du mir ja nicht herumkreischst, wenn Cal zurückkommt, daß er denkt, ich bin gemein zu dir. Bin ich nicht, bin ich nicht! Tu' nur meine Pflicht.«

Wo war Cal... Warum kam er nicht zurück und rettete mich?

Es war so furchtbar, daß ich nicht mehr schreien konnte, sondern nur nach Luft ringend, hustend und weinend versuchte, Kitty wegzustoßen und die schmerzhafte Bürste loszuwerden, die meine rote, verbrannte Haut herunterriß. Überall brannte es wie Feuer – auch innerlich. Das Desinfektionsmittel drang durch alle Öffnungen. Ich bettelte um Gnade, aber Kitty war entschlossen, alle Bakterien von mir abzuschrubben, all die ansteckenden Krankheiten, den Dreck der Casteels.

Einer Ohnmacht nahe, glaubte ich Reverend Wayland Wise zu hören, wie er predigte und mich singend ins Paradies begleitete. Ich stand unter Schock. Den Mund weit geöffnet, die Augen aufgerissen, blickte ich in Kittys zerstörungswütiges Gesicht, das wie ein bleicher Mond über mir schwebte.

Das Bad dauerte eine Ewigkeit. Irgendwann wurde das Wasser endlich kühler, und Kitty drückte aus einer orangenfarbenen Flasche ein dunkelflüssiges Shampoo auf meine Haare. Wäre meine Kopfhaut von dem heißen Wasser nicht schon so angegriffen gewesen, dann hätte es vielleicht nicht so gebrannt. So tat es furchtbar weh! Irgendwie fand ich genügend Kraft, um mich zu wehren und zog Kitty beinahe mit in die Badewanne.

»*Hör auf!*« schrie Kitty und gab mir wieder eine Ohrfeige. »Benimmst dich ja wie eine Blöde! Ist doch gar nicht so heiß.« Diesmal steckte sie beide Arme bis zum Ellbogen ins Wasser, und ihr Gesicht war ganz nah an meinem.

Oh – es war aber doch zu heiß.

Es war die schlimmste Erfahrung meines Lebens, dieses vergebliche Sichdrehen, -winden und Umsichschlagen, um Kitty zu entkommen, die Strähne für Strähne meiner Haare mit der übelriechenden, beinahe schwarzen Flüssigkeit einrieb. Es war das Schlimmste, was man meinem Haar antun konnte. Es war lang und fein, und wenn man es zerzauste, dann verfilzte es sich so stark, daß man es nie wieder durchkämmen konnte. Ich wollte es Kitty sagen.

»Sei still, verdammt noch mal! Glaubst du, ich weiß nicht, was Haare sind und wie man sie wäscht? Ich bin 'n Profi! 'n Profi! Ist doch meine Arbeit, seitdem ich erwachsen bin. Die Leute zahlen, um sich ihre Haare von mir waschen zu lassen, und du jammerst. Noch 'n Ton von dir, und ich dreh' wieder heißes Wasser an und tauch' dich so lange unter, bis dir die Haut im Gesicht in Fetzen herunterhängt.«

Ich versuchte, still zu bleiben, und ließ Kitty gewähren.

Nachdem mein Haar eingeseift war, mußte das Ganze einwirken, um das abzutöten, was sich angeblich dort eingenistet hatte. Währenddessen nahm Kitty die langstielige Bürste in die Hand und schrubbte wieder meine wunde Haut. Ich wimmerte, aber es gelang mir, im Wasser zu bleiben, das langsam abkühlte. Bald wand und wimmerte ich nicht mehr. Es hätte Kitty sowieso nicht davon abgehalten, mich ordentlich zu bürsten und alle Spalten meines Körpers nach Entzündungen zu untersuchen.

»Ich habe keine Entzündungen, Mutter, wirklich nicht, noch nie...«

Es kümmerte Kitty überhaupt nicht. Sie war entschlossen, unbeirrt das zu tun, was sie sich vorgenommen hatte – auch wenn es mich umbringen würde.

Ein Alptraum, das war es. Dämpfe aus dem Höllenfeuer stiegen auf, worin sich ein fahles Gesicht abzeichnete, das abstoßend aussah, nun da ihr die Haare in feuchten, langen Strähnen herabhingen. Ein hassenswerter Mund, in dem eine rote Öffnung klaffte, aus der immer wieder die schmalzige Stimme tönte, wie ich mich anstellte.

O mein Gott, mein Gott, mein Gott, flüsterte ich völlig stimmlos. Während ich wie wild geschrubbt wurde und meine schon wunde Haut wie Feuer brannte, wußte ich, wie einem Huhn im Kochtopf zumute ist.

Ich begann hilflos und unkontrolliert zu schluchzen. Das Desinfektionsmittel brannte mir in den Augen. Blind tastend fand ich den kalten Wasserhahn, drehte ihn auf und spritzte mir kaltes Wasser ins Gesicht. Die Schmerzen ließen etwas nach.

Seltsamerweise erhob Kitty keinerlei Protest. Sie war damit beschäftigt, die Spalte zwischen meinen Gesäßbacken eingehend zu untersuchen. Kniend ließ ich kaltes Wasser über mein Gesicht, meine Brust, meine Schultern und meinen Rücken laufen.

»Jetzt wird der Schaum abgeduscht«, flötete Kitty und tätschelte mein wundes Hinterteil wie bei einem Baby. »Alle Bakterien weg. Sauberes Baby, schön sauber, lieb und süß, mein braves Baby. Dreh dich um, und laß Mutter dich abduschen.«

Ich war noch immer in der Hölle. Ich drehte mich um und lag ausgestreckt im Wasser. Meine Beine hängte ich aus der Badewanne heraus, um mir etwas Kühlung zu verschaffen.

»Ich werd' gut aufpassen, daß nichts von dem Zeug in die Augen kommt. Mußt schön stillhalten. Es tötet alle Läuse ab, falls du welche gehabt hast. Jetzt bist du wie neugeboren, fast wenigstens. Das wolltest du doch, oder? Möchtest doch schöne Dinge von uns bekommen? Und du willst doch, daß Cal und ich dich liebhaben? Aber das können wir nur, wenn du artig bist, verstanden? Es ist deine Pflicht, auf deine Sauberkeit zu achten und das zu tun, was wir verlangen. Hör jetzt auf zu flennen. Erzähl Cal bloß nicht, daß es weh getan hat, sonst heult er auch gleich los. Er ist schwach und weichherzig. Wie alle Männer. Sind eher Babys als kleine Jungens. Darf man ihnen zwar nicht sagen, sonst werden sie wütend, ist aber trotzdem wahr. Angst haben sie vor den Frauen. Angst vor Mamilein, vor Frauchen, Töchterlein, Schwesterchen, Tantchen, Omi und vor der süßen, kleinen Freundin. Aber ihren Stolz haben sie. Sie fürchten sich, 'ne Abfuhr zu kriegen – als wüßten wir Frauen nicht, wie das ist. Zuerst wollen sie dich haben, sind hinter dir her, aber haben sie dich mal, dann wünschen sie sich, sie hätten dich nicht, oder noch schlimmer – sie wünschen sich, daß sie dich nicht brauchen tun. Also sehen sie sich wieder um und hoffen, 'ne Frau zu finden, die anders ist. Aber keine von uns ist anders. Also sei nett zu Cal, spiel ihm vor, daß du ihn für den Größten, Stärksten und Tollsten hältst. Tust mir 'nen Gefallen damit, und ich werd' dir dann auch einen Gefallen tun.«

Immer intensiver massierte Kitty mir mein verfilztes Haar. »Hab' dein Zuhause gesehen. Ich weiß schon, was sich hinter deinem hübschen, unschuldigen Gesicht verbirgt. Siehst wie deine Mutter aus. Hab' sie gehaßt. Paß auf, daß ich dich nicht auch eines Tages hassen werd'.«

Das Wasser war jetzt kalt und ein Labsal für meine schmerzende Haut. Kitty lächelte. Sie wedelte mit der Hand, um den Dampf auseinanderzutreiben.

Inzwischen war ich aus der Badewanne herausgeklettert und stand auf einer einfachen, weißen Matte, die Kitty aus dem Wäscheschrank herausgeholt hatte. Alles an mir brannte, alles war rot, sogar das Weiße in meinen Augen, wie ich bemerkte, als ich in einen der langen Spiegel blickte. Aber ich lebte und war sauber. Ich war noch nie in meinem Leben so sauber gewesen – da hatte Kitty allerdings recht.

»Na, siehst du, siehst du«, beruhigte mich Kitty und umarmte und küßte mich. »Ist nu' alles vorbei, und du bist wie neu. Siehst wirklich neu aus. Blitzsauber und süß siehst du aus. So, Schätzchen, jetzt werde ich dich mit einer schönen rosa Creme einschmieren, damit deine arme Haut nicht mehr so brennt. Wollt' dich nicht erschrecken. Wußt' nicht, daß deine Haut so empfindlich ist. Aber du verstehst doch, daß ich was Drastisches tun mußte, um den ganzen jahrelangen Dreck herunter zu bekommen. Der Gestank von Nachttöpfen und Plumpsklosetts hatte sich ja tief in deine Haut eingegraben und in den Haaren verfangen. Auch wenn du's nicht gerochen hast, ich schon. Bist jetzt sauberer als ein Neugeborenes.«

Lächelnd nahm sie eine große, rosafarbene Flasche in die Hand und trug mir sanft kühlende Creme auf.

Es gelang mir, irgendwie dankbar zu lächeln. Kitty war eigentlich nicht so übel. Sie war eben wie Reverend Wayland Wise, der schrie und jedermann die Furcht vor der Rache Gottes einjagte, um ihn zu bessern. Gott und heißes Wasser, in beiden Fällen drehte es sich um das gleiche.

»Fühlst du dich nicht wunderbar, besser als je zuvor? Hab' ich dich nicht aus der Gosse gerettet, oder? Fühlst du dich nicht wie neu und bereit, der Welt gegenüberzutreten, die dich verurteilt hätte, wenn ich nicht gewesen wär?«

»Ja...«

»Was, ja?«

»Ja, Mutter.«

»Na also«, sagte Kitty und trocknete mir die Haare, indem sie mir eines ihrer verwaschenen, rosa Handtücher um den Kopf wickelte. Dann nahm sie ein zweites Handtuch, um meinen beinahe verbrühten Körper abzutrocknen. »Du hast's ja überlebt. Wenn deine Haut noch ein bißchen brennt, dann wirkt das Zeug nach. Es tut zwar weh, aber alle Medizin, die heilt, ist unangenehm. Man muß eben leiden, um allen Schmutz loszuwerden und rein zu sein.«

Kittys hypnotische Stimme in dem verfliegenden Dampf und das Nachlassen der Schmerzen lullten mich in ein Gefühl der Sicherheit ein. Dann begann sie mein feuchtes Haar zu kämmen.

Au!

Es tat weh!

Meine Haare hatten sich in dicke Büschel verfilzt, und Kitty hatte sich vorgenommen, diese Büschel zu entwirren, auch wenn sie mir dabei die Haare einzeln ausreißen mußte.

»Laß mich machen!« rief ich und riß ihr den Kamm aus der Hand. »Ich weiß, wie's geht.«

»*Du weißt, wie's geht?* Hast du eigentlich Jahre im Stehen verbracht, bis dir die Beine bis zur Taille schmerzten? Hast du was über Haare gelernt? Hast du, hast du?«

»Nein«, flüsterte ich und versuchte dabei, die verfilzten Haare mit den Fingern etwas zu entwirren, bevor ich mit dem Kamm durchging, »aber ich kenne mein Haar. Wenn es gewaschen ist, muß man aufpassen, daß es nicht so durcheinandergerät und zerzaust wird, so wie du es gerade gemacht hast.«

»Willst du mir vorschreiben, wie ich meine Arbeit zu machen habe?«

In diesem Augenblick knallte unten die Tür. »Schätzchen, wo bist du?« ertönte die sanfte Stimme Cals.

»Hier, mein Liebster. Bin grad dabei, dem armen Kind zu helfen, ihren ganzen Dreck loszuwerden. Wenn ich hier fertig bin, kümmere ich mich gleich um dich.« Dann zischte sie mir ins Ohr: »Beklag dich bloß nicht bei ihm. Was wir beide zusammen tun, wenn wir alleine sind, geht ihn überhaupt nichts an, verstanden?«

Ich nickte, preßte das Handtuch an mich und trat einen Schritt zurück.

»Darling«, rief Cal durch die geschlossene Badezimmertür, »ich habe Heaven neue Kleider und ein paar Nachthemden gekauft. Ich wußt' ihre Größe nicht genau und habe sie geschätzt. Ich gehe wieder nach unten und mach' ihr das Bett auf dem Sofa.«

»Sie schläft nicht unten«, antwortete Kity mit ihrer unheimlichen, tonlosen Stimme.

Er schien entsetzt: »Was willst du damit sagen? Wo soll sie denn sonst schlafen? Das zweite Schlafzimmer ist vollgepackt mit deiner Töpferware, die eigentlich in die Werkstatt gehört. Du hast gewußt, daß sie kommt. Du hättest alles ausräumen können, aber du hast es nicht getan. Du wolltest das Kind auf dem Sofa schlafen lassen, und jetzt willst du es wieder nicht. Was ist los mit dir, Kitty?«

Kitty lächelte mich mit steifen Lippen an. Leise ging sie an Tür, dabei hielt sie mich mit ihren herrischen Augen wie ein ängstliches Kaninchen gebannt. »Kein Wort, Liebes, hörst du mich, kein einziges Wort zu ihm…«

Sie warf ihre roten Haare zurück, und es gelang ihr, verführerisch auszusehen, als sie die Tür aufschloß und einen Spaltbreit öffnete. »Die Kleine ist so furchtbar scheu, mein Liebster. Reich mir doch bitte eines der Nachthemden. Wir sind gleich bei dir.«

Peng!

Sie hatte die Tür zugeschlagen und warf mir ein dünnes, zartgemustertes Nachthemd zu.

Ich hatte noch nie ein Nachthemd besessen, aber ich hatte mir immer den feierlichen Augenblick vorgestellt, an dem ich mir ein Nachtgewand überstreifen würde. Es erschien mir als der Gipfel des Luxus, eigens zum Schlafen bestimmte Kleidung zu besitzen. Aber kaum hatte ich es an, war die Begeisterung verflogen.

Das steife, neue Material kratzte auf meiner wunden Haut. Die Spitzen an Hals und Ärmeln fühlten sich wie Reibeisen an.

»Hör zu. Deine ganzen Handtücher, Waschsachen, Zahnbürsten werden weiß sein – oder fast weiß. Meine Sachen sind alle rosa und Cals Utensilien schwarz. Vergiß das ja nicht.« Sie lächelte, öffnete die Tür, führte mich eine kurze Strecke den Gang entlang und zeigte mir dann das schicke, große Schlafzimmer neben dem Badezimmer.

Cal war gerade dabei, den Reißverschluß am Hosenschlitz zu öffnen. Er zog den Reißverschluß schnell wieder hoch und errötete, als wir eintraten. Ich senkte den Kopf, um meine Verlegenheit zu verbergen.

»Kitty«, sagte er in einem scharfen Ton, »hast du noch nie etwas davon gehört, daß man an die Tür klopft, bevor man wo eintritt? Und wo hast du dir vorgestellt, daß sie schlafen soll – in unserem Bett?«

»Ja«, sagte Kitty schnippisch und wie aus der Pistole geschossen. Ich blickte auf und sah in ihr Gesicht. Es hatte einen merkwürdigen Ausdruck angenommen. »Die Kleine schläft in der Mitte. Ich auf der einen Seite und du auf der anderen. Weißt doch, wie wild und obszön die Hillbilly-Mädchen sind. Dieses hier muß ich mir zähmen und zusehen, daß sie keine Minute allein ist, wenn sie im Bett liegt.«

»Du mein Gott!« entrüstete sich Cal. »Bist du denn übergeschnappt?«

»Ich bin die einzige hier, die alle ihre fünf Sinne beisammen hat.« Was für eine erschreckende Aussage.

»Kitty, ich dulde es einfach nicht! Sie schläft unten, oder wir bringen sie zurück!«

Er lehnte sich gegen sie auf. Hurra!

»Was verstehst du schon davon? Du bist in 'ner Großstadt aufgewachsen. Dieses Mädchen hier hat keine Moral, die müssen wir ihr erst eintrichtern. Und unsere erste Lektion findet gleich heut' nacht statt. Wenn ich sie soweit hab', kann sie unten auf dem Sofa schlafen – aber erst dann.«

In diesem Augenblick sah er mein Gesicht, obwohl ich mich hinter Kitty versteckt hielt. »Mein Gott, was hast du mit ihrem Gesicht angestellt?«

»Hab's gewaschen.«

Er schüttelte ungläubig den Kopf. »Du hast ihr ja die Haut heruntergerissen. Zum Teufel mit dir! Du solltest dich schämen.« Voll Güte sah er mich an und streckte die Arme nach mir aus. »Komm her, vielleicht finde ich ein Arzneimittel für deine wunde Haut.«

»Finger weg!« schrie Kitty. »Hab' getan, was ich tun mußte. Du weißt doch, daß ich nichts und niemandem etwas zuleide tue. Drekkig war sie, und gestunken hat sie; jetzt ist sie wenigstens sauber. Sie wird bei uns im Bett schlafen, bis ich ihr zutrauen kann, allein in ihrem Bett zu liegen.«

Was vermutete Kitty nur, was ich allein im Bett anstellen würde?

Cals Miene erstarrte zu Eis; er verlor nicht wie Vater die Fassung, sondern er zog sich in kalter Wut zurück. Mit langen Schritten ging er ins Badezimmer und knallte die Tür hinter sich zu, worauf Kitty ihm sofort hinterhereilte, wohl um ihm zu sagen, was sie bei solchen Vorfällen immer sagte. Indessen fügte ich mich den gegebenen Um-

ständen und kletterte seufzend in das große Bett. Kaum lag ich ausgestreckt, schlief ich auch schon ein.

Cals laute Stimme rüttelte mich aus dem Schlaf. Instinktiv war mir
klar, daß ich nur ein paar Minuten eingenickt war. Mit geschlossenen Augen lauschte ich, wie beide miteinander stritten.

»Warum, in drei Teufels Namen, hast du dieses schwarze Nichts
aus Spitzen an? Das trägst du doch nur, wenn du mir etwas Bestimmtes signalisieren willst! Kitty, ich kann doch hier nicht mit dir
schlafen, während ein Kind in unserem Bett liegt.«

»Erwart' ich ja auch gar nicht von dir.«

»Und warum, verflucht noch mal, dann das schwarze Negligé?«

Ich öffnete die Augen nun doch ein klein wenig. Kitty stand da in
einem engen, knappen Gewand, das kaum etwas bedeckte. Cal war
nur mit einer Unterhose bekleidet. Die große Schwellung am Zwik-
kel ließ mich sofort die Augen erschrocken schließen.

Bitte, lieber Gott, mach daß sie sich nicht im Bett lieben; nicht
wenn ich dabei bin, bitte, bitte.

»Das ist eben meine Art, dir Selbstkontrolle beizubringen«, antwortete Kitty affektiert und stieg neben mir ins Bett. »Du hast nämlich keine. Du willst ja sowieso nur das eine von mir, aber du kriegst
es erst wieder, wenn ich dieses Kind nach meinen Vorstellungen
dressiert hab'.«

Ich lauschte und war erstaunt, was Cal sich alles von Kitty bieten
ließ. Was für ein Mann war Kittys Mann eigentlich? Es war mir un-
verständlich, daß er sich nicht verteidigte.

Jetzt schlüpfte Cal auf die andere Seite neben mich ins Bett. Ich
erstarrte, als seine stachlige Haut meinen Arm streifte. Ich war wütend, daß er nicht hinuntergegangen war und sich selbst auf das Sofa
gelegt hatte. So hätte er ihr einen Strich durch die Rechnung machen
können und seinen Willen durchgesetzt. Aber irgendwie tat er mir
trotzdem leid.

Mir war nun klar, wer hier die Hosen anhatte.

Ich hörte seine leise Stimme über mir: »Kitty, dräng mich nicht so
an die Bettkante«, warnte er sie, drehte sich an die Seite und legte seinen Arm unter den Kopf.

»Ich lieb' dich, mein Schatz. Je schneller das Mädchen ihre Lektion gelernt hat, um so eher können wir das Bett wieder für uns al-

lein haben.«

»Jesus«, war das letzte, was er noch sagte.

Es war furchtbar, zwischen Mann und Frau zu liegen, zumal ich wußte, daß meine Gegenwart Cal verstimmte. Sicherlich würde er mich jetzt nie mögen, und ich war ja auf seinen guten Willen angewiesen. Wie sonst würde ich Kitty und ihr seltsames Verhalten und ihre sprunghaften Launen ertragen können? Vielleicht war das Kittys Methode, ihn davon abzuhalten, mich jemals gern zu haben. Wie gemein, so etwas zu tun.

Mutter, Mutter, schluchzte ich und sehnte mich verzweifelt nach meiner lang verstorbenen Mutter, die in den Bergen begraben lag, wo die Wölfe den Mond anheulten und der Wind in den Blättern rauschte. Wenn ich doch wieder zu Hause sein könnte. Ich sehnte mich nach der Zeit, als Großmutter noch lebte und Sarah Brötchen ausstanzte, Großvater schnitzte und Tom, Fanny, Keith und Unsere-Jane durch die Felder liefen.

Ich ahnte schon, in Winnerrow lag das Paradies – hier erwartete mich die Hölle.

Nein, nicht unbedingt. Nicht, wenn es mir gelang, Kittys Wohlwollen und Vertrauen zu erringen.

Nicht, wenn ich Kitty davon überzeugen konnte, daß ich gar nichts Böses und Gefährliches anstellen würde, wenn ich unten allein im Sofabett lag. Ich verdrängte die Tatsache, daß meine wunde Haut brannte und fiel in einen tiefen, gnädigen Schlaf.

13. KAPITEL

Ins Netz geraten

In meiner Phantasie hörte ich den Hahn krähen, als lebte ich noch hoch oben in der Hütte in den finsteren Bergen.

Ich erwachte mit schmerzenden, steifen Gliedern; jede Bewegung tat weh. Erinnerungen an die vergangene Nacht und an ein heißes Bad kamen mir wie ein Alptraum vor, aber meine brennende Haut war Beweis genug, daß ich gestern wirklich in ein siedend heißes Bad gestiegen war.

Fünf Uhr morgens, signalisierte mir meine innere Uhr. Ich dachte an Tom; um die Zeit war er draußen, um Holz zu hacken und zu jagen. Es war selten, daß ich aufwachte und Tom noch schlief – dort in den finsteren Bergen, nach denen ich mich so sehnte. Ich wußte nicht mehr so genau, wo ich war, und tastete mit der Hand, um die weiche, zarte Haut von Unserer-Jane zu spüren, und berührte statt dessen einen haarigen Männerarm. Erschrocken richtete ich mich im Bett auf. Der Anblick Kittys und ihres Mannes, die beide in tiefem Schlaf in dem breiten Bett lagen, war mir peinlich. Schwaches Morgenlicht flutete durch die Vorhänge.

Vorsichtig kroch ich über Cal. Das Risiko, ihn aufzuwecken, erschien mir weniger gefährlich. Ich schlüpfte aus dem Bett und bewunderte die Dinge, die ich um mich sah, während einiges mich doch störte; zum Beispiel, wie Kitty ihre Kleider achtlos auf den Boden hatte fallen lassen. So etwas war nicht einmal in unserer Hütte üblich gewesen. Und die vornehmen Damen, über die ich in den Zeitschriften gelesen hatte, schmissen sicher auch nicht ihre Wäsche einfach den Boden. Dabei hatte Kitty so ein Theater gemacht, daß alles sauber und ordentlich sein sollte! Andererseits, dachte ich mir, mußte sie nicht auf Schaben und anderes Ungeziefer achten, wie das in unserer Hütte der Fall war. Trotzdem, es war nicht recht von ihr. Ich hob ihre Kleider auf und legte sie ordentlich in den Wäscheschrank und bestaunte bei dieser Gelegenheit ihre Garderobe.

Leise trat ich aus dem Schlafzimmer und schloß die Tür vorsichtig hinter mir. Erleichtert atmete ich auf. Ich konnte nicht immer zwischen Mann und Frau schlafen... Es war einfach peinlich.

Wie still es im Haus war. Ich ging zum Badezimmer und betrachtete mich in dem Wandspiegel. Mein armes Gesicht! Es war rot geschwollen; wenn ich es berührte, tat es an manchen Stellen weh und an anderen war die Haut trocken und gereizt. Ein Ausschlag von kleinen roten Pusteln brannte wie Feuer. Eine Stelle war sogar blutig, als hätte ich in der Nacht daran gekratzt. Tränen der Hilflosigkeit kullerten mir die Wangen herab... Würde ich jemals wieder hübsch werden?

Was hatte mir Großmutter immer gesagt? »Nimm, was du kriegst, und mach' das Beste draus...«

Ich mußte mich also wohl oder übel in das Unvermeidliche fügen. Es tat weh, als ich mir das Nachthemd über den Kopf zog, es tat weh, die Arme zu heben und meine Beine zu bewegen. Wie hatte ich nur so tief schlafen können? Die Erschöpfung war wohl so groß gewesen, daß ich nicht einmal Schmerzen verspürt hatte. Aber die Nachtruhe hatte mir keine Erholung gebracht, da ich die ganze Zeit über schlechte Träume von Tom, Keith und Unserer-Jane gehabt hatte, die mich immer noch verfolgten. Ich setzte mich auf das rosa Seidenpapier des WC, zögerte aber, die Wasserspülung zu bedienen. Dann machte ich mich daran, meine völlig verfilzten Haare zu entwirren.

Durch die dünnen Wände zwischen Bade- und Schlafzimmer drang Kittys Ächzen und Stöhnen, als stelle sie der neue Tag gleich vor Probleme. »Wo, zum Teufel, sind meine Pantoffeln? Verdammt noch mal, wo ist denn dieses blöde Kind? Wenn sie das heiße Wasser aufbraucht, kann sie was erleben!«

Cals ruhige, sanfte Stimme tröstete Kitty wie ein kleines Kind. »Behandle sie gut, Kitty«, riet er ihr. »Du wolltest sie doch, vergiß das nicht. Warum du allerdings darauf bestanden hast, daß sie in unserem Bett schläft, ist mir unbegreiflich. Ein Mädchen in ihrem Alter braucht ein eigenes Zimmer, das sie nach ihrem Geschmack einrichten kann, wo sie träumen und ihre Geheimnisse haben kann.«

»Hier gibt's keine Geheimnisse«, brauste Kitty auf.

Er fuhr fort, als hätte sie überhaupt nichts gesagt, und ich schöpfte Hoffnung. »Ich war von Anfang an dagegen. Besonders nach dem, was du gestern nacht getan hast. Wenn ich nur an die armselige Hütte denke und die rührenden Versuche, sie etwas wohnlicher zu gestalten. In diesem Augenblick wurde mir erst bewußt, wie gut es uns geht. Kitty, auch wenn du deine Töpferscheibe und das andere Zeug nicht aufräumen willst, könnten wir ein Bett und einen hübschen Schrank in unser zweites Schlafzimmer stellen. Dazu einen Nachttisch und eine Lampe und vielleicht noch einen Schreibtisch, wo sie ihre Hausaufgaben machen kann. Also, Kitty... Was sagst du dazu?«

»Dazu sag' ich *nein!*«

»Schätzchen, sie scheint ein sehr liebes und nettes Mädchen zu sein.«

Er versuchte sie zu überreden, vielleicht sogar mit Umarmungen und Küssen. Nach den Geräuschen zu schließen, sah ich es fast vor mir, was sie taten.

Eine Ohrfeige! Eine harte Hand, die auf weiches Fleisch klatschte! »Findest sie wohl hübsch, was? Fällt dir jetzt schon auf? Kannst sie aber nicht haben, hörst du? Ich bin geduldig und tolerant, aber daß du mir ja nicht mit 'm Kind rummachst, das unsere Tochter sein wird.«

Wie laut sie das sagte.

»Schlag mich nie wieder, Kitty«, sagte Cal mit eiskalter Stimme. »Ich ertrage vieles von dir, aber körperliche Gewalt ist mir zuwider. Wenn du mich nicht mit Liebe und Zärtlichkeit berühren kannst, dann laß es ganz sein.«

»Schätzchen, es hat doch nicht weh getan, oder?«

»Es geht nicht darum, ob es weh getan hat oder nicht. Es geht darum, daß ich weder gewalttätige Frauen mag, noch solche, die hysterisch herumschreien. Außerdem sind die Wände dünn wie Papier. Sicherlich ist Heaven davon überzeugt, daß du sie gut behandeln und wie eine Mutter ihre Tochter lieben wirst. Sie mit ihren Eltern ins Bett zu stecken! Sie ist ein Teenager, Kitty, und kein Kind.«

»Du begreifst ja immer noch nicht, um was es geht!« Kittys Stimme klang äußerst mürrisch. »Kenn' doch die Mädchen aus den Bergen; du nicht. Du hast ja nicht den leisesten Schimmer, was die alles anstellen, und 'n Mann brauchen sie auch nicht dazu. Wenn du deinen Frieden hier im Haus haben willst, dann laß mich nur machen.«

Cal verteidigte mich nicht. Kein Wort über das heiße Bad gestern und dessen Folgen – warum nicht? Warum war er im Haus Kitty gegenüber so schüchtern, während er sich im Auto gegen sie aufgelehnt hatte?

Die Schlafzimmertür ging auf. Das Klick-Klack von Kittys Pantoffeln hallte durch den Gang und näherte sich mir. Panik ergriff mich. Schnell schnappte ich eines der verwaschenen Handtücher und wickelte es um meinen wunden Körper.

Kitty trat, ohne zu klopfen, ein und warf mir einen unfreundlichen Blick zu. Dann, ohne ein Wort zu verlieren, riß sie sich das dünne, schwarze Nachthemd vom Leib, schleuderte die Pantoffeln weg und setzte sich splitternackt aufs WC. »Tu was mit deinen Haaren..., die sehn furchtbar aus!« sagte sie rundheraus.

Ich zog den Kopf ein, um nichts zu sehen oder zu hören. Eifrig machte ich mich daran, mein wirres Haar mit der größtmöglichen Geschwindigkeit in Ordnung zu bringen.

Kurz darauf stand Kitty unter der Dusche und sang lauthals Country-Lieder.

Sie trat aus der Dusche, trocknete sich mit einem der flauschigen, rosafarbenen Handtücher ab und sah mich erzürnt an. »Kommt mir nicht noch mal vor, was ich grad' im Klo gesehen hab', verstanden?«

»Es tut mir leid. Aber ich dachte, wenn ich das Wasser abziehe, wecke ich dich und deinen Mann auf. Morgen früh gehe ich ins untere Badezimmer.«

»Das rat' ich dir auch«, brummelte Kitty. »Also beeil dich, und zieh eines deiner hübschen Kleider an, die Cal dir besorgt hat. Heut nachmittag werden Cal und ich dir Atlanta zeigen, auch meinen Laden. Kannst mal sehen, wie schick der ist und wie mich die Mädels dort mögen. Morgen gehen wir in die Kirche, und am Montag gehst du dann in die Schule, wie's sich gehört. Laß sogar meinen Töpferkurs sausen, dir zuliebe, vergiß das nicht. Könnt' ja an diesem Tag viel verdienen, ich tu's aber nicht, will dir alles ordentlich zeigen.«

Wieder ging ich daran, meine Haare in Ordnung zu bringen, während Kitty sich schminkte und ganz in Rosa kleidete. Sie fuhr sich mit einem komisch aussehenden Gerät aus Draht in die Haare, dann wandte sie sich strahlend zu mir. »Was sagst du?«

»Du siehst wunderschön aus«, sagte ich ehrlich. »Ich habe noch nie jemanden gesehen, der so schön ist wie du.«

Kittys blasse Augen glitzerten. Ihr breites Lächeln zeigte ihre großen, weißen und ebenmäßigen Zähne. »Würdest nicht glauben, daß ich fünfunddreißig bin, was?«

»Nein«, hauchte ich. Kaum zu glauben, sie war älter als Sarah, und dabei wirkte Kitty viel jünger als sie.

»Cal ist erst fünfundzwanzig. Daß ich zehn Jahre älter als mein Mann bin, beunruhigt mich etwas. Hab' einen netten Mann erwischt, einen wirklich netten Mann, auch wenn er jünger ist. Aber verrat' niemandem mein Alter, hörst du mich?«

»Es würde mir sowieso keiner glauben.«

»Nett von dir, das zu sagen«, bemerkte Kitty mit veränderter und sanfter Stimme. Sie trat auf mich zu, umarmte mich kurz und gab mir einen flüchtigen Kuß auf die Wange. »Wollt' nicht, daß deine Haut so rot und verbrannt aussieht. Tut's wirklich weh?«

Ich nickte, und Kitty kramte eine Salbe hervor, die sie mit großer Sorgfalt auftrug. »Ich übertreib's wohl manchmal, will nicht, daß du mich nicht mögen tust. Ich wünsch' mir mehr als alles andere auf der Welt, daß du mich wie eine Mutter liebst. Schätzchen, es tut mir leid. Aber du mußt zugeben, daß wir das ganze Ungeziefer, das wie Moos an einem verfaulten Baum an dir geklebt ist, abgetötet haben.«

Sie hatte genau die Worte gesagt, die ich insgeheim inständig erhofft hatte. Ich umarmte sie impulsiv und küßte sie vorsichtig auf die Wangen, um ihr makelloses Make-up nicht zu verderben. »Und du ¬iechst so gut«, sagte ich mit Tränen der Erleichterung in der Stimme.

»Du und ich, wir werden uns beide prima verstehen, ganz prima«, sagte Kitty begeistert und lächelte glücklich. Um ihren Worten Nachdruck zu geben, nahm sie mir den Kamm aus der Hand und fing an, meine verfilzten Haare zu frisieren. Sie ging so vorsichtig und geschickt zu Werke, daß es bald locker herabfiel. Danach nahm sie eine Bürste, die ich, wie sie sagte, von jetzt an benutzen sollte, und mit ein paar geheimnisvollen Handgriffen hatte sie mein Haar hergerichtet. Dabei tauchte sie die Bürste ins Wasser und drehte mein Haar über ihre Finger. Als ich mich schließlich wieder im Spiegel betrachtete, hatte ich eine wunderschöne Frisur mit glänzenden dunklen Locken, die ein zerschundenes Gesicht mit zwei riesigen blauen Augen umrahmten.

»Danke«, flüsterte ich ihr dankbar zu, weil sie jetzt so gut zu mir war. Ich war bereit, die Folter der gestrigen Nacht zu vergessen.

»Okay. Laß uns jetzt in die Küche gehen und dann die Besichtigung machen, die ich dir versprochen hab'. Wir müssen uns beeilen

– es steht noch viel an.«

Gemeinsam gingen wir die Treppe hinunter. Cal war schon da. »Das Kaffeewasser kocht bereits, und heute mache ich das Frühstück«, begrüßte uns Cal munter. Er war gerade dabei, Speck und Eier in verschiedenen Pfannen zu braten, daher konnte er sich nicht nach uns umdrehen. »Guten Morgen, Heaven«, sagte er dann und legte vorsichtig Speck auf ein Papiertuch und übergoß die Spiegeleier mit Fett. »Magst du lieber Toast oder Semmeln? Ich persönlich esse am liebsten Semmeln, besonders mit Johannisbeer- oder Orangenmarmelade.«

Erst als wir uns alle drei an den hübschen, runden Tisch gesetzt hatten, sah er mich richtig an. Seine Augen weiteten sich vor Mitleid. Er bemerkte nicht einmal meine schöne Frisur. »Mein Gott im Himmel, Kitty, wie kann man nur ein so hübsches Gesicht zu einer Clownsmaske verunstalten. Was, zum Teufel, ist das für eine weiße Schmiere in ihrem Gesicht?«

»Schätzchen, etwas, was du auch benützt hättest.«

Übelgelaunt und angewidert nahm er jetzt die Morgenzeitung in die Hand. »Kitty, laß das bitte sein, und wasche ihr nicht mehr das Gesicht. Sie kann das alleine«, tönte es hinter der Zeitung hervor, als könnte er Kitty vor lauter Ärger nicht in die Augen sehen.

»Sie wird bald wieder in Ordnung sein, laß ihr nur Zeit«, antwortete Kitty betont sachlich, setzte sich hin und nahm sich den Zeitungsteil, den er neben sich gelegt hatte. »Okay, Heaven. Nun iß schon auf. Wir haben heut alle viel vor. Du wirst dich gut unterhalten, nicht wahr, Schätzchen?«

»Ja«, brummte er, »aber Heaven würde sich noch besser unterhalten, wenn man sie nicht in diesem Zustand sähe.«

Nachdem ich die Salbe abgewischt hatte, amüsierte ich mich tatsächlich bei der Besichtigung von Atlanta. Ich lernte auch das Hotel kennen, in dem Kitty ihren Salon besaß. Er war ganz in Rosa, Schwarz und Gold eingerichtet und wurde von vielen reichen Damen frequentiert, die unter rosa Trockenhauben saßen und von acht gutaussehenden Blondinen bedient wurden.

»Sind sie nicht hübsch?« sagte Kitty stolz. »Ich mag einfach so glänzend blondes Haar, sieht so sonnig und fröhlich aus – nicht so trüb und farblos wie aschblond.«

Ich zuckte zusammen, denn ich wußte, daß sie auf die Haare meiner Mutter anspielte.

Sie stellte mich allen vor, während Cal draußen in der Hotelhalle wartete, da Kitty es nicht gerne sah, wenn er mit den Mädchen plauderte.

Dann gingen wir einkaufen. Ich hatte den schönen, blauen Mantel an, den Cal ausgesucht hatte und der genau paßte. Leider war alles, was Kitty gekauft hatte – Röcke, Blusen, Pullover und Unterwäsche –, eine Nummer zu groß, und die klobigen, weißen Halbschuhe, von denen sie meinte, daß ich sie unbedingt tragen müßte, gefielen mir überhaupt nicht. Sogar die Mädchen in Winnerrow trugen hübschere Schuhe als diese. Ich versuchte, es Kitty zu sagen, aber Kitty bestand darauf, denn ihr fiel ein, daß sie selbst früher ähnliche getragen hatte. »Schluß jetzt! Kinder tragen keine modischen Schuhe in der Schule!«

Als wir zurück zum Wagen gingen, war ich trotzdem glücklich über all die vielen Kleider. So viele hatte ich noch nie in meinem Leben besessen. Drei Paar Schuhe! Darunter ein Paar ausgesprochen hübsche Sonntagsschuhe für den morgigen Kirchgang.

Wieder aßen wir in einem Schnellimbiß, was Cal keineswegs zu behagen schien. »Kitty, du weißt doch, daß ich diese fettige Pampe nicht leiden kann

»Du wirfst gutes Geld aus dem Fenster, nur um damit anzugeben. Mir ist es vollkommen egal, was ich ess'. Hauptsache, 's ist billig.«

Daraufhin wurde Cal sehr einsilbig und machte eine finstere Miene und überließ es nun Kitty, mir alle Sehenswürdigkeiten zu erklären, während er uns chauffierte. »Das ist die Schule, wo du Montag hingehst«, sagte sie, als wir an einem großen Gebäude aus roten Ziegeln vorbeifuhren. »Wenn's regnet, kannst du mit dem gelben Bus fahren und an sonnigen Tagen zu Fuß gehen. Cal, Darling, haben wir ihr alles für die Schule besorgt?«

»Ja.«

»Warum bist du eingeschnappt?«

»Ich bin nicht taub. Brüll mich nicht an.«

Sie kuschelte sich an Cal, worauf ich mich zurücklehnte, um nicht zu sehen, wie sie sich während der Fahrt küßten.

Er räusperte sich. »Wo schläft denn Heaven heute?«

»Bei uns, Schätzchen – hab' ich dir's nicht erklärt, wie wild die Hillbilly-Mädchen 's treiben?«

»Yeah, hast's mir schon erklärt«, antwortete er sarkastisch, und danach sprach er kein Wort mehr, auch dann nicht, als wir uns vor den Fernseher setzten und ich meine erste Fernsehshow in Farbe sah. Ich war atemlos vor Aufregung. Wie schön doch die Tänzerinnen in ihren knappen Kostümen aussahen. Als nächstes folgte ein Horrorfilm, und Cal verschwand aus dem Zimmer.

Ich hatte gar nicht bemerkt, daß er hinausgegangen war. »Macht er immer, wenn er wütend ist«, bemerkte Kitty und schaltete den Fernseher ab. »Versteckt sich im Keller und tut so, als würd' er arbeiten. Bade dich jetzt, und wasch dir die Haare. Ich werd' nicht reinkommen.« Sie hielt inne und schien nachzudenken. »Jetzt muß ich mal zu meinem Süßen hinunter und ihm 'n bißchen schmeicheln.« Kichernd ging sie durch die Küche und ließ mich zurück. Endlich konnte ich ein Bad in der rosafarbenen Wanne alleine genießen.

Es war mir zuwider, auch diese Nacht zwischen Kitty und Cal zu schlafen. Furchtbar, wie sie ihn aufreizte und quälte. Sie erweckte in mir den Eindruck, daß sie ihn eigentlich nicht so sehr liebte wie er sie. Haßte Kitty die Männer eigentlich?

Am Sonntag war ich wieder als erste wach. Barfüßig tappte ich die Treppen hinunter, eilte durch die Küche und suchte die Kellertür. Schließlich fand ich sie in einem kleinen Gang. Als ich mich endlich unten im Halbdunkel zurechtfand, suchte ich in dem Gerümpel, das Kitty für nicht sauber und ordentlich hielt, bis ich meinen Koffer hoch oben auf einem Regal über einer Werkbank fand. Großmutters Schal lag fein säuberlich gefaltet daneben. Ich kletterte auf einen Schemel, um den Koffer herunterzuholen und fragte mich, ob Cal ihn wohl geöffnet hatte.

Alles lag so, wie ich es das letzte Mal gesehen hatte. Meine sechs Lieblingsbücher, die mir Miß Deale geschenkt hatte, waren auch noch da... Auch das Buch mit den schönsten Kindergedichten, die Keith und Unsere-Jane immer so gern vor dem Schlafengehen hörten. Beim Anblick des Buches füllten sich meine Augen mit Tränen... »Erzähl uns eine Geschichte, Hev-lee... Eine lange, Hev-lee! Lies noch mal, Hev-lee!«

Ich setzte mich auf die Werkbank, zog ein Notizbuch heraus und begann einen Brief an Logan zu schreiben. Schnell und wie in höchster Gefahr schrieb ich ihm über meine hoffnungslose Situation, wie dringend ich Tom, Keith und Unsere-Jane finden mußte und ob er nicht bitte alles unternehmen könnte, um herauszufinden, wo Buck Henry lebte? Ich schrieb ihm die ersten drei Zahlen der Maryland-Autonummer. Als ich den Brief beendet hatte, räumte ich hastig auf und eilte an die Eingangstür, um meine Adresse herauszufinden. Ich mußte bis zur Straßenecke laufen, wo das Schild stand. Als ich durch die Haustür zurückgekehrt war – ich hatte sie offengelassen –, kam ich mir direkt dumm vor, denn da lagen Zeitschriften mit Kittys Namen, Adresse und Postleitzahl, säuberlich zu einem Haufen gestapelt. Ich wühlte in einer Schreibtischlade, um einen Briefumschlag und Briefmarken zu finden.

Nun mußte ich nur noch auf eine Gelegenheit warten, um den Brief aufgeben zu können. Unten im Keller schlief meine wunderschöne Puppenbraut und harrte auf den herrlichen Tag, an dem ich, Tom, Keith und Unsere-Jane nach Boston fahren würden. Fanny würde es sich in der Zwischenzeit sicherlich in Winnerrow gutgehen lassen.

Auf Zehenspitzen ging ich die Treppe hinauf und ins Badezimmer; meinen Brief hatte ich unter den Teppich der Eingangshalle geschoben. Ich schloß die Badezimmertür hinter mit zu und atmete erleichtert auf. Mein Brief an Logan war meine Brücke zur Freiheit.

»Schau, Cal, unsere Kleine ist schon fix und fertig angezogen für die Kirche. Also, laß uns ausnahmsweise auch mal pünktlich sein.«

»Hübsch siehst du heute morgen aus«, sagte Cal und schaute prüfend mein neues Kleid und mein Gesicht an, das heute nicht mehr so rot und geschwollen war.

»Sie würd' noch besser mit einer neuen Frisur aussehen«, meinte Kitty und sah mich kritisch an.

»Nein, laß ihre Haare in Ruhe. Ich mag es nicht, wenn die Haare so perfekt zurechtgemacht sind. Sie sieht wie eine Blume im Feld aus.«

Kitty warf Cal einen langen, finsteren Blick zu, bevor sie in die Küche ging und in Windeseile ein Frühstück herrichtete. Ich war skeptisch, ob es überhaupt schmecken würde. Aber es waren ausgezeichnete Omeletts. Ich hätte nie geglaubt, daß eine Eierspeise so leicht und flockig sein konnte. Dazu Orangensaft... Ich hoffte inständig, daß Keith, Unsere-Jane und Tom in diesem Augenblick auch Orangensaft trinken würden.

»Wie schmecken dir meine Omeletts?«

»Köstlich, Mutter. Du kannst wirklich kochen.«

»Ich hoff' nur, daß du es auch kannst«, sagte sie unverblümt.

Die Kirche war eine Art Kathedrale, hoch, prunkvoll und düster. Ich hatte noch nie ihresgleichen gesehen. »Ist es eine katholische Kirche?« flüsterte ich Cal beim Hineingehen zu. Kitty unterhielt sich gerade mit einer Bekannten.

»Ja, aber Kitty ist eigentlich Baptistin«, flüsterte er zurück. »Kitty hofft, den rechten Glauben zu finden, und probiert alle Religionen mindestens einmal aus. Zur Zeit tut sie so, als sei sie Katholikin. Aber nächste Woche treten wir vielleicht dem jüdischen oder dem methodistischen Glauben bei. Einmal haben wir sogar zu Allah gebetet. Sag aber nichts, was sie blamieren könnte. Die Tatsache, daß sie überhaupt in die Kirche geht, wundert mich schon.«

Mir gefiel das dunkle Gotteshaus; die brennenden Kerzen in den Nischen und neben den Heiligenstatuen und der Priester, der ein bodenlanges Gewand trug. Ich verstand nicht, was er sagte, aber ich vermutete, er sprach über die Liebe Gottes zu den Menschen und nicht über seinen Zorn. Ich kannte keines der Lieder, die alle sangen, aber ich versuchte mitzusingen, während Kitty ihre Lippen tonlos bewegte. Cal machte es ebenso wie ich.

Bevor wir wieder gingen, mußte Kitty auf die Toilette. Das war der richtige Augenblick, meinen Brief aufzugeben. Cal sah mich traurig an. »Du schreibst jetzt schon nach Hause?« fragte er, als ich zurückkehrte. »Ich dachte, es gefällt dir hier.«

»Ja. Aber ich muß herausfinden, wo Tom, Unsere-Jane und Keith sind. Fanny geht es sicherlich gut bei Reverend Wise. Ich muß den Kontakt mit meiner Familie aufrechterhalten, sonst leben wir uns doch ganz auseinander. Besser, ich fange gleich damit an. Die Leute ziehen ja immer wieder um... Vielleicht finde ich dann meine Geschwister nie wieder, wenn ich zuviel Zeit vergehen lasse.«

Sanft hob er mein Gesicht zu sich empor. »Wäre es eigentlich so schlimm, wenn du deine alte Familie vergessen würdest und deine neue akzeptiertest?«

Meine Augen füllten sich mit brennenden Tränen. Ich versuchte sie zu unterdrücken. »Cal, ich finde dich wunderbar, und Kitty... ich meine Mutter... meint es gut... aber ich liebe Tom, Unsere-Jane und Keith... sogar Fanny. Wir sind Blutsverwandte und haben so viel zusammen durchgemacht, das uns mehr aneinanderbindet als gemeinsam verlebte glückliche Zeiten.«

In seinen hellbraunen Augen stand Mitgefühl. »Soll ich dir dabei helfen, deine Geschwister zu finden?«

»Würdest du das tun?«

»Ich möchte dir gerne helfen. Gib mir alle Informationen, die du hast, und ich werde mein Bestes versuchen.«

»Dein Bestes für was?« warf Kitty ein und sah uns böse an. »Über was flüstert ihr beiden denn?«

»Ich versuche gerade mein Bestes, daß Heaven sich immer wohl fühlen wird in ihrem neuen Heim, das ist alles«, sagte Cal leichthin.

Sie sah immer noch grimmig drein, als wir zurück zu dem weißen Wagen gingen und zum Essen fuhren – es war wieder ein Schnellimbiß, bei dem man nicht sein gutes Geld verschwendete. Cal wollte ins Kino gehen, aber Kitty mochte keine Filme. »Kann's nicht leiden, im Dunkeln mit so vielen Fremden zu sitzen«, nörgelte sie. »Außerdem muß das Kind rechtzeitig ins Bett, morgen beginnt die Schule.«

Schon das Wort *Schule* machte mich glücklich. Eine große Schule in der Stadt – wie würde die sein?

An diesem Abend sahen wir wieder fern, und zum dritten Mal mußte ich zwischen den beiden im Bett liegen. Diesmal hatte sich Kitty ein rosa Nachthemd mit schwarzer Spitze angezogen. Cal sah nicht einmal hin. Er schlüpfte ins Bett und schmiegte sich an mich. Er hielt mich in seinen starken Armen und legte sein Gesicht auf meine Haare. Ich war zutiefst erschrocken und überrascht.

»Geh sofort aus dem Bett!« kreischte Kitty. »Ich dulde es nicht, daß 'n junges Ding meinen Mann verführt! Cal, nimm den Arm weg!«

Als ich hinabging, um endlich allein auf dem Sofa zu schlafen, bildete ich mir ein, ich hörte ihn kichern. Ich war vollbepackt mit Leintüchern, Decken und einem wunderbar weichen Daunenkissen. Ich hatte zum ersten Mal in meinem Leben ein Bett ganz für mich allein. Und ich hatte ein Zimmer ganz für mich, das von bunten Keramiktieren überquoll. Es war ein Wunder, daß ich überhaupt einschlafen konnte.

Kaum hatte ich die Augen geöffnet, dachte ich an meine neue Schule, wo es bestimmt Hunderte oder gar Tausende von Schülern gab, von denen ich keinen einzigen kannte. Obwohl meine Kleider jetzt viel besser aussahen als die früheren, so hatte ich doch schon genug in Atlanta gesehen, um zu wissen, daß dies nicht die Kleider waren, die die Mädchen üblicherweise in meinem Alter trugen. Es waren billige Imitationen von besseren Kleidern, Röcken, Blusen und Pullovern. Lieber Gott, bitte laß nicht zu, daß sie mich in meinen zu großen Kleidern auslachen, betete ich leise vor mich hin und suchte dabei die besten Stücke aus, die Kitty für mich gekauft hatte.

Es mußte in dieser Nacht etwas in Kittys Schlafzimmer passiert sein, denn sie war am Morgen noch mürrischer als sonst. In der Küche sah sie mich mit ihren blassen Augen von oben bis unten an. »Hast es bisher gut bei mir gehabt; heut fängt das *wirkliche* Leben an. Ich will, daß du ab heute früh aufstehst und das Frühstück vorbereitest und nicht stundenlang im Badezimmer mit deinen Haaren rumspielst.«

»Aber, Mutter. Ich weiß gar nicht, wie der Herd funktioniert.«

»Hab' ich's dir nicht gestern und vorgestern gezeigt?«

Sie zeigte mir erneut, wie man alles bediente, von der Geschirrspülmaschine bis zum Mülleimer und dem Eisschrank. Dann führte sie mich wieder in den Keller hinunter, wo eine rosafarbene Waschmaschine mit Trockner in einem kleinen Alkoven stand, wo auch Regale für Kittys Tiersammlung angebracht waren. Zudem befanden sich dort kleine Schränke für Schachteln und Plastikflaschen mit Seife, Waschmittel, Weichmacher, Entfärbungsmittel, Reinigungsmittel, Spülmittel, Pflegemittel, Fensterputzmittel, Toilettenreiniger, Messing- und Kupferputzmittel, Silberputzmittel – es nahm einfach kein Ende. Ich wunderte mich, wie den beiden überhaupt noch Geld für Essen übrigblieb.

Nahrung zu beschaffen war dort oben in den Bergen unser Hauptziel gewesen; wir hätten uns gar nicht vorstellen können, daß es solche Putzmittel gab. Kernseife konnte man für alles brauchen, vom Haarewaschen bis zum Wäschewaschen auf dem Waschbrett. Kein Wunder, daß Kitty mich für eine Barbarin hielt.

»Und dort drüben«, sagte Kitty und zeigte auf einen Platz voller technischer Geräte, »hat Cal seine Heimwerkstatt. Er bastelt hier gern in seiner Freizeit herum. Bring seine Sachen ja nicht durcheinander. Einige davon sind gefährlich. Wie zum Beispiel die elektrische Säge und das ganze Tischlerwerkzeug. Für Mädchen wie dich, die so Sachen nicht kennen, ist's besser, die Finger davon zu lassen. Vergiß das nicht, verstanden?«

»Ja.«

»Ja, was?«

»Ja, Mutter.«

»Nun zur Sache. Meinst du, du kannst unsere Wäsche waschen und trocknen, ohne sie zu zerreißen oder zu verbrennen?«

»Ja, Mutter.«

»Hoffentlich.«

In der Küche hatte Cal schon heißes Wasser für den Kaffee aufgesetzt. Er saß da und studierte die Morgenzeitung. Als wir eintraten, legte er sie zur Seite und lächelte uns an. »Guten Morgen, Heaven. Du siehst so frisch und hübsch aus an deinem ersten Tag in der neuen Schule.«

Kitty wirbelte herum. »Hab's dir doch gesagt, daß sie bald wieder in Ordnung sein wird«, fauchte sie, setzte sich hin und schnappte sich einen Teil der Zeitung. »Muß mal sehen, was für Prominenz in die Stadt kommt…« murmelte sie vor sich hin.

Ich stand mitten in der Küche und wußte nicht so recht, was ich tun sollte. Kitty blickte auf und sah mich aus kalten, harten und rücksichtslosen Augen an. »Okay, Mädchen, koch jetzt.«

Kochen. Ich verbrannte die dünnen Speckscheiben, die ich noch niemals zuvor gebraten hatte. Unser Speck wurde immer in dicken Scheiben geschnitten und war nicht so hübsch verpackt.

Kitty Augen wurden schmal, während sie mir ohne Kommentar bei der Arbeit zusah.

Ich verbrannte auch den Toast, weil ich den Toaster beim Abwischen der Fingerabdrücke aus Versehen zu hoch gestellt hatte. Kitty hatte mir vorher nahegelegt, daß ich an allen verchromten Apparaturen immer Flecken und Fingerabdrücke sofort entfernen müßte.

Ich ließ die Spiegeleier zu lange in der Pfanne, und das Eigelb wurde hart. Cal aß kaum von seinen gummiartigen Eiern. Der Kaffee war dann der Gipfel. Wie ein Blitz huschte Kitty über den spiegelglatten Küchenboden und gab mir eine schallende Ohrfeige!

»Jeder Idiot kann ein Brot in den Toaster stecken!« kreischte sie. *»Und jeder Oberidiot kann Speck braten! Ich hab's geahnt, hab's*

einfach geahnt!« Sie zerrte mich an den Tisch und drückte mich auf den Stuhl. »Heut mach' ich alles, aber ab morgen bist du dran – und wenn du dann wieder das gleiche anstellst wie heut, dann koch' ich *dich* im Wasser! Cal, geh du zur Arbeit und kauf dir irgendwo ein Frühstück. Ich muß mir noch eine Stunde freinehmen, um das Kind in der Schule anzumelden.«

Cal gab Kitty nicht etwa einen langen, leidenschaftlichen Kuß, sondern nur ein Pflichtküßchen auf die geschminkte Wange. »Sei nicht so streng mit ihr, Kitty. Du erwartest unheimlich viel von ihr, wo du doch weißt, daß sie den Umgang mit diesen modernen Geräten nicht gewöhnt ist. Laß ihr Zeit, und sie wird es bald heraushaben. Ich sehe es ihren Augen an, daß sie intelligent ist.«

»Sieht man ja auch an ihrem Kochen, was?«

Er ging hinaus.

Alleine mit Kitty überkam mich wieder eine Welle der Angst. Sie hatte nichts mehr von der rücksichtsvollen Frau an sich, die meine Haare frisiert und mit ihren Fingern gelockert hatte. Mir war inzwischen klar, daß ich vor Kittys irrationalen Gefühlsschwankungen auf der Hut sein mußte und mich nicht mehr von ihren freundlichen Annäherungsversuchen einwickeln lassen durfte. Kitty zeigte mir jedoch wieder mit überraschender Geduld, wie man mit der Geschirrspülmaschine und dem Mülleimer umzugehen hatte; dann brachte sie mir bei, wie man das Geschirr »genau auf seinen Platz« einräumte.

»Möcht' nicht in die Schränke schauen und sehen, daß irgend etwas nicht auf seinem Platz steht, verstehst du?«

Ich nickte. Sie tätschelte mir die Wange, ziemlich energisch. »Mach dich jetzt schnell für die Schule fertig, es ist Zeit zu gehen.«

Das Ziegelgebäude hatte schon von außen sehr groß ausgesehen. Aber als ich drinnen war, erschien es mir noch verwirrender. Hunderte von Jugendlichen, alle in wunderschönen Kleidern, schwärmten herum. Meine paßten mir überhaupt nicht. Keines der Mädchen trug solch häßliche Halbschuhe mit weißen Socken wie ich. Der Direktor, Mr. Meeks, lächelte Kitty an, völlig überwältigt von der Tatsache, eine so hinreißende Frau in seinem Büro begrüßen zu dürfen. Er starrte auf ihren Busen, der sich genau in seiner Augenhöhe befand, und hob noch nicht einmal seine Augen, um zu entdecken, daß sie auch ein hübsches Gesicht hatte.

»Aber natürlich werde ich mich um Ihre Tochter kümmern, Mrs. Dennison, selbstverständlich…«

»Muß jetzt gehen«, sagte Kitty vor der Tür, die hinaus in die Halle führte. »Mach, was dir die Lehrer sagen. Du gehst zu Fuß nach Hause. Hab' dir 'ne Liste geschrieben, was du zu tun hast, wenn ich nicht da bin. Findest sie auf dem Küchentisch. Ich hoffe, in ein sauberes, aufgeräumtes Haus zu kommen, hast du mich verstanden?«

»Ja, Mutter.«

Sie strahlte den Direktor an und tänzelte die Halle hinunter, und er folgte ihr tatsächlich, um ihr nachzusehen. Die Art und Weise, wie er ihr nachstarrte, zeigte mir deutlich, daß Kitty mit ihrer aufgesetzten Weiblichkeit der Traumfrau vieler Männer entsprach.

Der erste Tag war schwierig. Ich weiß nicht, ob ich mir die feindselige Haltung, die man mir entgegenbrachte, nur einbildete oder ob sie tatsächlich existierte. Ich fühlte mich scheu und verklemmt mit meinen wilden Haaren, meiner billigen, schlechtsitzenden Kleidung, obwohl sie besser war als das, was ich vorher besessen hatte. Ich war auch unglücklich über meine Hilflosigkeit, die Klasse sowie die Mädchentoilette zu finden. Ein hübsches Mädchen mit braunen Haaren erbarmte sich meiner und zeigte mit alles während der Pausen.

Ich mußte einige Tests machen, damit man feststellen konnte, was ich eigentlich auf der Provinzschule gelernt hatte. Meine Güte, Miß Deale hatte schon längst alles mit uns durchgenommen. Ich mußte an Tom denken, und die Tränen traten mir in die Augen. Ich wurde in die neunte Klasse eingestuft.

Irgendwie schaffte ich es, mich in der Schule zurechtzufinden und den langen, ermüdenden Tag zu überstehen. Langsam schlich ich nach Hause. Hier war es zwar nur halb so kalt wie in den Bergen, aber dafür auch nur halb so schön. Nirgends floß ein Bach mit klarem Wasser, das über Felsen hüpfte, nirgends zeigte sich ein Hase, Eichhörnchen oder Waschbär. Es war ein trüber, kalter Wintertag, der Himmel war grau und die Gesichter alle unbekannt.

Ich erreichte Eastwood Street, bog in die 210. Straße ein, kramte den Schlüssel heraus, den Kitty mir überlassen hatte, zog den Mantel aus und hängte ihn sorgfältig in der Garderobe auf. Dann eilte ich in die Küche und sah die fünf Zettel auf dem Tisch liegen. In Gedanken vernahm ich Kittys Stimme. »Lies, was du zu tun hast.«

»Ja.«

»Was, ja?«

»Ja, Mutter.«

Ich schüttelte den Kopf, um meine Gedanken wieder zu ordnen, und setzte mich hin, um die Zettel zu lesen. In die Küche drang kein Sonnenlicht, und sie sah ohne elektrisches Licht nur halb so freundlich aus. Ich sollte, wenn ich alleine zu Hause war, so wenig Licht wie möglich anmachen und niemals den Fernseher anstellen, wenn Kitty oder Cal nicht mitsahen.

Die Liste der Anleitungen bestand aus vier Zetteln:

ZU TUN

1. Täglich nach jeder Mahlzeit die Anrichte abwischen und die Spüle saubermachen.
2. Nach jeder Mahlzeit mit einem sauberen Schwamm die Eisschranktür abwischen und im Eisschrank alles sauber und ordentlich halten. Im Fleisch- und Gemüseabteil nachsehen, ob etwas weggeworfen werden muß. Es ist deine Aufgabe, alles aufzubrauchen, bevor es schlecht wird.
3. Benutze die Geschirrspülmaschine.
4. Entferne die Überreste aus dem Filter und vergiß niemals, den Hahn aufzudrehen, wenn die Maschine angestellt ist.
5. Das saubere Geschirr muß sofort aus der Maschine herausgeholt werden und in die Schränke auf seinen richtigen Platz geräumt werden. Tassen immer einzeln in den Schrank stellen.
6. Silberbesteck richtig in den Besteckkorb einordnen und nicht Gabeln, Messer und Löffel zu einem Haufen zusammenlegen.
7. Bevor die Wäsche gewaschen wird, muß sie aussortiert werde... Weiße Wäsche und dunkle Wäsche trennen. Meine Unterwäsche kommt zuerst in ein Netz – stell einen niedrigen Waschgang dafür ein. Für meine andere Wäsche nimm kaltes Wasser und flüssige Seife. Cals Socken werden extra gewaschen. Leintücher, Kopfkissenbezüge und Handtücher werden separat gewaschen. Wasche deine Wäsche zuletzt.
8. Trockne die Wäsche im Trockner, wie ich es dir gezeigt habe.
9. Ordne die Wäsche in die Kleiderschränke ein. Meine Wäsche in meinen Schrank und Cals Wäsche in seinen. Deine kommt in die Besenkammer. Lege die Unterwäsche zusammen und ordne

sie in die richtigen Schubladen ein. Falte die Bettücher und Überzüge zusammen und lege sie in den Wäscheschrank. Halte alles ordentlich.

10. Wische täglich Küche und Bad mit warmem Wasser und Desinfektionsmittel.

11. Reinige einmal wöchentlich den Küchenboden mit dem Putzmittel, das ich dir gezeigt habe, und entferne einmal im Monat das Wachs und erneuere es. Schrubbe einmal die Woche die Badezimmerböden und säubere den Abfluß in der Duschkabine. Mach die Badewanne nach jedem Bad, das du, Cal oder ich genommen haben, wieder sauber.

12. Geh jeden zweiten Tag mit dem Staubsauger über alle Teppiche. Fege einmal die Woche unter allen Möbeln. Entferne unter allen Stühlen und Tischen die Spinnennetze.

13. Wische jeden Tag Staub. Räume alles auf.

14. Wenn Cal und ich außer Haus gegangen sind, räume als erstes die Küche auf. Mache die Betten und wechsle regelmäßig die Bettwäsche und die Handtücher im Badezimmer.

Die Zettel fielen mir aus der Hand. Ich saß völlig verdattert da. Kitty brauchte keine Tochter, sie wollte eine Sklavin! Dabei war ich bereit, ihr jeden Gefallen zu tun, wenn sie mich nur lieben und mich wie eine Mutter behandeln würde. Das Schicksal war ungerecht, daß es mir immer dann eine Mutter nahm, wenn ich glaubte, eine zu bekommen.

Heiße, bittere Tränen liefen mir die Wangen herab, als ich mir der Vergeblichkeit, Kittys Liebe zu erringen, bewußt wurde. Wie sollte ich hier oder sonstwo auf der Welt leben können, ohne jemanden, der mich liebte? Ich wischte mir die Tränen fort und kämpfte gegen sie an, aber sie stürzten mir aus den Augen wie aus geöffneten Schleusen. War es wirklich anmaßend zu verlangen, daß mich jemand brauchte und liebte? Wenn Kitty wie eine richtige Mutter zu mir sein könnte, dann würde ich alles auf ihrer Liste – und noch mehr – mit Freuden tun. Aber sie stellte Forderungen, erteilte Befehle und gab mir das Gefühl, daß ich rücksichtslos ausgenutzt wurde. Nicht einmal bitte hatte sie gesagt. Sogar Sarah war freundlicher zu mir gewesen.

Ich saß tatenlos da und fühlte mich betrogen. Vater muß gewußt haben, was für ein Mensch Kitty war, und er hatte mich trotzdem an sie verkauft, herzlos, gefühllos. Immer schon hatte er mich für etwas bestraft, für das ich nichts konnte und das nicht rückgängig zu machen war.

Bitterkeit stieg in mir hoch und trocknete mir die Tränen. Ich würde so lange bleiben, bis sich die Gelegenheit bot davonzulaufen und Kitty den Tag bereuen würde, an dem sie mir mehr Arbeit an einem Tag aufgebürdet hatte, als es Sarah je in einem Monat getan hatte.

Hier hatte ich zehnmal soviel Arbeit wie in der Hütte, trotz der ganzen Maschinen und Putzmittel. Ich befand mich in einem eigenartigen Zustand, ich fühlte mich schwach und starrte auf die Zettel, die auf dem Tisch lagen. Ich hatte vergessen, den letzten zu lesen, und als ich ihn später suchte, fand ich ihn nicht mehr.

Cal schien mich gern zu haben; ich würde ihn später danach fragen, was Kitty auf den letzten Zettel geschrieben haben mochte. Falls ich etwas nicht machen sollte, würde ich es bestimmt tun, und Kitty würde es schnell herausbekommen.

Eine Zeitlang saß ich in der Küche, alles um mich herum glänzend sauber, während mein Herz sich nach der alten, morschen Hütte sehnte, nach ihrer Düsterkeit und ihrem Schmutz und nach den wohlbekannten Gerüchen und der Schönheit der Natur. Hier gab es keine freundlichen Katzen, die sich an meinen Beinen rieben, keine Hunde, die heftig mit dem Schwanz wedelten, um zu zeigen, wie furchterregend sie waren. Hier standen nur Tiere aus Keramik herum, alle in unnatürlichen Farben, und dienten als Behälter für Küchengeräte. Überall an den Wänden hingen grinsende Katzenköpfe und rosafarbene Enten, die zu einem unsichtbaren See hinwatschelten. Mir wurde schwindlig von den bunten Farben, die sich grell von der weißen Umgebung abhoben.

Als ich wieder auf die Uhr blickte, sprang ich entsetzt hoch. Wo war die Zeit geblieben? Ich hastete umher. Wie sollte ich nur mit allem fertig werden, bevor Kitty nach Hause kam? Nie würde ich Kitty zufriedenstellen können, nicht in tausend Jahren. Kitty hatte etwas Düsteres und Heimtückisches an sich, etwas Aalglattes und Abstoßendes lauerte heimlich hinter dem strahlenden Lächeln und den hellen Augen.

Erinnerungen an mein vergangenes Leben verfolgten mich wie

Geister: Logan, Tom, Keith, Unsere-Jane… und Fanny. Werdet ihr von euren neuen Eltern auch so behandelt?

Ich saugte die Teppiche, wischte Staub und goß vorsichtig jede einzelne Pflanze und befühlte die Erde, ob sie feucht genug war. Ich kehrte zurück in die Küche, um das Abendessen vorzubereiten, wobei Kitty mich belehrt hatte, daß es *Abendessen* hieß, weil Cal darauf bestand, und nicht *Abendbrot*.

Gegen sechs Uhr kam Cal nach Hause und sah so ausgeruht und frisch aus, daß ich mich fragte, ob er während des Tages überhaupt etwas getan hatte. Er grinste mich freundlich an: »Warum schaust du mich so an?«

Wie sollte ich es ihm sagen, daß er der einzige war, dem ich instinktiv vertraute? Daß, wenn er nicht da wäre, ich keine Minute länger bliebe? Es war unmöglich, ihm das bei unserem ersten Zusammensein ohne Kitty zu sagen. »Ich weiß nicht«, flüsterte ich und versuchte zu lächeln. »Ich habe wahrscheinlich erwartet, daß du… daß du schmutziger aussiehst.«

»Bevor ich nach Hause komme, dusche ich immer«, erklärte er mir und lächelte eigenartig dabei. »Es ist eine von Kittys Regeln… Kein schmutziger Ehemann kommt ins Haus. Ich habe immer eine Garnitur zum Umziehen dabei, die ich nach der Arbeit anziehe. Außerdem bin ich der Boß und habe sechs Angestellte, aber ich lege auch gerne mal selbst Hand an und prüfe nach, was einem alten Fernsehapparat fehlt.«

Seine Gegenwart machte mich scheu. Ich zeigte auf eine stattliche Reihe von Kochbüchern. »Ich weiß nicht, welche Mahlzeit ich für dich und Kitty vorbereiten soll.«

»Ich helfe dir«, erklärte er sich sofort bereit. »Als erstes mußt du zusehen, daß du Kohlehydrate vermeidest. Kitty liebt Spaghetti, aber es macht sie dick, und wenn sie ein Pfund zunimmt, wird sie dir die Schuld zuschieben.«

Wir bereiteten zusammen einen Auflauf vor, der Cal und Kitty schmecken würde. Während er mir dabei half, den Salat zu schneiden, begann er zu erzählen: »Es ist schön, dich hier zu haben, Heaven. Sonst müßte ich das alles alleine machen wie sonst auch. Kitty kocht nicht gerne, obwohl sie es gut kann. Sie ist der Meinung, daß ich mir meinen Lebensunterhalt nicht verdienen kann; ich schulde ihr nämlich Tausende von Dollars und stecke bis zum Hals in Schulden. Sie verwaltet die Finanzen. Ich war noch ein Kind, als ich sie heiratete. Sie kam mir damals klug, schön und wunderbar vor – und sie schien mir unbedingt helfen zu wollen.«

»Wie bist du ihr begegnet?« erkundigte ich mich und beobachtete ihn dabei, wie er die Salatblätter in gleich große Stücke zerkleinerte. Es war, als ob seine geschäftigen Hände seine Zunge lösten und er mehr zu sich als zu mir sprach, während er alles in kleine Stücke und Scheiben schnitt. »Manchmal stellt man sich selbst eine Falle, wenn man Begierde und Verlangen mit Liebe verwechselt. Vergiß das nie, Heaven. Ich war zwanzig Jahre alt und einsam in einer großen Stadt. Ich machte mich damals nach dem Wintersemester auf den Weg nach Florida. Zufällig traf ich Kitty in der ersten Nacht in einer Bar, hier in Atlanta. Sie erschien mir als die schönste Frau, die ich je in meinem Leben gesehen hatte.« Er lachte hart und bitter. »Ich war jung und naiv, Heaven. Ich war schon einmal im Sommer aus meiner Heimat in New England hierhergekommen. Mein Studium an der Yale-Universität wollte ich in zwei Jahren abschließen. Allein fühlte ich mich in Atlanta verloren. Kitty ging es ebenso, und wir entdeckten, daß wir viele Gemeinsamkeiten hatten. Nach einiger Zeit heirateten wir. Sie machte ein Geschäft für mich auf. Kannst du dir vorstellen, daß ich Geschichtsprofessor werden wollte? Statt dessen habe ich Kitty geheiratet. Seitdem habe ich keine Universität mehr betreten und bin auch nie mehr zu Hause gewesen. Ich schreibe meinen Eltern auch nicht. Kitty will nicht, daß ich mit meinen Eltern Kontakt aufnehme. Sie schämt sich, daß sie die High School nicht abgeschlossen hat. Sie hat Angst, meine Eltern könnten es herausfinden. Außerdem schulde ich ihr fünfundzwanzigtausend Dollar.«

»Wie hat sie so viel Geld verdient?« erkundigte ich mich und vergaß beinahe meine Arbeit.

»Hat Kitty dir schon erzählt, daß sie mit dreizehn zum ersten Mal geheiratet hat? Nun gut, es folgten noch drei weitere Ehemänner. Jeder von ihnen hat gut für sie gesorgt, wohl um einer Ehe zu entrinnen, die ihnen nach einer Weile unerträglich geworden ist. Gerechterweise muß man sagen, daß sie den besten Schönheitssalon in Atlanta führt.«

»Oh«, sagte ich lediglich und hielt den Kopf tief gesenkt. Nie hätte ich ein Geständnis dieser Art erwartet. Es war trotzdem schön, daß jemand zu mir wie mit einer Erwachsenen sprach. Ich war unsicher, ob ich ihm eine bestimmte Frage stellen durfte, aber ich tat es. »Liebst du Kitty nicht?«

»Doch, ich liebe sie«, gestand er barsch. »Wie könnte ich sie nicht lieben, da ich weiß, warum sie so geworden ist? Aber eines möchte ich dir sagen, solange ich die Gelegenheit dazu habe; es gibt Zeiten, da kann Kitty sehr gewalttätig sein. Ich weiß, sie hat dich in der ersten Nacht hier gezwungen, dich in heißes Badewasser zu setzen, aber ich habe nichts gesagt, da du keine bleibenden Schäden davongetragen hast. Wenn ich etwas gesagt hätte, dann wäre sie bestimmt bei der nächstbesten Gelegenheit noch schlimmer zu dir gewesen. Achte darauf, daß du alles tust, was sie verlangt. Schmeichle ihr und sage ihr, daß sie jünger als ich aussieht ... und folge ihr, folge ihr und sei demütig.«

»Das verstehe ich nicht!« rief ich. »Warum braucht sie mich dann, außer um ihre Sklavin zu sein?«

Er hob überrascht die Augen. »Heaven, hast du es immer noch nicht erraten? Du bist für sie das Kind, das sie von deinem Vater erwartet hat und das sie abtreiben mußte. Jetzt kann sie keine anderen Kinder mehr kriegen. Sie liebt dich, weil du ein Teil von ihm bist, und aus dem gleichen Grund haßt sie dich. Über dich hofft sie eines Tages an ihn heranzukommen.«

»Um ihn durch mich zu verletzen?«

»Etwas in der Art.«

Ich lachte bitter. »Arme Kitty. Vater haßt von allen seinen fünf Kindern ausgerechnet mich. Sie hätte Fanny oder Tom nehmen sollen, das sind die Kinder, die Vater liebt.«

Er drehte sich zu mir und nahm mich zärtlich in seine Arme, so wie ich es mir immer von Vater gewünscht hatte. Ich schluchzte und klammerte mich an den Mann, der doch fast ein Fremder für mich war. Mein Hunger nach Liebe war so groß. Ich schämte mich danach und weinte fast. Er räusperte sich und ließ mich los. »Heaven, Kitty darf unter keinen Umständen erfahren, was du mir gerade erzählt hast. Solange du für deinen Vater kostbar bist, so lange bist du es auch für sie. Verstehst du?«

Er mochte mich. Ich sah es seinen Augen an, und in der Gewißheit, daß ich ihm etwas anvertrauen konnte, erzählte ich ihm von dem Koffer und dessen Inhalt. Er hörte mir so zu, wie es Miß Deale getan hätte, voller Mitgefühl und Verständnis.

»Eines Tages werde ich dorthin gehen, Cal, nach Boston, um die Familie meiner Mutter zu finden. Und ich werde die Puppe mitbringen, damit sie gleich erkennen, wer ich bin. Aber ich kann erst gehen, wenn ich...«

»Ich weiß schon«, sagte er mit einem Lächeln, und seine Augen glänzten. »Du mußt Tom, Keith und Unsere-Jane mitnehmen. Warum nennst du eigentlich deine kleine Schwester Unsere-Jane?«

Wieder lachte er, als ich es ihm erzählte. »Deine Schwester Fanny scheint ja eine tolle Nummer zu sein. Werde ich sie jemals treffen?«

»Das hoffe ich doch«, sagte ich, runzelte aber besorgt die Stirn. »Sie lebt jetzt bei Reverend Wise und seiner Frau. Sie nennen sie Louisa, nach ihrem zweiten Vornamen.«

»Aha, der gute Reverend Wise«, sagte Cal sehr ernst und nachdenklich, »der wohlhabendste und erfolgreichste Mann in Winnerrow.«

»Magst du ihn nicht?«

»Mir ist jeder Mann verdächtig, der so erfolgreich und dabei so fromm ist.«

Es war ein gutes Gefühl, mit Cal zusammen zu sein, mit ihm zu arbeiten, ihm zuzuschauen und dabei zu lernen. Vor einer Woche noch hätte ich es mir nie vorstellen können, daß ich mich so wohl bei einem Mann fühlen könnte, den ich kaum kannte. Ich war schüchtern, aber begierig, mich mit ihm anzufreunden, ihn als Ersatzvater und Vertrauten zu gewinnen. Jedesmal wenn er mich anlächelte, wußte ich, daß er dies alles für mich sein könnte.

Unser Auflauf brutzelte im Ofen, das Brot, das ich gebacken hatte, war abgekühlt, aber Kitty war noch immer nicht zu Hause und hatte auch nicht Bescheid gesagt. Ich sah, wie Cal ein paarmal verstohlen auf seine Armbanduhr sah, tiefe Sorgenfalten hatten sich zwischen seinen Brauen eingegraben. Warum rief er nicht einfach an, um nachzufragen?

Kitty kam erst um elf Uhr abends nach Hause, während Cal und ich im Wohnzimmer vor dem Fernseher saßen. Der Rest des Auflaufs war schon längst angetrocknet und daher bestimmt nicht mehr besonders schmackhaft. Trotzdem aß sie mit Appetit, als mache ihr lauwarmes und vertrocknetes Essen nichts aus. »Hast's allein gekocht?« fragte sie mich dann.

»Ja, Mutter.«

»Hat Cal dir nicht geholfen?«

»Doch, Mutter. Er hat mir gesagt, ich soll keine kohlenhydrathaltigen Speisen kochen, und er hat mir beim Salat geholfen.«

»Hast du deine Hände vorher mit Lysol desinfiziert?«

»Ja, Mutter.«

»Okay.« Sie sah Cals ausdrucksloses Gesicht eindringlich an. »Also gut, Mädchen, mach alles sauber; dann laß uns nach dem Baden ins Bett gehen.«

»Ab heute schläft sie hier unten«, sagte Cal mit stählerner Stimme und blickte sie mit kalten Augen an. »Nächste Woche gehen wir einkaufen und besorgen ihr neue Möbel und werden das Gerümpel im zweiten Schlafzimmer ausräumen. Wir lassen die Töpferscheibe drinnen und was du in den Schränken eingeschlossen hast, aber wir werden ein Doppelbett hineinstellen, einen Stuhl, einen Schreibtisch und einen Kleiderschrank.«

Es machte mir angst, wie sie ihn und dann mich ansah, große Angst.

Trotzdem erklärte sie sich einverstanden. Ich würde also wirklich ein eigenes Zimmer bekommen, ein richtiges Schlafzimmer – so wie Fanny bei Reverend Wise.

Es folgten Schultage und viele Stunden harter Arbeit. Früh aufstehen und spät zu Bett. Ich mußte immer noch aufräumen, nachdem Kitty zu Abend gegessen hatte, auch wenn sie erst um Mitternacht nach Hause kam. Ich bemerkte, daß Cal es gern hatte, wenn ich beim Fernsehen neben ihm saß. Jeden Abend bereiteten wir das Essen vor und aßen gemeinsam, wenn Kitty nicht da war. Ich fand mich langsam mit dem Stundenplan zurecht und begann ein paar Freundschaften zu schließen, mit Schülerinnen, die meine Aussprache nicht komisch fanden. Über meine zu großen, billigen Kleider oder meine schrecklich klobigen Schuhe äußerten sie sich nicht.

Endlich wurde es Samstag, und ich konnte ausschlafen. Kitty hatte Cal und mir erlaubt, Möbel einzukaufen, die ganz allein mir gehören würden.

Der bevorstehende Einkaufsbummel beflügelte mich, schon am Samstag in den frühen Morgenstunden die Hausarbeit zu erledigen. Cal hatte sich den halben Tag freigenommen. Er würde zu Mittag zurückkommen und eine Mahlzeit erwarten. Was aßen die Städter zu Mittag, wenn sie zu Hause waren? Bis jetzt hatte ich nur in der

Schule Mittag gegessen. Die gute Miß Deale hatte immer versucht, ihr Essen mit den vielen unterernährten Kindern in der Klasse zu teilen. Ich hatte noch nie in meinem Leben ein Sandwich gegessen, bevor sie mir eines aufgedrängt hatte. Das Schinken-Salat- und Tomatensandwich war meine Lieblingsspeise, während Tom Erdnußbutter mit Marmelade vorzog und Keith am liebsten Thunfischsandwiches aß.

Ich seufzte bei dem Gedanken, daß ich ohne ein Dankeschön von Miß Deale fortgegangen war, und ich mußte erneut seufzen, als ich an Logan dachte, der meinen Brief noch immer nicht beantwortet hatte.

Die Erinnerung an die Vergangenheit verzögerte meine Hausarbeit, deshalb mußte ich schnell noch im unteren Geschoß nachsehen, ob dort noch alles sauber war – das Wohnzimmer und das Eßzimmer –, bevor ich oben weitermachte. Ich hoffte, irgendwo Bücher in den Schränken zu entdecken, aber ich fand kein einziges. Nicht einmal eine Bibel. Es waren allerdings viele Liebesromane vorhanden, die Kitty in der Lade versteckt hielt, und Zeitschriften für schönes Wohnen, die sie säuberlich auf dem Kaffeetischchen gestapelt hatte.

In dem kleinen Zimmer, das Kitty in eine Heimtöpferwerkstatt umgewandelt hatte und das nun meines werden würde, waren überall an den Wänden Regale angebracht, auf denen winzige Tiere und Menschengestalten aufgereiht waren, alle gerade so groß, daß sie in den kleinen Brennofen paßten. An einer Wand hingen lauter verschlossene Schränkchen. Ich sah sie lange an und fragte mich, was sie wohl enthielten.

Als ich wieder unten war, räumte ich vorsichtig die Geschirrspülmaschine ein, füllte die Fächer mit Geschirrspülmittel, trat dann ängstlich einen Schritt zurück und wartete darauf, daß das Ganze in die Luft ging. Aber das komische Ding funktionierte immer noch, obwohl ich es schon eine Woche lang bedient hatte. Mir wurde seltsam heiter zumute, als beherrschte ich – nun da ich auf die richtigen Knöpfe drücken konnte – schon das Stadtleben.

Bodenschrubben war nichts neues für mich, nur daß dieser Boden eingewachst werden mußte und ich dazu die Anleitung auf der Flasche lesen mußte. Ich begoß die vielen Pflanzen und entdeckte, daß einige künstliche aus Seide darunter waren. Gott im Himmel, bewahre mich davor, daß Kitty erfährt, daß ich einige dieser Pflanzen begossen hatte, weil ich sie für echt hielt.

Es wurde Mittag. Ich hatte noch nicht einmal ein Viertel von dem erledigt, was auf den Listen stand. Es brauchte viel Zeit, bis ich herausgefunden hatte, wie die verschiedenen Maschinen funktionierten und bis die Schnüre wieder so wie vorher zusammengewickelt, die Zusatzgeräte angebracht und wieder heruntergeschraubt und schließlich ordentlich verstaut waren. Mein Gott, zu Hause wurde das alles mit einem alten Besen erledigt.

Ich hatte mich gerade in die Schnur des Staubsaugers verheddert, als die Garagentür zugeknallt wurde und Cal durch den Hintereingang eintrat und mich seltsam eindringlich ansah. »He, Mädchen«, sagte er, nachdem er mich eine Weile betrachtet hatte und seine Augen einen leicht unglücklichen Ausdruck angenommen hatten, »brauchst nicht wie eine Sklavin zu schuften. Sie ist ja nicht da. Laß dir Zeit.«

»Aber ich habe die Fenster noch nicht geputzt und die Nippes gewaschen, und es fehlt noch...«

»Setz dich hin. Verschnauf erst einmal. Laß mich das Mittagessen machen, und dann gehen wir deine Möbel einkaufen... Also sag mir, was du gerne zu Mittag essen willst.«

»Mir ist alles recht«, sagte ich schuldbewußt. »Aber ich sollte lieber zuerst mit der Hausarbeit...«

Er lächelte mich mitleidig an, und seine Augen hatten immer noch den eigenartigen Blick. »Sie kommt heute nicht vor zehn, elf Uhr nach Hause. Es wird dir guttun, dich mal zur Abwechslung zu unterhalten. Davon hast du ja noch nicht allzuviel gehabt. Aber das Leben in den Bergen ist nicht nur hart und mühsam, Heaven. Die Berge können einem auch Schönheit, eine aufrechte Lebensweise, Frieden und sogar wunderbare Musik bieten...«

Natürlich wußte ich das.

Es war nicht alles schlecht gewesen. Wir hatten auch unser Vergnügen gehabt, wir hatten herumgetollt und gelacht, wir waren im Fluß geschwommen und hatten selbsterfundene Spiele und Fangen gespielt. Die Zeiten waren nur schlecht gewesen, wenn Vater zu Hause war. Oder wenn der Hunger überhand nahm.

Ich schüttelte wieder den Kopf, um die Erinnerungen zu verscheuchen, die mich traurig machten. Ich konnte es nicht fassen, daß er mich ins Kino einladen wollte, wo er doch... »Aber du hast doch *zehn* Fernsehapparate hier, zwei bis drei in jedem Zimmer.«

Wieder lächelte er. »Sie funktionieren nicht alle. Eigentlich dienen sie nur als Sockel für Kittys Kunstwerke.« Er grinste ironisch, gerade so, als ob er den künstlerischen Anstrengungen seiner Frau nicht die gebührende Bewunderung entgegenbrachte. »Außerdem ist vor dem Fernseher zu sitzen nicht mit dem Kino zu vergleichen; man hat eine große Leinwand vor sich, der Ton ist besser, und man sitzt mit Leuten zusammen, mit denen man das Vergnügen teilen kann.«

Unsere Blicke trafen sich, und ich sah zu Boden. Warum sah er mich so herausfordernd an? »Cal, ich war noch nie im Kino, nicht *einmal.*«

Er berührte zärtlich meine Wange und sah mich gütig an. »Dann wird es Zeit, daß du mal hingehst. Also lauf hoch, und mach dich fertig, während ich ein paar Sandwiches belege. Zieh das hübsche blaue Kleid an, das ich dir gekauft habe – es wird dir passen.«

Es paßte wirklich.

Ich betrachtete mich im Spiegel, der immer nur Kittys Schönheit gekannt hatte; ich gefiel mir, nun da mein Gesicht geheilt war und alle roten Flecken verschwunden waren. Meine Haare glänzten wie nie zuvor. Cal war nett und gut zu mir. Er hatte mich gern, was bedeutete, daß es doch Männer gab, die mich mochten, auch wenn Vater es nicht tat. Und Cal würde mir dabei helfen, Tom, Keith und Unsere-Jane zu finden... Ich war wieder zuversichtlich, ja, ich machte mir sogar die größten Hoffnungen.

Letztendlich würde sicher alles gut werden. Ich würde mein Schlafzimmer bekommen mit neuen Möbeln, neuen Decken und richtigen Kissen. Welch ein wunderbarer Tag! Ich hätte es mir niemals träumen lassen, daß Cal wie ein richtiger Vater zu mir sein würde.

Mein eigener Vater hatte mir seine Liebe ja verweigert, aber das tat nun nicht mehr so weh, da ich nun einen neuen, besseren Vater bekommen hatte.

14. KAPITEL

Gute Nachrichten

Cals Sandwiches mit Schinken, grünem Salat und Tomaten schmeckten köstlich. Als er mir dann in meinen blauen Mantel half, sagte ich: »Ich kann ja meinen Kopf gesenkt halten, damit niemand merkt, daß ich nicht deine Tochter bin.«

Er lachte nicht, sondern schüttelte statt dessen traurig den Kopf. »Nein, du sollst deinen Kopf hochhalten und stolz sein. Du brauchst dich vor nichts zu schämen, und ich bin stolz darauf, dich in deinen ersten Film begleiten zu dürfen.« Seine Hände ruhten leicht auf meinen Schultern. »Ich hoffe, daß Kitty dein Gesicht nie mehr verunstalten wird.«

Er seufzte tief, dann hakte er sich bei mir ein und führte mich zur Garage. »Heaven, wenn Kitty dich zu hart behandelt, dann sag es mir bitte. Ich liebe sie sehr, aber ich möchte nicht, daß sie dir weh tut – weder körperlich noch seelisch. Ich muß zugeben, daß sie zu beidem imstande ist. Scheu dich nicht davor, mich um Hilfe zu bitten, wenn du sie brauchst.«

Er gab mir Sicherheit und das Gefühl, endlich einen richtigen Vater zu haben. Ich drehte mich zu ihm und lächelte ihn an; das Blut schoß ihm ins Gesicht, und er wandte sich ab. Warum hatte ihn mein Lächeln so verlegen gemacht?

Auf dem Weg zum Möbelgeschäft saß ich stolz neben ihm, voller Vorfreude auf all die kommenden Vergnügen, die neuen Möbel und das Kino. Plötzlich wurde Cals Stimmung heiter, während er mich am Ellbogen hielt und wir in das Geschäft eintraten, in dem es so viele Schlafzimmergarnituren gab, daß ich mich nicht entscheiden konnte. Der Verkäufer sah von mir zu Cal und rätselte allem Anschein nach darüber, in welcher Beziehung Cal und ich zueinander standen. »Meine Tochter«, sagte Cal stolz, »kann wählen, was sie will.« Die Schwierigkeit lag darin, daß mir alles gefiel und schließlich war es Cal, der etwas für mich Geeignetes wählte. »Dieses Bett, diesen Kleiderschrank und diesen Schreibtisch«, bestellte er, »die nicht zu neckisch sind, damit du sie noch haben kannst, wenn du über zwanzig bist.«

Ein leichter Schauder ergriff mich. Wenn ich über zwanzig war, würde ich nicht mehr bei ihm und Kitty sein, sondern bei meinen Brüdern und Schwestern in Boston. »Nein«, widersprach Cal, »man muß die Zukunft so planen, als wüßte man, was kommt; wenn man das nicht tut, dann verliert die Gegenwart ihre Gültigkeit und wird bedeutungslos.«

Ich verstand zwar nicht ganz den Sinn seiner Worte, aber mir gefiel sein Wunsch, daß er mich immer in seinem Leben haben wollte.

Allein der Gedanke an mein Zimmer muß meine Augen zum Leuchten gebracht haben. »Du siehst so hübsch aus, als hätte jemand deinen Glücksschalter angeknipst.«

»Ich denke gerade an Fanny, die im Haus von Reverend Wise wohnt. Jetzt bekomme ich ein Zimmer, das bestimmt so schön wird wie ihres.«

Für diese Worte bekam ich noch ein Nachttischchen und eine Lampe mit einem gewölbten blauen Fuß. »Und zwei Schubladen kannst du abschließen, falls du Geheimnisse haben solltest...«

Es war seltsam, wie uns der Einkaufsbummel einander näherbrachte, als würde das gemeinsame Einrichten eines hübschen Zimmers eine besondere Verbindung zwischen uns herstellen. »Was für einen Film sollen wir uns ansehen?« fragte ich, als wir wieder im Wagen saßen.

Wieder sah er mich mit dem merkwürdig ironischen Blick an, der manchmal in seinen goldbraunen Augen aufleuchtete.

»Du wirst schon sehen.« Mehr sagte er nicht.

Es war aufregend, zum Kino zu fahren und die Menschenmenge auf der Straße zu sehen. Viel schöner, als wenn Kitty dabei war, die immer eine angespannte Atmosphäre verursachte. Ich war noch nie in einem Kino gewesen. Cal kaufte Popcorn, Cola, zwei schokoladenüberzogene Zuckerstangen, und dann erst suchten wir uns einen Platz, bis wir schließlich nebeneinander im Dunkeln saßen.

Mit großen Augen starrte ich auf die farbige Leinwand, auf der eine Frau singend auf einer Bergspitze stand. *The Sound of Music!* Das war der Film, den Logan mit mir hatte sehen wollen. Aber jetzt konnte ich nicht mehr darüber traurig sein, als Cal und ich uns das salzige Popcorn teilten. Ich konnte nicht genug davon bekommen. Manchmal griffen wir gleichzeitig in die Tüte. In einem Sessel zu sitzen, zu essen und zu trinken, während ein faszinierender Film lief, das machte mich so selig, daß ich meinte, in einem Bilderbuch voller

Gesang und Tanz zu sein. Dies war wirklich der allerschönste Tag meines Lebens.

Ich saß wie gebannt da, mein Herz barst schier vor Freude, ein Zauber hatte mich ergriffen, und ich dachte, daß ich mich selbst in dem Film befand. Die Kinder waren Tom, Fanny, Keith, Unsere-Jane – und ich. So hätten wir es haben sollen, und dabei wäre es mir völlig gleichgültig gewesen, wenn Vater eine Trillerpfeife benutzt und eine Nonne als Erzieherin angestellt hätte. Ach, wenn doch auch meine Brüder und Schwestern mit uns hier hätten sein können!

Nach dem Kino fuhr mich Cal zu einem eleganten Restaurant namens Midnight Sun. Ein Kellner schob mir den Stuhl zurecht und wartete, bis ich mich gesetzt hatte. Cal lächelte mich die ganze Zeit über an. Ich wußte nicht, was ich mit der Speisekarte anstellen sollte, die der Kellner mir gereicht hatte und blickte hilflos zu Cal hinüber. Auf einmal überkam mich ein großes Verlangen nach Tom, Unsere-Jane, Keith und Großvater, so daß ich Tränen in die Augen bekam. Aber Cal bemerkte es nicht. Er las in meinem Gesicht nur Schönheit, Jugend und Unerfahrenheit, was ihm das Gefühl vermittelte, viel mehr ein Mann zu sein als in Gegenwart von Kitty. »Wenn du mir vertraust, dann bestelle ich für uns beide. Aber zuerst sag mir, was du am liebsten ißt – Kalbfleisch, Rindfleisch, Meeresfrüchte, Lamm, Huhn oder Ente?«

Ich erinnerte mich an Miß Deale in ihrem hübschen rostbraunen Kostüm, lächelnd und stolz darauf, uns auszuführen, als sonst niemand überhaupt etwas von unserer Existenz wissen wollte. Ich dachte an ihre Geschenke – waren sie schon angekommen? Hatte man sie auf der Veranda der Hütte abgestellt, weil niemand da war?

»Heaven, was für Fleisch willst du essen?«

Mein Gott, wie sollte ich das wissen? Stirnrunzelnd studierte ich die komplizierte Speisekarte. Damals, als Miß Deale uns in ein Restaurant eingeladen hatte – nicht halb so vornehm wie dieses hier – hatte ich Roastbeef gegessen.

»Nimm doch etwas, was du schon immer essen wolltest«, half er mir.

»Also«, dachte ich laut, »Fisch habe ich schon gegessen, den haben wir aus dem Fluß in der Nähe der Hütte geangelt, Schweinefleisch habe ich auch schon gegessen, und Huhn schon oft. Roastbeef habe ich nur einmal gegessen, es war wirklich sehr gut, aber ich möchte mal was ganz Neues ausprobieren – such du etwas für mich aus.«

Er lachte und bestellte einen Salat und ein Cordon Bleu für zwei. »Die Kinder in Frankreich wachsen mit Wein auf, aber ich glaube, wir warten noch ein paar Jahre, bis du ihn probierst.« Er empfahl mir »Escargots«, und erst nachdem ich die sechste gegessen hatte, erklärte er mir, daß es Schnecken in heißer Knoblauchsauce waren. Das französische Weißbrot in meiner Hand, mit dem ich die Sauce aufgetunkt hatte, begann leicht zu zittern.

»Schnecken?« fragte ich, und mir wurde fast übel. Er wollte mich sicherlich nur veräppeln. »Niemand, auch nicht der dümmste Hillbilly würde etwas so Ekelhaftes wie Schnecken essen.«

»Heaven«, sagte er mit einem warmen Lächeln in den Augen, »es wird schön sein, dir die Welt zu zeigen. Aber erzähle Kitty nichts davon. Weißt du, daß ich, seit wir verheiratet sind, nie mehr zum Essen ausgegangen bin, außer in Schnellimbiß-Restaurants? Kitty mag keine erlesenen Sachen, und sie versteht auch nichts davon. Obwohl sie sich das einbildet. Wenn sie eine halbe Stunde lang kocht, dann meint sie schon, sie habe etwas Besonderes kreiert. Hast du nicht schon bemerkt, wie schnell sie ein Gericht zusammenstellt? Weil sie nämlich nichts Schwieriges machen will. Essen warm machen, so bezeichne ich immer ihre Art zu kochen.«

»Aber du hast doch gesagt, daß Kitty eine gute Köchin ist.«

»Ich weiß, und sie macht auch ein ausgezeichnetes Frühstück. Das und Country-Gerichte, die mir nicht schmecken, kann sie am besten.«

An diesem Tag verliebte ich mich ins Stadtleben, das so ganz anders als das Leben in den Bergen war.

Kaum waren wir nach Hause gekommen, als Kitty von ihrem Töpfer-Abendkurs heimkehrte und uns gereizt anstarrte. »Was habt ihr zwei denn heute gemacht?«

»Wir haben neue Möbel eingekauft«, sagte Cal beiläufig.

Sie kniff die Augen zusammen. »In welchem Laden?«

Er sagte es ihr, und ihre Miene verfinsterte sich. »Wieviel?«

Als er ihr den Preis genannt hatte, schlug sie entsetzt ihre Hände mit den langen Krallen gegen die Stirn. »Cal, du bist ja blöd, du solltest ihr doch nur billige Sachen kaufen! Sie kann doch zwischen guter und minderwertiger Qualität nicht unterscheiden! Also, wenn ich nicht da bin, schicke die Sachen wieder zurück, wenn sie kommen, sonst erledige ich das!«

Mein Mut sank.

»Du wirst nichts zurückschicken, Kitty«, sagte er und ging auf die Treppe zu. »Und damit du es weißt, ich habe auch die beste Matratze, die besten Kissen und die beste Bettwäsche mit dem feinsten Bettüberzug mit Rüschen in der gleichen Farbe wie die Vorhänge gekauft.«

Kitty schrie: »Dann bist du eben zehnmal blöd!«

»Nun gut, dann bin ich eben blöd und werde es mit meinem und nicht mit deinem Geld bezahlen. Gute Nacht, Heaven. Komm, Kitty, du siehst müde aus. Es war doch schließlich deine Idee, nach Winnerrow zu fahren und uns dort eine Tochter zu suchen. Dachtest du vielleicht, daß sie auf dem Boden schlafen soll?«

Nach zwei Tagen kamen die Möbel, und ich war fassungslos vor Freude. Cal war da, um genaue Anweisungen zu geben, wo was hingestellt werden sollte. Außerdem äußerte er den Wunsch, daß das Zimmer tapeziert werden sollte. »Ich mag eigentlich nicht so viel Weiß, aber sie fragt mich nie danach, welche Farbe mir gefällt.«

»Mir gefällt es, Cal. Und ich finde die Möbel wunderschön.« Als die Lieferanten gegangen waren, überzogen wir gemeinsam das Bett mit dem geblümten Leintuch. Dann legten wir die Decke darüber, und zum Schluß wurde alles mit dem hübschen gesteppten Bettüberzug bedeckt.

»Du magst doch Blau?« fragte er. »Ich kann das dauernde Grellrosa nicht mehr sehen.«

»Ich liebe Blau.«

»Kornblumenblau – wie deine Augen.« Er stand mitten im Zimmer, das jetzt hübscher aussah, als ich es mir je hätte vorstellen können, und er sah nun groß und männlich aus zwischen den zierlichen Sachen, die er mir gekauft hatte. Ich ging immer wieder im Kreis herum und bewunderte die vielen Accessoires, die er bestellt hatte. Ein paar schwere Messingbücherstützen für die Bücher, die ich im Besenschrank zusammen mit meiner Wäsche verstaut hatte. Ein Löscher, ein Bleistiftbehälter, einen Füllfederhalter und ein Bleistift-Set, eine kleine Schreibtischlampe und gerahmte Bilder für die Wand. Beim Anblick der vielen Dinge, die er mir gekauft hatte, schossen mir die Tränen in die Augen.

Ich schluchzte: »Danke«, war alles, was ich noch hervorstoßen konnte, bevor mir die Stimme versagte und ich all den jahrelang zurückgehaltenen Tränen freien Lauf ließ, das Gesicht in das hübsche Bett gedrückt, während Cal betreten an der Bettkante saß und wartete, bis ich mit Weinen aufgehört hatte. Er räusperte sich. »Ich muß wieder zur Arbeit, aber bevor ich gehe, habe ich noch eine Überraschung für dich. Ich werde sie dir in den Schreibtisch legen, damit du sie später genießen kannst.«

Beim Geräusch seiner leiser werdenden Schritte drehte ich mich um und setzte mich auf. »Danke für alles«, rief ich ihm hinterher. Ich hörte, wie er mit dem Wagen fortfuhr, und immer noch saß ich auf dem Bett. Dann erst sah ich im Schreibtisch nach.

Ein Brief lag auf dem dunkelblauen Löschpapier.

Lange Zeit starrte ich auf meinen Namen, der auf dem Umschlag stand: Miss Heaven Leigh Casteel. Links oben stand Logans Name und Adresse. Logan!

Er hatte mich also doch nicht vergessen! Ich bedeutete ihm doch etwas! Zum ersten Mal nahm ich den Brieföffner zur Hand. Was für eine schöne Schrift Logan hatte, nicht so krakelig wie Tom oder so klein und pingelig wie Vater.

Liebe Heaven,

Du weißt gar nicht, wie sehr ich mich um Dich gesorgt habe. Gott sei Dank, hast Du geschrieben. Nun, da ich weiß, daß es Dir gutgeht, kann ich wieder schlafen.

Du fehlst mir so, daß es mir direkt weh tut. Wenn der Himmel sonnig und blau ist, dann sehe ich Deine Augen vor mir, aber dann vermisse ich Dich noch mehr.

Um ehrlich zu sein, meine Mutter hat versucht, Deinen Brief vor mir zu verstecken, aber ich fand ihn eines Tages in ihrem Schreibtisch, als ich nach Briefmarken suchte. Zum ersten Mal in meinem Leben war ich von meiner Mutter wirklich enttäuscht. Wir hatten einen Streit, und ich habe sie gezwungen zu gestehen, daß sie mir Deinen Brief vorenthalten wollte. Sie gibt zu, daß sie nicht richtig gehandelt hat und hat mich und Dich gebeten, ihr zu verzeihen.

Fanny sehe ich oft, und sie sieht wirklich sehr gut aus. Sie ist eine furchtbare Angeberin, und ehrlich gesagt, habe ich das Gefühl, daß auf den Reverend da einiges zukommt.

Fanny sagt, sie sei nicht verkauft worden! Sie behauptet, daß Dein Vater seine Kinder *verschenkt* hat, um sie vor dem Hungertod zu bewahren. Ich möchte am liebsten keinem von Euch beiden glauben, aber Du hast mich noch nie angelogen, und Dir glaube ich. Deinen Vater habe ich nicht gesehen, aber Tom. Er ist in den Laden gekommen und hat nach Deiner Adresse gefragt. Dein Großvater lebt jetzt in einem Altersheim in Winnerrow.

Ich habe keine Ahnung, wie ich Dir helfen kann, Keith und Unsere-Jane zu finden. Bitte, schreibe mir wieder. Ich bin bis heute niemandem begegnet, den ich so gerne mag wie Heaven Leigh Casteel.

Und bis ich Dich wiedersehe, werde ich nicht einmal anfangen, mich nach so jemandem umzuschauen.

Wie immer in Liebe
Dein Logan

Ich weinte vor Glück.

Kurz nachdem ich Logans Brief erhalten hatte, wurde ich sechzehn Jahre alt. Ich war mittlerweile klug genug, um nicht unnötig die Aufmerksamkeit auf mich zu lenken und sagte Cal und Kitty kein Wort davon. Aber Cal hatte es irgendwie doch herausbekommen und machte mir ein wunderbares Geschenk – eine Schreibmaschine!

»Sie soll dir bei den Hausaufgaben behilflich sein.« Er strahlte vor Freude über meine Begeisterung. »Nimm einen Schreibmaschinenkurs in der Schule. Es kann nie schaden, Maschine schreiben zu können.«

Aber die Schreibmaschine, so sehr ich mich darüber freute, war nicht mein schönstes Geschenk an meinem sechzehnten Geburtstag. Nein, es war die riesengroße Glückwunschkarte mit einem Gedicht, in der ein seidenes Kopftuch und ein Brief von Logan lagen.

Trotzdem sehnte ich mich auch danach, von Tom etwas zu hören. Er hatte nun meine Adresse; warum schrieb er dann nicht?

In der Mädchenschule gelang es mir, einige Freundinnen zu finden, die mich öfter zu sich nach Hause einluden. Keine verstand, warum ich immer absagte. Verzweifelt bemerkte ich, daß sie sich nach und nach zurückzogen. Wie konnte ich ihnen nur erklären, daß Kitty mir schlankweg verbot, Freunde zu haben, die vielleicht meine Zeit für die tägliche Hausarbeit schmälern würden? Die Jungens, die sich mit mir verabreden wollten, wies ich ebenfalls zurück, allerdings aus etwas anderen Gründen. Ich wollte nicht mit ihnen, sondern mit Logan ausgehen. Ich wartete auf Logan, und ich hatte keine Zweifel, daß er das gleiche tat.

Ich schuftete im Haushalt, aber nie blieb es sauber und ordentlich, da Kitty mit ihrer Achtlosigkeit innerhalb kürzester Zeit die Arbeit von zehn Stunden zunichte machte. Die Pflanzen, die ich goß und düngte, gingen vor zuviel Pflege ein, und Kitty beschimpfte mich. »Jeder Idiot kann Pflanzen pflegen, jeder Idiot!«

Sie entdeckte die Wasserflecken auf ihren Seidenblumen und ohrfeigte mich, weil ich mich wie das Lumpenpack aus den Bergen benahm. »Du denkst bloß an Jungs, ich seh's deinen Augen an!« schnarrte sie, als sie mich eines Nachmittags beim Nichtstun erwischte. »Sollst nicht im Wohnzimmer sitzen, wenn wir nicht da sind! Der Fernseher ist verboten, wenn du allein bist! Du hast zu arbeiten, verstehst du?«

Jeden Morgen stand ich früh auf, um für Kitty und Cal das Frühstück vorzubereiten. Selten kam sie zum Abendessen vor sieben, acht Uhr nach Hause, und um die Zeit hatten Cal und ich schon gegessen. Merkwürdigerweise störte sie das nicht. Fast erleichtert plumpste sie auf einen der Küchenstühle und starrte auf ihren Teller, bis ich das Essen servierte und sie sich wie eine Wölfin darüber hermachte. In Sekundenschnelle verschlang sie ihre Lieblingsspeisen, ohne sie recht zu würdigen, für die ich mir doch soviel Zeit und Mühe genommen hatte.

Bevor ich ins Bett gehen durfte, mußte ich die Küche wieder aufräumen und in den Zimmern nachsehen, ob alles auf seinem Platz war und keine Zeitschriften oder Zeitungen auf den Tischen oder auf dem Boden herumlagen.

In der Frühe machte ich schnell mein Bett, bevor Kitty kam, um nachzusehen, dann rannte ich die Treppe hinunter und bereitete das Frühstück vor. Vor der Schule ließ ich die Waschmaschine laufen, während ich die Betten machte, dann räumte ich die Geschirrspülmaschine ein und wischte alle Flecken und Fingerabdrücke weg. Erst wenn ich die Tür hinter mir zumachte, fühlte ich mich frei.

Ich war gut genährt und besaß warme Kleidung, aber trotzdem gab es Zeiten, in denen ich mich nach Hause sehnte und all den Hunger, die schreckliche Kälte und die Entbehrungen, die eigentlich Spuren bei mir hätten hinterlassen müssen, vergaß. Ich vermißte

Tom. Ich sehnte mich nach Unserer-Jane und Keith, nach Großvater und sogar nach Fanny. Logans Briefe stellten wenigstens noch eine Verbindung zwischen uns beiden her.

Ich fuhr jetzt jeden Tag mit dem Schulbus, da es ständig regnete und Kitty mir keinen Regenmantel und Regenstiefel kaufen wollte. »'s wird bald Sommer«, sagte sie, als gäbe es gar keinen Frühling dazwischen – der weckte die Sehnsucht nach Hause wieder in mir. Frühling war in den Bergen die Jahreszeit der Wunder, wenn das Leben wieder leichter wurde und die Berge mit Blumen übersät waren, eine Pracht, die Candlewick nie erleben würde. In der Schule lernte ich mit weit größerem Eifer als die anderen Schülerinnen. Ich erledigte alles in Windeseile, um bald wieder daheim zu sein und mich in die Hausaufgaben vertiefen zu können.

Die vielen Fernseher waren eine beständige Verlockung. Ich war sehr einsam in dem leeren Haus; entgegen Kittys Warnung, niemals alleine den Fernseher anzumachen, wurde ich bald süchtig nach Schnulzenfilmen. Ich träumte sogar in der Nacht von den Personen. Die hatten ja noch mehr Probleme als die Casteels, allerdings keine finanziellen Sorgen, und unsere Probleme hingen alle vom Geld ab – so erschien es mir zumindest jetzt.

Täglich sah ich im Briefkasten nach Briefen von Logan nach, die regelmäßig kamen. Und immer hoffte ich auf einen Brief von Tom, der aber nie eintraf. Eines Tages, aus lauter Enttäuschung darüber, daß ich nichts von Tom hörte, schrieb ich einen Brief an Miß Deale und erzählte ihr, wie wir verkauft worden waren, und bat sie, mir bei der Suche nach meinen Brüdern und nach meiner Schwester zu helfen.

Die Wochen vergingen, und immer noch kein Brief von Tom. Der Brief, den ich an Miß Deale geschickt hatte, kam mit dem Stempel »Empfänger unbekannt verzogen« zurück.

Dann hörte Logan zu schreiben auf! Mein erster Gedanke war, daß er eine neue Freundin hatte. Tief betrübt hörte auch ich auf, ihm zu schreiben. Jeder Tag ohne einen Brief von Logan bewies mir, daß niemand – außer Cal – mich so liebte, wie ich es verdiente. Cal war mein Retter und der einzige Freund, den ich auf der Welt besaß. Ich war in zunehmendem Maße auf ihn angewiesen. Leben kam in das stille Haus, wenn er durch die Tür trat, den Fernseher anschaltete, und ich die ganze Hausarbeit vorerst liegenlassen konnte. Wenn es auf sechs Uhr zuging, fing ich an, sehnsüchtig auf ihn zu warten. Das Essen stand schon bereit. Ich bemühte mich, den Tisch hübsch zu decken, und ich stellte immer Gerichte zusammen, die er mochte. Stundenlang kochte ich seine Lieblingsspeisen, und es war mir jetzt gleichgültig, ob Kitty von der italienischen Küche, die er und ich vorzogen, zunahm oder nicht. Wenn die Uhr am Kaminsims sechs schlug, spitzte ich die Ohren, um seinen Wagen vor der Auffahrt zu hören. Ich lief ihm im Gang entgegen und nahm ihm den Mantel ab. Ich liebte das tägliche Begrüßungsritual.

»Na, wie geht's, Heaven? Was gibt's Neues?«

Sein Lächeln brachte Licht in mein Leben; seine Späße erfüllten es mit Lachen. Ich fing an, in ihm einen vollkommenen Menschen zu sehen und vergaß alle seine Schwächen gegenüber Kitty. Das Schönste war, daß er zuhören konnte, wenn ich ihm etwas erzählte. Ich sah in ihm den Vater, den ich immer gewollt und gebraucht hatte, der mich nicht nur liebte, sondern mich auch akzeptierte. Er verstand mich, er kritisierte mich niemals, und, gleichgültig was es war, er stand mir immer zur Seite. Aber bei Kitty half das nicht viel.

»Ich schreibe und schreibe, aber Fanny antwortet nicht, Cal. Ich habe ihr fünf Briefe geschrieben, seitdem ich hier bin, und sie hat mir nicht einmal eine Postkarte geschickt. Würdest du deine Schwester so behandeln?«

»Nein«, sagte er mit einem traurigen Lächeln, »aber meine Familie schickt mir keine Briefe, also schreibe ich ihr auch nicht – jedenfalls nicht, seitdem ich mit Kitty verheiratet bin, die meine Zuneigung ganz für sich beansprucht.«

»Tom schreibt auch nicht, obwohl ihm Logan meine Adresse gegeben hat.«

»Vielleicht hat er nicht die Zeit, um Briefe zu schreiben, oder Buck Henry läßt es nicht zu, daß Tom seine Briefe abschickt.«

»Aber Tom könnte doch sicherlich einen Weg finden…?«

»Wart's nur ab. Eines Tages findest du einen Brief von Tom in unserem Postkasten, dessen bin ich mir ganz sicher.«

Ich liebte ihn dafür, daß er so sprach; daß er mir das Gefühl gab, ich sei hübsch; daß er mir sagte, ich sei eine gute Köchin; und daß er meine Hausarbeit zu würdigen wußte. Kitty hingegen sah nur, wenn ich etwas falsch gemacht hatte.

Die Wochen vergingen, und Cal und ich kamen uns immer näher, wie Vater und Tochter. (Oft kam Kitty erst gegen zehn oder elf Uhr abends nach Hause.) Cal war das Beste in meinem Leben in Candlewick, und ich versuchte manchmal für ihn etwas Besonderes vorzubereiten. Er hatte einen Schwäche für Eierspeisen, also wollte ich ihm etwas kochen, worum er Kitty schon oft gebeten hatte – Käsesoufflé. Eine unterhaltsame Fernseh-Köchin brachte mir alles mögliche über Feinschmecker-Gerichte bei.

Der geeignetste Zeitpunkt dazu war nach meiner Meinung ein Samstag, an dem wir in Atlanta ins Kino gehen wollten.

Ich befürchtete erst, daß meine Kochkunst fehlschlagen würde – wie alle meine Kochexperimente. Ich war daher überrascht, als ich das Soufflé aus dem Ofen holte, und es aussah, als sei es mir gelungen! Wenn es möglich gewesen wäre, hätte ich mir selbst auf die Schulter geklopft. Ich rannte zum Geschirrschrank, um das gute Geschirr herauszuholen. Dann stieg ich halbwegs die Kellertreppe hinab und rief mit betont gezierter Stimme: »Es ist angerichtet, Mr. Dennison.«

»Sehr wohl, komme sofort, Miß Casteel«, rief er zurück. Wir aßen im Eßzimmer, und er sah mein flockiges, leichtes Käsesoufflé begeistert an. »Wunderbar, Heaven«, sagte er, als er den ersten Bissen kostete. »Meine Mutter machte früher Käsesoufflé nur für mich – aber du hättest dir nicht so viel Mühe machen sollen.«

Warum sah er so verlegen aus, als hätte er noch nie in seinem eigenen Eßzimmer gesessen? Ich blickte um mich und hatte plötzlich auch ein peinliches Gefühl. »Jetzt wirst du viel abzuwaschen haben, bevor wir uns in der Stadt ins Vergnügen stürzen können…«

Ach, darum ging's.

Bestimmt war niemand so schnell wie ich an diesem Nachmittag: Ich verstaute das gute Geschirr in der Geschirrspülmaschine, und während sie lief, rannte ich hinauf, um mich zu waschen und umzuziehen. Cal stand schon fertig unten und lächelte mich an. Er schien erleichtert, daß das Eßzimmer als Museumsstück wiederhergestellt war. Gerade als ich schon hinaustreten wollte, fiel mir etwas ein. »Einen Moment, bin gleich zurück. Kitty soll nicht nach Hause kommen und das Geschirr nicht *genau* auf seinem Platz vorfinden.«

Inzwischen ging er in den Keller, um sein Werkzeug einzuordnen – und in diesem Augenblick läutete es an der Tür. Wir hatten so selten Gäste, daß die Klingel mich erschreckte. Schnell eilte ich zur

Tür. Der Briefträger sah mich lächelnd an.

»Ein eingeschriebener Brief für Miß Heaven Leigh Casteel«, sagte er fröhlich.

»Ja, die bin ich«, antwortete ich ihm und starrte auf die vielen Briefe, die er zu einem Paket zusammengebunden hatte.

Er reichte mir einen Zettel, den ich unterschreiben sollte. Meine Hand zitterte, als ich schrieb.

Nachdem ich die Tür wieder geschlossen hatte, sank ich zu Boden. Die Sonne fiel durch das bunte Türglas auf den Briefumschlag, in dem – dessen war ich mir sicher – ein Brief von Tom steckte. Aber er war nicht von Tom. Es war eine unbekannte Handschrift.

Liebste Heaven,

Ich hoffe, Du bist über meine vertrauliche Anrede nicht böse. Ich bin sicher, Du wirst mir verzeihen, wenn Du die guten Nachrichten erfährst. Du kennst meinen Namen nicht, und ich werde diesen Brief auch nicht unterschreiben. Ich bin die Frau, die mit ihrem Mann zu Euch gekommen ist, um die Mutter Deiner lieben kleinen Schwester und Deines kleinen Bruders zu werden.

Du erinnerst Dich, daß ich versprochen habe, Dir zu schreiben. Ich weiß noch, daß Du sehr besorgt um Deinen Bruder und Deine Schwester warst, und ich bewundere und achte Dich deswegen. Beiden Kindern geht es sehr gut, und ich glaube, sie haben ihre neue Familie akzeptiert und vermissen ihre Familie in den Bergen nicht mehr so sehr.

Dein Vater wollte mir Deine Adresse nicht geben, aber ich habe darauf bestanden, da ich mein Versprechen halten wollte. Unsere Jane, wie Du sie immer genannt hast, hat sich von der Operation einer Zwerchfell-Hernie gut erholt. Du kannst ja in einem medizinischen Wörterbuch nachsehen, was dieses liebe Kind so schwach und kränklich gemacht hat. Es wird Dich bestimmt freuen zu hören, daß sie jetzt gesund ist, mit gutem Appetit ißt und langsam zunimmt. Jeden Tag bekommen sie und Keith so viel Obstsaft, wie sie wollen. Und ich lasse ein Nachtlämpchen in jedem ihrer Zimmer brennen. Sie gehen in eine gute Privatschule und werden jeden Tag hingefahren und wieder abgeholt. Beide haben viele Freunde.

Keith zeigt großes künstlerisches Talent und unsere liebe Jane singt gern und hört gerne Musik. Sie erhält Musikunterricht, und

Keith hat eine eigene Staffelei und alles, was er zum Zeichnen und Malen benötigt. Er hat besonders großes Talent für Tierzeichnungen.

Ich hoffe, ich habe alle Deine Fragen beantwortet und Dir alles erzählt, so daß Du Dir keine Sorgen mehr machen mußt. Mein Mann und ich lieben die beiden Kinder wie unsere eigenen. Und ich glaube, daß sie uns auch lieben.

Dein Vater hat mir gesagt, daß er für jedes seiner Kinder ein gutes Zuhause gefunden hat, und ich hoffe, es stimmt.

In einem gesonderten Umschlag schicke ich Dir ein paar Photos von Deinem Bruder und Deiner Schwester.

Mit den besten Wünschen
R.

Sie hatte den Brief nur mit einem Anfangsbuchstaben unterschrieben, ohne Adresse. Der Brief war in Washington aufgegeben worden. Waren sie von Maryland umgezogen? Gott sei Dank, hatten die Ärzte herausgefunden, was Unserer-Jane fehlte, und sie geheilt!

Lange Zeit saß ich bloß da und dachte an Keith und Unsere-Jane und an die aufmerksame Dame, die mir geschrieben hatte. Immer und immer wieder las ich den Brief durch und wischte mir dabei die Tränen aus den Augen. Es war wunderbar zu erfahren, daß es Jane und Keith gut ging – aber es war ganz und gar nicht schön zu hören, daß sie mich und Tom vergessen hatten.

»Heaven«, sagte Cal plötzlich, »willst du lieber so auf dem Boden sitzen bleiben und den ganzen Tag Briefe lesen oder lieber ins Kino gehen?«

Sofort sprang ich auf, zeigte ihm den Brief und erzählte ihm den Inhalt, obwohl er ihn selber gerade durchlas. Er schien sich ebenso zu freuen wie ich. Dann sah er seine eigene Post durch. »Da ist ja noch ein Briefumschlag für eine Miß Heaven Leigh Casteel«, sagte er mit einem breiten Grinsen und überreichte mir einen schweren, braunen Umschlag.

Darin befanden sich etwa ein Dutzend Schnappschüsse und drei Photos, die ein richtiger Photograph gemacht hatte.

O mein Gott – Schnappschüsse von Keith und Unserer-Jane auf einer Wiese hinter einem großen, schönen Haus. »Polaroid-Photos«, sagte Cal und sah sich die Bilder über meine Schulter an. »Was für nette Kinder.«

Ich starrte auf die hübschen Kinder in ihrer teuren Kleidung, die beide in einem überdachten Sandkasten saßen. Hinter ihnen befanden sich ein Schwimmbecken und Gartenmöbel. Das Ehepaar von damals saß dort und lächelte Keith und Unsere-Jane liebevoll an. Dort wo sie waren, war gerade Sommer. War es in Florida? In Kalifornien? Arizona? Ich betrachtete eingehend die anderen Schnappschüsse, auf denen Unsere-Jane lachend auf einer Schaukel saß und von Keith geschaukelt wurde. Andere Photos zeigten sie in ihrem hübschen Schlafzimmer mit all ihren Puppen und Spielsachen: Unsere-Jane schlafend in ihrem Bettchen, über das ein rosa Baldachin gespannt war. Keith in seinem blauen Zimmer, vollgestopft mit Spielsachen und Bilderbüchern. Dann öffnete ich eine Photomappe aus Karton und sah Unsere-Jane fein angezogen, in rosa Organdy mit Rüschen, ihre Haare waren gelockt und sie sah wie ein kleiner Filmstar aus; und in der anderen Mappe war ein Bild von Keith in einem flotten dunkelblauen Anzug mit einer kleinen Krawatte. Eine dritte Porträtaufnahme zeigte beide zusammen.

»Das kostet ganz schön viel Geld, diese Photos machen zu lassen«, sagte Cal. »Schau mal, wie sie angezogen sind. Heaven, diese Kinder werden geliebt, sie sind wohlbehütet und glücklich. Sieh doch, wie ihre Augen glänzen. Unglückliche Kinder können nicht so ein Lächeln vortäuschen. In gewisser Weise solltest du deinem Vater eigentlich dankbar sein, daß er sie verkauft hat.«

Ich hatte gar nicht bemerkt, wie sehr ich die ganze Zeit über geweint hatte, bis Cal mir die Tränen abtrocknete und mich an seine Brust gedrückt hielt. »Na, na...«, beruhigte er mich und nahm mich fest in seine Arme, dann reichte er mir sein Taschentuch, damit ich mir die Nase putzen konnte. »Jetzt kannst du nachts ruhig schlafen und mußt nicht mehr ihre Namen im Schlaf rufen. Wenn du auch von Tom gehört hast, wird die Welt wieder hell und freundlich für dich sein. Weißt du, Heaven, es gibt nicht sehr viele Kittys auf dieser Welt. Es tut mir leid, daß du sie aushalten mußt... Aber ich bin ja auch noch da. Ich werde tun, was in meiner Macht steht, um dir zu helfen.« Er hielt mich fest, ganz fest, daß ich spürte, wie sich jede Rundung meines Körpers an ihn preßte.

Auf einmal war ich bestürzt. Durfte ich das überhaupt? Sollte ich mich von ihm losreißen und ihm damit zu verstehen geben, daß er das nicht tun sollte? Aber es konnte nichts Schlechtes daran sein, sonst würde er es nicht tun. Trotzdem war ich so verwirrt, daß ich ihn wegschob, obwohl ich ihn unter Tränen anlächelte. Wir brachen auf, aber erst nachdem ich den Brief und die Photos versteckt hatte. Aus irgendeinem Grund wollte ich nicht, daß Kitty entdeckte, wie wunderschön Vaters andere Kinder waren.

Dieser Samstag war anders als die anderen vorher, er war etwas ganz Besonderes. Jetzt konnte ich mich wirklich amüsieren, da ich wußte, daß Keith und Unsere-Jane nicht litten... Und eines Tages würde ich wohl auch von Tom hören.

Es war halb elf Uhr nachts, als Cal und ich von Atlanta nach Hause fuhren, beide erschöpft von den vielen Unternehmungen: drei Stunden Kino, im Restaurant essen und einkaufen. Ich hatte neue Kleider bekommen, von denen Cal nicht wollte, daß Kitty sie sah.

»Ich mag diese Halbschuhe ebensowenig wie du. Aber laß sie die neuen Schuhe nicht sehen«, warnte er mich, bevor wir in die Garage fuhren. »Turnschuhe sind für den Sport, und für die Schuhe, die sie dir für die Kirche gekauft hat, bist du schon zu groß. Ich werde die neuen Schuhe in einen der Schränke in meiner Werkstatt einschließen und gebe dir einen zweiten Schlüssel dazu. An deiner Stelle würde ich meiner Frau auch nicht die Puppe oder irgend etwas, was deiner Mutter gehört hat, zeigen. Ich schäme mich zu sagen, daß Kitty einen psychopathischen Haß gegen eine bemitleidenswerte Tote hat, die nicht gewußt haben kann, daß sie Kitty den einzigen Mann, den sie hätte lieben können, weggenommen hatte.«

Das traf mich zutiefst. Ich sah ihn mit großen, traurigen Augen an. »Cal, sie liebt dich, ich weiß es.«

»Nein, sie liebt mich nicht, Heaven. Sie braucht mich hin und wieder, um mit mir als einem ›Superfang‹ anzugeben, einem Collegestudenten, ›ihrem Kerl‹, wie sie sich oft ausdrückt. Aber sie liebt mich nicht. Unter ihrer ganzen übertriebenen Weiblichkeit liegt eine kalte, kleinliche Seele verborgen, die die Männer haßt... alle Männer. Vielleicht hat dein Vater sie zu dem gemacht, ich weiß es nicht. Aber sie tut mir leid. Ich habe jahrelang versucht, ihr zu helfen, ihre traumatischen Kindheitserlebnisse zu vergessen. Sie ist von ihrem Vater und ihrer Mutter geprügelt worden, sie wurde gezwungen, in heißem Wasser zu sitzen, um ihre Sünden abzuwaschen, und sie wurde ans Bett gefesselt, damit sie nicht mit einem Jungen davonlief. In dem Augenblick, als sie frei war, ging sie mit dem erstbesten Mann, dem sie begegnete, auf und davon. Ich habe resigniert. Ich bleib' nur so lange hier, bis ich es eines Tages nicht mehr aushalte – dann gehe ich.«

»Aber du hast doch gesagt, daß du sie liebst!« rief ich. Blieb man denn nicht, wenn man jemanden liebte? Konnte Mitleid dasselbe bewirken wie Liebe?

»Laß uns hineingehen«, sagte er mürrisch. »Kittys Wagen steht da. Sie ist schon zu Hause und wird uns die Hölle heiß machen. Sag du nichts, ich werde reden.«

Kitty war in der Küche und ging auf und ab. »Na also!« schrie sie uns an, als wir durch den Hintereingang eintraten. »Wo wart ihr? Warum schaut ihr so schuldbewußt aus? Was habt ihr gemacht?«

»Wir waren im Kino«, sagte Cal und schritt an Kitty vorbei zur Treppe hin. »Wir haben dann in einer Art Restaurant gegessen, die du nicht leiden kannst. Jetzt gehen wir ins Bett. Ich schlage vor, du sagst Heaven gute Nacht; sie muß ebenso müde sein wie ich, nachdem sie am Vormittag das Haus von oben bis unten saubergemacht hat.«

»Sie hat, verdammt noch mal, nichts gemacht, was auf meiner Liste steht!« schnauzte sie ihn an. »Sie ist mit dir weg und hat einen Saustall hier zurückgelassen!«

Sie hatte recht. Ich hatte eigentlich nicht viel saubergemacht, da nichts wirklich schmutzig gewesen war.

Ich wollte Cal schnell folgen, aber Kitty packte mich am Arm. Cal drehte sich nicht um.

»Du blödes Kind«, zischte sie mich an. »Du hast mein gutes Porzellan in den Geschirrspüler gesteckt, oder? Hast du noch nicht kapiert, daß ich mein gutes Geschirr nur verwende, wenn Gäste da sind? Ist nicht für den täglichen Gebrauch gedacht. Hast mir mein Geschirr angeschlagen, zwei Teller! Und einer hat 'n Sprung! Und hab' ich dir nicht gesagt, du sollst die Tassen nicht in den Schrank stellen, sondern aufhängen?«

»Nein, das hast du mir nicht gesagt. Du hast nur gesagt, ich soll sie nicht ineinander stellen.«

»Hab' ich dir doch gesagt! Hab' dich gewarnt: Tu nicht, was ich dir verboten hab'.«

Klatsch!

»Wie oft soll ich's dir noch sagen?«

Klatsch!

»Hast nicht die Haken unter den Fächern bemerkt?«

Natürlich hatte ich die Haken bemerkt, aber nicht gewußt, wozu sie dienten. Sie hatte die Tassen auch nicht aufgehängt gehabt. Ich wollte ihr alles erklären und mich entschuldigen und ihr versprechen, daß ich für die Tassen zahlen würde. Ihre Augen waren zornig. »Wie willste denn das anstellen? Ein Gedeck kostet fünfundachtzig Dollar! Wo willst du die Moneten hernehmen?«

Ich war geschockt. Fünfundachtzig Dollar! Wie hätte ich ahnen können, daß das Geschirr im Eßzimmerschrank nur zum Anschauen und nicht zum Benützen da war?

»Du bist verdammt blöd – mein bestes Geschirr – hab' ewig dazu gebraucht, die Raten für all die Tassen, Untertassen, Teller und so zu bezahlen, und du hast mir alles kaputt gemacht – du verdammtes blödes Hillbilly-Miststück!«

Ihr fester Griff am Arm tat mir weh. Ich versuchte mich zu befreien. »Ich werd's nie wieder tun, Mutter. Ich verspreche es!«

»Das will ich dir auch nicht raten, es noch mal zu tun!« Peng! Sie versetzte mir einen, zwei, drei Hiebe ins Gesicht!

Ich wankte nach hinten und fühlte, wie mein Auge anschwoll und meine Nase blutete. »Geh hinauf, und bleib morgen den ganzen Tag in deinem Zimmer. Keinen Gottesdienst und nichts zu essen, bis du es wirklich bereust, daß du mir mein bestes Geschirr ruiniert hast. Du hättest es mit der Hand spülen sollen.«

Schluchzend rannte ich die Treppe hoch in mein kleines Zimmer mit den Möbeln, die Cal und ich ausgesucht hatten, und ich hörte wie Kitty hinter mir fluchte und die fürchterlichsten Dinge über das Berggesindel sagte. Ihre Worte würden sich für immer in mein Gehirn einprägen. Im Gang stieß ich auf Cal. »Was ist denn los?« fragte er besorgt. Dann hielt er mich fest und zwang mich, still zu stehen. Er blickte mir ins Gesicht. »Mein Gott«, stöhnte er. »Warum?«

»Ich habe ihr bestes Geschirr angeschlagen... hab' den Henkel einer Tasse kaputt gemacht... und ihre Messer mit Holzgriffen in die Geschirrspülmaschine eingeräumt.«

Mit großen Schritten stieg er die Treppe hinunter, und ich hörte, wie er unten zum ersten Mal seine Stimme erhob. »Kitty, weil man dich als Kind gequält hat, berechtigt dich das nicht, dieses Kind zu quälen, das sein Bestes tut.«

»Du liebst mich nicht«, schluchzte sie.

»Natürlich liebe ich dich.«

»Tust du nicht: Du meinst, ich bin verrückt. Du wirst mich verlassen, wenn ich alt und häßlich bin. Du wirst eine andere Frau heiraten, die jünger ist als ich.«

»Bitte, Kitty. Laß uns nicht wieder davon anfangen.«

»Cal… Ich wollt’ es nicht tun. Ich wollt’ ihr nicht weh tun. Und dir auch nicht. Ich weiß, daß sie nicht wirklich böse ist… Sie hat etwas an sich… und ich etwas in mir, das ich nicht verstehe… Cal, ich hab’ heut nacht meine Gelüste.«

O mein Gott, ich wußte mittlerweile nur allzu gut, daß hinter der Schlafzimmertür etwas geschah, was Cal immer wieder zum Bleiben bewog, obwohl Kitty ihn in vieler Hinsicht unterdrückte.

Im Schlafzimmer, hinter verschlossenen Türen, war er Wachs in ihrer Hand. Sie verpaßte ihm kein blaues Auge und schlug auch seine Nase nicht blutig. Was sie tat, ließ seine Augen glänzen und machte seine Schritte leicht.

Am nächsten Morgen – es war Sonntag – verzieh mir Kitty, daß ich ihr Geschirr angeschlagen und den Henkel einer Tasse kaputtgemacht sowie ein teures Messer ruiniert hatte… jetzt, da sie wieder den Daumen auf Cal hatte. Als Cal und ich wartend im Wagen saßen, während Kitty kontrollierte, ob ich alle Arbeiten erledigt hatte, wandte er sich an mich, ohne mich anzusehen. »Ich habe dir versprochen, daß ich alles unternehmen werde, um dir zu helfen, Tom zu finden. Und wenn du soweit bist, deine Verwandten in Boston zu besuchen, werde ich etwas Detektiv spielen oder einen anstellen, um die Familie deiner Mutter zu finden. Es muß eine sehr wohlhabende Familie sein; ich habe mich nämlich erkundigt und erfahren, daß eine Tatterton-Toy-Portrait-Puppe einige tausend Dollar kostet. Heaven, du mußt mir deine Puppe mal zeigen – wenn du mir wirklich vertraust.«

Um ihm zu zeigen, daß ich ihm voll und ganz vertraute, ging ich mit ihm noch an diesem Nachmittag in den Keller, während Kitty oben ein Nickerchen machte. Zuerst mußte ich aber noch Kittys Wäscheberg in die Waschmaschine geben. Als die Maschine lief, öffnete ich meinen wertvollen Koffer voller Träume und nahm die

Puppe liebevoll heraus. »Dreh dich um«, befahl ich, »damit ich ihr Kleid richten und ihre Haare in Ordnung bringen kann. Dann kannst du dich wieder umdrehen und mir sagen, was du von ihr hältst.«

Er schien verdattert, als er die Puppenbraut mit den langen, silberblonden Haaren sah. »Mein Gott, das bist ja du mit blondem Haar«, sagte er. »Wie schön deine Mutter gewesen sein muß. Aber du bist mindestens genauso schön...«

Schnell wickelte er die Puppe wieder ein und legte sie zurück in den Koffer. Aus irgendeinem Grund war ich aufgewühlt. Seitdem Cal die Puppe betrachtet hatte, sah er mich so an, als hätte er mich nie zuvor gesehen.

Es gab so viele Dinge, über die ich nicht Bescheid wußte. So vieles, was mich nachts in meinem kleinen Zimmer, in dem Kittys Sachen so viel Platz beanspruchten und die sie nicht entfernen wollte, nicht schlafen ließ. Wieder hatten Kitty und Cal meinetwegen Streit.

»Sag nicht immer nein!« sagte Cal gerade mit leiser, aber eindringlicher Stimme. »Gestern nacht hast du mir gesagt, daß du mich jeden Tag und jede Nacht willst. Und jetzt stößt du mich weg. Ich bin dein Mann.«

»Kann's jetzt nicht zulassen. Sie ist gleich nebenan. Dort, wo du sie haben wolltest.«

»*Du* hattest sie doch in unser Bett gesteckt! Wenn ich nicht gewesen wäre, läge sie immer noch hier zwischen uns.«

»Ich war in ihrem Zimmer – die Wände sind so dünn. Macht mich verklemmt, wenn ich weiß, daß sie alles hören kann.«

»Deswegen müssen wir deine Sachen wegräumen. Dann können wir ihr Bett an die gegenüberliegende Wand stellen. Du hast doch einen riesigen Brennofen in deinem Unterrichtsraum. Und das ganze andere Zeug kann man doch auch verstauen.«

»Ist kein Zeug! Nenn es nicht immer so.«

»Na gut. Es ist kein Zeug.«

»Du gehst nur hoch, wenn du sie verteidigst...«

»Mein Gott, Kitty, ich wußte ja gar nicht, daß du es magst, wenn ich hochgehe.«

»Du spottest über mich, obwohl du genau weißt, was ich meine...«

»Nein, ich weiß es eben nicht, und ich wünschte mir bei Gott, daß ich es täte. Ich wünschte mir, ich könnte all deine Gedanken unter dem roten Haar lesen.«

»Ist nicht rot! Ist kastanienbraun! Tizianrot...«, empörte sie sich.

»Nun gut, nenn es, wie du willst. Aber eines kann ich dir sagen: Wenn du Heaven noch einmal schlägst, und ich komme nach Hause und sehe ihre Nase bluten, ihr Gesicht voller Schrammen und ihre Augen angeschwollen... dann verlasse ich dich.«

»Cal! Sprich nicht so zu mir! Ich liebe dich, wirklich! Bring mich nicht zum Weinen... Kann nicht ohne dich leben. Werd' sie nicht mehr schlagen, ich versprech's dir. Ich will's ja selber nicht.«

»Warum tust du's dann?«

»Weiß nicht. Sie ist hübsch und jung, und ich werde alt. Bald werde ich sechsunddreißig, und das liegt schon nahe bei vierzig. Cal, nach vierzig hat das Leben keinen Sinn mehr.«

»Aber natürlich hat es einen Sinn.« Seine Stimme klang jetzt sanfter und verständnisvoller. »Du bist eine wunderschöne Frau, Kitty, und siehst jedes Jahr besser aus. Du siehst keinen Tag älter als dreißig aus.«

Sie kreischte: »Ich will aber wie *zwanzig* aussehen!«

»Gute Nacht, Kitty«, sagte er in einem verächtlichen Ton. »Ich werde auch nicht mehr zwanzig und weine dem nicht nach. Was war schon so wunderbar daran, zwanzig zu sein, außer daß man unsicher war? Jetzt weißt du, wer und was du bist; ist das keine Erleichterung?«

Nein, denn zu wissen, wer und was sie war, jagte ihr anscheinend Entsetzen ein.

Jedenfalls hatte Cal in diesem Sommer Zimmer in einem schönen Strandhotel bestellt, um Kittys traumatischen sechsunddreißigsten Geburtstag zu feiern. Es war August, im Zeichen des Löwen, und wir drei saßen unter einem Sonnenschirm. Kitty, in ihrem knappen Bikini, war die Sensation am Strand. Sie weigerte sich, unter dem rot-weiß gestreiften Sonnenschirm hervorzukommen. »Meine Haut ist so empfindlich, ich bekomme so leicht einen Sonnenbrand... Aber geht ihr nur, Heaven und Cal. Kümmert euch nicht um mich. Ich werde hier sitzen und still vor mich hin leiden, während ihr euch vergnügt.«

»Warum hast du mir nicht gesagt, daß du nicht an den Strand willst?«

»Du hast mich nicht gefragt.«

»Aber ich dachte, du schwimmst und badest gerne.«

»So gut weißt du also über mich Bescheid – nämlich überhaupt nicht.«

Die Ferien waren ein Reinfall, und hätten doch so schön sein können, wenn Kitty nur mit uns gebadet hätte, aber sie zog es vor, uns die Zeit zu vergällen.

Am Tag, an dem wir aus den Ferien zurückkehrten, setzte mich Kitty an den Küchentisch, holte ihr großes Maniküre-Set hervor und machte mir meine erste Maniküre. Ich schämte mich meiner kurzen, abgebrochenen Nägel und bewunderte ihre immer makellosen, langen Nägel mit gepflegtem Nagelbett. Ich lauschte aufmerksam, als sie mir beibrachte, wie man die Nägel richtig pflegt. »Du darfst nicht dauernd an deinen Nägeln herumkauen und mußt nu' anfangen, eine richtige Frau zu werden. Für die Hillbilly-Mädchen ist es ja nu' keine Selbstverständlichkeit, sich so anmutig und fein wie eine richtige Frau zu geben. Es dauert seine Zeit, und es kostet Anstrengung, außerdem muß man dabei viel Geduld mit den Männern haben.«

Die Klimaanlage machte ein leises, schwirrendes und hypnotisierendes Geräusch.

»Sind sich alle gleich, weißt du, auch die Süßholzraspler. Solche wie Cal. Wollen alle nur eines, und als Hillbilly-Mädchen weißt du ja, was es ist. Wollen nur bumsen, und wenn du dann 'n Baby kriegst, wollen sie's nicht. Sagen dann, 's ist nicht von ihnen, auch wenn es stimmt. Wenn sie dir 'ne Krankheit andrehen, ist es ihnen egal. Also hör auf meine Ratschläge und fall auf keinen dieser Schmeichelbubis – meinen mit eingeschlossen – herein.«

Kitty hatte meine Nägel hellrosa angemalt. »So. Sehen jetzt besser aus, weil du nicht mehr mit dem Waschbrett und mit Seifenlauge hantierst. Die Knöchel sind nicht mehr so rot geschwollen. Gesicht ist auch wieder in Ordnung – also, fehlt dir was?«

»Nein.«

»Nein, was?«

»Nein, Mutter.«

»Liebst mich doch, oder?«

»Ja, Mutter.«

»Würdest mir doch nichts wegnehmen, oder?«

»Nein, Mutter.«

Kitty stand auf. »Hab' noch einen harten Arbeitstag vor mir. Racker' mich ab, um die anderen schön zu machen.« Sie seufzte tief und sah auf ihre Stöckelschuhe herab. Für eine so große Frau hatte sie auffallend zierliche Füße; ebenso wie ihre Taille, schienen sie einer zarten und schmächtigen Person zu gehören.

»Mutter, warum trägst du bei der Arbeit nicht Schuhe mit flachen Absätzen? Es ist doch unnötig, daß du den ganzen Tag so unbequeme, schmerzhafte Schuhe trägst.«

Kitty sah geringschätzig auf meine nackten Füße. Ich versuchte, sie unter dem weiten Rock, der beim Sitzen bis auf den Boden reichte, zu verbergen.

»Die Schuhe, die man trägt, verraten den Charakter, und meiner ist aus dem richtigen Material, nämlich aus Stahl. Ich kann Schmerzen ertragen, ich kann leiden – du eben nicht.«

Ihre Art zu denken, war ganz schön verrückt. Ich schwor mir, daß ich ihre zu kleinen Schuhe nie wieder erwähnen würde, die ihre Zehen verunstaltet hatten. Sollte sie doch Fußschmerzen haben – was ging mich das an?

Der Sommer bestand fast nur aus Hausarbeit, und nur an Samstagen ging ich aus. Bald kündigte sich der Herbst an, und in den Auslagen der Geschäfte waren Pullover, warme Röcke, Mäntel und Stiefel zu sehen. Acht Monate war ich schon hier. Logan hatte wieder begonnen, mir zu schreiben, aber immer noch hatte ich kein einziges Wort von Tom gehört. Es bedrückte mich so sehr, daß ich schon alle Hoffnung aufgeben wollte... und dann... lag eines Tages im Briefkasten... ein Brief!

O Thomas Luke, es ist wunderbar deine Schrift zu sehen, bitte laß mich nur gute Nachrichten von dir hören.

Mit seinem Brief in der Hand kam es mir vor, als stünde Tom leibhaftig neben mir. Ich setzte mich schnell hin und öffnete seinen Brief, ohne seine Adresse zu zerreißen. Er schrieb mit dem Charme eines Bergjungen, aber etwas Neues war hinzugekommen... Etwas, womit ich nicht gerechnet hatte und worauf ich, entgegen meiner Absicht, eifersüchtig war.

Liebe Haeven,

Mann, ich hoffe ehrlich, Du kriegst diesen Brief. Habe mir schon die Finger wundgeschrieben, und Du hast mir nie eine Antwort geschickt! Ich sehe Logan hie und da, und er sagt mir dauernd, ich soll Dir ja schreiben. Das tu' ich doch auch, nur weiß ich nicht, was mit all meinen Briefen geschieht, aber ich gebe nicht auf. Heavenly, ich möchte, daß Du gleich als erstes weißt, daß es mir gutgeht. Mr. Henry ist weder grausam noch gemein, wie Du wahrscheinlich angenommen hast. Und er kann das Beste aus einem rausholen.

Ich lebe auf einer Farm mit zwölf Zimmern. Eines davon gehört mir. Es ist ein hübsches Zimmer, sauber und einfach. Er hat zwei Töchter, eine heißt Laura und ist dreizehn Jahre, und die andere heißt Thalia und ist sechzehn. Beide sind hübsch und so nett, daß ich mich noch nicht entschieden habe, welche ich lieber mag. Laura ist lustig, Thalia hingegen eher ernst und nachdenklich. Beiden habe ich von Dir erzählt, und sie können es nicht erwarten, Dich kennenzulernen.

Logan hat mir von der Operation an Unserer-Jane berichtet und gesagt, daß es ihr gutgeht und Keith auch. Leider erzählst Du nicht allzuviel von Dir, sagt Logan. Bitte schreibe mir, und erzähle alles, was passiert ist, seitdem wir uns das letzte Mal gesehen haben. Du fehlst mir schrecklich. Ich träume auch oft von dir. Unsere Berge und die Wälder und alles, was wir zusammen erlebt haben, vermisse ich sehr. Aber ich sehne mich nicht nach dem Hunger, der Kälte und dem Elend. Ich habe viel warme Kleidung, zu viel zu essen und tonnenweise Milch (stell dir vor) – und ganz viel Käse.

Ich würde Dir einen Brief von zweitausend Seiten schreiben, wenn ich nicht noch so viel zu tun hätte bis zum Abend. Aber mach Dir keine Sorgen, bitte nicht. Mir geht es gut, und wir werden uns bald wiedersehen. Ich liebe Dich.

Dein Bruder Tom

Noch lange nachdem ich den Brief zu Ende gelesen hatte, dachte ich über Tom nach. Dann legte ich seinen Brief zu denen von Logan. Hatte Kitty mir Toms Briefe vorenthalten? Das war eigentlich kaum möglich, da ich jeden Tag zu Hause war und selbst die Post holte, während sie ja arbeitete. Ich sah mich in meinem vollgestopften Zimmer um und entdeckte, daß Kitty hier gewesen sein mußte und

herumgeschnüffelt hatte. Es war eigentlich nicht mein Zimmer, solange Kitty ihre Sachen hier in den Schränken aufbewahrte, und offensichtlich kontrollierte sie auch meine Sachen. Ihre große Töpferscheibe stand in der Ecke, und die Regale, in die meine Bücher gut
gepaßt hätten, waren voller Krimskrams. Kitty konnte mit Büchern
nichts anfangen. Ich setzte mich an meinen Schreibtisch und begann
einen Brief an Tom zu schreiben. All die Lügen, die ich Logan schon
geschrieben hatte, daß Kitty eine wunderbare, engelsgleiche Mutter
sei, würden wohl auch ihn überzeugen... Aber über Cal mußte ich
keine Lügen erzählen, er war *wirklich* der beste Vater, den man haben konnte.

Er ist wirklich wunderbar Tom. Jedesmal, wenn ich ihn anschaue,
überlege ich mir, warum Vater nicht so gewesen ist. Es ist schön zu
wissen, daß ich einen wirklichen Vater habe, den ich lieben kann
und der mich liebt. Also hör auf, Dir Sorgen über mich zu machen.
Und vergiß nicht, daß Du eines Tages Präsident werden willst – und
nicht Vorsitzender einer Genossenschaft für Erzeuger von Milch-
produkten.

Nun hatte ich also auch von Tom gehört, und ich wußte, daß Unsere-Jane und Keith glücklich waren, und Logan schrieb mir, daß
Fanny sich königlich amüsierte. Eigentlich gab es nichts, über das
ich mir Sorgen machen mußte. Überhaupt nichts...

15. KAPITEL

DIE PUPPE

Gegen sechs Uhr, noch im fahlen Morgenlicht der Stadt, fing mein
Tag an; ich kroch aus dem Bett, duschte im unteren Badezimmer,
zog mich an und machte das Frühstück. Ich freute mich wieder auf
die Schule und meine Freundinnen, die ich in den Ferien vernachlässigt hatte. Ich hatte jetzt auch gutsitzende Kleider, von denen Kitty
nichts ahnte. Cal hatte viel zuviel dafür gezahlt, aber ich war furchtbar stolz auf sie. Ich bemerkte, wie mir die Jungen mit mehr Interesse nachblickten, seit meine Figur nicht mehr unter zu weiten Klei-

dern verborgen blieb. Zum ersten Mal in meinem Leben spürte ich etwas von der weiblichen Macht über die Männer.

Im Unterricht lauschte ich hingerissen, wie die Lehrer von berühmten Persönlichkeiten der Weltgeschichte erzählten. Ließen die Geschichtslehrer die menschlichen Fehler dieser Leute einfach unter den Tisch fallen, um Schüler wie mich dazu anzuspornen, diesen Vorbildern nachzueifern? Würde ich je etwas Großes leisten? Oder Tom? Warum wurde ich so von dem Wunsch nach Bestätigung getrieben? Miß Deale hatte historische Personen als fehlbare Menschen dargestellt und damit Tom und mir Hoffnung gegeben.

Ich schloß neue Freundschaften, aber auch diese Freunde konnten ebensowenig wie die alten verstehen, warum ich sie nicht zu mir einladen durfte. »Wie ist denn deine Mutter? Junge, die sieht ja vielleicht toll aus. Und dein Vater erst… Mann! Das ist ein Typ!«

»Ist er nicht wunderbar?« sagte ich stolz. Warum sahen sie mich so komisch an? Die Lehrer behandelten mich immer mit besonderer Rücksicht, geradeso, als hätte Kitty ihnen erzählt, daß ich ein geistig unterbelichtetes Hillbilly-Mädchen sei. Ich lernte wie besessen, um das Gegenteil zu beweisen, und bald gelang es mir, die Achtung meiner Lehrer zu erringen. Ich konnte besonders gut Schreibmaschine schreiben. Ich verbrachte Stunden damit, Briefe zu schreiben – wenn Kitty nicht zu Hause war. Wenn sie jedoch da war, dann bereitete ihr das Geräusch der Schreibmaschine angeblich Kopfschmerzen. Ihr bereitete sowieso alles Kopfschmerzen.

Cal kümmerte sich darum, daß ich Dutzende von neuen Kleidungsstücken bekam; Röcke, Blusen, Hosen, Shorts, Badeanzüge. Es waren Sachen, die Cal und ich auf unseren Einkaufsbummeln in Atlanta besorgt hatten und die er in einem der Schränke im Keller aufbewahrte, von denen Kitty meinte, daß sie gefährliches Werkzeug enthielten. Kitty fürchtete sich vor seinem elektrischen Werkzeug fast ebenso wie vor Insekten. In der Besenkammer im Gang waren meine häßlichen, übergroßen Kleider, die Kitty mir ausgesucht hatte, untergebracht. Sie hingen zwischen dem Staubsauger, den Wischlappen, Besen, Kübeln und anderen Gerätschaften. Es stand zwar auch ein Schrank in meinem Zimmer, aber der blieb immer verschlossen.

Ich besaß nun zwar die passenden Kleider, aber ich mußte doch alle Einladungen abschlagen, weil ich ja sofort nach der Schule in unser ach so pflegebedürftiges Haus eilen mußte. Die Hausarbeit stahl mir meine Jugend. Ich haßte die vielen Pflanzen; ich haßte die ausladenden Elefanten-Tische mit den lächerlichen Edelstein-Imitationen, die zudem einzeln poliert werden mußten. Wenn nur nicht die Tischflächen so beladen gewesen wären, dann hätte ich wenigstens mit dem Staubtuch auf einmal darüberfahren können, aber so mußte ich ständig etwas verrücken und dabei aufpassen, daß das Holz keinen Kratzer abbekam. Dann mußte ich schnell noch Kittys Unterwäsche zusammenlegen, ihre Kleider und Blusen im Schrank aufhängen, die Handtücher in den Wäscheschrank legen und darauf achten, daß nur die gefalteten Seiten übereinander lagen und vorne sichtbar waren. Mit tausend Regeln und Geboten machte Kitty aus ihrem Haus ein Ausstellungsstück – und dabei kamen eigentlich nur ihre »Mädels«, um es zu bewundern.

Die Samstagnachmittage aber waren mehr als eine Entschädigung für die Gemeinheiten Kittys, die sie außerdem als meine gerechte Strafe betrachtete. Die Ohrfeigen, die ich bei jedem nichtigen Anlaß bekam, die grausamen Worte, die mein Selbstwertgefühl vernichten sollten, wurden durch die Kinogänge, die köstlichen Speisen in den Restaurants und durch die Spaziergänge durch Vergnügungsparks mehr als wettgemacht. In den Parks fütterten Cal und ich die Elefanten mit Erdnüssen und warfen dem Federvieh getrocknete Maiskörner zu. Ich konnte immer schon gut mit Tieren umgehen, und Cal war entzückt von meiner Fähigkeit, mit den Hühnern, Enten, Gänsen und sogar mit den Elefanten zu »sprechen«.

»Was ist dein Geheimnis?« fragte er mich lachend, während ein scheu aussehendes Zebra mir gerade mit seiner weichen Schnauze aus der hohlen Hand fraß. »Zu mir kommen sie nicht so wie zu dir.«

»Ich weiß es nicht«, sagte ich mit einem kleinen, geheimnisvollen Lächeln, denn Tom hatte das auch immer gefragt. »Ich mag die Tiere, und vielleicht spüren sie das auf irgendeine Weise.« Ich erzählte ihm dann von unserem Hühnerdiebstahl, und wie es mir nicht gelungen war, einen der Farmerhunde von meinen guten Absichten zu überzeugen.

Schließlich wurde es Herbst, und der frische Wind wirbelte die Blätter durch die Luft. Melancholische Gedanken an die Berge und an Großvater überkamen mich jetzt. In einem Brief hatte mir Logan geschrieben, wo Vater Großvater untergebracht hatte, daraufhin schrieb ich ihm einen Brief. Großvater konnte zwar nicht lesen, aber es gab bestimmt jemanden, der ihm den Brief vorlesen würde. Ich fragte mich, ob Fanny ihn wohl jemals besuchte und ob Vater hie und da nach Winnerrow kam, um Fanny und Großvater zu sehen. So viele Fragen gingen mir durch den Kopf, daß ich manchmal wie betäubt umherwandelte, so als wäre ein Teil von mir noch in den Willies, den finsteren Bergen.

Ich pflanzte Tulpen, Narzissen, Iris und Krokusse, wobei Cal mir half, während Kitty im Schatten saß und herumkommandierte. »Ihr müßt es richtig machen. Mach mir bloß nicht meine teuren Tulpenzwiebeln aus Holland kaputt, du Hillbilly-Miststück.«

»Kitty, wenn du sie noch einmal so nennst, dann schmeiße ich dir die ganzen Regenwürmer in den Schoß«, drohte Cal.

Sofort sprang sie auf und verschwand im Haus. Wir sahen uns an und lachten schallend. Mit seiner behandschuhten Hand berührte er mein Gesicht. »Warum hast du keine Angst vor Würmern, Käfern und Spinnen? Sprichst du auch *ihre* Sprache?«

»Nein. Ich mag sie genausowenig wie Kitty, aber ich habe keine Angst vor ihnen.«

»Versprichst du mir, daß du mich an meinem Arbeitsplatz anrufst, wenn es hier sehr schlimm wird? Laß es auf keinen Fall zu, daß sie dir irgend etwas antut – versprichst du mir das?«

Ich nickte, und für einen kurzen Augenblick hielt er mich so fest an sich gedrückt, daß ich das starke Pochen seines Herzens spürte. Ich blickte auf und entdeckte Kitty, wie sie uns hinter einem Vorhang beobachtete. Schnell trat ich zurück und tat so, als hätte er mich wegen einer kleineren Verletzung getröstet.

»Sie sieht uns, Cal.«

»Das ist mir gleichgültig.«

»Aber mir nicht. Ich kann dich zwar anrufen, aber du brauchst eine gewisse Zeit, bis du zu Hause bist – und inzwischen kann sie mir die Haut abziehen.«

Er starrte mich lange an, als hätte er die ganze Zeit über nicht geahnt, daß sie dazu fähig wäre, und würde es jetzt erst begreifen. Er war immer noch betroffen, als wir das Gartenwerkzeug einpackten und hineingingen. Kitty war in einem Stuhl eingeschlafen.

Dann waren da die Nächte. Bald mußte ich mich nicht mehr anstrengen, nichts zu hören, denn Cal diskutierte nicht mehr mit

Kitty; seine Küsse waren nicht mehr leidenschaftlich, sondern nur noch freundliche Küßchen auf die Wange, als begehrte er sie nicht mehr. Ich konnte ihm nachfühlen, wie sich Ohnmacht und Wut in ihm stauten, denn mir ging es ebenso.

Zu Thanksgiving briet ich meinen ersten Truthahn aus dem Supermarkt, und Kitty lud alle ihre »Mädels« ein, um mit ihren Kochkünsten anzugeben. »Ist doch gar nichts«, wiederholte sie mehrmals, als man ihr über das Essen und ihren Haushalt Komplimente machte. »Hab' ja so wenig Zeit, Heaven hilft mir manchmal«, gestand sie großzügig, während ich den Tisch deckte, »aber ihr wißt ja, wie die jungen Mädchen heute sind, faul und nur Jungens im Kopf.«

Weihnachten kam, und ich erhielt schäbige, kleine Geschenke von Kitty und teure von Cal, die er mir heimlich zusteckte. Er und Kitty gingen nun auf viele Partys und ließen mich allein zu Hause vor dem Fernseher. Erst jetzt erfuhr ich, daß Kitty Alkoholprobleme hatte. Ein Drink löste eine Kettenreaktion aus, und sie trank einen nach dem anderen, und oft mußte Cal sie ins Schlafzimmer tragen, sie ausziehen und ins Bett legen, manchmal sogar mit meiner Hilfe.

Es war mir unangenehm, eine hilflose Frau zusammen mit ihrem Mann zu entkleiden, das Eindringen in die Privatsphäre machte mich verlegen. Aber unausgesprochen herrschte eine enge Verbindung zwischen mir und Cal. Er sah mir in die Augen – und ich in seine. Er liebte mich, ich war sicher, daß er mich liebte. Und wenn ich mich nachts in mein Bett kuschelte, wußte ich mich geborgen unter seinem Schutz.

Ende Februar feierten Cal und ich meinen siebzehnten Geburtstag. Ich war nun schon ein Jahr und einen Monat bei ihm und Kitty. Ich wußte, Cal war weder ein richtiger Vater noch ein Onkel, ich hatte überhaupt noch nie einen Mann wie ihn gesehen. Er war jemand, der ebenso wie ich eine Familie brauchte, jemanden, den er lieben konnte, und er fand sich eben mit dem Naheliegendsten zurecht. Nie schimpfte oder kritisierte er mich, nie sprach er ein lautes oder hartes Wort zu mir, wie Kitty das meistens tat.

Cal und ich waren Freunde. Ich wußte auch, daß ich ihn liebte. Er gab mir, was ich noch nie zuvor in meinem Leben gehabt hatte; er liebte mich, er brauchte mich, er verstand mich. Ich wäre für ihn lächelnd in den Tod gegangen.

Er kaufte mir Nylonstrümpfe und Stöckelschuhe als Geburtstagsgeschenk. Wenn Kitty nicht zu Hause war, übte ich, damit zu gehen. Es war so, als würde ich noch einmal das Gehen auf neuen, längeren Beinen lernen. Ich wurde mir auf einmal meiner Beine bewußt, sie gefielen mir außerordentlich, und ich achtete darauf, daß sie von allen bewundert werden konnten. Cal lachte mich aus. Natürlich mußte ich die Schuhe und die Nylonstrümpfe bei all den anderen Sachen im Keller verstecken, wo Kitty nie alleine hinging.

Es wurde schnell Frühling in Atlanta. Weil Cal und ich so viel Arbeit in den Garten investiert hatten, wurde er der schönste in Candlewick. Aber Kitty konnte den Garten gar nicht genießen, weil die Bienen um die Blumen summten, die Ameisen auf dem Boden krochen und winzige Spinnen sich mit ihren hauchdünnen Fäden in ihren Haaren verfingen. Einmal brach sich Kitty fast das Genick, als sie schreiend und kreischend versuchte, eines dieser Tierchen von ihrer Schulter herunterzuwischen.

Kitty fürchtete sich vor dunklen Winkeln, wo sich Spinnen oder Schaben verbergen konnten. Ameisen im Garten versetzten sie in Panik; Ameisen in der Küche führten bei ihr fast zum Herzschlag. Sie schrie selbst, wenn sich nur eine Fliege auf ihren Arm setzte.

Angst vor der Dunkelheit, Angst vor Würmern, Schmutz, Staub, Bakterien, Krankheiten und vor tausend anderen Dingen mehr, die mir entfallen sind – so war Kitty.

Wenn es Kitty zu arg trieb mit all ihren Befehlen und Forderungen, flüchtete ich in mein Zimmer, warf mich aufs Bett und las in einem Buch, das ich aus der Schulbibliothek mitgenommen hatte – und verlor mich ganz in der Welt von »Jane Eyre« oder »Sturmhöhe«. Ich las diese beiden Bücher immer wieder, und schließlich ging ich in die Bibliothek und suchte mir die Biographien der beiden Autorinnen, der Brontë-Schwestern, heraus.

Stück für Stück drängte ich Kittys bunte Tierparade mit meinen geliebten Büchern zurück. Ich hatte die Puppe aus dem Keller geholt und nahm sie jeden Tag aus der untersten Lade meines Kleiderschrankes hervor und sah mir ihr hübsches Gesicht an. Ich war fest entschlossen, eines Tages die Eltern meiner Mutter zu finden.

Manchmal zog ich auch die Kleider meiner Mutter an, aber sie waren alt und der Stoff schon brüchig. Ich beschloß, daß es besser sei, sie in den Schrank zu legen und sie für Boston aufzubewahren.

Tom schrieb mir lange Briefe, und auch Logan schrieb hie und da, aber ohne mir eigentlich irgend etwas Konkretes zu erzählen. Ich schickte immer noch Briefe an Fanny, auch wenn sie mir keinen einzigen beantwortete. Meine Welt war so eng und klein, daß ich das Gefühl hatte, mich von allen Menschen zu entfernen – außer von Cal.

Aber andererseits war mein Leben auch leichter geworden; die Hausarbeit, die mir früher Angst und Schrecken eingejagt hatte, mit all ihren komplizierten Vorrichtungen und Anleitungen, erledigte ich jetzt spielend. Ich hätte ebensogut mit dem Staubtuch in einer Hand und dem Staubsauger in der anderen auf die Welt gekommen sein können. Elektrizität gehörte jetzt schon zu meinem Leben, und ich hatte den Eindruck, daß es immer schon so gewesen sein müsse.

Von Tag zu Tag kam mir Cal immer mehr als mein Retter, mein Freund, mein Begleiter, mein Vertrauter vor. Er war mein Lehrer, mein Vater und mein Kavalier, wenn er mich ins Kino und in Restaurants begleitete; er mußte diese Rolle übernehmen, da meine Schulfreunde es aufgegeben hatten, mich zum Tanz oder ins Kino einzuladen. Wie hätte ich ihn auch alleine lassen können, nachdem er mir einmal sogar gesagt hatte: »Heaven, wenn du mit jemand anderem ins Kino gehst, mit wem soll ich dann gehen? Kitty haßt es, ins Kino zu gehen, sie haßt die Art Restaurants, die ich mag. Bitte laß mich nicht wegen ein paar Jungens sitzen, die dich gar nicht richtig würdigen können... Erlaube mir, dich ins Kino zu führen. Du brauchst sie doch nicht, oder?«

Was für ein schlechtes Gewissen doch diese Frage in mir auslöste, so als würde ich ihn schon betrügen, wenn ich nur daran dachte, einen Jungen zu treffen. Oft redete ich mir ein, daß Logan mir ebenso treu war wie ich ihm. Trotzdem fragte ich mich immer wieder, ob er es wirklich war. Nach einer Weile gab ich es auf, mich überhaupt für Jungens zu interessieren, um sie nicht zu ermutigen und dadurch vielleicht den besten Freund zu verlieren, den ich hatte.

Ich tat alles, um Cal zu gefallen. Ich begleitete ihn, wohin er wollte; ich trug, was er wollte, und frisierte mich so, wie er es gern hatte. Und meine Vorbehalte gegen Kitty wurden immer stärker. Es war ihre eigene Schuld, daß er sich immer mehr mir zuwandte. Er war ein wunderbarer Mensch, aber die brennenden Augen, mit denen er mich manchmal ansah, befremdeten mich und erzeugten Schuldgefühle in mir.

Meine Schulkameradinnen sahen mich auf eine eigenartige Weise an. Wußten sie, daß ich mit Cal ausging? »Hast du einen Freund von einer anderen Schule?« fragte mich meine beste Freundin Florence. »Erzähl mir von ihm. – Läßt du ihn, du weißt schon, läßt du ihn alles machen?«

»Nein«, erwiderte ich erbost. »Außerdem habe ich gar keinen Freund.«

»Hast du wohl! Seh's dir doch an, weil du rot geworden bist!« War ich wirklich rot geworden?

Ich eilte nach Hause, um staubzuwischen und zu saugen, um die vielen Pflanzen zu gießen und die endlosen Pflichten zu erfüllen – und dabei dachte ich die ganze Zeit darüber nach, warum ich wohl rot geworden war. Etwas Aufregendes geschah in meinem Körper, manchmal durchfuhren mich in unerwarteten Momenten lustvolle Schauer. Einmal hatte ich mich, nur mit einem Bikini bekleidet, im Spiegel betrachtet, was mich sexuell erregte. Es ängstigte mich, und ich fühlte mich geradezu schmutzig, weil es mir gefiel, mich halbnackt zu sehen. Nie würde ich wohl so große Brüste wie Kitty haben. Meine Taille hatte nur siebenundfünfzig Zentimeter Umfang, und ich schien auch nicht größer als einssiebzig zu werden. Groß genug! Ich wollte nicht so eine Riesin wie Kitty werden.

Es dauerte Monate bis zu ihrem gefürchteten siebenunddreißigsten Geburtstag. Kitty begann auf den Kalender zu starren. Sie schien ein reiferes Alter als Verdammung aufzufassen und verfiel in Depressionen. Wenn Kitty niedergeschlagen war, mußten Cal und ich ihre Gefühle genau sondieren, oder wir wurden als gefühllos und unsensibel beschimpft. Er war ganz wild vor unerfülltem Verlangen nach ihr, während sie ihn provozierte und dann »Nein, nein, nein!« schrie. »Heute nicht... morgen vielleicht...«

»Sag doch gleich ›nie mehr‹, das meinst du doch eigentlich«, brüllte er. Mit großen Schritten ging er in den Keller und reagierte sich mit seiner elektrischen Säge an irgendeinem Stück Holz ab.

Ich folgte Kitty ins Badezimmer und hoffte, ich könnte mit ihr von Frau zu Frau sprechen, aber sie war gerade damit beschäftigt, sich eingehend im Spiegel zu betrachten. »Ist schrecklich, alt zu werden«, stöhnte sie und besah sich in einem Handspiegel, während rings herum scheinwerferartige Lampen brannten, die jedes noch so winzige Fältchen deutlich zeigten.

»Ich sehe keine Krähenfüße, Mutter«, sagte ich ehrlich. Ich mochte sie viel lieber, wenn sie sich menschlich benahm. Nannte ich sie jetzt auch manchmal Kitty, dann zwang sie mich nicht mehr, mich zu verbessern. Trotzdem war ich auf der Hut und fragte mich, warum sie seit neuestem nicht mehr so viel Respekt von mir verlangte.

»Muß heut früher nach Hause kommen«, murmelte sie vor sich hin und betrachtete sich noch immer unverwandt im Spiegel. »Ist nicht recht, Cal so zu behandeln.« Sie grinste breit, um ihre Zähne und ihr Zahnfleisch zu kontrollieren, und suchte nach grauen Haaren. »Muß mal wieder nach Hause fahren – sollen mich noch mal sehen, solange ich gut ausschaue. Schönheit hält nicht ewig, so wie ich's früher immer gedacht hab'. Als ich so alt wie du war, dacht' ich, ich werd' nie alt. Hab' mich damals nie um Falten gekümmert; und jetzt ist es das einzige, an was ich denken kann.«

»Du bist zu streng mit dir selbst«, sagte ich. Sie tat mir leid. Außerdem fühlte ich mich immer etwas nervös, wenn ich mit ihr allein in einem Raum war. »Ich finde, du siehst gut zehn Jahre jünger aus.«

»*Aber deshalb sehe ich immer noch älter als Cal aus!*« schrie sie verbittert. »Verglichen mit mir, sieht er wie ein Kind aus.«

Es stimmte. Cal sah jünger als Kitty aus.

Später, als wir in der Küche saßen und etwas zu uns nahmen, jammerte Kitty wieder über ihr Alter. »Als ich jünger war, war ich das bestaussehende Mädchen der Stadt, stimmt's Cal?«

»Ja«, stimmte Cal ihr zu und bohrte mit Genuß seine Gabel in einen Apfelkuchen. (Ich studierte eingehend Kochbücher, um ihn mit verschiedenen Desserts, die er gerne mochte, zu verwöhnen.) »Du warst wirklich das schönste Mädchen der Stadt.«

Woher wußte er das? Er hatte sie ja damals noch nicht gekannt.

»Hab' heute ein graues Haar in meinen Augenbrauen entdeckt«, beklagte sich Kitty. »Fühl' mich überhaupt nicht mehr wohl in meiner Haut, überhaupt nicht.«

»Du siehst phantastisch aus, Kitty, einfach phantastisch«, sagte er, ohne sie anzusehen.

Nach ihrem Verhalten zu schließen, war es etwas Furchtbares, älter zu werden, obwohl sie noch nicht vierzig war. Dabei mußte man ehrlich sagen, wenn Kitty sich anzog und herrichtete, sah sie wunderschön aus. Wenn doch nur ihr Verhalten auch ihrem Aussehen entsprochen hätte!

Ich war schon zwei Jahre und zwei Monate bei Kitty und Cal, als sie mir eines Tages verkündete: »Wenn im Juni die Schule zu Ende ist, fahren wir nach Winnerrow.«

Das war eine schöne Überraschung für mich, und meine Vorfreude, Großvater und Fanny wiederzusehen, war groß. Und die Aussicht, die seltsamen, strengen Eltern Kittys kennenzulernen, faszinierte mich ebenso. Sie haßte sie. Sie hatten aus ihr das gemacht, was sie war – trotzdem besuchte sie ihre Eltern immer wieder.

Eines Tages im April kehrte Kitty von einem Einkaufsbummel mit vielen Sachen für mich zurück. Sie hatte drei neue Sommerkleider für mich erstanden, die mir diesmal wie angegossen paßten. Sie erlaubte mir auch, daß ich mir hübsche Schuhe aussuchte: je ein Paar in Rosa, Blau und Weiß – passend zu jedem Kleid!

»Will nicht, daß meine Leute glauben, ich behandle dich nicht richtig. Hab' dir die Sachen so früh gekauft, um noch Auswahl zu haben. Die Läden bieten dir Sommersachen im Winter an, und die Wintersachen bekommst du schon im Sommer; man muß sich mächtig beeilen, oder man bekommt nichts mehr.«

Irgendwie dämpften ihre Worte meine Begeisterung für die schönen Kleider, die wieder nur aus dem Grund gekauft worden waren, um ihren Eltern, von denen Kitty sagte, daß sie sie haßte, etwas zu beweisen.

Einige Tage später nahm Kitty mich zum zweiten Mal in ihren Salon mit und stellte mich ihren neuen »Mädels« als ihre Tochter vor. Sie schien sehr stolz auf mich zu sein. Der Laden war jetzt noch größer und luxuriöser, mit Kristall-Lüstern und indirekter Beleuchtung. Sie beschäftigte Fachkräfte aus Europa, die in kleinen Kabinen Gesichtskosmetik machten und dabei Vergrößerungsgläser verwendeten, mit denen sie auch noch die kleinste Unebenheit im Gesicht ausmachen konnten.

Kitty setzte mich auf einen verstellbaren rosa Sessel. Zum ersten Mal in meinem Leben wurden meine Haare in einem Friseursalon gewaschen, geschnitten und gelegt. Ich saß da, eingehüllt in einen Plastikumhang, und starrte in den großen Spiegel vor mir. Ich hatte schreckliche Angst, daß meine Frisur Kitty nicht gefallen würde. Sie war imstande, die Schere zu nehmen und meine Haare nochmals zu kürzen. Angespannt saß ich da und war bereit, sofort aufzuspringen, falls sie vorhatte, noch mehr abzuschneiden. Alle acht »Mädels« standen um mich herum und bewunderten Kittys Frisierkunst. Sie machte keinerlei Anstalten, das Haar noch mehr zu kürzen, sondern legte es zurecht und schnippelte die Spitzen ab. Als sie fertig war, trat sie einen Schritt zurück und lächelte ihre »Mädels« an.

»Hab' ich euch nicht gesagt, daß meine Tochter eine Schönheit ist? Barbsie, du hast sie doch gesehen, als sie zum ersten Mal hier war – hat sie sich nicht herausgemacht? Sieht man ihr doch an, daß sie gut behandelt worden ist und gut genährt wurde. Sie ist meine eigene Tochter, und Mütter sollten nicht mit ihren Töchtern angeben, aber ich kann nu' mal nicht anders, sie ist einfach zu hübsch – und sie ist mein, mein ganz allein.«

»Kitty«, erkundigte sich die Älteste von ihnen, eine Frau etwa um die Vierzig, »ich wußte nicht, daß du ein Kind hast.«

»Wollt' nicht, daß ihr mich nicht achtet, weil ich so früh geheiratet hab'«, antwortete ihr Kitty mit einem Anflug von Ehrlichkeit. »Sie ist nicht Cals Kind, aber sie sieht ihm doch ähnlich, nicht?«

Nein, ich sah ihm nicht ähnlich.

Ich sah es ihren Mitarbeiterinnen an, daß sie ihr nicht glaubten, aber Kitty bestand darauf, daß ich ihr Kind sei, obwohl sie ihren »Mädels« früher etwas anderes erzählt hatte. Später, als sich die Gelegenheit bot, erzählte ich Cal den Vorfall. Er runzelte die Stirn und sah unglücklich drein.

»Sie verliert den Boden unter den Füßen, Heaven. Sie lebt in einer Traumwelt. Sie macht sich vor, daß du das Kind bist, das sie abgetrieben hat. Es wäre jetzt etwas älter als du. Vermeide alles, was ihren Zorn erregen könnte, denn bei ihr weiß man wahrhaftig nicht, was sie in der nächsten Sekunde tun wird.«

Wie eine Zeitbombe mit einer sehr langen Zündschnur...

Alles, was ich zu tun hatte, war ein Streichholz daran zu halten.

Damals aber, als Kitty sich um mein Aussehen kümmerte, war ich so kindisch, mich zu freuen und ihr dankbar zu sein, wie immer, wenn sie nur die kleinste Kleinigkeit für mich tat. Wenn sie mir einen Gefallen tat, dann hütete ich die Erinnerung daran wie kostbare Juwelen.

Ich wachte in der Früh mit einer, wie mir schien, tollen Idee auf. Ich würde Kitty eine Überraschung bereiten, vielleicht auch, um den immer größer werdenden Groll, den ich gegen sie hegte, zu verbergen. Jetzt, da sie mich weniger quälte, fürchtete ich mich noch mehr vor ihr. Es lag etwas Unheimliches in ihren blassen und seltsamen Augen.

An dem Tag, an dem das Frühlingsfest für Kitty steigen sollte, rief Cal frühmorgens an. »Ist es nicht zu viel Arbeit? Außerdem können wir es eigentlich nicht vor ihr geheimhalten«, sagte er leicht gereizt. »Im übrigen mag sie keine Überraschung. Ich muß es ihr sagen. Wenn sie nach Hause kommt und ein Haar nicht richtig sitzt oder der Nagellack gesprungen ist, wird sie weder dir noch mir verzeihen. Sie muß wie aus dem Ei gepellt aussehen, ihre besten Kleider anziehen und ihre Haare richten lassen – also mach alles sauber im Haushalt, dann kann sie damit angeben und freut sich vielleicht darüber.«

Auf der Gästeliste, die Cal aufgestellt hatte, standen Kittys Mitarbeiterinnen mit ihren Männern, ihre Schüler aus dem Töpferkurs und deren Partner. Er hatte mir sogar hundert Dollar gegeben, daß ich selbst ein Geschenk für Kitty aussuchen konnte. Ich wählte eine pinkfarbene Handtasche für fünfundsechzig Dollar. Von dem Rest kaufte ich Party-Dekoration. Geldverschwendung würde Kitty dazu sagen, aber ich ging das Risiko ein, ihren Zorn zu provozieren.

Am Nachmittag vor unserer Party, die wir als eine Art Abschlußfest für Kittys Schüler und Schülerinnen deklarieren wollten, rief mich Cal wieder an. »Heaven, mach dir nicht die Arbeit, selbst etwas zu backen. Ich werde eine Torte beim Bäcker kaufen, das ist einfacher.«

»Nein«, warf ich hastig ein. »Fertige Torten schmecken nur halb so gut wie selbstgemachte; außerdem weißt du ja, daß sie immer von den Torten ihrer Mutter erzählt und wie schwer es sei, eine Torte richtig hinzukriegen. Sie lacht mich immer wegen meiner Kochkünste aus; wenn ich jetzt selbst backe, dann beweise ich ihr doch etwas, nicht wahr? Übrigens habe ich auch schon eine fertig. Du wirst deinen Augen nicht trauen, wenn du alle die niedlichen rosa Rosen mit den winzigen grünen Blättern dran siehst, womit ich die Torte geschmückt habe. Ich muß selber gestehen, daß es das schönste Backwerk ist, das ich je gesehen habe.« Ich seufzte, denn ich hatte noch nie ein eigenes Fest gehabt; in den Willies war das nicht üblich gewesen. Wir feierten unsere Geburtstage damals, indem wir unsere Nasen an den Auslagen plattdrückten, um die Torten zu bewundern, die wahrscheinlich aus Pappe hergestellt waren. Wieder seufzte ich und sah meine schöne Torte an. »Hoffentlich schmeckt sie genauso gut, wie sie aussieht.«

Er lachte und versicherte mir, daß sie bestimmt köstlich schmecken werde. Dann legten wir beide auf.

Die Party sollte um acht Uhr anfangen. Cal und auch Kitty würden in der Stadt essen. Sie sollte dann schnell nach Hause kommen, um sich für ihre »Überraschungsparty« umzuziehen.

In meinem Zimmer setzte ich die Puppenbraut auf mein Bett, damit sie mir zusehen konnte, wie ich mich umzog. Ich schlüpfte in ein wunderschönes, kornblumenblaues Georgette-Kleid. Die Puppe, stellte für mich meine Mutter dar; durch die Glasaugen blickte meine Mutter mich an, voller Liebe, Bewunderung und Verständnis. Ich bemerkte, daß ich zu meiner Puppe sprach, während ich mir die Haare bürstete und mich auf eine erwachsenere Art frisierte. Das Kleid sowie die hübschen Schuhe und Strümpfe waren ein Geburtstagsgeschenk von Cal gewesen.

Um sechs Uhr war ich fertig. Ich kam mir dumm vor, daß ich es wie ein aufgeregtes Kind nicht erwarten konnte, die neuen Sachen anzuziehen. Ich sah noch einmal nach, ob alles in Ordnung war. Ich hatte Papierschlangen an den Lüster im Eßzimmer gehängt, und Cal hatte ihn mit Luftballons dekoriert. Das Haus sah sehr festlich aus; es war ermüdend, nur herumzusitzen und auf die Gäste zu warten. Ich ging wieder in mein Zimmer und starrte aus dem Fenster. Es wurde rasch dunkel draußen, da sich Sturmwolken zusammengeballt hatten, die den Himmel schwärzten. Ein leiser Regen fiel. Wenn es regnete, wurde ich immer schläfrig. Vorsichtig legte ich mich auf mein Bett, breitete aber zuvor meinen Rock aus, damit er nicht zerknitterte. Dann drückte ich meine Puppenbraut ans Herz, und bald träumte ich von meiner Mutter.

Sie und ich liefen auf den Bergwiesen; sie mit ihrem glänzenden, hellen Haar und ich mit meinen langen dunklen Locken – dann hatte sie meine und ich ihre Haare, und ich wußte nicht mehr, wer ich war. Wir lachten leise, wie man es im Traum tut... Und dann erstarrten wir in einer Bewegung...

Ich wachte schlagartig auf. Zuerst blickte ich erstaunt in die Glubschaugen eines grünen Frosches, der zu einem Blumentopf umgewandelt worden war. Was hatte mich aufgeweckt? Ohne den Kopf zu heben, sah ich mich um. War es der Goldfisch gewesen? Oder der Elefanten-Tisch, der nicht ganz so perfekt gelungen war, wie die, die unten im Erdgeschoß standen? Alle Töpferarbeiten Kittys, die nicht so gut waren, daß sie verkauft werden konnten, und die keiner sehen durfte, landeten in meinem Zimmer. Warum glotzten mich alle so aus starren Glasaugen an?

Der Donner grollte. Im gleichen Augenblick wurde das Zimmer von einem Blitz erhellt. Ich drückte meine Puppe fester an mich.

Der Himmel öffnete sich, und was da herunterkam, war alles andere als ein erfrischender Sommerregen. Ich setzte mich auf und spähte durch das Fenster, an dem das Wasser eimerweise herunterlief; die Straße unten war überschwemmt, man konnte die Häuser kaum erkennen, sie schienen weit weg zu sein, wie aus einer anderen Welt. Wieder kuschelte ich mich ins Bett, ohne auf mein schönes Georgette-Kleid zu achten. Mit meiner »Mutter«-Puppe im Arm schlief ich wieder ein.

Der Regen trommelte so laut ans Fenster, daß alle anderen Geräusche übertönt wurden. Der krachende Donner verursachte einen so ohrenbetäubenden Lärm wie Riesen in Irvings Sage von Rip van Winkle, die ihre Kugeln alle gleichzeitig rollen ließen, daß sie dröhnend aufeinanderprallten und fürchterliche Blitze abgaben, die alle paar Sekunden durch die Dunkelheit zuckten. Wie ein Regisseur baute ich alle Geräusche der Außenwelt in meine Traumszenen ein.

In einem nebeldurchwallten Traum, schöner, als es die Wirklichkeit je sein könnte, schwebten Logan und ich durch einen Wald voller grüner Schatten. Er war älter geworden, ich auch – und es lag eine knisternde Spannung zwischen uns, eine Erregung, die mein Herz immer lauter und heftiger pochen ließ...

Aus der Dunkelheit ragte eine Gestalt heraus; sie war nicht in Weiß gekleidet, sondern in einem grellen Pink. Kitty! Ich setzte mich auf und rieb mir die Augen.

»Na...«, sagte Kitty mit gedehnter, tonloser Stimme, als der Donner gerade für einen Augenblick aufgehört hatte, »schau mal einer an, was macht denn das Hillbilly-Flittchen? Hat sich fein rausgeputzt und lungert auf dem Bett herum.«

Was hatte ich den Schlimmes getan, daß Kitty nun wie ein Racheengel Gottes kurz vor dem Weltuntergang vor mir stand?

»Hörst du mich, du Miststück?«

Diesmal zuckte ich zusammen, als hätte man mich geschlagen. Wie konnte sie so gemein sein, wo ich mich den ganzen Tag mit Vorbereitungen für ihre Party abgerackert hatte? Genug! Ich hatte genug! Ich war es leid, mit Schimpfworten überschüttet zu werden, ich hatte es endgültig satt. Ich wollte mich diesmal nicht mehr einschüchtern lassen. Ich war kein Flittchen und schon gar kein Miststück!

Mein Zorn gegen sie flammte auf wie ein Riesenfeuer, vielleicht weil sie mich so haßerfüllt anstarrte. Es erinnerte mich an die unzähligen Male, an denen sie mich ungerechterweise geschlagen hatte.

»Ja, ich hör' dich schon, du mit deiner großen Klappe!«

»*Was* sagst du da?«

»Ich sagte, du mit deiner großen Klappe!«

»*Was?*« kam es lauter, fordernder.

»Kitty mit der großen Klappe. Kitty, die ihren Mann jede Nacht so laut anfährt, daß es durch die Wände hallt.«

Aber sie hörte mir überhaupt nicht zu. Was ich in der Hand hielt, nahm ihre ganze Aufmerksamkeit gefangen. »Was hast'n da im Arm? Hab' dich erwischt, was? Liegst auf der Seite, wie ich's dir schon tausendmal verboten hab'.«

Sie riß mir die Puppe aus den Armen, knipste schnell alle Lichter im Zimmer an und starrte auf die Puppe. Mit einem Satz stürzte ich aus dem Bett, um meine Puppe zu retten.

»*Sie* ist's! *Sie!*« gellte Kittys Stimme, und dabei schleuderte sie mein ein und alles, mein unersetzliches Erbe gegen die Wand. »Lukes verdammter Engel!«

Ich eilte zu meiner Puppe, dabei stolperte ich fast; ich hatte ganz vergessen, daß ich Sandalen mit hohen Absätzen trug. Gott sei Dank, es war ihr nichts geschehen, nur der Brautschleier war verrutscht.

»Gibt das *Ding* her!« befahl Kitty und schritt auf mich zu, um mir die Puppe zu entreißen. Beim Anblick meines Kleides hielt sie jedoch wieder inne, und ihre Augen wanderten argwöhnisch über meine Nylonstrümpfe und meine Silbersandalen. »Wo haste das Kleid und die Schuhe her?«

»Ich dekoriere Torten und verkauf' sie den Nachbarn, zwanzig Dollar das Stück«, log ich, wütend und empört darüber, daß sie meine Puppe gegen die Wand geschleudert hatte, um mir das Wertvollste auf der Welt zu zerstören.

»Lüg mich nicht an, und red nicht so blöd daher! Und gib mir sofort die Puppe.«

»*Nein!* Du bekommst sie nicht.«

Sie starrte mich entgeistert an; die Tatsache, daß ich es gewagt hatte, ihr zu widersprechen, verdutzte sie. »Du kannst nicht ungestraft nein zu mir sagen, du Hillbilly-Miststück«, sagte sie mit ihrer unerbittlichen Stimme.

»Ich sage aber nein, Kitty, und ich meine es auch so. Du kannst mich nicht länger herumkommandieren. Ich habe keine Angst mehr vor dir. Ich bin älter, größer, stärker und widerstandsfähiger geworden. Ich bin nicht mehr unterernährt, ja das habe ich dir zu verdanken, aber wage es nicht, jemals Hand an die Puppe zu legen.«

»Was würdest du denn tun, wenn ich's doch täte?« fragte sie mich in einem bedrohlichen Ton. Die Grausamkeit in ihren Augen lähmte mich, so daß ich kein Wort herausbrachte. Sie hatte sich in der ganzen Zeit nicht geändert. Ich hatte mich getäuscht und geglaubt, daß ich nun in Frieden leben könne, dabei hatte sie Haß gegen mich aufgestaut. Jetzt sprühte er aus ihren harten, stechenden Augen.

»Was ist denn los mit dir, Hillbilly-Miststück, hast du keine Ohren?«

»Ja, hör' dich schon.«

»Was sagst du da?«

»Ich sagte ja, ich hör' dich, Kitty.«

»*Was?*« Noch lauter, noch fordernder.

Ich war nicht mehr bereit, demütig und hilflos zu bleiben, sondern hob kampflustig den Kopf, stolz und zornentbrannt: »*Du* bist nicht meine Mutter, Kitty Setterton Dennison! Also muß ich dich auch nicht Mutter nennen. Kitty genügt. Ich habe mich lange Zeit angestrengt, dich zu lieben, und all die gemeinen Dinge, die du mir angetan hast, zu vergessen. Aber jetzt ist es vorbei. Ich war dumm genug, eine Party für dich zu arrangieren, um dir eine Freude zu machen und dir die Gelegenheit zu geben, all das schöne Geschirr und das Kristall vorzuzeigen ... Aber du bist unfähig, dich wie eine Mutter zu verhalten. Ich weiß, daß mir jetzt häßliche und schlimme Zeiten bevorstehen. Das sehe ich an dem bösen Glanz deiner wäßrigen Augen. Kein Wunder, daß der liebe Gott dir keine Kinder geschenkt hat, Kitty Dennison. Er wußte schon, warum.«

Es zuckte in Kittys totenbleichem Gesicht. Sie stieß die Worte jetzt keuchend hervor. »Wollt' mich für meine Party umziehen – und was finde ich hier vor? Ein verlogenes, heimtückisches, schmutziges, undankbares Stück Hillbilly-Dreck.«

»Ich bin dir dankbar, für alles Gute, was du mir getan hast. Aber wenn du mich schlägst, zerstörst du selbst meine guten Gefühle für dich. Du versuchst, das kaputtzumachen, was mir gehört, während ich deine Sachen hüte und pflege. Du hast mir schon so viel Böses angetan, daß es für ein ganzes Leben reicht, Kitty Dennison! Dabei habe ich nichts angestellt, womit ich diese Strafen verdient hätte. Jeder schläft auf der Seite, auf seinem Bauch – und kein Mensch betrachtet es als eine Sünde, nur du. Wer hat dir denn die richtige Schlafstellung gesagt? Der liebe Gott?«

»*Du redest nicht so mit mir, solange du in meinem Haus bist!*« kreischte Kitty, grün vor Wut. »Hab' dich gesehen, hast meine Gebote mißachtet. Du weißt doch, daß du nicht auf der Seite liegen sollst mit etwas im Arm… Und du hast es doch getan.«

»Und was ist so schlimm daran, wenn ich auf der Seite schlafe? Sag mir's doch! Es muß wohl irgend etwas sein, das mit deiner Jugend zusammenhängt und mit dem, was man dir angetan hat!« Meine Stimme klang jetzt ebenso hart und aggressiv wie ihre.

»Klugscheißerin, was?« gab sie mir zurück. »Glaubst wohl, du bist besser als ich, weil du lauter Einser in der Schule kriegst. Geb' mein gutes Geld für dich aus, und was ist der Dank? Was hast du denn eigentlich vor? Hast ja keine besonderen Talente. Kannst nicht kochen. Verstehst nichts vom Haushalt und kannst nichts hübsch herrichten – aber du denkst, du bist besser als ich, weil ich nur sieben Klassen gemacht hab'. Hat Cal dir wohl erzählt, was?«

»Cal hat mir nichts erzählt. Wenn du die Schule nicht zu Ende gemacht hast, dann bestimmt, weil du es nicht erwarten konntest, mit einem Mann zu schlafen und mit dem erstbesten, der dich heiraten wollte, abzuhauen – wie *alle* Hillbilly-Miststücke. Auch wenn du in Winnerrow aufgewachsen bist, so bist du selbst keinen Deut besser als jedes gewöhnliche, lumpige Hillbilly-Flittchen.«

»*Das hat dir Cal gesagt! Ich weiß es!*« kreischte sie schrill. »Du hast also mit meinem Mann über mich geredet, hast ihm Lügen aufgetischt, hast es so eingerichtet, daß er mich nicht mehr wie früher liebt.«

»Wir sprechen überhaupt nicht über dich. Das wäre viel zu langweilig. Wir tun so, als gäbe es dich überhaupt nicht.«

Dann goß ich noch mehr Öl ins Feuer; wenn ich schon die Flamme entfacht hatte, dachte ich mir, dann konnte ich ebensogut das ganze verrottete Holz entzünden, das ich für den richtigen Tag aufbewahrt hatte. Kein einziges böses Wort, keine Ohrfeige, keine blutige Nase und kein blaues Auge hatte ich vergessen... Es hatte sich alles lange aufgestaut, um jetzt in die Luft zu gehen.

»Kitty, ich werde dich nie wieder Mutter nennen, weil du nie meine Mutter gewesen bist und es nie sein wirst. Du bist Kitty, die Friseuse. Kitty, die sich als Lehrerin für Töpferkurse ausgibt.« Ich drehte mich auf meinem Absatz herum und zeigte auf die Wandschränke. Dann fing ich zu lachen an, als würde ich mich amüsieren.

»Hinter diesen verschlossenen Schranktüren hast du vorgefertigte Musterstücke versteckt, Kitty, und lauter *gekaufte* Modeln! Die Tiere sind gar nicht deine Werke! Du kaufst die Modeln, und dann drückst du nur den Ton hinein – und gibst es dann als eigene Schöpfung aus. Das ist Betrug. Du kannst dafür belangt werden.«

Kitty wurde unheimlich still.

Das hätte eine Warnung für mich sein sollen, den Mund zu halten, aber ich hatte jahrelang alle Erniedrigungen hinunterschlucken müssen, und nun spuckte ich alles wieder aus, so als wäre Kitty der Stellvertreter von Vater und allen anderen gewesen, die versucht hatten, mir mein Leben zu zerstören.

Kitty lächelte. Es hätte nicht süßer sein können.

»Was verstehst denn *du* schon von Kunst, Hillbilly-Flittchen. *Ich* hab' Modeln gemacht und verkaufe sie an gute Kunden von mir. Ich verschließe sie, damit solche Spione wie du sie nicht zu Gesicht bekommen.«

Es war mir jetzt alles gleichgültig.

Um meine Stärke und Entschlossenheit zu demonstrieren, stopfte ich meine Puppe weit unter das Bett, ließ mich absichtlich auf mein Bett fallen und rollte mich zusammen. Ich nahm ein Kissen und preßte es an mich. Plötzlich wußte ich es – ich wäre vorher nie darauf gekommen –, was Kitty so schrecklich Sündhaftes vermutete. Die Mädchen in der Schule sprachen manchmal darüber, wie man sich selbst befriedigen konnte. Idiotischerweise warf ich ein Bein über das Kissen und begann, mich daran zu wetzen.

Das tat ich keine zwei Sekunden.

Schon packten mich starke Hände unter den Achseln und zerrten mich aus dem Bett. Schreiend versuchte ich, mich aus Kittys eisernem Griff zu lösen. Ich wand mich hin und her, wollte ihr Gesicht zerkratzen oder sonst irgend etwas anstellen, um sie dazu zu zwingen, mich loszulassen. Ich war wie ein Kätzchen, das verzweifelt versuchte, den erbarmungslosen Krallen der Tigerin zu entkommen. Ich wurde die Treppen hinunter ins Eßzimmer geschleift, das ich heute morgen so liebevoll geschmückt hatte. Sie hob mich hoch und ließ mich auf einen Glastisch fallen.

»Das gibt Fingerabdrücke auf der sauberen Glasplatte«, bemerkte ich voller Sarkasmus und mit dem Mut der Verzweiflung angesichts meiner Todfeindin. »Deine Glastische mache ich dir nie wieder sauber. Ich koche auch nicht mehr für dich. Ich putze dein dummes Haus mit den kitschigen Tieren nicht mehr.«

»Halt's Maul!«

»Ich denk' nicht dran! Diesmal sage ich alles, was ich zu sagen habe. Ich hasse dich, Kitty Dennison! Dabei hätte ich dich lieben können, wenn du mir auch nur die geringste Chance gegeben hättest. Ich hasse dich wegen allem, was du mir angetan hast! Du gibst niemandem eine Chance, nicht einmal deinem Mann. Wenn dich jemand liebt, dann fügst du ihm so lange etwas Böses zu, bis er erkennt, wie du wirklich bist – nämlich geisteskrank!«

»Halt's Maul.« Wie ruhig es diesmal klang. »Bleib auf dem Tisch sitzen. Rühr dich nicht. Wenn ich zurückkomm', bist du noch an genau der gleichen Stelle.«

Kitty verschwand.

Jetzt hätte ich fliehen können, einfach aus der Tür hinauslaufen und dem Candlewick-Haus auf Wiedersehen sagen. Auf der Schnellstraße könnte mich einer mitnehmen. Aber an diesem Morgen war ein furchterregendes Bild in allen Zeitungen gewesen; zwei vergewaltigte und ermordete Mädchen am Rande der Autobahn.

Heftig schluckend saß ich wie angewurzelt auf der Glasplatte, unfähig, einen Entschluß zu fassen. Zu spät bereute ich, was ich gesagt hatte. Andererseits wollte ich auch kein Feigling sein und einfach davonlaufen. Ich würde hier sitzen bleiben und Kitty zeigen, daß ich mich vor nichts fürchtete. Was konnte sie mir jetzt noch Schlimmes antun?

Kitty kam ohne Peitsche, Stock oder Desinfektionsmittel, das sie mir ins Gesicht hätte schütten können, zurück. Sie hatte lediglich eine Streichholzschachtel in der Hand.

»Werd' nach Hause fahren, nach Winnerrow zu Besuch«, sagte Kitty mit einer unheimlich monotonen Stimme. »Wir gehen hin, damit du deine Schwester Fanny und deinen Großvater sehen kannst. Und ich werd' meine Schwester Maisie und meinen Bruder Danny besuchen. Möcht' mal wieder zu meinem Ursprung zurück und meinen Schwur erneuern, daß ich niemals so werden will wie sie. Will angeben mit dir. Will nicht, daß du häßlich aussiehst, als würd' ich dich vernachlässigen. Bist hübscher geworden, als ich gedacht hätt'. Die Hillbilly-Dreckskerle werden hinter dir her sein. Also werde ich dich vor dem Bösen in dir retten. Ab heute wirst du mir nicht mehr widersprechen. Nie mehr. Wenn du erfahren willst, wo deine kleine Schwester Unsere-Jane ist und was mit Keith geschehen ist, dann tust du gefälligst, was ich dir sag'.«

»Du weißt, wo sie sind? Wirklich?« fragte ich aufgeregt und hatte die zornigen Worte, die ich Kitty eben entgegengeschleudert hatte, fast vergessen.

»Weiß der Himmel denn nicht, wo die Sonne steht? Weiß'n Baum nicht, wohin er seine Wurzeln pflanzen soll? Natürlich weiß ich es. In Winnerrow gibt's keine Geheimnisse, nicht wenn man dazugehört… Und sie meinen, ich bin eine von ihnen.«

»Kitty, wo sind sie, bitte sag es mir! Ich muß sie finden, bevor Unsere-Jane und Keith mich vergessen haben. Bitte sag es mir! Bitte! Ich weiß, daß ich gerade eben gemein zu dir gewesen bin, aber du warst es auch. Bitte, Kitty.«

»Bitte, was?«

O mein Gott!

Ich wollte es nicht sagen. Ich rutschte auf der glatten Tischfläche hin und her, und hielt die Kanten so fest umklammert, daß ich mich geschnitten hätte, wenn das Glas nicht facettiert gewesen wäre.

»Du bist nicht meine Mutter.«

»Sag es.«

»Meine richtige Mutter ist tot, und Sarah ist schon seit Jahren meine Stiefmutter...«

»Sag es.«

»Es tut mir leid... Mutter.«

»Und was noch?«

»Wirst du mir alles über Unsere-Jane und Keith erzählen?«

»Sag es.«

»Es tut mir leid, daß ich dir so viele häßliche Dinge gesagt habe... Mutter.«

»Entschuldigung genügt nicht.«

»Was soll ich noch sagen?«

»Da gibt's nichts zu sagen. *Nicht mehr.* Ich hab' dich dabei erwischt. Hab' gehört, was du mir an den Kopf geschleudert hast. Hast mich 'ne Betrügerin genannt. Hast mich 'n Hillbilly-Miststück genannt. Wußt's immer schon, daß du dich eines Tages gegen mich wenden würdest, in dem Augenblick, wenn ich dir den Rücken zudrehen würd'. Mußtest wohl auf der Seite liegen und mit dem Hintern herumwackeln, um dich zu vergnügen, was? Dann hast mich noch mal beleidigen müssen... Nu' muß ich sehen, daß ich dir das Böse austreiben kann.«

»Wirst du mir dann sagen, wo Unsere-Jane und Keith sind?«

»Wenn ich fertig bin und dich gerettet hab' – dann vielleicht.«

»Mutter, warum zündest du ein Streichholz an? Es ist doch nicht mehr dunkel. Wir brauchen die Kerzen erst, wenn es richtig Nacht ist.«

»Hol die Puppe.«

»Warum?« schrie ich verzweifelt.

»Frag nicht, warum. Tu, was ich dir sag'.«

»Wirst du mir dann von Keith und Unserer-Jane erzählen?«

»Alles. Alles, was ich weiß.«

Sie hatte eines der langen Streichhölzer angezündet. »Bevor ich mir die Finger verbrenne, holst du sofort die Puppe.«

Ich eilte in mein Zimmer. Weinend holte ich die Puppe unter meinem Bett hervor, die Puppe, die meine tote Mutter verkörperte, meine junge Mutter, deren Gesicht ich geerbt hatte. »Sei nicht böse, Mutter«, sagte ich unter Tränen und bedeckte ihr kleines, hartes Gesicht mit Küssen. Dann lief ich wieder hinunter. Bevor ich ganz unten war, stolperte ich über zwei Stufen und fiel hin. Hastig rappelte ich mich hoch und hinkte zu Kitty. Mein Knöchel tat so weh, daß ich am liebsten geschrien hätte.

Kitty stand in der Nähe des Kamins. »Leg sie da drauf«, befahl sie kalt und zeigte auf den Kaminbock mit dem Rost. Holzscheite lagen aufgeschichtet, die Cal nur als Dekoration gedacht hatte; Kitty mochte den Rauch des Kaminfeuers nicht, der ihr ganzes sauberes Haus »verstunken« hätte.

»Bitte, verbrenne sie nicht, Ki-, Mutter.«

»Zu spät, um das Böse, das du getan hast, wieder rückgängig zu machen.«

»Bitte, Mutter. Es tut mir leid. Bitte, tu der Puppe nichts. Ich habe kein einziges Photo von meiner Mutter. Ich habe sie nie gesehen. Dies ist alles, was ich von ihr habe.«

»Lügnerin!«

»Mutter… *Sie* konnte nichts dafür, was Vater dir angetan hat. Sie ist tot – du lebst. Du bist letztlich die Siegerin. Du hast Cal geheiratet; er ist zehnmal besser, als mein Vater es ist oder je sein wird.«

»Tu dieses widerliche Ding da drauf!« befahl sie.

Ich trat einen Schritt zurück, und sie näherte sich mir bedrohlich. »Wenn du jemals erfahren willst, wo Keith und Unsere-Jane sind, dann mußt du mir diese hassenswerte Puppe freiwillig geben. Laß mich die Puppe nicht mit Gewalt nehmen – sonst findest du deine kleinen Geschwister nie wieder.«

Freiwillig.

Für Keith.

Für Unsere-Jane.

Ich gab ihr die Puppe.

Ich sah zu, wie Kitty meine geliebte Puppe auf den Rost schmiß. Tränen liefen mir die Wangen hinab, während ich auf die Knie fiel und mit gesenktem Kopf ein stummes Gebet sprach… so als läge meine Mutter selbst auf dem Scheiterhaufen.

Entsetzt sah ich, wie das zarte Spitzenkleid mit den Perlen und Kristallkügelchen sofort zu brennen anfing und das silberblonde Haar in Flammen aufging; die Haut, die so lebensecht ausgesehen hatte, schmolz; zwei kleine Flammenzungen vernichteten die langen, dunklen und gebogenen Wimpern.

»Hör zu, Miststück«, sagte Kitty, als alles vorüber und meine unersetzliche Puppe zu Asche verbrannt war. »Erzähl Cal kein Wort davon. Lächle und sei fröhlich, wenn meine Gäste kommen. Hör auf zu heulen! Es war nur eine Puppe, nur eine Puppe!«

Aber dieser Haufen Asche war für mich meine Mutter gewesen, mein Weg in eine Zukunft, den eigentlich sie hätte gehen sollen. Wie konnte ich jetzt beweisen, wer ich war, wie nur, wie?

Ich konnte mich nicht zurückhalten und griff in die heiße Asche und nahm eine übriggebliebene Kristallperle, die den Flammen entgangen war. Wie eine Träne glitzerte sie in meiner Hand. Eine Träne meiner Mutter. »Ich hasse dich, Kitty, weil du das gemacht hast!« schluchzte ich. »Das war nicht nötig! Ich hasse dich so sehr, daß ich mir wünsche, daß *du* verbrannt wärst!«

Sie schlug mich! Hart, brutal, immer und immer wieder, bis ich auf dem Boden lag, und immer noch schlug sie mir ins Gesicht und boxte mich mit ihren Fäusten in den Magen … Dann wurde ich ohnmächtig.

16. KAPITEL

EIN SONDERBARER VORFALL

Kurz nachdem die Party vorbei war und Kittys Freunde gegangen waren, fand mich Cal in meinem Zimmer. Ich lag mit dem Gesicht auf dem Boden. Er stand im Türrahmen, das Licht im Gang zeichnete die scharfen Umrisse seiner Silhouette ab. Ich lag regungslos, alles tat mir weh. Mein schönes, neues Kleid war schmutzig und zerrissen. Ich sah ihn zwar, aber ich blieb liegen und weinte. Ich mußte anscheinend immer über etwas weinen, etwas, was ich verloren hatte: meinen Stolz, meine Brüder und Schwestern, meine Mutter und – ihre Puppe.

»Was ist los?« fragte Cal und trat ins Zimmer. Er kniete sich neben mich. »Wo warst du denn die ganze Zeit? Was ist passiert?«

Ich weinte nur.

»Heaven, Liebes, du mußt es mir sagen! Ich wollte die Party schon früher verlassen, aber Kitty hing wie eine Klette an mir. Sie erzählte mir dauernd, daß du dich nicht wohl fühltest und Krämpfe hättest. Warum liegst du hier auf dem Boden?« Er drehte mich sanft um und blickte liebevoll in mein geschwollenes, verschmiertes Gesicht; dann erst bemerkte er mein zerrissenes Kleid und die kaputten Strümpfe, die voller Laufmaschen waren. Sein Gesicht verdunkelte sich vor Zorn, so daß ich erschrak. »Mein Gott!« rief er und ballte die Fäuste. »Ich hätte es wissen müssen! Sie hat dir wieder weh getan, und ich habe dich nicht vor ihr beschützt! Deshalb war sie heute abend so besitzergreifend! Erzähl mir, was geschehen ist«, bat er und nahm mich in seine Arme.

»Geh weg«, schluchzte ich. »Laß mich allein. Es wird schon wieder gut. Ich bin nicht verletzt…«

Ich suchte nach den richtigen Worten, um seine Besorgnis um mich und auch um meinen elenden Zustand, für den ich mich mittlerweile selbst verantwortlich fühlte, zu mildern. Vielleicht war ich tatsächlich ein Miststück und ein Flittchen und hatte Kittys Strafe zu Recht verdient. Es war alles meine Schuld gewesen. Vater hatte mich nicht geliebt. Und wenn mich nicht einmal der eigene Vater lieben konnte, wer dann? *Niemand.* Ich war hoffnungslos verloren, allein… Niemals würde jemand Zuneigung für mich empfinden und mich wirklich lieben.

»Nein, ich werde nicht weggehen.« Sanft berührte er meine Haare, und seine Lippen wanderten über mein aufgedunsenes Gesicht. Er ahnte nichts von den Schlägen und meinte wohl, mein Gesicht sähe so aus, weil ich so viel geweint hatte. Er blieb im Dunkeln, und ich konnte ihn nicht gut sehen. Er glaubte, seine Küsse könnten die Schmerzen lindern – und sie taten es wirklich ein wenig. »Tut es sehr weh?« fragte er mitfühlend. Er sah traurig aus und blickte mich liebevoll an.

Mit seinen Fingerspitzen strich er mir zart über die aufgequollenen Lider. »Du siehst wunderschön aus, wenn du so in meinen Armen liegst und der Mond auf dein Gesicht scheint. Halb Frau, halb Kind, älter als sechzehn, aber doch noch so jung, verletzlich und unberührt.«

»Cal… Liebst du sie noch?«

»Wen?«

»Kitty.«

Er schien verdattert. »Kitty? Ich will nicht über Kitty reden. Sondern über dich. Und mich.«

»Wo ist Kitty?«

»Ihre Freundinnen«, begann er mit spöttischer Stimme, »haben beschlossen, daß Kitty etwas Besonderes verdient.« Er hielt kurz inne und lächelte voller Ironie. »Sie sind alle zu einer Männer-Strip-tease-Show gegangen und haben mich zurückgelassen, um auf dich aufzupassen.«

»Als ob ich ein Baby wär'…«

Lange blickte ich ihn an, während mir die Tränen die Wangen herunterliefen. Sein Lächeln wirkte jetzt verkrampft und zynisch. »Ich bin lieber bei dir als sonst irgendwo auf der Welt. Heute, unter all diesen Menschen, die tranken, aßen und über läppische Witze lachten, ist mir zum ersten Mal etwas aufgegangen; ich fühlte mich einsam ohne dich.« Seine Stimme klang jetzt tiefer. »Als du zu uns kamst, das muß ich fairerweise sagen, da wollte ich dich nicht. Ich wollte keine Vaterrolle übernehmen. Aber jetzt habe ich große Angst, daß Kitty dir etwas Furchtbares antun wird. Ich bin, sooft ich konnte, zu Hause gewesen. Aber ich habe dich vor nichts bewahren können. Erzähl mir, was sie dir heute angetan hat.«

Ich hätte ihm alles sagen und erreichen können, daß er sie hassen mußte. Aber ich fürchtete mich; nicht nur vor Kitty, sondern auch vor ihm, einem erwachsenen Mann, der sich in diesem Augenblick in eine Siebzehnjährige verliebt zu haben schien. Erschöpft und kraftlos lag ich in seinen Armen und lauschte seinem Herzschlag.

»Heaven, sie hat dich geschlagen, nicht wahr? Sie hat dich in einem neuen, teuren Kleid gesehen und versucht, es dir herunterzureißen, stimmt doch?« fragte er aufgeregt. Ich war so in meine Gedanken versunken, daß ich nicht bemerkte, wie er meine Hand an seine Brust preßte. Unter seinem Hemd spürte ich das regelmäßige Pochen seines Herzens. Ich wollte ihm klarmachen, daß ich ja sozusagen seine Tochter war. Niemand hatte mich je so liebevoll angesehen wie er – und ich hatte mich so lange nach Liebe gesehnt. Warum fürchtete ich mich vor ihm?

Er tröstete mich, aber zugleich jagte er mir Angst ein; ich fühlte mich wohl in seiner Gegenwart, aber zugleich hatte ich ein schlechtes Gewissen. Ich schuldete ihm viel, sehr viel. Ich wußte überhaupt nicht, wie ich mich ihm gegenüber verhalten sollte. Er sah mich mit eigenartig glasigen Augen an, so als hätte ich unwissentlich an etwas in ihm appelliert, vielleicht weil ich so passiv in seinen Armen lag. Verwundert spürte ich seine Lippen auf meinem Hals. Zitternd wollte ich ihn abhalten, aber ich fürchtete, seine Liebe zu verlieren.

Stieß ich ihn zurück, blieb mir niemand mehr, der mich vor Kitty schützte oder der sich für mich einsetzte… Und so ließ ich ihn gewähren.

Nachdem ich geweint hatte, war ich in einen Dämmerzustand abgeglitten, der mich festhielt und mich wehrlos machte… Es konnte doch nichts Schlimmes an seinen Zärtlichkeiten sein, wenn seine Lippen mich leicht berührten, um mich nicht mit zu stürmischen Annäherungsversuchen zu erschrecken, und dann blickte ich ihm ins Gesicht.

Er weinte: »Ich wünschte mir, du wärst nicht nur ein schönes Kind, sondern schon eine erwachsene Frau.«

Die Tränen in seinen Augen rührten mich. Er war, ebenso hilflos wie ich, verstrickt in Kittys Netz. Er hatte Schulden bei ihr und konnte nicht einfach verschwinden und Jahre der Arbeit so einfach wegwerfen. Und ich konnte ihn nicht einfach wegstoßen und ihm ins Gesicht schlagen; er war der einzige Mann, der gut zu mir gewesen war, und er hatte mir das Leben in Candlewick erträglicher gemacht.

Ich flüsterte »Nein, nein«, tat aber nichts, ihn davon abzuhalten, mich zu küssen und zu streicheln. Ich bebte am ganzen Körper, als blicke Gott auf mich herab und verdamme mich in die ewige Hölle – so wie Reverend Wise es immer gepredigt hatte und wie es Kitty mir jeden Tag vorhielt. Erstaunt fühlte ich, wie er sein Gesicht an meine Brust drückte und schluchzend in meinen Armen lag, während seine Tränen wie warmer Regen herabbrannten.

Schuld und Scham überwältigten mich. War ich wirklich von Natur aus böse? Wie war ich nur in diese Situation geraten?

Ich wollte alles hinausschreien, was Kitty mir angetan hatte, daß sie die Puppe meiner Mutter verbrannt hatte. Aber vielleicht fand er es dumm und banal, einer verbrannten Puppe nachzuweinen. Und was bedeuteten Ohrfeigen, wenn ich schon so viel ausgehalten hatte?

Rette mich, rette mich, schrie ich innerlich.

Bitte, tu nichts, was mir den Rest meines Stolzes nimmt, bitte, bitte! Aber mein Körper ließ mich im Stich – er genoß, was Cal mit mir machte. Es war schön, von ihm gestreichelt, in seinen Armen geschaukelt und gedrückt zu werden. Ich kam mir dabei abwechselnd als etwas Kostbares und Wertvolles oder als etwas Niederträchtiges und Gemeines vor. Mein ganzes Leben lang hatte ich gierig darauf gewartet, daß mich Hände zärtlich berührten. Immer hatte ich darauf gehofft, daß mich mein Vater lieben würde.

»Ich liebe dich«, flüsterte er und küßte mich wieder auf die Lippen; ich fragte nicht danach, ob als Tochter oder ob er mich auf eine andere Art und Weise liebte – ich wollte es nicht wissen. Nicht in diesem Augenblick, wo ich das Gefühl hatte, etwas wert zu sein, weil ein so guter Mann wie dieser mich lieben und begehren konnte – obwohl mich etwas in meinem Innern warnte.

»Wie süß und weich du bist«, murmelte er und küßte meine entblößten Brüste.

Ich schloß die Augen und wollte nicht wahrhaben, was ich da zuließ. Er würde mich jetzt wohl nie mehr mit Kitty allein lassen. Ihm würden jetzt Mittel und Wege einfallen, mich zu retten und Kitty dazu zu zwingen, mir zu sagen, wo ich Keith und Unsere-Jane finden könnte.

Gott sei Dank schien es ihm zu genügen, meine Schenkel, meinen Bauch und meine Hinterbacken zu streicheln. Vielleicht weil ich angefangen hatte zu reden, um ihn daran zu erinnern, wer ich war. In einem Wortschwall erzählte ich ihm alles über die Puppe, wie sie verbrannt worden war und wie Kitty mich dazu gezwungen hatte, indem sie behauptete, daß sie wüßte, wo Keith und Unsere-Jane wären. »Glaubst du wirklich, daß sie es weiß?« fragte ich ihn.

»Ich bin mir darüber nicht im klaren, was sie alles weiß«, sagte er mit Bitterkeit. Er war nun wieder bei Sinnen und der seltsame Glanz in seinen Augen war verschwunden. »Ich glaube, das einzige, worüber sie wirklich Bescheid weiß, ist, wie man jemandem Grausamkeiten zufügen kann.«

Er sah mir in die Augen. »Es tut mir leid, Heaven. Ich hätte das nicht mit dir tun dürfen. Verzeih mir, daß ich einen Augenblick lang vergessen habe, wer du bist, Heaven.«

Ich nickte mit klopfendem Herzen, während ich ihm dabei zusah, wie er aus seiner Hemdtasche eine winzige Schachtel hervorholte, die in Silberpapier eingewickelt und mit einer blauen Satinschleife geschmückt war. Er legte sie mir in die Hand. »Ich habe hier ein Geschenk für dich, weil du eine so gute Schülerin bist und ich stolz auf dich bin, Heaven Leigh Casteel.« Er riß das Papier auf und hob den Deckel. Darin lag eine zierliche Golduhr. Seine Augen blickten mich flehentlich an. »Ich weiß, daß du nur auf den Tag wartest, an dem du dieses Haus, Kitty und mich verlassen kannst. Also habe ich dir eine Uhr mit Datumsanzeige geschenkt, dann kannst du die Tage, Stunden, Minuten und Sekunden zählen, bis du deinen Bruder und deine kleine Schwester wiedergefunden hast. Ich verspreche dir, daß ich alles versuchen werde, um soviel wie möglich von Kitty zu erfahren. Bitte, lauf nicht vor mir weg.«

Sein Blick log nicht. In seinen Augen standen Liebe und Zuneigung. Ich sah ihn lange an, und schließlich nahm ich das Geschenk, streckte meinen Arm aus und ließ mir die Uhr anlegen. »Natürlich darf Kitty die Uhr nicht sehen«, sagte er bitter.

Er beugte sich vor, nahm mein Gesicht in seine Hände und küßte mich sanft auf die Stirn. »Verzeih mir, daß ich meine Grenzen überschritten habe. Manchmal brauche ich so dringend jemanden, und du bist süß, jung und voller Verständnis – und ebenso hungrig nach Liebe wie ich.«

Er hatte meinen verstauchten Knöchel nicht bemerkt, da ich es vermieden hatte aufzustehen, als er ging und die Tür hinter sich schloß. Ich war so erregt, daß ich nicht einschlafen konnte. Cal war ja noch in der Nähe, in gefährlicher Nähe, und wir waren allein im Haus. Er befand sich nur ein paar Meter entfernt in seinem Schlafzimmer. Ich konnte sein Verlangen nach mir durch die Wände spüren. Meine schreckliche Angst, daß seine Begierde seinen Verstand ausschalten würde, trieb mich dazu, mir einen Morgenrock anzuziehen und unter großen Schmerzen die Treppen hinunterzuhumpeln und mich ins Wohnzimmer zu setzen, bis Kitty kam.

Die ganze Nacht über trommelte der Regen gleichmäßig ans Fenster und peitschte über das Dach. Fernes Donnergrollen und Blitze hielten mich in Spannung. Aber ich hatte mir etwas vorgenommen: Ich mußte Kitty nochmals entgegentreten, dann aber wollte *ich* den Sieg davontragen. Ich mußte sie zwingen, mir zu sagen, wo Keith und Unsere-Jane waren. Ich umklammerte die winzige Perle aus Kristall und das Stück angesengten Spitzenstoff, den ich im Kamin noch gefunden hatte. Als ich jedoch so in ihrer tipptopp sauberen, weißen Wohnung saß, inmitten ihrer regenbogenfarbenen Tiere, fühlte ich mich wieder unterlegen und überwältigt. Ich schlief ein und wachte erst auf, als Kitty, völlig betrunken, im Haus lärmte.

Aus dem Schlafzimmer drang ihre laute Stimme zu mir herunter.

»Hab' mich blendend unterhalten«, schrie sie. »Beste Party meines Lebens! Werd' jetzt jedes Jahr eine feiern – und du wirst mich nicht davon abhalten!«

»Tu, was du willst«, sagte Cal, während ich mich langsam der Treppe näherte. »Mir ist es egal, was du tust oder sagst.«

»Heißt das, daß du mich verläßt, ja?«

»Ja, Kitty. Ich gehe«, sagte er zu meiner Überraschung und Freude.

»Kannst du ja gar nicht. Bist an mich gebunden. Wenn du gehst, stehst du mit nichts da. Ich werde dir deinen Laden nehmen, und die ganzen Jahre, die du mit mir verheiratet gewesen bist, waren umsonst. Oder du gehst wieder zu Mami und Papi und erzählst ihnen, was für ein verdammter Idiot du gewesen bist.«

»Du hast eine reizende Art, einem etwas nahezubringen, Kitty.«

»Ich liebe dich. Ist das nicht alles, was zählt?« sagte Kitty und ihre Stimme klang auf einmal sehr verletzlich.

Ich starrte hinauf und fragte mich, was jetzt wohl im Schlafzimmer passierte. Zog er sie gerade voller Verlangen aus, weil sie es ihm diesmal erlaubte?

Als ich Cal am nächsten Morgen im Badezimmer hörte, stand ich auf und machte das Frühstück. Cal pfiff ein Liedchen unter der Dusche. War er jetzt glücklich?

Kitty kam herunter und war wie ausgewechselt; sie lächelte mich an, als hätte sie gestern nicht meinen wertvollsten Besitz verbrannt und mir ins Gesicht geschlagen. »Na, Baby«, flötete sie, »warum bist du denn bei der Party, die du extra für mich arrangiert hast, oben geblieben? Hab' dich vermißt. Wollt' dich allen meinen Freunden zeigen. Die Mädels waren ganz verrückt danach, dich zu sehen. Aber du warst ja so schüchtern und bist nicht heruntergekommen. Keiner hat meine hübsche Tochter gesehen, die von Tag zu Tag schöner wird. Wirklich, mein Püppchen, du mußt dich an die monatlichen Krämpfe gewöhnen und sie einfach ignorieren – sonst wirst du es nie genießen können, eine Frau zu sein.«

»Sag mir, wo Keith und Unsere-Jane sind!« schrie ich. »Du hast es mir versprochen.«

»Süße, wovon sprichst du eigentlich? Wie soll *ich* das wissen?« Sie lächelte, tatsächlich, sie lächelte, als hätte sie alles vergessen, was sie mir gestern angetan hatte. Oder spielte sie nur? Bestimmt? So verrückt war sie nicht! Dann kam mir ein furchtbarer Gedanke: Vielleicht war sie *wirklich* geisteskrank!

Cal schritt an Kitty vorbei und streifte sie mit einem verächtlichen Blick, obwohl er kein Wort sagte. Hinter ihrem Rücken trafen sich unsere Augen, und er sandte mir eine stumme Warnung: *Tu nichts, sag nichts!* Laß Kitty uns etwas vormachen, *wir* spielen *unser* Spiel. Mein Magen verkrampfte sich. Wie sollte ich das aushalten? Ich starrte auf die Spiegeleier, die in der Pfanne brutzelten.

Es wurde Mai, und das emsige Getriebe der Examensvorbereitungen lag in der Luft. Ich lernte fleißig, um gute Noten zu bekommen. Ende des Monats blies ein bitterkalter Nordostwind und vertrieb die Frühlingswärme. Plötzlich war es ungewöhnlich kalt für die Jahreszeit. Die Heizungen, die schon im März abgestellt worden waren, wurden wieder in Betrieb gesetzt. Eingemottete Jacken und Wollröcke wurden wieder hervorgeholt. An einem der kältesten Freitage im Mai, an die ich mich erinnern konnte, blieb ich wegen einer Unterredung mit meinem Biologielehrer, Mr. Taylor, länger in der Schule. Er bat mich, den Hamster, der unserer Klasse gehörte, über das Wochenende zu mir nach Hause zu nehmen.

Das Dilemma, in das ich jetzt geriet, stand mir deutlich ins Gesicht geschrieben, während ich neben dem großen Drahtkäfig des Hamsters stand und die Wahrheit über Kittys diabolischen Haß gegen lebendige Tiere herausschreien wollte. Sonst wäre ich begeistert gewesen, Chuckles, das schwangere Hamsterweibchen, das unser Klassenmaskottchen war, zu mir zu nehmen.

»Ach, nein«, sagte ich, als mein Lehrer darauf bestand. »Ich sagte Ihnen schon, Mr. Taylor, meine Mutter mag keine Haustiere. Sie behauptet, die Tiere sind schmutzig und stinken.«

»Aber, Heaven«, sagte Mr. Taylor. »Sie übertreiben, gewiß. Ihre Mutter ist eine wunderbare, liebevolle Frau, ich sehe es daran, wie sie Sie anlächelt.«

Wie war Kitty Dennisons Lächeln doch immer so zuckersüß! Wie dumm die Männer doch sein konnten – sogar ein Mr. Taylor mit all seiner Buchweisheit.

Mit einschmeichelnden Worten versuchte mein Lehrer, mich zu überreden, während draußen der Nordostwind um das Schulgebäude pfiff, so daß ich trotz der aufgedrehten Heizung fror. Mr. Taylor beschwatzte mich weiter: »Die Stadt gibt uns nicht die Erlaubnis, die Heizung übers Wochenende anzulassen. Wollen Sie wirklich ein armes, kleines Hamsterweibchen, das Junge erwartet, in einem eiskalten Raum lassen, so daß wir es am Montag höchstwahrscheinlich tot auffinden werden? Kommen Sie, meine Liebe, teilen Sie doch mit Ihren Mitschülern die Verantwortung für dieses Tier... Und schließlich ist ja Verantwortung und Fürsorge ein Teil der Liebe.«

»Meine Mutter verabscheut Tiere«, entgegnete ich schwach, denn ich selbst wollte Chuckles selbstverständlich gern das Wochenende über zu mir nehmen.

Mr. Taylor las mir meinen Wunsch wohl vom Gesicht ab, denn er fuhr eifrig fort und sah mich dabei aus den Augenwinkeln an: »'s wird sehr kalt hier drinnen. Auch wenn Chuckles genügend Futter und Wasser bekommt, so kann dieses Zimmer doch für eine kleine, werdende Mutter recht ungemütlich werden.«

»Aber... aber...«

»Kein Aber. Es ist Ihre Aufgabe und Pflicht. Ich fahre mit meiner Familie zum Wochenende weg, sonst hätte ich Chuckles zu mir genommen. Ich könnte Chuckles ja mit Futter und Wasser versorgen und allein bei mir zu Hause lassen... Aber die Jungen können jeden Tag kommen. Und ich möchte, daß Sie die Geburt mit der Filmkamera aufnehmen, wie ich es Ihnen gezeigt habe, falls es bei Ihnen passieren sollte. Ich möchte der Klasse das Wunder einer Geburt nahebringen.«

Also wurde ich wider besseres Wissen überredet. In Kittys tipptopp sauberem, weiß-rosa Haus mit all den glänzenden Keramik-Geschöpfen wurde der kleine weiß-braune Hamster im Keller untergebracht, dort wo Kitty eigentlich nie hinkam, seit sie eine Sklavin hatte, die all ihre Wäsche wusch und trocknete.

Trotzdem war Kitty völlig unberechenbar. In atemberaubender Geschwindigkeit wechselte sie ihre Launen, die immer aufwendiger und gefährlicher wurden. Mit viel Mühe richtete ich für den großen Käfig einen Platz im Keller ein und achtete darauf, daß es dort nicht zog. Unter einem hohen, sonnigen Fenster schien mir der geeignete Ort zu sein. Ich fand eine alte Stellwand, von der der Lack schon abgeblättert war und stellte sie auf. Jetzt war Chuckles nicht nur vor

Zugluft, sondern auch vor Kittys grausamen, wasserhellen Augen geschützt, falls sie doch in den Keller kommen sollte. Andererseits gab es überhaupt keinen Grund für sie, dorthin zu gehen, wo Chuckles und ich uns gemütlich eingerichtet hatten. Meine Angst um die Hamsterdame war daher nicht besonders groß.

»Also, laß es dir hier unten gutgehen, Chuckles«, sagte ich zu dem kleinen Tier, das auf seinen Hinterbeinchen stand und anmutig an einem Apfelstück nagte, das ich ihm gegeben hatte. »Benütz die Tretmühle nicht zu oft. In deinem Zustand ist das nicht ratsam.«

Das blöde Rad quietschte nämlich. Auch nachdem ich es herausgenommen und geölt hatte, machte es noch einen relativ großen Lärm. Chuckles sauste inzwischen in ihrem Käfig auf und ab, weil sie unbedingt ihr Laufrad zurückhaben wollte. Kaum hatte ich es wieder in den Käfig gestellt, sprang Chuckles sofort hinein und fing zu treten an – das Rad quietschte immer noch, aber nicht ganz so laut.

Oben im Gang preßte ich mein Ohr gegen die geschlossene Tür. Im Keller war es still. Ich öffnete die Tür; immer noch nichts zu hören. Erst nachdem ich sieben Stufen hinabgestiegen war, hörte ich ein ganz leises Geräusch – aber das machte nichts. Kitty würde nie allein in den Keller gehen, und sie tat es auch nicht, wenn Cal in seiner Werkstatt war. Ich war mit der Wäsche fertig, warum also sollte sie im Keller etwas nachsehen wollen?

Chuckles bewegte unermüdlich ihr Laufrad.

Es war wieder einer dieser befremdlichen Abende, an denen Kitty ausnahmsweise keine Überstunden machte. Ihre blassen Augen blickten verwirrt. »Hab' schon wieder so 'ne Migräne«, klagte sie. »Werd' früh ins Bett gehen«, verkündete sie nach einem frühen Abendessen. »Will die Geschirrspülmaschine nicht hören, verstanden? Das ganze Haus vibriert dann. Ich werde ein paar Tabletten schlucken und schlafen, schlafen, schlafen!« – Wunderbar!

Der Samstag begann wie alle anderen Samstage. Kitty wachte übelgelaunt auf, sie war müde, ihre Augen waren rot und geschwollen, und sie klagte darüber, daß sie sich benommen fühlte. »Weiß gar nicht, ob ich heut in meinen Kurs gehen kann«, brummelte sie vor sich hin, während ich pflichtbewußt die Würstchen in der Pfanne briet. »Dauernd bin ich müde. Das Leben macht keinen Spaß mehr.

Weiß selbst nicht warum.«

»Nimm dir doch frei«, schlug Cal vor. Er schlug die Zeitung auf und überflog die Schlagzeilen. »Leg dich doch wieder ins Bett und schlaf dich mal richtig aus.«

»Aber ich kann doch meinen Kurs nicht versäumen. Meine Schüler erwarten mich...«

»Kitty, geh doch zum Arzt.«

»Du weißt, ich hass' die Ärzte!«

»Schon, aber wenn du dauernd Kopfweh hast, dann ist das doch ein Zeichen, daß dir etwas fehlt, oder vielleicht brauchst du nur eine Brille.«

»Du weißt doch, ich trage keine Brille. Ich will nicht wie 'ne alte Frau aussehen.«

»Du kannst ja Kontaktlinsen tragen«, sagte er abschätzig und blickte dann zu mir herüber. »Heute arbeite ich den ganzen Tag, wahrscheinlich bis sechs Uhr. Ich habe gerade zwei neue Leute eingestellt, die ich einweisen muß.« Er wollte mir damit zu verstehen geben, daß ich heute kein besonderes Unterhaltungsprogramm zu erwarten hatte.

Kitty rieb sich wieder die Augen. »Hab' überhaupt keinen Appetit mehr...« Sie erhob sich, dann wandte sie sich zu mir, um mir zu sagen, daß sie wieder ins Bett gehen und so lange schlafen wollte, bis ihre Kopfschmerzen vorbei seien. »Ruf für mich an und entschuldige mich.«

Den Morgen verbrachte ich mit Scheuern und Putzen; die ganze Zeit über hörte und sah ich nichts von Kitty. Ich aß allein zu Mittag. Am Nachmittag wischte ich Staub und ging mit dem Staubsauger durch die Zimmer im Erdgeschoß und kümmerte mich dann schnell noch um Chuckles. Das Hamsterweibchen wollte mich nicht gehen lassen. Sie gab mir dies auf possierliche und rührende Weise zu verstehen, indem sie sich auf die Hinterbeine setzte und mich anbettelte. Wenn Kitty nicht gewesen wäre, hätte ich sie jede Nacht in mein Zimmer mitgenommen. »Ist schon gut, Kleines«, sagte ich und kraulte ihr den Kopf mit dem weichen Pelz, daß sie wohlige Laute von sich gab. »Spiel, soviel du magst. Das Hausmonster hat sich mit Valium betäubt, also kann dir nichts passieren, gar nichts.«

An diesem Samstag gingen Cal und ich nicht ins Kino, sondern saßen ziemlich wortkarg vor dem Fernseher.

Sonntag.

Kittys lauter Gesang weckte mich auf.

»Mir geht's prima«, rief sie zu Cal hinüber, während ich schnell aus dem Bett hüpfte und ins untere Badezimmer eilte. »Möcht' heut in die Kirche. Heaven!« schrie sie mir nach, als sie mich an ihrer offenen Schlafzimmertür vorbeihuschen sah, »beweg deinen faulen Hintern und mach das Frühstück. Wir gehen in die Kirche. Alle. Werd' den Herrn loben und preisen, weil er mich von meinem Kopfweh erlöst hat.«

Sie war wieder die alte!

Ich selbst fühlte mich noch von der vielen Arbeit erschöpft. Ich eilte hin und her, um alles vorzubereiten, bevor Kitty herunterkam. Dann ging ich ins Badezimmer, um noch schnell vor dem Frühstück zu duschen. Nein, es war vielleicht klüger, wenn ich zuerst das Kaffeewasser aufsetzte und dann unter die Dusche ging. Danach konnte ich mich um Chuckles kümmern, während der Speck langsam in der Pfanne brutzelte.

Aber irgendwer hatte schon Wasser aufgesetzt. Ich nahm an, daß Cal in der Küche gewesen war, weil er gleich seine zwei Tassen Kaffee haben wollte. Also ging ich ins Badezimmer.

Ich hängte meinen Morgenrock und mein Nachthemd an den Haken an der Tür und wollte in die Badewanne steigen.

Da sah ich Chuckles.

Chuckles – in der Badewanne – ganz blutig! Ein langer Schlauch ihrer Gedärme quoll ihr aus der Schnauze; ihre winzigen Jungen waren an ihrem unteren Ende herausgedrückt worden! Ich fiel auf die Knie und würgte den Inhalt meines halbleeren Magens heraus, der sich mit dem Blut und den anderen ekelhaften Sachen vermengte.

Die Tür wurde hinter mir geöffnet.

»Stellst du schon wieder 'ne Schweinerei an, was?« fuhr mich eine barsche Stimme von hinten an. »Schreist und brüllst hier herum, als gäb's weiß Gott was zu sehen. Also, bade jetzt. Ich werd' bestimmt nicht mit einem stinkigen, ungewaschenen Hillbilly-Miststück in der Kirche auftauchen.«

Mit weitaufgerissenen Augen starrte ich Kitty an. »Du hast Chuckles getötet!«

»Hast du den Verstand verloren? Ich hab' keinen Chuckles getötet. Weiß gar nicht, wovon du redest.«

»Schau in die Badewanne!«

»Seh' nichts«, behauptete Kitty und schaute direkt auf die blutigen Überreste des armen Hamsterweibchens. »Nimm den Stöpsel und laß Wasser ein. Ich bleib hier und schau zu. Will nicht mit einem schmutzigen Hillbilly-Miststück in die Kirche.«

»Cal«, schrie ich aus Leibeskräften. »Hilf mir!«

»Cal ist unter der Dusche«, sagte Kitty plötzlich sehr freundlich und zuvorkommend, »tut, was er kann, um sich von seinen Sünden reinzuwaschen. Du kannst dich auch gleich deiner Sünden entledigen!«

»Du bist verrückt, völlig verrückt!«

Seelenruhig ließ Kitty Wasser in die Badewanne einlaufen. Auf einmal hob sie ihren Arm, hielt ihn steif wie einen Baseballschläger, holte aus und schmetterte mich auf die Toilette. Ich stolperte, verlor das Gleichgewicht. Kitty kam näher, aber diesmal gelang es mir, ihr auszuweichen. Schreiend lief ich auf die Treppe zu und rief nach Cal.

»Komm sofort zurück baden!« kreischte Kitty mir hinterher.

Oben angelangt, hämmerte ich mit den Fäusten gegen die Badezimmertür und schrie Cals Namen; er hatte das Wasser aber voll aufgedreht und sang lauthals. Er hörte mich überhaupt nicht. Kitty würde jede Sekunde hier sein können und mich zwingen, in die Badewanne voller Blut und Leichenteile zu steigen. Ich überwand mein Schamgefühl und drehte den Türknopf herum. Cal hatte die Tür abgesperrt. Oh, wie furchtbar!

Ich glitt zu Boden, um auf ihn zu warten.

Kaum hatte er das Wasser abgestellt, rief ich erneut seinen Namen. Vorsichtig öffnete er die Tür einen Spalt, seine Haare waren triefnaß. Er hatte nur ein Handtuch um die Hüften geschlungen. »Was ist los?« fragte er besorgt und nahm mich in seine Arme. Er neigte sein nasses Gesicht zu mir herab, und ich klammerte mich in Todesangst an ihn. »Warum bist du so verschreckt?«

Es sprudelte aus mir heraus; ich erzählte von Chuckles im Keller, daß Kitty dem Hamsterweibchen etwas um die Mitte gebunden, dann fest zugezogen und damit das arme, hilflose Geschöpf getötet haben mußte.

Sein Gesicht verhärtete sich. Er ließ mich los und griff nach seinem Morgenrock. Dann eilte er ins untere Badezimmer, ich hinter ihm her. An der Badezimmertür angelangt, blieb ich stehen, denn ich fühlte mich nicht imstande, Chuckles noch einmal anzusehen. Kitty war verschwunden. »Hier liegt nichts in der Wanne, Heaven«, sagte er und ging auf mich zu. »Alles blitzsauber...«

Ich schaute selbst nach – es stimmte. Das tote Hamsterweibchen und seine Jungen waren nicht mehr da. Die Badewanne war völlig sauber.

Immer noch nur mit einem Handtuch bedeckt, lief Cal mit mir in den Keller. Der Käfig war leer, und die Gittertür stand sperrangelweit offen.

»Was macht ihr da unten?« schrie Kitty zu uns herunter. »Heaven, dusch dich endlich und beeil dich. Möcht' nicht zu spät zum Gottesdienst kommen.«

»Was hast du mit Chuckles gemacht?« schrie ich, als ich wieder im Gang war.

»Sprichst du von der Ratte, die ich getötet habe? Hab' sie weggeschmissen. Wolltest du sie etwa aufbewahren?« Sie wandte sich mit einem honigsüßen Lächeln an ihn: »Sie ist mir bös, weil ich eine ekelhafte, alte Ratte getötet hab'. Du weißt doch, daß ich so schmutzige Dinge wie Ratten nicht in meinem Haus vertrage.« Ihre eiskalten Augen durchbohrten mich.

»Geh schon, Heaven«, drängte mich Cal. »Ich werde mit Kitty sprechen.«

Ich wollte nicht gehen. Ich wollte bleiben und es auskämpfen; ich wollte, daß Cal sah, wer Kitty eigentlich wirklich war, eine Psychopathin, die man einsperren sollte. Aber ich war zu schwach und gehorchte. Ich duschte, wusch meine Haare, machte sogar das Frühstück, während Kitty die ganze Zeit mit steigender Erregung abstritt, jemals einen Hamster gesehen zu haben. Ja, sie behauptete, daß sie nicht einmal wüßte, wie einer aussieht, und außerdem ginge sie nie und unter gar keinen Umständen in den Keller.

Sie fixierte mich mit ihren blassen Augen. »Hass' dich, weil du meinen Alten gegen mich aufwiegeln wolltest! Ich werd' in die Schule gehen und erzählen, was du dem armen Geschöpf angetan hast und daß du mir das Ganze in die Schuhe schieben wolltest. War doch deins, oder? Würd' nie nicht so was Gemeines tun...Du hast's getan, nur um mich zu beschuldigen! Kannst solange hierbleiben, bis du mit der Schule fertig bist, aber dann mußt du abhauen! Fahr zur Hölle von mir aus.«

»Chuckles war trächtig, Kitty! Vielleicht war das zuviel für dich!«

»Cal, nu' hör dir das mal an, wie dieses Mädchen lügt! Hab' überhaupt keinen Hamster nicht gesehen – du?«

Nahm Cal vielleicht an, daß ich so etwas Furchtbares tun würde? Nein, nein, las ich in seinen Augen. Schweigen wir darüber, bitte.

Warum sah er nicht im Mülleimer nach? Warum sagte er ihr die Untat nicht auf den Kopf zu?

Der Alptraum war auch in der Kirche nicht vorüber.

»Wunderbare Gnade...
Wie süß des Wortes Klang...«

Der Gesang war hingebungsvoll. Neben Kitty stehend, in meinen besten Kleidern, fühlte ich mich aus der Gemeinschaft ausgeschlossen. Wir sahen wie anständige, untadelige Bürger und gottesfürchtige Christen aus, dabei ging mir die Erinnerung an ein armes, kleines, totes Hamsterweibchen ununterbrochen im Kopf herum.

Kitty legte ihren Opferpfennig auf den Teller, der gerade weitergereicht wurde; Cal tat das gleiche. Ich starrte auf den Teller und blickte dann in das gleichgültige Gesicht des Diakons, der den Teller herumgehen ließ. Ich weigerte mich, ein Geldstück draufzulegen. »Mach sofort«, zischte Kitty und stieß mich mit spitzem Ellbogen in die Seite. »Meine Freunde sollen nicht denken, daß du eine undankbare Heidin bist.«

Ich erhob mich und verließ die Kirche. Hinter mir vernahm ich Gemurmel. Kittys Geisteszustand hatte meine Sicht der Dinge verändert; ich sah mir die Leute an und fragte mich, was sie wohl hinter ihrer Fassade verbargen.

Ich rannte fast die Straße hinunter und ließ Cal und Kitty in der Kirche zurück. Zwei Häuserblocks weiter hatte mich Cal mit dem Auto eingeholt und bremste neben mir.

Kitty lehnte sich aus dem Fahrzeug. »Komm, mein Kind, sei nicht trotzig. Du kommst mit zwei Dollars in der Tasche nicht sehr weit – außerdem sind die für den Herrn gedacht gewesen. Steig ein. Ich fühl' mich schon besser. Mein Kopf ist wieder frisch, aber die ganze

Nacht und am Morgen hatte ich solche Schmerzen, daß ich beinahe einen Anfall bekommen hab'.«

Wollte sie damit etwa sagen, daß sie nicht bei Sinnen gewesen war, als sie Chuckles umgebracht hatte?

Widerstrebend stieg ich ins Auto. Wohin hätte ich auch schon mit zwei Dollars in der Tasche gehen können?

Auf dem ganzen Nachhauseweg überlegte ich mir, was ich unternehmen könnte. Es hatte sie überkommen, Chuckles zu töten. Nur geisteskranke Menschen waren zu solchen sadistischen Dingen fähig. Und wie sollte ich eine plausible Entschuldigung für Mr. Taylor finden, daß Chuckles gestorben war?

»Du kannst es ihm nicht erzählen«, sagte Cal, als Kitty sich schlafen gelegt hatte, weil sie wieder einen »Brummschädel« hatte. »Du mußt ihm sagen, daß Chuckles bei der Geburt gestorben ist...«

»Du nimmst sie in Schutz!« rief ich empört.

»Ich glaube dir, aber ich will, daß du die High School beendest. Aber wenn du die Sache meldest, dann wirst du kaum dazu imstande sein. Sie wird uns bekämpfen. Wir müssen Beweise bringen, daß sie geisteskrank ist, und du weißt ebensogut wie ich, daß Kitty ihre schlimmsten Seiten nur uns zeigt. Ihre ›Mädels‹ finden sie wunderbar, großzügig und aufopferungsvoll. Wir müssen Kitty überzeugen, daß sie zum Psychiater gehen muß, um ihrer selbst willen. Und, Heaven, wir müssen unser Spiel bis dahin durchhalten. In der Zwischenzeit lege ich ein paar Dollars zurück, damit du mal genügend Geld hast, dieser Hölle zu entkommen.«

Ich ging zur Tür. »Ich werde mir selber helfen, auf meine Art und wann und wie es mir paßt.«

Er sah mich eine Sekunde lang wie ein kleiner verunsicherter Junge an, der *seinen* Weg noch nicht gefunden hatte, bevor er die andere Tür leise schloß.

17. KAPITEL

VERBOTENE LIEBE

Nach Chuckles' Tod nahm unser Leben in Candlewick eine unerwartete Wendung. Mr. Taylor akzeptierte gutgläubig meine Entschuldigung, daß Chuckles bei der Geburt ihrer Jungen gestorben sei. Am nächsten Tag schon war ein anderes Hamsterweibchen im Käfig, ebenfalls schwanger. Es sah ein wenig anders aus als Chuckles, bekam aber den gleichen Namen. Es war deprimierend zu sehen, daß ein Leben mehr oder weniger keinen Unterschied machte.

Diesen Hamster werde ich nicht ins Herz schließen, sagte ich mir.

Nach dem Vorfall mit Chuckles verfiel Kitty in ein langes Schweigen, als schäme sie sich ihrer Tat; stundenlang saß sie auf ihrem Bett, starrte ins Leere, frisierte und bürstete ihre Haare, toupierte sie, bis sie ihr wie eine Drahtbürste senkrecht vom Kopf abstanden; dann frisierte sie die Haare wieder glatt. Diese Prozedur wiederholte sie endlos. Daß sie zum Schluß überhaupt noch Haare hatte, grenzte an ein Wunder. Ihre Persönlichkeit hatte sich nun auf drastische Weise verändert – sie war nicht mehr laut und streitsüchtig, sondern eher grüblerisch und fast zu schweigsam. Sie erinnerte mich jetzt an Sarah. Nach einiger Zeit achtete sie auch nicht mehr auf ihre Haare, sie hörte auf, die Fingernägel zu maniküren und sich zu schminken. Sie vernachlässigte überhaupt ihr Äußeres.

Ich beobachtete, wie sie ihre feinste Unterwäsche gedankenlos wegwarf. Sie weinte häufig und wälzte oft stundenlang düstere Gedanken. Ich fand jedoch, daß es ihr recht geschah, was sie jetzt durchmachte.

Eine Woche lang dachte Kitty sich immer wieder neue Ausreden aus, um nicht in ihren Salon gehen zu müssen. Sie lag nur noch auf dem Bett und starrte ins Nichts. Je mehr Kitty sich in sich selber zurückzog, um so schärfere Konturen erhielt Cals Persönlichkeit; er war gar nicht mehr so launisch und trat nun viel selbstsicherer auf. Während Kitty ihr Leben entglitt, schien er das seine mit beiden Händen packen zu wollen.

Die seltsamen Veränderungen im Haus waren geradezu unheimlich, und ich konnte nicht aufhören, darüber nachzudenken. Waren es Schuld, Scham und Erniedrigung, die Kitty den Lebensmut nahmen?

Die Schule ging zu Ende, und der heiße Sommer begann.

Die Temperaturen kletterten auf 35° C. Immer noch glich Kitty einem Zombie. Am letzten Montag im Juni trat ich in Kittys Schlafzimmer, um herauszufinden, ob sie schon fertig war, um im Schönheitssalon, ihrem Reich, wieder nach dem Rechten zu sehen. Entsetzt sah ich Kitty auf dem Bett liegen. Sie reagierte überhaupt nicht, so als würde sie mich gar nicht wahrnehmen. Sie war wie gelähmt. Als Cal aufgestanden war, hatte er wohl geglaubt, daß sie noch schliefe. Als Cal dann in die Küche kam, sagte ich ihm, daß Kitty wohl sehr krank sei. Er rief einen Krankenwagen, und sie wurde sofort in eine Klinik gebracht.

Dort untersuchte man sie nach allen Regeln der medizinischen Kunst. Diese erste Nacht alleine mit Cal im Haus war sehr unangenehm. Ich hatte das unleugbare Gefühl, daß Cal mich begehrte und mein Liebhaber werden wollte. Ich merkte es an der Art, wie er mich ansah, und an dem langen, peinlichen Stillschweigen, das immer wieder zwischen uns aufkam. Das unbeschwerte Verhältnis, das wir einst gehabt hatten, war dahin; ich fühlte mich jetzt leer und verloren. Indem ich den Tagesablauf nun so anstrengend gestaltete, daß wir beide abends immer müde und erschöpft waren, hielt ich ihn von mir fern. Außerdem bestand ich darauf, jede freie Minute bei Kitty zu verbringen. Kittys Zustand besserte sich nicht, außer daß sie ein paar Worte sprach. »Nach Hause«, flüsterte sie immerzu, »ich will nach Hause.« Noch nicht, sagten die Ärzte.

Jetzt gehörte das Haus mir, ich konnte tun und lassen, was ich wollte. Ich hätte die vielen hundert Pflanzen, die so intensive Pflege brauchten, wegwerfen können, hätte einige der grellbunten Keramikstücke auf dem Speicher verstauen können – aber ich tat nichts dergleichen. Ich führte den Haushalt genauso weiter, wie ich es von Kitty gelernt hatte. Ich kochte, putzte, wischte Staub, benützte den Staubsauger, auch wenn die Arbeit mich erschöpfte, denn ich wollte meine sündhaften Handlungen mit Cal büßen. Ich machte mir Vorwürfe, daß ich seine Begierde nach mir erweckt hatte. Schmutzig war ich, so wie Kitty es immer gesagt hatte. Es war die Casteel-Hillbilly-Verderbtheit. Aber dann wieder dachte ich *Nein!,* ich war die

Tochter meiner Mutter, eine halbe Bostonerin,... aber... aber...
ich hatte die Schlacht verloren.

Ich *war* die Schuldige.

Ich hatte es provoziert. Es ging mir wie Fanny, die auch dazu getrieben wurde.

Natürlich wußte ich schon lange von Cals geheimer Leidenschaft
für mich; ein Mädchen, zehn Jahre jünger als er, das ihm von Kitty
auf tausenderlei Arten praktisch angeboten worden war. Ich verstand Kitty nicht, aber seit dem furchtbaren Tag, an dem sie meine
Puppe verbrannt hatte, hatte sich sein Verlangen nach mir fast ins
Unendliche gesteigert. Er kannte keine anderen Frauen, er hatte eigentlich keine richtige Ehefrau, und er war zweifellos ein normaler
Mann, der eine Art Ventil brauchte. Wenn ich ihn immer abwies,
würde er mich dann in Ruhe lassen? Ich liebte ihn, und ich fürchtete
mich vor ihm; ich wollte ihm gefallen und ihn gleichzeitig auf Di-
stanz halten.

Jetzt konnte er mich jedoch öfter abends ausführen, da Kitty im
Krankenhaus lag und alle erdenklichen Untersuchungen über sich
ergehen lassen mußte. Trotzdem fand man nichts. Und Kitty sagte
nichts, was den Ärzten einen Hinweis auf ihre geheimnisvolle
Krankheit hätte geben können.

In einem kleinen Sprechzimmer erkundigte sich Kittys Ärzte-
Team bei Cal und mir, ob wir ihnen weiterhelfen könnten, aber auch
wir konnten ihnen nichts sagen.

Auf dem Rückweg vom Krankenhaus sagte Cal kein einziges
Wort. Ich auch nicht. Ich fühlte, daß er litt und enttäuscht und einsam
war – meinetwegen. Wir kamen beide aus unterschiedlichen Welten,
aber die Kämpfe mit Kitty hatten bei uns beiden Narben hinterlassen, mit denen wir nun fertig werden mußten. In der Garage angekommen, stieg ich aus seinem Auto und rannte die Treppe hoch in
mein Zimmer. Ich entkleidete mich, zog ein hübsches Nachthemd
an und wünschte mir, daß ich mein Zimmer hätte abschließen können. Es gab jedoch keine Schlüssel in Kittys Haus, außer für die Badezimmer. Unruhig legte ich mich ins Bett; ich fürchtete, daß er in
mein Zimmer kommen, mit mir reden und mich schließlich zwingen
würde... Dann konnte ich ihn nur noch hassen – wie meinen Vater!

Er tat nichts dergleichen.

Ich hörte, wie er auf seinem Plattenspieler Musik aufgelegt hatte, spanische Musik. Tanzte er ganz für sich allein? Mitleid überkam mich, und ich fühlte mich auch etwas schuldig. Ich stand auf, zog mir meinen Morgenrock über und ging vorsichtig zur Treppe. Auf dem Nachttisch lag ein halb gelesener Roman. Es ist die Musik, die mich anlockt, sagte ich mir.

Cal, der nicht mehr mit der Wirklichkeit zurechtkam, der die erste Frau, die ihm gefiel, geheiratet hatte. Daß er nun mich liebte, war ein weiterer Fehler, das wußte ich. Ich empfand Mitleid und Liebe für ihn, dabei war ich ihm gegenüber mißtrauisch. Meine Wünsche, Schuldgefühle und Ängste erstickten mich fast.

Er tanzte nicht, obwohl die Musik immer weiter spielte. Er stand nur regungslos da und starrte auf den Perserteppich, ohne ihn jedoch wahrzunehmen. Das sah ich an seinen starren, glänzenden Augen. Ich trat ein und ging auf ihn zu. Weder drehte er sich um, noch gab er irgendein Zeichen, daß er meine Gegenwart bemerkt hatte; er starrte nur weiter vor sich hin und dachte wohl an die Tage, die noch kommen sollten und die er mit Kitty, die ihm nur mehr eine Last war, verbringen müßte. Dabei war er erst siebenundzwanzig Jahre alt.

»Wie heißt das Lied, das du gerade hörst?« fragte ich ihn mit leiser, ängstlicher Stimme und zwang mich, seinen Arm zu berühren, um ihn zu trösten. Er nannte nicht den Namen des Liedes, er tat etwas Besseres und sang mir den Text leise vor; auch wenn ich hundertzwei Jahre alt werden sollte, so werde ich nie dieses Lied vergessen und wie Cals Augen mich dabei ansahen, als er mir von einem Fremden im Paradies vorsang.

Er nahm meine Hand und schaute mir in die Augen. Die seinen schienen ganz tief in den Augenhöhlen zu liegen und leuchteten so, wie ich es noch nie zuvor gesehen hatte, so als würden der Mond und die Sterne ihnen Glanz verleihen. Ich sah ihn in Gedanken als Logan, meinen Seelenfreund, der mich mein ganzes Leben lang lieben würde, wie ich es so dringend brauchte und mir immer gewünscht hatte.

Ich glaube, die Musik wirkte ebenso stark auf mich wie seine Stimme und seine sanften Augen, denn irgendwie hatten sich meine Arme um seinen Hals geschlungen, obwohl ihnen niemand den Befehl dazu gegeben hatte. Ich hatte sicher nicht absichtlich eine Hand auf seinen Nacken gelegt, mit der anderen in seinen Haaren gespielt und seinen Kopf sanft zu mir heruntergezogen, daß er meine Lippen, die seinen Kuß erwarteten, finden konnte. Nein, es war einfach geschehen – und weder seine noch meine Schuld. Es war das Mondlicht, das sich in seinen Augen widerspiegelte, die Musik in der Luft, das berauschende Gefühl, als sich unsere Lippen trafen.

Wie etwas Kostbares umfaßte seine Hand meinen Kopf, glitt langsam meinen Rücken hinab, paßte sich meinen Rundungen an, lag schließlich auf meiner Hüfte, hielt dort kurz zögernd inne, bevor sie meine Hinterbacken sanft streichelte, dann für einen Augenblick meine Brüste berührte, um mich dann wieder neu zu entdecken, während seine Lippen meine suchten, um die Leidenschaft in mir zu erwecken.

Ich stieß ihn zurück.

»Aufhören!« Ich schlug ihm ins Gesicht. *»Nein! Nein!«* schrie ich und rannte die Treppe hoch, warf die Tür hinter mir zu und bereute wieder, daß man sie nicht absperren konnte. Dabei wünschte ich mir, daß ich etwas mehr von dem besessen hätte, was für Fanny eine Selbstverständlichkeit gewesen wäre. Im selben Augenblick verachtete ich mich jedoch, weil ich so etwas überhaupt denken konnte. Ich liebte ihn.

Ich liebte ihn so sehr, daß allein der Gedanke daran, wie ich ihm mit meiner Hand Schmerzen zugefügt hatte, weh tat. Eine Frau, die alles verspricht, aber nichts hält. So oder noch schlimmer hätten die Jungen in Winnerrow mich wohl bezeichnet. Cal, verzeih mir, hätte ich am liebsten herausgeschrien. Ich wollte schon zu ihm in sein Zimmer gehen, aber die Erinnerung an Kittys Worte, die mich ja immer verderbt, schmutzig und verkommen geheißen hatte, hielt mich zurück.

Wieder zog es mich wie mit magischer Kraft zum Treppengeländer. Ich blickte hinunter. Er war immer noch im Wohnzimmer, stand regungslos da, als klebe er am Boden wie eine Statue und immer noch spielte die gleiche Musik. Ich eilte hinunter mit der romantischen Vorstellung, daß ich mich nun für ihn opfern würde. Als ich neben ihm stand, sprach er kein Wort. Ich legte meine Hand in seine und drückte seine Finger. Er reagierte nicht. »Es tut mir leid, daß ich dich geschlagen habe«, flüsterte ich.

»Brauchst du nicht. Ich hab's verdient.«

»Du klingst so verbittert.«

»Ich bin ein Narr, daß ich hier so rumstehe und über mein Leben und all die blöden Sachen, die ich gemacht habe, nachdenke und das Blödeste dabei ist, daß ich gedacht habe, du liebst mich. Aber das tust du natürlich nicht. Du willst nur einen Vater haben. Ich glaube, ich könnte Luke genauso hassen wie du, weil er dich im Stich gelassen hat, als du ihn brauchtest; dann suchtest du wahrscheinlich heute nicht mehr so sehr einen Vater.«

Wieder umarmte ich ihn unwillkürlich. Ich legte den Kopf in den Nacken, schloß die Augen und wartete auf seinen Kuß... Diesmal würde ich nicht davonlaufen. Es war sicher nicht richtig, was ich tat, aber ich schuldete ihm so viel, mehr als ich je zurückzahlen konnte. Ich würde ihn nicht provozieren und dann nein schreien, so wie es Kitty jahrelang gemacht hatte. Ich liebte und brauchte ihn.

Es wurde mir jedoch auch dann nicht richtig klar, was ich ausgelöst hatte, als er mich in sein Zimmer getragen und auf sein Bett gelegt hatte und mit mir all die erschreckenden und sündhaften Dinge anstellte, aber da war es schon zu spät. Sein Gesicht glänzte vor Verzückung, seine Augen waren glasig. Was er tat, ließ die Bettfedern quietschen. Er liebte mich mit animalischer Kraft, daß ich hin- und hergerüttelt wurde und meine Brüste wippten. Das war es also – dieses rhythmische Stoßen, dieser heiße Schmerz, der kam und ging. Wenn mein Bewußtsein auch wie gelähmt war, so verfügte mein Körper anscheinend über ein angeborenes Wissen und bewegte sich unter seinen Stößen, als hätte ich das in einem anderen Leben schon viele Tausend Male getan. Als es vorüber war und er neben mir lag und mich fest in seinen Armen hielt, war ich wie betäubt von dem, was ich ihm und mir erlaubt hatte. Tränen rollten mir die Wangen herab und benetzten mein Kissen. Kitty hatte wohl mein besseres Ich verbrannt, als sie die Puppe ins Feuer geworfen hatte.

Sie hatte nur die dunkle Seite jenes Engels zurückgelassen, der in die finsteren Berge gekommen war, um dort zu sterben.

Mitten in der Nacht weckte er mich mit kleinen Küssen auf mein Gesicht, meine entblößten Brüste und bat nochmals. *Nein, nein, nein,* fast hörte ich Kitty schreien, wie sie es so oft getan hatte, als er sie das gleiche gefragt haben mußte. Ich nickte und streckte die Arme nach ihm aus, und wir vereinigten uns wieder. Als wir uns geliebt hatten, blieb ich wieder verblüfft und von meinen Taten und meiner allzu großen Bereitwilligkeit angewidert liegen. Hillbilly-Flittchen! hörte ich Kitty mich anschreien. Verlotterte Casteel, hörte ich ganz Winnerrow rufen. *Was eben von einer Casteel, einem nichtsnutzigen Casteel-Lumpenpack zu erwarten war.*

Die Tage und Nächte vergingen wie im Flug, und ich konnte nun nicht mehr aufhören mit dem, was ich begonnen hatte. Cal machte meine Bedenken zunichte, indem er mir erklärte, daß es dumm sei, mich schuldig zu fühlen. Ich tat ja nichts anderes, als was viele Mädchen meines Alters auch machten, und er liebte mich, liebte mich wirklich und benutzte mich nicht nur wie ein tölpelhafter Junge. Aber nichts von alledem, was er sagte, nahm mir die Scham oder die Gewißheit, daß das, was ich tat, nicht richtig war.

Zwei Wochen verbrachte er mit mir allein. Es schien ihn sehr glücklich zu machen, als ich ihm vorspielte, ich hätte keine Scham- und Schuldgefühle mehr. Eines Morgens fuhr Cal aber sehr früh fort und brachte Kitty nach Hause. Das ganze Haus glänzte von Sauberkeit und stand voller Blumen. Kitty lag teilnahmslos in ihrem Bett und starrte dumpf auf alles, was ich zur Verschönerung des Hauses getan hatte, aber sie gab nicht zu erkennen, ob sie überhaupt wußte, wo sie war. Sie hatte doch nach Hause kommen wollen... Anscheinend nur, um mit dem Stock auf den Boden zu klopfen, um nach uns zu rufen. Oh, wie ich dieses Hämmern über der Decke des Wohnzimmers zu hassen begann!

Einmal die Woche kamen Angestellte aus Kittys Salon, sie wuschen und frisierten ihre roten Haare, manikürten und pedikürten sie. Meiner Ansicht nach war Kitty die hübscheste Kranke der Stadt. Manchmal war ich über Kittys Hilflosigkeit gerührt, wie sie in ihrem attraktiven rosa Nachthemd dalag, ihr Haar lang und dicht und wunderbar frisiert. Ihre »Mädels« verehrten Kitty und kamen oft zu ihr, plauderten und lachten, während ich ihnen etwas zu essen und zu trinken servierte – mit Kittys bestem Geschirr. Ich war Cals Gefährtin und kümmerte mich um die Haushaltsführung, wobei ich mit Kittys Scheckbuch die Rechnungen bezahlte.

»Sie sähe es bestimmt nicht gerne, daß ich das mache«, sagte ich stirnrunzelnd und kaute an einem Kuli. »Du solltest das übernehmen, Cal.«

»Ich habe keine Zeit dazu, Heaven.«

Er nahm einen Stapel Rechnungen von Kittys Schreibtisch und

legte sie in eine Ablage. »Schau doch, es ist ein wunderbarer Sommertag heute, und du pflegst Kitty schon fast seit einem Monat. Wir müssen uns ernsthaft überlegen, was wir mit Kitty machen sollen. Die Krankenschwester, die dir hilft, kostet ein Vermögen. Und wenn du wieder in der Schule bist, brauche ich eine zweite Krankenschwester. Eine, die rund um die Uhr da ist. Hast du schon Nachricht von ihrer Mutter?«

»Ich habe ihr geschrieben, daß Kitty sehr krank ist. Aber sie hat mir noch nicht geantwortet.«

»Gut... wenn sie antwortet, dann rufe ich sie an und spreche mit ihr. Sie schuldet Kitty sehr viel. Vielleicht können wir dann, bevor die Schule beginnt, eine Dauerlösung finden.« Er seufzte und warf Kitty einen Blick zu. »Zumindest scheint sie gerne fernzusehen.« Noch nie hatte ich ihn so unglücklich gesehen.

War das die Vergeltung – hatte Kitty es wirklich verdient mit dieser schrecklichen, unbekannten Krankheit geschlagen zu sein? Sie hatte es herausgefordert, und Gott hatte schließlich Gerechtigkeit walten lassen. Aus meiner eigenen Erschöpfung heraus sagte ich mir: Ja, Kitty zu ihrer Mutter nach Winnerrow zu bringen, sei eine gute Idee. Ich hätte zudem die Gelegenheit, Fanny zu sehen, Großvater zu besuchen... Tom zu suchen, von Logan ganz zu schweigen. Weiter konnte ich jedoch nicht denken. Wie hätte ich Logan jemals wieder in die Augen sehen können?

Endlich kam ein Brief von Reva Setterton, Kittys Mutter.

»Es ist furchtbar für mich, dorthin zu fahren«, sagte Cal, nachdem er den kurzen Brief überflogen hatte, in welchem keine echte Anteilnahme für ihre kranke Tochter zu lesen war. »Ich sehe es ihren Augen an, daß Kittys Eltern meinen, ich hätte Kitty wegen ihres Geldes geheiratet, aber wenn wir nicht bei ihnen bleiben, dann glauben sie womöglich, du und ich, wir hätten ein Verhältnis.«

Er sah mich nicht an, als er dies sagte; aber ich hörte ein sehnsüchtiges Verlangen aus seiner Stimme heraus und fühlte mich schuldig. Ich schluckte und bebte und versuchte, nicht daran zu denken, worauf er angespielt hatte.

»Außerdem mußt du einmal ausspannen. Du machst zuviel, um Kitty zu pflegen, trotz der Krankenschwester. Und ich kann es nicht zulassen, daß du die Schule aufgibst, um sie zu pflegen. Das Schlimme ist, es scheint Kitty nichts zu fehlen, sie scheint nur den

Wunsch zu haben, zu Hause zu bleiben und fernzusehen.«

»Wach auf und zeig Cal, daß du ihn liebst, bevor es zu spät ist«, schrie ich Kitty an und wollte ihr klarmachen, daß sie Gefahr lief, ihren Mann zu verlieren. Durch ihre Kälte, ihre Grausamkeit und ihre Unfähigkeit zu geben, hatte sie ihn dazu getrieben, daß er sich mir zugewandt hatte.

Als Cal wieder zu Hause war, sagte ich mit leiser, verängstigter Stimme, ich wollte ihn jetzt, wo er niemanden hatte, nicht im Stich lassen. »Kitty würde nicht den ganzen Tag und die ganze Nacht regungslos daliegen, wenn sie nicht wirklich krank wäre.«

»Aber ich habe veranlaßt, daß sie von den besten Medizinern untersucht worden ist. Die haben alle erdenklichen Untersuchungen gemacht und nichts gefunden.«

»Erinnerst du dich, wie die Ärzte dir ihre Diagnose gegeben haben? Sie haben zugegeben, daß ihnen der menschliche Körper manchmal ebenso große Rätsel aufgibt wie uns. Auch wenn der Neurologe gesagt hat, daß sie vollkommen gesund ist, so kann doch niemand in ihren Kopf schauen, nicht wahr?«

»Heaven, Kittys Pflege ruiniert unser beider Leben. Ich kann dich nicht so oft haben, wie ich es brauche. Zuerst dachte ich, du wärst ein Segen.« Er lachte kurz und hart auf. »Wir müssen Kitty nach Winnerrow bringen.«

Hilflos sah ich ihm in die Augen und wußte nicht, was ich dazu sagen sollte.

Kitty lag in ihrem Bett in einem pinkfarbenen Nachthemd und darüber eine farblich passende Bettjacke, die mit kleinen Rüschen besetzt war. Ihre gepflegten roten Haare wurden immer länger und hübscher.

Ihre Muskeln waren nicht mehr so schlaff wie früher, und ihre Augen blickten uns nicht mehr ganz so leer und apathisch entgegen. »Wo wart ihr?« hauchte sie und schien nicht besonders interessiert.

Noch bevor ihr einer von uns antworten konnte, war sie eingeschlafen. Mitleid übermannte mich beim Anblick dieser einst starken, gesunden Frau, die wohl für den Rest ihrer Tage stumpfsinnig bleiben sollte.

Erregung, Erleichterung und eine merkwürdige Vorfreude auf Winnerrow hatten mich gepackt, als hätte es dort jemals etwas anderes als nur Leid für mich gegeben.

»Cal, manchmal kommt es mir vor, als ginge es ihr besser«, sagte ich, nachdem wir ihr Zimmer verlassen hatten.

Seine braunen Augen wurden schmal. »Wie kommst du darauf?«

»Ich weiß es nicht. Es liegt nicht an dem, was sie tut oder nicht tut. Nur wenn ich in ihrem Zimmer bin und ihre Sachen auf dem Frisiertisch abstaube, habe ich das Gefühl, daß sie mich beobachtet. Einmal habe ich aufgeschaut, und ich könnte schwören, daß ich eine Regung in ihren Augen sah und sie nicht wie sonst ins Nichts starrten.«

Seine Augen blickten gehetzt. »Um so mehr Grund, schnell zu handeln, Heaven. Seitdem ich dich liebe, ist mir klargeworden, daß ich Kitty nie geliebt habe. Ich bin nur einsam gewesen und wollte die Leere in meinem Leben füllen. Ich brauche dich; ich liebe dich so sehr, daß ich es kaum ertragen kann.« Seine Lippen berührten meine und versuchten, in mir die gleiche Begierde zu erwecken, die er für mich empfand; seine Hände taten das Ihre, um mich auf den Höhepunkt der Erregung zu bringen, den er so leicht erreichte. Aber warum hatte ich dabei jedesmal das Gefühl, daß ich eine Ertrinkende sei? Ich versank, wenn wir uns liebten.

Er beherrschte mich mit seinem Körper, seinem Willen und seinen Wünschen so sehr, daß ich anfing, ebensoviel Angst vor ihm zu haben wie früher vor Kitty. Nicht daß er mir jemals körperlich etwas antat… Es waren seelische und moralische Verletzungen, die unheilbar waren. Trotzdem liebte ich ihn, und ich hatte den gleichen unersättlichen, brennenden Hunger, zärtlich geliebt zu werden, wie er.

Ich würde Tom finden, Großvater sehen, Fanny besuchen und Keith und Unsere-Jane ausfindig machen. Ich unterzog mich selbst einer Art Gehirnwäsche, indem ich immer und immer wieder diese Litanei wiederholte. Winnerrow wurde zu meinem Zufluchtsort, wo alle Lösungen parat lagen.

18. KAPITEL

DIE SCHATTEN DER VERGANGENHEIT

Cal und ich richteten Kitty auf dem Rücksitz des Autos eine Bett-statt her, verstauten die Koffer und fuhren an einem sonnigen Au-gusttag los. Kitty war nun schon zwei Monate krank, und nach ih-rem seltsamen Verhalten zu schließen, würde sie auch nicht so bald gesund werden.

Gestern noch hatten ihr die »Mädels« die Haare frisiert. Ich hatte sie heute morgen mit einem Schwamm gewaschen, ihr einen hüb-schen, rosa Büstenhalter angezogen und sie in ihren nagelneuen Ho-senanzug gekleidet. Ich tat mein Bestes, um sie zu frisieren – und war auch mit dem Ergebnis zufrieden. Dann schminkte ich sie, da-mit sie hübsch aussah. Zum ersten Mal sagte Kitty während einer Fahrt kein Wort. Sie lag wie tot und erinnerte an die Puppe, die sie so grausam verbrannt hatte.

Die Dinge, die wir auf dieser Rückreise nach West Virginia hätten besprechen müssen, blieben alle ungesagt. Cal und ich saßen auf der vorderen Sitzbank, mit so viel Raum zwischen uns, daß Kitty noch bequem Platz gehabt hätte, wenn sie nur imstande gewesen wäre zu sitzen. Bald würden Cal und sie bei Kittys Familie wohnen, und er könnte sein Verlangen nach mir nicht mehr stillen. Ich flehte zu Gott, daß die Settertons niemals erführen, was zwischen Cal und mir geschehen war. Dieser Gedanke bedrückte mich so, daß mir ganz schlecht wurde. Dachte Cal das gleiche wie ich? Bereute er nun seine Liebeserklärungen an ein dreckiges Hillbilly-Mädchen?

Dies war unsere Stunde der Wahrheit oder sie würde zumindest bald kommen. Seine Augen waren starr auf die Straße gerichtet, und ich sah mir die Landschaft an. In ein paar Wochen begann die Schule wieder. Bis dahin mußten wir eine Lösung für Kitty gefunden ha-ben.

Unwillkürlich mußte ich diese Reise im Sommer mit der Winter-reise vor zwei Jahren vergleichen. Alles, was mich damals beein-druckt hatte, war nun eine Selbstverständlichkeit. Der goldene Tor-bogen zu McDonald's entlockte mir keine Bewunderung mehr, und die Hamburger schmeckten auch nicht mehr, da ich mittlerweile in den besten Restaurants von Atlanta gegessen hatte. Was würde Cal jetzt mit mir machen? Konnte er seine Liebe und sein Verlangen einfach abdrehen, so wie Kitty einfach ihre alte Persönlichkeit abgeschaltet hatte? Ich seufzte und zwang mich, an meine Zukunft zu denken, daß ich bald auf mich selbst gestellt sein würde. Ich hatte mich bereits bei sechs Universitäten beworben. Cal hatte gemeint, daß er mit mir aufs College gehen wollte, um sein Studium abzuschließen, während ich mit meiner akademischen Ausbildung begann.

Als wir uns auf halbem Weg nach Winnerrow befanden, wurde mir klar, warum Miß Deale zu uns in die Berge gekommen war. Um ihre Begabungen denen zugute kommen zu lassen, die es am nötigsten hatten. Wir waren die Ausgestoßenen und Unterprivilegierten aus dem Kohlenrevier. Vor langer Zeit hatte ich Tom einmal im Spaß gesagt, daß ich wie Miß Deale werden wollte; jetzt, wenn ich mich so umsah, war es mein sehnlichster Wunsch, eine so anregende Lehrerin wie sie zu werden. Ich war siebzehn; Logan besuchte bestimmt schon ein College und würde in den Sommerferien kurz zu Hause sein. Würde er Schuld und Scham auf meinem Gesicht ablesen können? Würde er mir ansehen, daß ich keine Jungfrau mehr war? Großmutter hatte immer gesagt, daß sie sofort feststellen könne, ob ein Mädchen »unrein« sei. Logan durfte ich nichts über Cal erzählen, niemandem durfte ich es erzählen, nicht einmal Tom. Während ich so dasaß und nachdachte, lastete das Gewicht meiner Schuld schwer auf mir.

Wir ließen Meile für Meile hinter uns. Schließlich erreichten wir die bergige Gegend, in Serpentinen ging es immer höher hinauf. Bald wurden die Abstände zwischen den Tankstellen größer. Die luxuriösen, weitausladenden Motels wurden durch kleine Hütten ersetzt, die in schattigen Wäldern versteckt lagen. Schäbige, graue Häuser kündigten eine kleine, abgelegene Stadt an. Dann ließen wir auch diese hinter uns. Auf die Willies, die finsteren Berge, führte keine Schnellstraße. Was für einen beängstigenden Klang dieser Name jetzt hatte.

Ich sah die Gegend mit den gleichen Augen, wie meine Mutter sie vor über siebzehn Jahren gesehen haben mußte. Sie wäre jetzt erst einunddreißig Jahre alt gewesen, wenn sie noch gelebt hätte. Wie furchtbar, daß sie so jung sterben mußte. Nein, sie hätte nicht sterben müssen. Unwissenheit und die Ignoranz, die auf den Bergen herrschte, hatten sie umgebracht.

Wie hatte Mutter nur Luke Casteel heiraten können? Welcher Wahn hatte sie aus einer kultivierten Gegend wie Boston getrieben und sie hierher verschlagen, wo Erziehung und Bildung als lächerlich betrachtet wurden?

Ich warf einen Blick auf Kitty. Sie schien eingeschlafen zu sein.

Vor uns auf der Straße kam eine Kreuzung. Cal bog nach rechts ab, wir ließen die kleine, ungeteerte Straße, die hoch hinauf zu unserer armseligen Hütte führte, links liegen. Alles kam mir wieder so bekannt vor, als hätte ich es nie verlassen. Die Erinnerungen kehrten auf einmal wieder zurück, meine Nase kitzelten die mir bekannten Düfte von Geißblatt, Erdbeeren und reifen Himbeeren.

Fast hörte ich die Banjos aufspielen, hörte wie Großvater auf seiner Geige fiedelte und sah Großmutter in ihrem Schaukelstuhl, sah wie Tom durch die Wiesen lief, hörte Unsere-Jane weinen, während Keith immer in ihrer Nähe stand und liebevoll auf sie aufpaßte. Trotz aller Unwissenheit und Dummheit, die das Leben in den Bergen bestimmt hatten, gab es auch die Freuden und Schönheiten, die Gott uns geschenkt hatte.

Nach jeder Meile wurde ich ungeduldiger und aufgeregter.

Dann erreichten wir die großen, grünen Felder vor Winnerrow; gepflegte Felder der Farmer mit Sommergetreide, das bald geerntet werden würde. Nach den Farmen kamen die Häuser der Ärmsten im Tal, denen es nicht viel besser ging als den echten Hillbillys. Über den armen Talbewohnern befanden sich die Hütten der Bergarbeiter, dazwischen lagen die kleinen Schuppen, in denen der verbotene Schnaps gebrannt wurde.

Tief unten im Tal wohnten die Wohlhabenden, dort, wohin der fruchtbare Schlick der Berge von den schweren Frühlingsregen hinuntergeschwemmt wurde. Er war der Humus für die Gärten jener Familien in Winnerrow, die es am wenigsten brauchten. Deshalb wuchsen um die großen, reichen Häuser in Winnerrow auch die schönsten Tulpen, Narzissen, Iris und Rosen. Kein Wunder also, daß man die Stadt Winnerrow nannte – die Straße der Gewinner. Jeder, der es zu etwas gebracht hatte, wohnte in der Hauptstraße – der Main Street, und alle, die nicht weitergekommen waren, lebten in den Bergen. Die Besitzer der Kohleminen hatten sich die prunkvollen Villen gebaut wie die Goldminenbesitzer, deren Bergwerke schon vor langer Zeit versiegt waren. Jetzt gehörten die Häuser den Baumwollfabrikanten und deren Geschäftsführern.

Cal fuhr die Main Street hinab, vorbei an den pastellfarbenen Villen der Reichen, dann folgten die weniger prachtvollen Häuser der Mittelklasse, der Leute, die in einem Bergwerk als Aufseher oder Verwalter arbeiteten. Winnerrow war auch mit Baumwollspinnereien gesegnet – oder verflucht, die den Stoff für Bettwäsche, Tischtücher, Decken und Teppiche herstellten. Baumwollspinnereien, in denen die Luft mit winzigen, unsichtbaren Fädchen geschwängert war, die die Arbeiter einatmeten, so daß sie früher oder später genauso ein Lungenleiden bekamen wie die Bergarbeiter in den Kohlenminen. Nie wurden die Spinnereibesitzer dafür gerichtlich belangt – ebensowenig wie die Bergwerkbesitzer. Da war nichts zu machen. Man mußte seinen Lebensunterhalt verdienen. So lagen die Dinge eben. Man mußte sich eben auf das Risiko einlassen.

Dies alles ging mir durch den Kopf, als ich die schönen Häuser anstarrte, denen einst meine ganze kindliche Bewunderung gehört hatte. Und sie hatten auch jetzt nichts von ihrer Faszination für mich verloren. Schau dir die Veranda an, hörte ich Sarah sagen. Die Stockwerke kannst du an den Fenstern zählen, den ersten, zweiten, dritten Stock. Sieh dir die Kuppeln an, einige Häuser haben zwei, drei und vier davon. Häuser, die so hübsch wie auf Ansichtskarten waren.

Wieder sah ich mich nach Kitty um. Diesmal hatte sie die Augen geöffnet. »Kitty, wie geht es dir? Brauchst du irgend etwas?«

Ihre wasserhellen Augen richteten sich auf mich. »Will nach Haus.«

»Du bist fast zu Hause, Kitty, fast...«

»Will nach Hause«, wiederholte sie wie ein Papagei, dem man nur diesen einen Satz beigebracht hatte. Beklommen drehte ich mich um. Warum hatte ich noch immer Angst vor ihr?

Cal fuhr langsamer, dann bog er in die Einfahrt eines hübschen Hauses, das hellgelb und weiß angemalt war. Drei Stockwerke im reinsten Zuckerbäckerstil, wahrscheinlich um die Jahrhundertwende erbaut, mit kleinen Veranden im Erdgeschoß und im ersten Stock und einem kleinen Balkon im letzten Stockwerk, in dem sich höchstwahrscheinlich der Speicher befand. Solche Veranden gibt es auf allen vier Seiten des Hauses, erklärte Cal, während er den Wagen abbremste, ausstieg und die hintere Wagentür öffnete, damit er Kitty herausheben und auf die hohe Veranda tragen konnte, auf der Kittys Familie schon wartete.

Warum kamen sie Kitty nicht entgegen, um sie zu Hause willkommen zu heißen? Warum standen sie nur zusammengedrängt da oben auf der Veranda und sahen Cal zu, wie er Kitty auf seinen Armen hochtrug? Kitty hatte mir erzählt, daß ihre Familie gejubelt hatte, wie sie mit dreizehn Jahren mit ihrem ersten Ehemann davongelaufen war. »Haben mich nie geliebt, keiner von ihnen«, hatte mir Kitty öfter gesagt. Die kühle, distanzierte Haltung, mit der sie Kitty erwarteten, zeigte mir, daß sie sich keineswegs sonderlich freuten, sie wiederzusehen, insbesondere als hilflose Kranke – aber konnte ich ihnen daraus einen Vorwurf machen? Wenn Kitty zu dem fähig gewesen war, was sie mir angetan hatte..., wie war sie dann wohl zu ihnen gewesen? Eigentlich waren sie doch sehr großzügig, sie aufzunehmen, wirklich sehr großzügig.

Zögernd saß ich im Wagen und wollte den kühlen, sicheren Schutzraum nicht verlassen.

Cal trug Kitty die breiten Stufen hinauf; dabei hielt er immer wieder zwischen den weißen Balustraden inne. Die Familienmitglieder starrten Kitty lediglich an, und da niemand sonst Cal half, wollte ich es tun.

Die Haltung erinnerte mich an die Geschichte, die Großmutter immer erzählte, wie Großvater und sie Lukes Braut erwartet und beide sie abgelehnt hatten – am Anfang zumindest. O Mutter, wie schlimm es für dich gewesen sein muß! Wie schlimm mußte es jetzt für Kitty sein.

Ich lief die Treppe hinauf, um Cal und Kitty einzuholen und sah, wie die Familie mich anschaute. Es waren keine freundlichen Blicke, aber auch nicht gerade feindliche. Alle vier starrten Cal an, als trüge er eine unerwünschte Fremde in seinen Armen. Offensichtlich wollten sie Kitty nicht, aber trotzdem fühlten sie sich verantwortlich. Sie wollten Kitty zu sich nehmen und sich so gut wie möglich um sie kümmern... »bis es vorbei ist, so oder so...«

Die große, stattliche Frau, die Kitty ähnlich sah, mußte ihre Mutter, Reva Setterton, sein. Sie trug ein hauchdünnes, glänzendes, grünes Seidenkleid mit einer Reihe von Goldknöpfen, die von oben bis zum Saum reichten. Ihre Schuhe hatten die gleiche grüne Farbe wie ihr Kleid, und natürlich war ich dummes Mädchen davon beeindruckt.

»Wohin kann ich sie tragen?« fragte Cal und versuchte, Kittys Gewicht zu verlagern, während sie ihre Mutter stumpf ansah.

»Ihr Zimmer ist schon vorbereitet«, antwortete die Frau und ihre dünnen Lippen zuckten bei dem Versuch, ein Lächeln nachzuahmen. Dann streckte sie ihre großen, rötlichen Hände mir entgegen und schüttelte nur kurz meine Hand, kraftlos und widerwillig. Ihre kastanienroten Haare hatten breite, graue Strähnen, als wäre eine Pfefferminzstange auf ihrem Kopf geschmolzen und hätte große, weiße Flecken hinterlassen. Dem untersetzten, beleibten Mann neben ihr wuchsen die grauen Haare hufeisenförmig um den rosigen, kahlen Schädel. Cal stellte ihn mir als Porter Setterton vor. »Kittys Vater, Heaven.«

»Ich trage Kitty gleich in ihr Zimmer«, schlug Cal vor. »Es war eine lange Fahrt, und der Rücksitz war wohl ziemlich unbequem für Kitty. Hoffentlich hat das Geld, das ich euch geschickt habe, ausgereicht, um alles zu besorgen, was sie braucht.«

»Wir kümmern uns schon um unsere eigenen Leute«, bemerkte Kittys Mutter und warf ihrer Tochter einen harten, abschätzigen Blick zu. »Sieht mir ja nicht besonders krank aus mit all dieser Pampe im Gesicht.«

»Wir sprechen später darüber«, sagte Cal und ging auf die Tür zu. Kittys Schwester Maisie, eine Art farblose Imitation Kittys, wie sie wohl mit siebzehn gewesen sein mußte, starrte mich von Kopf bis Fuß an. Der pickelgesichtige junge Mann namens Danny, mit rotblonden Haaren, wandte sein Gesicht keine Sekunde von mir ab. Ich schätzte ihn auf Anfang zwanzig.

»Wir haben uns schon oft gesehen«, eröffnete mir Maisie in dem Versuch, Konversation zu machen. »Also, jedenfalls haben wir Sie und Ihre Familie gesehen. Alle haben immer auf die Berge geguckt – das heißt auf die Casteels.«

Ich betrachtete Maisie und Danny und versuchte, mich an sie zu erinnern, aber ich konnte nichts mit ihren Gesichtern anfangen. Wen, außer dem Reverend und seiner Frau sowie den schönsten Mädchen und bestaussehenden Jungens hatte ich sonst noch registriert? Miß Deale noch. Und das war so ziemlich alles. Die Bestangezogenen hatten meine Aufmerksamkeit erregt, denn ich hatte mir immer ihre schönen Kleider gewünscht. Jetzt trug ich selbst viel schönere Kleider, als ich je in Winnerrows einziger Kirche gesehen hatte.

Danny hatte noch nichts gesagt. »Ich muß Kitty helfen«, meinte ich und blickte zurück auf den Wagen. »Wir haben unsere Sachen im Kofferraum... Und wir brauchen sie für Kittys Pflege.«

»Ich hole sie«, bot Danny an und rührte sich endlich. Ich folgte Reva Setterton ins Haus, und Maisie kam mir nach, während Mr. Setterton Danny zum Auto begleitete.

»Sie haben ja einen ulkigen Namen«, bemerkte Maisie, als sie hinter mir die Treppe hinaufging. »Heaven Leigh. Klingt hübsch. Mutter, warum hast du mir so'n blöden Namen wie Maisie gegeben? Ist dir wohl nichts eingefallen?«

»Halt den Mund, und sei froh, daß ich dich nicht dumme Trine genannt hab'.«

Geknickt ließ Maisie den Kopf hängen und wurde rot. Vielleicht waren Kittys Geschichten über ihre furchtbare Jugend, die sie Cal vor langer Zeit erzählt hatte, doch wahr.

Nach allem, was ich in der kurzen Zeit ausmachen konnte, war das Haus geräumig, sauber und gepflegt. Bald wurde ich in ein Schlafzimmer geführt, wo Kitty schon auf einem Krankenhausbett lag. Während Cal die Bettdecke hochzog, lächelte er mir zu und wandte sich dann an Kittys Mutter: »Reva, ich danke dir von Herzen für dein Angebot, Kitty aufzunehmen und alles für sie zu tun. Ich hatte für sie eine Krankenschwester engagiert, die rund um die Uhr da war. Wenn du mit einer Nachtschwester auskommst, schicke ich dir wöchentlich einen Scheck, wie auch für die anderen Ausgaben, die Kittys medizinische Versorgung betreffen.«

»Wir sind nicht arm. Hab's schon einmal gesagt, daß wir uns um unsere eigenen Leute kümmern können«, beharrte Reva. Dann sah sie sich in dem hübschen Zimmer um. »Nennen Sie mich Reva, mein Kind«, wandte sie sich an mich. »Dies war früher Kittys Zimmer – nicht schlecht, was? Dabei hat Kitty immer so getan, als hätten wir sie in 'nem Schweinestall gehalten. Ein Gefängnis hat sie's immer genannt. Konnt's nicht erwarten, erwachsen zu werden, um mit dem erstbesten Mann abzuhauen... gleich dem ersten, der sie wollte... jetzt schauen Sie sich Kitty an. Das kommt davon, wenn man nicht das Rechte tut und nur sündigt...«

Was hätte ich darauf antworten sollen?

In fünfzehn Minuten hatte ich Kitty mit einem Schwamm erfrischt und ihr ein hübsches, pinkfarbenes Nachthemd übergezogen. Sie starrte mich aus schläfrigen Augen an, und ihr verschwommener Blick zeigte fast so etwas wie Erstaunen, als sie mich ansah, bevor sie wieder einschlummerte. Welche Erleichterung, diese seltsamen Augen geschlossen zu sehen.

Unten im gemütlichen Wohnzimmer saßen wir alle zusammen, und Cal erzählte von Kittys geheimnisvoller Krankheit, die kein Arzt diagnostizieren konnte. Reva Setterton verzog geringschätzig den Mund. »Seit Kitty auf der Welt ist, meckert sie über alles. Man konnte es ihr noch nie recht machen. Hat mich und ihren Vater nie gemocht noch sonst irgend jemanden – es sei denn, er war männlich und gutaussehend. Vielleicht kann ich jetzt alle meine Fehler aus der Vergangenheit gutmachen... jetzt, wo sie mir keine frechen Antworten zurückgeben kann, die mich fuchsteufelswild machen.«

»Sehr richtig, sehr richtig«, fiel Maisie ein, die wie eine Klette an meiner Seite hing. »Gibt doch immer wieder Ärger, wenn Kitty zu Haus ist. Alles lehnt sie ab, was wir sagen oder tun. Sie haßt Winnerrow. Haßt uns alle, trotzdem kommt sie immer wieder zurück...« Maisie plapperte immer weiter, folgte mir in mein Zimmer, sah mir zu, wie ich auspackte. Sie war von der Unterwäsche und den hübschen Kleidern ganz hingerissen, die mittlerweile offiziell zu meiner Garderobe gehörten, nun, da Kitty zu krank war, um zu kontrollieren, wieviel Geld Cal für mich ausgab.

»Wetten, daß es verdammt schwierig ist, mit ihr auszukommen?« löcherte mich Maisie weiter mit ihren Fragen. Plumpsend ließ sie sich auf den gelben Bettüberzug fallen und sah mich mit ihren grünen Augen voll Bewunderung an. Sie hatte wohl nicht die Vitalität und Robustheit, die Kitty einst besessen hatte. »Kitty war eigentlich nie 'ne richtige Schwester. Sie war schon fort und verheiratet, bevor ich noch richtig denken konnte. Nie mochte sie, was Mutter kocht. Jetzt muß sie es ja wohl oder übel essen.« Maisie grinste wie eine schadenfrohe Katze. »Sie mag überhaupt nichts an uns. Ganz schön komisch, unsere Kitty. Aber traurig, daß sie so im Bett liegt und sich nicht rührt. Was ist denn passiert?«

Eine gute Frage, eine sehr gute Frage, die sich die Ärzte auch schon viele Male gestellt hatten.

Als Maisie gegangen war, sank ich in einen mit gelbem Chintz bezogenen Ohrensessel und überlegte. Wie hatte es begonnen? Nachdem Chuckles getötet worden war? Ich versuchte mich zu erinnern, konzentriert und mit geschlossenen Augen. Wo war der Anhaltspunkt? Vielleicht war es der Tag, als Kitty nach Hause gestürmt war, voll Wut, weil die Hälfte ihrer Kundinnen ihre Termine nicht eingehalten hatten. »Blöde Weiber!« kreischte sie. »Meinen wohl, sie sind besser als ich und können mich warten lassen, als hätte ich nichts Besseres zu tun. Bin hungrig, habe einen Wolfshunger – trotzdem verlier' ich dauernd an Gewicht! Möcht' essen, essen und wieder essen.«

»Ich beeil' mich, so sehr ich kann«, antwortete ich und raste zwischen Spüle und Herd hin und her.

»Ich bad' erst mal... Wenn ich fertig bin, steht alles auf dem Tisch.«

Klick-klack klapperten ihre hohen Absätze die Treppe hinauf.

Fast konnte ich Kitty vor mir sehen, wie sie sich die rosa Arbeitskleidung vom Leib riß, sich ihrer Unterwäsche entledigte und alles auf den Boden fallen ließ. Kleidungsstücke, die ich später aufheben, waschen und einräumen mußte. Ich hörte Kitty mit lauter Stimme singen, ein Lied, das sie immer sang, wenn sie im Bad war.

> »Dort unten im Tal... so tief im Tal... ja, ja...
> Am frühen Abend... pfiff der Zug... ja, ja, ja...

Immer und immer wieder, bis sich das Lied in meinem Kopf festsetzte, an meinen Nerven zerrte. Immer nur diese zwei Zeilen, die sie so oft wiederholte, daß ich mir zum Schluß Watte in die Ohren stopfen wollte.

Dann kam der Schrei.

Ein langer, markerschütternder Schrei.

Ich flog die Stufen hinauf, in der Annahme, daß Kitty in der Badewanne ausgerutscht sei... Aber ich fand sie nur nackt vor dem Spiegel stehend, wie sie mit großen, ängstlichen Augen ihre rechte Brust anstarrte. »Krebs, ich hab' Brustkrebs.«

»Mutter, du mußt zu einem Arzt gehen. Vielleicht ist es nur eine Zyste oder ein gutartiger Tumor.«

»Was, zum Teufel, heißt schon ›gutartig‹?« schrie sie erregt. »Sie werden sie abschneiden, mich aufschneiden mit einem Skalpell, mich verstümmeln… Kein Mann will mich dann mehr! Ich werd' schief sein, nur eine halbe Frau, und ich kann nie mein Baby bekommen! Nie werd' ich erfahren, wie das ist, sein eigenes Kind zu säugen! Haben mir schon gesagt, daß ich keinen Krebs hab', aber ich weiß es, weiß es ganz genau!«

»Warst du denn schon beim Arzt, Mutter?«

»Ja, verdammt noch mal, ja! Was wissen *die* schon? Wenn man auf dem Totenbett liegt, dann wissen sie Bescheid!«

Wie eine Wahnsinnige hatte Kitty getobt, bis ich Cal angerufen und ihn gebeten hatte, sofort nach Hause zu kommen. Dann ging ich wieder nach oben und fand Kitty auf ihrem großen Bett liegend, die Augen starr zur Decke gerichtet.

Aber ich konnte mich, verflixt noch mal, nicht so genau daran erinnern.

Nach unserer ersten, sehr guten Mahlzeit bei den Settertons half ich Maisie und Reva beim Geschirrspülen; dann leisteten wir Mr. Setterton auf der Veranda Gesellschaft. Es gelang mir, Cal leise an jenen Tag zu erinnern, während Reva Setterton oben herumfuhrwerkte und die Mahlzeit in Kitty hineinstopfte. »Sie hat gegessen«, verkündete sie, als sie zurückgekehrt war und steif in ihrem Schaukelstuhl aus Rohr saß. »Bei mir ist noch keiner verhungert.«

»Reva, vor ein paar Wochen hat Kitty erzählt, daß sie einen Knoten in ihrer Brust gefunden hat. Sie sagte, daß sie zu einem Arzt gegangen sei und der kein bösartiges Geschwür gefunden habe – aber wie können wir sicher sein, daß sie wirklich zu einem Arzt gegangen ist? Immerhin, als sie dann zwei Wochen im Krankenhaus lag, haben die Ärzte sie genau untersucht und nichts Verdächtiges gefunden.«

Aus irgendeinem Grund stand Kittys Mutter abrupt auf und verließ die Veranda.

»Ist das alles?« rief Maisie mit erstaunt aufgerissenen, grünen Augen. »Wie dumm von ihr, sich so einzuigeln, bis sie Bescheid wußte… Sie hat aber auch wirklich große Dinger, was? Bei solchen kann man ja verstehen, daß sie nichts davon wissen wollte.«

»Aber die Ärzte haben sie gründlich untersucht«, warf Cal ein, der ganz in meiner Nähe saß.

»Ist doch Kitty völlig gleichgültig«, bemerkte Maisie erstaunlich ungerührt. »Brustkrebs liegt in unserer Familie. Haben 'ne lange Geschichte davon. Mutter hat beide Brüste verloren. Trägt jetzt falsche. Deswegen ist sie auch gegangen. Kann's nicht leiden, wenn man darüber spricht. Merkt man aber nicht, daß sie falsche hat, oder? Die Mutter unserer Mutter hat eine Brust wegoperiert bekommen und Vaters Mutter auch, dann ist sie gestorben, bevor man ihr die zweite abgenommen hat. Kitty hat schon immer 'ne Höllenangst davor gehabt, eine Brust zu verlieren, sie ist ja so mächtig stolz auf ihre.« Maisie blickte nachdenklich auf ihre kleinen Brüste. »Im Vergleich zu ihr hab' ich nicht viel, aber trotzdem würd' ich nicht gern eine verlieren – wirklich nicht.«

Das also war es? War die Erklärung wirklich so einfach?

Etwas, woran weder die Ärzte noch Cal und ich gedacht hatten. Das Geheimnis, das sie gehütet hatte. Der Grund, weshalb sie sich in ihre eigene Welt zurückgezogen hatte – dorthin, wo es keinen Krebs gab.

Nach zwei Stunden bereits merkte ich, daß sich Cal mir gegenüber anders verhielt, seit er bei den Eltern Kittys war. Irgend etwas lag zwischen uns. Ich wußte nicht genau, was es war, obwohl ich mit dankbarer Erleichterung fühlte, daß er mich anscheinend längst nicht so brauchte wie früher. Vielleicht war es Mitleid, daß er Kitty, wenn er an ihrer Bettkante saß und ihre Hand hielt, so gerührt anblickte. Ich stand an der Türschwelle und beobachtete, wie er Kitty zu trösten versuchte.

Was zwischen Cal und mir geschehen war, würde mein schmachvolles, schreckliches Geheimnis bleiben.

Unten auf der Veranda überlegte ich, was ich als nächstes unternehmen sollte – ich dachte an Tom. Sollte ich zunächst ihn besuchen und dann Fanny?

Logan – wann werde ich *dich* wiedersehen? Wirst du mich erkennen, wirst du dich freuen, daß ich zurück bin... Oder wirst du dich wieder von mir abwenden, wie das letzte Mal, als du mit deinen Eltern zusammen standest? Er hatte nie ein Wort darüber verloren, vermutlich war er der Meinung, ich hätte es nicht bemerkt.

In dieser ersten Nacht schliefen Maisie und ich in ihrem Zimmer, und für Cal wurde ein Bett in Kittys Raum aufgestellt. Sehr früh am nächsten Morgen war ich schon aufgestanden und angezogen, während die anderen noch in ihren Betten lagen. Kaum hatte ich einen Fuß auf die Treppe gesetzt, als Cal hinter mir meinen Namen rief: »Heaven, wohin gehst du?«

»Fanny besuchen«, flüsterte ich und war ängstlich darauf bedacht, ihm nicht in die Augen zu sehen. In Winnerrow schämte ich mich tausendmal mehr, als ich es in Candlewick je getan hatte.

»Laß mich mit dir gehen, bitte.«

»Cal«, sagte ich beschwörend, »wenn es dir nichts ausmacht, dann möchte ich lieber alleine gehen. Meine Beziehung zu Fanny war immer schon recht schwierig. Wenn du dabei bist, dann redet sie wahrscheinlich nicht offen. Ich muß aber die Wahrheit wissen und will keine Lügen aufgetischt bekommen.«

Seine Stimme war rauh. »Wie schnell du dich davonmachst, Heaven, kaum daß du dich in bekannter Umgebung bewegst. Läufst du vor *mir* weg? Suchst du Entschuldigungen, um mir aus dem Weg zu gehen? Du mußt dich nicht entschuldigen; du bist nicht mein Besitz. Geh du nur, ich werde auf Kitty aufpassen und Pläne machen, wie Kittys Pflege bei ihren Eltern ablaufen soll. Ich werde dich vermissen.«

Die Trauer in seiner Stimme bedrückte mich, aber es war trotzdem eine Wohltat, das Haus und alles darin hinter mir zu lassen. Mit jedem Schritt fühlte ich mich jünger, fröhlicher.

Ich würde Fanny sehen.

Automatisch machten meine Füße einen Umweg, so daß ich an der Stonewall-Apotheke vorbeikam. Mein Puls schlug schneller, als ich mich dem bekannten Gebäude näherte. Ich wollte nur daran vorbeigehen und erwartete eigentlich nicht, Logan zu sehen. Aber es interessierte mich doch, was aus ihm geworden war. Ich spähte durch die großen Glasfenster, das Herz schlug mir bis zum Hals, aber ich entdeckte ihn nicht. Seufzend drehte ich mich um und gewahrte den neugierigen Blick zweier dunkelblauer Augen, die einem gutaussehenden, jungen Mann gehörten, der gerade aus einem Sportwagen ausstieg. Wie angewurzelt blieb ich stehen und starrte auf – Logan Grant Stonewall.

Meine Güte!

Er schien ebenfalls verblüfft zu sein. Wir sahen uns lange ungläubig an.

»Heaven Leigh Casteel... Bist du's, oder träume ich?«

»Ich bin's. Bist du es wirklich, Logan?«

Auf einmal leuchtete sein Gesicht auf, schnell kam er auf mich zu, packte meine beiden Hände und hielt sie fest. Er sah mir tief in die Augen und schnappte nach Luft. »Du bist ja erwachsen geworden... und so schön.« Er errötete und begann zu stottern, schließlich lächelte er. »Warum bin ich eigentlich erstaunt darüber? Ich wußte es immer schon, daß du noch schöner werden würdest.«

Ich war verlegen, gefangen in dem Netz, das ich mir selber gesponnen hatte. Ich wollte mich in seine Arme werfen, die er mir entgegenhielt. »Danke, daß du alle meine Briefe beantwortet hast... fast alle.«

Er sah etwas enttäuscht drein, da ich keine Anstalten machte, den ersten Schritt zu tun. »Als ich deine Nachricht erhielt, daß du mit Kitty Dennison zurückkämst, habe ich es gleich Tom erzählt.«

»Ich hab's ihm auch geschrieben«, wisperte ich, immer noch verblüfft darüber, wie gut er aussah und wie groß und stark er geworden war. Ich schämte mich, daß ich Cal nicht abgewehrt hatte, um auf diese reine, helle und aufrichtige Liebe zu warten. Ich senkte die Augen voller Angst, er könnte etwas darin lesen, was ich vor ihm zu verbergen suchte. Ich zitterte vor Schuldgefühlen, dann trat ich einige Schritte zurück, um ihn nicht mit meinen Sünden zu besudeln. »Klar, es wird schön sein, Tom wiederzusehen«, sagte ich schwach und versuchte, meine Hände aus seiner Umklammerung zu lösen. Er aber trat noch einen Schritt näher an mich heran und hielt sie nur noch fester.

»Aber *mich* zu sehen ist wohl nicht so schön?« Sanft zog er mich an sich, ließ meine Hände los und umfaßte meine Taille. »Schau mich an, Heaven. Schau nicht auf den Boden. Warum verhältst du dich so, als würdest du mich nicht mehr lieben? Ich habe schon so lange auf diesen Tag gewartet und mich gefragt, was wir wohl sagen würden und was wir dann täten... Und jetzt siehst du mich nicht einmal an. Seitdem du weg bist, habe ich an niemand anderen gedacht als an dich. Manchmal gehe ich durch die verlassenen Räume eurer Hütte und denke an all das, was du durchgemacht hast, wie tapfer du warst, ohne Klage und Selbstmitleid. Heaven, du gleichst einer Rose, einer wilden, wunderschönen Rose, süßer als jede andere. Bitte, leg deine Arme um mich. Küß mich, und sag mir, daß du mich noch liebst!«

Er sagte alles, was ich mir erträumt hatte, und wieder überkam mich das Gefühl der Schuld – vielleicht kannte er die Wahrheit –, und trotzdem konnte ich weder seinen bittenden Augen noch meinem romantischen Impuls, »ja, Logan« zu sagen, widerstehen. Ich schlang die Arme um ihn, und ich fühlte, wie ich hochgehoben und herumgewirbelt wurde. Ich beugte meinen Kopf, so daß sich meine Lippen mit seinen trafen, und küßte ihn so heftig, daß ich ihm den Atem nahm. Er erwiderte meinen Kuß mit noch größerer Leidenschaft. Als wir uns aus der Umarmung lösten, glänzten seine Augen, und sein Atem ging schwer.

»Heaven, ich wußte, daß es so kommen würde...«, flüsterte er atemlos.

Uns beiden fehlten die Worte, unsere jungen Körper verlangten einander. Er zog mich an sich, daß ich seine Erregung spürte. Es erinnerte mich an Cal. Alles, nur nicht das! Ich versuchte mich zu lösen und wand mich, zitternd und überwältigt von einer wilden Angst, nicht nur vor Logan, sondern vor jedem Mann. Berühre mich nicht so! wollte ich herausschreien. Küß mich und umarme mich, das ist genug!

Er verstand meinen Widerstand natürlich nicht. Ich sah es seinen verdatterten, weit aufgerissenen Augen an. »Es tut mir leid, Heaven«, sagte er leise und demütig. »Ich habe wohl vergessen, daß wir uns zwei Jahre und acht Monate nicht gesehen haben – aber deine Briefe klangen so, als wären wir uns nie fremd geworden...«

Ich versuchte, ganz normal zu sprechen. »Es war schön, dich wiederzusehen, Logan, aber ich bin in Eile...«

»Heißt das, du gehst schon? Waren die paar Minuten alles? Heaven, hast du nicht gehört, daß ich dich liebe?«

»Ich muß wirklich gehen.«

»Wo immer du hingehst, ich komme mit.«

Nein! Laß mich in Ruhe, Logan! Du willst nicht die, die ich geworden bin!

»Tut mir leid, Logan. Ich möchte Fanny besuchen und dann Großvater... Und ich glaube, es ist besser, wenn ich sie allein sehe. Vielleicht morgen...«

»Was heißt vielleicht? Bestimmt! Morgen früh, sagen wir um acht Uhr, damit wir den Tag zusammen verbringen können. Du hast zwar viel in deinen Briefen erzählt, aber es hat noch lange nicht ausgereicht, Heaven.«

Ich drehte mich schnell um und versuchte zu lächeln. »Bis morgen. Den ganzen Tag, wenn du es so willst.«

»Wenn ich's so will? Natürlich will ich das! Heaven, sieh mich doch nicht so an! Als würde ich dir einen Schreck einjagen! Was ist los? Sag mir nicht, daß es nichts ist! Du bist verändert! Du liebst mich nicht mehr und traust dich nicht, es zu sagen!«

»Das ist nicht wahr«, schluchzte ich.

»Was ist es dann?« fragte er, und sein junges Gesicht nahm einen ernsten und reifen Ausdruck an. »Wenn wir nicht darüber reden, dann wird es eine Mauer zwischen uns aufbauen, die wir nicht mehr überwinden können.«

»Auf Wiedersehen, Logan«, rief ich ihm zu, indem ich davoneilte.

»Wo?« schrie er mir verzweifelt hinterher. »Hier oder bei den Settertons?«

»Treffen wir uns hier, irgendwann nach sieben Uhr«, sagte ich mit einem unsicheren Lachen. »Ich bin früh auf, um Kitty zu versorgen.«

Wenn ich nur unschuldig zu ihm hätte zurückkommen können, als Mädchen, dem er noch alles zeigen konnte... Und trotzdem war es ein wirklich wunderbares Gefühl zu wissen, daß seine Augen mir mit großer Bewunderung folgten. Ich spürte es fast körperlich, als ich fortging. Seine Zuneigung für mich wärmte mein Herz. Dann hörte ich, wie er hinter mir herrannte, um mich einzuholen. »Was ist schon dabei, wenn ich dich bis zum Pfarrhaus begleite und dann verschwinde? Ich kann nicht bis morgen auf die Wahrheit warten, Heaven! Du hast mir doch bei euch noch gesagt, daß euer Vater Keith und Unsere-Jane, Fanny und Tom verkauft hat. Dich auch?«

»Ja«, antwortete ich ihm kurz angebunden. Ich klang übertrieben zornig, weil er mir, jetzt noch, anscheinend nicht glauben wollte. »Verkauft, wie Tiere, das Stück für fünfhundert Piepen! Ich bin abgeschleppt worden, um für eine verrückte Frau Sklavendienste zu leisten, die Vater außerdem ebenso haßt wie ich!«

»Warum schreist du mich an? *Ich* habe dich doch nicht verkauft! Es tut mir ja leid, daß du so gelitten hast – aber, Gott verdamm' mich, wenn man es dir ansieht! Du siehst blendend aus, und dann erzählst du mir, daß du verkauft und wie eine Sklavin behandelt worden bist. Wenn alle Sklaven so aussehen wie Schönheitsköniginnen, vielleicht sollten dann die Mädchen wirklich als Sklavinnen verkauft werden.«

»Was für eine kränkende Bemerkung, Logan Stonewall!« fuhr ich ihn an. Dabei kam ich mir vor wie Kitty in ihren gemeinsten Zeiten. »Ich dachte immer, du wärst nett und verständnisvoll! Nur weil du die Narben nicht sehen kannst, heißt das noch lange nicht, daß ich keine habe!« Ich weinte und stammelte nur noch. Vor ein paar Minuten war er so liebevoll gewesen. Unfähig, noch etwas zu sagen und wütend auf mich selbst, weil ich schon wieder die Selbstkontrolle verlor und in kindische Tränen ausbrach, wandte ich mich von ihm ab.

»Heaven... Geh nicht weg. Es tut mir leid. Verzeih mir, daß ich so grob gewesen bin. Gib mir eine Chance. Wir werden darüber reden, so wie wir es früher getan haben.«

Um seinetwillen hätte ich jetzt eigentlich fortlaufen müssen, um ihn nie mehr wiederzusehen, aber ich konnte den Jungen nicht loslassen, den ich vom ersten Augenblick an geliebt hatte. Für einen Moment vergaßen wir unsere Meinungsverschiedenheiten und gingen nebeneinander, bis wir vor dem vornehmen Haus des Reverend Wayland Wise standen.

Während ich das Pfarrhaus anstarrte, hielt er meine Hand fest.

Ein reines, weißes, frommes und imposantes Haus, umgeben von zwei Hektar wunderschöner Gartenlandschaft voller Blumen und Rasen. Im Vergleich dazu war Kittys Haus eine schäbige Hütte. Ich seufzte wegen Fanny, die nun wohl eine junge Dame von sechzehn Jahren und vier Monaten war, und Tom würde, wie ich, siebzehn sein, Keith bald zwölf und Unsere-Jane elf Jahre alt. Oh, sie alle wiederzusehen und zu wissen, daß sie glücklich und gesund waren!

Aber zuerst Fanny.

Jetzt, da ich davor stand, konnte ich nur stumm und starr das vornehmste Haus von ganz Winnerrow betrachten. Korinthische Säulen säumten die lange Veranda. Die Treppen bestanden aus kunstvoll gelegten roten Ziegeln. Rote Geranien und rote Petunien wuchsen in riesigen Terrakotta-Blumentöpfen. Auf der Veranda standen behäbige Rohrsessel mit eigenwilligen Lehnen, die Pfauenschwänzen glichen.

In den uralten Bäumen zwitscherten die Vögel; ein gelber Kanarienvogel in einem weißen Vogelbauer, der von der Decke der Veranda herabhing, begann zu trällern. Erstaunt blickte ich auf und fragte mich, warum der Vogelkäfig wohl so hoch oben hing. Wahrscheinlich war der Vogel in seinem Bauer so hoch hinauf gehängt worden, um vor den Katzen und dem Luftzug sicher zu sein. Fanny hatte sich immer schon einen Kanarienvogel gewünscht. Jetzt hatte sie einen.

Außer dem Vogelgezwitscher war kein einziger Laut zu vernehmen.

Wie still dieses große Haus doch war, aus dem kein Geräusch seiner Bewohner drang.

Wie kam es nur, daß ein so schönes Haus zugleich so bedrohlich wirken konnte?

19. KAPITEL

SCHMERZLICHES WIEDERSEHEN

Ich drückte mehrmals auf die Klingel. Während ich draußen wartete, schien eine Ewigkeit zu vergehen. Ich wurde ungeduldig. Gelegentlich sah ich mich um, ob Logan noch wartete – wobei ich hoffte, daß er ging –, aber er war immer noch da. An einen Baum gelehnt, lächelte er zu mir herüber.

Im Haus hörte ich leise Schritte. Ich erstarrte und lauschte angestrengt. Es waren vorsichtige, schleichende Schritte... Dann öffnete sich die schwere Eichentür um Haaresbreite. Dunkle Augen sahen mich an, sie waren zusammengekniffen und hatten einen mißtrauisch-abweisenden Glanz. Nur Fanny hatte so dunkle, fast schwarze Augen, Fanny – und Vater. »Geh weg«, sagte eine Stimme, die unleugbar Fanny gehörte.

»Ich bin's, Heaven«, rief ich aufgeregt. »Ich wollte dich sehen und mich erkundigen, wie es dir geht. Du kannst mich nicht einfach wegschicken.«

»Geh weg«, zischte mich Fanny an. »Ich tu', was ich will. Und ich will dich nicht sehen! Kenn' dich nicht! Brauch' dich nicht! Bin jetzt Louisa Wise. Hab' alles, was ich mir immer gewünscht hab'. Und ich will nicht, daß du mir alles vermasselst.«

Sie konnte mich immer noch mit ihren gemeinen, selbstsüchtigen

Worten und Taten verletzen. Ich hatte immer geglaubt, daß Fanny bei all ihrer Feindseligkeit und ihrer Eifersucht mich dennoch liebte. Sie war vom Leben auf andere Weise verbogen worden als ich.

»Fanny, ich bin deine Schwester«, beschwor ich sie leise. Logan sollte ihre »Begrüßung« nicht hören, da ich mich schämte. »Ich muß mit dir sprechen und dich sehen. Ich möchte wissen, ob du etwas von Keith und Unserer-Jane gehört hast.«

»Ich weiß nichts von ihnen«, flüsterte Fanny zurück und machte die Tür etwas weiter auf. »Will auch nichts darüber wissen. Geh weg, laß mich in Ruh.«

Ich sah, daß meine jüngere Schwester zu einem sehr schönen, jungen Mädchen herangewachsen war, mit langen, schwarzen Haaren und einer wohlgeformten Figur, die manchem Mann den Kopf verdrehen würde. Daß Fanny dies auch ohne Gewissensbisse ausnützen würde, war mir immer schon klargewesen. Aber ich war gekränkt, daß Fanny mich nicht ins Haus einließ und keinerlei Interesse zeigte, wo ich gewesen und wie es mir ergangen war.

»Hast du Tom gesehen?«

»Will ihn nicht sehen.«

Ich zuckte betroffen zusammen. »Fanny Casteel, ich habe dir immer wieder geschrieben! Hast du meine Briefe nicht bekommen?« fragte ich mit Nachdruck und hielt die Tür fest, damit Fanny sie nicht zuschlagen konnte. »Verdammt noch mal, Fanny! Was bist du überhaupt für ein Mensch? Wenn man schon so aufmerksam ist, dir zu schreiben, dann könntest du wenigstens die Briefe beantworten – es sei denn, dir ist alles vollkommen schnuppe!«

»Da hast du den Nagel auf den Kopf getroffen«, gab Fanny zurück.

»Moment mal, Fanny! Du kannst mir nicht ganz einfach die Tür vor der Nase zuschlagen! Ich lass' es nicht zu!«

»Du hast mir nie geschrieben, kein einziges Mal!« platzte sie raus und blickte sofort ängstlich über die Schulter. Wieder senkte sie die Stimme. »Heaven, du mußt jetzt gehen.« In ihren Augen lag ein gehetzter, furchtsamer Blick. »Sie sind oben und schlafen. Der Reverend und seine Frau mögen es nicht, wenn sie daran erinnert werden, wer ich bin. Haben mich gewarnt, daß sie's nicht dulden, wenn ich mit dir oder mit einem anderen Casteel rede. Hab' nie wieder was von Vater gehört, seitdem ich hier bin.« Sie wischte sich eine

Träne ab, die aus einem Augenwinkel hervorquoll und wie ein Tautropfen ihre Wange benetzte. »Hab' früher gemeint, Vater liebt mich; scheint aber nicht so zu sein.« Wieder bildete sich eine Träne, aber diesmal wischte Fanny sie nicht fort. Sie sah mir ins Gesicht, bevor ihre vollen, roten Lippen sich schmälerten.

»Muß jetzt gehen. Will nicht, daß sie aufstehen und mich beschimpfen, weil ich mich mit dir unterhalten hab'. Mach dich bloß auf 'n Weg, Heaven Leigh. Will dich nicht kennen; wünscht' mir, ich hätt' dich nie gesehen; kann mich überhaupt nicht an dich und an die alten Tage erinnern, wo wir als Kinder in den Bergen gelebt haben. Ich weiß nur, daß wir hungrig waren, gefroren haben und hinten und vorn nichts gereicht hat.«

Schnell stellte ich meinen Fuß in die Tür, bevor Fanny sie mit Wucht zuschlug und ich die Tür nicht mehr aufhalten konnte. »Jetzt wart mal einen Augenblick, Fanny Louisa Casteel! Ich habe über zwei Jahre lang Tag und Nacht an dich gedacht. Du kannst mich nicht so wegschicken! Ich will wissen, wie es dir geht, ob man dich gut behandelt. Ich mag dich, Fanny, auch wenn du mich nicht magst. Ich erinnere mich noch an die guten Zeiten, die wir in den Bergen hatten. Die schlechten versuche ich zu vergessen. Ich weiß noch, wie wir uns aneinander gekuschelt haben, um uns gegenseitig zu wärmen. Ich liebe dich, auch wenn du immer schon eine Pest warst.«

»Verschwinde von dieser Veranda«, schluchzte Fanny jetzt laut. »Kann nichts für dich tun, überhaupt nichts.«

Mit brutaler Gewalt stieß sie meinen Fuß weg und schlug die Tür zu. Sie sperrte von innen ab. Ich stand allein auf der Veranda.

Fast blind vor Tränen stolperte ich die Treppe hinunter. Logan nahm mich in seine Arme. »Zum Teufel mit ihr, daß sie so mit dir geredet hat«, versuchte er mich zu trösten.

Ich riß mich aus seiner Umarmung los. Fannys Gleichgültigkeit hatte mich so getroffen, daß ich am liebsten laut aufgeschrien hätte. Warum brachte man Leuten so viel Liebe entgegen, die einen ja doch nur wegstießen, wenn man nicht mehr gebraucht wurde?

Was kümmerte es mich eigentlich, wenn ich Fanny verlor? Sie war doch nie eine gute Schwester gewesen... Warum tat es dann so weh? »Geh weg, Logan« schrie ich und schlug mit Fäusten auf ihn ein, als er mich umarmen wollte. »Ich brauche dich nicht – ich brauche überhaupt niemanden!«

Ich wandte mich von ihm ab, aber er packte mich am Handgelenk und legte seine starken Arme um mich. »Heaven«, rief er. »Was ist denn los? Was habe ich dir getan?«

»Laß mich«, flehte ich nur mehr schwach.

»Hör mal zu«, bat er inständig, »du läßt deine Wut an mir aus, weil Fanny dich gekränkt hat. Sie war schon immer eine boshafte Schwester, nicht wahr? Ich habe es schon auf dem ganzen Weg hierher geahnt, daß sie sich so verhalten würde. Es tut mir sehr leid, daß es dich so verletzt hat, aber mußt du mich deshalb angreifen? Ich bin hier stehen geblieben, damit ich da bin, wenn mich brauchst. *Wenn du mich brauchst, Heaven!* Schlag mich nicht! Ich habe dich immer nur bewundert, respektiert und geliebt. Ich konnte es nie glauben, daß dein Vater seine Kinder verkauft hat. Aber jetzt tue ich es. Verzeih mir, daß ich es dir erst heute wirklich glaube.«

Ich stieß ihn von mir. »Willst du damit sagen, daß du die ganze Zeit nie mit Fanny über mich geredet hast?«

»Ich habe sehr oft versucht, mit Fanny über dich zu reden... Aber du kennst ja Fanny. Sie dreht und wendet alles so lange, bis sie selber daran glaubt, daß ich es von ihr und nicht von dir hören will. Fanny interessiert sich nur für sich.« Blut schoß ihm ins Gesicht, und er starrte auf seine Füße. »Ich bin zu dem Schluß gekommen, daß es besser ist, Fanny allein zu lassen.«

»Sie ist immer noch hinter dir her, nicht wahr?« fragte ich ihn verbittert. Ich konnte mir vorstellen, daß Fanny sich auf ihre aggressive Art an ihn herangemacht hatte... Und ich fragte mich, ob er, wie alle anderen auch, bei ihr schwach geworden war.

»Ja«, sagte er und hob die Augen. »Man muß schon großen Widerstand leisten, um sich Fanny vom Leib zu halten... Die beste Methode ist, überhaupt nicht in ihre Nähe zu kommen.«

»Nicht in die Nähe der Versuchung.«

»Bitte, hör auf! Ich tue mein Bestes, um Mädchen wie Fanny aus meinem Leben herauszuhalten. Seit dem Tag, an dem du fortgegangen bist, warte ich auf ein Mädchen namens Heaven, das mich wirklich lieben wird. Jemand, der gut und unschuldig ist; jemand, der lieben und geben kann. Jemanden, den ich respektiere. Wie kann ich ein Mädchen wie Fanny respektieren?«

Mein Gott, hilf mir – wie würde er jemanden wie mich respektieren können? Jetzt?

Wir ließen das Haus des Reverend Wise hinter uns, ohne uns noch einmal umzuschauen. Offensichtlich hatte sich Fanny mit ihrem neuen Leben gut abgefunden.

»Logan, Fanny schämt sich ihrer alten Familie«, sagte ich mit tränenerstickter Stimme. »Ich dachte, sie würde sich freuen, mich zu sehen. Es gab Zeiten, da haben wir uns nur gestritten. Aber wir sind schließlich Blutsverwandte, und ich liebe sie trotz alledem.«

Wieder wollte er mich in seine Arme nehmen und mich küssen. Ich wehrte ihn ab und wandte mein Gesicht zur Seite.

»Weißt du zufällig, wo mein Großvater ist?« fragte ich kleinlaut.

»Natürlich weiß ich das. Von Zeit zu Zeit besuche ich ihn. Dann spreche ich mit ihm über dich, und ich helfe ihm dabei, seine Schnitzereien zu verkaufen. Er ist wirklich gut, weißt du, er ist ein Künstler mit seinem Schnitzmesser. Er erwartet dich. Seine Augen haben geleuchtet, als ich ihm sagte, daß du kommst. Er sagte mir, er würde ein Bad nehmen, sich die Haare waschen und sich sauber kleiden.«

Wieder schnürte es mir den Hals zusammen… Großvater badete, ohne dazu gedrängt zu werden, wusch sich die Haare und zog sich frische Sachen an?

»Hast du was von Miß Deale gehört oder sie gesehen?«

»Sie ist nicht mehr hier«, antwortete er und hielt meine Hand. »Sie hat Winnerrow vor dir verlassen, das weißt du doch noch, nicht wahr? Manchmal besuche ich unsere Schule und denke an alte Zeiten. Ich sitze auf der Schaukel und erinnere mich an früher. Und außerdem – das habe ich dir ja schon erzählt – gehe ich manchmal durch die leeren Zimmer eurer Hütte.«

»Warum tust du das?« fragte ich verlegen.

»Ich gehe hin, um besser zu verstehen. Und ich glaube, jetzt tue ich das auch. Sich vorzustellen, daß jemand, der so intelligent und schön ist wie du, in dieser Hütte aufgewachsen ist – und Tom auch –, erfüllt mich mit Bewunderung und Hochachtung. Ich weiß nicht, ob ich an deiner Stelle so viel Mut und Energie bewiesen hätte, und wenn ich mir Tom anschaue…«

»Du hast Tom getroffen? Wann?« erkundigte ich mich begierig.

»Natürlich habe ich ihn getroffen!« Als er mein Gesicht sah, lächelte er mitfühlend. »Wein nicht. Es geht ihm gut. Er ist ein prima Bursche geworden, Heaven. Aber du wirst es ja selber sehen.«

Wir näherten uns Martins Road, einer ärmeren Gegend Winnerrows, ungefähr zwölf Häuserblocks von Fanny und ihrer Prachtvilla entfernt. »Mrs. Sally Trench leitet das Pflegeheim. Dein Großvater ist bei ihr untergebracht. Ich habe gehört, dein Vater schickt monatlich Geld, um die Kosten für das Heim zu zahlen.«

»Es ist mir egal, was mein Vater macht.« Trotzdem überraschte es mich, daß er einem alten Mann, von dem er kaum je Notiz genommen hatte, Geld schickte.

»Natürlich magst du deinen Vater, du willst es nur nicht wahrhaben. Vielleicht hat er wirklich den falschen Weg eingeschlagen, aber du lebst und bist gesund. Fanny scheint glücklich zu sein, Tom auch. Und wenn du Keith und Unsere-Jane ausfindig gemacht hast, dann wirst du wahrscheinlich überrascht sein, wie gut es ihnen geht. Heaven, du mußt lernen, das Beste und nicht immer das Schlechteste zu erwarten; das ist die einzige Möglichkeit, deinen trüben Gedanken zu entkommen und glücklich zu werden.«

Mein Herz war beklommen, meine Seele verletzt, als ich ihn ansah. Früher hatte ich auch an diese Philosophie geglaubt... Aber jetzt nicht mehr. Bei Kitty und Cal hatte ich versucht, so zu denken; ich hatte mich bemüht, es beiden recht zu machen, aber das Schicksal hatte mir übel mitgespielt. Wie sollte ich mein Vertrauen und meine Gutgläubigkeit zurückgewinnen? Wie hätte ich die Uhr zurückdrehen können und Cal diesmal »nein« sagen?

»Heaven... Ich werde nie mehr jemanden so lieben, wie ich dich liebe! Ich weiß, damals waren wir beide jung und unerfahren, und später lernen wir vielleicht jemanden kennen, der uns auch anzieht. Aber in diesem Augenblick lege ich dir mein Herz in die Hand. Du kannst es wegschmeißen, und du kannst drauftreten. Aber bitte tu es nicht.«

Ich brachte kein Wort heraus; die Schuld, die auf mir lastete, und die Scham, daß ich nicht das Mädchen war, das er sich vorstellte, ließen mich verstummen.

»Bitte, sieh mich an. Ich brauche dich. Du läßt dich nicht anfassen, nicht in die Arme nehmen. Heaven, wir sind keine Kinder mehr. Wir sind alt genug, wie Erwachsene zu fühlen – und die Freuden des Erwachsenseins zu genießen.«

Wieder ein Mann, der mich ausnutzen wollte!

»Meine Familie bereitet mir genug Sorgen. Ich weiß gar nicht, wie ich es zustande gebracht habe, überhaupt erwachsen zu werden«, war das einzige, was ich herausbrachte.

»Mir scheint aber, daß es dir sehr gut gelungen ist, erwachsen zu werden – und Formen anzunehmen.« Sein zögerndes, verwirrtes Lächeln verschwand, und seine Augen blickten mich ernst an. Einen Augenblick lang glaubte ich in seinen stürmischen, blauen Augen ein Meer von Hingabe und Liebe zu sehen. Für mich, für mich! Eine Ewigkeit voller Liebe, Zuneigung und Treue. Ein Stich durchfuhr mich, und sekundenlang fühlte ich so etwas wie Hoffnung – obwohl sie nie und nimmer bestehen konnte.

»Was ist denn los?« wollte er wissen, da ich nun das Tempo meiner Schritte steigerte. »Habe ich etwas falsch gemacht? Schon wieder? Erinnerst du dich an den Tag, an dem wir uns einander versprochen haben?«

Ja, auch ich erinnerte mich an jenen wunderschönen Tag; wir hatten am Fluß gelegen und uns kindlichen Herzens gegenseitig ewige Liebe geschworen. Heute wußte ich es besser: Nichts dauert ewig.

Damals war es so leicht gewesen, sich alles zu versprechen, denn wir hatten nicht damit gerechnet, daß wir uns ändern würden. Aber jetzt hatte sich *alles* geändert. Ich war es nicht wert – falls ich es jemals gewesen war –, ihn zu bekommen. Eigenartig, zu dem Gesindel aus den Bergen zu gehören, war nicht so erniedrigend gewesen, wie das zu sein, was ich, seitdem Cal mich berührt hatte, geworden war – ein ganz gewöhnliches Luder, das sich an jeden Mann ranschmiß.

»Und du hast wohl nie eine Freundin außer mir gehabt?« Bitterkeit schwang in meiner Stimme, aber er schien sie zu überhören.

»Ich bin nur gelegentlich mit jemandem ausgegangen, nichts von Bedeutung.«

Wir hatten Martins Road erreicht. An der Ecke stand ein monströses Gebäude, dessen grünliche Farbe mich an Kittys Augen erinnerte.

Es hatte einen großen Hof mit einem tadellos gemähten Rasen. Schwer sich vorzustellen, daß Großvater in einem so großen Haus lebte. Die alten Schaukelstühle auf der Veranda waren alle leer. Warum saß Großvater nicht auf der Veranda und schnitzte?

»Wenn du willst, warte ich hier draußen, während du ihn besuchst«, sagte Logan nachdenklich.

Ich blickte unentwegt zu den hohen, schmalen Fenstern hinauf und dachte an all die Treppen, die das Haus wohl haben mußte, und daß Großvater jetzt vielleicht ebenso gebrechlich und schlecht zu Fuß war wie einst Großmutter.

Die Straße, an der sich das Altenheim befand, säumte links und rechts eine Reihe Pappeln. Die Häuser machten einen gepflegten Eindruck. Jedes Haus hatte einen Vorgarten, und auf jeder Veranda lag die Morgenzeitung, oder sie war halb unter die Tür geschoben. Hausväter in nachlässiger Morgenkleidung führten die Hunde an der Leine spazieren.

Im Traum hatte ich Winnerrow oft besucht, da waren die Straßen dunkel und verlassen, und kein Hundegebell, kein Vogelgezwitscher, kein einziger Laut war zu hören gewesen. Es waren Angstträume gewesen, in denen ich einsam, vollkommen einsam, durch die Straßen gewandelt war und nach Unserer-Jane, Keith und Tom gesucht hatte, aber niemals nach Großvater, als wäre ich unbewußt immer davon überzeugt gewesen, daß er da oben in der Hütte irgendwie überleben könnte, weil ich es mir so wünschte.

Logan wandte sich wieder an mich. »Ich habe gehört, daß Großvater beim Saubermachen hilft, um für Bett und Verpflegung aufzukommen, wenn dein Vater vergessen hat, das Geld an Sally Trench zu überweisen oder zu spät dran ist.«

Die Sonne stand kaum über dem Horizont, aber hier im Tal war es schon glühend heiß und stickig. Keine erfrischende Brise kam auf wie in den Willies. Dabei hatte ich immer gedacht, hier unten im Tal sei das Paradies.

»Gehen wir«, sagte Logan, hielt mich am Ellbogen, geleitete mich über die Straße und den Pfad aus Pflastersteinen hinauf zum Haus. »Ich werde hier draußen auf der Veranda warten. Laß dir Zeit. Ich kann ja noch den ganzen Tag – das ganze Leben – mit dir verbringen.«

Eine dicke, schmuddelig wirkende Frau, Mitte Fünfzig, öffnete auf mein schüchternes Klopfen die Tür. Sie beäugte mich höchst interessiert, dann riß sie die Tür auf und bat mich herein.

»Ich habe erfahren, daß mein Großvater, Mr. Toby Casteel, hier bei Ihnen untergebracht ist«, verkündete ich.

»Ist er auch, Schätzchen, ist er – sind ja ein mächtig hübsches Ding. Nein wirklich, ein hübsches Ding. Mag Ihre Haarfarbe, diese schönen Lippen – ist ja direkt 'n Kußmund.« Seufzend blickte sie zum nächstliegenden Fenster hinüber und betrachtete finster ihr eigenes Spiegelbild, bevor sie sich wieder an mich wandte. »Ein lieber, alter Mann, Ihr Großvater. Hab' direkt 'ne Schwäche für ihn entwickelt. Hab' ihn zu mir genommen, weil kein Mensch ihn sonst haben wollt'. Hab' ihm auch 'n schönes Zimmer gegeben, und er bekommt das beste Essen, das er je gehabt hat. Da gehe ich jede Wette ein, eins zu zehn, besser zwanzig zu zehn. Ich wett' nu' mal gern. Muß ich ja auch. Sonst kannst du in diesem Geschäft nicht überleben. Die Leute sind ja so gerissen. Die Jungen schieben ihre Alten bei mir ab, versprechen zu zahlen, tun's aber nicht. Verschwinden einfach auf Nimmerwiedersehen. Dann sitzt da nu' so 'n alter Opa oder 'ne alte Oma und warten den Rest ihres Lebens, daß Besuch für sie kommt. Aber der kommt natürlich nie, und Briefe bekommen sie auch keine. Es ist eine Schande, eine himmelschreiende Schande, was die Kinder ihren Eltern antun, wenn aus den Alten nichts mehr zu holen ist.«

»Ich habe gehört, daß Vater regelmäßig Geld schickt.«

»Tut er, tut er auch! Feiner Mann, Ihr Vater, sieht gut aus und ist auch gut. Mein Gott, erinnere mich an ihn, als er noch ein junger Mann war. Alle Mädchen waren hinter ihm her. Kann ich ihnen gar nicht zum Vorwurf machen. Ist aber ein ganz anderer Mann geworden, als man erwartet hat – kann man wirklich sagen.«

Was meinte sie damit? Vater war schlecht, durch und durch schlecht, das wußte ganz Winnerrow.

Grinsend entblößte sie ihre kreideweißen, falschen Zähne. »Hübsch hier, was? Sie sind doch Heaven Casteel, oder? Hab' Ihre Mutter ein-, zweimal gesehen, 'ne echte Schönheit, eigentlich zu gut für diese verkommene Welt. Der liebe Gott hat wohl schon gewußt, was er tut. Sehen ja genauso aus wie sie, so empfindsam, als könnten Sie nicht viel vertragen.« Ihre kleinen Augen ruhten freundlich auf mir, dann runzelte sie wieder besorgt ihre Stirn. »Müssen von hier fort, Schätzchen. Sind nicht für so Leute wie wir gedacht.«

Sie hätte noch den ganzen Tag so weiter getratscht, wenn ich nicht wieder nach meinem Großvater gefragt hätte. »Ich habe leider nicht so viel Zeit. Ich würde gern meinen Großvater sehen.«

Die Frau führte mich durch den düsteren Hausgang. Beim Vorbeigehen an den Zimmern warf ich einen flüchtigen Blick hinein und sah Lampenschirme mit perlschnurförmigen Fransen verziert, vergilbte Porträts, die an schweren, geflochtenen Seidenschnüren hingen. Dann führte sie mich die Treppen hoch. Von innen wirkte das Haus uralt. Nur die Fassade war neu angestrichen und hergerichtet, um seinen Glanz zu demonstrieren, aber innen war alles alt, und überall herschte ein Geruch von Desinfektionsmittel.

Lysol…

Bade jetzt, Hillbilly-Miststück.

Nimm viel Lysol, dumme Gans.

Mußt den Dreck der Casteels loswerden.

Ich schauderte.

Im zweiten Stock gingen wir durch ein Zimmer, das direkt aus einem Versandhauskatalog der dreißiger Jahre zu stammen schien.

»Sie können fünf Minuten mit ihm reden«, sagte mir die Frau nun in einem geschäftsmäßigen Ton. »Ich muß täglich drei Mahlzeiten für sechzehn Personen vorbereiten, und Ihr Großvater muß mithelfen.«

Dabei hatte Großvater nie im Haus geholfen!

Wie sich eine Persönlichkeit doch ändern konnte. Wir mußten noch drei gewundene Treppenfluchten hinaufsteigen. Die Hinterbacken der Frau unter dem dünnen Baumwollkleid prallten aufeinander wie zwei wild kämpfende Tiere – ich mußte wegsehen. Wie hatte Großvater es geschafft, auch nur einmal die vielen Treppen zu steigen? Je höher wir kamen, um so älter schien das Haus zu werden. Hier oben kümmerte es niemanden, ob die Farbe abbröckelte oder ob Schaben über den Boden flitzten. In den schummerigen Ecken hatten Spinnen ihr Netze gesponnen. Welchen Schrecken dies alles Kitty einjagen würde!…

Im obersten Stockwerk gingen wir durch einen schmalen Gang an geschlossenen Türen vorbei, bis wir die letzte Tür am Ende des Ganges erreicht hatten. Als diese geöffnet wurde, kam ein erbärmlich kleines, schäbiges Zimmer mit einem durchgelegenen Bett und einem kleinen Schrank zum Vorschein – und da saß Großvater in seinem knarzenden Schaukelstuhl. Er war so gealtert, daß ich ihn kaum erkannte. Es brach mir fast das Herz, als ich den zweiten Schaukelstuhl erblickte – beide Stühle hatte man aus unserer traurigen Hütte in den Willies hergebracht. Großvater sprach zum zweiten Schaukelstuhl, als säße Großmutter darin. »Du machst dir zuviel Arbeit mit dem Stricken«, murmelte er vor sich hin. »Müssen uns für unser Mädchen Heaven fertigmachen, sie kommt heut…«

Es war unglaublich heiß hier oben.

Nirgends eine schöne Landschaft zu sehen, keine Hunde, Katzen, Schweine oder Hühner, die Großvater Gesellschaft leisten konnten. Nichts als ein paar heruntergekommene Möbelstücke. Er war so einsam, daß er seiner Phantasie freien Lauf ließ und sich seine Annie in dem leeren Schaukelstuhl vorstellte.

Während ich in der offenen Tür stand und die Hauswirtin davonstampfte, überkam mich auf einmal großes Mitleid.

»Großvater… Ich bin's, Heaven Leigh.«

Seine verwaschenen blauen Augen sahen mich groß an, weniger interessiert als überrascht, eine andere Stimme zu hören, ein anderes Gesicht zu sehen. Hatte er eine so klägliche Bewußtseinsstufe erreicht, auf der nichts mehr von Bedeutung war?

»Großvater«, flüsterte ich. Tränen stiegen mir in die Augen, und es schmerzte mich, ihn so zu sehen. »Ich bin's, dein Heaven-Mädchen. So nanntest du mich doch immer. Erinnerst du dich? Habe ich mich so verändert?«

Allmählich erkannte er mich. Großvater strengte sich an zu lächeln, um zu zeigen, daß er sich freute. Seine blauen Augen wurden groß und leuchtend. Ich stürzte mich in seine Arme, die er langsam ausbreitete… gerade rechtzeitig. Während er still vor sich hin weinte, hielt ich ihn in meinen Armen und wischte ihm die Tränen mit meinem Taschentuch fort.

»Na, na«, versuchte Großvater mich mit belegter Stimme zu trösten und strich mir dabei über die zerzausten Haare. »Wein nicht. Uns geht's gut, Annie und mir. Haben's noch nie so gut gehabt, was Annie?«

O mein Gott!… Er sah zum leeren Schaukelstuhl hinüber und sah Großmutter! Er lehnte sich sogar vor, um ihre imaginäre Hand zu tätscheln. Fast erleichtert bückte er sich dann, breitete alte Zeitungen zu seinen Füßen aus und begann die Rinde eines Holzstücks zu schälen. Ich freute mich zu sehen, wie diese Hände zu arbeiten anfingen.

»Die Dame hier zahlt Annie und mir fürs Aushelfen beim Kochen und für die Tiere hier«, erzählte Großvater leise flüsternd. »Mag sie zwar nicht weggeben, aber dafür kann ich Annie schöne Sachen besorgen. Sie hört nicht mehr so gut. Werd' ihr 'n Hörapparat kaufen.

Ich hör' sehr gut, wirklich. Brauch' auch noch keine Brille nicht...
Bist das wirklich du, Heaven, mein Mädchen, wirklich? Siehst gut
aus, wie deine Mutter, als sie gekommen ist. Annie... Woher kam
Lukes Engel? In letzter Zeit vergess' ich alles...«

»Großmutter sieht gut aus, Großvater«, gelang es mir zu sagen.
Ich kniete mich neben ihn und legte meine Wange auf seine alte,
knorrige Hand, als er sie kurz stillhielt. »Behandeln sie euch gut
hier?«

»Es geht«, sagte er ausweichend und sah sich verwirrt und verloren im Zimmer um. »Freu' mich mächtig, daß du so hübsch bist; wie
deine Mutter. Da bist du nun, Heaven, die Tochter von Luke und
seinem Engel. Macht mein Herz froh, dein Gesicht zu sehen, als
wär' deine Mutter wieder zum Leben auferstanden.«

Er hielt inne, sah mich betreten an, dann fuhr er fort: »Weiß
schon, du liebst deinen Vater nicht, willst nicht einmal über ihn hören. Ist aber doch dein Vater, dagegen kannst du nichts machen.
Mein Luke hat sich 'ne verrückte, gefährliche Arbeit genommen,
sagt man. Weiß selbst nicht, was es ist, weiß nur, daß er damit viel
Geld verdient. Luke bezahlt Annie und mir den Aufenthalt hier, er
läßt uns nicht verhungern.«

Wie dankbar er war, für nichts! Dieses häßliche, kleine Zimmer!
Dann schämte ich mich. Hier ging es ihm viel besser als allein oben
auf der Hütte.

»Großvater, wo ist Vater?«

Er blickte mich leer an, dann sah er wieder hinunter auf seine
Schnitzerei. »Die Toten sind aus ihren Gräbern auferstanden«,
brummelte er. »Als wollte der liebe Gott einen Fehler rückgängig
machen, und versucht's noch mal. Gott schütze sie.«

Ein eigenartiges Gefühl überkam mich, als ich ihn dies sagen
hörte. Ich merkte, ihm war nicht bewußt, daß er diese unheimlichen
Worte laut ausgesprochen hatte. Dennoch fühlte ich mich verdammt. Es machte alles noch schlimmer, daß er weiter auf so seltsame Art vor sich hin nuschelte, als spräche er zu seiner Annie.
»Schau sie dir doch bitte einmal an, Annie, bitte!«

»Großvater, hör auf vor dich hinzumurmeln! Sag mir, wo Vater
ist! Sag mir, wo ich Keith und Unsere-Jane finden kann! Weißt du,
Vater... Er muß dir doch gesagt haben, wo sie sind.«

Leerer Blick ins Nichts. Er hatte nicht die Kraft und die Stimme, diese Frage zu beantworten.

Es war zwecklos.

Er hatte alles gesagt, was es zu sagen gab. Ich stand auf und wollte mich auf den Weg machen.

»Ich komme bald wieder, Großvater«, sagte ich an der Türschwelle. »Paß gut auf dich auf. Hörst du?«

Dann kehrte ich zu Logan auf die Veranda zurück. Logan war jetzt in Begleitung eines großen, jungen Mannes mit kastanienbraunem Haar, der sich umdrehte, als er das Klappern meiner Absätze hörte. Ich erstarrte... Dann wurden mir die Knie weich.

Mein Gott!

Es war Tom.

Mein Bruder Tom stand vor mir und grinste mich freundlich an – wie es schon immer seine Art gewesen war. Nur daß er in den zwei Jahren und acht Monaten Vater vollkommen ähnlich geworden war!

Tom ging mit ausgebreiteten Armen und einem Grinsen auf mich zu. »Kann's nicht glauben!« Ich lief ihm entgegen und seine starken Arme umfaßten mich. Wir umarmten und küßten uns, lachten und weinten und versuchten beide gleichzeitig zu sprechen.

Bald schritten wir alle drei Arm in Arm, ich in der Mitte, die Main Street hinunter. Wir setzten uns auf eine Parkbank, die zufälligerweise gegenüber der Kirche stand, unweit des Pfarrhauses. Fanny hätte nur herunterzuschauen brauchen, um uns sitzen zu sehen, auch wenn sie zu feig war, sich zu ihrer eigenen Familie zu gesellen.

»Also, Tom«, platzte ich heraus, »erzähl mir alles, was nicht in deinen Briefen stand.«

Tom warf Logan einen verstohlenen Blick zu und schien etwas verlegen. Logan sprang sofort auf und meinte, daß er auf dem schnellsten Wege nach Hause müßte. »Tut mir leid, Logan«, entschuldigte sich Tom, »hab' aber nur 'n paar Minuten für meine Schwester zur Verfügung, um Jahre nachzuholen. Bis nächste Woche.«

»Bis morgen in der Kirche«, sagte Logan nachdrücklich zu mir.

Logan verließ uns. Ich konnte mich nicht an Tom sattsehen. Seine strahlenden, grünen Augen blickten fest in meine. »Donnerwetter, wenn du man nicht 'ne Augenweide bist.«

»Es heißt ›eine Augenweide‹.«

»Hätt's wissen müssen. Immer noch die Schulmeisterin!«

»Du bist nicht dünner geworden, Tom, aber so viel größer. Du siehst phantastisch aus, Tom. Ich hätte nie gedacht, daß du Vater so ähnlich werden würdest.«

Er mußte aus meiner Stimme etwas herausgehört haben, denn auf einmal lächelten seine Augen und sein Mund nicht mehr. »Gefällt es dir nicht, wie ich aussehe?«

»Aber natürlich gefällt es mir, wirklich. Du siehst wirklich gut aus –, aber mußt du ausgerechnet Vater so ähnlich sehen?« Ich hatte die Worte beinahe herausgeschrien. Nun hatte ich seine Gefühle verletzt, ohne es zu wollen. »Entschuldige, Tom«, sagte ich gepreßt und berührte seine riesengroße Hand. »Es hat mich nur völlig überrascht.«

Er hatte einen seltsamen Ausdruck im Gesicht. »Viele Frauen halten Vater für den bestaussehenden Mann.«

Unwillig wandte ich mich ab. »Ich möchte nicht über ihn sprechen, bitte. Hast du irgend etwas über Keith und Unsere-Jane gehört?«

Er wandte sich halb ab, und ich sah ihn im Profil. Die Ähnlichkeit mit Vater verblüffte mich erneut. »Ja, hab' gehört, es geht beiden gut, und Unsere-Jane ist gesund. Wenn Vater nicht getan hätt', was er gemacht hat, dann wär' sie jetzt zweifellos tot.«

»Entschuldigst du ihn womöglich?«

Er sah mich wieder an und grinste. »Du sprichst wie früher. Klammere dich nicht an deinen Haß, Heavenly… Gib ihn auf, bevor er dich auffrißt und du schlimmer wirst als Vater. Denk an die, die dich lieben wie ich. Verdirb dir nicht alles, nur weil du einen gemeinen Vater gehabt hast. Leute ändern sich. Er kümmert sich doch um Großvater, oder? Das hättest du ihm wohl nie zugetraut? Und Buck Henry ist überhaupt nicht so brutal, wie er das erste Mal, als wir ihn gesehen haben, gewirkt hat; du siehst, ich bin weder verhungert noch krank, noch abgerackert. Und ich werde die High School gleichzeitig mit dir abschließen.«

»Deine Haare sind nicht mehr feuerrot…«

»Tut mir leid, aber mich freut's. Sag mir, ob meine Augen noch vor Übermut sprühen?«

»Ja, das tun sie.«

»Dann habe ich mich also doch nicht so sehr verändert, oder?«

Er hatte ein aufrichtiges Gesicht und klare, helle Augen, hinter denen sich kein Geheimnis verbarg, während ich meinen Kopf und meine Augen gesenkt halten mußte. Ich fürchtete mich unsäglich davor, daß er mein schreckliches Geheimnis erfahren würde. Wenn er es wüßte, würde er mich nicht mehr achten. Seine Meinung über mich wäre dann nicht viel besser als die über Fanny, vielleicht sogar noch schlechter.

»Warum schlägst du die Augen nieder, Heavenly?«

Weinend versuchte ich ihm in die Augen zu blicken. Wenn ich ihm doch nur alles hätte erzählen können. Ich wollte alles loswerden, ihm erklären, wie ich in Candlewick von den äußeren Bedingungen abhängig gewesen war. Ich fing so stark zu zittern an, daß Tom mich in die Arme nahm und ich meinen Kopf an seine Schulter lehnen konnte. »Bitte, wein nicht, weil du so glücklich bist, mich zu sehen, sonst muß ich auch weinen. Seit dem Tag, an dem mich Buck Henry Vater abgekauft hat, habe ich nicht mehr geweint. Mann, aber in jener Nacht hab' ich geheult und nur gegrübelt, was mit dir geschehen würde. Heavenly, es geht dir doch gut, nicht wahr? Ist dir etwas Schlimmes zugestoßen?«

»Natürlich geht es mir gut. Sieht man mir das nicht an?«

Er sah mir prüfend ins Gesicht, während ich mich bemühte zu lächeln und alle Schuld und Scham, die ich empfand, zu verbergen. Was er sah, gefiel ihm wohl, denn nun lächelte er auch wieder. »Mann, Heavenly, es ist gut, wieder mit dir zusammen zu sein. Also, erzähl mir alles, was du seit dem Tag, an dem ich weggegangen bin, erlebt hast – aber mach schnell, ich muß in ein paar Minuten wieder weg.«

Er hatte es so eindringlich gesagt, daß ich mich unwillkürlich umdrehte. War denn Buck Henry mit Tom in die Stadt gekommen?

»Du bist zuerst dran, Tom. Erzähl mir alles, was du nicht in deinen Briefen geschrieben hast!«

»Keine Zeit«, sagte er, dabei sprang er auf und zog mich mit sich hoch; ich erblickte eine mir bekannte, untersetzte Gestalt, die gerade die Straße herunterkam. »Er sucht mich. Er ist in der Stadt, um Medikamente für zwei kranke Kühe zu kaufen. Beim nächsten Mal mußt du mir mehr von deinem Leben in Candlewick erzählen. Du berichtest so wenig davon in deinen Briefen, dafür aber um so mehr von Kinos, Restaurants und Kleidern. Ehrlich gesagt, ich finde den

Tag sehr segensreich, an dem uns Vater verkauft hat.«

Auf einmal sah ich, wie ein Schatten über seine smaragdgrünen Augen huschte, was mich etwas an seinem so inständig beteuerten Glück zweifeln ließ: »Ich geh' jetzt zu Mr. Henry. Schau nächsten Samstag nach mir. Ich werd' Laurie und Thalia mitbringen... wir könnten zusammen zu Mittag oder zu Abend essen, noch besser beides – wenn's klappt!«

Lange blickte ich ihm nach. Ich war betrübt, daß er schon fort mußte. Die Tränen liefen mir die Wangen hinunter, während ich Tom beobachtete, wie er neben dem Mann ging, von dem ich nicht glauben konnte, daß er ihn wirklich mochte. Aber Tom sah gut aus. Er war groß und stark und machte einen glücklichen Eindruck. Die Schatten in seinen Augen hatten sich wohl von meinen Augen auf ihn übertragen. Immer schon hatte sich bei ihm alles widergespiegelt, was ich empfand.

Am nächsten Samstag würde ich ihn wiedersehen. Ich konnte den Tag kaum erwarten!

20. KAPITEL

VERWIRRTE GEFÜHLE

Als ich schließlich das Haus der Settertons erreicht hatte, wartete Cal schon auf mich. »Heaven!« rief er mit entgegen, als er mich die Treppe hinaufsteigen sah. »Wo, zum Teufel, warst du? Ich habe mich halbtot geängstigt.«

Cal war der Mann, der mich liebte; zuerst hatten seine Zuneigung und Fürsorge mich glücklich gemacht, aber als er mein Liebhaber wurde, empfand ich seine Liebe als Schande. Alles in allem hatte ich das Gefühl, in die Falle geraten zu sein. Ich wehrte mich nicht gegen seine flüchtige Umarmung und seinen hastigen Kuß; verwirrt und verzweifelt schien ich im Nebel zu tappen. Ich liebte ihn, weil er mich vor Kittys schlimmsten Gemeinheiten bewahrt hatte, aber gleichzeitig wünschte ich mir, daß er mein Vater geblieben und nicht mein Geliebter geworden wäre.

»Warum siehst du mich so an, Heaven? Kannst du mich nur in Candlewick lieben und nicht in Winnerrow?«

Ich wollte ihn nicht auf die Art lieben, wie er es sich wünschte. Und ich durfte es nicht zulassen, daß seine Gefühle und Bedürfnisse mich überwältigten. »Ich habe heute Tom gesehen und Fanny und Großvater«, flüsterte ich heiser.

»Und trotzdem weinst du? Ich dachte, du wärst jetzt glücklich?«

»Es kommt nie so, wie man es sich vorstellt, nicht wahr? Tom ist jetzt so groß wie Vater, dabei ist er erst siebzehn.«

»Und wie geht's deinem Großvater?«

»Er ist so alt und mitleiderregend. Er bildet sich ein, Großmutter sitze im Schaukelstuhl neben ihm.« Ich lachte kurz auf. »Nur Fanny ist unverändert. Sie ist die gleiche wie früher, nur daß sie eine Schönheit geworden ist.«

»Sicherlich kann sie ihrer Schwester nicht das Wasser reichen«, sagte er in leisem, vertraulichem Ton und berührte meine Brust. In diesem Augenblick öffnete Maisie die Tür und sah uns mit großen Augen an. Sie hatte es gesehen! O mein Gott!

»Kitty ruft nach dir«, sagte sie betreten. »Besser, du gehst zu ihr und erkundigst dich, was sie will. Mutter kann ihr nichts recht machen.«

Sonntag früh waren alle auf, um in die Kirche zu gehen. Kitty mußte bis Montag warten, bevor man sie untersuchte. »Wir gehen zum Gottesdienst«, verkündete mir Reva Setterton, als ich ihr im Gang begegnete. »Schnell, iß dein Frühstück, damit du rechtzeitig fertig bist. Ich hab' mich heut früh schon um meine Tochter gekümmert. Wir können sie ruhig ein paar Stunden allein lassen.«

Auf der Türschwelle seines Schlafzimmers stand Cal und blickte mich auf eine beunruhigende Art an. Sah er nun ein, daß es besser war, wenn wir uns nie mehr allein trafen? Bestimmt würde er sich darüber im klaren sein, daß Logan der richtige Mann für mich war, und er würde mich gehen lassen, ohne weitere Ansprüche an mich zu stellen. Ich sah ihn flehentlich an und bat ihn stumm, unsere alte Beziehung wiederherzustellen. Aber er runzelte nur verärgert die Stirn und wandte sich, anscheinend gekränkt, von mir ab.

»Ich bleibe hier bei Kitty; geht ihr nur«, erklärte ich. »Ich will sie nicht allein lassen.« Daraufhin eilte Cal hinter Kittys Familie her, die schon hinausgegangen war. Er blickte sich noch einmal kurz um und sah mich anerkennend an, bevor sich sein Mund zu einem kleinen, spöttischen Lächeln verzog.

»Sei gut zu deiner Mutter, Heaven.«

Lag da ein sarkastischer Ton in seiner Stimme?

Jetzt saß ich hier, und Logan wartete auf mich in der Kirche. Wie naiv von mir anzunehmen, daß Reva Setterton bei ihrer Tochter zu Hause bleiben würde, und wie sie ohne jegliche Gefühlsregung den Vorschlag gemacht hatte, ihre Tochter allein zu lassen!

Langsam stieg ich die Treppe hinauf, um nach Kitty zu sehen.

Kitty lag auf dem breiten Bett, ihr Gesicht war so stark gerubbelt worden, daß es glänzte. Die Haut war nicht nur rot und rissig, wie meine nach dem siedendheißen Bad, auch ihre dichten, roten Haare waren jetzt in der Mitte gescheitelt und zu zwei langen Zöpfen geflochten, die ihr bis zum Brustansatz reichten. Ihre Mutter hatte ihr ein schlichtes, weißes Nachthemd angezogen, bis zum Hals hochgeknöpft, wie es alte Damen tragen. Es war ein einfaches, billiges Nachthemd, genau die Art, die Kitty nicht leiden konnte. Noch nie hatte ich Kitty so unattraktiv gesehen.

Kittys Mutter rächte sich nun an ihr, so wie Kitty sich an mir gerächt hatte, als sie mich in das kochende Bad gesteckt hatte… Und trotzdem fühlte ich, wie Wut in mir hochstieg. Ich verachtete Reva Setterton, weil sie einer wehrlosen Frau dies angetan hatte! Es war grausam, Kitty so zu behandeln, jetzt wo sie hilflos war. Wie eine sorgende Mutter suchte ich alles zusammen, was ich brauchte, um Revas Untaten wiedergutzumachen. Ich holte Kittys hübschestes Nachthemd hervor und zog ihr das häßliche aus, bevor ich ihre wunde Haut mit Creme behandelte. Vorsichtig streifte ich ihr das spitzenbesetzte Nachthemd über den Kopf. Dann löste ich die straff sitzenden Haare. Nachdem ich sie, so gut ich konnte, frisiert hatte, cremte ich ihr Gesicht behutsam mit einer Feuchtigkeitscreme ein und begann mit dem Make-up.

Während ich den Schaden wiedergutzumachen versuchte, redete ich ununterbrochen. »Mutter, langsam verstehe ich, wie es für dich gewesen sein muß. Aber mach dir keine Sorgen. Ich habe dich mit einer guten Feuchtigkeitscreme am ganzen Körper und im Gesicht eingerieben. Ich kann dich nicht so gut schminken wie du, aber ich probier' mein Bestes. Morgen fahren wir dich ins Krankenhaus, und die Ärzte werden deine Brust eingehend untersuchen. Es muß nicht unbedingt stimmen, daß du die Veranlagung zum Brustkrebs geerbt hast, Mutter. Ich hoffe sehr, daß du mir die Wahrheit gesagt hast und wirklich zum Arzt gegangen bist. Sag ehrlich: Warst du beim Arzt?«

Sie antwortete nicht, aber anscheinend hörte sie zu. Eine Träne bildete sich in ihrem linken Augenwinkel. Ich redete weiter und legte ihr Rouge auf, dann benützte ich Augenbrauenstift, Lippenstift und Wimperntusche. Als ich mein Werk beendet hatte, war sie wieder die alte. »Weißt du was, Kitty Dennison? Du bist immer noch eine sehr schöne Frau, und es ist eine verdammte Schande, daß du hier liegst und aufgibst. Du mußt nur auf Cal zugehen und ihm sagen, daß du ihn liebst und brauchst. Sag nicht immer so oft nein zu ihm, dann wird er dir der beste Ehemann der Welt sein. Vater ist kein Mann, der sich für irgendeine Frau eignen würde. Er ist ein Schurke, durch und durch! Das Beste, was dir passieren konnte, war, daß er dich verlassen hat und du Cal begegnet bist. Du haßt meine Mutter, dabei solltest du sie bemitleiden – schau doch nur, was er ihr angetan hat.«

Kitty weinte. Stumm liefen ihr die Tränen übers Gesicht und verschmierten das frische Make-up.

Montag früh wurde Kitty mit dem Krankenwagen in die Klinik gebracht. Ich saß neben ihr, und Cal begleitete uns, während ihre Eltern zu Hause geblieben waren. Maisie und Danny waren zu einem Ausflug in die Berge gefahren. Fünf Stunden lang saßen Cal und ich auf harten, unbequemen Krankenhausstühlen und warteten ab, wie über Kitty entschieden wurde. Manchmal hielt ich seine Hand und manchmal hielt er meine. Er war aschfahl und rauchte eine Zigarette nach der anderen. Zu Kittys Zeiten hatte er nie geraucht; jetzt war er süchtig danach. Endlich rief uns ein Arzt in sein Büro. Cal und ich saßen nebeneinander, während der Arzt versuchte, so sachlich wie möglich zu berichten.

»Ich verstehe nicht recht, wie das Geschwür bis jetzt übersehen werden konnte. Allerdings ist es manchmal schwierig, ein Geschwür zu entdecken, wenn eine Frau so große Brüste hat wie Ihre Frau, Mr. Dennison. Wir haben zuerst eine Mammographie ihrer linken Brust gemacht. Aus irgendeinem Grund scheinen Frauen eher auf der linken Brust als auf der rechten ein Karzinom zu bekommen. Sie hat einen Tumor, und zwar tief unterhalb der Brustwarze. Sehr ungünstig gelegen, weil man es schwer entdecken kann. Der Tumor ist etwa fünf Zentimeter groß – sehr groß für diese Art Geschwür. Wir sind uns ganz sicher, daß Ihre Frau wohl schon lange wußte, daß sie einen Tumor hat. Als wir die Mammographie machen wollten, ist sie nämlich aus ihrer Lethargie erwacht und hat sich dagegen gewehrt. Sie schrie mehrmals: ›Laßt mich sterben!‹«

Cal und ich waren verblüfft. »Sie kann sprechen?« fragte er.

»Mr. Dennison, Ihre Frau konnte immer sprechen, aber sie hat sich schlicht geweigert, es zu tun. Sie wußte über den Tumor Bescheid. Sie hat uns gesagt, daß sie lieber sterben würde, als sich eine Brust amputieren zu lassen. Wenn sich Frauen so gegen die Operation wehren, dann setzen wir sie nicht unter Druck. Wir machen Alternativ-Vorschläge. Sie hat sich aber auch gegen eine Chemotherapie ausgesprochen, weil es zu Haarverlust kommen würde. Sie will es mit Bestrahlungen versuchen... Falls dies keinen Erfolg haben sollte, ist sie bereit, ›ihrem Herrn entgegenzutreten‹.« Der Arzt hielt inne. Ein Ausdruck huschte über sein Gesicht, den ich nicht deuten konnte. »Ich muß Ihnen ehrlich sagen, daß der Tumor eine Größe erreicht hat, bei der eine Bestrahlung nicht mehr sinnvoll ist... da es aber nun mal das einzige ist, zu dem Ihre Frau bereit ist, bleibt uns nichts anderes übrig.«

Bebend erhob sich Cal. »In meinem ganzen Leben habe ich meine Frau zu nichts überreden können. Und ich bin sicher, daß es mir diesmal auch nicht gelingen wird – aber ich werde es versuchen.«

Er tat sein Bestes. Ich war mit ihm im Zimmer, als er auf der Bettkante saß und sie anflehte: »Bitte, Kitty, laß dich operieren. Ich will, daß du lebst.« Sie zog sich wieder in sich selbst zurück. Nur wenn sie zu mir sah, leuchtete etwas in ihren blassen Augen. Ob es Haß oder etwas anderes war, konnte ich nicht genau erkennen.

»Geh du schon nach Hause«, befahl mir Cal und setzte sich auf den einzigen Stuhl, der im Zimmer stand. »Auch wenn ich einen Monat dazu brauche, ich werde sie überzeugen.«

Es war drei Uhr nachmittags. Meine Absätze klapperten laut auf dem Bürgersteig. Ich trug blaue Ohrringe, die mir Cal erst vor einer Woche geschenkt hatte. Er schenkte mir alles Erdenkliche, von dem er meinte, daß ich es vielleicht haben wollte. Er hatte mir sogar Kittys Schmuckkästchen gegeben, aber ich brachte es nicht übers Herz, etwas von ihr zu tragen. Ich fühlte mich an diesem schönen Nachmittag so jung und frisch wie schon lange nicht mehr – seitdem Kitty mir eingetrichtert hatte, ich sei ein Hillbilly-Miststück. Was immer Kitty zustoßen würde, es war, in gewisser Weise, ihre eigene Entscheidung gewesen. Schließlich hätte sie ihre Brust retten und mit nur einer winzigen Narbe, die kein Mann je bemerkt hätte, davonkommen können, wenn sie früher gehandelt hätte.

Bei jedem Schritt betete ich, daß Cal Kitty zu der Operation überreden konnte. Ich betete auch, daß sie erkannte, was für ein wertvoller Mensch er war. Wenn sie das täte, würde er mich gehen lassen, dessen war ich mir ganz sicher. Er liebte Kitty, hatte sie immer geliebt. Dabei hatte sie ihn so miserabel behandelt, als könne sie gar keinen Mann lieben, nachdem Vater ihr so Schlimmes angetan hatte.

Vater! Immer fiel alles auf Vater zurück!

Schritte verfolgten mich. Ich sah mich nicht um. »Hey«, rief eine bekannte Stimme. »Ich habe gestern auf dich gewartet.«

Warum wurden meine Schritte immer schneller, wo ich doch die ganze Zeit gehofft hatte, daß er mir begegnete? »Heaven, lauf nicht weg. Du kannst sowieso nicht schnell und weit genug rennen, um mir zu entkommen.«

Ich wirbelte herum und sah Logan auf mich zugehen. Er war wirklich so geworden, wie ich mir immer einen Mann gewünscht hatte – jetzt hatte ich kein Anrecht mehr auf ihn, es war zu spät, viel zu spät.

»Geh weg!« fuhr ich ihn an. »Du brauchst mich nicht mehr!«

Jetzt warte doch mal einen Augenblick«, knurrte er, indem er mich einholte, am Arm packte und mich zwang, neben ihm zu gehen. »Warum benimmst du dich so? Was habe ich getan? Einen Tag liebst du mich, am anderen stößt du mich von dir. Was wird hier gespielt?«

Mein Herz klopfte, daß es schmerzte. Ja, ich liebte ihn; hatte ihn immer geliebt; würde ihn immer lieben. Aber etwas trieb mich dazu, etwas anderes zu sagen: »Logan, es tut mir leid, aber ich kann nicht vergessen, wie du mich an dem letzten Sonntag, bevor Vater mich an die Dennisons verkaufte, völlig ignoriert hast. Ich brauchte deine Hilfe, aber du hast durch mich hindurch gesehen, als wäre ich gar nicht vorhanden. Du warst der einzige Mensch, an den ich mich wenden konnte, nachdem Miß Deale fort war. Du warst mein weißer Ritter, mein Erretter – und du hast nichts, überhaupt nichts unternommen! Wie kann ich dir jetzt noch vertrauen?«

Seine Augen hatten einen schmerzlichen Ausdruck angenommen, und das Blut schoß ihm ins Gesicht. »Wie kann man nur so dumm sein, Heaven! Du glaubst, du bist der einzige Mensch auf dieser Welt, der Probleme hat. Du weißt doch, daß ich in jenem Jahr mit meinen Augen zu tun hatte. Was glaubst du wohl, was mit mir war, während ihr da oben in den Bergen halb verhungert seid? Unten im Tal bin ich nämlich fast erblindet. Ich mußte in eine Spezialklinik geflogen werden, um an den Augen operiert zu werden! Dort bin ich gewesen! Weit weg von hier, in einem Krankenhaus, mein Kopf von Klammern festgehalten, meine Augen so lange bandagiert, bis sie geheilt waren. Danach mußte ich eine Sonnenbrille tragen und mich schonen, bis die Netzhaut sicher angewachsen war. An jenem Tag, wo du meinst, daß ich dich in der Kirche gesehen hätte, habe ich nur *versucht,* dich zu sehen. Ich habe damals alles nur verschwommen gesehen. Ich habe nach dir Ausschau gehalten! Ich bin nur *deinetwegen* in die Kirche gegangen!«

»Kannst du jetzt wieder gut sehen?« fragte ich mit einem Kloß im Hals.

Lächelnd blickte er mir in die Augen, bis *ich* alles verschwommen sah.

»Ich sehe dich nur ein ganz klein wenig unscharf. Wird mir jener lang zurückliegende Sonntag verziehen?«

»Ja«, flüsterte ich. Ich schluckte die Tränen hinunter, biß mir auf die Lippen, dann senkte ich den Kopf und legte ihn kurz an seine Brust. Ich richtete ein stummes Gebet an Gott, daß Logan mir verzeihen möge, falls ich jemals in die Lage käme, ihm alles erzählen zu müssen. Ich war keine Jungfrau mehr, und ich hatte nicht den Mut, es ihm zu sagen.

Entschlossen führte ich ihn zur bewaldeten Gegend Winnerrows.

»Wohin gehen wir?« fragte er mich und hakte seine Finger in meine. »Willst du die Hütte sehen?«

»Nein, du bist ja schon allein hingegangen und hast alles gesehen, was ich versucht habe, vor dir zu verbergen. Es gibt einen anderen Ort, den hätte ich dir schon lange zeigen sollen.«

Hand in Hand spazierten wir den überwucherten Pfad entlang, der zum Friedhof führte. Hie und da streifte ich Logan mit einem Blick. Mehrmals trafen sich unsere Blicke, und ich mußte mich zwingen, meine Augen wieder von ihm abzuwenden. Er liebte mich. Das spürte ich. Warum war ich nicht stärker gewesen und hatte der Versuchung widerstanden? Schluchzend stolperte ich. Schnell hielt mich Logan fest, bis ich wieder mein Gleichgewicht gefunden hatte. Ich landete in seinen Armen. »Ich liebe dich, Heaven«, flüsterte er heiser. Ich spürte seinen warmen Atem auf meinem Gesicht, bevor er mich küßte. »Gestern Nacht habe ich kein Auge zugemacht, weil ich immer dran denken mußte, wie wundervoll du bist, wie aufrecht und treu du zu deiner Familie hältst. Du bist die Frau, der ein Mann vertraut; eine Frau, die er allein lassen kann und weiß, daß sie ihm treu bleibt.«

Ich war vor lauter Verzweiflung wie betäubt. Ich wollte nicht zulassen, daß zuviel Sonnenschein mein Herz erwärmte, während er immer weiterredete; er erzählte von seinen Eltern, seinen Tanten, Onkeln und Cousins, bis wir das Flußufer, an dem wir vor langer Zeit gegessen waren, erreicht hatten. Hier war die Zeit stehengeblieben. Logan und ich hätten in jenem Augenblick die Jugendlichen von damals gewesen sein können, die sich zum ersten Mal verliebten. Wieder saßen wir, vielleicht sogar auf demselben Platz, so nahe beieinander, daß sich unsere Schultern berührten und sein Schenkel sich gegen meinen drückte. Ich starrte auf das Wasser, das über die Steine plätscherte. Nach einer Weile erst begann ich mit jener Geschichte, die zu erzählen das Schwerste in meinem ganzen Leben war. Wenn er alles wußte, würde er mich verachten.

»Meine Großmutter hat mir oft erzählt, daß meine Mutter immer an diese Quelle gegangen ist«, sagte ich und zeigte auf eine Stelle, wo das Wasser aus einem Felsspalt hervorsprudelte, »sie kam mit unserem alten Holzeimer hierher, um Quellwasser zu holen. Sie hielt das Brunnenwasser für nicht besonders schmackhaft, auch nicht zum Suppekochen geeignet oder für die Farben, die Großmutter herstellte, um Wollreste zu färben, aus denen meine Mutter dann einen Teppich knüpfte, der unter meine Wiege kommen sollte, um den Luftzug abzuhalten. Sie richtete die Hütte, so gut es ging, für meine Geburt her...«

Er legte sich neben mich ins Gras und spielte gedankenverloren mit meinen langen Locken. Es war sehr romantisch, mit Logan hier zu sitzen, als wären wir noch unschuldig und als hätte niemand vor uns geliebt. Er spielte mit meinen Händen, zuerst mit einer, dann mit der anderen, er küßte meine Fingerspitzen und Handflächen, bevor er meine Finger umbog, daß sie die Küsse wie Geschenke umschlossen hielten.

»Für all die Tage, an denen ich mich so sehr nach dir gesehnt habe und du fort warst.« Er zog mich zu sich herunter, daß mein Oberkörper auf seiner Brust lag. Meine Haare fielen wie ein dunkler Vorhang herab, der unsere Gesichter einhüllte. Wir küßten uns. Dann lag ich mit meiner Wange auf seiner Brust, und seine Arme hielten mich umschlungen. Wenn ich nur so gewesen wäre, wie er es von mir annahm, dann hätte ich dies alles genießen können. Ich kam mir wie eine Sterbenskranke vor, die ihre letzte Mahlzeit einnahm. Die Sonne in ihrer ganzen Pracht konnte die Wolken, die mein Gewissen überschatteten, nicht vertreiben.

Mit geschlossenen Augen wünschte ich mir, daß er für immer so weiterreden würde und mir nicht die Gelegenheit gab, seine – und meine – Träume zu zerstören.

»Wenn ich das College abgeschlossen habe, werden wir heiraten, zur Rosenblütenzeit. Bevor noch der Schnee fällt, Heaven.«

Ich schüttelte den Kopf, aber was er sich in seiner Phantasie ausmalte, riß mich beinahe fort. Meine Augen hielt ich geschlossen, mein Atem ging im gleichen Takt wie seiner. Er streichelte meinen Rücken, meine Arme – und dann, sehr zart, meine Brüste. Mit einem Aufschrei riß ich mich von ihm los und setzte mich kerzengerade auf. »Laß uns gehen. Du mußt es sehen, wenn du verstehen willst, wer und was ich bin«, sagte ich mit zitternder Stimme.

»Ich weiß doch, wer und was du bist. Heaven, warum hast du so verschreckte Augen? Ich werde dir nicht weh tun. Ich liebe dich.«

Er würde es aber nicht mehr, wenn er erführe, wer ich eigentlich wirklich war. Nur Cal wußte, was ich durchgemacht hatte, und er verstand mich. Ich war eine Casteel, von Geburt an verdorben. Cal war dies gleichgültig, aber den unbescholtenen Stonewalls würde es gewiß etwas ausmachen.

Der Glanz in Logans Augen verdüsterte sich. Er schien zu ahnen, daß ich ihm ein unangenehmes Geheimnis enthüllen wollte. Ich kam mir klein, besudelt und verlassen vor.

»Ich hätte da einen sonderbaren Wunsch, Logan«, sagte ich mit einem leichten Beben in der Stimme. »Wenn es dir nichts ausmacht, möchte ich gerne das Grab meiner Mutter besuchen. Als sie gestorben ist, hat sie mir eine Puppe hinterlassen, die ich nicht aus einem Feuer retten konnte, die aber wichtig gewesen wäre als Beweis meiner Identität, wenn ich nach Boston gehe, um die Familie meiner Mutter aufzusuchen.«

»Du willst dorthin fahren?« fragte er mit verstörter Stimme. »Warum? Wenn wir heiraten, wird meine Familie auch deine sein.«

»Ich muß eines Tages hinfahren. Es ist etwas, was ich tun muß, nicht nur meinetwegen, sondern auch für meine Mutter. Sie ist ihren Eltern fortgelaufen, und sie haben nie wieder etwas von ihr gehört. Sie können noch nicht so alt sein. Bestimmt haben sie sich jahrelang Sorgen um ihre Tochter gemacht. Manchmal ist es besser, die Wahrheit zu erfahren, als immer nur herumzurätseln und zu spekulieren...«

Er wandte sich jetzt von mir ab, obwohl er mit mir Schritt hielt, während wir zusammen den Hügel erklommen.

Bald würden die Blätter die Farbe eines glühenden Hexentranks annehmen. Der Herbst würde kurz in den Bergen weilen. Dort unten im Tal, wo der Wind nicht so heftig wehte, würden Vater und Mutter Stonewall erbost sein über ein Casteel-Mädchen, das nicht gut genug für ihren einzigen Sohn war. Ich nahm seine Hand, und die Liebe, die ich für ihn empfand, war so stark, wie sie nur ganz junge Menschen empfinden können. Im gleichen Augenblick lächelte er mich an und trat auf mich zu. »Muß ich es tausendmal wiederholen, daß ich dich liebe, bevor du mir glaubst? Soll ich auf die Knie fallen und um deine Hand anhalten? Nichts von dem, was du mir erzählen willst, könnte meine Liebe zu dir oder meine Achtung für dich schmälern!«

O doch, es gab da etwas, was ich erzählen könnte, und alles würde sich verändern. Ich hielt seine Hand noch fester umklammert und führte ihn immer höher; wir kamen an schlanken Kiefern, schweren Eichenbäumen und Walnußbäumen vorbei, und der Weg wand sich weiter hinauf, bis nur mehr immergrüne Bäume wuchsen... Und schließlich befanden wir uns auf dem Friedhof. Er hatte nur mehr Platz für wenige Tote. Es gab neuere und bessere Friedhöfe weiter unten, wo es nicht mehr so große Mühe machte, neue Gräber auszuheben.

Niemand mähte das Gras am Grab meiner Mutter, das einsam und verlassen dalag. Es bestand nur aus einem schmalen Hügel, der sich langsam zu senken begann, und einem billigen Grabstein in Form eines Kreuzes.

ENGEL
innigst geliebte Frau von Thomas Luke Casteel

Ich ließ Logans warme Hand los und fiel auf die Knie. Mit gesenktem Kopf sagte ich mein Gebet auf, bat, daß ich sie eines Tages, eines wunderschönen, gesegneten Tages, im Paradies sehen dürfe.

Auf dem Weg zum Friedhof hatte ich eine rote Rose aus dem Garten des Reverend Wayland Wise gepflückt, und nun steckte ich sie in das billige Marmeladenglas, das ich einmal vor Jahren am Fußende des Grabes in die Erde gedrückt hatte. Es gab kein Wasser in der Nähe, um die Rose frisch zu halten. Die rote Rose mußte bald verwelken und sterben. So wie meine Mutter verblüht und gestorben war, bevor ich sie kennengelernt hatte. Der Wind pfiff durch die Luft und peitschte die Tannenzweige hin und her. Ich kniete am Grab und versuchte, den Mut zu finden, Logan alles zu gestehen.

»Laß uns von hier fortgehen«, bat er beklommen und blickte zur Spätnachmittagssonne, die schnell hinter den Bergen versank.

Ahnte er etwas? War es das gleiche, was ich empfand?

Die vielen kleinen Geräusche der Abenddämmerung schwirrten durch die Luft und hallten durch die Täler und sangen mit dem Wind, der durch die Schluchten brauste und im hohen Gras, das schon seit Jahren nicht mehr gemäht worden war, raschelte.

»Sieht nach Regen aus…«

Ich brachte es immer noch nicht übers Herz, es ihm zu sagen.

»Heaven, was machen wir hier? Sind wir hierher gekommen, damit du kniest und betest und wir darüber ganz vergessen, daß wir leben und uns lieben?«

»Du hast mir nicht richtig zugehört, Logan. Du hast weder richtig hingesehen noch mich verstanden. Dies ist das Grab meiner richtigen Mutter, die mit vierzehn Jahren gestorben ist, als ich zur Welt gekommen bin.«

»Das hast du mir schon mal erzählt«, sagte er leise, kniete sich neben mich und legte seinen Arm um meine Schulter. »Tut es immer noch so weh? Du hast sie ja nicht gekannt.«

»Doch, ich kenne sie. Manchmal wache ich auf und empfinde das gleiche, das sie gefühlt haben muß. Sie ist ich, und ich bin sie. Ich liebe die Berge, und ich hasse sie. Sie geben dir viel, aber sie nehmen dir auch viel weg. Es ist einsam hier oben, aber es ist auch schön. Gott hat dieses Land gesegnet und die Leute darin verdammt, sich klein und unbedeutend vorzukommen. Ich möchte fort von hier, und ich möchte bleiben.«

»Dann treffe ich die Entscheidung für dich. Wir kehren zurück ins Tal und werden in zwei Jahren heiraten.«

»Du mußt mich nicht heiraten, das weißt du.«

»Ich liebe dich. Ich habe dich immer geliebt. Es gab niemanden in meinem Leben außer dir. Ist das nicht Grund genug?«

Tränen rannen über mein Gesicht, sie fielen wie Regentropfen auf die rote Rose. Ich hob die Augen und sah, wie sich Sturmwolken schnell zusammenballten. Ein Schauer durchfuhr mich, und ich begann zu sprechen. Er zog mich an sich. »Heaven, bitte sage nichts, das meine Gefühle für dich zerstören könnte. Wenn du vorhast, mir etwas zu sagen, was nur weh tun wird, sag es besser nicht, bitte!«

Trotzdem fing ich an, ihm alles zu erzählen, wie ich es schon seit langem geplant hatte, hier an diesem Ort, wo sie es hören konnte.

»Ich weiß, du hast eine bestimmte Idealvorstellung von mir.«

»Du bist alles, was ich mir wünsche«, warf er schnell ein.

»Ich liebe dich, Logan«, sagte ich sehr leise und mit gesenktem Kopf. »Ich habe dich seit dem ersten Tag, an dem wir uns gesehen haben, geliebt, und trotzdem habe ich einen anderen...«

»Ich will es nicht hören!« brauste er auf.

Er sprang auf und ich auch. Wir standen uns Aug' in Aug' gegenüber. Meine langen Haare flatterten im Wind, daß sie seine Lippen berührten. »Du weißt es also, nicht wahr?«

»Was Maisie herumerzählt? Nein, so etwas Abstoßendes kann ich nicht glauben! Ich höre nicht auf Klatsch! Du gehörst mir, und ich liebe dich... Also versuche erst gar nicht, mich davon zu überzeugen, daß es einen Grund gibt, dich nicht zu lieben!«

»Es gibt aber einen Grund!« schrie ich verzweifelt. »Candlewick war nicht der glückliche Ort, wie ich es dir in meinen Briefen weismachen wollte. Ich habe dir so viele Lügen erzählt... und Cal war –«

Er wandte sich abrupt um und lief davon.

Er rannte den Pfad zurück nach Winnerrow und rief über seine Schulter hinweg: »Nein! Nein! Ich will nichts mehr hören – sag es mir nicht! Sag es mir *niemals!*«

Ich wollte ihn einholen, aber seine Beine waren viel länger, und meine dünnen Absätze blieben in der weichen Erde stecken und hielten mich auf. Ich drehte mich um und ging den Pfad hinauf zur Hütte, um sie wiederzusehen. Ich war von ihrer Trostlosigkeit überwältigt. An der Wand war noch die helle Stelle, wo Vaters Tiger-Poster gehangen hatte, unter dem die Wiege für Tom und mich gestanden war. Ich starrte auf den gußeisernen Herd, der an den Stellen, an denen kein Schwamm wuchs, ganz rostig geworden war. Unter Tränen blickte ich auf die primitiven Holzsessel, die irgendein Casteel vor langer Zeit hergestellt hatte. Einige Sprossen hingen jetzt lose herunter, einige fehlten, und alle Dinge, die die Hütte verschönern sollten, waren verschwunden. Logan hatte all dies gesehen. Ich weinte, sehr lange und bitter, um alles, was ich nie besessen hatte und was ich vielleicht noch verlieren würde. Durch die Stille der Hütte heulte und ächzte der Wind. Es regnete. Schließlich erhob ich mich wieder und ging auf dem nassen Weg zurück nach Winnerrow, das für mich kein Zuhause war.

Cal lief auf der Veranda der Settertons auf und ab. »Wo warst du, daß du so durchnäßt, zerrissen und schmutzig zurückkommst?«

»Logan und ich haben das Grab meiner Mutter besucht…«, flüsterte ich heiser und ließ mich erschöpft auf eine Stufe nieder. Es war mir völlig gleichgültig, daß es regnete.

»Ich dachte mir so etwas.« Er setzte sich neben mich und achtete ebensowenig auf den Regen wie ich.

Er legte den Kopf in seine Hände. »Ich bin den ganzen Tag mit Kitty zusammen gewesen. Ich bin völlig fertig. Sie weigert sich, Nahrung zu sich zu nehmen. Sie haben sie an einen Tropf gehängt und fangen morgen mit den Bestrahlungen an. Sie ist nie zu einem Arzt gegangen, auch wenn sie dir das Gegenteil erzählt hat. Die Geschwulst besteht schon seit zwei, drei Jahren. Heaven, Kitty zieht es vor zu sterben, bevor sie das verliert, was für sie den Inbegriff ihrer Weiblichkeit darstellt.«

»Wie kann ich helfen?« flüsterte ich.

»Bleib bei mir. Verlaß mich nicht. Ich bin schwach, Heaven. Das habe ich dir schon früher gesagt. Als ich dich zusammen mit Logan sah, kam ich mir auf einmal alt vor. Ich hätte es wissen müssen, daß die Jugend ihresgleichen sucht. Ich bin ein alter Narr, der sich selbst eine Falle gestellt hat.«

Er wollte näher an mich heranrücken. Ich sprang in panischer Angst auf. Er liebte mich nicht so, wie es Logan tat. Er brauchte mich nur als Ersatz für Kitty.

»Heaven!« rief er. »Wendest du dich auch von mir ab? Bitte, ich brauche dich!«

»Du liebst mich nicht!« rief ich erregt. »Du liebst sie! Und du hast es immer getan! Sogar als sie grausam zu mir war, hast du sie immer entschuldigt!«

Ermattet drehte er sich um, mit hängenden Schultern ging er auf die Tür des Setterton-Hauses zu. »In manchen Dingen hast du recht. Ich will, daß Kitty am Leben bleibt, und gleichzeitig wünsche ich mir, daß sie stirbt, um der Last zu entrinnen. Ich will dich, aber ich weiß, es ist nicht richtig. Ich hätte mich niemals überreden lassen dürfen, daß sie dich zu uns holt!«

Peng!

Mir wurden immer Türen vor der Nase zugeschlagen.

21. KAPITEL

ENDGÜLTIGER ABSCHIED

Eine Woche verging. Täglich besuchte ich Kitty im Krankenhaus. Logan hatte ich seit dem Tag, an dem er von mir fortgelaufen war, nicht mehr gesehen, und ich wußte, daß er jetzt innerhalb einer Woche ins College zurück mußte. Viele Male spazierte ich wie zufällig an der Stonewall-Apotheke vorbei, in der Hoffnung, ihn zu sehen, obwohl ich mir immer wieder sagte, daß er ohne mich besser dran sei. Und ich sei besser dran ohne jemanden, der mir nie verzeihen könnte, daß ich nicht vollkommen war. Zu unvollkommen – dies waren wohl Logans Gedanken –, zu sehr wie Fanny. Auch wenn Cal bemerkt hatte, daß ich sehr bedrückt war, weil ich Logan nicht mehr sah, so verlor er doch kein Wort darüber.

Durch die vielen Stunden, die ich an Kittys Krankenbett verbrachte, kamen mir die Tage sehr lang vor. Cal saß auf einer Seite des Bettes, ich auf der anderen. Die meiste Zeit über hielt er ihre Hand. Ich hatte meine Hände in den Schoß gelegt. Während ich so neben ihr saß und ihr Leiden fast wie einen eigenen Schmerz empfand, grübelte ich über die Verwicklungen des Lebens nach. Es gab eine Zeit, da hätte mich der Anblick Kittys als hilflose Kranke, die nicht mehr in der Lage war, mich zu schlagen und mir kränkende Worte zu sagen, die mein Selbstbewußtsein verletzten, erleichtert. Aber jetzt empfand ich nur mehr Mitleid mit ihr und war bereit, fast alles zu tun, um ihre Schmerzen zu lindern, auch wenn ich nur wenig unternehmen konnte, um es ihr ein wenig bequem zu machen. Aber trotzdem bemühte ich mich; ich wollte sühnen und meine Schuld tilgen. Dabei vergaß ich, was Kitty mir alles angetan und warum ich sie zu hassen begonnen hatte.

Die Krankenschwestern verabreichten ihr die Medikamente, aber ich wusch sie. Sie machte mir Zeichen, daß sie meine Pflege für alle jene Extra-Handgriffe vorzog, für die die Krankenschwestern keine Zeit hatten, wie zum Beispiel ihr eine milde Creme am ganzen Körper aufzutragen oder ihre Haare zu bürsten und nach ihrem Wunsch zu frisieren. Oft, während ich die Haare toupierte und mit einem Holzstiel glättete, dachte ich mir, daß ich sie sicher geliebt hätte, wenn sie mir nur die geringste Chance gegeben hätte. Ich schminkte sie zweimal am Tag, betupfte sie mit ihrem Lieblings-Parfüm, malte ihre Fingernägel an. Indessen beobachtete sie mich unentwegt aus ihren sonderbaren, blassen Augen. »Wenn ich tot bin, mußt du Cal heiraten«, flüsterte sie mir dabei einmal zu.

Ich sah sie entsetzt an und wollte sie fragen, wie sie darauf käme, aber sie hatte die Augen wieder geschlossen. Wenn sie das tat, dann sagte sie nichts mehr, auch wenn sie wach war. ›Lieber Gott, laß sie bitte wieder gesund werden!‹ war mein ständiges Gebet. Ich liebte Cal und brauchte ihn als Vater. Aber ich konnte ihn nicht auf die Art und Weise lieben, wie er es sich wünschte.

Es gab auch Zeiten, in denen ich, während ich sie herrichtete, ununterbrochen auf sie einredete, obwohl es gleichzeitig eine Art Selbstgespräch war. Ich berichtete ihr von ihrer Familie und wie sie sich Sorgen um ihre Gesundheit machten (auch wenn das nicht stimmte); ich wollte ihre Stimmung heben, ihr Mut und Hoffnung geben, gegen das anzukämpfen, was nun ihr Leben beherrschte. Oft glänzten Tränen in ihren Augen. Dann wieder sahen mich die trüben, wäßrigen Augen völlig ausdruckslos an. Ich spürte, daß etwas in Kitty vorging, aber ich wußte nicht, ob es sich zum Guten oder zum Bösen wenden würde.

»Schau mich nicht so an, Mutter«, sagte ich gereizt. Ich befürchtete, daß Maisie sie besucht hatte und ihr Geschichten über kleine Zärtlichkeiten und Intimitäten zwischen Cal und mir erzählt hatte. Es ist aber nicht meine Schuld gewesen, Kitty, wirklich nicht, wollte ich ihr sagen, während ich ihr ein hübsches Nachthemd überzog und ihre Arme so hinlegte, daß sie nicht so leblos wirkte.

Kaum war ich fertig, trat ihre Mutter mit einem grimmigen, vorwurfsvollen Gesicht ein. Sie hielt die kräftigen Arme über dem künstlichen großen Busen gekreuzt und sah immer bedrohlicher drein. »Sie würd' besser aussehen ohne das Geschmier im Gesicht«, brummte sie und warf mir einen weiteren verbiesterten Blick zu. »Hat dir all die schlechten Dinge beigebracht, was? Hat dich zu dem gemacht, was sie selber ist. Hat dir alle ihre schlechten Eigenschaften weitergegeben, oder? Dabei hab' ich sie oft genug versohlt, um den Teufel aus ihr auszutreiben. Ist mir nie gelungen. Sie ist immer noch von ihm besessen, das zehrt an ihr und wird sie umbringen... Der Herr ist am Ende immer der Sieger, so ist's doch?«

»Wenn Sie damit sagen wollen, daß wir alle einmal sterben müssen, dann haben Sie vollkommen recht, Mrs. Setterton. Aber eine gute Christin wie Sie sollte doch an ein Leben nach dem Tod glauben.«

»Willst du mich etwa gar verspotten, Mädchen? Tust du das?«

Ich sah in ihren Augen etwas von Kittys Boshaftigkeit leuchten. Meine Empörung wuchs. »Kitty mag es, sich hübsch zu machen, Mrs. Setterton.«

»Hübsch?« fragte sie und starrte Kitty wie einen Gegenstand des Abscheus an. »Besitzt sie eigentlich nichts anderes als diese pinkfarbenen Nachthemden?«

»Sie mag Pink.«

»Ein Beweis, daß sie keinen Geschmack hat. Rothaarige tragen nu' mal kein Rosa. Hab's ihr das ganze Leben lang einzubläuen versucht, und trotzdem trägt sie's.«

»Jeder sollte die Farbe tragen, die ihm gefällt. Sie hat eben Rosa gewählt«, beharrte ich.

»Deswegen mußt du sie nicht wie 'nen Clown herrichten, oder?«

»Tu' ich auch nicht. Ich richte sie so her, daß sie wie ein Filmstar aussieht.«

»Eher wie 'ne Hure!« bemerkte Reva Setterton ungerührt. Dann wandte sie ihre harten Augen zu mir. »Ich weiß schon, was du für eine bist. Maisie hat mir alles erzählt. Von ihrem Kerl wußt' ich gleich, daß er nichts taugen tut, sonst hätt' er *sie* ja nicht genommen. Sie taugt auch nichts, das war schon immer so, sogar als kleines Baby – und das gleiche gilt für dich! Ich will dich nicht mehr in meinem Haus haben! Zeig dich dort bloß nie wieder, du Hillbilly-Miststück! Verdrück dich in ein Motel in der Brown Street, wo deinesgleichen herumhängt. Hab' schon veranlaßt, daß ihr Kerl mit deinen und seinen Sachen dorthin umgezogen ist.«

Ich war wie vor den Kopf gestoßen und riß vor Wut die Augen auf, aber dann wurde ich rot, denn ich fühlte mich schuldig und schämte mich. Als Kittys Mutter dies bemerkte, verzog sich ihr Mund zu einem grausamen Lächeln. »Will dich nie wieder sehen, hörst du mich, nie wieder! Versteck dich, wenn du mich kommen siehst!«

Zitternd hob ich die Hände. »Aber ich muß Kitty weiter besuchen. Sie braucht mich.«

»Hast du mich gehört, du Drecksstück! Du sollst mein Haus nie wieder betreten!« Sie stürmte aus dem Zimmer, nachdem sie nur einen kurzen Blick auf Kitty geworfen hatte, ohne ihr auch nur ein einziges Wort der Ermunterung oder des Mitleids zu sagen. War sie eigentlich nur gekommen, um mir ihre Meinung an den Kopf zu werfen?

Kitty starrte auf die geschlossene Tür, und ein Ausdruck tiefen Unglücks brannte in ihren Augen.

Die Tränen liefen Kitty das Gesicht hinab, als ich mich wieder zu ihr wandte, um ihr die Bettjacke zu richten und die Haare in Ordnung zu bringen. »Du siehst wunderschön aus, Kitty. Beachte nicht, was du eben gehört hast. Deine Mutter ist eine eigenartige Frau. Maisie hat mir neulich euer Familienalbum gezeigt. Deine Mutter sah dir sehr ähnlich, als sie in deinem Alter war, nur daß du hübscher bist, was sie dir gewiß nie verziehen hat.« Warum war ich so freundlich zu ihr, warum nur, wo sie doch nur grausam zu mir gewesen war? Vielleicht, weil Reva Setterton ihr viele Dinge angetan hatte, mit denen sie später mich quälte.

»Geh weg«, sagte Kitty mit letzter Kraft.

»Mutter!«

»Bin nicht deine Mutter.« Das Ausmaß des Schmerzes und der Enttäuschung, die sich in ihren Augen spiegelte, war so groß, daß ich aus Mitleid mit ihr zu Boden sah. »Wollt' immer 'ne Mutter sein, mehr als alles andere hab' ich mir gewünscht, mein eigenes Baby zu haben. Du hattest recht. Ich bin nicht geeignet, eine Mutter zu sein. War ich nie. Bin überhaupt fürs Leben nicht geeignet.«

»Kitty!«

»Laß mich!« protestierte sie schwach. »Hab' das Recht, in Frieden zu sterben – wenn die Zeit gekommen ist, weiß ich, was zu tun ist.«

»Nein, du hast nicht das Recht zu sterben! Nicht, wenn du einen Ehemann hast, der dich liebt! Du mußt leben! Du hast Cal, und er braucht dich. Du mußt nur deinem Körper den Befehl geben zu kämpfen. Kitty, bitte, Cal zuliebe. Bitte. Er liebt dich. Er hat es immer schon getan!«

»Raus mit dir!« rief sie mit einer etwas kräftigeren Stimme. »Geh zu ihm! Paß auf ihn auf, wenn ich nicht mehr bin. Bald ist es soweit! Er gehört dir. Mein Geschenk an dich! Hab' ihn nur genommen, weil er etwas von Luke an sich hatte – so wie Luke geworden wär', wenn er in der Stadt bei einer vornehmen Familie aufgewachsen wär'.« Ein Schluchzen entrang sich tief aus ihrer Kehle, ein heiseres, bellendes Geräusch, das mir schier das Herz brach. »Als ich ihn zum ersten Mal sah und er sich zu mir an den Tisch setzte, kniff ich die Augen zusammen und tat so, als säße Luke vor mir. Und als ich mit ihm verheiratet war, konnte ich ihn nur an mich heranlassen, wenn ich mein Spiel spielte – und Luke aus ihm machte.«

Oh, Kitty, du große Närrin!

»Aber Cal ist ein wunderbarer Mann! Vater taugt nichts!«

Der blasse Schimmer in ihren Augen flammte auf.

»Das hab' ich auch mein Leben lang über mich hören müssen! Aber ich bin nicht schlecht! Ich bin es nicht!«

Ich konnte es nicht mehr ertragen und ging hinaus an die frische Septemberluft.

Wie führte die Liebe doch den Verstand hinters Licht! Warum mußte es der eine Mann sein, wenn man die Wahl unter Tausenden treffen konnte? Aber auch ich hoffte ja auf Logan. Ich war ganz versessen darauf, ihn zu finden und zu hören, daß er mich verstand und mir verzieh. Als ich an der Stonewall-Apotheke vorbeikam, war weit und breit kein Logan zu sehen. Im Nieselregen stand ich unter einer Ulme gegenüber der Apotheke und starrte auf die Fenster des Appartements über dem Geschäft. War er oben und beobachtete mich? Dann sah ich seine Mutter an einem der Fenster, bevor sie die Vorhänge zuzog und mich aussperrte. Ich wußte, daß sie mich für immer aus dem Leben ihres Sohnes ausschließen wollte. Und wie recht sie hatte, wie recht...

Ich ging zur Brown Street, wo sich das einzige Motel der Stadt befand. Die zwei Zimmer, die Cal gemietet hatte, waren leer. Nachdem ich mich etwas erfrischt und trockene Kleidung angezogen hatte, ging ich wieder zurück in die Klinik. Dort traf ich Cal, der trostlos auf einem Sofa des Wartesaals saß und fahrig in einer Zeitschrift blätterte, die locker in seiner Hand lag. Als ich eintrat, hob er die Augen.

»Irgendwelche Veränderungen?«

»Nein«, gab er kurz angebunden zurück. »Wo warst du?«

»Ich habe gehofft, Logan anzutreffen.«

»Und?« erkundigte er sich trocken.

»Nichts...«

Er nahm meine Hand und hielt sie fest. »Was sollen wir tun? Wie sollen wir mit so einer Sache leben? Heaven, ich hatte gehofft, daß ihre Eltern eine Lösung wären. Aber ich habe mich getäuscht. Sie werden ihre finanzielle Unterstützung zurückziehen. Jetzt kommt es auf mich und auf dich an und auf niemanden sonst, bis sie wieder gesund ist oder nicht mehr lebt...«

»Dann eben du und ich«, sagte ich und setzte mich, wobei ich seine Hand weiter in der meinen hielt. »Ich kann arbeiten gehen.«

Er sprach kein Wort mehr. So saßen wir eine Weile, während er die Wand anstarrte.

Wir wohnten zwei Wochen in dem Motel. Ich hatte Logan nicht mehr gesehen. Er war bestimmt wieder im College und hatte sich nicht einmal von mir verabschiedet. Die Schule begann wieder. Mir wurde nun sehr deutlich bewußt, daß ich vielleicht nie wieder einen Klassenraum betreten würde und daß ein College-Besuch nur ein flüchtiger Traum gewesen war, eine Wolke, die sich bei Sonnenuntergang schnell in nichts auflöste. Und ich fand auch keinen Job, obwohl ich geglaubt hatte, daß dies hätte einfach sein müssen, zumal ich neunzig Worte pro Minute schreiben konnte.

Langsam kündigte sich der Winter an. Ich hatte Tom zwar zwei-mal getroffen, aber seine Besuche waren so kurz, daß wir keine Zeit hatten, über die eigentlichen Probleme zu sprechen. Buck Henry war immer dabei, und wenn er mich sah, funkelte er mich böse an und trieb Tom zur Eile an. Ich besuchte Großvater täglich in der Hoffnung, daß ich Vater dort einmal antreffen würde, aber er war nie dort. Immer wieder versuchte ich auch, Fanny zu sehen, aber sie kam jetzt nicht einmal mehr an die Tür. Ein schwarzes Dienstmäd-chen machte mir dann immer auf. »Miß Louisa spricht nicht mit Fremden«, erklärte sie mir und wollte nichts davon hören, daß ich Fannys Schwester und keine Fremde war.

Ich verabscheute das Motel und die Art und Weise, wie die Leute Cal und mich ansahen, obwohl jeder ein eigenes Zimmer bewohnte. Seitdem wir in Winnerrow waren, hatten wir uns nicht ein einziges Mal geliebt. Um am Gottesdienst teilzunehmen, fuhren wir in eine andere Stadt und beteten dort, denn mittlerweile war es uns klar, daß Reverend Wise uns nicht erlauben würde, seine Kirche zu betre-ten.

Eines Morgens erwachte ich frierend. Ein starker Nordwind blies, riß die Blätter von den Bäumen und blähte die Vorhänge in meinem Zimmer auf, während ich aufstand und mich anzog. Ich wollte vor dem Frühstück einen Spaziergang machen.

Es war ein bewölkter, regnerischer Tag, und Nebel hüllte die Berge ein. Ich blickte hinauf zu unserer Hütte; durch den Regen-schleier hindurch sah ich Schnee auf den Berggipfeln. Dort oben schneite es schon, während es hier unten regnete... Und ich hatte mich immer so danach gesehnt, hier unten zu sein.

Ich hörte Schritte hinter mir und begann schneller zu gehen. Ich hatte Cal erwartet, aber es war Tom! Sofort wurde mir leichter ums Herz. »Gott sei Dank bist du zurück! Vorigen Samstag habe ich auf dich gewartet und gehofft, dich zu sehen. Tom, ist alles in Ord-nung?«

Lachend nahm er mich in die Arme. Die Sorgen, die ich mir um ihn machte, fand er übertrieben und unnötig. »Ich kann eine ganze Stunde bleiben. Ich dachte, daß wir vielleicht miteinander frühstük-ken könnten. Fanny könnte ja mithalten, dann wäre es fast so wie früher.«

»Ich wollte Fanny besuchen, Tom, aber sie weigert sich, mit mir zu sprechen. Es kommt immer ein schwarzes Dienstmädchen an die Tür. Ich kriege sie überhaupt nicht zu sehen, und sie geht nie auf die Straße.«

»Wir müssen es versuchen«, sagte Tom und runzelte besorgt die Stirn. »Was ich da flüstern höre, gefällt mir nicht. Kein Mensch hat Fanny seit längerer Zeit gesehen, nicht so wie früher, bevor du wiedergekommen bist. Es gab eine Zeit, wo Fanny überall aufgetaucht ist und mit ihren neuen Kleidern und den vielen Sachen, die ihr die Wises geschenkt haben, angegeben hat. Jetzt kommt sie nicht einmal mehr zum Gottesdienst oder zu sonst einer gesellschaftlichen Veranstaltung – und Rosalynn Wise auch nicht.«

»Wahrscheinlich, um mir aus dem Weg zu gehen«, stellte ich verbittert fest, »und Mrs. Wise bleibt zu Hause, damit sie darauf achten kann, daß Fanny in ihrem Zimmer bleibt. Kaum werde ich fort sein, wird Fanny wieder aus ihrem Versteck auftauchen.«

In einem Fernfahrer-Lokal nahmen wir ein herzhaftes Frühstück zu uns. Wir erinnerten uns lachend und kichernd an die vielen kargen Mahlzeiten, als wir noch in den Willies gelebt hatten. »Hast du dich schon für eine der Schwestern entschieden?« fragte ich Tom, der darauf bestand, die Rechnung zu bezahlen.

»Nee.« Er lächelte betreten und schüchtern. »Mag sie beide. Aber Buck Henry hat mir gesagt, wenn ich Thalia heirate, schickt er mich aufs College und überläßt Thalia die Farm. Sollte ich Laurie wählen, muß ich meinen eigenen Weg machen... Also hab' ich mich entschlossen, keine von beiden zu nehmen. Ich werd' gleich nach der Schule fortgehen und versuchen, auf meinen eigenen zwei Beinen zu stehen.« Bis jetzt hatte er unbeschwert geklungen, aber auf einmal schien er sorgenvoll und bedrückt. »Wie wär's, wenn du mich nach Boston mitnähmst?«

Ich ergriff seine Hand und war erfreut, daß er genau die Worte gesagt hatte, die ich hören wollte. Die Menschen in Boston würden bestimmt nicht so viele Vorurteile haben wie hier; sie würden das Wertvolle einer Person erkennen. Es wäre bestimmt leicht, einen Job in Boston zu finden; dann könnte ich Cal immer Geld für Kittys Krankenpflege schicken. Er hatte zwar schon das Haus in Candlewick zum Verkauf angeboten, aber wenn Kitty nicht bald gesund würde, dann reichte dieses Geld auch nicht aus...

»Heavenly, schau nicht so drein. Es wird alles gut, du wirst schon sehen.« Arm in Arm spazierten wir zum Altersheim, um Großvater zu besuchen.

»Er ist nicht da«, verkündete Sally, nachdem sie endlich auf Toms lautes Klopfen die Tür aufgemacht hatte. »Ihr Vater war hier und hat ihn mitgenommen.«

»Vater war da!« rief Tom begeistert. »Und wo ist er mit Großvater hingegangen?«

Darüber konnte uns Sally Trench keine Auskunft geben. »Sind so ungefähr vor einer halben Stunde weggegangen«, sagte sie noch, bevor sie uns die Tür vor der Nase zuschlug.

»Vielleicht ist Vater noch in der Stadt, Heavenly!« sagte Tom aufgeregt. »Wenn wir uns beeilen, dann erwischen wir ihn eventuell noch!«

»Ich will ihn nie mehr wiedersehen, nie mehr!« rief ich empört.

»Aber ich! Er ist der einzige, der uns verraten kann, wo wir Keith und Unsere-Jane finden können.«

Wir rannten beide los. Es war recht einfach, ganz Winnerrow zu durchkämmen; es bestand aus einer Hauptstraße mit zwölf Seitenstraßen. Während wir alle Straßen abklapperten, blickten wir auch kurz in die Geschäfte hinein und erkundigten uns bei Fußgängern nach Vater. Bei der sechsten Person hatten wir Glück; der Mann hatte Vater gesehen. »Ich glaub', er wollt' zum Krankenhaus.«

Warum wollte er dahin? »Geh du allein«, sagte ich zu Tom mit tonloser Stimme.

Tom spreizte in einer hilflosen Geste seine großen, abgearbeiteten Hände. Er sah sehr unglücklich drein. »Heavenly, ich will ehrlich zu dir sein. Ich hab' dich die ganze Zeit angelogen. Die Photos, die ich dir geschickt habe, stammen von Schulkameradinnen namens Thalia und Laurie. Buck Henry hat gar keine Kinder mehr, seine liegen auf dem Friedhof begraben. Das schöne Haus gehört Lauries Eltern, es ist sechs Meilen von hier entfernt. Wahrscheinlich war Buck Henrys Haus auch einmal recht hübsch, aber jetzt ist es heruntergekommen und müßte renoviert werden. Er ist ein regelrechter Sklaventreiber, der mich vierzehn Stunden am Tag arbeiten läßt.«

»Willst du damit sagen, daß du mich angelogen hast? Waren alle deine Briefe, die du mir nach Candlewick geschickt hast – Lügen?«

»Es war alles gelogen. Damit du dir keine Sorgen um mich

machst.« Seine Augen flehten um Verständnis. »Ich ahnte schon, was du dir vorstellen würdest, aber ich wollt' nicht, daß du deswegen bedrückt wärst. Muß aber jetzt ehrlich sagen, ich hass' die Farm! Und Buck Henry hass' ich so sehr, daß ich manchmal das Gefühl hab', wenn ich nicht bald abhaue, bring' ich ihn um... Bitte, versteh mich, wenn ich vor ihm weglaufe und Vater finden will. Ich muß es einfach tun.«

Für Tom, damit er das erreichte, was er wollte, und für Keith und Unsere-Jane, damit ich beide wiedersehen konnte, mußte ich nun dem Mann gegenübertreten, den ich wie nichts anderes auf dieser Welt verachtete. »Beeil dich!« drängte Tom. Wir liefen schnell in Richtung Krankenhaus.

»Vielleicht ist Cal schon bei Kitty«, japste ich, als wir uns in der Eingangshalle des Krankenhauses umsahen.

»Ja«, bestätigte die Krankenschwester, als Tom sich erkundigte, ob Luke Casteel hier gewesen war, »er hat jemanden besucht...«

»Und wo ist er jetzt?«

»Das kann ich Ihnen nicht sagen... Jedenfalls hat er sich vor ungefähr einer Stunde nach der Zimmernummer von Mrs. Dennison erkundigt.«

Hatte Vater Kitty – oder mich sehen wollen?

Tom packte mich fest bei der Hand und zerrte mich hinter sich her.

Die Krankenschwestern und Pfleger kannten mich schon und begrüßten mich mit meinem Namen. Ich übernahm jetzt die Führung und ging mit Tom zum Aufzug, um in das Stockwerk zu fahren, wo sich Kittys Zimmer befand. Ich fühlte mich sonderbar, fast wie betäubt und vollkommen verängstigt bei dem Gedanken, was ich sagen und tun sollte, wenn ich Vater traf. Als ich in Kittys Zimmer trat, sah sie blaß und schwach aus. Cal kniete weinend an ihrem Bett. Es verstrichen einige Augenblicke, bis ich meine Enttäuschung, Vater nicht zu sehen, überwunden hatte. Dann kam der zweite Schock, als ich Kittys glückliches Gesicht sah. Sie lag in ihrem schmalen Bett und strahlte mich an. Warum bloß?

»Dein Vater war hier«, flüsterte sie kaum hörbar. »Hat nach dir gefragt, Heaven; er hofft, dich bald zu finden. Er hat sich bei mir entschuldigt, für das, was er getan hat. Und er sagte, er hofft, daß ich ihm verzeih'. Weißt du, hätt' nie und nimmer gedacht, daß Luke Casteel so... Cal, wie sagt man dazu, wie er geklungen hat?«

»Demütig«, sagte Cal mit gepreßter Stimme.

»Ja, stimmt. Er klang demütig und zerknirscht.«

Ihre Augen glänzten, als hätte sie ein Wunder gesehen. Dabei hatte sie seit Tagen nicht mehr geredet. »Heaven, er hat mich angeschaut, wie er's noch nie getan hat. Auch nicht, als ich ihn geliebt hab' und für ihn durchs Feuer gegangen wär'. Da hat er mich nicht mal gesehen... Hat mich nur genommen und stehenlassen, wie 'n Gegenstand. Hat sich aber verdammt verändert... Hat auch 'n Brief für dich dagelassen.«

Es war eine hektische Freude, sie wirkte wie aufgeputscht, so als dränge die Zeit. Zum ersten Mal sah ich, daß sie wirklich im Sterben lag, hier vor unseren Augen. Vielleicht war sie schon, Monate bevor wir hierhergekommen waren, in diesem Zustand gewesen. Nur hatten Cal und ich es nicht bemerkt, weil wir uns an ihre Gefühlsschwankungen schon so gewöhnt und sie nicht als Ausdruck ihrer Ängste und Depressionen erkannt hatten... Ihre furchtbaren, geheimen Ahnungen über die Geschwulst. Ihre knochige Hand wirkte vergilbt, ihre langen Nägel hexenhaft, während sie den Brief unter ihrem Kissen hervorzog. Aber ihr Lächeln war zum ersten Mal warm und herzlich.

»Heaven, hab' ich mich schon für alles, was du mir getan hast, bedankt? Endlich hab' ich 'ne Tochter – endlich –, und ist es nicht phantastisch, einfach phantastisch, daß Luke mich besucht hat? Oder hast du ihn gerufen – sag? Mußt du ja, weil er sich hier nach dir umgeschaut hat, als tät' er dich erwarten. Also, Heaven, nu' mach schon, lies, was er in seinem Brief geschrieben hat.«

»Das ist Tom, mein Bruder«, gelang es mir schließlich zu sagen.

»Schön, Sie kennenzulernen, Tom«, begrüßte ihn Cal und stand auf, um ihm die Hand zu schütteln.

»Meine Güte, siehst ganz wie Luke aus, als er so alt war wie du!« schrie Kitty verzückt, mit einem eigenartigen Glitzern in den Augen. »Fehlen nur noch die schwarzen Haare und die schwarzen Augen – dann wärst du ganz dein Vater! Schwör's dir!«

Sie war rührend, dieses Teufelsweib mit ihren langen roten Haaren und den langen rosa Krallen, die meine Haut schon so oft zerschunden hatten. Momentaufnahmen, wie Kitty früher gewesen war, leuchteten blitzartig in mir auf; in meinen Ohren hallten die

Schimpfworte wider, die sie mir, ohne auf meine Gefühle zu achten, an den Kopf geschleudert hatte. Und nun hatte sie es doch zustande gebracht und mir Tränen in die Augen getrieben, obwohl ich eigentlich erleichtert sein sollte, daß Gott ihr eine gerechte Strafe zukommen ließ. Ich weinte. Ich setzte mich auf den Stuhl, den Cal mir bereitgestellt hatte. Während die Tränen meine Bluse benetzten, öffnete ich Vaters Brief und begann zu lesen.

»Lies ihn *laut* vor, Tochter«, hauchte Kitty.

Ich warf ihr einen kurzen Blick zu, dann begann ich leise vorzulesen:

Liebe Tochter,
es gibt Zeiten im Leben eines Mannes, in denen er meint, daß er etwas Bestimmtes tun muß, und erst später entdeckt er, daß es eine bessere Lösung für seine Schwierigkeiten gegeben hätte. Ich bitte Dich, mir zu verzeihen, für Dinge, die sich nicht mehr rückgängig machen lassen.

Unsere-Jane und Keith sind glücklich und gesund. Sie lieben ihre neuen Eltern so wie Fanny ihre.

Ich habe noch einmal geheiratet, und meine Frau besteht darauf, daß ich die Familie wieder zusammenbringe. Ich besitze jetzt ein schönes Haus und verdiene eine Menge Geld. Allerdings besteht wenig Hoffnung, daß ich Keith, Unsere-Jane und Fanny zurückkaufen kann, aber ich würde mich freuen, wenn Du und Tom zu uns ziehen würdet. Dein Großvater wird auch hier sein.

Vielleicht bringe ich es diesmal fertig, Dir ein richtiger Vater zu sein, den du lieben kannst und nicht mehr verachtest.

Dein Vater

Darunter standen Adresse und Telefonnummer, aber ich war nicht mehr imstande, sie zu entziffern. Er hatte mich nie zuvor Tochter genannt und sich als meinen Vater bezeichnet – warum jetzt auf einmal? Ich knüllte den Brief zusammen und schleuderte ihn in den Papierkorb, der neben Kittys Krankenbett stand.

Zorn und Wut verdrängten alle anderen Gefühle in mir. Wie konnte ich einem Mann Vertrauen schenken, der seine Kinder verkauft hatte? Wer gab mir die Gewißheit, daß es Tom und mir unter seiner Obhut gutgehen würde? Was konnte das für eine Arbeit sein, mit der er so viel Geld verdiente? Oder hatte er reich geheiratet? Und wie konnte ich überhaupt glauben, was er schrieb? Wieso wußte er so genau, daß Keith und Unsere-Jane wirklich glücklich waren? Oder Fanny? Ich hätte es selbst sehen müssen, um Gewißheit zu haben.

Tom sprang schnell auf, um den zerknüllten Brief zu retten; er strich ihn sorgfältig wieder glatt und las ihn leise noch einmal durch. Nach jeder Zeile hellte sich sein Gesicht mehr auf.

»Warum hast denn das getan?« fragte Kitty und sah mich milde an. »War doch 'n hübscher Brief, fandest du nicht, Cal? Heaven, nimm ihn wieder und heb ihn auf, denn eines Tages wirst du ihn wiedersehen und –«

Sie stockte und fing zu weinen an.

»Tom, laß uns gehen«, drängte ich.

»Noch 'n Augenblick«, bat Kitty leise. »Hab' da was für dich.« Sie lächelte zaghaft und holte noch einen kleinen Briefumschlag unter ihrem Kissen hervor. »Hab' mich mal so richtig mit deinem Vater ausgesprochen – und er hat mir dies hier gegeben, ich soll's für dich aufbewahren und dir geben, wenn die Zeit gekommen ist. Er will damit alles wiedergutmachen, was er getan hätte...« Sie verhaspelte sich, warf einen kurzen Blick auf Cal und fügte hinzu: »Und ich glaube, die Zeit ist jetzt gekommen.«

Mit bebenden Händen nahm ich den kleinen Umschlag an. Wie würde Vater wohl in diesem Brief versuchen, all das wiedergutzumachen, was er getan hatte? Möglich, daß es Keith und Unserer-Jane gutging – aber wie konnte ich dessen sicher sein, wenn Kitty mich und dieser schreckliche Farmer Tom wie Sklaven behandelt hatten? Ich blickte auf und sah, wie Tom die Augen starr auf mich gerichtet hatte, als hielte ich sein Leben in meiner Hand... Und vielleicht war es ja auch so. Was würde es jetzt schon ausmachen, wenn ich noch ein paar Lügen mehr lesen würde?

Wieder las ich, was er mit seiner kleinen Handschrift geschrieben hatte. Die Augen gingen mir über und mein Herz raste.

Vater war ins Krankenhaus gekommen, weil er gehofft hatte, *mich* zu sehen.

Dein Großvater hat mir erzählt, daß es Dein innigster Wunsch sei, nach Boston zu fahren und die Eltern Deiner Mutter zu suchen.

Falls es Deine Wahl ist, dorthin zu gehen, anstatt bei mir und meiner Frau zu wohnen, habe ich ein Flugticket beigefügt, das ich dir besorgt habe, und ich habe auch Deine Großeltern in Boston angerufen und ihnen gesagt, daß Du sie vielleicht besuchen wirst. Hier ist ihre Adresse und die Telefonnummer. Schreibe mir und halt mich auf dem laufenden.

Meine Muskeln verkrampften sich durch den Schock, der mich durchfuhr. Warum tat er das? Wollte er mich ein zweites Mal loswerden? Am Briefende standen zwei Adressen, eine davon war schnell mit Bleistift hingekritzelt. Ich starrte entgeistert auf die Namen: Mr. und Mrs. James Rawlings.

Erstaunt sah ich hoch. »Heaven«, sagte Cal leise, »Kitty hat deinen Vater dazu überredet, den Namen des Ehepaares aufzuschreiben, das Unsere-Jane und Keith zu sich genommen hat. Jetzt weißt du, wer sie sind, und du kannst sie eines Tages besuchen.«

Ich brachte kein Wort heraus und konnte kaum einen klaren Gedanken fassen.

Tom hatte über meine Schulter hinweg mitgelesen. »Heaven, siehst du, siehst du, er ist doch nicht so böse, wie du immer meinst! Jetzt können wir Unsere-Jane und Keith sehen. Aber ich erinnere mich noch an den Vertrag, den der Rechtsanwalt Vater zum Unterschreiben vorgelegt hat... Wir können sie nie wieder zu uns holen.« Er hielt inne und sah mir entsetzt ins Gesicht. Mir war seltsam zumute, die Knie zitterten mir, meine Kräfte waren alle aufgezehrt. Ich hatte mir immer gewünscht, Keith und Unsere-Jane zu sehen, und nun schien sich diese Hoffnung plötzlich zu erfüllen. Aber das Flugticket in meiner Hand kam mir wie eine Erpressung vor, daß ich mich nicht in ihr Leben einmischen sollte. Immer noch am ganzen Leib zitternd, stopfte ich den Brief in meine Tasche, verabschiedete mich von Kitty und ging hinaus auf den Gang, wobei ich Tom zurückließ, der sich immer noch mit Cal unterhielt.

Sollte Cal bleiben. Mir war es egal.

»Tom!« rief ich ungeduldig vor Kittys Tür. Ich war das Warten leid. Aber er unterhielt sich mit gedämpfter Stimme weiter mit Cal. »Soll ich ewig hier draußen stehen?«

Dann wandte ich mich um und ging fort. Tom beeilte sich, mich einzuholen. Vor der Klinik schlug ich den Weg zum Motel ein, fest entschlossen, noch an diesem Tag nach Boston zu reisen...

»Kommst du mit, Tom?«

Er hielt jetzt mit mir Schritt und hatte den Kopf eingezogen, um sich vor Wind und Wetter zu schützen.

»Heavenly, wir müssen miteinander sprechen.«

»Wir können uns doch auf dem Weg ins Motel unterhalten. Ich werde meine Sachen packen. Kitty ist glücklich... Hast du ihr Gesicht gesehen? Cal hat mich nicht einmal angeguckt. Warum freust du dich eigentlich nicht, daß du mit mir fährst?«

»Es ist alles anders geworden! Vater hat sich geändert! Hörst du das nicht aus seinen Briefen heraus? Er hat diese Frau besucht – sie hat's auch gemerkt, daß er nicht mehr der alte ist. Warum nicht auch du? Heavenly, ich möchte mit dir gehen, das weißt du, und Mr. Dennison hat mir angeboten, die Reise zu zahlen, wenn ich fahren möchte... Aber zuerst muß ich Vater sehen. Sicherlich ist er bei den Settertons und sucht dich. Vielleicht war er schon bei Buck Henry. Er vermutet wohl, daß ich bei dir bin. Wir finden ihn noch, wenn wir uns beeilen.«

»Nein!« brauste ich auf, und die Zornesröte stieg mir ins Gesicht. »Von mir aus kannst du ihn sehen, wenn du das Bedürfnis hast, ich will ihn jedenfalls nie wiedersehen! Er kann nicht zwei kleine Briefe schreiben und meinen, damit hätte er sich von seiner Schuld reingewaschen.«

»Dann versprich mir, daß du so lange bleibst, bis du wieder von mir hörst!«

Ich versprach es ihm, immer noch benommen von den Ereignissen, die mich in meinem Haß gegen Vater verunsichert hatten. »Tom, du wirst doch mit mir nach Boston fahren? Komm doch mit mir. Wenn wir dort festen Fuß gefaßt haben, holen wir uns Keith und Unsere-Jane.«

Mit großen Schritten entfernte er sich von mir! An der Ecke drehte er sich noch einmal um und winkte mir lächelnd zu. »Heavenly, warte noch. Geh ja nicht fort, bis du wieder von mir gehört hast!«

Ich blickte Tom nach, wie er zuversichtlich davonschritt, als wäre er sich sicher, daß er Vater finden würde und bei ihm ein besseres Leben als bei Buck Henry.

Im Motel angekommen, wurde ich von einem Weinkrampf geschüttelt. Danach war ich wie ausgelaugt. Bevor ich schließlich einschlief, nahm ich mir fest vor, nie wieder zu weinen. Das Klingeln des Telephons weckte mich auf, und als ich abhob, war Tom am anderen Ende; er sagte mir, daß er Vater gefunden hatte und daß sie beide mich jetzt besuchen kämen. »Heavenly, er war in der Stonewall-Apotheke und hat nach dir und mir gefragt. Er ist ganz anders geworden. Du wirst staunen, wenn du ihn siehst! Er bereut seine Gemeinheiten und seine bösen Worte. Er will es dir auch noch sagen, wenn er dich sieht… Du bist doch da, wenn wir kommen, versprich's mir!«

Ich legte den Hörer auf, ohne ihm irgend etwas zu versprechen. Tom hatte mich verraten!

Ich verließ das Motel und setzte mich allein in einen Park. Erst als es dunkel wurde und ich mir sicher war, daß Tom aufgegeben hatte, kehrte ich zum Motel zurück und fiel ins Bett.

Tom würde nicht mit mir nach Boston fahren – er zog es vor, bei Vater zu bleiben, obwohl wir uns gegenseitig einen Eid geschworen hatten!

Logan war zurück ins College gefahren, ohne mich noch einmal aufzusuchen. Wer blieb mir noch, außer den Eltern meiner Mutter in Boston? Sogar Cal verhielt sich gleichgültig mir gegenüber, jetzt da er von Kitty ganz beansprucht wurde. Ich brauchte jemanden. Vielleicht war dies auch ein Wink des Schicksals, mich an meine Großeltern in Boston zu wenden.

Ich war gerade dabei, meine Sachen zu packen, als Cal ins Zimmer trat und mir erzählte, daß er schon davon gehört hatte, daß Tom Vater gefunden hatte und sie beide zum Motel gefahren seien, aber mich nicht angetroffen hätten. »Sie haben dich überall gesucht, Heaven. Tom war der Meinung, du seist schon nach Boston geflogen, und er schien sehr gekränkt. Wie dem auch sei, er und dein Vater haben die Suche nach dir aufgegeben. Wo warst du eigentlich?«

»Ich habe mich im Park versteckt«, gestand ich. Cal verstand das nicht so recht, aber er wiegte mich in seinen Armen, als wäre ich sieben und nicht siebzehn. »Wenn sie wieder nach mir fragen, sag ihnen, du hättest mich nicht getroffen«, bat ich.

»Ist gut«, erklärte er sich einverstanden und versuchte mir mit einem besorgten Gesichtsausdruck in die Augen zu sehen. »Trotzdem meine ich, du solltest Tom noch einmal sehen und mit deinem Vater sprechen. Heaven, vielleicht ist er nicht mehr so wie früher. Vielleicht tut ihm jetzt alles leid. Es wäre doch möglich, daß du nicht nach Boston fliegen mußt und gerne bei deinem Vater und seiner neuen Frau wohnst.«

Ich wandte ihm den Rücken zu. Vater hatte sich nicht geändert.

Cal verließ mich, und ich packte weiter und überlegte mir dabei, in was für eine böse Geschichte ich hineingeraten war, als ich mir Kitty Dennison und ihren Mann als Eltern ausgesucht hatte. Ich war beinahe mit dem Packen fertig, als Cal wieder die Tür öffnete und mich aus schmalen Augen anblickte. »Du fährst also doch nach Boston?«

»Ja.«

»Und was wird aus mir?«

»Wie soll ich das wissen?«

Er errötete und hatte den Anstand, seinen Kopf zu senken. »Vor kurzem ist Kitty von den Ärzten untersucht worden. Es klingt zwar unglaublich, aber ihr geht es besser! Der Anteil der weißen Blutkörperchen hat sich fast normalisiert. Die Zahl der Blutplättchen ist gestiegen. Der Tumor ist etwas zurückgegangen. Sollte sich diese Entwicklung halten, dann, meinen die Ärzte, wird sie leben. Heaven, der Besuch deines Vaters hat ihr Lebensmut gegeben. Sie hat mir jetzt gesagt, daß sie mich schon immer geliebt habe, aber sie hat es erst an der Schwelle zum Tod erkannt – was soll ich tun? Ich kann meine Frau nicht fallenlassen, wenn sie mich so sehr braucht, nicht wahr? Vielleicht ist es daher doch das Vernünftigste, wenn du nach Boston gehst. Meine guten Wünsche und meine Liebe werden dich begleiten, und eines Tages werden wir uns wieder begegnen. Ich hoffe, du wirst mir dann verzeihen, daß ich ein junges, süßes und wunderschönes Mädchen ausgenutzt habe!«

Ich starrte ihn wie vom Donner gerührt an. »Du hast mich nie geliebt!« schrie ich ihn anklagend an. Ich war am Boden zerstört. »Du hast mich nur benutzt!«

»Ich liebe dich wirklich! Und ich werde dich immer lieben! Ich hoffe, du wirst mich auch immer ein wenig lieben, an welchem Ort du auch sein wirst. Als ich dich brauchte, warst du da. Geh deinen Weg, und denke nicht mehr an Kitty und an das, was geschehen ist. Und mische dich nicht in Toms Leben, jetzt, wo sich alles bei ihm zum Guten wendet. Fanny fühlt sich wohl. Laß Keith und Unsere-

Jane dort, wo sie sind. Die Eltern deiner Mutter sind womöglich dagegen, wenn du jemanden mitbringst. Und vergiß mich. Ich habe mich ins gemachte Bett gelegt, als ich Kitty heiratete. Aber deshalb muß es ja nicht auch dein Bett sein. Geh, solange ich die Kraft habe, das Richtige zu tun. Geh, bevor sie gesund wird und sie wieder die alte ist und dich verfolgen wird, bis sie dich zerstört hat, weil du ihr das genommen hast, was sie als ihr ureigenstes Eigentum betrachtet. Kitty wird sich nie wirklich ändern. Sie war dem Tode nahe und hatte Angst vor dem, was sie auf der anderen Seite erwartet... Wenn sie wieder gesund ist, wird sie hinter dir her sein. Um deinetwillen... Fahr jetzt, heute.«

Ich wußte weder, was ich sagen, noch, was ich tun sollte. Das einzige, was ich tat, war, ihn aus tränenüberströmten Augen anzustarren, wie er unruhig auf und ab ging.

»Heaven, als dein Vater in Kittys Krankenzimmer war, hat sie ihn gebeten, daß er dir sagen sollte, wo Keith und Unsere-Jane sind. Es war ihr Wiedergutmachungs-Geschenk an dich.«

Ich verstand ihn nicht ganz, aber mein Herz schlug so heftig, daß es schmerzte. Ich wäre am liebsten vor mir selber davongerannt. »Wie kann ich nur dem Glauben schenken, was Kitty oder Vater sagen?«

»Dein Vater hat schon geahnt, daß du vor ihm weglaufen würdest und ihn nie mehr sehen möchtest. Daher hat er Tom einige Fotos von Keith und Unserer-Jane gegeben, damit er sie dir zeigen kann. Ich habe sie mir auch angeschaut, Heaven. Sie sind größer geworden, seit den letzten Bildern. Ihre Eltern lieben sie abgöttisch, sie haben ein schönes Zuhause und besuchen eine der besten Schulen im Land. Falls du vorhast, sie zu besuchen, bedenke, daß du traurige Erinnerungen mitbringst, die sie vielleicht vergessen wollen... Vergiß das nicht, wenn du in ihr neues Leben trittst. Laß sie erwachsener werden, Heaven. Und gib dir Zeit, bis du selbst abgeklärter bist.«

Er sagte noch vieles, aber ich weigerte mich, ihm zuzuhören.

Cal überreichte mir das Bargeld, das er in Vaters Auftrag gebracht hatte. Ein Bündel Zwanzig-Dollar-Scheine – insgesamt fünfhundert Dollar –, die Summe, die Kitty und Cal für mich bezahlt hatten. Mit großen, verweinten Augen sah ich Cal an. Aber er wandte sich von mir ab.

Damit hatte ich mich entschieden. Ich würde fahren und nie mehr wiederkommen! Auch nicht, um Logan zu sehen! Ich hatte mit Winnerrow und den Willies und allen, die immer behaupteten, daß sie mich liebten, gebrochen.

Der nächste Flug nach Atlanta, von wo ich eine Maschine nach Boston nehmen konnte, ging am nächsten Tag um neun Uhr früh. Cal fuhr mich zum Flugplatz, er schleppte meine Koffer. Er machte einen fahrigen Eindruck und schien erpicht darauf, wegzugehen, bevor er mich zum Abschied küßte. Seine trüben Augen musterten mich von meinem Gesicht bis zu den Schuhen, und dann blickte er mir wieder in die Augen. »Dein Flugzeug geht in zwanzig Minuten. Ich würde gerne hier mit dir warten... Aber ich muß unbedingt zu Kitty zurück.«

»Das solltest du«, bemerkte ich trocken. Ich wollte mich keinesfalls von ihm verabschieden, keinesfalls... und doch tat ich es. »Auf Wiedersehen... auf Wiedersehen...« Ich wollte auch auf gar keinen Fall weinen oder mich verletzt fühlen, aber beides trat doch ein. Ich sah, wie er zögerte, und seine Schritte verlangsamten sich. Doch dann zuckte er mit den Achseln und ging schnell weg.

Noch zwanzig Minuten Wartezeit. Wie sollte ich mir die Zeit vertreiben? Jetzt hatte ich niemanden mehr; Logan war fortgelaufen; Tom zog Vater mir vor; Fanny hatte schon vor langer Zeit beschlossen, daß sie mich nicht brauchte... Neue Zweifel überkamen mich und machten mir angst. Wie konnte ich sicher sein, daß die Familie meiner Mutter mich überhaupt wollte? Aber ich hatte ja fünfhundert Dollar bei mir. Falls es in Boston nicht klappen sollte, dann fände ich schon einen Ausweg.

»Heaven! Heaven!« hörte ich eine bekannte Stimme. Ich drehte mich um und sah ein schönes, junges Mädchen auf mich zueilen. Sollte das Fanny sein, die so eigenartig schwerfällig auf mich zukam? »Heaven«, rief sie nach Luft ringend und schlang ihre Arme um mich. »Tom hat mir erzählt, daß du fortfährst. Ich konnte dich ganz einfach nicht in dem Glauben gehen lassen, daß ich dich nicht mag. Ich mag dich sehr! Hab' schon gefürchtet, daß wir dich versäumen! Tut mir ja so leid, daß ich gemein zu dir gewesen bin, aber sie haben mir verboten, mit dir zu reden!« Sie trat einen Schritt zurück und öffnete mit einem strahlenden Lächeln ihren Mantel, um stolz ihren gewölbten Bauch zu zeigen. Dann flüsterte sie mir ins Ohr: »'s ist das Baby vom Reverend. Es wird bestimmt süß, das spür' ich. Seine Frau wird es als ihr eigenes erklären, und ich bekomm' zehn Riesen dafür... Und dann geht's ab nach New York!«

Es konnte mich nichts mehr überraschen. Ich starrte sie lediglich entgeistert an. »Du verkaufst dein Baby für zehntausend Dollar?«

»So etwas würdest du nie tun, nicht wahr?« fragte sie. »Aber laß es mich nicht bereuen, daß ich auf Toms Bitte mitgekommen bin, um mich von dir zu verabschieden.« Tränen schimmerten in ihren Augen. »Ich tu' eben, was ich für richtig halte, genauso wie du.«

Sie trat zur Seite, und jetzt erst entdeckte ich Tom, der mich freundlich und liebevoll anlächelte. Er kam auf mich zu und nahm mich in die Arme. »Cal Dennison hat angerufen und gesagt, daß du auf dem Weg nach Boston bist, Heavenly... Und er hat mich gebeten, Vater nicht mitzunehmen.«

Ich riß mich aus seiner Umarmung los. »Heißt das, du kommst nicht mit?«

Er hob seine großen Hände in einer flehenden Geste. »Sieh mich doch an! Was glaubst du wohl, was deine Großeltern sagen würden, wenn du deinen Halbbruder mitbringst? Sie werden mich nicht wollen! Ich bin ein Hillbilly! Wie Vater! Hast du es nicht selbst oft genug gesagt, seitdem du zurückgekommen bist? Ich habe nicht so feine Manieren wie du, ich bin nicht so vornehm und gebildet. Heavenly, ich denke an *dein* Wohl, wenn ich dir sage, daß ich bei Vater bleiben muß, obwohl ich viel lieber mit dir fahren würde.«

»Du lügst! Du willst lieber bei Vater bleiben!«

»Heavenly, bitte, so hör doch! Du kannst nicht deine ganze Hillbilly-Verwandtschaft zur Familie deiner Mutter anschleppen! Ich möchte, daß du ein schönes Leben hast, aber das kann nur geschehen, wenn ich nicht mit dir komme!«

»Tom, *bitte!* Ich brauche dich!«

Er schüttelte den Kopf, daß seine wilden, roten Haare durch die Luft wirbelten. »Wenn du dich zurechtgefunden hast und du mich später einmal brauchst, dann schreibe mir. Ich schwöre, dann komme ich. Aber jetzt solltest du von vorne beginnen.«

»Er hat recht«, beteuerte Fanny. Sie kam näher zu mir und blickte ebenso unruhig wie vorher Cal umher. »Tom hat gesagt, daß ich kommen sollte, und ich bin froh, daß ich es getan hab'. Ich lieb' dich,

Heaven. Ich wollt' dir nicht die Tür vor der Nase zuschlagen...
Aber ich muß meine Sache durchziehen. Mrs. Wise wird mit mir
fortgehen, damit ich mein Kind auf die Welt bringe, wo uns niemand kennt. Wenn es vorbei ist, wird sie mit *ihrem* Baby zurück
nach Winnerrow kommen. Sie wird allen sagen, daß es ihr Kind ist
und daß ich nur eine Casteel-Schlampe bin, die mit einem Tauge-
nichts abgehauen ist.«

»Und es wird dir nichts ausmachen?«

»Nee. Kann ich mir nicht leisten.« Sie lächelte und machte Anstalten zu gehen. »Tom, wir müssen zurück sein, bevor man mich sucht.
Das hast du mir versprochen.«

Fanny, die sich immer ein Kind gewünscht hatte, verkaufte es nun
– so wie Vater seine Kinder verkauft hatte.

Ich wandte mich wieder an Tom. »Du wirst also bei Vater und seiner neuen Frau wohnen. Erzähl mir doch etwas über sie. Ist sie eines
von den Mädchen aus ›Shirley's Place‹?«

Er wurde rot und sah verlegen drein. »Nein, ganz im Gegenteil.
Jetzt muß ich aber Fanny nach Hause fahren. Viel Glück, Heavenly.
Schreib mir...« Mit diesen Worten küßte er mich auf die Wange,
packte Fanny am Arm und eilte mit ihr davon.

»Auf Wiedersehen! Auf Wiedersehen!« rief ich immerzu und
winkte Fanny nach, die sich lächelnd und unter Tränen nach mir
umsah. Oh, wie ich Abschiednehmen haßte! Würde ich Fanny und
Tom jemals wiedersehen?

Warum drehte sich Tom noch einmal um und sah mich so traurig
an? Ich blickte den beiden nach, bis sie verschwunden waren. Dann
erst drehte ich mich um und setzte mich. Ich hatte noch zehn Minuten bis zum Abflug.

Es war ein kleiner Flughafen mit einem hübschen Park, von dem
aus ich die Flugzeuge beim Landen beobachten konnte. Ich spazierte auf und ab in dem trüben Herbstlicht, dabei zerzauste der
Wind meine Haare, daß sie nicht mehr wohlfrisiert, sondern wieder
wild aussahen. Ich glaubte fast wieder, in den Bergen zu sein.

In meinen Augen standen Tränen.

Dann war es Zeit. Ich mußte mit den anderen Passagieren an Bord
des Flugzeugs. Zum ersten Mal in meinem Leben bestieg ich eine
kleine Maschine. Ich schritt die Treppe hinauf, nahm meinen Sitz
ein und schnallte mich an. In Atlanta würde ich in eine größere Ma-

schine umsteigen, die nach Boston flog.

Ich würde ein neues Leben in einer neuen Stadt beginnen. Niemand würde dort meine Vergangenheit kennen.

Seltsam, daß Kitty so glücklich war, nur weil Vater sie einmal besucht, ihr Rosen mitgebracht und sich bei ihr entschuldigt hatte. Dabei hatte ihr Cal schon hundertmal Rosen geschenkt und sich tausendmal bei ihr entschuldigt, aber es hatte ihr keinen Frieden gebracht und sie nicht glücklich gemacht – noch hatte es ihr Mut zum Überleben gegeben. Wer hätte jemals gedacht, daß Vater eine so tiefe und andauernde Liebe hervorrufen könnte?

Ich machte die Augen zu und beschloß, nicht mehr an die Vergangenheit zu denken und unbefangen in die Zukunft zu sehen. Kitty und Cal würden wieder nach Candlewick zurückkehren, wenn man sie aus dem Krankenhaus entlassen hatte. Sie würden weiter in ihrem weiß-rosa Haus wohnen und jemand anderes würde ihnen die Pflanzen gießen. Ich kramte in meiner Handtasche nach einem Papiertaschentuch, um mir die Augen zu trocknen und mich zu schneuzen. Um mich abzulenken, öffnete ich die Lokalzeitung aus Winnerrow, die ich auf dem Flugplatz kurz vor dem Abflug gekauft hatte. Ich blätterte zerstreut darin.

Sie bestand nur aus vier Seiten. Auf der letzten Seite starrte ich verblüfft auf ein altes Foto von Kitty Setterton Dennison, das sie als junges Mädchen von siebzehn Jahren zeigte. Wie hübsch sie gewesen war, wie erwartungsvoll und freundlich sie in die Welt geblickt hatte! Es war eine Todesanzeige!

Kitty Setterton Dennison ist heute im Alter von siebenunddreißig Jahren im Winnerrow Memorial Hospital gestorben. Die Tote hinterläßt ihren Mann, Calhoun R. Dennison, ihre Eltern, Mr. und Mrs. Porter Setterton, ihre Schwester, Maisie Setterton und ihren Bruder, Daniel Setterton. Der Trauergottesdienst findet am Mittwoch um 14 Uhr im Hause der Familie Setterton, Main Street, statt.

Es dauerte eine Weile, bis ich die Nachricht begriff. *Kitty war tot.* Sie war – einen Tag bevor ich Winnerrow verlassen hatte – gestorben. Cal hatte mich doch noch zum Flugplatz gefahren. Da mußte er es schon gewußt haben, aber er hatte mir nichts gesagt!

Warum?

Er war davongeeilt... Warum?

Dann erriet ich den Grund.

Ich schlug die Hände vors Gesicht und begann wieder zu weinen, nicht so sehr um Kitty, als um den Mann, der nun endlich seine Freiheit, die er mit zwanzig Jahren verloren hatte, wiedergewonnen hatte.

Endlich frei! hörte ich ihn fast rufen; frei zu sein, wie er wollte, das zu tun, was und wie er wollte – und ich wäre ihm dabei beinahe im Wege gestanden.

Was war das doch für eine verrückte Welt, daß ein Mann Liebe annehmen konnte und sie dann wegwarf? Cal wollte allein weitermachen.

Ein Gefühl der Bitterkeit überwältigte mich.

Vielleicht sollte ich mehr wie ein Mann sein, erst nehmen, dann verlassen und mir nicht allzuviel daraus machen. Ich würde mir nie einen Ehemann nehmen; nur Liebhaber, die ich verletzen und verlassen könnte, so wie Vater. Schluchzend faltete ich die Zeitung zusammen und verstaute sie in dem Netz an der Stuhllehne vor mir.

Dann nahm ich aus einem großen, braunen Umschlag das Photo, das Tom mir noch gegeben hatte, kurz bevor er mit Fanny davongeeilt war. Zu dem Zeitpunkt hatte ich dem keine Beachtung geschenkt. »Nimm das«, hatte er mir zugeflüstert, als wollte er nicht, daß Fanny es bemerkte. Da waren sie, Unsere-Jane und Keith, sie sahen älter, kräftiger und glücklicher aus. Ich starrte unentwegt auf das hübsche, gute Gesicht Unserer-Jane. Auf einmal ging es mir auf, mit wem sie Ähnlichkeit hatte – mit Annie Brandywine Casteel! Großmutter war in Unserer-Jane wieder zum Leben erwacht, ebenso wie ich Großvaters Züge in Keiths gutgeschnittenem Gesicht entdeckte. Ja, sie verdienten das Beste, das Allerbeste, und ich würde nichts unternehmen, was für sie böse Erinnerungen heraufbeschwören könnte.

Meine Tränen trockneten. Ich war überzeugt, daß Fanny ihr Ziel erreichen würde, gleichgültig was sie dafür tun mußte.

Und ich? Nun wußte ich, daß jede Erfahrung im Leben etwas am Menschen ändert – wer war ich jetzt? Bei diesem Gedanken reckte ich mich auf. Ab heute würde ich dem Leben mutig begegnen, ohne Furcht und Scheu und ohne mich zu schämen. Und niemand würde mich mehr ausnützen. Und wenn du mir auch sonst nichts gegeben

hast, Kitty, so hast du mir die Kraft, die in mir ruht, bewußt gemacht; durch dick und dünn, durch die Hölle und wieder zurück –
ich würde überleben.

Früher oder später würde ich den Sieg davontragen.

Was Vater betraf, er würde mich schon noch wiedersehen. Er
mußte noch eine große Schuld bei mir begleichen. Und bevor ich
diese Welt verließ, die so wenig Mitleid mit mir gehabt hatte, sollte
er dafür bezahlen.

Aber jetzt ging es nach Boston, dem Zuhause meiner Mutter.
Dort würde ich wie von Zauberhand all das werden, was meine
Mutter gewesen war – und noch mehr.

M. M. Kaye